COLLECTION SÉRIE NOIRE
Créée par Marcel Duhamel

JO NESBØ

Police

TRADUIT DU NORVÉGIEN
PAR ALAIN GNAEDIG

GALLIMARD

Le tutoiement est de rigueur dans les pays scandinaves, même dans un cadre professionnel et entre des personnes qui ne se connaissent pas. Nous avons voulu conserver cette spécificité culturelle dans la traduction française.

Titre original :
POLITI

© *Jo Nesbø, 2013.*
Published by agreement with Salomonsson Agency.
© *Éditions Gallimard, 2014, pour la traduction française.*

Prologue

Il dormait là, derrière la porte.

L'intérieur du placard sentait le vieux bois, la crasse, la poudre et la graisse d'armes. Quand le soleil tombait dans la pièce, un rai de lumière en forme de sablier traversait la serrure et, quand les rayons du soleil arrivaient pile selon le bon angle, le pistolet sur l'étagère du milieu brillait d'un éclat mat.

Le pistolet était un Odessa russe, copie du Stechkin plus connu.

L'arme avait eu une vie errante, elle avait voyagé avec les koulaks de Lituanie en Sibérie, elle avait circulé au sein des différents quartiers généraux des Urkas, dans le sud de la Sibérie, elle avait été la propriété d'un ataman, un chef cosaque qui avait été tué par la police, son Odessa à la main, avant d'atterrir dans la collection d'armes du directeur de la prison de Taguil. Pour finir, ce pistolet automatique laid et anguleux avait été apporté en Norvège par Rudolf Assaïev qui, avant de disparaître, avait eu le monopole du marché de la drogue à Oslo avec la fioline, cet opioïde proche de l'héroïne. Aujourd'hui, l'arme se trouvait toujours à Oslo, dans Holmenkollveien, dans la maison de Rakel Fauke. L'Odessa avait un chargeur qui contenait vingt balles de calibre Makarov 9 x 18 mm, et il tirait coup par coup ou en rafale. Il restait douze balles dans le chargeur.

Trois avaient été tirées sur des Albanais du Kosovo, des trafiquants concurrents, mais une seule avait touché quelqu'un.

Les deux suivantes avaient tué Gusto Hanssen, un jeune voleur et dealer qui avait détourné de l'argent et de la drogue d'Assaïev.

Le pistolet sentait encore les trois dernières balles ayant touché l'ex-policier Harry Hole à la tête et à la poitrine, alors que celui-ci enquêtait justement sur le meurtre de Hanssen. Le lieu du crime était le même, Hausmanns gate 92.

La police n'avait pas encore résolu l'affaire Gusto Hanssen, et le garçon de dix-huit ans qui avait été arrêté immédiatement avait été relâché ensuite. Entre autres parce que l'on n'avait pas réussi à trouver l'arme du crime, ni à établir de lien entre lui et cette arme. Le garçon s'appelait Oleg Fauke. Il se réveillait chaque nuit, regardait dans le noir et entendait les coups de feu. Non pas ceux avec lesquels il avait tué Gusto, mais les autres. Ceux tirés sur le policier qui avait été un père pour lui durant toute son adolescence. Cet homme qu'il avait rêvé de voir épouser Rakel, sa mère. Harry Hole. Son regard enflammé faisait face à Oleg dans l'obscurité. Il pensait au pistolet qui se trouvait dans un placard, très loin, et il espérait qu'il ne le reverrait jamais de toute sa vie. Que personne ne le reverrait. Qu'il y dormirait à tout jamais.

Il dormait là, derrière la porte.

La chambre d'hôpital sous surveillance sentait les médicaments et la peinture. L'électrocardiographe à côté de lui enregistrait les battements de son cœur.

Isabelle Skøyen, adjointe à la mairie d'Oslo en charge des affaires sociales, et Mikael Bellman, le tout nouveau directeur de la police, espéraient tous deux ne jamais le revoir.

Ils espéraient que personne ne le reverrait.

Qu'il resterait endormi pour toujours.

I

Chapitre 1

Cela avait été une longue et chaude journée de septembre avec cette lumière qui transforme le fjord d'Oslo en vif-argent et fait rougeoyer les collines qui viennent d'afficher leurs premiers soupçons d'automne. Une de ces journées où les gens d'Oslo jurent leurs grands dieux qu'ils ne quitteront jamais la ville. Le soleil était en train de disparaître derrière Ullern et ses derniers rayons effleuraient le paysage, les immeubles bas et sobres qui traduisaient les origines modestes de la cité, les lofts rénovés avec terrasses qui racontaient le conte de fées de l'or noir qui avait fait du pays l'un des plus riches de la planète et les junkies au sommet de Stensbergparken dans la petite ville bien ordonnée où l'on comptait plus d'overdoses que dans les villes d'Europe huit fois plus grandes. Les jardins avec les trampolines et leurs filets de protection où les enfants ne sautaient pas à plus de trois à la fois comme le prescrivait le mode d'emploi. Les collines et les bois qui entouraient ce que l'on surnommait « la marmite d'Oslo ». Le soleil refusait de lâcher la capitale, il tendait ses doigts comme pour un au revoir prolongé à travers la fenêtre d'un train.

La journée avait commencé avec un air froid et clair, et une lumière aussi dure que l'éclairage d'une salle d'opération. La température était remontée durant la journée, le ciel avait pris ce bleu plus profond et l'atmosphère cette densité aimable qui faisait de septembre le mois le plus agréable de l'année. Et puis le crépuscule était venu, doucement, discrètement, et ça sentait les pommes et les sapins chauffés au soleil dans les quartiers des villas autour de Maridalsvannet.

Erlend Vennesla était presque arrivé au sommet de la dernière côte. Il sentait s'accumuler l'acide lactique, mais se concentrait afin de donner la poussée verticale idoine sur les pédales, avec les genoux qui pointaient légèrement vers l'intérieur. La bonne technique était essentielle en cet instant. Surtout quand on s'épuisait, quand le cerveau avait envie que l'on change de position afin de moins charger une musculature fatiguée et moins efficace. Il sentait le cadre du vélo qui absorbait et exploitait chaque watt qu'il lui communiquait, il prenait de la vitesse en passant à un braquet plus dur. Il se redressa sur le cadre tout en cherchant à conserver la même fréquence, environ quatre-vingt-dix tours minute. Il jeta un coup d'œil au cardiofréquencemètre. Cent soixante-huit. Il braqua sa lampe frontale sur l'écran du GPS fixé au guidon. Celui-ci affichait une carte détaillée d'Oslo et de sa région, ainsi qu'un émetteur actif. Le vélo et l'équipement avaient coûté plus que ce dont avait vraiment besoin un enquêteur de la criminelle à la retraite depuis peu. Mais il était important de se maintenir en forme quand la vie présentait de nouveaux défis.

Moins, pour être franc.

L'acide lactique lui mordait les cuisses et les jambes. Douloureux. Mais aussi la belle promesse de ce qui allait suivre. Le rush d'endorphines. Les muscles courbatus. La bonne conscience. Une bière sur le balcon avec sa femme si la température ne chutait pas après le coucher du soleil.

Et soudain, voilà, il y était. La route redevenait plate, Maridalsvannet s'étendait devant lui. Il ralentit. Il était à la campagne. En fait, c'était absurde de voir qu'il suffisait de cinquante minutes d'effort à partir du centre d'une capitale européenne pour être soudain entouré de fermes, de champs et de forêts avec des sentiers de randonnée qui disparaissaient dans la nuit tombante. La sueur lui démangea le cuir chevelu sous son casque Bell gris anthracite, lequel lui avait coûté autant que le vélo d'enfant qu'il avait acheté pour les six ans de Line Marie, sa petite-fille. Mais Erlend Vennesla conserva son casque. La plupart des décès chez les cyclistes étaient dus à des blessures à la tête.

Il regarda le cardiofréquencemètre. Cent soixante-douze. Un petit coup de vent bienvenu apporta avec lui des cris de joie lointains, là-bas, en ville. Cela venait sans doute d'Ullevaal Stadion, où se déroulait un match international important ce soir. Slovaquie ou Slovénie. Erlend Vennesla s'imagina pendant quelques secondes que ces cris lui étaient destinés. Cela faisait longtemps qu'il avait eu droit à des applaudissements. La dernière fois, c'était lors de sa cérémonie de départ de la Kripos, à Bryn. Gâteau à la crème, discours du chef, Mikael Bellman, qui, depuis, avait mis le cap tout droit sur le poste de directeur de la police. Et Erlend avait reçu les applaudissements. Il avait croisé leurs regards, avait remercié, et avait même senti sa gorge se serrer un peu quand il avait commencé son discours de remerciement, simple, concis et factuel, comme c'était la tradition à la Kripos autrefois. Il avait connu des hauts et des bas en tant qu'enquêteur, mais avait évité les grosses gaffes. Du moins le croyait-il, car on n'est jamais sûr à cent pour cent. En effet, la technologie des analyses ADN était désormais plus avancée et la direction de la police indiquait qu'elle serait utilisée sur certaines affaires anciennes, si bien que l'on risquait justement d'obtenir ça : des réponses. Des réponses nouvelles. Des faits. Tant qu'il s'agissait d'affaires non résolues, d'accord, mais Erlend ne comprenait pas pourquoi on affecterait des moyens pour fouiller dans des dossiers classés et réglés depuis des lustres.

L'obscurité s'était faite plus profonde et, même avec l'éclairage des lampadaires, il avait failli rater le panneau en bois indiquant l'intérieur de la forêt. Mais c'était bien là. Exactement comme dans son souvenir. Il quitta la route et prit un bon chemin forestier. Il avança aussi lentement que possible sans perdre l'équilibre. Le rai lumineux de la lampe frontale montée sur son casque balaya le sentier et s'arrêta sur le mur noir de sapins des deux côtés. Des ombres couraient devant lui, apeurées, précipitées, elles se métamorphosaient et filaient se cacher. C'était avec de telles images qu'il s'était représenté la situation quand il avait tenté de se mettre à sa place. Elle fuyait, une lampe à la main. Puis elle avait été enfermée et violée pendant trois jours.

Au moment où la lampe fut allumée en face de lui dans le noir, Erlend Vennesla songea, l'espace d'un instant, que c'était sa lampe à elle, qu'elle se remettait à courir, et qu'il était sur la moto qui l'avait pourchassée et rattrapée. La lumière en face d'Erlend tremblota avant d'être braquée sur lui. Il s'arrêta et descendit de vélo. Il dirigea le faisceau sur le cardiofréquencemètre. Déjà descendu au-dessous de cent. Pas mal.

Il défit la mentonnière, ôta le casque et se gratta le cuir chevelu. Ah, qu'est-ce que ça faisait du bien. Il éteignit la lampe frontale, accrocha le casque sur le guidon et poussa le vélo vers la lampe de poche. Le casque qui se balançait cognait contre son poignet.

Il s'arrêta devant la lumière qui se releva. Les rayons de lumière puissants lui brûlèrent les yeux. Aveuglé, il crut s'entendre respirer lourdement. C'était curieux puisque son pouls était si bas. Il devina un mouvement, quelque chose s'était levé derrière le grand cercle lumineux tremblotant, il entendit un sifflement bas dans l'air et, au même instant, une idée bizarre lui traversa l'esprit. Il n'aurait pas dû. Il n'aurait pas dû ôter son casque. La plupart des accidents mortels chez les cyclistes…

C'était comme si son esprit bégayait, comme s'il y avait un décalage dans le temps, comme si la transmission de l'image était coupée.

Erlend Vennesla regarda fixement devant lui, stupéfait, et sentit des gouttes de sueur chaudes couler sur son front. Il parlait, mais ses mots étaient incohérents, comme s'il y avait une erreur de connexion entre son cerveau et ses lèvres. Il entendit à nouveau le sifflement bas. Le son disparut. Tous les bruits disparurent, il n'entendait même plus sa propre respiration. Il découvrit qu'il était à genoux et que son vélo tombait lentement dans un fossé. La lumière jaune dansait devant lui, mais elle disparut quand les gouttes de sueur atteignirent l'arête du nez, lui coulèrent dans les yeux et l'aveuglèrent. Là, il comprit que ce n'était pas de la sueur.

Le troisième coup lui fit l'effet d'une stalactite de glace enfoncée à travers la tête, le cou et le corps. Tout gela net en lui.

Je ne veux pas mourir, pensa-t-il en essayant de lever le bras pour se protéger la tête, mais comme il était incapable de bouger le moindre membre, il comprit qu'il était paralysé.

Il ne perçut pas le quatrième coup mais l'odeur de terre humide lui fit comprendre qu'il gisait sur le sol. Il cligna des yeux plusieurs fois et ne recouvra la vue que d'un seul œil. Juste devant son visage, il vit de grosses bottes sales dans la boue. Les talons se soulevèrent, les bottes décollèrent un peu du sol. Le mouvement se répéta. Comme si celui qui frappait sautait afin de donner davantage de force à ses coups. La dernière pensée qui lui traversa l'esprit fut qu'il devait se rappeler le prénom de sa petite-fille. Oui, il ne fallait pas qu'il oublie son prénom.

Chapitre 2

L'inspecteur Anton Mittet prit le gobelet en plastique à moitié plein sur la petite machine rouge Nespresso D290, il se pencha et le mit par terre. Il n'y avait pas de meuble sur lequel le poser. Puis il retourna la boîte tout en longueur, une capsule tomba dans sa main, il vérifia machinalement que le couvercle en alu n'était pas perforé avant de la placer dans la machine. Il positionna un gobelet vide sous le bec verseur et appuya sur un des boutons lumineux.

Il regarda l'heure pendant que la machine se mettait à souffler et à pousser des gémissements. Bientôt minuit. Heure de la relève. On l'attendait à la maison, mais il se dit qu'il devait lui transmettre les consignes, après tout, elle n'était encore qu'une élève à l'École de Police. Silje, c'était bien son nom ? Anton Mittet observa le bec verseur. Aurait-il apporté un café à ce collègue si celui-ci avait été un homme ? Il ne le savait pas et, au fond, cela n'avait pas d'importance car il ne se souciait plus de répondre à des questions pareilles. Le silence était tel qu'il entendit tomber les dernières gouttes presque transparentes dans le gobelet. Il n'y avait plus rien à extraire de la dosette, ni goût ni couleur, mais il fallait en tirer le maximum, car la nuit allait être longue pour la gamine. Sans compagnie, sans distraction, sans rien d'autre à faire que regarder fixement les murs en béton brut du Rikshospitalet. C'était pour ça qu'il avait décidé de prendre un café avec elle avant de partir. Il retourna à son poste avec les deux gobelets. Les murs répercutaient le bruit de ses pas. Il passa devant des portes fermées à clef. Il savait qu'il n'y avait rien ni personne derrière elles, rien que d'autres murs nus. Pour une fois, avec le Rikshospitalet, les Norvégiens avaient bâti pour l'avenir, conscients qu'ils allaient être plus nombreux, qu'ils allaient vivre plus longtemps, qu'ils seraient plus malades, plus exigeants. Ils avaient pensé pour le long terme, comme les Allemands avec leurs autostrades et les Suédois avec leurs aéroports. Mais ne trouvaient-il pas qu'il y avait là quelque chose de hanté et de menaçant, les rares automobilistes qui roulaient en solitaire sur les énormes routes en béton, dans les années trente, et les passagers suédois qui traversaient en hâte les halls surdimensionnés d'Arlanda, dans les années soixante ? Même si c'était flambant neuf et sans tache, même si personne n'était encore mort dans un accident de voiture ou dans une catastrophe aérienne, ça donnait le frisson. Comme si, à tout instant, les phares allaient saisir une famille sur le bord de la route, tous le regard vide, ensanglantés, pâles, le père empalé, la mère avec la tête en arrière, un enfant aux membres tordus. Comme si, derrière le rideau en plastique du tourniquet à bagages des arrivées d'Arlanda, c'étaient des cadavres carbonisés et encore rougeoyants qui allaient apparaître soudain, comme s'ils allaient se fondre dans le caoutchouc du tapis avec des cris muets sortant de leurs bouches béantes et fumantes. Aucun médecin n'aurait pu lui expliquer à quoi cette aile allait servir. La seule certitude, c'était que des gens allaient mourir un jour derrière ces portes. C'était dans l'air, des corps invisibles aux âmes tourmentées, hospitalisés.

Anton tourna à un coin, un nouveau couloir s'étendait devant lui, éclairé faiblement, tellement nu, symétrique et carré qu'il créait une illusion d'optique curieuse : au bout du couloir, la fille en uniforme assise sur la chaise avait l'air d'un petit tableau sur un mur uni, juste devant lui.

« Tiens, je t'ai pris une tasse pour toi aussi, dit-il en arrivant devant elle. » Vingt ans ? Un tout petit peu plus. Peut-être vingt-deux ans.

« Merci, mais j'ai apporté le mien », dit-elle en sortant un thermos du petit sac à dos qu'elle avait posé à côté du siège. Il y avait un petit quelque chose presque imperceptible dans le ton de sa voix, peut-être le reste d'un accent du Nord.

« Celui-ci est meilleur », répondit-il, la main toujours tendue.

Elle hésita. Prit le gobelet.

« Et en plus, il est gratuit. Anton mit discrètement la main dans son dos et frotta ses doigts brûlants contre l'étoffe froide de sa veste. Du reste, on a la machine rien que pour nous. Elle est dans le couloir, à côté de…

— Je l'ai vue en arrivant. Mais les instructions disent qu'il ne faut jamais quitter la porte de la chambre du patient. Alors j'ai apporté le mien. »

Anton Mittet prit une gorgée de son gobelet.

« Bien vu, mais il n'y a qu'un seul couloir qui mène ici. Nous sommes au troisième étage, et aucune porte ne mène aux autres escaliers, et il n'y a aucune issue entre ici et la machine à café. Il est impossible de nous éviter même si nous allons chercher un café.

— C'est rassurant, mais je m'en tiendrai aux instructions. » Elle lui adressa un bref sourire. Et puis, peut-être comme un contrepoids à la réprimande implicite, elle but une gorgée du gobelet en plastique.

Anton sentit monter un soupçon d'agacement. Il faillit ajouter quelque chose sur la prise d'initiative qui vient avec l'expérience, mais il ne parvint pas à le formuler avant d'apercevoir un mouvement au bout du couloir. La silhouette blanche donnait l'impression de flotter au-dessus du sol. Il entendit Silje se lever. La silhouette prit une forme plus nette, devint une femme blonde et rondelette vêtue de la tenue ample des infirmières de l'hôpital. Il savait qu'elle était de garde cette nuit. Et qu'elle serait libre le lendemain soir.

« Bonsoir », dit l'infirmière avec un sourire espiègle. Elle leva deux seringues et s'approcha de la porte, posa la main sur la poignée.

« Attends une seconde, dit Silje en s'avançant. J'ai besoin de voir ton badge de plus près. Et puis, tu as le mot de passe d'aujourd'hui ? »

L'infirmière regarda Anton d'un air médusé.

« À moins que mon collègue puisse répondre de toi », déclara Silje.

Anton fit oui de la tête.

« Vas-y, Mona. »

L'infirmière ouvrit la porte et Anton la suivit du regard. Dans la chambre faiblement éclairée, il distingua les appareils autour du lit et les orteils qui dépassaient de la couette. Le patient était tellement grand qu'il avait fallu lui trouver un lit spécial. La porte se referma.

« Bien », dit Anton en souriant à Silje. Il vit qu'elle n'aimait pas ça, qu'elle le voyait comme un macho qui vient de donner une note à une jeune collègue féminine. Mais, bordel, c'était une étudiante. Et c'était le but, qu'elle apprenne quelque chose auprès de policiers expérimentés pendant son année de stage. Il resta à se balancer sur les talons, sans trop savoir comment il allait se tirer de cette situation. Elle le devança :

« Comme je te l'ai dit, j'ai étudié les instructions. Et ta famille doit certainement t'attendre. »

Il porta le gobelet à ses lèvres. Mais que savait-elle de sa situation familiale ? Était-elle en train d'insinuer quelque chose, à propos de lui et Mona ? Qu'il l'avait raccompagnée chez elle après sa garde et qu'ils n'en étaient pas restés là ?

« L'autocollant de nounours sur ton fourre-tout », dit-elle avec un sourire.

Il prit une longue gorgée de café. S'éclaircit la gorge.

« J'ai le temps. Et comme c'est ta première garde, tu devrais profiter de l'occasion, si tu as des questions. Tu sais, tout n'est pas toujours mentionné dans les instructions. » Il changea d'appui, il espéra qu'elle pigerait.

« Comme tu veux, dit-elle avec cette assurance énervante, cette assurance que l'on se permet quand on a moins de vingt-cinq ans. Le patient, là, à l'intérieur… C'est qui ?

— Je ne sais pas. Ça, c'est mentionné dans tes instructions. Il est anonyme et doit le rester.

— Mais tu sais quelque chose, non ?

— Moi ?

— Mona. Tu n'appelles pas quelqu'un par son prénom sans avoir discuté de quelque chose. Qu'est-ce qu'elle t'a raconté ? »

Anton Mittet la dévisagea. Elle était mignonne, mais sans charme ni chaleur. Un peu trop mince à son goût. Les cheveux en désordre et une lèvre supérieure qui semblait tirée par un nerf trop tendu et qui laissait apparaître deux incisives inégales. Mais elle avait la jeunesse. Belle allure et bien entraînée sous l'uniforme noir. Il le savait bien. S'il lui confiait ce qu'il savait, ce serait parce qu'il calculait inconsciemment qu'en se montrant bien disposé il augmenterait ses chances de coucher avec elle de 0,01 %. Ou parce qu'une fille comme Silje serait inspectrice principale ou enquêteur spécial dans les cinq ans, elle serait son chef tandis que lui resterait inspecteur, un inspecteur minable parce que l'affaire de Drammen serait toujours là. Un mur. Une tache indélébile.

« Tentative de meurtre, dit Anton. Il a perdu beaucoup de sang. On dit qu'il n'avait quasiment plus de pouls quand il est arrivé ici. Il est dans le coma depuis.

— Pourquoi la surveillance ? »

Anton haussa les épaules.

« Témoin potentiel. S'il survit.

— Qu'est-ce qu'il sait ?

— Affaires de drogue. Au plus haut niveau. Si jamais il se réveille, il a des infos qui pourraient faire tomber des piliers du trafic d'héroïne à Oslo. Et puis, il pourra expliquer qui a essayé de le tuer.

— Ils pensent que le meurtrier va revenir pour finir le boulot ?

— S'ils apprennent qu'il est en vie et qu'il est là, oui. C'est pour ça que nous sommes là. »

Elle acquiesça.

« Il va s'en sortir ? »

Anton secoua la tête.

« Ils croient pouvoir le maintenir en vie pendant quelques mois, mais les chances qu'il sorte du coma sont plutôt minces. Dans tous les cas... » Anton changea d'appui à nouveau, le regard scrutateur de Silje était désagréable à la longue. « En attendant, il faut veiller sur lui. »

Anton Mittet la quitta avec un sentiment d'échec. Il descendit l'escalier de l'accueil et sortit dans le soir d'automne. En montant dans sa voiture, il se rendit compte que son portable sonnait.

Le central.

« Maridalen, meurtre, dit Zéro-Un. On sait que tu as terminé ta journée, mais ils ont besoin d'aide pour sécuriser la scène de crime. Et comme tu es déjà en uniforme...

— Pour combien de temps ?

— Tu seras relevé dans trois heures, maximum. »

Anton fut surpris. Aujourd'hui, ils faisaient tout leur possible pour éviter que les gens fassent des heures sup. La combinaison des règles figées et des réductions budgétaires ne permettait même pas des ajustements pratiques. Il devina qu'il devait y avoir quelque chose de particulier avec ce meurtre. Il espéra qu'il ne s'agissait pas d'un enfant.

« Super, dit Anton Mittet.

— Je t'envoie les coordonnées GPS. »

Le nouveau GPS avec les cartes détaillées d'Oslo et de la région et un émetteur actif avait permis au central de le localiser. Et c'était pour cela qu'ils l'avaient appelé : il était le plus près.

« Entendu, dit Anton. Trois heures. »

Laura était couchée, mais elle aimait quand même qu'il rentre rapidement après le boulot. Il lui envoya donc un SMS avant de passer la première et de se diriger vers Maridalsvannet.

Anton n'avait pas besoin de regarder le GPS. Quatre voitures de police étaient garées à l'entrée d'Ullevålseterveien et, un peu plus bas, des tresses orange et blanc indiquaient le chemin.

Anton prit la lampe dans la boîte à gants et s'approcha du policier qui se tenait à l'extérieur du barrage. Il vit les lampes des TIC qui dansaient dans le bois, et aussi les projecteurs des techniciens qui faisaient toujours penser à un tournage. Ce qui n'était d'ailleurs pas si éloigné de la vérité car, aujourd'hui, on ne prenait plus uniquement des photos, on utilisait des caméras HD qui filmaient non seulement les victimes, mais aussi le lieu du crime dans son intégralité. Les enregistrements permettaient plus tard de revenir en arrière et d'agrandir des détails dont on n'avait pas saisi l'importance de prime abord.

« Qu'est-ce qui se passe ? » demanda-t-il à l'agent qui, les bras croisés, frissonnait devant les tresses.

« Meurtre. La voix de l'agent était pâteuse. Les yeux rougis dans un visage d'une pâleur marquée.

— Je suis au courant. Qui commande ?

— Les TIC. Lønn. »

Anton entendit des voix bourdonner dans le bois. Ils étaient nombreux.

« Il n'y a encore personne de la Kripos ou de la Brigade criminelle ?

— Les renforts vont arriver peu à peu. Le corps vient d'être découvert. Tu vas me remplacer ? »

Des policiers supplémentaires. Et pourtant, ils lui avaient donné des heures sup. Anton regarda attentivement l'agent. Il avait un manteau épais, mais ses tremblements ne faisaient qu'augmenter. Et il ne faisait même pas froid.

« Tu as été le premier sur place ? »

L'agent acquiesça sans dire un mot, puis baissa la tête. Il tapa des pieds sur le sol.

Merde, se dit Anton. Un enfant. Il déglutit.

« Alors Anton, c'est Zéro-Un qui t'a envoyé ? »

Anton leva les yeux. Il n'avait pas entendu les deux personnes sortir de l'épais fourré. Il avait déjà vu les techniciens se déplacer sur les lieux d'un crime, un peu à la manière de danseurs empotés, ils surgissaient soudain et s'écartaient de tout, posaient les pieds comme des astronautes sur la Lune. Mais peut-être étaient-ce les combinaisons blanches qui lui avaient fait venir à l'esprit cette association-là.

« Oui, je dois relever quelqu'un », dit Anton à la femme. Il savait très bien qui elle était. Du reste, tout le monde le savait. Beate Lønn, chef de la Technique, avait la réputation d'être une sorte de Rain Man avec son talent incroyable de physionomiste pour identifier des braqueurs sur les images granuleuses et saccadées de caméras de surveillance. On disait qu'elle parvenait même à reconnaître des braqueurs masqués s'ils avaient déjà été condamnés, grâce au fichier de plusieurs milliers de photos de l'Identité enregistré dans sa petite tête blonde. Ce meurtre devait donc être un truc spécial, on n'envoyait pas les chefs sur une affaire au beau milieu de la nuit.

À côté du visage pâle et presque transparent de la femme menue, celui de son collègue paraissait presque rubicond. Ses joues couvertes de taches de rousseur s'ornaient de favoris d'un roux pétant. Ses yeux étaient légèrement exorbités, comme s'ils avaient trop de pression, et lui donnaient un air un peu ébahi. Mais le plus criard fut la grosse casquette rasta aux couleurs de la Jamaïque, vert, jaune et noir qui apparut quand il rabattit sa capuche blanche.

Beate Lønn posa la main sur l'épaule tremblante de l'agent.

« Rentre chez toi, Simon. Tu ne diras pas que c'est moi qui te l'ai conseillé, mais prends un verre de quelque chose de fort, et au lit. »

L'agent fit oui de la tête et, trois secondes plus tard, le dos voûté était avalé par la nuit.

« C'est moche ? demanda Anton.

— T'as pas du café ? » s'enquit le rasta en ouvrant un thermos. Les quelques mots suffirent à Anton pour savoir qu'il n'était pas d'Oslo. De la campagne, oui, mais comme la plupart des citadins de l'Østland, il ne savait pas identifier les accents régionaux. Et cela ne l'intéressait pas.

« Non, répondit Anton.

— C'est toujours plus malin d'apporter son café sur une scène de crime, dit le rasta. Tu sais jamais combien de temps tu vas y rester.

— Allons, Bjørn, il a déjà bossé sur des meurtres, dit Beate Lønn. Drammen, pas vrai ?

— Exact », dit Anton en se balançant sur ses talons. Il était plus juste de dire qu'il avait *à peine* bossé sur des meurtres. Hélas, il devinait pourquoi Beate Lønn se souvenait de lui. Il prit sa respiration.

« Qui a trouvé le corps ?

— C'est lui, dit Beate Lønn en désignant la voiture de l'agent qui démarrait au même instant et faisait rugir le moteur.

— Je veux dire, qui nous a prévenus pour le corps ?

— Sa femme a appelé quand il n'est pas rentré de sa sortie en vélo, dit le rasta. Il ne devait pas s'absenter plus d'une heure, et elle avait peur pour son cœur. Il avait un GPS avec un émetteur actif, alors ils l'ont trouvé vite fait. »

Anton acquiesça lentement. Il imagina la scène. Deux policiers qui sonnent à la porte, un homme et une femme. Les policiers s'éclaircissent la gorge, ils observent l'épouse avec ce regard grave qui dit déjà ce qu'ils vont dire dans un instant avec des mots, des mots impossibles. Le visage de la femme qui résiste, elle ne veut pas, et puis ses traits se crispent, ils montrent ce qui se passe en elle, ils révèlent tout.

Des images de Laura, sa femme, lui vinrent à l'esprit.

Une ambulance arriva vers eux, sans sirène ni gyrophare.

Anton pigea. La réaction rapide à un simple avis de disparition. Un GPS avec émetteur actif. La foule. Les heures sup. Le collègue tellement secoué qu'il fallait le renvoyer chez lui.

« Il s'agit d'un policier, dit-il à voix basse.

— Je parie qu'ici il fait un degré et demi de moins qu'en ville, dit Beate Lønn en composant un numéro sur son portable.

— Je suis d'accord, dit le rasta avant de prendre une gorgée de la tasse de son thermos. Pas encore de décoloration de la peau. Disons mort entre huit et dix heures ?

— Un policier, répéta Anton. C'est bien pour ça que tout le monde est là, pas vrai ?

— Katrine ? dit Beate. Tu peux vérifier quelque chose pour moi ? Il s'agit de l'affaire Sandra Tveten. Exactement.

— Putain ! s'exclama le rasta. Je leur ai demandé d'attendre l'arrivée des housses mortuaires. »

Anton se retourna et aperçut deux hommes qui s'extrayaient du bois, ils portaient un brancard des TIC. Des chaussures de cycliste dépassaient de la couverture.

« Il le connaissait, dit Anton. C'est pour ça qu'il tremblait autant, c'est ça ?

— Il a dit qu'ils travaillaient ensemble à Økern avant que Vennesla n'entre à la Kripos, dit le rasta.

— Tu as la date ? » demanda Lønn à son interlocutrice.

Il y eut un cri.

« Mais, dans… » dit le rasta.

Anton se retourna à nouveau. Un des brancardiers avait glissé sur le bord du fossé. La lumière de la lampe d'Anton se posa sur le brancard. Sur la couverture qui avait glissé. Sur… Sur quoi ? Anton regardait fixement. Était-ce une tête ? Cette chose qui se trouvait au sommet de ce qui était indubitablement un corps humain, cela avait-il vraiment été une tête ? Pendant toutes les années où Anton avait travaillé à la Brigade criminelle, avant la grosse bourde, il avait vu plein de cadavres, mais jamais rien comme ça. La substance en forme de sablier lui fit penser au petit déjeuner familial du dimanche, aux œufs à la coque de Laura, avec des restes de la coque encore accrochée, fendillée, avec le jaune qui coule à l'extérieur du blanc durci, mais encore mou. Oui, cela pouvait-il vraiment être une... *tête* ?

Anton resta planté là, il cligna des yeux et vit disparaître les feux arrière de l'ambulance. Et il se rendit compte que c'était une reprise. Il avait déjà vu tout ce spectacle. Les silhouettes en blanc, le thermos, les pieds qui dépassaient de la couverture, il l'avait déjà vu au Rikshospitalet. Comme si tout avait été annoncé.

« Merci, Katrine, dit Beate.

— C'était quoi ? demanda le rasta.

— J'ai bossé avec Erlend exactement à cet endroit.

— Ici ?

— Oui, exactement ici. Il dirigeait l'enquête tactique. Il y a plus de dix ans, au moins. Sandra Tveten. Violée et tuée. Juste une enfant. »

Anton déglutit. Une enfant. Des répétitions.

« Je me rappelle cette affaire, dit le rasta. Le destin est bizarre, tout de même : mourir sur le lieu d'un crime. Et l'affaire Sandra, ça se passait pas aussi à l'automne ? »

Beate ne répondit pas.

Anton cligna plusieurs fois des yeux. Ce n'était pas vrai. *Lui*, il avait vu un cadavre qui ressemblait à ça.

« Putain ! grogna doucement le rasta. Tu ne veux pas dire que... ? »

Beate Lønn lui prit sa tasse. But une gorgée. La lui rendit. Fit oui de la tête.

« Merde », murmura le rasta.

Chapitre 3

« Déjà-vu », dit Ståle Aune en regardant les rafales de neige denses tomber sur Sporveisgata. La nuit de ce matin de décembre allait céder la place à une courte journée. Puis il se retourna vers l'homme assis dans le fauteuil en face du bureau. « Le déjà-vu, c'est le sentiment de voir quelque chose que l'on a vu auparavant. Nous ne savons pas ce que c'est. »

Par « nous », il songeait aux psychologues en général, pas seulement aux thérapeutes.

« Certains considèrent que lorsque nous sommes fatigués, il se produit un retard de la transmission de l'information à la partie consciente du cerveau, si bien que lorsqu'elle y parvient, elle est déjà présente dans l'inconscient depuis un moment. C'est pour cela que nous vivons ça comme si nous reconnaissions quelque chose. Et la fatigue expliquerait pourquoi le déjà-vu est plus fréquent en fin de semaine. Voilà à peu près ce que la recherche a apporté : le vendredi est le jour du déjà-vu. »

Ståle Aune avait peut-être espéré un sourire. Non pas parce que le sourire signifiait quoi que ce soit dans ses efforts professionnels pour conduire les gens à se réparer eux-mêmes, mais parce que le moment l'exigeait.

« Je ne parle pas d'un déjà-vu comme ça », dit le patient. Le client. La personne qui, dans une vingtaine de minutes, allait payer à l'accueil et contribuer à couvrir les frais communs des cinq psychologues qui avaient leur cabinet dans ce bâtiment sans charme mais pas récent de quatre étages de Sporveisgata, dans le quartier moyennement chic de l'ouest d'Oslo. Ståle Aune jeta un coup d'œil en douce à l'horloge accrochée au mur, derrière la tête de l'homme. Dix-huit minutes.

« C'est plutôt comme un rêve qui n'arrête pas de revenir.

— Comme un rêve ? » Le regard de Ståle Aune se posa à nouveau sur le journal qu'il avait déplié dans le tiroir de son bureau, et que le patient ne pouvait pas voir. De nos jours, la plupart des thérapeutes étaient assis dans un fauteuil en face du patient. Quand on avait livré l'énorme bureau dans le cabinet de Ståle, ses collègues n'avaient pas manqué de lui faire remarquer en ricanant que les théories modernes sur la thérapie disaient qu'il valait mieux réduire au maximum les obstacles entre soi et le patient. La réponse de Ståle avait été brève : « C'est mieux pour le patient, peut-être. »

« C'est un rêve. Je rêve.

— Les rêves récurrents sont fréquents », dit Aune en passant la main devant sa bouche afin de masquer un bâillement. Il pensa à regret à son cher vieux divan qui avait été sorti du cabinet pour se retrouver dans la salle commune où, avec les haltères, il faisait office de private joke psychothérapeutique. Les patients sur le divan lui rendaient la lecture furtive de la presse encore plus facile.

« Mais c'est un rêve que je ne veux pas faire. » Faible sourire, très conscient. Cheveux minces, bien coiffés.

Bienvenue chez l'exorciste des rêves, songea Aune, et il essaya de répondre par un sourire aussi mesuré. Le patient avait un costume rayé, une cravate rouge et grise et des chaussures noires et brillantes. Aune, de son côté, portait une veste en tweed, un nœud papillon pimpant sous son double menton et des chaussures marron qui n'avaient pas vu une brosse depuis un moment.

« Tu peux peut-être me raconter sur quoi porte ce rêve ?

— Mais je te l'ai déjà raconté.

— Bien sûr. Mais peut-être pourrais-tu me le raconter un peu plus en détail ?

— Comme je te l'ai dit, ça commence à la fin de *Dark Side of the Moon*. "Eclipse" se termine, David Gilmour a chanté... » L'homme fit la moue avant de passer à l'anglais de façon tellement maniérée qu'Aune n'eut aucune peine à imaginer la tasse de thé portée à la bouche en cœur. « ... *And everything under the sun is in tune but the sun is eclipsed by the moon.*

— Et c'est ce que tu rêves ?

— Non ! Enfin, si, le disque se termine réellement. De manière optimiste. Après trois quarts d'heure de mort et de folie. Tu te dis que tout va bien finir. Que tout est harmonie. Mais au moment où l'album se termine, tu peux à peine entendre une voix à l'arrière-plan qui marmonne un truc. Il faut monter le son pour entendre les paroles. Et, là, tu les entends très bien : *There is no dark side of the moon, really. Matter of fact, it's all dark.* Tout est noir. Tu comprends ?

— Non », répondit Aune. D'après le manuel, il aurait dû demander : « C'est important pour toi que je comprenne ? » ou quelque chose dans ce genre. Mais il n'en avait pas eu la force.

« Le mal n'existe pas parce que tout est mauvais. L'espace est plongé dans l'obscurité. Nous sommes nés mauvais. Le mal est le point de départ, c'est ce qui est naturel. Et, petit à petit, il y a un peu de lumière. Mais c'est tout à fait provisoire, nous allons retourner aux ténèbres. C'est ce qui se passe dans mon rêve.

— Continue », dit Aune. Il fit tourner son siège et regarda par la fenêtre d'un air pensif. Il adoptait cet air-là afin de cacher le fait qu'il avait besoin de voir autre chose que la tête de ce patient, où se mêlaient l'apitoiement sur son sort et l'autosatisfaction. L'homme se considérait certainement comme unique, et se prenait pour un cas qui allait vraiment occuper un psy. De toute évidence, l'homme avait déjà suivi une thérapie. Aune vit un contractuel qui avançait dans la rue avec les jambes arquées, tel un shérif. Ståle Aune se demanda quel autre métier il pourrait pratiquer. Il trouva rapidement la réponse : aucun. En outre, il adorait la psychologie, il adorait naviguer dans cet espace entre ce que l'on sait et ce que l'on ignore, combiner tout son pesant de connaissances avec l'intuition et la curiosité. En tout cas, il se le disait tous les matins. Alors pourquoi n'avait-il qu'une envie, que ce patient ferme sa gueule et sorte de son cabinet, et disparaisse de sa vie ? Était-ce à cause de cette personne, ou à cause de son boulot de thérapeute ? Cela avait été l'ultimatum implicite d'Ingrid qui l'avait obligé à changer, il devait travailler moins, être plus présent pour elle et leur fille Aurora. Il avait coupé dans la recherche qui lui prenait tant de temps, dans ses heures de consultation pour la Brigade criminelle et dans ses cours à l'École de Police. Il n'était plus que thérapeute, avec des horaires fixes. Il avait eu l'impression de reconnaître les bonnes priorités. Qu'est-ce qui lui manquait dans ce qu'il avait abandonné ? Cela lui manquait-il, le profilage de malades qui assassinaient des gens, des actes tellement atroces que cela lui bouffait son sommeil — quand il parvenait enfin à s'endormir —, et d'être réveillé par l'inspecteur Harry Hole qui exigeait des réponses immédiates à des questions impossibles ? Hole l'avait transformé à son image, faisant de lui un monomaniaque affamé et en manque de sommeil, un chasseur qui aboyait sur tous ceux qui le dérangeaient dans son travail, dans ce qui avait de la valeur à ses yeux, et qui écartait ses collègues, sa famille et ses amis — lentement mais sûrement. Est-ce que ça lui manquait ?

Putain, oui, ça lui manquait. Ce qu'il y avait d'*important* là-dedans lui manquait.

Le sentiment de sauver des vies lui manquait. Et, cette fois-ci, il ne s'agissait pas de la vie du suicidaire rationnel qui lui faisait parfois se poser la question : si la vie est perçue comme quelque chose de si pénible, auquel on ne peut rien changer, pourquoi cette personne n'aurait-elle pas le droit de mourir ? Ça lui manquait d'être la personne active, d'être celui qui intervient, celui qui sauve l'innocent des mains du coupable, de faire des trucs dont personne d'autre n'était capable parce que lui — Ståle Aune — était le meilleur. C'était aussi simple que ça. Oui, Harry Hole lui manquait. Oui, cela lui manquait de ne plus avoir au bout du fil le grand type grognon, l'ivrogne au grand cœur, qui le pressait — non, qui lui ordonnait — d'œuvrer pour la société, qui exigeait de lui qu'il sacrifie sa vie de famille et son sommeil afin de capturer un des misérables de la société. Mais il n'y avait plus d'inspecteur principal du nom de Harry Hole à la Brigade criminelle, et personne d'autre ne l'avait appelé. Son regard passa à nouveau sur les pages du journal. Une conférence de presse avait eu lieu. Le meurtre du policier à Maridalen remontait à presque trois mois et la police n'avait toujours ni piste ni suspect. Autrefois, ils auraient fait appel pour une affaire de ce genre. Le meurtre avait été commis au même endroit et à la même date qu'une vieille affaire non résolue. La victime était un policier qui avait participé à la première enquête.

Mais bon, c'était autrefois. Aujourd'hui, il s'agissait des insomnies d'un homme d'affaires surmené qu'il n'aimait pas. Aune allait bientôt commencer à poser des questions qui allaient probablement exclure les troubles de stress post-traumatiques, l'homme en face de lui n'était pas handicapé par ses cauchemars, il était simplement obsédé par sa propre productivité dans sa tête. Aune lui donnerait donc une photocopie de l'article « Imagery Rehearsal Therapy » de Krakow et... Il ne se souvenait plus des autres noms. Il lui demanderait de coucher par écrit ses cauchemars et d'apporter le papier la prochaine fois. Ils prépareraient ensemble une alternative, une fin heureuse au cauchemar qu'ils répéteraient mentalement, pour que les rêves semblent plus agréables, ou pour qu'ils disparaissent.

Aune entendit le bourdonnement régulier et soporifique de la voix du patient, et il se dit que l'enquête sur le meurtre de Maridalen piétinait depuis le premier jour. Mêmes si les coïncidences évidentes avec l'affaire Sandra étaient apparues — la date, le lieu et la personne —, ni la Kripos ni la Brigade criminelle n'avaient réussi à avancer. Et là, elles demandaient aux gens de réfléchir très fort et d'appeler pour donner des informations, mêmes si elles pouvaient paraître sans grand rapport. D'où la conférence de presse de la veille. Aune les soupçonnait de faire cela pour la galerie. La police avait besoin de montrer qu'elle faisait quelque chose, qu'elle n'était pas paralysée. Même si c'était précisément l'impression donnée. Des enquêteurs désemparés et très critiqués se tournaient vers la population en lui disant voyons-un-peu-si-vous-pouvez-nous-aider.

Il regarda la photo de la conférence de presse. Il reconnut Beate Lønn. Gunnar Hagen, le chef de la Brigade criminelle, qui ressemblait de plus en plus à un moine avec ses cheveux drus qui poussaient autour de son crâne lisse et luisant, et formaient comme une couronne de lauriers. Même Mikael Bellman, le nouveau directeur de la police, était présent. Après tout, il s'agissait du meurtre de l'un des leurs. Le visage sévère. Plus mince que dans son souvenir. Les boucles de cheveux qui passaient si bien à l'écran, et presque trop longues, avaient visiblement dû être sacrifiées entre le poste de chef de la Kripos et de l'Orgkrim et celui de shérif en titre. Aune pensa à la beauté presque féminine de Bellman, soulignée par les longs cils et la peau mate aux taches de dépigmentation blanches caractéristiques. On ne voyait rien de tout cela sur la photo. Le meurtre non résolu d'un policier constituait bien entendu le pire début possible pour un directeur de la police qui avait basé toute sa carrière éclair sur les succès. Il avait fait le ménage dans les gangs de la drogue à Oslo, mais cela serait rapidement oublié. Certes, Erlend Vennesla était à la retraite et il n'avait pas été tué en service, mais tout le monde comprenait bien que sa disparition était liée à l'affaire Sandra, d'une façon ou d'une autre. Bellman avait mobilisé tout ce qui pouvait marcher ou ramper parmi les policiers et les effectifs externes. Sauf lui, Ståle Aune. Il avait été rayé de leurs listes. Naturellement, puisqu'il l'avait demandé.

L'hiver arrivait et, avec lui, le sentiment que la neige recouvrait les pistes. Les pistes ne menaient nulle part. Il n'y en avait pas. C'était ce que Beate Lønn avait déclaré lors de la conférence de presse, une absence frappante d'éléments techniques. Évidemment, ils avaient contrôlé toutes les personnes liées de près ou de loin à l'affaire Sandra. Suspects, proches, amis, et même les collègues de Vennesla ayant travaillé sur l'affaire. Sans résultat.

Le silence s'était fait dans la pièce, et Ståle vit à l'expression du patient qu'il venait de lui poser une question et qu'il attendait sa réponse.

« Hm, fit Aune ; il posa le menton sur son poing et soutint le regard de l'autre. Et toi, qu'est-ce que tu en penses ? »

Le regard de l'homme indiqua son trouble et, pendant un instant, Aune craignit qu'il ne lui eût demandé un verre d'eau, ou quelque chose dans ce genre.

« Ce que je pense du fait qu'elle sourit ? Ou de l'éclat ?

— Les deux.

— Parfois, je pense qu'elle sourit parce qu'elle m'aime bien. D'autres fois, je pense qu'elle sourit parce qu'elle veut que je fasse quelque chose. Mais quand elle cesse de sourire, l'éclat s'éteint dans ses yeux, et il est trop tard pour le savoir, parce qu'elle ne veut plus parler. Je me dis que c'est peut-être l'ampli. Ou alors quoi ?

— Euh... L'ampli ?

— Oui. » Silence. « Celui dont j'ai parlé. Celui que mon père éteignait quand il entrait dans ma chambre, quand il disait que j'avais suffisamment passé ce disque et que c'était à la limite de la folie. Et là, je te disais que tu pouvais voir disparaître la petite lumière rouge à côté du bouton. Comme un œil. Ou un coucher de soleil. Là, je pensais que je l'avais perdue. Que c'était pour ça qu'elle devenait muette à la fin du rêve. Elle est l'ampli qui se tait quand papa l'éteint. Et je ne peux plus parler avec elle.

— Tu passais des disques et tu pensais à elle ?

— Oui. Tout le temps. Jusqu'à mes seize ans. Mais, pas *des* disques. *Le* disque.

« — *Dark Side of the Moon* ?

— Oui.

— Mais elle ne voulait pas de toi ?

— Je ne sais pas. Sans doute pas. Pas à ce moment-là.

— Hm. Notre séance est terminée. Je vais te donner quelque chose à lire pour la prochaine fois. Et je voudrais que tu inventes une nouvelle fin à l'histoire, dans ton rêve. Elle va parler. Elle va te dire quelque chose. Quelque chose que tu aimerais qu'elle te dise. Qu'elle t'aime bien, peut-être. Est-ce que tu peux y réfléchir pour la prochaine fois ?

— D'accord. »

Le patient se leva, prit son manteau sur le portemanteau et se dirigea vers la porte. Aune s'assit au bureau, regarda l'agenda sur l'écran de l'ordinateur. Déprimant. Tout était plein. Il se rendit compte que cela lui était déjà arrivé, il avait totalement oublié le nom du patient. Il le retrouva sur l'agenda. Paul Stavnes.

« Même heure, la semaine prochaine, Paul ?

— Oui, bien sûr. »

Ståle enregistra son nom. Quand il redressa la tête, Stavnes était sorti.

Il se leva, prit le journal et alla à la fenêtre. Alors, il était où, ce réchauffement climatique qu'on n'arrêtait pas de nous promettre ? Il baissa les yeux sur le journal, mais n'avait plus envie de le lire et le jeta par terre. Cela faisait des semaines et des mois que les journaux ressassaient la même chose. Battu à mort. Coups épouvantables portés à la tête. Erlend Vennesla laissait derrière lui une femme, des enfants et des petits-enfants. Des amis et des collègues bouleversés. « Une personne chaleureuse et gentille. » « Impossible de ne pas l'apprécier. » « Aimable, intègre et tolérant, il n'avait absolument aucun ennemi. » Ståle Aune inspira un grand coup. *There is no dark side of the moon, really. Matter of fact, it's all dark.*

Il regarda son téléphone. Ils avaient son numéro. Mais il restait muet. Exactement comme la fille dans le rêve.

Chapitre 4

Gunnar Hagen, le chef de la Brigade criminelle, se passa la main sur le front et remonta sur le lagon qui s'ouvrait au sommet de son crâne. La sueur accumulée sur la paume de sa main fut captée par l'atoll de cheveux à l'arrière de sa tête. Le groupe d'enquête était assis devant lui. Pour un meurtre normal, il aurait compris douze personnes. Mais le meurtre d'un collègue n'était pas une affaire banale et le K2 était rempli jusqu'au dernier siège, soit un peu moins de cinquante personnes. Si l'on comptait ceux qui étaient en arrêt maladie, on arrivait à cinquante-trois personnes. Il y aurait bientôt davantage d'arrêts maladie, la pression médiatique commençait à se faire sentir. Le côté positif de l'affaire, c'était qu'elle avait rapproché les deux grosses unités chargées des enquêtes sur les meurtres en Norvège, la Brigade criminelle et la Kripos. Toutes les rivalités avaient été mises de côté et, pour une fois, tous avaient collaboré en n'ayant plus qu'un seul but en tête : trouver celui qui avait tué leur collègue. Les premières semaines, l'intensité et l'ardeur déployées avaient convaincu Hagen que l'affaire serait rapidement résolue, malgré le manque d'éléments techniques, de témoins, de mobiles, de suspects et de fils conducteurs possibles. Tout simplement parce que la volonté était tellement énorme, les mailles du filet tellement fines, et les moyens mis à disposition quasi illimités. Et pourtant.

Les visages gris et fatigués le fixaient avec une apathie de plus en plus manifeste depuis ces dernières semaines. Et la conférence de presse de la veille n'avait rien fait pour remonter le moral des troupes, tant elle avait ressemblé à une capitulation, avec cette demande d'aide, d'où qu'elle puisse venir. Deux arrêts maladie supplémentaires étaient arrivés ce matin, et ce n'étaient pas exactement des gens qui jetaient l'éponge parce qu'ils étaient un peu enrhumés. En plus de l'affaire Vennesla, l'affaire Gusto Hanssen était passée du statut de résolue à celui de non élucidée, parce que Oleg Fauke avait été relâché lorsque Chris « Adidas » Reddy était revenu sur ses aveux. Bon, un aspect positif de l'affaire Vennesla, c'était que la presse n'avait pas écrit un mot sur le meurtre du trafiquant Gusto Hanssen, tant celui du policier avait éclipsé tout le reste.

Hagen baissa les yeux sur le papier posé devant lui sur le pupitre. Il comportait deux lignes. C'était tout. Une réunion avec deux lignes.

Gunnar Hagen s'éclaircit la gorge.

« Bonjour à tous. Comme vous le savez, nous avons reçu un certain nombre de renseignements après la conférence de presse d'hier. Quatre-vingt-huit tuyaux, qu'il faut suivre pour la plupart d'entre eux. »

Il lui était inutile d'expliquer ce qu'ils savaient tous, après trois mois, ils en étaient arrivés à racler les fonds de tiroir, quatre-vingt-quinze pour cent des tuyaux n'étaient que du vent, les habituels cinglés qui appelaient toujours, les ivrognes, le gars qui voulait faire porter les soupçons sur un type qui s'était tiré avec sa copine, sur le voisin qui ne faisait pas son tour de nettoyage dans l'immeuble, c'étaient des blagues, ou simplement des gens qui avaient besoin d'un peu d'attention et de parler à quelqu'un. Donc, avec « un certain nombre », il voulait dire quatre tuyaux. Et quand il disait « qu'il faut suivre », c'était du flan. Ces tuyaux étaient courus d'avance et mèneraient exactement là d'où ils venaient : nulle part.

« Nous avons un visiteur de marque aujourd'hui » et Hagen se rendit compte tout de suite que cela pouvait être perçu comme du sarcasme. « Le directeur de la police va nous dire quelques mots. Mikael... »

Hagen referma le classeur, il l'appuya sur le bout de la table, comme s'il contenait un tas de documents du dossier et non cette simple feuille A4, il espéra avoir fait oublier le « visiteur de marque » en appelant Bellman par son prénom. Il fit un signe de tête à l'homme qui attendait près de la porte, tout au fond de la salle.

Le jeune directeur de la police était adossé au mur, bras croisés, il attendit le petit instant nécessaire pour que tout le monde réussisse à se tourner pour le regarder, puis, d'un mouvement souple et puissant, il se décolla du mur et se dirigea à pas vifs vers le pupitre. Il esquissa un sourire, comme s'il pensait à quelque chose d'amusant. Il monta sans peine au pupitre, y posa ses avant-bras, se pencha en avant et regarda droit devant lui comme pour bien souligner qu'il n'avait pas de notes. Hagen se dit que Bellman ferait mieux de leur donner ce que son entrée laissait promettre.

« Certains d'entre vous savent peut-être que je fais de l'alpinisme, dit Mikael. Et lorsque je me réveille par une journée comme aujourd'hui et que je regarde par la fenêtre, avec une visibilité nulle, avec la météo qui annonce encore plus de neige et de vent, je repense à une montagne que j'avais l'intention d'escalader. »

Bellman marqua une pause et Hagen constata que cette introduction inattendue marchait, Bellman avait captivé leur attention. Pour le moment. Hagen savait aussi que le seuil de tolérance aux conneries était à son plus bas dans le groupe d'enquête, et qu'ils ne feraient aucun effort pour le dissimuler. Bellman était trop jeune, cela faisait trop peu de temps qu'il s'était installé dans le fauteuil de chef, et il y était arrivé un peu trop vite pour qu'ils lui permettent d'abuser de leur patience.

« Il se trouve que la montagne en question porte le même nom que cette salle. Le même nom que certains d'entre vous ont donné à l'affaire Vennesla. K2. C'est un bon nom. C'est le deuxième sommet le plus haut du monde. *The Savage Mountain.* Le plus difficile à escalader. Pour quatre personnes parvenues au sommet, une y a perdu la vie. Nous avions prévu d'escalader la face sud, en empruntant ce que l'on appelle The Magic Line. Cela a été fait seulement deux fois et beaucoup considèrent cette ascension comme une sorte de suicide rituel. Il suffit d'un très léger changement de temps, et la montagne et toi vous êtes pris dans la neige et dans une température dans laquelle aucun de nous n'est censé survivre — en tout cas, pas avec moins d'oxygène au mètre cube qu'il n'y en a sous l'eau. Et comme c'est l'Himalaya, nous savons tous qu'il y *aura* un changement dans la météo. »

Petit silence.

« Alors, pourquoi voulais-je escalader cette montagne-là ? »

Nouveau silence. Un peu plus long, comme s'il attendait que quelqu'un réponde à la question. Et toujours ce petit sourire. Le silence commençait à durer. Trop long, se dit Hagen. Les policiers ne sont pas des fans des effets étudiés.

« Parce que... » Bellman tapota de l'index le haut du pupitre. « *Parce que* c'est la pire. Physiquement et mentalement. Il n'y a pas une seconde de plaisir associée à cette escalade, rien que de l'inquiétude, un effort éreintant, de l'angoisse, du vertige, du manque d'oxygène, divers degrés de panique extrêmement dangereux, et de l'apathie encore plus dangereuse. Et quand tu es au sommet, pas question de profiter de la victoire, tu as tout juste le temps de prendre une photo ou deux qui prouveront que tu es bien arrivé là-haut. Pas question de croire que le pire est derrière toi, pas question de te laisser aller à somnoler doucement, non, il s'agit de garder ta concentration intacte, de remplir tes tâches de manière systématique, comme un robot, sans cesser d'évaluer la situation. Il faut *toujours* évaluer la situation. Comment est le temps ? Quels signaux t'envoie ton corps ? Où sommes-nous ? Depuis combien de temps sommes-nous à cet endroit ? Comment vont les autres membres de l'équipe ? »

Il recula d'un pas.

« Le K2, c'est une succession de revers et d'obstacles. Même quand on descend. Des revers et des obstacles. Et c'est pour ça que l'on veut essayer. »

Le silence régnait dans la salle. Pas un bâillement manifeste, pas de pieds qui s'agitent sous les sièges. Bon sang, se dit Hagen, il les tient.

« Deux mots, déclara Bellman. Pas trois, rien que deux. Persévérance et solidarité. J'avais pensé à ajouter ambition, mais l'ambition n'est pas assez importante, pas assez forte par rapport au reste. Mais vous allez peut-être demander à quoi servent la persévérance et la solidarité s'il n'y a pas un but, une ambition. L'action pour l'action ? La gloire sans récompense ? Si, dans quelques années, on parle encore de l'affaire Vennesla, ce sera à cause des revers. Parce que cela avait l'air impossible. Parce que la montagne était trop haute, le temps trop épouvantable, l'air trop irrespirable. Parce que tout était allé de travers. Et c'est l'histoire des revers qui va rendre l'affaire légendaire, qui va faire que c'est une histoire que l'on se racontera au coin du feu. Tout comme la plupart des alpinistes du monde ne viendront même pas au pied du K2, on peut passer sa vie d'enquêteur sans participer à une affaire comme celle-ci. Pensez-y, si cette affaire avait été réglée au cours des premières semaines, elle aurait été oubliée l'année prochaine. Qu'est-ce que toutes les grandes affaires criminelles de l'Histoire ont en commun ? »

Bellman attendit. Il acquiesça, comme s'ils lui avaient donné la réponse qu'il ne faisait que répéter :

« Ça a pris du *temps*. Il y a eu des *revers*. »

On chuchota à côté de Hagen : « Churchill, *eat your heart out.* » Il tourna la tête et vit Beate Lønn qui s'était placée à côté de lui, avec un sourire en coin.

Il fit un bref signe de tête et contempla l'assemblée. Des vieux trucs, peut-être, mais qui marchaient encore. Là où, quelques minutes plus tôt, le feu était mort, Bellman avait réussi à insuffler de la vie dans les braises. Mais Hagen savait que ce feu ne brûlerait pas longtemps si les résultats continuaient à briller par leur absence.

Trois minutes plus tard, Bellman en avait terminé de son laïus et il quittait l'estrade sous les applaudissements, avec un grand sourire. Hagen applaudit consciencieusement lui aussi, mais il frémissait à l'idée de prendre la suite au pupitre. Douche froide garantie, car il allait leur annoncer que le groupe serait réduit à trente-cinq hommes. Ordre de Bellman, mais ils s'étaient mis d'accord sur le fait qu'il ne le leur annoncerait pas. Hagen s'avança, posa le classeur, s'éclaircit la gorge, fit semblant de feuilleter des papiers. Leva les yeux. Toussota une nouvelle fois et afficha un sourire gêné. « *Ladies and gentlemen, Elvis has left the building.* »

Silence. Pas un rire.

« Bon, nous avons certaines choses à régler. Quelques-uns parmi vous vont être transférés à d'autres missions. »

Extinction complète.

Lorsqu'il sortit de l'ascenseur dans le hall de l'hôtel de police, il entraperçut une silhouette qui disparaissait dans l'ascenseur voisin. Était-ce Truls ? Pas possible, il était toujours en quarantaine après l'affaire Assaïev. Bellman sortit par la porte principale, il se heurta à la neige et se dirigea vers la voiture qui l'attendait. Quand il avait pris le poste de directeur de la police, on lui avait expliqué que, en théorie, il avait droit à un chauffeur, mais que ses trois prédécesseurs avaient tous décliné, en avançant que ce serait envoyer un mauvais signal. Après tout, ils devaient justifier des coupes dans tous les domaines. Bellman était revenu à cette pratique en déclarant qu'il ne voulait pas que ces mesquineries sociales-démocrates gênent l'efficacité de ses journées de travail, en outre, il était important de signaler à ceux qui se trouvaient en bas de la hiérarchie que le travail et l'avancement s'accompagnaient de certains avantages. Le directeur de la communication l'avait pris à part et lui avait suggéré, si des journalistes l'interrogeaient là-dessus, de s'en tenir à l'efficacité de ses journées de travail, et d'oublier le côté « avantages ».

« À l'hôtel de ville », dit Bellman en s'asseyant sur la banquette arrière.

La voiture quitta le trottoir, fit le tour de l'église de Grønland et fila vers Plaza et l'immeuble de la poste qui dominait encore dans le ciel d'Oslo, malgré tous les chantiers autour de l'Opéra. Mais, aujourd'hui, on ne voyait pas le ciel, il n'y avait que de la neige et Bellman pensa à trois choses indépendantes les unes des autres. Mois de décembre de merde. Affaire Vennesla de merde. Et enfoiré de Truls Berntsen.

Mikael n'avait pas vu Truls ni ne lui avait parlé depuis qu'il avait été obligé de suspendre son ami d'enfance et subordonné au début octobre. Si, Mikael pensait l'avoir aperçu devant le Grand Hôtel la semaine précédente, dans une voiture en stationnement. C'étaient les gros dépôts en liquide sur le compte de Truls qui avaient conduit à cette quarantaine. Comme Truls ne pouvait ou ne voulait pas les justifier, Mikael n'avait pas eu le choix, en tant que chef. Bien sûr, Mikael savait parfaitement d'où venait cet argent : des boulots de brûleur — de sabotage délibéré de preuves — que Truls avait effectués pour le gang de Rudolf Assaïev. De l'argent que ce crétin avait déposé sur son compte. La seule consolation, c'était que ni l'argent ni Truls ne pouvaient désigner Mikael. Seules deux personnes au monde pouvaient révéler la collaboration de Mikael avec Assaïev. La première était l'adjointe au maire chargée des affaires sociales et sa complice, l'autre était dans le coma dans une unité sous surveillance du Rikshospitalet, et elle était mourante.

Ils traversèrent Kvadraturen. Bellman était fasciné par le contraste entre la peau noire des prostituées et le blanc de la neige sur leurs cheveux et leurs épaules. Il vit aussi que de nouvelles équipes de dealers s'étaient précipitées dans le vide laissé par Assaïev.

Truls Berntsen. Ce dernier avait suivi Mikael lors de son adolescence à Manglerud comme le rémora suit le requin. Mikael avait le cerveau, le leadership, l'éloquence, l'allure. Truls « Beavis » Berntsen avait l'intrépidité, les poings et la loyauté presque puérile. Mikael qui se faisait des amis comme il le voulait. Truls qui était si difficile à aimer que tout le monde le fuyait. Pourtant, ils ne se lâchaient pas, Berntsen et Bellman. Leurs noms se suivaient quand on faisait l'appel à l'école, et plus tard, à l'École de Police, Bellman en premier, et Berntsen qui traînait juste derrière. Mikael était sorti avec Ulla, et Truls avait toujours été là, non loin. Mais au fil des ans, Truls s'était lentement retrouvé à la traîne, il ne possédait pas l'ambition naturelle de Mikael pour sa vie privée et sa carrière. En règle générale, il était facile de mener Truls. Il sautait quand Mikael lui disait « saute ». Mais il pouvait aussi prendre ce regard noir et, dans ce cas, Mikael ne le reconnaissait plus. Comme la fois où Truls avait aveuglé avec sa matraque un jeune homme qui avait été appréhendé. Ou le mec de la Kripos qui s'était révélé être un pédé et qui avait essayé de draguer Mikael. Des collègues avaient été témoins, et Mikael avait été obligé de faire en sorte que l'on comprenne qu'il ne laissait pas passer ça. Il avait emmené Truls avec lui, chez le mec en question. Il l'avait attiré dans le garage et Truls s'était déchaîné sur lui avec sa matraque. D'abord de manière contrôlée, puis de plus en plus enragée, à mesure que son regard s'obscurcissait, comme s'il était en état de choc, avec les pupilles dilatées, jusqu'au moment où Mikael avait été obligé de l'arrêter pour qu'il ne le tue pas. Certes, Truls était loyal. Mais il était aussi imprévisible, et cela préoccupait Mikael. Lorsque Mikael lui avait annoncé que la Commission de déontologie l'avait suspendu jusqu'à ce qu'il explique d'où provenait l'argent sur son compte, Truls avait répété que c'était une affaire privée, il avait haussé les épaules comme si cela n'avait aucune importance, et il était sorti. Comme si quelque chose attendait Truls « Beavis » Berntsen, comme s'il avait une vie en dehors du boulot. Mikael avait vu son regard noir. Comme si on venait d'allumer une mèche, comme si on la voyait brûler dans un couloir de mine, et qu'il ne se passait rien. Mais tu ignores si la mèche est trop longue ou si elle s'est éteinte, et tu es complètement crispé, parce que ton petit doigt te dit que plus le temps passe, plus ça va péter.

La voiture tourna derrière de l'hôtel de ville. Mikael descendit du véhicule et monta les marches vers l'entrée. Certains affirmaient que c'était la vraie entrée principale, telle que l'avaient conçue les architectes Arneberg et Poulsson dans les années vingt, et que le plan avait été inversé par erreur. Lorsque cela avait été découvert dans les années quarante, la construction était tellement avancée que l'on avait étouffé la chose et fait comme si de rien n'était. On espérait que ceux qui arrivaient à la capitale de la Norvège par le fjord d'Oslo ne se rendaient pas compte qu'ils voyaient l'entrée de service.

Les semelles en cuir des chaussures italiennes claquèrent douce-ment sur le sol en pierre, et Mikael Bellman marcha à grands pas vers l'accueil où la femme derrière le comptoir lui adressa un sourire éclatant :

« Bonjour monsieur le directeur. On vous attend. Neuvième étage, à gauche au fond du couloir. » Bellman s'étudia dans le miroir pendant que l'ascenseur montait. Il se dit que c'était exactement cela : il était en pleine ascension. Malgré cette affaire de meurtre. Il rajusta la cravate qu'Ulla lui avait achetée à Barcelone. Nœud windsor. Il avait appris à Truls à nouer sa cravate au lycée. Mais juste le nœud simple, le fin. La porte au fond du couloir était entrouverte. Mikael la poussa.

La pièce était nue. Le bureau rangé, les étagères vides, et le papier peint présentait des rectangles clairs là où des cadres avaient été accrochés. Elle était assise sur l'appui d'une des fenêtres. Son visage affichait cette beauté conventionnelle que les femmes qualifient volontiers de « chic », mais était dénué de douceur ou de charme, malgré les cheveux blonds coiffés avec de longues boucles tombant comme des guirlandes. Elle était grande, athlétique, avec des épaules et des hanches larges qui, pour l'occasion, étaient enserrées dans une jupe en cuir. Elle avait les jambes croisées. Le côté masculin de son visage, renforcé par un nez aquilin et des yeux de loup froids, associé à un regard assuré, plein de défi et joueur, avait conduit Bellman à faire des suppositions rapides la première fois qu'il l'avait vue. Isabelle Skøyen était une femme qui prenait des initiatives, et une cougar qui avait le goût du risque.

« Ferme à clef », dit-elle.

Il ne s'était pas trompé.

Mikael ferma la porte et tourna la clef. Il s'approcha d'une fenêtre. L'hôtel de ville dominait la masse des immeubles modestes d'Oslo avec leurs trois ou quatre étages. De l'autre côté de Rådhusplassen, la citadelle d'Akershus trônait du haut de ses sept cents ans sur les remparts, et les vieux canons usés par les batailles étaient braqués sur les eaux du fjord, qui semblaient avoir la chair de poule à trembler ainsi sous les rafales glacées. La neige s'était arrêtée et, sous les nuages plombés, la ville était baignée dans une lumière bleuâtre. Comme la couleur d'un cadavre, songea Bellman. La voix d'Isabelle résonna comme un écho entre les murs nus :

« Alors, mon chéri, qu'est-ce que tu penses de la vue ?

— Impressionnante. Si je me souviens bien, le précédent adjoint au maire avait un bureau à la fois plus petit et situé quelques étages plus bas.

— Je ne parle pas de cette vue-là. Mais de celle-ci. »

Il se tourna vers elle. La nouvelle adjointe au maire en charge des affaires sociales et de la prévention des toxicomanies avait écarté les jambes. Sa culotte était posée sur l'appui de la fenêtre, à côté d'elle. Isabelle avait maintes fois répété qu'elle ne comprendrait jamais le charme d'une chatte épilée, mais Mikael se dit qu'il devait tout de même exister un compromis en regardant fixement le maquis qu'il avait sous les yeux. Il répéta en marmonnant ce qu'il avait dit à propos de la vue. Absolument impressionnante.

Elle fit claquer brutalement ses talons sur le parquet et s'approcha de lui. Elle balaya une poussière invisible sur le revers de sa veste. Même sans ses talons aiguilles, elle faisait un centimètre de plus que lui. Mais là, elle le toisait. Lui n'était pas intimidé. Au contraire, sa taille imposante et sa personnalité dominatrice constituaient un défi intéressant. En tant qu'homme, cela exigeait de lui davantage qu'Ulla avec sa silhouette frêle et son tempérament accommodant. « J'ai trouvé qu'il était juste que ce soit toi qui inaugures mon bureau. Sans ta... coopération, je n'aurais jamais eu ce boulot.

— Et vice versa », dit Mikael Bellman. Il huma l'odeur de son parfum. Il le connaissait. Mais n'était-ce pas celui... d'Ulla ? Ce parfum Tom Ford, comment s'appelait-il déjà ? Black Orchid. Ce parfum qu'il devait lui acheter quand il était à Paris ou à Londres parce qu'il était impossible de le trouver en Norvège. La coïncidence était totalement improbable.

Il vit le rire dans les yeux d'Isabelle quand elle lut la stupéfaction dans son regard. Elle noua les mains derrière son cou et se pencha en arrière, avec un sourire.

« Désolée, je n'ai pas pu m'en empêcher. »

Bon sang, après la pendaison de crémaillère à la nouvelle maison, Ulla s'était plainte que la bouteille de parfum avait disparu et que l'un de ses invités de marque à lui avait dû la voler. Lui, il était presque certain qu'il s'agissait d'une personne de Manglerud, à savoir Truls Berntsen. Ce n'était pas comme s'il ignorait que Truls avait été follement amoureux d'Ulla depuis leur adolescence. Chose qu'il n'avait jamais confiée ni à Ulla ni à Truls. Il en allait de même pour la bouteille de parfum. Après tout, mieux valait que Truls fauche le parfum d'Ulla que ses culottes.

« Tu ne t'es jamais dit que c'était peut-être justement ton problème ? demanda Mikael. De ne pas pouvoir t'en empêcher. »

Elle rit doucement. Ferma les yeux. Les longs doigts épais se détachèrent de son cou, lui caressèrent le dos et se glissèrent à l'intérieur de sa ceinture. Il y avait une légère déception dans son regard.

« Qu'est-ce qui cloche, mon taureau ?

— Les médecins disent qu'il ne va pas mourir, dit Mikael. Et, aux dernières nouvelles, il a montré des signes d'une possible sortie du coma.

— Comment ça ? Il bouge ?

— Non, mais ils peuvent voir des changements dans les électroencéphalogrammes, et ils ont entrepris des examens neurophysiologiques.

— Et alors ? » Les lèvres d'Isabelle étaient toutes proches des siennes. « Tu t'inquiètes pour lui ?

— Non, je ne m'inquiète pas pour lui, mais de ce qu'il pourrait raconter. Sur nous.

— Pourquoi ferait-il une bêtise pareille ? Il est seul, il n'a rien à y gagner.

— Laisse-moi te dire un truc, chérie, dit Mikael en lui écartant la main. L'idée qu'il existe quelqu'un qui peut témoigner que toi et moi avons collaboré avec un trafiquant de drogue afin de faire avancer nos carrières...

— Écoute... Tout ce que nous avons fait, c'est intervenir avec prudence et empêcher que les forces du marché ne dirigent tout. C'est une bonne politique travailliste, une politique éprouvée, chéri. Nous avons laissé à Assaïev le monopole de la vente de la drogue et nous avons arrêté tous les autres barons parce que la dope d'Assaïev causait moins d'overdoses. Ne pas agir, cela aurait été une mauvaise politique de prévention de la toxicomanie. »

Mikael ne put s'empêcher de sourire.

« Je vois que tu as pu soigner ton argumentaire lors de tes leçons de médiatraining.

— Si on changeait de sujet, chéri ? » Elle glissa la main autour de sa cravate.

« Tu comprends comment la chose sera présentée lors d'un

procès ? Que j'ai eu le poste de directeur de la police et toi celui d'adjointe au maire chargée des affaires sociales parce que nous avons donné l'impression d'avoir personnellement nettoyé les rues d'Oslo et fait baisser le nombre de morts. Alors que, en réalité, nous avons laissé Assaïev détruire des preuves, tuer ses concurrents et vendre une drogue quatre fois plus puissante et addictive que l'héroïne.

— Humm… Tu m'excites tellement quand tu parles comme ça… »

Elle l'attira contre elle. La langue d'Isabelle était dans sa bouche, et il entendit le froufrou de son bas quand elle frotta sa cuisse contre la sienne. Elle le tira vers elle en reculant vers le bureau.

« Si jamais il se réveille à l'hôpital et se met à causer…

— Ferme-la, je ne t'ai pas fait venir ici pour parler. »

Les doigts d'Isabelle commencèrent à jouer avec la boucle de sa ceinture.

« Nous avons un problème, Isabelle, et il faut trouver une solution à ce problème.

— Je comprends bien, mais maintenant que tu es le directeur de la police, ton problème, c'est de discerner ce qui est prioritaire. Et l'hôtel de ville dit que ta priorité, en cet instant, c'est *ceci*. »

Mikael lui bloqua la main.

Elle soupira.

« D'accord. Je t'écoute. Dis-moi ce que tu as imaginé.

— Il faut le menacer. Le menacer d'une manière crédible.

— Pourquoi le menacer ? Pourquoi ne pas l'éliminer une bonne fois pour toutes ? »

Mikael éclata de rire. Il rit jusqu'au moment où il comprit qu'elle était sérieuse. Et qu'elle n'avait même pas eu besoin d'un moment pour y réfléchir.

« Parce que… »

Mikael soutint le regard d'Isabelle, et sa voix ne trembla pas. Il s'efforça d'être le même Mikael Bellman triomphant qu'une demi-heure plus tôt, avec le groupe d'enquête. Il essaya de trouver une réponse. Mais elle le devança.

« Parce que tu n'oses pas. Tu veux qu'on cherche dans les pages jaunes à la rubrique "euthanasie active" ? Tu n'as qu'à donner l'ordre de faire cesser la surveillance — à cause d'une mauvaise utilisation des effectifs, bla, bla, bla, et peu après le patient a droit à une visite inattendue de la part des pages jaunes. C'est-à-dire, inattendue pour lui. D'ailleurs, non, tu n'as qu'à envoyer ton ombre, là. Beavis. Truls Berntsen. Il est prêt à tout pour de l'argent, pas vrai ? »

Mikael secoua la tête, incrédule.

« Primo, c'est Gunnar Hagen, le chef de la Brigade criminelle, qui a ordonné cette surveillance. Si le patient est tué juste après que j'ai annulé les dispositions de Hagen, cela me mettra dans une position très inconfortable, pour dire la chose poliment. Secundo, nous ne voulons pas d'un meurtre.

— Écoute, chéri. Aucun politicien ne vaut mieux que ses conseillers. La condition pour parvenir au sommet, c'est de s'entourer de gens plus malins que soi. Et je commence à avoir des doutes, je me demande si tu es plus malin que moi, Mikael. Primo, tu ne réussis pas à attraper ce meurtrier de policier. Secundo, tu ne sais pas comment régler ce problème tout simple du mec dans le coma. Et comme tu ne veux pas non plus me baiser, je suis bien obligée de me demander : "Qu'est-ce que je fais de toi ?" Tu peux répondre à ça, Mikael ?

— Isabelle...

— Je prends ça pour un non. Alors, écoute bien, car voilà ce que nous allons faire... »

Il était bien obligé de l'admirer. La professionnelle presque froide et maîtrisée, et en même temps prête à prendre des risques, imprévisible, et qui mettait les collègues mal à l'aise. Certains la considéraient comme une risque-tout, mais ils n'avaient pas compris que déstabiliser les gens faisait partie du jeu d'Isabelle Skøyen. Elle comptait parmi ceux qui arrivaient plus loin et plus haut que les autres, et ce, en moins de temps. Et pour qui, s'ils tombaient, la chute était d'autant plus dure et brutale. Mikael Bellman se reconnaissait dans Isabelle Skøyen, mais elle était comme une version extrême de lui-même. Étrangement, au lieu de l'entraîner avec elle, elle le rendait encore plus prudent.

« Pour le moment, le patient ne s'est pas réveillé, alors nous ne faisons rien, dit Isabelle. Je connais un infirmier anesthésiste d'Enebakk. Un type très louche. Il me fournit des cachets que, en tant que personnalité politique, je ne peux pas m'acheter dans la rue. Comme Beavis, il fait presque tout pour de l'argent. Et n'importe quoi pour le sexe. À propos... »

Elle s'était assise sur le bord du bureau, elle souleva les jambes, les écarta, et elle défit les boutons du pantalon de Mikael d'un seul mouvement. Mikael lui prit les poignets.

« Isabelle, attendons mercredi, au Grand Hôtel.

— Non, nous n'attendrons *pas* mercredi au Grand Hôtel.

— Si, je vote pour.

— Ah bon ? » Elle dégagea ses mains et ouvrit son pantalon. Jeta un coup d'œil. La voix d'Isabelle Skøyen était gutturale : « Le résultat du vote donne deux contre un, chéri. »

Chapitre 5

La nuit et la température étaient tombées, et une lune pâle brillait par la fenêtre de la chambre de Stian Barelli quand il entendit la voix de sa mère, dans la salle de séjour.

« Stian ! C'est pour toi ! »

Il avait entendu sonner le téléphone fixe et espéré que ce n'était pas pour lui. Il posa la manette de sa Wii. Il était à douze sous le par avec trois trous restants, et il était donc en vachement bonne position pour se qualifier pour les Masters. Il jouait avec le pseudo de Rick Fowler puisque ce dernier était le seul golfeur du Tiger Woods Masters à être sympa et proche de son âge, vingt et un ans. Ils aimaient tous les deux Eminem et Rise Against, et s'habiller en orange. Naturellement, Rick Fowler, lui, avait les moyens de se payer son propre appart, tandis que Stian habitait encore dans sa chambre d'ado, chez ses parents. Mais c'était temporaire, cela serait terminé dès qu'il obtiendrait cette bourse pour l'université en Alaska. Tous les alpinistes norvégiens qui se débrouillaient à peu près y entraient grâce à leurs résultats aux championnats de Norvège junior. Cependant, le problème était que, jusqu'ici, pas un alpiniste ne s'était amélioré en allant là-bas. Et alors ? Les nanas, le vin, le ski. Pouvait-on imaginer mieux ? Un diplôme, peut-être, si on trouvait le temps. Un diplôme qui lui donnerait un job acceptable.

Le fric pour un appart à lui. Une vie meilleure que celle-ci, à savoir dormir dans le lit un peu trop petit sous les posters de Bode Miller et Aksel Lund Svindal, manger les boulettes de viande de maman et obéir aux règles de papa, entraîner des gamins insolents qui, d'après leurs parents aveuglés, avaient le talent pour faire un Aamodt ou un Kjus. Travailler à la remontée mécanique de Tryvannskleiva pour un salaire horaire que l'on n'oserait même pas filer à des enfants en Inde. C'est la raison pour laquelle Stian savait que c'était le directeur du club alpin qui appelait à cette heure-ci. De toutes les connaissances de Stian, c'était la seule personne qui évitait d'appeler les gens sur leur portable parce que c'était *un peu* plus cher, et qui les obligeait à dévaler l'escalier dans ces cavernes de l'âge de pierre où les gens avaient encore un téléphone fixe.

Stian prit le combiné que sa mère lui tendait.

« Oui ?

— Salut Stian, c'est Bakken. On m'a appelé pour me dire que le Kleivaheisen est en marche.

— Maintenant ? » dit Stian en regardant sa montre. Onze heures et quart. La remontée fermait à neuf heures.

« Tu peux monter voir ce qui se passe ?

— *Maintenant ?*

— Sauf si tu es super occupé, bien entendu. »

Stian ignora l'ironie dans la voix du directeur. Il savait qu'il avait eu deux saisons décevantes et que le directeur pensait que ce n'était pas à cause du manque de talent, mais à cause de l'abondance de temps libre que Stian meublait par la paresse, la négligence physique et une oisiveté généralisée.

« J'ai pas de voiture, dit Stian.

— Tu peux prendre la mienne », s'empressa de dire sa mère. Elle ne s'était pas éloignée, elle était juste à côté de lui, les bras croisés.

« Sorry, Stian, mais j'ai entendu. C'est sûrement des gars de Hemingrampen qui ont forcé la porte et qui ont voulu rigoler », dit le directeur d'un ton sec.

51

Il fallut dix minutes à Stian pour parcourir la route sinueuse jusqu'à Tryvannstårnet. La tour de télé avait l'air d'une lance de cent dix-huit mètres fichée au sommet des montagnes au nord-ouest d'Oslo.

Il se gara sur le parking enneigé et nota que la seule autre voiture était une Golf rouge. Il sortit les skis du coffre à skis, et les chaussa. Il passa devant le bâtiment principal et monta jusqu'à la remontée Tryvann Ekspress qui marquait le sommet du domaine skiable. De là, il put voir le lac, le téléski Kleivaheisen, plus petit. Même avec le clair de lune, il faisait trop sombre pour distinguer si les perches avec les sièges en forme de T bougeaient, mais il entendait le bruit monotone du dispositif au-dessous.

Quand il commença à descendre en décrivant de longs virages paresseux, il fut frappé par le silence merveilleux qui régnait là-haut pendant la nuit. C'était comme si la première heure après la fermeture était encore remplie de l'écho des cris de joie des gamins, des hurlements faussement terrorisés des filles, des carres en acier des skis contre la neige et la glace tassées, des garçons débordant de testostérone qui gueulaient pour que l'on fasse attention à eux. Même lorsque l'on éteignait les projecteurs, on aurait dit que la lumière restait en suspens un moment encore. Et puis, graduellement, le calme se faisait. Jusqu'à ce que le silence envahisse les moindres anfractuosités du terrain, et que la nuit sorte en douce de la forêt. Et là, c'était comme si Tryvann devenait un autre lieu, même pour Stian qui le connaissait comme sa poche, un lieu qui aurait tout aussi bien pu se trouver sur une autre planète. Une planète froide, sombre et inhabitée.

Le manque de lumière l'obligeait à descendre de manière délicate, à tenter de prévoir comment la neige et le terrain allaient défiler sous les skis. Mais c'était précisément son talent, qui faisait qu'il se débrouillait toujours mieux quand la visibilité était mauvaise, quand il neigeait, quand il y avait du brouillard ou peu de lumière. Il *sentait* ce qu'il ne voyait pas, il avait cette sorte de clairvoyance que possèdent certains skieurs, et qui fait totalement défaut à la majorité. Il cajolait la neige, il descendait doucement afin de faire durer le plaisir. En bas, il décrivit un arc de cercle devant la cabane de la remontée.

La porte était forcée.

Il y avait des éclats de bois dans la neige, la porte était béante et semblait le regarder, toute noire. C'est à ce moment-là que Stian se rendit compte qu'il était seul. Que l'on était au beau milieu de la nuit, qu'il se trouvait dans un endroit désert où l'on venait de commettre un crime. Il ne s'agissait probablement que d'un acte de vandalisme, mais quand même. Il ne pouvait pas être tout à fait sûr qu'il s'agissait seulement de vandalisme. Et qu'il était vraiment seul.

« Hé ho ! » cria Stian par-dessus le vrombissement du moteur et du bruit de ferraille des perches qui passaient sur le câble en acier légèrement chantant au-dessus de sa tête. Et il le regretta sur-le-champ. L'écho lui revint et, en même temps, le son de sa propre peur. Parce qu'il avait peur. Parce que son esprit ne s'était pas arrêté à « crime », à « seul », mais avait continué. Jusqu'à la vieille histoire. Il n'y pensait pas en plein jour mais, parfois, quand il était de garde ici le soir et qu'il n'y avait quasiment plus de skieurs, il arrivait que cette histoire sorte du bois, comme ça, avec la nuit. C'était arrivé hors saison, une nuit d'été, à la fin des années quatre-vingt-dix. La fille avait sûrement été droguée quelque part en ville et conduite ici. Menottée, bâillonnée, avec une cagoule. On l'avait portée du parking jusqu'à la cabane dont on avait forcé la porte. Elle avait été violée là. Stian avait entendu dire qu'elle était si petite et si menue que le ou les violeurs avaient pu la porter sans peine, surtout si elle était inconsciente. Il fallait espérer qu'elle avait été inconsciente tout le temps. Stian avait également entendu dire que la gamine de quinze ans avait été clouée au mur par deux gros clous à travers l'épaule, sous chaque clavicule, si bien que le ou les coupables avaient pu la violer debout, avec le minimum de contact physique avec le mur, le sol et la fille. C'était pour cela que la police n'avait pas trouvé d'ADN, d'empreintes ou de fibres de vêtements. Mais ce n'était peut-être pas vrai. En revanche, ce qu'il savait avec certitude, c'était que l'on avait retrouvé la fille à trois endroits. Au fond du lac, le buste et la tête. Dans le bois, au bas de Wyllerløypa, la première moitié du reste du corps. Sur les rives de l'Aurtjern, l'autre moitié. La police avait envisagé la possibilité de deux meurtriers parce que l'on avait retrouvé ces deux morceaux très éloignés l'un de l'autre. Mais c'était bien tout ce qu'elle avait pu faire : des hypothèses. Les meurtriers, s'il s'agissait bien d'hommes, car il n'y avait pas de sperme pour le confirmer, n'avaient jamais été retrouvés. Mais le directeur et les autres rigolos ne manquaient pas de raconter aux jeunes membres du club qui devaient passer leur première soirée à la station de Tryvann que, certaines nuits, les gens entendaient des bruits dans la cabane. Des cris qui couvraient presque tous les autres bruits. Celui des clous enfoncés dans le mur.

Stian détacha ses bottes des fixations et se dirigea vers la porte. Il fléchit légèrement les genoux, enfonça bien ses pieds dans les bottes et tenta d'ignorer son pouls qui venait d'augmenter.

Bordel, qu'est-ce qu'il s'imaginait trouver ? Du sang partout ? Des fantômes ?

Il passa la main à l'intérieur de la cabane, trouva l'interrupteur, le tourna.

Il regarda dans la pièce éclairée.

Sur le mur en pin brut, accrochée à un clou, il y avait une fille. Elle était presque nue, seul un bikini jaune cachait les parties stratégiques de son corps bronzé. C'était le mois de décembre, et le calendrier datait de l'année dernière. Quelques semaines plus tôt, un soir particulièrement tranquille, Stian s'était branlé en regardant cette photo. Elle était assez sexy, mais ce qui l'avait excité davantage, c'étaient les filles qui glissaient juste devant la fenêtre, dans le passage entre la cabane et la remontée. C'était de se retrouver la gaule à la main, à moins de cinquante centimètres d'elles. Surtout celles qui prenaient une perche seule, qui la plaçaient habilement entre les cuisses et refermaient les jambes. Avec la rondelle qui leur remontait les fesses. Elles courbaient le dos quand le ressort tendu, fixé entre la perche et le câble, se détendait et les éloignait de lui, hors de sa vue, vers la piste.

Stian pénétra dans la cabane. Aucun doute, des gens étaient entrés. L'interrupteur en plastique que l'on tournait pour mettre en marche la remontée mécanique était cassé. Il était par terre, en deux morceaux, et seul le tenon métallique dépassait du tableau de contrôle. Il tint le tenon froid entre le pouce et l'index et essaya de le tourner, mais il lui glissa entre les doigts. Il alla à la petite boîte à fusibles dans le coin. La porte métallique était verrouillée et la clef qui était habituellement accrochée à côté, à la ficelle sur le mur, avait disparu. Bizarre. Il retourna au tableau de contrôle. Tenta de retirer le plastique des interrupteurs qui commandaient les projecteurs et la musique, mais comprit qu'il parviendrait seulement à les casser eux aussi, car ils étaient collés ou soudés. Il avait besoin d'un objet avec lequel il pourrait serrer le tenon, une pince, par exemple. Au moment où il ouvrit un tiroir du tableau devant la fenêtre, Stian eut un pressentiment. Le même que quand il skiait sans visibilité. Il *sentait* ce qu'il ne voyait pas, il sentait que quelqu'un le regardait, dans le noir.

Il leva la tête.

Et tomba sur un visage qui le regardait fixement avec de grands yeux écarquillés.

Son propre visage. Ses yeux terrifiés dans le reflet double dans la vitre.

Stian soupira, soulagé. Putain, quel trouillard il faisait.

Et puis, alors que son cœur recommençait à battre, alors qu'il baissait le regard sur le tiroir, ce fut comme si son œil percevait un mouvement là-bas, un visage qui se détacha du miroir et disparut à toute allure vers la droite. Il releva tout de suite la tête. Et ne trouva à nouveau que son reflet. Mais il n'était pas double. Ou alors... ?

Il avait toujours eu trop d'imagination. Marius et Kjella le lui avaient dit quand il leur avait raconté que penser à la gamine violée le faisait bander. Non pas parce qu'elle avait été violée et tuée, bien entendu. Ou plutôt, si, cette affaire de viol… C'était un truc auquel il pensait. Et il le leur avait raconté. Et puis quoi, elle avait été chouette, elle avait été chic. Elle avait été là, dans la cabane, nue, avec une bite dans la chatte… Ouais, ça, c'était un truc qui le faisait bander. Marius avait dit qu'il était « malade » et Kjella, ce salaud, il avait cafté, naturellement, et quand toute l'histoire était revenue aux oreilles de Stian, on avait l'impression que Stian aurait bien aimé avoir participé à ce viol. Ça, c'est des potes, se dit Stian en fouillant dans le tiroir. Carte d'abonnement, tampon, encreur, crayons, rouleau de scotch, une paire de ciseaux, un couteau à gaine, un facturier, des vis, des écrous. Mais merde, alors ! Il passa au tiroir suivant. Pas de pinces, pas de clefs. Et puis il se rappela qu'il lui suffisait de trouver le poteau avec le bouton d'arrêt d'urgence qu'ils plantaient dans la neige à l'extérieur de la cabane. Ceux qui surveillaient pouvaient ainsi arrêter immédiatement la remontée en appuyant sur le bouton rouge si jamais il se passait quelque chose. Et ça arrivait tout le temps. Des gamins qui se ramassaient la perche derrière le crâne, les débutants qui tombaient en arrière sous l'effet de la secousse du départ et qui s'agrippaient quand même pour être traînés dans la montée. Ou les cons qui faisaient les malins, ceux qui s'enroulaient la jambe autour de la perche et qui se mettaient à vouloir pisser à toute allure dans le bois, tout en montant.

Il chercha dans les placards. Le poteau aurait dû être facile à trouver, environ un mètre de long, en métal, en forme de levier, avec une pointe à une extrémité pour pouvoir le planter dans la neige durcie et glacée. Stian écarta des gants, des bonnets et des lunettes de ski perdus. Placard suivant : l'extincteur. Un seau et des serpillières. Équipement de premiers soins. Une lampe de poche. Mais pas de poteau.

Évidemment, ils avaient pu oublier de le rentrer quand ils avaient fermé ce soir.

Il prit la lampe, sortit et fit le tour de la cabane.

Pas de poteau là non plus. Merde, quelqu'un l'aurait *fauché* ? Et aurait laissé les cartes d'abonnement ? Stian crut entendre quelque chose et se tourna vers la forêt. Braqua le faisceau sur les arbres.

Un oiseau ? Un écureuil ? Il arrivait même que l'on voie des élans dans le coin, mais ils ne faisaient rien pour se cacher. Si seulement il arrivait à arrêter cette satanée remontée, il *entendrait* mieux.

Stian rentra dans la cabane, et se dit qu'il préférait être à l'intérieur. Il ramassa les deux morceaux de plastique, il essaya de les bloquer contre le tenon et de tourner, mais ils ne faisaient que glisser.

Il regarda sa montre. Bientôt minuit. Il avait envie de terminer son parcours de golf à Augusta avant de se coucher. Il se demanda s'il devait appeler le directeur. Putain, il suffisait de tourner ce bouton d'un demi-tour !

Sa tête tressaillit automatiquement et son cœur s'arrêta de battre.

C'était passé trop vite et il n'était pas sûr de ce qu'il avait vu. Quoi qu'il en soit, ce *n'était pas* un élan. Stian tapa le nom du directeur sur son téléphone mais ses doigts tremblaient et il dut s'y reprendre à plusieurs fois avant d'y parvenir.

« Oui ?

— C'est Stian. Quelqu'un a forcé la porte et a bousillé l'interrupteur, et le poteau d'urgence a disparu. J'arrive pas à éteindre.

— La boîte à fusibles…

— Elle est fermée et la clef a disparu. »

Il entendit le directeur qui jurait doucement. Qui soupirait d'un air résigné.

« Bouge pas, j'arrive.

— Apporte une pince et tout ce qu'il faut.

— Une pince et tout ce qu'il faut », répéta le directeur sans dissimuler son mépris.

Stian avait compris depuis longtemps que le respect du directeur était toujours proportionnel au classement que l'on avait obtenu. Il remit le téléphone dans sa poche. Regarda dans la nuit. Il se rendit compte qu'avec la lumière dans la cabane tout le monde pouvait le voir et lui ne voyait rien. Il se leva, claqua la porte et éteignit la lumière. Il attendit. Les perches avec les sièges vides qui descendaient vers lui semblaient accélérer au moment où elles tournaient en bas de la remontée, avant de repartir vers le sommet.

Stian cligna des yeux.

Pourquoi n'y avait-il pas pensé plus tôt ?

Il tourna tous les boutons sur le tableau de contrôle. Au moment où les projecteurs illuminèrent la pente, *Empire State of Mind* de Jay-Z sortit des haut-parleurs et résonna dans la vallée. Voilà, c'était nettement plus sympa comme ça.

Il tambourina du bout des doigts, regarda le tenon en métal. Il y avait un trou en haut. Stian se leva, prit la ficelle à côté de la boîte à fusibles, la dépiauta pour la réduire et la fit passer par le trou. Il l'enroula autour du tenon et tourna prudemment. Ça pouvait marcher. Il tourna un peu plus fort. Le fil tenait. Un peu plus fort. Le tenon bougea. Stian sursauta.

Le bruit de la remontée mourut avec un gémissement prolongé qui se mua en grincement.

« *There, motherfucker !* » s'écria Stian.

Il se pencha sur le téléphone pour appeler le directeur et lui annoncer que sa mission était accomplie. Puis il se dit que le directeur n'aimerait pas trop qu'il passe du rap à fond la caisse en pleine nuit. Il coupa la musique.

Il écouta la sonnerie du téléphone. C'était tout ce qu'il entendait maintenant, car le silence complet s'était fait brusquement. Enfin, réponds, quoi ! Et puis, cela revint. Ce sentiment. Le sentiment qu'il y avait quelqu'un. Que quelqu'un le regardait.

Stian Barelli leva lentement les yeux.

Et il sentit le froid qui partait d'un point à l'arrière de sa tête, comme s'il était pétrifié, comme si c'était le visage de Méduse qu'il regardait fixement.

Mais ce n'était pas elle. C'était un homme vêtu d'un long manteau en cuir noir. Ses yeux écarquillés lui donnaient un air de fou, et il avait la bouche d'un vampire avec du sang qui dégoulinait de chaque côté. On aurait dit qu'il flottait au-dessus de la pente.

« Oui ? Allô ? Stian ? Tu es là ? Stian ? »

Mais Stian ne répondit pas. Il s'était levé, avait renversé la chaise, avait reculé, le dos collé contre le mur. Sans le vouloir, il avait décroché Miss Décembre du clou, et elle était tombée par terre.

Il avait trouvé le poteau d'arrêt d'urgence. Il ressortait de la bouche de l'homme qui était accroché à la perche au-dessus d'une rondelle.

« Alors comme ça, il a enchaîné les tours dans la remontée mécanique ? » demanda Gunnar Hagen qui pencha la tête sur le côté et étudia le corps suspendu sous leurs yeux. Quelque chose clochait avec la forme du corps, on aurait dit une figure de cire en train de fondre et de descendre vers le sol.

« C'est ce que le garçon nous a déclaré », dit Beate Lønn. Elle tapa du pied dans la neige et elle regarda la remontée illuminée où ses collègues en blanc se fondaient presque dans le paysage.

« On a trouvé des traces ? demanda le chef de section d'un ton qui laissait entendre qu'il connaissait la réponse.

— Des tonnes, répondit Beate. La trace de sang s'étend sur quatre cents mètres jusqu'au sommet de la remontée, puis elle redescend sur quatre cents mètres.

— Je veux dire des traces qui montrent autre chose que ce qui est évident.

— Des traces de pas dans la neige qui partent du parking, qui prennent un raccourci pour arriver directement ici, dit Beate. L'empreinte correspond aux chaussures de la victime.

— Il est venu ici avec des *chaussures* ?

— Oui, et il est venu seul. Il n'y a que ses traces à lui. Une Golf rouge est garée sur le parking. On est en train de vérifier qui en est le propriétaire.

— Pas de trace du meurtrier ?

— Qu'est-ce que tu disais, Bjørn ? demanda Beate en se tournant vers Holm qui arrivait avec un rouleau de tresse de la police à la main.

— Non, rien de plus, dit-il essoufflé. Pas d'autres traces de pas. Mais des tas de traces de skis, bien entendu. Pour le moment, pas d'empreintes de doigts, de cheveux ou de vêtements. On aura peut-être quelque chose sur le cure-dent. » Bjørn Holm désigna le poteau qui sortait de la bouche du cadavre. « Il ne nous reste plus qu'à espérer que le légiste va trouver quelque chose. »

Gunnar Hagen frissonna.

« À vous entendre, on dirait que vous ne croyez déjà plus que vous allez trouver grand-chose.

— Eh bien », dit Beate Lønn, un « eh bien » qu'il reconnaissait. Harry Hole commençait souvent sa phrase ainsi quand il voulait annoncer ses mauvaises nouvelles. « On n'a pas trouvé non plus la moindre empreinte ni le moindre ADN sur la dernière scène de crime. »

Hagen se demanda si c'était la température, le fait qu'il sortait tout juste du lit, ou ce que venait de dire son chef de la Technique qui le faisait frissonner.

« Qu'est-ce que tu racontes ? » Et il se blinda tout en posant sa question.

« Je veux dire que je sais qui est l'homme, là.

— Je croyais que tu avais dit que l'on n'avait pas trouvé de papiers sur lui.

— Exact. Et il m'a fallu un petit peu de temps pour le reconnaître.

— Toi ? Je croyais que tu n'oubliais jamais un visage ?

— Mon gyrus fusiforme est troublé quand les deux pommettes sont enfoncées. Mais cette personne est Bertil Nilsen.

— Et c'est qui ?

— C'est pour cela que je t'ai appelé. C'est un... »

Beate Lønn prit sa respiration.

Ne le dis pas, songea Hagen.

« Policier, dit Bjørn Holm.

— Il travaillait au bureau du lensmann[1] à Nedre Eiker, dit Beate. Nous avons eu une affaire de meurtre avant ton arrivée à la Brigade criminelle. Nilsen a contacté la Kripos car il trouvait que l'affaire présentait des ressemblances avec un viol sur lequel il avait travaillé à Krostadselva. Il a proposé de venir nous aider à Oslo.

— Et alors ?

— Loupé. Il est venu, mais au fond, il a planté l'affaire. Le ou les meurtriers n'ont jamais été pris. »

Hagen acquiesça.

« Où...

— Ici, dit Beate. Violée dans la cabane et dépecée. Une partie du corps a été trouvée dans le lac, la deuxième à un kilomètre vers le sud et la troisième à sept kilomètres dans la direction opposée, près de l'Aurtjern. C'est pourquoi on a supposé qu'il y avait plus d'un meurtrier.

— Exactement. Et la date...

— La même. Au jour près.

— C'était quand ?

— Il y a neuf ans. »

On entendit le crachotement d'un talkie-walkie. Hagen vit Bjørn Holm le porter à l'oreille et parler à voix basse. Il rabaissa le talkie-walkie. « La Golf du parking est immatriculée au nom d'une certaine Mira Nilsen. Même adresse que Bertil Nilsen. C'est sûrement sa femme. »

1. Officier d'administration chargé du maintien de l'ordre et de diverses fonctions administratives (comme la collecte des impôts) dans les communes rurales. *(Toutes les notes sont du traducteur.)*

Hagen poussa un soupir et son haleine fit comme un drapeau blanc. « Il faut que je prévienne le directeur de la police, dit-il. Et que l'on ne dise rien sur le meurtre de la fille.

— La presse va finir par le découvrir.

— Je sais. Mais je vais conseiller au directeur de dire que nous laissons la presse émettre toutes les spéculations qu'elle veut pour le moment.

— Judicieux », dit Beate.

Hagen lui adressa un bref sourire pour la remercier de cet encouragement dont il avait grandement besoin. Il regarda vers le parking et évalua le retour à pied qui l'attendait. Leva les yeux vers le corps. Frissonna à nouveau. « Tu sais à qui je pense quand je vois un homme grand et maigre comme ça ?

— Oui, dit Beate Lønn.

— J'aimerais bien qu'il soit avec nous en ce moment.

— Il n'était ni grand ni maigre », dit Bjørn Holm.

Les deux autres se tournèrent vers lui.

« Comment, Harry n'était pas…

— Je parle de ce gars-là, dit Holm en faisant un signe de tête vers le corps accroché au câble. Nilsen. Il s'est allongé au cours de la nuit. Si vous touchez son corps, on dirait de la gelée. J'ai vu la même chose chez des gens qui ont fait des grosses chutes et dont tous les os étaient en morceaux. Quand le squelette est brisé, le corps n'a plus de structure, la chair s'affaisse, elle subit la pesanteur jusqu'à ce que la rigidité cadavérique freine le processus. Bizarre, pas vrai ? »

Ils contemplèrent le corps en silence. Puis Hagen fit brusquement demi-tour et partit.

« Trop d'informations ? demanda Holm.

— Peut-être un peu trop de détails superflus, dit Beate. Moi aussi, j'aimerais qu'il soit là.

— Tu penses qu'il reviendra un jour ? » demanda Bjørn Holm.

Beate secoua la tête. Bjørn Holm ne sut pas si c'était en réponse à sa question, ou à cause de la situation en général. Il se tourna et son œil perçut la branche d'un sapin qui se balançait légèrement à la lisière de la forêt. Un cri d'oiseau glaçant suivit le silence.

II

Chapitre 6

La clochette au-dessus de la porte tinta rageusement quand Truls Berntsen quitta la rue glaciale pour entrer dans la chaleur humide. Cela sentait les cheveux pourris et le shampoing.

« Une coupe ? » s'enquit le jeune homme à la coiffure luisante dont Truls était à peu près certain qu'il l'avait fait faire dans un autre salon.

« Deux cents ? » demanda Truls en époussetant la neige de ses épaules. Mars, le mois des promesses non tenues. D'un mouvement du pouce par-dessus l'épaule, il désigna le panneau à l'extérieur, afin de s'assurer qu'il disait toujours vrai. Messieurs 200. Enfants 85. Retraités 75. Truls avait vu des gens entrer avec leurs chiens.

« Comme toujours, l'ami », dit le coiffeur avec son accent pakistanais et il indiqua de la main un des deux fauteuils libres du salon. Dans le troisième, il y avait un homme que Truls eut vite fait de catégoriser comme arabe. Regard noir de terroriste sous des cheveux shampouinés et collés au front. Un regard qui tressaillit quand il croisa celui de Truls dans le miroir. Le type reconnaissait peut-être l'odeur du bacon et reconnaissait également le regard d'un flic. Dans ce cas, il était peut-être un de ceux qui dealaient un peu plus bas, vers Brugata. Seulement du hasch, les Arabes étaient prudents avec les drogues dures. Peut-être que le Coran assimilait le speed et l'héroïne à la viande de porc ? Mac, peut-être. La chaîne en or pouvait le laisser penser. Un petit, dans ce cas. Truls connaissait la tronche de tous les gros.

On mit le bavoir.

« Alors, on a les cheveux longs depuis la dernière fois, l'ami. »

Truls n'aimait pas qu'un Paki lui dise « l'ami », surtout pas un Paki pédé, et encore moins quand il s'agissait d'un Paki pédé qui allait le toucher. Mais l'avantage avec ces pédés des ciseaux, c'est qu'ils ne collaient pas leur hanche contre ton épaule, ils ne te caressaient pas les cheveux en croisant ton regard dans le miroir, ils n'inclinaient pas la tête sur le côté en te demandant si tu voulais ci ou ça. Ils se mettaient directement au boulot. Ils ne te demandaient pas si tu voulais qu'on lave tes cheveux gras, ils les humidifiaient juste avec un spray et les attaquaient aux ciseaux comme si on était au championnat australien de tonte des moutons.

Truls regarda la une du journal posé sur l'étagère devant le miroir. Toujours le même refrain : quel était le mobile du tueur des policiers ? La plupart des spéculations portaient sur un cinglé qui haïssait la police, ou un extrémiste anarchiste. Certains mentionnaient le terrorisme étranger, mais ces gens-là avaient l'habitude de revendiquer leurs actions réussies et, ici, personne ne l'avait fait. Nul ne doutait que les deux affaires étaient liées, la date et le lieu excluaient le contraire. La police avait cherché un criminel qui aurait été arrêté, interrogé par Vennesla et Nilsen, ou qui aurait pu se sentir offensé par eux d'une manière quelconque. Mais il n'y avait pas de lien de ce genre. Puis, pendant un moment, on avait travaillé sur l'hypothèse que le meurtre de Vennesla était la vengeance d'une personne qui avait été arrêtée par lui, ou qu'il s'agissait d'une affaire de jalousie, d'héritage, ou n'importe lequel des mobiles classiques. Et que le meurtre de Nilsen était l'œuvre d'un autre assassin avec un mobile tout à fait différent, mais qui avait été assez malin pour copier le meurtre de Vennesla afin que la police soit amenée à croire à des meurtres en série et ne cherche pas aux endroits les plus évidents. Mais c'était exactement ce qu'avait fait la police, elle avait cherché aux endroits les plus évidents comme s'il s'agissait de deux crimes isolés. Et n'avait rien trouvé non plus.

La police s'était donc retrouvée au point de départ. Un meurtrier de policiers. La presse avait fait pareil, elle avait rabâché la question : pourquoi la police ne parvenait-elle pas à arrêter la personne qui avait tué deux des siens ?

Truls ressentait à la fois de la satisfaction et de la colère quand il voyait ces titres de journaux. Mikael avait bien espéré que, au moment de Noël et du Nouvel An, la presse allait se concentrer sur autre chose, oublier les meurtres et les laisser bosser en paix. Le laisser être le super nouveau shérif, *the wiz kid*, le gardien de la ville. Et pas celui qui ne réussissait pas, celui qui merdoyait, celui qui se retrouvait sous les flashs avec la tronche du perdant, celui qui exsudait l'incompétence résignée — comme les mecs des Chemins de Fer.

Truls n'avait pas besoin de feuilleter les journaux, il les avait lus chez lui. Il avait bien rigolé en voyant les explications embarrassées de Bellman sur l'état de l'enquête. « À l'heure actuelle, il n'est pas possible de dire... » et « Nous n'avons pas d'informations sur... » C'étaient là des phrases tirées directement du chapitre sur les relations avec les médias de *Méthodes d'enquêtes* de Bjerknes et Hoff Johansen, ouvrage que l'on bûchait à l'École de Police et qui invitait les policiers à utiliser ces phrases générales parce que les journalistes étaient très frustrés d'entendre « Pas de commentaire ». On disait aussi que, en règle générale, les policiers devaient éviter les adjectifs.

Truls avait essayé de l'apercevoir sur les photos. Cette expression désespérée sur le visage de Mikael, celle qu'il affichait quand les grands de la bande voisine, à Manglerud, considéraient qu'il était grand temps de claquer sa gueule au galopin mignon comme une minette. Quand Mikael avait besoin d'aide. L'aide de Truls. Et, bien entendu, Truls répondait présent. Et c'était lui qui rentrait avec des bleus et les lèvres amochées, pas Mikael. Non, son visage restait beau et intact. Suffisamment beau pour Ulla.

« N'en coupe pas *trop* », dit Truls. Dans le miroir, il étudia ses cheveux tombant de son front pâle, haut et légèrement proéminent. Ce front et la mâchoire inférieure saillante faisaient que les gens le prenaient souvent pour un crétin. Ce qui était parfois un avantage. Parfois. Il ferma les yeux. Il tenta de décider si l'expression désespérée sur le visage de Mikael se retrouvait sur les photos de la conférence de presse, ou si c'était quelque chose qu'il voyait parce qu'il en avait envie.

Quarantaine. Suspension. Renvoi. Rejet.

Il percevait toujours son salaire. Mikael était désolé. Il avait posé la main sur l'épaule de Truls et dit que c'était dans l'intérêt de tout le monde, Truls y compris. Jusqu'à ce que les juristes aient examiné les conséquences à donner au fait qu'un policier avait reçu de l'argent dont il ne pouvait ni ne voulait expliquer la provenance. Mikael avait même veillé à ce que Truls conserve certaines primes. Il n'était donc pas obligé d'aller chez un coiffeur bon marché. Mais il était toujours venu là et il l'appréciait encore plus aujourd'hui. Il aimait avoir exactement la même coupe que l'Arabe du fauteuil d'à côté. Une coupe de terroriste.

« Pourquoi tu ris, l'ami ? »

Truls s'arrêta immédiatement quand il entendit son rire qui sonnait comme des grognements. Ce rire qui lui avait valu le surnom de Beavis. Non, c'était Mikael qui le lui avait donné. Pendant la fête au lycée, et ils avaient tous ri en découvrant que, ouais, putain, Truls Berntsen ressemblait complètement au personnage du dessin animé de MTV ! Et Ulla, elle était là ? Ou bien Mikael avait-il une autre nana à son bras ? Ulla avec son regard doux, avec son pull blanc, avec sa main fine posée sur sa nuque, une fois, pour l'attirer vers elle et lui crier dans l'oreille afin de couvrir les hurlements des Kawasaki, un dimanche, à Bryn. Elle voulait juste lui demander s'il savait où était Mikael. Mais il se rappelait encore la chaleur de sa main, il avait cru qu'elle allait le faire fondre, le faire se ratatiner sur le pont au-dessus de l'autoroute, là, dans le soleil du matin. Et le souffle d'Ulla sur son oreille et sur sa joue... Ses sens tournaient à plein régime et, malgré l'odeur d'essence, d'échappement et de pneu brûlé des motos qui passaient en dessous, il avait pu identifier son dentifrice, sentir que son gloss avait goût de fraise et que son pull avait été lavé avec du Milo. Que Mikael l'avait embrassée. Qu'il avait couché avec elle. Ou bien se l'était-il imaginé, ça aussi ? En tout cas, il se souvenait avoir répondu qu'il ignorait où se trouvait Mikael. Même s'il le savait. Même si une partie de lui avait envie de le lui dire. Avait envie de briser la douceur, la pureté, l'innocence et la naïveté dans son regard. Et le briser, lui, Mikael.

Naturellement, il n'en avait rien fait.

D'ailleurs, pourquoi l'aurait-il fait ? Mikael était son meilleur ami. Son seul ami. Et qu'aurait-il gagné à dire que Mikael était monté chez Angelica ? Ulla pouvait avoir tous ceux qu'elle voulait, et elle ne voulait pas de lui, Truls. Et aussi longtemps qu'elle serait avec Mikael, il aurait la chance d'être près d'elle. Il avait eu la possibilité, mais pas le mobile.

Pas encore.

« Comme ça, l'ami ? »

Truls vit l'arrière de sa tête dans le miroir rond en plastique que tenait le coiffeur pédé.

Une coiffure de terroriste. Une coupe de kamikaze. Il ricana. Se leva, posa le billet de deux cents couronnes sur le journal pour ne pas risquer de toucher la main de l'autre. Sortit dans le mois de mars qui n'était encore qu'une rumeur non vérifiée d'un printemps à venir. Jeta un coup d'œil vers l'hôtel de police. Quarantaine. Il se dirigea vers la station de métro de Grønland. La coupe avait pris neuf minutes trente. Il redressa la tête, accéléra le pas. Il n'avait pas de train à prendre. Rien ne l'attendait. Rien. Si. Mais cela ne demandait pas beaucoup de temps, et il en avait à revendre. Du temps. Du temps pour planifier, de la haine, la volonté de tout

71

perdre. Il jeta un regard dans la vitrine d'une des épiceries asiatiques du quartier. Et constata qu'il ressemblait enfin à ce qu'il était.

Gunnar Hagen contemplait la tapisserie du mur au-dessus du bureau et du fauteuil vide du directeur de la police. Il vit les rectangles plus sombres, là où, dans son souvenir, il y avait toujours eu des photos accrochées. Celles des anciens directeurs de la police dont le but était de servir d'inspiration et de modèle. De toute évidence, Mikael Bellman pouvait très bien s'en passer. Comme de ces regards inquisiteurs avec lesquels ils toisaient leurs successeurs.

Hagen avait envie de tambouriner des doigts sur l'accoudoir, mais il n'y en avait pas. Bellman avait également fait changer les fauteuils. Des chaises en bois, dures et basses.

On avait convoqué Hagen, et l'assistant dans l'antichambre l'avait fait entrer en lui disant que le directeur n'allait pas tarder.

On ouvrit la porte.

« Ah tu es là ! »

Bellman contourna le bureau et se laissa tomber dans son fauteuil. Croisa les mains derrière la tête.

« Du nouveau ? »

Hagen s'éclaircit la gorge. Il savait que Bellman savait qu'il n'y avait rien de nouveau, puisqu'il avait l'ordre de transmettre la moindre avancée dans les deux meurtres. Ce n'était donc pas pour cela qu'il avait été convoqué. Mais il obtempéra et déclara que l'on n'avait pas trouvé la moindre piste dans les affaires prises isolément, ni le moindre lien entre elles, mis à part ce qui était évident : les victimes étaient deux policiers que l'on avait trouvés sur les lieux de deux meurtres qui n'avaient pas été élucidés, et sur lesquels ils avaient enquêté autrefois.

Bellman se leva au milieu de l'explication de Hagen et se plaça à la fenêtre en lui tournant le dos. Se balança sur ses talons. Fit semblant de l'écouter un moment avant de l'interrompre.

« Il faut que tu arranges ça, Hagen. »

Gunnar Hagen s'arrêta. Attendit la suite.

Bellman se tourna vers lui. Du rouge était apparu parmi les taches blanches de son visage.

« Et puis, je m'interroge sur le fait que tu donnes la priorité à une surveillance continue à l'hôpital quand d'honnêtes policiers sont tués. Ne devrais-tu pas déployer tous les hommes pour l'enquête ? »

Hagen regarda Bellman avec stupéfaction.

« Ce ne sont pas mes hommes qui sont là-bas, mais des gens du commissariat de Sentrum et des stagiaires de l'École de Police. Je ne crois pas que cela lèse l'enquête, Mikael.

— Ah bon ? J'aimerais pourtant que tu réexamines cette question de surveillance. Je ne vois pas de risque imminent que quelqu'un tue ce patient après tout le temps passé. De toute façon, on sait qu'il ne pourra pas témoigner.

— On dit qu'il y a des signes d'amélioration.

— Cette affaire n'est plus prioritaire. » La réponse du directeur de la police vint brusquement, presque sur le ton de la colère. Puis il inspira et afficha son sourire charmeur. « Mais bien entendu, cette surveillance est de ton ressort. Je ne vais certainement pas m'en mêler. Compris ? »

Hagen faillit répondre non, mais il parvint à garder pour lui ce qui lui était venu spontanément. Il fit un petit signe de tête et tenta de comprendre ce que cherchait Bellman.

« Bien », dit Bellman en tapant dans ses mains pour signifier que la réunion était terminée. Hagen allait se lever, aussi perplexe qu'à son arrivée. Mais il resta assis.

« Nous avons pensé utiliser une façon de procéder un peu différente.

— Ah ?

— Oui. Diviser le groupe d'enquête en petits groupes.

— Et pourquoi ?

— Pour donner plus d'espace aux idées alternatives. Les grands groupes ont les moyens, mais ils ne sont pas destinés à penser en dehors de la boîte.

— Et il faudrait penser en dehors de… la boîte ? »

Hagen fit comme s'il n'avait pas entendu le sarcasme.

« Nous commençons à tourner en rond, à avoir des œillères. »

Hagen regarda Bellman. En tant qu'ancien enquêteur, Bellman connaissait très bien le phénomène : le groupe se braquait sur les points de départ, les suppositions devenaient des faits et on perdait la capacité à envisager des hypothèses différentes. Pourtant, Bellman hocha la tête.

« En revanche, avec des petits groupes, tu vas perdre la capacité à achever quelque chose, Hagen. La responsabilité est diluée, les gens se gênent mutuellement, le même boulot est refait plusieurs fois. Un grand groupe bien coordonné marche toujours mieux. À condition d'avoir un bon chef… »

Hagen sentit les irrégularités sur le haut de ses molaires quand il serra les dents, et il espéra que l'effet de l'insinuation de Bellman ne se voyait pas sur sa figure.

« Mais…

— Quand un chef commence à changer de tactique, c'est souvent interprété comme s'il agissait en désespoir de cause, et comme l'aveu qu'il a échoué.

— Mais nous *avons* échoué, Mikael. On est en mars, et le premier meurtre a eu lieu il y a six mois.

— Personne ne veut suivre un chef qui échoue, Hagen.

— Mes collaborateurs ne sont ni bêtes ni aveugles. Ils savent que nous piétinons. Et ils savent aussi que les bons chefs doivent être capables de changer de cap.

— Les bons chefs savent comment inspirer leur équipe. »

Hagen ravala sa salive. Il ravala ce qu'il avait envie de dire. Qu'il avait donné des cours sur le commandement à l'École de Guerre quand Bellman jouait encore au lance-pierres. Que s'il était si fichtrement doué pour motiver ses subordonnés, pourquoi ne pas commencer par l'encourager un peu, lui — Gunnar Hagen ? Mais il était trop fatigué, trop frustré pour ravaler les paroles qui allaient agacer Mikael Bellman au maximum :

« Nous avons obtenu des succès avec le groupe indépendant mené par Harry Hole, tu te souviens ? Les meurtres d'Ustaoset n'auraient pas été résolus si...

— Je crois que tu m'as entendu, Hagen. Je vais plutôt envisager un changement dans la direction de l'enquête. Le chef est responsable de la culture de ses employés, et on dirait aujourd'hui qu'elle n'est pas suffisamment tournée vers les résultats. S'il n'y a rien d'autre, j'ai une réunion qui m'attend. »

Hagen n'en crut pas ses oreilles. Il se leva sur ses jambes raides, comme si le sang n'y avait pas circulé pendant le court moment où il avait été assis sur la chaise basse et étroite. Il marcha lourdement vers la porte.

« Au fait, dit Bellman dans son dos, et Hagen l'entendit réprimer un bâillement, du nouveau dans l'affaire Gusto ?

— Comme tu le disais toi-même... » répliqua Hagen sans se retourner, afin de ne pas montrer à Bellman son visage où, contrairement à ses jambes, les veines semblaient faire de l'hypertension. « Cette affaire n'est plus prioritaire. »

Mikael Bellman attendit que la porte soit claquée et que le chef de section dise au revoir au secrétaire dans l'antichambre. Il se laissa tomber dans le fauteuil en cuir à dossier haut et s'y tassa. Il n'avait pas convoqué Hagen pour l'interroger sur les meurtres des policiers, et il soupçonnait Hagen de l'avoir compris. C'était à cause du coup de fil d'Isabelle Skøyen qu'il avait reçu une heure plus tôt. Bien entendu, elle avait repris sa rengaine sur le fait que les meurtres des policiers non élucidés les faisaient passer pour incompétents et impuissants. Et, contrairement à lui, elle dépendait des bonnes grâces des électeurs. Il avait répondu « oui » et « ah ? » et attendu qu'elle en ait terminé pour pouvoir raccrocher, quand elle avait lâché sa bombe.

« Il est en train de se réveiller. »

Bellman avait les coudes sur le bureau et le front dans les mains. Il regardait fixement le plateau lisse et luisant où il distinguait les contours déformés de lui-même. Les femmes le trouvaient beau. Isabelle l'avait dit tout de suite, et qu'elle aimait les hommes beaux. Que c'était pour cela qu'elle avait couché avec Gusto. Le beau garçon. Beau comme Elvis. Les gens se méprenaient souvent quand les hommes étaient beaux. Mikael repensa à l'homme de la Kripos, celui qui lui avait fait des avances et qui avait voulu l'embrasser. Mikael pensa à Isabelle. Et à Gusto. Il se les imagina ensemble, tous les deux. Tous les trois. Il se leva brusquement de son fauteuil. Retourna à la fenêtre.

C'était en cours. Elle avait dit ça. *En cours*. Tout ce qu'il avait besoin de faire, c'était d'attendre. Il aurait dû se sentir plus détendu et mieux disposé à l'égard des autres. Alors pourquoi avait-il remué le couteau dans la plaie avec Hagen ? Pour le voir se tortiller ? Pour le plaisir de voir un visage tourmenté, aussi tourmenté que celui qui se reflétait sur le bureau laqué ? Mais ce serait bientôt fini. Tout était désormais entre les mains d'Isabelle. Et quand ce qui devait être fait serait réglé, ils pourraient continuer comme avant. Ils pourraient oublier Assaïev, Gusto et, en tout cas, celui dont on n'arrêtait pas de causer. Harry Hole. Il en allait ainsi, tout et tout le monde finissait par tomber dans l'oubli, tôt ou tard. Et avec le temps, ce serait également le cas de ces meurtres de policiers.

Tout serait comme avant.

Mikael Bellman hésita, se demanda si c'était ce qu'il désirait. Et puis, il décida de ne plus y songer. C'était bien ce qu'il voulait.

Chapitre 7

Ståle Aune prit son souffle. C'était un des tournants de la thérapie où il devait faire un choix. Il choisit ceci :

« Il est possible qu'il y ait quelque chose que tu n'aies pas résolu dans ta sexualité. »

Le patient le dévisagea. Faible sourire. Petits yeux. Les mains fines aux doigts presque anormalement longs se levèrent et donnèrent l'impression d'avoir envie d'ajuster le nœud de cravate du costume rayé, mais ne le firent pas. Ståle avait déjà observé ce geste plusieurs fois chez ce patient, il lui faisait penser à ces gens qui ont réussi à se débarrasser d'un trouble obsessionnel compulsif, mais qui continuent à en manifester les rituels initiaux — la main qui doit entreprendre quelque chose, un geste inachevé qui, en soi, est encore plus absurde que le geste d'origine, involontaire mais interprétable. Comme une cicatrice, une claudication. Un écho. Le rappel que rien ne disparaît tout à fait, que tout se dépose quelque part, d'une façon ou d'une autre. L'enfance. Les gens que tu connais. Une chose que tu as mangée et à laquelle tu es allergique. Une passion. Mémoire cellulaire.

La main du patient retomba sur ses genoux. Il toussota brièvement et sa voix prit un ton embarrassé et métallique : « Merde, qu'est-ce que tu veux dire ? On va pas commencer avec ces conneries à la Freud, non ? »

Ståle observa l'homme. Il avait regardé distraitement une série policière à la télé dans laquelle l'on décrivait la vie sentimentale des gens à partir de leur langage corporel. La communication non verbale était certes intéressante, mais c'était par la voix que les gens se dévoilaient. Les muscles des cordes vocales et de la gorge ont des réglages si fins qu'ils peuvent donner aux ondes sonores la forme de mots identifiables. Quand Ståle donnait des cours à l'École de Police, il ne manquait jamais de souligner aux étudiants à quel point ceci était miraculeux. Et qu'il existait pourtant un instrument encore plus sensible, l'oreille humaine. Laquelle était capable non seulement de déchiffrer les ondes sonores en tant que voyelles et consonnes, mais aussi de dévoiler la température, le niveau de tension et les sentiments de celui qui parlait. Il leur disait que, dans un interrogatoire, il était plus important d'écouter que de voir. Qu'une petite hausse du ton, un tremblement presque imperceptible étaient des signaux plus significatifs que les bras croisés, les poings fermés, la taille des pupilles et tous les facteurs sur lesquels insistait la nouvelle école de psychologues mais qui le plus souvent, d'après l'expérience de Ståle, embrouillaient les enquêteurs. Assurément, le patient en face de lui avait poussé des jurons, mais c'était avant tout la pression sur la membrane de ses oreilles qui lui indiquait que le patient était en colère et sur ses gardes. Normalement, cela n'aurait pas embêté le psychologue expérimenté qu'il était. Au contraire, les sentiments violents révélaient souvent qu'ils se trouvaient sur le seuil d'une avancée dans la thérapie. Le problème avec ce patient, c'était qu'ils n'arrivaient pas dans le bon ordre. Même après plusieurs mois de séances régulières, Ståle n'était pas parvenu à établir le contact, il n'y avait aucune confiance. En fait, la thérapie donnait si peu de fruits que Ståle avait envisagé d'interrompre le traitement et de recommander ce patient à un collègue. La colère est une bonne chose dans une atmosphère de confiance, mais dans ce cas, elle pouvait signifier que le patient se renfermait encore plus, qu'il creusait la tranchée encore davantage.

Ståle soupira. Manifestement, il avait fait le mauvais choix, mais c'était trop tard, et il décida d'insister.

« Paul », dit-il. Le patient avait souligné que ce prénom ne devait pas être prononcé « Pæul », mais comme « Pål ». Et pas comme le « Pål » norvégien, mais avec un « l » anglais, sans que Ståle parvienne à saisir la différence. Ça, plus les sourcils soignés et les deux petites cicatrices sous le menton qui indiquaient un lifting, avait fait que Ståle l'avait catégorisé au bout de dix minutes lors de la première séance.

« L'homosexualité refoulée est très courante, même dans une société en apparence aussi tolérante que la nôtre, déclara Ståle en guettant la réaction du patient. Beaucoup de policiers viennent me voir et l'un d'eux, qui a suivi une thérapie avec moi, m'a dit qu'il était ouvertement homosexuel intérieurement, mais qu'il ne pouvait pas l'être au boulot, qu'il serait ostracisé. Le refoulement dépend souvent des attentes que nous avons pour nous-mêmes, et de celles que nous attribuons à notre environnement. En particulier à nos proches, amis et collègues. »

Il s'arrêta.

Aucune dilatation des pupilles chez le patient, pas de changement dans la couleur de sa peau, pas de regard fuyant, pas de partie de son corps qui se détournait de lui. Au contraire, un petit sourire moqueur était apparu sur ses lèvres fines. Et, à sa grande surprise, Ståle nota que la température de sa peau à lui avait monté. Bon sang, qu'est-ce qu'il le détestait ! Qu'est-ce qu'il détestait ce job.

« Et le policier, dit Paul, il a suivi ton conseil ?

— La séance est terminée, dit Ståle sans regarder sa montre.

— Je suis curieux, Aune.

— Je suis tenu par le secret professionnel.

— Alors, appelons-le X. Je vois que tu n'aimes pas cette question.» Paul sourit. « Il a suivi ton conseil et ça s'est mal passé, pas vrai ? »

Aune soupira.

« X est allé trop loin, il s'est mépris sur une situation et a essayé d'embrasser un collègue dans les toilettes. Et il a été ostracisé. Le fait est que cela aurait pu se passer sans problème. Est-ce que tu veux bien y réfléchir pour la prochaine fois ?

— Mais je ne suis pas homo. » Paul leva les doigts vers son cou, puis les rabaissa.

Ståle Aune acquiesça rapidement.

« La semaine prochaine, même heure ?

— Je ne sais pas. Je ne vais pas mieux, n'est-ce pas ?

— Ça avance doucement, mais ça avance », dit Ståle. Sa réponse fut aussi automatique que le mouvement de la main du patient vers son nœud de cravate.

« Oui, tu l'as déjà dit, répondit Paul. Mais j'ai le sentiment que je paie pour rien. Que tu es aussi incompétent que ces policiers qui n'arrivent même pas à capturer un tueur en série violeur... » Ståle nota avec un certain étonnement que la voix du patient était plus basse. Plus calme. Que sa voix et son attitude communiquaient autre chose que ce qu'il disait. Le cerveau de Ståle avait machinalement commencé à analyser la raison pour laquelle le patient avait eu recours à cet exemple-là. Mais la réponse était évidente, et il n'eut pas à chercher loin. Les journaux sur son bureau depuis l'automne. Ils étaient toujours ouverts sur les pages parlant des meurtres des policiers.

« Ce n'est pas aussi simple que ça d'attraper un tueur en série, Paul, dit Ståle Aune. Je sais pas mal de choses sur les tueurs en série, c'est d'ailleurs ma spécialité. Exactement comme celui-ci. Mais si tu préfères arrêter la thérapie, ou essayer un de mes collègues, c'est à toi de voir. J'ai une liste de psychologues très compétents qui peuvent t'aider...

— Tu veux rompre avec moi, Ståle ? »

Paul avait légèrement incliné la tête sur le côté, les paupières aux cils incolores étaient légèrement closes et son sourire était plus large. Ståle ne parvint pas à décider si c'était de l'ironie qui s'adressait à la suggestion d'homosexualité, ou si Paul laissait entrevoir ici une partie de son moi véritable. Ou les deux à la fois.

« Comprends-moi bien », dit Ståle, sachant que l'autre le comprenait fort bien. Il voulait se débarrasser de lui, mais un thérapeute professionnel ne balance pas un patient difficile. Au contraire, il donne un coup de collier supplémentaire pour lui, n'est-ce pas ? Ståle rajusta son nœud papillon. « Je suis ravi de m'occuper de toi, mais il est important que nous ayons confiance l'un dans l'autre. Et, en ce moment précis, on dirait que...

— Écoute, j'ai eu une journée difficile, Ståle. » Paul écarta les bras. « Excuse-moi. Je sais que tu es bon. Tu as travaillé sur des meurtres en série avec la Brigade criminelle, n'est-ce pas ? C'est toi qui as pincé le type qui dessinait des pentagrammes sur les scènes de crime. Toi et cet inspecteur principal. »

Ståle étudia le patient qui s'était levé et qui avait reboutonné la veste de son costume.

« Ouais, tu es tout à fait bien pour moi, Ståle. La semaine prochaine. Et pendant ce temps-là, je vais réfléchir pour savoir si je suis homo ou pas. »

Ståle ne se leva pas. Il entendit Paul fredonner dans le couloir en attendant l'ascenseur. La mélodie lui disait quelque chose.

Tout comme certains mots que Paul venait d'employer. Il avait parlé de la Brigade criminelle, il avait appelé Harry Hole inspecteur principal quand la plupart des gens ignoraient tout des grades dans la police ou se rappelaient les éléments les plus sanglants des reportages sur les meurtres et non les détails insignifiants comme un pentagramme gravé sur une poutre à côté du corps. Mais ce qu'il avait particulièrement remarqué, parce que cela pouvait avoir de l'importance pour la thérapie, c'était que Paul l'avait comparé aux « policiers qui n'arrivent même pas à capturer un tueur en série violeur... »

Ståle entendit l'ascenseur arriver et repartir. Et il avait retrouvé de quel morceau il s'agissait. Il avait récemment écouté *Dark Side of the Moon* pour pouvoir analyser le rêve de Paul Stavnes. La chanson s'intitulait « Brain Damage ». Des chansons sur des cinglés. Des fous qui sont dans l'herbe, dans le hall. Qui avancent.

Violeur.

Les policiers tués n'avaient pas été violés.

Bien sûr, Paul ne s'était peut-être intéressé que superficiellement à l'affaire et avait mélangé les policiers tués et les victimes précédentes, tuées aux mêmes endroits. Ou bien il considérait comme acquis que les tueurs en série sont aussi des violeurs. Ou bien il avait rêvé de policiers violés, ce qui renforçait la thèse de l'homosexualité refoulée. Ou bien...

Ståle Aune s'arrêta net dans son geste, il regarda avec surprise sa main qui se dirigeait vers le nœud papillon.

Anton Mittet prit une gorgée de son café et baissa les yeux sur l'homme dans le lit d'hôpital. N'aurait-il pas dû éprouver une certaine joie, lui aussi ? La même joie qu'avait manifestée Mona en parlant d'« un de ces petits miracles du quotidien qui font que ça vaut la peine de se décarcasser comme infirmière » ? Bien sûr, c'était chouette qu'un patient dans le coma et que tout le monde considérait comme condamné change soudain d'avis, revienne avec peine vers la vie, et se réveille. Mais la personne allongée dans le lit, au visage blême et ravagé sur l'oreiller, ne signifiait rien pour lui. Elle signifiait seulement que le boulot serait bientôt fini. Naturellement, cela ne signifiait pas pour autant la fin de leur liaison. D'ailleurs, ce n'était pas ici qu'ils avaient passé leurs moments les plus passionnés. Au contraire, ils n'avaient plus besoin de craindre qu'un collègue remarque les regards tendres qu'ils échangeaient chaque fois qu'elle s'occupait du patient, leurs conversations un peu trop longues, la manière un peu brusque dont ils y mettaient un terme quand surgissait quelqu'un. Mais Anton Mittet avait le sentiment diffus que cela avait été une des conditions de leur relation. Le secret. L'interdit. L'émotion de voir, mais de ne pas pouvoir toucher.

Devoir attendre. Devoir filer en douce de chez soi, devoir raconter un mensonge à Laura, ce mensonge d'une garde supplémentaire qui devenait de plus en plus facile à présenter et qui, pourtant, le prenait de plus en plus à la gorge, comme s'il devait finir par l'étouffer. Il savait que l'infidélité ne le rendait pas meilleur aux yeux de Mona, qu'elle pouvait aisément imaginer qu'il lui raconterait les mêmes mensonges un jour, à l'avenir. Elle lui avait dit que cela lui était déjà arrivé avec d'autres hommes, qu'ils l'avaient trompée. Et elle était plus jeune et plus mince à cette époque-là. Alors, s'il voulait laisser tomber la grosse nana entre deux âges qu'elle était devenue, elle ne serait pas exactement choquée. Il avait essayé de lui expliquer qu'elle ne devait pas formuler des choses pareilles, même si elle le pensait. Que cela l'enlaidissait, elle. Et lui aussi. Que cela faisait de lui le mec qui prend ce qu'il a sous la main. Mais, là, il était content qu'elle l'ait dit. Il fallait que ça finisse à un moment, et elle lui facilitait les choses.

« Où est-ce que tu as trouvé ce café ? demanda le nouvel infirmier qui rajusta ses lunettes rondes en lisant le dossier qu'il avait pris au pied du lit.

— Il y a une machine à espresso au bout du couloir, là-bas. Je suis le seul à m'en servir, mais si tu en veux...

— C'est gentil de me le proposer », dit l'infirmier. Anton trouva qu'il y avait quelque chose de bizarre dans la manière dont il prononçait ces mots. « Mais je ne bois pas de café. » L'infirmier lut une feuille qu'il avait prise dans la poche de sa blouse. « Voyons... Il lui faut du Propofol.

— Je ne sais pas ce que ça signifie.

— Ça veut dire qu'il va dormir un bon moment. »

Anton étudia l'infirmier qui enfonça l'aiguille d'une seringue à travers l'opercule en alu d'un petit flacon qui contenait un liquide brillant. L'infirmier était petit et frêle, et il ressemblait à un acteur connu. Pas un des beaux acteurs. Mais un de ceux qui avaient réussi quand même. Celui avec les dents très moches et le nom italien impossible à retenir. Tout comme il avait déjà oublié le nom que lui avait donné l'infirmier en se présentant.

« C'est compliqué avec les patients qui sortent du coma, déclara l'infirmier. Ils sont extrêmement fragiles et il faut les ramener à l'état conscient avec prudence et par étapes. Une injection de travers et on risque de les renvoyer d'où ils viennent.

— Pigé », dit Anton. L'homme avait montré sa carte d'identité et lui avait donné le mot de passe. Il avait attendu qu'Anton appelle la salle de garde et qu'on lui confirme que cet infirmier était bien programmé pour cette garde-là.

« Tu as une grosse expérience des anesthésies et de ce genre de truc ? demanda Anton.

— Oui, j'ai travaillé en réa-anesthésie pendant quelques années.

— Mais tu ne travailles pas ici en ce moment ?

— J'ai voyagé pendant deux, trois ans. » L'infirmier tint la seringue à la lumière. Fit partir un jet qui se déploya en un nuage de gouttelettes microscopiques. « Ce patient donne l'impression d'avoir eu une vie dure. Pourquoi n'y a-t-il pas son nom sur son dossier ?

— Il faut qu'il reste anonyme. On ne te l'a pas dit ?

— On ne m'a rien dit du tout.

— Ils auraient dû. Il pourrait être l'objet d'une tentative de meurtre. C'est pour ça que je suis là, dans le couloir. »

L'infirmier s'était penché tout contre le visage du patient. Il avait fermé les yeux et l'on aurait cru qu'il inhalait le souffle du malade. Anton frémit.

« Je l'ai déjà vu quelque part, dit l'infirmier. Il est d'Oslo ?

— Je suis tenu par le secret professionnel.

— Et moi, qu'est-ce que tu crois ? » L'infirmier releva une manche de la chemise de nuit du patient. Oui, il y avait quelque chose de bizarre dans la manière dont parlait l'infirmier, mais Anton n'arrivait pas à l'expliquer de façon rationnelle. Il frissonna à nouveau quand l'aiguille pénétra sous la peau et, dans le silence total, il crut même entendre le métal frotter contre la chair. Le sifflement du liquide poussé à travers le canal de l'aiguille quand le piston fut pressé à fond.

« Il a habité à Oslo pendant des années avant de partir à l'étranger, dit Anton avant de déglutir. Mais il est revenu. La rumeur veut que ce soit à cause d'un garçon. Un drogué.

— Ah, une histoire triste, alors.

— Oui. Mais on dirait qu'elle va bien se terminer.

— Il est trop tôt pour le dire, dit l'infirmier en retirant la seringue. Pas mal de patients dans le coma font des rechutes graves. »

Anton le saisit cette fois. La manière dont parlait l'infirmier. C'était à peine audible, mais ils étaient bien là, les « s » mous. Il zézayait.

Ils ressortirent et l'infirmier disparut dans le couloir. Anton retourna voir le patient. Il étudia l'écran qui montrait les battements du cœur. Il écouta les bips réguliers, semblables à des signaux sonar d'un sous-marin en plongée. Il ne sut pas ce qui l'y poussa, mais il fit comme l'infirmier, il se pencha sur le visage du patient. Ferma les yeux. Il sentit son souffle sur sa figure.

Altmann. Anton avait regardé attentivement son badge avant qu'il ne parte. L'infirmier s'appelait Sigurd Altmann. C'était juste une intuition. Mais il avait déjà décidé de faire des vérifications sur lui le lendemain. Ça ne se passerait pas comme dans l'affaire à Drammen. Il n'allait pas faire d'erreur cette fois-ci.

Chapitre 8

Katrine Bratt avait les pieds posés sur son bureau et un téléphone coincé entre l'épaule et l'oreille. Gunnar Hagen avait mis son appel en attente. Ses doigts pianotaient sur le clavier devant elle. Elle savait que dans son dos, à la fenêtre, s'étendait Bergen, baigné par le soleil. Elle savait que les rues brillaient, là où, cinq minutes plus tôt, la pluie était tombée depuis le matin. Et que, avec une régularité tout à fait caractéristique de Bergen, il allait bientôt recommencer à pleuvoir à verse. Mais, pour l'instant, il y avait une éclaircie et Katrine Bratt espérait que Gunnar Hagen allait bientôt terminer son autre conversation téléphonique et reprendre son appel à elle. Elle voulait juste lui communiquer les informations obtenues et sortir de l'hôtel de police de Bergen. Sortir et retrouver le bon air frais de l'Atlantique, bien meilleur que celui respiré par son ancien chef de section dans son bureau de l'est d'Oslo. En attendant, il recracha cet air sous forme d'un cri de colère :

« Comment ça on ne peut pas encore l'interroger ? Il est sorti du coma, oui ou non ? D'accord, je comprends qu'il est fragile, mais... Quoi ? »

Katrine espérait que ce qu'elle avait trouvé au bout de ces derniers jours de recherches allait mettre Hagen de meilleure humeur. Elle feuilleta les pages rien que pour vérifier une fois encore ce qu'elle savait déjà.

« Je me *fous* de ce que dit son avocat, dit Hagen. Et je me *fous* de ce que dit le médecin chef. Je veux qu'il soit interrogé. *Maintenant !* »

Katrine Bratt l'entendit raccrocher brutalement l'autre téléphone. Puis il reprit son appel.

« Qu'est-ce que c'était ? demanda-t-elle.

— Rien.

— C'est lui ? »

Hagen soupira. « Oui, c'est lui. Il est en train de sortir du coma, mais ils l'assomment de trucs et disent que nous devons attendre au moins deux jours avant de pouvoir lui parler.

— Et ce n'est pas une bonne idée de se montrer prudent ?

— Certainement. Mais comme tu le sais, nous avons besoin de résultats. Et vite. Ces meurtres de policiers sont en train de nous bouffer.

— Deux jours de plus ou de moins...

— Je sais, je sais. Mais j'ai bien le droit de gueuler un peu. C'est tout de même bien un privilège, après s'être défoncé pour être le chef, non ? »

Sur ce point-là, Katrine Bratt n'avait pas de réponse. Elle n'avait jamais eu la moindre envie de devenir chef. Et puis, même si elle l'avait voulu, elle soupçonnait qu'un inspecteur qui avait fait un séjour en service psychiatrique fermé ne serait pas le premier de la liste quand on distribuerait les gros postes. Le diagnostic avait oscillé de maniaco-dépressive à limite bipolaire en passant par guérie. En tout cas, tant qu'elle prenait les petites pilules roses qui la maintenaient à niveau. On pouvait critiquer l'usage des médocs en psychiatrie tant que l'on voulait. Pour Katrine, ils avaient signifié une vie meilleure. Mais elle avait noté que son chef la tenait à l'œil et que l'on ne lui confiait pas plus de travail sur le terrain que le strict nécessaire. Ça lui convenait très bien, elle aimait rester dans son bureau exigu avec un gros ordinateur, des mots de passe et un accès à des moteurs de recherche dont même les policiers ignoraient l'existence. Chercher, rechercher, trouver. Retrouver la trace de personnes qui, apparemment, avaient disparu de la surface de la terre. Trouver des corrélations là où les autres ne voyaient que des coïncidences. C'était ça, la spécialité de Katrine Bratt. C'était ça qui avait maintes fois rendu service à la Kripos et à la Brigade criminelle d'Oslo. Il ne leur restait qu'à accepter qu'elle soit une psychose ambulante, *waiting to happen*.

« Tu disais que tu as quelque chose pour moi ?

— Ça a été assez tranquille à la section ces dernières semaines, alors j'ai un peu fouillé sur les meurtres des policiers.

— Ton chef à la police de Bergen t'a demandé de...

— Non, non. J'ai pensé que ça valait mieux que de mater Pornhub ou de faire des réussites.

— Je suis tout ouïe. »

Katrine comprit parfaitement que Hagen s'efforçait de paraître positif, mais qu'il ne parvenait pas à masquer sa résignation. Au cours des derniers mois, il avait eu sa dose d'espoirs rapidement déçus.

« J'ai vérifié les données pour voir si des personnes apparaissent dans les meurtres et les viols de Maridalen et de Tryvann.

— Merci beaucoup, Katrine, mais ça, on l'a fait nous aussi. Simple comme bonjour.

— Je sais. Mais moi, je travaille d'une manière un peu différente. »

Long soupir.

« Vas-y.

— J'ai vu qu'il y avait eu des équipes différentes sur les deux affaires. Seulement deux types de la Technique et trois enquêteurs ont été sur les deux. Aucun de ces cinq hommes n'a pu avoir une vue d'ensemble sur toutes les personnes qui ont été interrogées. Et comme ces affaires n'ont pas été résolues, elles ont traîné, et la quantité de rapports et de pièces a été très importante.

— On peut dire énorme. Il est tout à fait exact que personne ne se souvient de tout ce qui s'est passé pendant l'enquête. Mais toutes les personnes qui ont été interrogées sont enregistrées dans le fichier Strasak[1].

— C'est exactement ça, dit Katrine.

— Exactement quoi ?

— Quand des gens sont interrogés, leur nom est fiché, et l'interrogatoire est archivé dans le dossier de l'affaire concernée. Mais il arrive que des éléments se retrouvent entre deux chaises. Par exemple, si la personne interrogée est en prison, il arrive que l'interrogatoire ait lieu dans la cellule, de manière informelle, et cette personne n'est pas à nouveau fichée puisqu'elle est déjà dans le fichier.

— Mais les notes sur l'interrogatoire sont bien archivées avec l'affaire.

— Normalement, oui. Sauf si cet interrogatoire porte avant tout sur une autre affaire, où la personne est le suspect principal. Et où, par exemple, le meurtre de Maridalen n'est pas le sujet principal de l'interrogatoire, mais juste un truc de routine. Dans ce cas, l'interrogatoire est archivé avec la première affaire et une recherche sur le nom de la personne ne donnera pas de résultat avec la deuxième affaire.

— Intéressant. Et tu as trouvé…

— Une personne a été interrogée comme suspect principal dans une affaire de viol à Ålesund pendant qu'elle était en prison pour coups et blessures et tentative de viol sur une mineure dans un hôtel d'Otta. Lors de l'interrogatoire, l'affaire de Maridalen a également été abordée, mais tout a été archivé avec le viol d'Otta. Ce qui est

1. Registre central des affaires criminelles.

89

intéressant, c'est que cette même personne a été questionnée dans le cadre de l'affaire de Tryvann, dans un contexte plus classique.

— Et alors ? »

Pour la première fois, Katrine nota un intérêt réel dans la voix de Hagen.

« Il avait un alibi pour les trois affaires », répondit Katrine. Elle sentait plus qu'elle n'entendait l'air qui s'échappait du ballon qu'elle avait gonflé sous son nez.

« Bon, bon… Tu as d'autres histoires drôles à Bergen que tu veux partager avec moi aujourd'hui ?

— Il y a plus, dit Katrine.

— J'ai une réunion dans…

— J'ai vérifié l'alibi de cette personne. C'est la même chose pour les trois affaires. Un témoin confirme qu'il était à la maison dans le logement où ils habitaient tous les deux. Le témoin était une jeune femme qui, à ce moment-là, a été considérée comme fiable. Pas de casier judiciaire, aucun lien avec le suspect mis à part le fait qu'ils habitaient dans la même colocation. Mais si on suit le nom de cette fille dans le temps, il se passe des choses intéressantes.

— Comme quoi ?

— Détournement de fonds, vente de stupéfiants et faux documents. Si on creuse les rapports, une chose revient à chaque fois. Devine.

— Faux témoignage.

— Malheureusement, on vérifie rarement les affaires anciennes à la lueur de cette information. En tout cas, pas dans des affaires qui remontent à aussi longtemps, comme celles de Maridalen et de Tryvann.

— Putain, elle s'appelle comment cette fille ? » L'impatience était revenue dans la voix de Hagen.

« Irja Jacobsen.

— Tu as une adresse ?

— Oui, on la trouve au casier judiciaire, à l'état civil et dans d'autres fichiers...

— Ben alors, on la convoque tout de suite !

— ... comme celui des personnes disparues. »

Un long silence se fit à Oslo. Katrine eut envie d'aller faire une longue promenade, de descendre jusqu'aux bateaux de pêche à Bryggen, d'acheter des têtes de morue, de rentrer à son appartement de Møhlenpris, de préparer lentement son dîner et de regarder *Breaking Bad*. On pouvait espérer que, pendant ce temps-là, il aurait recommencé à pleuvoir.

« Bien, fit Hagen. En tout cas, tu nous as donné quelque chose à creuser. Comment s'appelle ce type ?

— Valentin Gjertsen.

— Et où se trouve-t-il ?

— C'est bien le problème.

— Pourquoi, il a disparu, lui aussi ?

— Il n'est pas sur la liste des personnes disparues. Pourtant, il semble avoir été rayé de la surface du globe. Pas d'adresse connue, pas un numéro de téléphone, pas la moindre utilisation de carte bancaire, même pas un compte en banque. Il n'a pas voté aux dernières élections, il n'a pris ni le train ni l'avion au cours de l'année passée.

— T'as essayé Google ? »

Katrine éclata de rire jusqu'au moment où elle comprit que Hagen ne plaisantait pas.

« T'inquiète pas, dit-elle, je vais finir par le trouver. Je vais chercher sur mon ordi à la maison. »

Ils raccrochèrent. Katrine se leva, enfila sa veste, elle se dépêchait car les nuages arrivaient déjà au-dessus d'Askøy. Elle allait éteindre son PC quand elle se rappela un détail. Une chose que Harry Hole lui avait dite un jour. On oublie souvent de vérifier l'évidence. Elle tapa rapidement. Attendit que la page apparaisse.

Elle nota que les têtes se tournèrent dans les bureaux voisins quand elle cria ses jurons berguenois. Tant pis. Ses collègues pouvaient bien croire qu'elle faisait une rechute.

Comme d'habitude, Harry avait raison. Elle prit le téléphone et appuya sur la touche Bis. Gunnar Hagen répondit à la deuxième sonnerie.

« Je croyais que tu avais une réunion, dit Katrine.

— Reportée. Je suis en train de mettre du monde sur ce Valentin Gjertsen.

— Tu n'as pas besoin. Je viens juste de le trouver.

— Ah ?

— Pas étonnant qu'il semble avoir disparu de la surface de la terre. Parce qu'il *a* disparu de la surface de la terre.

— Tu veux dire que… ?

— Oui, il est mort. C'est écrit en toutes lettres à l'état civil. Désolée pour ce barouf de Bergen. Je vais rentrer me consoler en mangeant des têtes de poisson. »

Elle raccrocha et leva la tête. Il avait recommencé à pleuvoir.

Anton Mittet leva le nez de son café quand Gunnar Hagen entra dans la cantine presque vide du sixième étage de l'hôtel de police. Anton avait observé la vue un moment. Réfléchi. Réfléchi à ce qui aurait pu se passer. Il pensa qu'il avait cessé de se le demander. C'était peut-être ça, devenir vieux. On avait soulevé les cartes distribuées. Et on n'en aurait pas d'autres. Il restait à jouer le mieux possible celles que l'on avait reçues. Et à rêver des cartes que l'on *aurait pu* recevoir.

« Désolé d'être en retard, Anton, dit Gunnar Hagen en s'asseyant sur la chaise en face de lui. Un coup de fil stupide de Bergen. Comment ça va ? »

Anton haussa les épaules. « Je bosse, je bosse. Et je vois monter les jeunes. J'essaie de leur donner des conseils, mais ils ne voient pas de raison d'écouter un vieux bonhomme comme moi qui est toujours inspecteur. On dirait qu'ils croient que la vie est un tapis rouge déroulé spécialement pour eux.

— Et à la maison ? »

Anton répéta son haussement d'épaules.

« Bien. Ma femme se plaint que je travaille trop. Mais dès que je suis à la maison, elle se plaint tout autant. Refrain connu, non ? »

Hagen fit un petit bruit neutre qui pouvait signifier ce que son interlocuteur voulait entendre.

« Tu te souviens du jour de tes noces ?

— Oui », dit Hagen qui jeta un coup d'œil discret à sa montre. Non pas parce qu'il ne savait pas quelle heure il était, mais pour faire passer le message à Anton Mittet.

« Le pire, c'est que l'on est vraiment sérieux quand on dit oui "pour toujours" à tout ça. » Anton eut un rire creux et secoua la tête.

« Tu voulais me parler d'un truc en particulier ? demanda Hagen.

— Oui. » Anton posa l'index sur l'arête de son nez. « Un infirmier s'est pointé hier soir pendant mon tour de garde. Il avait l'air un peu bizarre. Je ne savais pas ce qui clochait, mais tu sais comment on sent ça, nous les vieux renards. Alors j'ai fait des vérifications sur lui. Il s'avère qu'il a été mêlé à une affaire de meurtre il y a trois, quatre ans. Il a été disculpé, lavé de tout soupçon. Mais quand même.

— Je comprends.

— Je me suis dit qu'il valait mieux que je t'en parle. Toi, tu peux parler à la direction de l'hôpital. Peut-être le faire muter d'une manière discrète.

— Je vais m'en occuper.

— Merci.

— C'est moi qui te remercie. Bon boulot, Anton. »

Anton Mittet s'inclina. Il était heureux que Hagen lui dise merci. Il était content parce que le chef de section aux airs de moine était le seul homme dans la police pour qui il éprouvait de la gratitude.

Hagen en personne lui avait sauvé la mise après l'Affaire. C'était lui qui avait appelé le directeur de la police à Drammen pour lui dire qu'ils sanctionnaient Anton trop durement et que si Drammen n'avait pas besoin de son expérience, on en avait l'utilité à l'hôtel de police d'Oslo. Ainsi, Anton avait commencé au service de police-secours à Grønland tout en continuant à habiter à Drammen, ce que Laura avait exigé. Et quand Anton Mittet prit l'ascenseur pour regagner police-secours au premier étage, il sentit qu'il marchait d'un pas plus souple, qu'il se tenait un peu plus droit, et qu'il avait le sourire aux lèvres. Il sentait aussi vraiment que cela pouvait être le début de quelque chose de bien. Il devrait acheter des fleurs pour... Il réfléchit. Pour Laura.

Katrine regarda par la fenêtre tout en composant le numéro de téléphone. Son appartement était situé à ce que l'on appelait un rez-de-chaussée surélevé. Suffisamment pour ne pas voir les gens qui passaient sur le trottoir, mais pas assez pour ne pas voir leurs parapluies ouverts. Derrière les gouttes qui frappaient la vitre par rafales, elle voyait le Puddefjordsbroen qui reliait la ville à Laksevåg. Mais, en cet instant précis, elle regardait sa télé de cinquante pouces où un prof de chimie atteint du cancer préparait de la méthamphétamine. Elle trouvait ça étonnamment divertissant. Cette télé était vendue avec le slogan « Pourquoi les hommes célibataires doivent-ils avoir les plus grosses TV ? » Elle avait divisé et rangé ses DVD sous le lecteur Marantz. La première et la deuxième place tout à fait à gauche de l'étagère Classiques étaient occupées par *Sunset Boulevard* et *Singin' in the Rain*, tandis que les films plus récents sur l'étagère en dessous commençaient, eux, par un titre étonnant : *Toy Story 3*. La planche numéro trois était consacrée aux CD que, pour des raisons sentimentales, elle n'avait pas donnés à l'Armée du Salut, même s'ils étaient tous copiés sur le disque dur de son ordi. Ses goûts étaient limités : elle écoutait exclusivement du glamrock et de la pop progressive, principalement britannique et volontiers du genre androgyne, comme David Bowie, Sparks, Mott The Hoople, Steve Harley, Marc Bolan, les Small Faces, Roxy Music et qui s'arrêtait avec Suede.

Le prof de chimie avait une de ses disputes récurrentes avec sa femme. Katrine mit le DVD sur avance rapide pendant qu'elle appelait Beate.

« Lønn. » La voix était gaie, presque celle d'une jeune fille, et ne dévoilait que le strict nécessaire. Lorsque l'on n'obtenait en réponse qu'un seul nom, cela ne signifiait-il pas que l'on appelait une famille nombreuse, et qu'il fallait préciser à quel Lønn on voulait parler ? Lønn ne renvoyait ici qu'à Beate Lønn, veuve, et à sa fille.

« C'est Katrine Bratt.

— Katrine ! Cela faisait longtemps. Qu'est-ce que tu fais ?

— Je regarde la télé. Et toi ?

— Je me fais massacrer au Monopoly par la petite. Et je me console en mangeant une pizza. »

Katrine réfléchit. Quel âge avait donc la gamine, aujourd'hui ? En tout cas, elle était assez grande pour mettre une pile à sa mère au Monopoly. Encore un rappel que le temps passe à une vitesse effrayante. Katrine faillit dire qu'elle se consolait en mangeant des têtes de morue dans son coin, mais se retint en pensant que c'était un tel cliché de fille sans mec, cette façon de parler auto-ironique, quasi déprimée, que l'on s'attendait à trouver dans la bouche des jeunes nanas célibataires, alors qu'en vérité elle n'était pas sûre de pouvoir vivre sans sa liberté. Au fil des ans, elle s'était dit plusieurs fois qu'elle devrait contacter Beate, juste pour causer. Comme elle le faisait avec Harry. Elle et Beate étaient toutes les deux policières, sans mari, leurs pères avaient été policiers, elles possédaient une intelligence bien au-dessus de la moyenne, elles étaient des réalistes, sans illusions, et ne souhaitaient même pas un prince avec son cheval blanc. Sauf si, peut-être, l'animal les conduisait où elles voulaient.

Elles auraient eu tant de choses à se dire.

Mais elle n'avait jamais appelé. Sauf pour le boulot, naturellement.

Sur ce plan-là aussi, elles se ressemblaient sans doute.

« C'est à propos d'un certain Valentin Gjertsen, dit Katrine. Attentats à la pudeur. Décédé. Tu le connais ?

— Attends », dit Beate.

Katrine entendit Beate taper rapidement sur son clavier. Encore une chose qu'elles avaient en commun : elles étaient connectées en permanence.

« Lui, ah oui, dit Beate. Je l'ai vu plusieurs fois. »

Katrine comprit que Beate Lønn consultait une photo. On disait que le gyrus fusiforme de Beate Lønn, la partie du cerveau qui reconnaît les visages, contenait tous les gens qu'elle avait vus. Et que, dans son cas, l'expression je-n'oublie-jamais-un-visage était littérale. Des spécialistes du cerveau l'avaient étudiée parce qu'elle faisait partie de la trentaine de personnes au monde à posséder ce don.

« Il a été interrogé en lien avec les affaires de Tryvann et de Maridalen, dit Katrine.

— Oui, je m'en souviens vaguement, dit Beate. Mais je crois me souvenir qu'il avait un alibi dans les deux cas.

— Une des occupantes de la coloc où il habitait a juré qu'il était avec elle ces soirs-là. Mais je me demande si vous avez prélevé son ADN ?

— Je ne crois pas, s'il avait un alibi. À cette époque, les analyses d'ADN étaient un processus long et coûteux. On les faisait sur les suspects principaux, et encore, seulement si on n'avait rien d'autre.

— Je sais, mais à partir du moment où vous avez eu votre propre labo d'analyse ADN au sein de l'Institut médico-légal, vous avez bien fait des tests sur des affaires anciennes qui n'avaient pas été résolues, n'est-ce pas ?

— Oui, mais en réalité, il n'y avait aucune trace biologique dans les affaires de Maridalen et de Tryvann. Et si je ne me trompe pas, Valentin Gjertsen a été puni et pas qu'un peu.

— Ah bon ?

— Oui, il a été battu à mort.

— Je savais qu'il était mort, mais pas que…

— Si, si. Pendant qu'il purgeait sa peine à Ila. On l'a trouvé dans sa cellule. Réduit en chair à pâté. Les détenus n'aiment pas les types qui tripotent les petites filles. Le coupable n'a jamais été pris. Pas sûr qu'on ait beaucoup cherché non plus. »

Silence.

« Désolée de ne pas pouvoir t'aider, dit Beate. Et là, je viens d'atterrir sur Chance, alors…

— Espérons qu'elle va tourner, dit Katrine.

— Pardon ?

— La chance.

— Exactement.

— Juste une dernière chose, dit Katrine. J'aimerais bien discuter avec Irja Jacobsen, celle qui a fourni ses alibis à Valentin. Elle est portée disparue. Cependant, j'ai effectué quelques recherches sur le Net.

— Oui ?

— Pas de changement d'adresse, pas de paiement d'impôts, pas d'allocs ni d'achats par carte bancaire. Pas de voyages, pas de téléphone portable. Quand il y a si peu d'activités avec des gens, en règle générale, ils peuvent appartenir à deux catégories. La plus nombreuse, c'est celle des morts. Et puis, j'ai trouvé quelque chose. Dans les fichiers du Loto. Une seule mise. Vingt couronnes.

— Elle a joué au Loto ?

— Elle espère sans doute que la chance va tourner. Quoi qu'il en soit, cela signifie qu'elle appartient à l'autre catégorie.

— C'est-à-dire ?

— Ceux qui cherchent activement à se cacher.

— Et tu voudrais que je t'aide à la trouver ?

— J'ai sa dernière adresse connue à Oslo et l'adresse du kiosque où elle a validé le bulletin. Et je sais qu'elle se droguait.

— OK, dit Beate. Je vais vérifier avec nos agents.

— Merci.

— OK. »

Silence.

« Autre chose ?

— Non. Si. Qu'est-ce que tu penses de *Singin' in the Rain* ?

— Je n'aime pas les comédies musicales. Pourquoi ?

— Il est difficile de trouver des âmes sœurs, tu ne penses pas ? »

Beate eut un petit rire.

« Si. Parlons-en une autre fois. »

Elles raccrochèrent.

Anton était assis, il attendait, les bras croisés. Il écoutait le silence. Il regarda dans le couloir.

Mona était avec le patient, elle allait bientôt ressortir. Lui adresser ce sourire espiègle. Peut-être poser la main sur son épaule. La passer dans ses cheveux. Peut-être l'embrasser en vitesse, lui laisser à peine le temps de sentir sa langue qui avait toujours goût de menthe, et s'éloigner dans le couloir. Remuer son derrière volumineux, d'une manière taquine. Peut-être ne le faisait-elle pas délibérément, mais il aimait le croire. Croire qu'elle tendait les muscles, qu'elle balançait les hanches pour lui, Anton Mittet. Oui, il avait de quoi être reconnaissant.

Il regarda sa montre. Bientôt la relève. Il allait bâiller quand il entendit un cri.

Cela lui suffit, il bondit, poussa la porte. Il inspecta la pièce du regard, à gauche, à droite, constata qu'il n'y avait que Mona et le patient.

Mona était à côté du lit, bouche bée, une main levée devant elle. Elle n'avait pas quitté le patient des yeux.

« Il est… ? » commença Anton. Mais il interrompit sa phrase en entendant que le bruit était toujours là. Celui de la machine qui enregistrait les battements du cœur était si perçant — et le silence sinon tellement profond — qu'il pouvait entendre les petits bips réguliers, même quand il était dans le couloir.

Le bout des doigts de Mona reposait à l'endroit où la clavicule est attachée au sternum, l'endroit que Laura appelait « le creux du bijou », parce que c'était là que se nichait le cœur en or qu'il lui avait donné lors d'un de ces anniversaires de mariage qu'ils ne fêtaient jamais, mais qu'ils marquaient quand même, à leur manière. C'était peut-être aussi l'endroit où se cachait le vrai cœur des femmes quand elles avaient peur, ou quand elles étaient bouleversées, car Laura posait les doigts exactement sur le même point. Cette posture, tellement semblable à celle de Laura, captiva toute son attention. Même si Mona lui adressa un sourire radieux, même si elle murmura, comme si elle craignait de réveiller le patient, ce fut comme si ses paroles venaient d'ailleurs.

« Il a parlé. Il *a parlé*. »

Katrine eut besoin d'à peine trois minutes pour pénétrer en douce dans le système de la police d'Oslo. Mais trouver les enregistrements des interrogatoires sur le viol de l'hôtel Otta fut plus difficile. La numérisation de tous les enregistrements audio et vidéo qui se trouvaient sur bandes était bien avancée, mais le problème, c'était l'indexation. Katrine avait essayé avec tous les mots-clefs auxquels elle pouvait penser — Valentin Gjertsen, hôtel Otta, viol et ainsi de suite. Sans résultat. Elle allait presque abandonner quand une voix d'homme surgit du haut-parleur et emplit la pièce.

« Elle l'avait bien cherché. »

Katrine sentit un frisson la traverser, comme lorsqu'elle était dans le bateau avec son père et qu'il annonçait calmement que ça mordait. Sans savoir pourquoi, elle sut que c'était sa voix. C'était lui. Valentin Gjertsen.

« Intéressant », dit une autre voix. Basse, presque flatteuse. La voix d'un policier qui cherche à obtenir des résultats. « Qu'est-ce qui te fait dire ça ?

— Elles le cherchent bien, n'est-ce pas ? D'une façon ou d'une autre. Et après, elles ont honte et portent plainte à la police. Mais ça, vous le savez très bien.

— Alors cette fille à l'hôtel Otta, elle l'avait bien cherché, c'est ce qu'il faut comprendre ?

— Elle l'aurait voulu.

— Si tu ne l'avais pas prise avant qu'elle ne le veuille ?

— Si j'avais été là.

— Tu viens de reconnaître que tu étais là ce soir-là, Valentin.

— Juste pour que tu me décrives ce viol un peu plus en détail. Tu sais, on s'ennuie pas mal en prison. Il faut... améliorer l'ordinaire comme on peut. »

Silence.

Puis le rire enjoué de Valentin. Katrine frissonna sur son siège et serra son gilet contre elle.

« On dirait que tu t'es fait rouler dans la farine, inspecteur... »

Katrine ferma les yeux et imagina le visage de Gjertsen.

« Laissons de côté un instant l'affaire de l'hôtel Otta. Et passons à la fille à Maridalen, Valentin.

— Oui, et alors ?

— C'était toi, n'est-ce pas ? »

Nouvel éclat de rire.

« Il faut que tu t'entraînes un peu plus, inspecteur. Dans un interrogatoire, la conclusion de la confrontation doit être un coup de massue, pas une gifle de gentleman. »

Katrine nota que le vocabulaire de Valentin dépassait de loin la moyenne des détenus.

« Tu nies avoir fait le coup ?

— Non.

— Non ?

— Non. »

Katrine entendit l'ardeur tremblante du policier quand celui-ci prit son souffle et dit d'un ton qu'il s'efforçait de garder calme : « Cela signifie-t-il que tu avoues le viol et le meurtre à Maridalen en septembre ? » En tout cas, il avait suffisamment de métier pour spécifier le point sur lequel il attendait un « oui » de la part de Valentin. De même, l'avocat de la défense ne pourrait pas prétendre que l'accusé n'avait pas compris de quoi il était question pendant l'interrogatoire. Mais elle entendit aussi l'amusement dans la voix de Valentin quand il répondit :

« Cela veut dire que je n'ai pas besoin de nier.

— Qu'est-ce que...

— Ça commence par un J et ça se termine par un S. »

Bref silence.

« Comment peux-tu être aussi sûr d'avoir un alibi pour ce soir-là, Valentin ? Ça remonte à pas mal de temps déjà.

— Parce que j'y ai réfléchi quand il me l'a raconté. À ce que je faisais à ce moment-là.

— Qui t'a raconté quoi ?

— Celui qui a violé la gamine. »

Long silence.

« Tu te fiches de nous, Valentin ?

— Qu'est-ce que tu crois, inspecteur Zachrisson ?

— Qu'est-ce qui te fait croire que je m'appelle comme ça ?

— Snarliveien 41, n'est-ce pas ? »

Nouveau silence. Nouvel éclat de rire, et Valentin qui reprit :

« Tu t'es fait rouler dans la farine...

— Où as-tu entendu parler de ce viol ?

— Nous sommes dans une prison pour pervers, inspecteur. De quoi parlons-nous, à ton avis ? *Thank you for sharing*, voilà comment on appelle ça. Bien entendu, il croyait ne pas donner trop de détails, mais je lis les journaux et je me souviens bien de cette affaire.

— Alors qui, Valentin ?

— Alors quand, Zachrisson ?

— Quand ?

— Quand puis-je espérer sortir d'ici si je le balance ? »

Katrine eut envie de faire une avance rapide au moment des silences répétés.

« Je reviens tout de suite... »

Raclements d'une chaise sur le sol. Une porte est refermée doucement.

Katrine attendit. Elle écouta la respiration de l'homme. Et elle sentit quelque chose d'étrange. Elle avait du mal à respirer. C'était comme si les souffles dans les haut-parleurs faisaient le vide dans son salon.

Le policier ne s'était pas absenté plus de deux ou trois minutes, cela lui parut pourtant durer une demi-heure.

« Bien, dit-il, et l'on entendit à nouveau le bruit de la chaise.

— Ça a été rapide. Et ma peine sera réduite de combien ?

— Valentin, tu sais que ce n'est pas nous qui décidons des réductions de peine. Mais nous allons parler à un juge, OK ? Alors, quel est ton alibi et qui a violé la jeune fille ?

— J'étais chez moi toute la soirée. J'étais avec celle qui louait la chambre et, sauf si elle a été frappée d'Alzheimer, elle le confirmera.

— Comment se fait-il que tu t'en souviennes aussi bien que ça, comme ça ?

— C'est mon truc de faire attention aux dates des viols. Car si vous ne trouvez pas le gus tout de suite, vous finirez tôt ou tard par me demander où j'étais.

— Très bien. Et maintenant, la question à mille couronnes. Qui a fait le coup ? »

La réponse fut prononcée lentement et avec une netteté exagérée :

« Ju-das Jo-han-sen. Bien connu des services de police, comme on dit.

— Judas Johansen ?

— Comment, tu travailles aux Mœurs et tu ne connais pas un violeur patenté, Zachrisson ? »

Bruit de pieds qui frottent le sol.

« Qu'est-ce qui te fait croire que je ne connais pas ce nom ?

— Ton regard est vide comme l'espace, Zachrisson. Johansen est le plus grand violeur depuis... Tiens, depuis moi. Et il a l'étoffe d'un meurtrier. Il ne le sait pas encore, mais c'est juste une question de temps avant que le meurtrier ne s'éveille. Crois-moi. »

Katrine eut l'impression d'entendre le petit bruit de la mâchoire inférieure du policier se détachant de la mâchoire supérieure. Elle écouta le silence plein de parasites. Elle crut pouvoir entendre le pouls du policier qui s'emballait, la sueur qui perlait soudain sur son front alors qu'il s'efforçait de réfréner son agitation et sa nervosité. Car maintenant, il avait pigé, il était sur le seuil de l'instant décisif, de l'aboutissement, de l'exploit en tant qu'enquêteur :

« Co... comment », bafouilla Zachrisson. Mais il fut interrompu par une sorte de hurlement qui résonna dans les haut-parleurs et que Katrine finit par identifier comme des éclats de rire. Le rire de Valentin. Les hurlements perçants finirent par se muer en longs sanglots hoquetants.

« Je te raconte des craques, Zachrisson. Judas Johansen est homo. Il est dans la cellule d'à côté.

— Quoi ?

— Tu veux entendre une histoire plus intéressante que celle que tu connais ? Judas a baisé un gamin et ils ont été pris sur le fait par la mère. Malheureusement pour Judas, le gamin n'avait jamais rien dit et la famille était du genre riche et réac. Ils ont porté plainte pour viol. Judas qui n'avait jamais fait de mal à une mouche. Ou bien ne dit-on pas à un chat ? Mouche, chat. Chat, mouche. Peu importe. Qu'est-ce que tu dirais de reprendre cette affaire si je te donne un peu d'infos ? Je peux te raconter des trucs que le gamin a faits depuis cette affaire. Je suppose que l'offre de réduction de peine tient toujours ? Non ? »

Bruit de pieds de chaise qui frottent contre le sol. Claquement d'une chaise renversée. Un clic. Le silence. Le magnéto avait été éteint.

Katrine resta à regarder l'écran de son PC. Elle remarqua que la nuit était tombée. Ses têtes de morue avaient refroidi.

« Oui, oui, dit Anton Mittet. Il *a parlé* ! »

Anton Mittet était dans le couloir, le téléphone à l'oreille, et vérifiait les badges de deux médecins qui venaient d'arriver. Leurs visages montraient un mélange de stupéfaction et d'agacement : quand même, il devait bien se souvenir d'eux ?

Anton leur fit signe de passer et ils se hâtèrent vers le patient.

« Mais qu'est-ce qu'il a dit ? demanda Gunnar Hagen à l'autre bout du fil.

— Elle a seulement entendu un marmonnement. Pas ce qu'il a dit exactement.

— Il est réveillé en ce moment ?

— Non, il a juste marmonné, puis il s'est rendormi. Les toubibs disent qu'il peut se réveiller n'importe quand.

— Entendu, dit Hagen. Tu me tiens au courant, OK ? Tu m'appelles à n'importe quelle heure. À n'importe quelle heure.

— Oui.

— Bien, bien. L'hôpital a également l'ordre de me prévenir, mais… Bon, ils ont sûrement d'autres trucs à faire.

— Bien entendu.

— Oui, pas vrai ?

— Si.

— Oui. »

Anton entendit le silence. Gunnar Hagen voulait-il ajouter quelque chose ?

Le chef de section raccrocha.

Chapitre 9

Katrine atterrit à Gardemoen à neuf heures et demie, et prit la navette ferroviaire de l'aéroport qui lui fit traverser Oslo. Plus exactement, qui la fit passer sous Oslo. Elle avait habité là, mais ce qu'elle entraperçut de la ville n'invitait pas au sentimentalisme. Un urbanisme à moitié réussi. Des collines basses, gentilles et couvertes de neige, un paysage domestiqué. Dans le train, des visages fermés et inexpressifs, rien de la communication spontanée et gratuite entre inconnus à laquelle elle était habituée à Bergen. Il y eut encore une panne de signalisation sur un des tronçons de chemin de fer les plus chers du monde, et ils furent immobilisés dans l'obscurité totale d'un des tunnels.

Elle avait justifié sa demande d'aller à Oslo en disant que leur district — le Hordaland — avait connu trois viols non élucidés présentant des ressemblances avec les affaires que l'on pouvait imputer à Valentin Gjertsen. Elle avait poursuivi en rappelant que, s'ils pouvaient mettre ces affaires sur le dos de Valentin, cela aiderait indirectement la Kripos et la police d'Oslo dans les affaires des meurtres de policiers.

« Et pourquoi ne laisserions-nous pas à la police d'Oslo le soin de faire ça elle-même ? lui avait demandé Knut Müller-Nilsen, le chef de la Brigade criminelle de la police de Bergen.

— Parce qu'ils ont un taux d'élucidation de 20,8 %, et nous de 41,1 %. »

Müller-Nilsen avait éclaté de rire, et Katrine avait su que son billet d'avion était dans la poche.

Le train repartit avec une secousse et les soupirs résonnèrent dans le wagon, soulagés, agacés, résignés. Elle descendit à Sandvika et prit un taxi jusqu'à Eiksmarka.

Le taxi s'arrêta devant Jøssingveien 33. Elle marcha dans la neige grise. Mis à part la haute clôture autour du bâtiment en brique rouge, rien dans le centre de détention d'Ila n'indiquait qu'il abritait quelques-uns des pires meurtriers, trafiquants de drogue et délinquants sexuels du pays. Il était inscrit dans les statuts de la prison que c'était un établissement national pour détenus masculins avec des « handicaps particuliers » et des « besoins d'aide particuliers ».

Une aide à ne pas s'échapper, songea Katrine. Une aide à ne pas blesser. Une aide à retrouver ce qui, d'après les sociologues et les criminologues, est une volonté partagée par l'espèce entière : être un bon citoyen, contribuer à la vie du groupe et fonctionner au sein de la société.

Katrine avait passé suffisamment de temps dans un service psychiatrique fermé à Bergen pour savoir que même les malades non criminels ne manifestaient, en règle générale, aucun intérêt pour le bien-être de la société et n'éprouvaient aucun sentiment de communauté si ce n'est pour eux-mêmes et leurs démons. Ils ne souhaitaient qu'une chose : qu'on les laisse tranquilles. Ce qui ne voulait pas nécessairement dire qu'ils souhaitaient laisser les autres en paix.

On la fit entrer dans le sas, elle montra son badge et l'autorisation de visite qu'elle avait reçue par mail, et on la fit passer à l'intérieur du bâtiment.

Un gardien l'attendait, campé sur ses jambes, bras croisés, en faisant tinter ses clefs. Un peu plus fanfaron et sûr de lui parce que le visiteur était un policier, un membre de la caste des brahmanes dans la famille du maintien de l'ordre, un de ceux qui poussent toujours les gardiens de prison, les vigiles et les agents de stationnement à surcompenser, par les gestes et le ton.

Katrine fit comme elle faisait toujours dans pareil cas, elle se montrait plus aimable que ne le commandait sa nature.

« Bienvenue aux égouts », dit le gardien. Katrine était quasiment certaine qu'il n'utilisait pas cette phrase avec les visiteurs normaux, mais c'était une phrase à laquelle il avait réfléchi et qui signalait le mélange idoine d'humour noir et de cynisme réaliste en relation avec son travail.

Mais en fait, l'image n'était pas si mauvaise, se dit Katrine alors qu'ils avançaient dans les couloirs de la prison. Ou peut-être aurait-il fallu parler des intestins. Le lieu où la loi digérait les individus condamnés et les réduisait à une masse marron et puante qui, à un moment donné, devait ressortir. Toutes les portes étaient closes, les couloirs déserts.

« La section des pervers, dit le gardien en ouvrant une nouvelle porte en fer au bout du couloir.

— Ils ont leur propre section ?

— Ouais. Tant que ces types-là sont rassemblés à un seul endroit, il y a moins de risque que leurs voisins de cellule leur fassent la peau.

— Leur fassent la peau ? fit Katrine en surjouant l'étonnement, comme si elle n'était pas au courant.

— Ouais, ici, on déteste les violeurs autant que dehors. Si ce n'est plus. Et ici, nous avons des meurtriers qui contrôlent moins leurs pulsions que toi et moi. Alors, un beau jour... » Il passa la clef qu'il tenait à la main sur sa gorge d'un geste théâtral.

« Ils sont tués ? » s'exclama Katrine d'une voix épouvantée et, l'espace d'un instant, elle se demanda si elle n'en avait pas trop fait. Mais le gardien sembla n'avoir rien remarqué.

« Enfin, ils ne sont peut-être pas tués. Mais ils dégustent. Il y a toujours des pervers à l'infirmerie avec une jambe ou un bras cassés.

Ils disent qu'ils sont tombés dans l'escalier ou qu'ils ont glissé dans la douche. Ils n'osent pas cafter non plus, pas vrai ? »

Il referma la porte derrière eux et inspira.

« Tu reconnais l'odeur ? C'est du sperme sur un radiateur électrique. Ça se fige immédiatement. L'odeur s'incruste dans le métal et il est impossible de la faire partir. Ça ressemble à l'odeur de chair brûlée, pas vrai ?

— Homoncules », dit Katrine en inspirant à son tour. Elle sentait seulement l'odeur des murs qui venaient d'être repeints.

« Hein ?

— Au XVIIᵉ siècle, on croyait que le sperme contenait des petits bonshommes minuscules », dit-elle. En voyant le regard en biais du gardien, elle comprit qu'elle avait gaffé, elle aurait dû continuer à faire comme si elle était choquée. Elle s'empressa d'ajouter : « Alors comme ça, Valentin était tranquille avec ses semblables ? »

Le gardien hocha la tête.

« Il a couru une rumeur comme quoi il aurait violé les gamines à Maridalen et à Tryvann. Et c'est différent avec les détenus qui ont attaqué des mineures. Même un violeur confirmé détestera un enculeur de mômes. »

Katrine sursauta et, cette fois-ci, ce n'était pas feint. C'était dû avant tout au détachement avec lequel il avait dit ces derniers mots.

« Alors Valentin a dégusté ?

— Oui, ça, tu peux le dire.

— Et cette rumeur, tu as une idée de qui l'a lancée ?

— Ouais, dit le gardien en ouvrant la porte suivante. C'était vous.

— Nous ? La police ?

— Un policier est venu et il a fait comme s'il interrogeait des détenus sur ces deux affaires. Mais d'après ce que j'ai entendu dire, il a plus parlé que posé de questions. »

Katrine acquiesça. Elle en avait entendu parler. Dans des affaires où la police était certaine qu'un détenu était coupable d'agressions sur des enfants mais ne parvenait pas à le prouver, on s'arrangeait pour qu'il soit puni d'une autre manière. Il suffisait d'informer les détenus qu'il fallait. Ceux qui avaient le pouvoir. Ou ceux qui contrôlent mal leurs pulsions.

« Et vous avez accepté ça ? »

Le gardien haussa les épaules.

« Mais nous, les gardiens, qu'est-ce qu'on peut y faire ? » Et il ajouta à voix basse : « Et dans ce cas précis, nous n'étions peut-être pas contre... »

Ils passèrent une salle commune.

« Qu'est-ce que tu veux dire ?

— Valentin Gjertsen était un malade. Quelqu'un de purement et simplement mauvais. Le genre de type dont tu te demandes pourquoi Dieu l'a mis sur terre. Nous avions une collègue qu'il a...

— Ah te voilà, toi... »

La voix était douce et Katrine se tourna automatiquement vers la gauche. Deux hommes se tenaient près d'une cible de fléchettes. Elle croisa le regard souriant de celui qui avait parlé, un homme frêle, la trentaine bien tassée. Ses derniers cheveux blonds étaient peignés en arrière sur un crâne rouge. Maladie de peau, songea Katrine. Ou peut-être avaient-ils un solarium dans la prison, pour ceux qui souffraient de handicaps particuliers.

« J'ai cru que t'allais jamais venir. » L'homme retira lentement les fléchettes sans quitter Katrine des yeux. Il prit une fléchette et l'enfonça dans le milieu de la cible. Le double centre rouge. Il sourit tout en secouant la fléchette, en l'enfonçant plus profondément. Il la retira. Fit claquer ses lèvres. L'autre type ne riait pas comme Katrine s'y attendait. Il regardait son partenaire de jeu d'un air soucieux.

Le gardien prit Katrine par le bras pour la tirer vers lui, mais elle se dégagea. Son cerveau carburait à toute allure à la recherche d'une bonne réplique. Il refusait l'évidence : le rapport entre la taille de la fléchette et celle des organes génitaux.

109

« Un peu moins de Destop dans les cheveux peut-être ? »

Elle fila en vitesse, mais elle était parvenue à voir que, même si elle n'avait pas mis en plein dans le mille, au moins, elle l'avait touché. Le type avait brièvement rougi avant de sourire encore plus et de lui faire une sorte de salut.

« Valentin parlait-il à quelqu'un en particulier ? demanda Katrine tandis que le gardien ouvrait la porte de la cellule.

— Jonas Johansen.

— C'est lui que vous appelez Judas ?

— Ouais. Condamné pour avoir violé un homme. Ils ne sont pas nombreux dans ce cas.

— Et il est où maintenant ?

— Il s'est échappé.

— Comment ça ?

— On ne sait pas.

— Comment ? Vous ne savez pas ?

— Écoute, il y a des types horribles ici, mais nous ne sommes pas une prison de haute sécurité comme Ullersmo. Ici, dans cette division, les gars ont des condamnations avec sursis. Et Judas avait bénéficié de circonstances atténuantes. Valentin n'était condamné que pour tentative de viol. Les multirécidivistes sont détenus ailleurs. Nous ne gaspillons pas nos moyens à surveiller ceux qui se trouvent dans cette division. Il y a un comptage tous les matins et quand, très rarement, il manque quelqu'un, tout le monde retourne en cellule pour que nous trouvions celui qui manque. Mais si le compte est bon, alors les choses suivent leur train-train habituel. Nous avons vu que Judas Johansen avait disparu et nous avons prévenu la police. Je n'y ai pas tellement pensé parce que, tout de suite après, nous avons été débordés avec l'autre affaire.

— Tu veux dire…

— Oui. Le meurtre de Valentin.

— Judas n'était pas là quand c'est arrivé ?

— Exact.

« — Qui a pu faire le coup, à ton avis ?

— Je ne sais pas. »

Katrine acquiesça. La réponse était venue un peu trop vite, trop machinalement.

« Je te promets que cela va rester entre nous. Qui a tué Valentin, *selon toi* ? »

Le gardien souffla entre ses dents tout en jaugeant Katrine. Comme pour vérifier qu'il n'avait pas raté quelque chose lors de sa première inspection.

« Pas mal de types haïssaient Valentin et en avaient peur. Peut-être que quelqu'un s'est dit que c'était Valentin ou lui, ou qu'il avait beaucoup à payer. En tout cas, celui qui l'a tué devait le haïr grave. Valentin était… Comment dire ? » Katrine vit la pomme d'Adam du gardien remonter au-dessus du col de son uniforme. « Son corps était comme de la gelée. Je n'ai jamais rien vu de pareil.

— Frappé avec une arme arrondie, peut-être ?

— Je n'en sais rien, mais il était méconnaissable. Son visage n'était plus que de la bouillie. Sans son tatouage horrible sur la poitrine, je ne sais pas si nous aurions réussi à l'identifier. Je ne suis pas du genre sensible, mais j'en ai fait des cauchemars.

— C'était quel genre de tatouage ?

— Quel *genre* ?

— Oui, quel… » Katrine sentit qu'elle était en train d'abandonner son rôle de gentille policière et se reprit pour masquer son agacement. « Que représentait le tatouage ?

— Ben… C'était un visage. Vachement moche. Il semblait comme tiré sur les côtés. Comme s'il était coincé et tentait de se dégager. »

Katrine acquiesça lentement.

« Comme s'il voulait fuir le corps dans lequel il était enfermé.

— Ouais, ouais, c'est ça. Tu l'as déjà vu ?

— Non », dit Katrine. *Mais je sais ce que c'est.* « Et vous n'avez pas retrouvé Judas ?

« — *Vous* n'avez pas retrouvé Judas.

— Non, c'est vrai. Et pourquoi, à ton avis ? »

Le gardien haussa les épaules.

« J'en sais rien, moi. Mais je comprends qu'un type comme Judas ne soit pas votre priorité des priorités. Il y avait des circonstances atténuantes et le risque de récidive était minime. Il avait presque purgé sa peine, mais cet idiot a été pris par l'excitation. »

Katrine fit oui de la tête. L'excitation avant la libération. Cette excitation qui surgit quand la date approche, quand le détenu commence à penser à la liberté, quand il lui est soudain impossible d'être enfermé un jour de plus.

« Y a-t-il d'autres types qui pourraient me parler de Valentin ? »

Le gardien secoua la tête.

« À part Judas, il restait dans son coin. Et personne ne voulait avoir affaire à lui. Merde, il faisait peur. On aurait dit que l'air se modifiait quand il entrait dans une pièce. »

Katrine posa d'autres questions, puis elle comprit qu'elle essayait seulement de justifier son temps et le billet d'avion.

« Tu étais en train de me parler de ce qu'avait fait Valentin, dit-elle.

— Moi ? répondit-il brusquement en regardant sa montre. Oh là… Il faut que je… »

Ils retraversèrent la salle commune et Katrine ne vit que l'homme frêle au crâne rouge. Il restait là, bras ballants, et regardait fixement la cible droit devant lui. Les fléchettes n'étaient nulle part. Il se tourna lentement, et Katrine ne put s'empêcher de soutenir son regard. L'éclat avait disparu, les yeux étaient ternes et gris comme des méduses.

Il cria quelque chose. Cinq mots répétés. Des cris aigus et perçants, comme un oiseau qui avertit d'un danger. Puis il éclata de rire.

« Ne fais pas attention à lui », dit le gardien.

Le rire décrut derrière eux à mesure qu'ils avançaient dans le couloir.

Elle se retrouva dehors et inspira un grand coup l'air humide.

Elle sortit son téléphone, éteignit l'enregistreur qu'elle avait mis en marche dès son entrée et appela Beate.

« Terminé à Ila, dit-elle. Tu as du temps ?

— Je fais du café.

— Euh… Tu n'as pas…

— Tu es dans la police, Katrine. Tu bois du café filtre.

— Écoute, j'avais l'habitude de déjeuner au Café Sara dans Torggata. Et tu as besoin de sortir de ton labo. Déjeuner. C'est moi qui invite.

— Oui, normal.

— Hein ?

— Je l'ai trouvée.

— Qui ?

— Irja Jacobsen. Elle est vivante. En tout cas, si on se dépêche. »

Elles se fixèrent rendez-vous trois quarts d'heure plus tard et raccrochèrent. En attendant le taxi, Katrine écouta l'enregistrement. Elle avait fait dépasser de sa poche le bout du téléphone avec le micro et conclut qu'elle parviendrait à déchiffrer ce qu'avait dit le gardien avec de bons écouteurs. Elle fit une avance rapide jusqu'à la fin. Elle n'avait pas besoin d'écouteurs pour entendre ce passage. Les cris d'avertissement répétitifs du type à la tête rouge :

« Valentin est vivant. Valentin tue. Valentin est vivant. Valentin tue. »

« Il s'est réveillé ce matin », dit Anton Mittet en avançant en vitesse dans le couloir avec Gunnar Hagen.

Silje se leva de la chaise en les voyant arriver.

« Tu peux y aller, Silje, dit Anton. Je prends la suite.

— Mais ta garde commence seulement dans une heure.

— Tu peux y aller, je t'ai dit. Vas-y. »

Elle jaugea Anton du regard. Regarda l'autre homme.

« Gunnar Hagen, dit-il en lui tendant la main. Je dirige la Brigade criminelle.

— Je sais qui tu es, dit-elle en lui serrant la main. Silje Gravseng. J'espère travailler un jour pour toi.

— Bien, dit-il. Dans ce cas, tu peux commencer par faire ce que te dit Anton. »

Elle fit oui de la tête à Hagen.

« Évidemment, puisque c'est ton nom qui apparaît sur mes ordres... »

Anton la regarda ranger ses affaires dans son sac.

« Du reste, c'est mon dernier jour de stage, dit-elle. Il va falloir que je commence à penser à l'examen.

— Silje est aspirante.

— Désormais, on dit élève de l'École de Police, dit Silje. Il y a une chose que je me demande, commandant...

— Oui ? dit Hagen avec un sourire en coin, amusé par les mots qu'elle employait.

— Cette légende qui a travaillé pour toi, Harry Hole. On dit qu'il s'est planté une seule fois. Qu'il a résolu tous les meurtres sur lesquels il a enquêté. C'est vrai ? »

Anton s'éclaircit la gorge pour prévenir Silje, mais elle l'ignora.

Le sourire en biais de Hagen se fit tout grand.

« En premier lieu, on peut avoir des affaires non résolues sur la conscience et cela ne veut pas dire que l'on s'est *planté*. Pas vrai ? »

Silje Gravseng ne répondit pas.

« Ensuite, en ce qui concerne Harry et des affaires non résolues... » Il se frotta le menton. « Oui, c'est vrai. Mais ça dépend aussi comment on voit la chose.

— Comment ça ?

— Il est rentré de Hong Kong afin d'enquêter sur le meurtre pour lequel on avait arrêté son beau-fils. Et même si Oleg a été

114

relâché, et même si un autre a avoué, le meurtre de Gusto Hanssen n'a jamais été véritablement éclairci. Pas officiellement, en tout cas.

— Merci, dit Silje avec un bref sourire.

— Bonne chance pour ta carrière », dit Gunnar Hagen.

Gunnar Hagen la regarda disparaître dans le couloir. Non pas tant parce que les hommes regarderont toujours une jolie fille, mais parce que cela lui permettait de repousser pendant quelques secondes encore les tâches à venir. Anton avait bien remarqué la nervosité du chef de section. Puis Hagen se tourna vers la porte fermée. Il boutonna sa veste. Se balança sur la pointe des pieds comme un joueur de tennis qui attend le service de son adversaire.

« J'y vais, dit-il.

— Vas-y, répondit Anton. Je monte la garde.

— Oui, fit Hagen. Oui. »

Au milieu du déjeuner, Beate demanda à Katrine si elle avait couché avec Harry cette fois-là.

Beate avait commencé par expliquer qu'un enquêteur avait reconnu la photo de la femme ayant fait de faux témoignages, Irja Jacobsen. Elle ne sortait quasiment pas d'une sorte de communauté près d'Alexander Kiellands plass, sous surveillance car on y vendait des amphétamines. Mais la police ne s'intéressait pas à Irja, elle ne vendait rien. Au pire, c'était une cliente.

Puis la conversation avait roulé sur le boulot, la vie privée et le bon vieux temps. Katrine avait consciencieusement protesté quand Beate disait qu'elle avait causé des torticolis à la moitié de la Brigade criminelle lorsqu'elle passait dans les couloirs. En même temps, elle avait songé que c'était la manière qu'ont les femmes de s'évaluer mutuellement en soulignant bien à quel point elles *avaient été* jolies. Surtout lorsqu'elles n'étaient pas particulièrement belles. Mais même si Beate n'avait jamais fait tourner les têtes, elle n'avait jamais été non plus du genre à tirer des fléchettes empoisonnées. Elle avait toujours été discrète, rougissante, bosseuse, fidèle, quelqu'un qui se bat à la loyale. Mais, de toute évidence, quelque chose avait changé. Peut-être était-ce à cause du verre de vin blanc qu'elles s'étaient offert, car Beate n'avait pas l'habitude de poser des questions personnelles aussi directes.

Katrine fut très contente d'avoir la bouche pleine de pita à cet instant-là, car cela lui évita d'avoir à répondre autrement qu'en secouant la tête.

« Mais c'est vrai, dit-elle après avoir avalé, j'avoue que l'idée m'a traversé l'esprit. Harry t'en a parlé ?

— Harry me racontait presque tout, dit Beate, en vidant les dernières gouttes de vin. Je me demandais seulement s'il mentait quand il disait que lui et toi... »

Katrine fit un signe pour demander l'addition.

« Qu'est-ce qui te fait croire que nous étions ensemble ?

— Je voyais bien la manière dont vous vous regardiez. Comment vous vous parliez.

— Harry et moi on se *disputait*, Beate !

— C'est bien ce que je veux dire. »

Katrine rit.

« Et toi et Harry ?

— Harry ? Impensable. Nous étions bien trop bons amis. Et puis, j'étais avec Halvorsen... »

Katrine acquiesça. Le partenaire de Harry, un jeune enquêteur de Steinkjer qui avait réussi à mettre Beate enceinte avant d'être tué en service.

Silence.

« Qu'est-ce qu'il y a ? »

Katrine haussa les épaules. Elle sortit son téléphone et fit écouter la fin de l'enregistrement.

« Beaucoup de cinglés à Ila, dit Beate.

— Je suis passée par des services psychiatriques, alors je connais mon monde, dit Katrine. Mais je me demande comment il a compris que j'étais là à cause de Valentin. »

Assis sur son siège, Anton Mittet regarda Mona s'approcher de lui. Il était content de ce qu'il voyait, et il se dit que c'était peut-être une des dernières fois.

Elle lui sourit de loin. Se dirigea droit sur lui. Il l'observa mettre un pied bien devant l'autre, comme si elle marchait sur une corde. Peut-être ne faisait-elle ça que pour lui. Arrivée jusqu'à lui, elle jeta machinalement un coup d'œil derrière elle pour contrôler qu'il n'y avait personne. Elle lui passa la main dans les cheveux. Il ne se leva pas, entoura ses cuisses de ses bras, leva la tête.

« Alors ? dit-il, toi aussi, tu dois assurer cette garde ?

— Oui. On a perdu Altmann, il a été renvoyé au service d'oncologie.

— Dans ce cas, on va te voir encore plus, dit Anton avec un sourire.

— C'est pas sûr. Les examens montrent qu'il se remet rapidement.

— Mais on va bien se voir avant. »

Il dit ces mots sur le ton de la plaisanterie. Mais ce n'en était pas une. Elle le savait. C'est sans doute pour cela qu'elle se figea, que son sourire se mua en grimace, qu'elle se dégagea tout en jetant un coup d'œil derrière elle, pour lui montrer que quelqu'un pouvait les voir. Anton la laissa filer.

« Le chef de la Brigade criminelle est avec lui.

— Qu'est-ce qu'il fait ?

— Il parle avec lui.

— De quoi ?

— Je ne peux pas le dire », répliqua-t-il. Au lieu d'utiliser les mots « *je ne sais pas* ». Punaise, il était pathétique.

La porte s'ouvrit au même instant, et Gunnar Hagen sortit. Il s'arrêta, regarda tour à tour Mona puis Anton, puis Mona à nouveau. Comme s'ils avaient des signes tatoués sur la figure. Elle ne s'était pourtant mis qu'un peu de rouge avant d'entrer dans la chambre et de refermer la porte.

« Alors ? » s'enquit Anton, du ton le plus détaché possible. Il saisit à cet instant que le regard de Hagen n'était pas celui de quelqu'un qui comprend quelque chose, mais de quelqu'un qui est déboussolé. Il regarda Anton comme si ce dernier était un Martien, avec les yeux d'un homme dont toutes les conceptions sur l'existence viennent de voler en éclats.

« Le type à l'intérieur, dit Hagen en pointant le pouce par-dessus l'épaule. Il faut que tu veilles vachement bien sur lui, Anton. Tu m'as entendu ? Vachement bien. »

Anton l'entendit répéter ces derniers mots pour lui-même, puis il s'éloigna dans le couloir à pas vifs.

Chapitre 10

Lorsque Katrine vit le visage dans l'embrasure de la porte, elle crut tout d'abord s'être trompée, la femme âgée aux cheveux gris et aux traits tombants ne pouvait pas être Irja Jacobsen.

« Qu'est-ce que vous voulez ? demanda-t-elle en les regardant d'un air méfiant.

— C'est moi qui ai appelé, dit Beate. Nous aimerions parler de Valentin. »

La femme leur claqua la porte au nez.

Beate attendit un peu que le bruit des pieds traînants se soit éloigné. Puis elle appuya sur la poignée et ouvrit la porte.

Des vêtements et des sacs plastique étaient accrochés au porte-manteau dans le couloir. Toujours des sacs plastique. Pourquoi fallait-il que les drogués s'entourent toujours de sacs plastique ? se demanda Katrine. Pourquoi insistaient-ils pour entreposer, sauve-garder et transporter tout ce qu'ils possédaient dans ces emballages fragiles et peu fiables ? Pourquoi volaient-ils des mobylettes, des valets et des services à thé, mais jamais des valises ou des fourre-tout ?

L'appartement était sale, mais pas aussi misérable que la plupart des repaires de drogués qu'elle avait vus. Peut-être était-ce Irja, la femme au foyer, qui posait certaines limites et exigeait des tâches communes. Katrine supposa d'emblée qu'elle était la seule. Elle suivit Beate dans le salon. Un homme dormait sur un vieux canapé intact. L'homme était défoncé. Ça sentait la sueur, la bière incrustée dans le bois et une odeur douceâtre que Katrine ne parvint pas à identifier. Elle ne le souhaitait pas non plus. Les immanquables objets volés étaient entassés le long du mur, des planches de surf pour enfants, emballées dans un plastique transparent et décorées d'un requin blanc vorace et de marques de dents à la pointe, donnant l'illusion qu'un bout de la planche avait été emporté par le prédateur. Dieu seul savait comment ils allaient revendre ce matériel.

Beate et Katrine allèrent jusqu'à la cuisine où Irja s'était assise à la petite table et se roulait une cigarette. Une petite nappe recouvrait la table et une tasse avec des fleurs en plastique ornait le rebord de la fenêtre.

Katrine et Beate s'assirent en face d'elle.

« Les bagnoles, ça n'arrête jamais », dit Irja en désignant Uelands gate en dessous. Sa voix était aussi rauque et râpeuse que Katrine l'avait prévu après avoir vu l'appartement et le visage de ce vieillard d'une trentaine d'années. « Des bagnoles, des bagnoles. Mais où est-ce qu'ils vont tous ?

— Ils rentrent chez eux, suggéra Beate. Où ils en viennent. »

Irja haussa les épaules.

« Toi aussi, tu es partie de chez toi, dit Katrine. L'adresse du registre d'état civil indique...

— J'ai vendu ma maison, dit Irja. Elle était trop grande. Trop de... » Elle tira une langue blanche et sèche, la fit glisser sur le papier à cigarette, tandis que Katrine finit la phrase de son côté. Trop tentant de la vendre quand les allocs ne suffisaient pas pour payer la consommation quotidienne.

« ... de mauvais souvenirs.

— Quels genres de souvenirs ? » demanda Beate, et Katrine tressaillit. Beate était une technicienne, pas un expert en interrogatoires et, là, elle allait trop loin, elle demandait la tragédie au complet. Et personne ne la ressassait plus consciencieusement qu'un drogué apitoyé sur son sort.

« C'était Valentin. »

Katrine se redressa. Peut-être que Beate savait ce qu'elle faisait, malgré tout.

« Que faisait-il ? »

Elle haussa les épaules, une fois encore.

« Il louait l'appartement du rez-de-chaussée. Il... Il était là.

— Il était là ?

— Vous ne connaissez pas Valentin. Il est différent. Il... » Elle appuya sur le briquet sans parvenir à allumer sa cigarette. « Il... » Elle appuya, et appuya encore.

« Il était fou ? suggéra Katrine, agacée.

— Non ! » Irja jeta le briquet, furieuse.

Katrine se maudit intérieurement. C'était elle qui se comportait comme un amateur avec des questions fermées, restreignant les informations qu'elles auraient pu récolter.

« Tout le monde dit que Valentin est fou. Il n'est pas fou ! C'est seulement qu'il fait quelque chose... » Elle regarda par la fenêtre. Baissa la voix. « Il fait quelque chose avec l'air alentour. Les gens ont peur.

— Il te frappait ? demanda Beate.

— Non, répondit Irja. Il ne me frappait pas. Il m'étouffait — si je le contredisais. Il était tellement fort, il me prenait le cou d'une seule main, et il serrait. Il serrait jusqu'à ce que tout se mette à tourner. Impossible d'ôter cette main. »

Katrine supposa que le grand sourire qui était apparu sur les lèvres d'Irja était une sorte d'humour noir. Mais Irja poursuivit :

« Le plus bizarre, c'est que ça me faisait planer. Et ça m'excitait. »

Katrine ne put retenir une grimace. Elle avait lu que le manque d'oxygène dans le cerveau avait cet effet chez certaines personnes. Mais lorsqu'il s'agissait d'une agression ?

« Et vous faisiez l'amour ? » demanda Beate, qui se baissa pour ramasser le briquet. Elle l'alluma et le tint devant Irja. Irja s'empressa de mettre sa cigarette aux lèvres, elle se pencha en avant et inspira dans la flamme mal assurée. Elle souffla la fumée, se laissa retomber sur son siège et l'on aurait dit qu'elle implosait, comme si son corps était un sac d'aspirateur que la cigarette venait de trouer.

« Il ne voulait pas toujours baiser, dit Irja. Il lui arrivait de sortir. Alors j'attendais, j'espérais qu'il allait rentrer rapidement. »

Katrine dut se contrôler pour ne pas renifler et manifester son mépris.

« Que faisait-il dehors ?

— Je sais pas. Il ne disait rien, et moi… » Et encore ce haussement d'épaules. Le haussement d'épaules comme philosophie de vie, se dit Katrine. La résignation comme remède à la douleur. « Je ne voulais peut-être rien savoir. »

Beate s'éclaircit la gorge. « Tu lui as donné un alibi pour les deux soirs où les filles ont été tuées. À Maridalen et…

— Oui, oui, bla, bla, bla… coupa Irja.

— Mais il n'était pas avec toi comme tu l'as déclaré lors des interrogatoires, n'est-ce pas ?

— Merde, je m'en rappelle pas. J'avais des ordres.

— Quels ordres ?

— Valentin l'a dit tout de suite la nuit où… Tu sais, la première fois. Il a dit que la police viendrait me poser des questions chaque fois qu'il y aurait un viol, simplement parce qu'il avait été soupçonné dans une affaire pour laquelle la police n'avait pas réussi à le faire condamner. Et s'il n'avait pas d'alibi dans ces nouvelles affaires, ils essaieraient de le faire condamner, même s'il était innocent. Il disait que la police fait ça avec les gens qui, à leur avis, sont passés à travers dans d'autres affaires. Il fallait que je jure qu'il était à la maison, quelle que soit l'heure du crime. Cela nous épargnerait plein d'ennuis et de temps perdu. Moi, je me suis dit : *make sense*.

— Et tu le croyais vraiment innocent de tous ces viols ? demanda Katrine. Même si tu savais qu'il avait déjà violé ?

« — Putain, j'en savais rien ! cria Irja, et elles entendirent un grognement au salon. J'en savais rien ! »

Katrine allait insister quand elle sentit la main de Beate lui serrer brièvement le genou sous la table.

« Irja, dit Beate d'une voix douce, si tu ne savais rien, pourquoi veux-tu nous parler aujourd'hui ? »

Irja regarda Beate tout en ôtant des brins de tabac imaginaires sur le bout de sa langue blanche. Elle hésita. Et se décida.

« Il a reçu cette condamnation. Et c'était pour tentative de viol, pas vrai ? Et quand j'ai fait le ménage dans l'appartement pour le louer à quelqu'un d'autre, j'ai trouvé ces... ces... » C'était comme si, brusquement, sans crier gare, sa voix avait heurté un mur et ne pouvait plus avancer. « Ces... » Les larmes étaient apparues dans ses grands yeux bordés de sang.

« Ces photos.

— Quelle sorte de photos ? »

Irja renifla.

« Des filles. Des jeunes filles, presque des gamines. Attachées, avec ce truc devant la bouche...

— Une boule ? Un bâillon ?

— Oui, un bâillon. Elles étaient assises sur des chaises ou sur des lits. Tu vois qu'il y a du sang sur le drap.

— Et Valentin ? demanda Beate. Il apparaît sur ces photos ? »

Irja secoua la tête.

« Alors ça pouvait être des montages, dit Katrine. Sur le Net, on trouve des photos de viols simulés qui sont faites par des professionnels, pour ceux qui sont intéressés par ce genre de chose. »

Irja continua de secouer la tête.

« Elles avaient trop peur. Tu le voyais dans leurs yeux. Je... J'ai reconnu cette peur quand Valentin devait... Quand il voulait...

— Ce que Katrine essaie de dire, c'est que ce n'est pas nécessairement lui qui a pris les photos.

— Les bottes, dit Irja en pleurnichant.

— Comment ?

— Valentin avait ces bottes de cow-boy pointues, avec une boucle sur le côté. Sur une photo, tu pouvais voir les bottes par terre à côté du lit. Et là, j'ai compris que ça pouvait être vrai. Qu'il avait vraiment pu violer comme on le disait. Mais ce n'était pas le pire...

— Ah bon ?

— Tu pouvais voir la tapisserie derrière le lit. Et la tapisserie avait le même motif. La photo était prise dans l'appartement du rez-de-chaussée. Dans le lit où lui et moi nous avions... » Elle se frotta les yeux, essuya deux petites larmes.

« Et qu'as-tu fait ? demanda Katrine.

— Qu'est-ce que tu crois ? gronda Irja en passant le bras sous son nez qui coulait. Je suis allée vous voir ! Vous, vous qui êtes censés nous protéger.

— Et *nous* avons dit quoi ? répliqua Katrine sans parvenir à masquer son antipathie.

— *Vous* avez dit que vous alliez vérifier. Vous êtes allés trouver Valentin avec les photos, mais, bien entendu, il a réussi à trouver des explications. Il a dit que c'étaient des jeux où chacun était libre, qu'il ne se souvenait pas du nom des filles, qu'il ne les avait jamais revues, et il a demandé si l'une d'elles avait porté plainte contre lui. Comme ce n'était pas le cas, ça s'est arrêté là. C'est-à-dire que ça s'est arrêté là pour *vous*. Pour moi, ça ne faisait que commencer... »

Elle passa doucement le bout de l'index sous chaque œil, visiblement, elle pensait s'être maquillée.

« Et alors ?

— À Ila, ils ont droit de passer un coup de fil par semaine. Il m'a appelée en me disant qu'il voulait me parler. Je suis allée le voir. »

Katrine n'avait pas besoin d'entendre la suite.

« Je l'attendais dans la salle de visite. Quand il est entré dans la pièce, il s'est contenté de me regarder et c'était comme s'il me serrait à nouveau le cou avec sa main. Putain, j'arrivais plus à respirer. Il s'est assis, et il a dit que si je parlais de ses alibis à quiconque il me tuerait. Si jamais je parlais à la police, de quoi que ce soit, il me tuerait. Et si je croyais qu'il allait rester enfermé longtemps, je me trompais. Il s'est levé et il est ressorti. Je n'avais plus le moindre doute. Tant que je saurais ce que je savais, il me tuerait à la première occasion. Je suis rentrée chez moi, j'ai verrouillé toutes les portes et j'ai pleuré de peur pendant trois jours. Le quatrième jour, une de mes soi-disant amies m'a appelée. Elle voulait que je lui prête de l'argent. Elle me téléphonait régulièrement, elle était accro à une sorte d'héroïne qui venait de sortir, un truc que l'on appelait la fioline. D'habitude, je raccrochais. Pas cette fois. Le soir-même, elle était chez moi et m'a aidée à me faire le premier fixe que j'aie jamais pris de ma vie. Et, bon sang, ça a marché. La fioline... Ça arrangeait tout... C'est... »

Katrine pouvait lire l'éclat du vieil amour dans le regard défait de la femme.

« Et tu t'es retrouvée accro, toi aussi, dit Beate. Tu as vendu ta maison...

— Pas seulement pour l'argent, dit Irja. Il fallait que je m'enfuie. Il fallait que je me cache. Il fallait faire disparaître tout ce qui pouvait mener à moi.

— Tu as cessé de te servir de ta carte bancaire, tu n'as pas notifié ton déménagement, dit Katrine. Tu ne touches même pas tes allocs.

— Certainement pas, évidemment.

— Même si Valentin est mort. »

Irja ne répondit pas. Ne cligna pas des yeux. Elle resta immobile, la fumée montait en serpentant du mégot déjà carbonisé entre les doigts jaunis par la nicotine. Katrine songea à un animal saisi par les phares d'une voiture.

« Tu as quand même dû être soulagée en l'apprenant », dit doucement Beate.

Irja secoua la tête d'un mouvement mécanique, comme un béni-oui-oui.

« Il n'est pas mort. »

Katrine comprit tout de suite qu'elle était sérieuse. Qu'avait-elle donc dit sur Valentin, tout au début ? *Vous ne connaissez pas Valentin. Il est différent.* Elle n'avait pas dit « était ».

« Pourquoi croyez-vous que je vous raconte tout ça ? » Irja écrasa sa clope sur la table. « Il se rapproche. Jour après jour, je le sens. Un matin, je vais me réveiller avec sa main qui me serrera le cou. »

Katrine faillit lui dire que ça s'appelait de la paranoïa et que cela allait automatiquement de pair avec l'héroïne. Mais, soudain, elle n'était plus aussi sûre. La voix d'Irja baissa pour n'être plus qu'un murmure, son regard se posa sur un des recoins sombres de la pièce, et Katrine la sentit à son tour. La main sur le cou.

« Il faut que vous le trouviez. S'il vous plaît. Avant qu'il me retrouve. »

Anton Mittet regarda sa montre. Six heures et demie. Il bâilla. Mona était entrée plusieurs fois dans la chambre avec un médecin. À part ça, il ne s'était rien passé. On avait beaucoup de temps pour réfléchir quand on restait ainsi. Trop de temps, en fait. Car les pensées avaient une certaine tendance à se faire négatives au bout d'un moment. Cela aurait pu être sympa s'il avait été en mesure de les transformer. Mais il ne pouvait rien changer à l'affaire de Drammen, quand il avait décidé de ne pas signaler la matraque qu'il avait trouvée dans le bois, près du lieu du crime, ce jour-là. Et il ne pouvait pas revenir sur toutes les fois où il avait blessé Laura, et faire comme si cela n'était pas arrivé. Il ne pouvait pas non plus annuler la première nuit avec Mona. Ni la suivante, d'ailleurs.

Il sursauta. Qu'est-ce que c'était ? Un bruit ? On aurait dit que ça venait du bout du couloir. Il écouta intensément. Le silence régnait à nouveau. Mais il y avait eu un bruit. Et à part les bips de l'ECG dans la chambre, il ne devait y avoir *aucun* bruit.

Anton se leva silencieusement, défit la boucle qui maintenait la crosse de son pistolet de service, sortit l'arme. Ôta le cran de sûreté. *Il faut que tu veilles vachement bien sur lui, Anton.*

Il attendit, mais personne ne vint. Il commença alors à avancer lentement dans le couloir. Il vérifia toutes les portes en chemin, mais elles étaient toutes fermées à clef comme il le fallait. Il arriva au coin, le couloir continuait. Éclairé jusqu'au bout. Et il n'y avait personne. Il s'arrêta à nouveau, tendit l'oreille. Rien. Il n'y avait personne. Il rangea le pistolet dans son holster.

Personne ? Si. Quelqu'un avait bien créé des ondes dans l'air qui avaient touché la membrane sensible dans son oreille, qui l'avaient fait vibrer, à peine, mais suffisamment pour que les nerfs le perçoivent et envoient des signaux au cerveau. C'était un fait. Mais cela aurait pu être causé par des milliers de choses. Une souris ou un rat. Une ampoule qui avait claqué. La température qui baissait le soir et qui avait fait se contracter la charpente du bâtiment. Un oiseau qui s'était cogné contre une vitre.

C'était seulement maintenant, après s'être calmé, qu'Anton se rendit compte à quel point son pouls s'était emballé. Il devrait recommencer à s'entraîner. À se remettre en forme. Reprendre possession de son corps, de ce qu'il était, *lui.*

Il allait regagner sa place quand il se dit que, tout étant normal, il pouvait très bien se faire un café. Il alla à la machine à espresso rouge, retourna la boîte tout en longueur avec les capsules. Il en tomba une seule, verte, avec un couvercle brillant où il était écrit Fortissio Lungo. Et il se demanda soudain : le bruit aurait-il pu être celui d'une personne venue faucher leur café ? Car la veille, la boîte était pleine. Il mit la capsule dans la machine, mais, brusquement, il se dit qu'elle avait été perforée. Qu'elle avait été utilisée. Non, dans ce cas, le couvercle aurait présenté ces trous en forme d'échiquier. Il mit la machine en marche. Le bourdonnement démarra et il songea que, dans les vingt secondes à venir, il allait couvrir tous les autres petits bruits. Anton recula de quelques pas pour ne pas subir le vacarme.

Une fois la tasse pleine, il regarda le café. Noir, il sentait bon, la capsule n'avait donc pas été utilisée.

À l'instant où la dernière goutte tomba dans la tasse, il eut l'impression de l'entendre à nouveau. Le bruit. Le même. Mais, cette fois-ci, de l'autre côté, dans la direction de la chambre du patient. Avait-il laissé quelque chose lui échapper en venant ? Anton prit la tasse dans sa main gauche et ressortit son pistolet. Il repartit à grandes enjambées. Il tenta de maintenir sa tasse en équilibre sans la regarder, mais il sentit le café lui brûler la main. Il arriva au coin. Personne. Il souffla. Et continua jusqu'à la chaise. Il allait s'asseoir quand il se figea. Il s'approcha de la porte de la chambre du patient, l'ouvrit.

Impossible de le voir, la couette le dissimulait.

Mais le signal sonar de l'électrocardiographe résonnait de manière stable et il voyait la ligne qui progressait de gauche à droite sur l'écran vert avec un bond en même temps que le bip.

Il allait fermer la porte, mais quelque chose le fit changer d'avis.

Il entra, laissa la porte ouverte et contourna le lit.

Il baissa les yeux sur le visage du patient.

C'était bien lui.

Il plissa le front. Il se pencha vers la bouche de l'homme. Respirait-il ?

Oui, il le sentit. Le souffle et l'odeur douceâtre et écœurante qui venait peut-être des médicaments.

Anton Mittet ressortit et referma la porte derrière lui. Regarda sa montre. But son café. Regarda l'heure à nouveau. S'aperçut qu'il comptait les minutes et qu'il aurait aimé que cette garde se termine bien vite.

« Formidable qu'il accepte de me parler, dit Katrine.

— Qu'il accepte ? fit le gardien. La plupart des gus de cette division donneraient leur main gauche pour pouvoir passer quelques minutes en tête-à-tête avec une femme. Rico Herrem est un violeur potentiel, tu es sûre de ne vouloir personne d'autre à l'intérieur ?

— Je suis capable de me défendre.

— C'est ce que disait aussi la dentiste. Mais bon, au moins, tu portes un pantalon.

— Un pantalon ?

— Elle portait une jupe et des bas nylon. Elle a installé Valentin dans le fauteuil de dentiste sans gardien avec eux. Tu peux imaginer ce qui... »

Katrine essaya d'imaginer.

« Elle a payé le prix pour s'être habillée comme... OK, on y est ! » Il déverrouilla la porte de la cellule et ouvrit. « Je suis juste là, crie s'il se passe quelque chose.

— Merci », dit Katrine. Elle entra.

L'homme à la tête rouge était à sa table. Il fit pivoter sa chaise.

« Bienvenue dans mon modeste logis.

— Merci.

— Prends ça. » Rico Herrem se leva, apporta la chaise à Katrine, recula et s'assit sur le lit fait. Bonne distance. Elle s'assit, sentit la chaleur de Rico Herrem sur le siège. Il se tassa dans le lit quand Katrine approcha la chaise et elle se dit qu'il était peut-être un de ces types qui ont peur des femmes. Que c'était pour ça qu'il ne les violait pas, mais les épiait. Pour ça qu'il faisait de l'exhibitionnisme. Pour ça qu'il les appelait et leur disait toutes les choses qu'il avait envie de leur faire mais n'oserait jamais, naturellement. Le casier de Rico Herrem était plus dégoûtant qu'effrayant.

« Tu m'as crié que Valentin n'était pas mort », dit-elle en se penchant en avant. Il recula encore un peu plus. Il était sur la défensive, mais son sourire était toujours le même, effronté, haineux. Obscène.

« Qu'est-ce que tu voulais dire par là ?

— À ton avis, Katrine ? demanda-t-il de sa voix nasillarde. Qu'il est vivant, c'est tout.

— Valentin Gjertsen a été retrouvé mort ici, en prison.

— C'est ce que tout le monde croit. Il t'a dit, l'autre là, dehors, ce que Valentin a fait à la dentiste ?

— Un truc avec une jupe et des bas nylon. Ça vous excite, ça.

— Ça excite Valentin. Ça l'allume. Et je veux dire, littéralement. Elle venait deux fois par semaine. Beaucoup de gars se plaignaient des dents à l'époque. Valentin a utilisé une des fraises de la dentiste pour la forcer à enlever ses bas et à les mettre sur sa tête. Il l'a baisée dans le fauteuil. Et comme il l'a dit après : "Elle était là comme une vache à l'abattoir." Elle avait sûrement été mal conseillée sur la manière dont elle devait réagir s'il arrivait quelque chose. Valentin a sorti son briquet et il a mis le feu aux bas. Est-ce que tu as déjà vu comme ça fond le nylon, quand ça crame ? Ça a été l'enfer pour elle. Elle a hurlé comme une folle, tu vois ? L'odeur de sa tronche cuite dans le nylon est restée incrustée dans les murs pendant des semaines. Je sais pas ce qu'elle est devenue, mais je parie qu'elle a plus besoin d'avoir peur d'être violée une nouvelle fois. »

Katrine le dévisagea. Tête de crâneur, songea-t-elle. Un type qui s'est pris tellement de raclées que cette expression était un mode de défense automatique.

« Si Valentin n'est pas mort, où est-il alors ? » demanda-t-elle.

Le sourire narquois ne fit que s'agrandir. Il remonta la couette sur les genoux.

« S'il te plaît, dis-moi si je perds mon temps, Rico, dit Katrine avec un soupir. J'ai passé tellement de temps en HP que les dingues m'ennuient. OK ?

— Tu ne crois quand même pas que je vais te filer l'info gratos, inspecteur ?

— C'est enquêteur spécial. C'est quoi, le prix ? Réduction de peine ?

— Je sors la semaine prochaine. Je veux cinquante mille couronnes. »

Katrine éclata de rire. Un rire de bon cœur. Aussi chaleureux que possible. Elle vit la fureur monter dans le regard de Rico Herrem.

« On a terminé, dit-elle en se levant.

— Trente mille. Je suis fauché, et quand je vais sortir, je vais avoir besoin d'un billet d'avion qui m'emmène très, très loin d'ici. »

Katrine secoua la tête.

« On paie les indics uniquement quand il s'agit d'informations qui éclairent une affaire d'un jour tout à fait nouveau. Une *très grosse* affaire.

— Et si c'en est une ?

— Même, je devrais en parler à mes chefs. De toute façon, je croyais que tu voulais me raconter quelque chose, je ne suis pas ici pour négocier quelque chose que je n'ai pas. » Elle alla à la porte, leva la main pour frapper.

« Attends », dit tête rouge. Sa voix était faible. Il avait remonté la couette jusqu'au menton.

« Je peux t'en dire un peu...

— Je t'ai dit que je n'ai rien pour toi. » Katrine frappa à la porte.

« Tu sais ce que c'est, ça ? » Il tenait un instrument couleur cuivre qui fit défaillir le cœur de Katrine. Pendant une nanoseconde, elle avait cru voir la crosse d'un pistolet, alors qu'il s'agissait d'une machine à tatouer, le canon de l'arme étant en fait le support de l'aiguille qui pointait au bout.

« C'est moi le tatoueur dans cette taule. Un vachement bon tatoueur. Tu sais peut-être comment on a identifié le corps de Valentin quand on l'a trouvé ? »

Katrine le regarda. Les petits yeux pleins de haine. Les lèvres fines et humides. La peau rouge et luisante sous les quelques cheveux. Le tatouage. Le visage de démon.

« Je n'ai toujours rien pour toi, Rico.

— Tu pourrais... » Il fit une grimace.

« Oui ?

— Si tu pouvais déboutonner ton chemisier, je pourrais... »

Katrine le regarda d'un air incrédule.

« Tu veux dire... Ça ? »

À l'instant où elle mit les mains sous ses seins, elle crut sentir la chaleur irradier du corps de l'homme sur le lit.

Elle entendit les clefs tinter à l'extérieur.

« Gardien, dit-elle sans lâcher des yeux Rico Herrem. Laisse-nous encore quelques minutes, s'il te plaît. »

Le tintement des clefs cessa, le gardien dit quelque chose et s'éloigna.

La pomme d'Adam en face d'elle ressemblait à un petit alien qui s'agitait sous la peau de Rico afin de s'échapper.

« Continue, dit-elle.

— Pas avant que...

— Voilà le marché. Le chemisier reste boutonné. Mais je vais me pincer le bout du sein, et tu le verras dépasser. Si ce que tu as à me raconter est correct...

— Oui !

— Si tu bouges, le deal est mort. OK ?

— OK.

— Vas-y. Je t'écoute.

— C'est moi qui ai tatoué la tête de démon sur sa poitrine.

— Ici ? En prison ? »

Il sortit une feuille de papier de sous la couette.

Katrine s'avança vers lui.

« Stop ! »

Elle s'arrêta. Le regarda. Leva la main droite. Se fraya un chemin jusqu'au mamelon sous la fine étoffe du soutien-gorge. Le prit entre le pouce et l'index. Serra. Elle ne chercha pas à ignorer la douleur, mais elle l'accepta. Ne bougea pas. Redressa le dos. Elle savait que le sang affluait vers le mamelon, qu'il se gonflait. Elle le laissa le regarder. Elle entendit augmenter le rythme de sa respiration.

Il tendit la feuille, elle s'approcha et la saisit. S'assit sur la chaise.

C'était un dessin. Elle le reconnut d'après la description donnée

132

par le gardien. Une tête de démon. Tirée sur les côtés comme si elle avait des crochets fixés dans les joues et le front. Une tête qui hurlait de douleur, qui hurlait pour se dégager.

« Je croyais qu'il avait ce tatouage depuis des années, bien des années avant sa mort, dit-elle.

— Ce n'est pas exactement ce que je dirais.

— Qu'est-ce que tu veux dire ? » Katrine étudia les lignes du dessin.

« Ce que je veux dire, c'est qu'il l'a eu après sa mort. Voilà ce que je veux dire. »

Elle leva les yeux. Vit le regard de Rico encore braqué sur son chemisier.

« Tu as tatoué Valentin après sa mort ? C'est ça ?

— T'es sourde, Katrine ? Valentin n'est pas mort.

— Mais... Qui ?

— Deux boutons.

— Quoi ?

— Défais deux boutons. »

Elle en défit trois. Écarta le chemisier. Le laissa mater le bonnet du soutien-gorge avec le mamelon encore gonflé.

« Judas. » Sa voix était un murmure, rauque. « J'ai tatoué Judas. Valentin l'a gardé dans sa malle pendant trois jours. Juste enfermé dans la malle. Réfléchis à ça.

— Judas Johansen ?

— Tout le monde croyait qu'il s'était échappé, mais Valentin l'avait tué et caché dans sa malle. Personne ne va chercher un homme dans une malle, pas vrai ? Valentin l'avait passé à tabac d'une telle façon que même moi je me suis demandé si c'était bien Judas. De la chair à pâté. Ça aurait pu être n'importe qui. Le seul truc qui était encore à peu près intact chez lui, c'était la poitrine où je devais placer le tatouage.

— Judas Johansen. C'est son corps que l'on a trouvé.

— Voilà. Et maintenant, j'ai parlé. Je suis un homme mort, moi aussi.

— Mais pourquoi a-t-il tué Judas ?

— Ici, Valentin était haï. À cause de ce qu'il avait fait aux fillettes pendant dix ans. Et puis, l'histoire avec la dentiste. Beaucoup de gars l'aimaient bien. Les matons aussi. C'était juste une question de temps avant qu'il ne lui arrive un malheureux accident. Une overdose. Ou ça aurait pu avoir l'air d'un suicide. Alors il s'est débrouillé.

— Il aurait pu s'échapper ?

— Vous l'auriez retrouvé. Il fallait que l'on pense qu'il était mort.

— Et son pote Judas…

— C'était commode. Valentin n'est pas comme nous, Katrine. »

Katrine ignora son « nous ».

« Pourquoi as-tu voulu me raconter ça ? Tu es complice.

— J'ai seulement tatoué un mort. En plus, il faut que vous arrêtiez Valentin.

— Et pourquoi ? »

Tête rouge ferma les yeux.

« J'ai tellement rêvé ces derniers temps, Katrine. Il est en train de revenir. De revenir parmi les vivants. Mais d'abord, il lui faut éliminer tout ce qui appartient au passé. Tous ceux qui lui barrent la route. Tous ceux qui savent. Et j'en fais partie. Je vais être libéré la semaine prochaine. Il faut que vous l'arrêtiez…

— Avant qu'il ne t'arrête. » Katrine compléta la rengaine et regarda fixement l'homme en face d'elle. Ou plutôt, elle fixa un point juste devant son front. Car c'était comme si la scène décrite par Rico, quand il tatouait le cadavre de trois jours, se déroulait maintenant. C'était assez inquiétant qu'elle ne fasse attention à rien d'autre, qu'elle ne voie ni n'entende rien d'autre. Jusqu'au moment où elle sentit une goutte minuscule lui couler dans le cou. Elle entendit le râle de Rico et baissa les yeux. Elle bondit de la chaise. Trébucha vers la porte et sentit la nausée qui venait.

Anton Mittet se réveilla.

Son cœur battait à tout rompre, il inspira un grand coup.

Il cligna des yeux un instant, troublé, avant de parvenir à y voir clair.

Il regarda le mur blanc en face de lui. Il était encore dans le couloir, sur la chaise, la tête appuyée contre le mur derrière lui. Il s'était endormi. Il s'était endormi au boulot.

Cela ne lui était jamais arrivé. Il leva la main gauche. Elle lui fit l'impression de peser vingt kilos. Et pourquoi son cœur battait-il comme s'il avait couru un semi-marathon ?

Il regarda sa montre. Onze heures et quart. Il avait dormi plus d'une heure ! Comment cela avait-il pu se produire ? Il sentit son cœur se calmer lentement. C'était sûrement le stress de ces dernières semaines. Les gardes. Le rythme perturbé. Laura et Mona.

Qu'est-ce qui l'avait réveillé ? Un nouveau bruit.

Il tendit l'oreille.

Rien. Rien que le silence perçant. Et ce vague souvenir de rêve, comme si son cerveau avait enregistré quelque chose d'inquiétant. C'était comme lorsqu'il dormait dans leur maison de Drammen, au bord de l'eau. Il savait que des bateaux aux moteurs pétaradants passaient juste sous leur fenêtre, mais son cerveau ne le notait pas. En revanche, un craquement presque inaudible dans la chambre le faisait sursauter. Laura disait que cela avait commencé après l'affaire de Drammen, René Kalsnes, le jeune homme que l'on avait retrouvé au bord du fleuve.

Il ferma les yeux. Les rouvrit en grand. Bon sang, il était en train de se rendormir ! Il se leva. Eut tellement le vertige qu'il dut se rasseoir. Il cligna des yeux. Bordel, qu'est-ce que c'était que ce brouillard qui formait comme une couche sur ses sens ?

Il baissa les yeux sur la tasse de café vide à côté du siège. Il fallait qu'il aille se préparer un double espresso. Non, merde, il n'y avait plus de capsules. Il allait appeler Mona et lui demander de lui apporter un café à sa prochaine visite. Elle ne devait pas tarder. Il prit son téléphone. Elle était classée sous le nom GAMLEM CONTACT RIKSHOSPITALET. C'était une simple mesure de précaution au cas où Laura aurait vérifié l'historique de son portable et découvert les conversations fréquentes avec ce numéro. Bien entendu, il effaçait les SMS au fur et à mesure. Anton Mittet allait appuyer sur la touche Appel quand son cerveau parvint à identifier ce qui clochait.

Le bruit. Le grincement de la porte de la chambre.

C'était le silence.

C'était le bruit *manquant* qui clochait.

Le bip, le sonar. Le bruit de la machine qui enregistrait les battements de cœur.

Anton se leva en titubant. Il poussa la porte brusquement. Il essaya de chasser le vertige. Il regarda fixement l'écran vert de la machine. La ligne plate qui le barrait.

Il courut jusqu'au lit. Contempla le visage blême.

Il entendit que l'on courait dans le couloir. Une alarme avait dû se déclencher dans la salle de garde quand la machine avait cessé d'enregistrer les pulsations cardiaques. Anton posa machinalement la main sur le front de l'homme. Encore chaud. Cependant, Anton avait vu assez de cadavres pour n'avoir aucun doute. Le patient était mort.

III

Chapitre 11

L'enterrement du patient fut une affaire rondement menée avec une assistance extrêmement minime. Le pasteur ne chercha même pas à laisser penser que l'homme dans le cercueil était hautement regretté, qu'il avait mené une vie exemplaire et qu'il était qualifié pour le Paradis. Il passa donc directement à Jésus qui, selon lui, avait accordé le passage à tous les pécheurs.

Ils n'étaient même pas assez nombreux à s'être proposés pour porter le cercueil, si bien qu'il resta devant l'autel tandis que l'assemblée se dispersa dans la neige devant l'église de Vestre Aker. La grande majorité des personnes présentes, c'est-à-dire exactement quatre, étaient des policiers qui montèrent dans la même voiture et allèrent au Justisen qui venait d'ouvrir, et où les attendait un psychologue. Ils tapèrent des pieds pour enlever la neige de leurs bottes, commandèrent une bière et quatre bouteilles d'une eau qui n'était ni plus pure ni meilleure que l'eau du robinet d'Oslo. Ils trinquèrent, maudirent le défunt comme le voulait la tradition et burent.

« Il est parti trop tôt, dit le chef de la Brigade criminelle, Gunnar Hagen.

— Juste un poil trop tôt, dit la chef de la Technique, Beate Lønn.

— Qu'il brûle lentement en enfer, dit Bjørn Holm, le technicien roux à la veste en daim.

— En tant que psychologue, je diagnostique que vous n'êtes pas en contact avec vos sentiments, dit Ståle Aune en levant son verre.

— Merci, docteur, mais le diagnostic est *police*, dit Hagen.

— Cette autopsie, s'enquit Katrine, je ne suis pas sûre d'avoir tout compris.

— Il est mort d'un infarctus cérébral, dit Beate. Une attaque. C'est le genre de choses qui peut arriver.

— Mais il était sorti du coma, dit Bjørn Holm.

— C'est un truc qui peut nous arriver à tous, et n'importe quand, ajouta Beate d'un ton monocorde.

— Merci bien, répliqua Hagen avec un ricanement. Bon, maintenant que nous en avons terminé avec le défunt, je propose que nous allions de l'avant.

— La capacité à traiter rapidement les traumatismes psychologiques caractérise les gens avec une intelligence limitée. » Aune prit une gorgée de bière. « Je disais ça en passant. »

Hagen posa les yeux pendant une seconde sur le psychologue avant de poursuivre :

« J'ai pensé qu'il valait mieux se retrouver ici et pas au boulot.

— Tiens c'est vrai, pourquoi sommes-nous là, en fait ? demanda Bjørn Holm.

— Pour parler des meurtres des policiers. » Il se tourna. « Katrine ? »

Katrine Bratt acquiesça. S'éclaircit la gorge.

« Petit récapitulatif pour que le psy soit lui aussi à jour de ce qui s'est passé. Deux policiers ont été tués. Tous les deux sur les lieux de crimes qui n'ont pas été résolus, et sur lesquels ils avaient enquêté. En ce qui concerne les meurtres des policiers, nous n'avons jusqu'ici aucune piste, aucune trace, ni suspects ni rien qui permette de conclure en faveur de tel ou tel mobile. En ce qui concerne les premiers meurtres, nous avons estimé qu'il s'agit de crimes sexuels, on a relevé des traces techniques mais aucune n'a permis de désigner un suspect en particulier. C'est-à-dire que plusieurs ont été interrogés, mais ils ont été innocentés, soit parce qu'ils ont un alibi soit parce qu'ils ne collent pas au profil. Entre-temps, l'un d'eux a renouvelé sa candidature... »

Elle sortit une photo de son sac qu'elle posa sur la table pour que tout le monde puisse la voir. Un homme au buste nu. La date et le numéro indiquaient qu'il s'agissait d'un cliché prit par la police.

« Voici Valentin Gjertsen. Affaires de mœurs. Hommes, femmes et enfants. Première inculpation à seize ans : il avait tripoté une fillette de neuf ans qu'il avait fait monter à bord d'un canot. L'année suivante, une voisine a porté plainte contre lui parce qu'il avait tenté de la violer dans la buanderie de l'immeuble.

— Et quel est le lien avec Maridalen et Tryvann ? demanda Bjørn Holm.

— Pour le moment, seulement que le profil colle et que celle qui lui a donné des alibis pour les meurtres vient de nous avouer qu'ils étaient faux. Elle avait fait ce qu'il lui avait ordonné.

— Valentin lui avait dit que la police essayait de le faire condamner alors qu'il était innocent, dit Beate Lønn.

— Ha ha, fit Hagen. Il pourrait y avoir là une raison de détester les policiers. Qu'est-ce que tu en dis, docteur ? C'est possible ? »

Aune fit comme s'il évaluait l'idée.

« Absolument. La règle générale à laquelle je me tiens avec l'esprit humain, c'est que tout est envisageable, tout est possible. Plus pas mal de choses impensables.

— Pendant qu'il purgeait une peine pour agressions sur mineures, Valentin Gjertsen a violé et mutilé une dentiste à Ila. Il a craint d'être châtié pour ça et a décidé de s'enfuir. S'échapper d'Ila n'est pas exactement sorcier, mais Valentin voulait faire croire qu'il était mort afin que personne ne le recherche. Il a tué un codétenu, Judas Johansen. Il l'a battu au point de le rendre méconnaissable et a caché son cadavre. Judas a été déclaré en fuite. Valentin a obligé le tatoueur de la prison à faire une copie de son tatouage à lui, un visage de démon, au seul endroit où Judas n'était pas réduit en chair

141

à pâté, sur sa poitrine. Il avait menacé de mort le tatoueur et sa famille. La nuit de son évasion, il a habillé le corps de Judas Johansen avec ses propres vêtements et a laissé la porte de la cellule ouverte — pour montrer que n'importe qui aurait pu entrer. Le lendemain matin, quand on a trouvé le corps, on a pensé qu'il s'agissait de Valentin, et personne n'a été vraiment surpris. C'était le meurtre plus ou moins attendu du détenu le plus haï de la division. C'était tellement évident qu'ils n'ont même pas pensé à vérifier les empreintes du cadavre — sans parler de faire un test ADN. »

Le silence se fit autour de la table. Un client entra, voulut s'asseoir à côté d'eux mais un regard de Hagen l'envoya au fond du bar.

« Bref, ce que tu racontes, c'est que Valentin s'est échappé et qu'il est en excellente santé, dit Beate Lønn. Qu'il est l'auteur des premiers meurtres et de ceux des policiers. Son mobile, c'est de se venger des policiers en général. Et pour ça, il utilise les lieux des premiers meurtres. Mais en fait, il veut se venger de quoi, précisément ? Que la police a fait son boulot ? Dans ce cas, nous ne serions plus nombreux à être encore en vie…

— Je ne suis pas sûre qu'il en veuille à la police en général, dit Katrine. Le gardien m'a dit qu'ils avaient reçu la visite de deux policiers à Ila. Ces hommes ont parlé à quelques détenus des meurtres des jeunes filles à Maridalen et à Tryvann. Ils ont parlé à des meurtriers *straight*, et ils ont plus parlé que posé de questions. Ils ont désigné Valentin comme… » Katrine prit son temps. « Comme enculeur d'enfants. »

Elle vit qu'ils sursautèrent tous, y compris Beate Lønn. Il était étrange de voir comment un mot pouvait avoir un effet plus fort que les plus atroces scènes de crime.

« Et si ça n'équivaut pas tout à fait à une condamnation à mort, ça y ressemble beaucoup.

— Et ces deux policiers étaient ?

— Le gardien à qui j'ai parlé ne se rappelait pas et leurs noms n'apparaissent dans aucun registre. Mais on peut faire des paris.

— Erlend Vennesla et Bertil Nilsen, dit Bjørn Holm.

— On commence à avoir quelque chose, vous ne trouvez pas ? dit Gunnar Hagen. Ce Judas a été victime de la même violence extrême que les deux policiers. Docteur ?

— Oui, oui, fit Aune. Les meurtriers sont des êtres d'habitude qui s'en tiennent à des méthodes éprouvées. Ou à la même méthode pour donner libre cours à leur haine.

— Mais dans le cas de Judas, cela avait un but précis, dit Beate. Camoufler sa propre évasion.

— Si c'est ce qui s'est vraiment passé, dit Bjørn Holm. Le détenu avec qui Katrine a parlé n'est pas exactement le témoin le plus fiable.

— Non, dit Katrine, mais *moi*, je le crois.

— Pourquoi ça ? »

Katrine eut un sourire en coin.

« Que disait Harry ? L'intuition n'est jamais que la somme de nombreuses petites choses tout à fait concrètes sur lesquelles le cerveau n'a pas encore réussi à mettre un nom.

— Et si on exhumait le corps pour vérifier ? demanda Aune.

— Devine, dit Katrine.

— Incinéré ?

— Valentin avait laissé un testament la semaine précédente dans lequel il disait qu'en cas de décès il fallait l'incinérer le plus rapidement possible.

— Et plus personne n'a entendu parler de lui depuis, dit Holm. Pas avant qu'il ne tue Vennesla et Nilsen.

— Oui, c'est l'hypothèse que m'a présentée Katrine, dit Gunnar Hagen. Elle est encore mince et assez audacieuse, mais depuis le temps que notre groupe d'enquête n'avance pas, j'ai envie de donner sa chance à celle-là. C'est pour ça que je vous ai réunis aujourd'hui. Je veux que vous formiez une petite unité qui suivra cette piste, et rien que cette piste. Le reste, vous le laissez au groupe. Et si vous acceptez, vous me rendrez compte et... » Il toussa, une petite quinte sèche comme une rafale. « Vous ne rendrez compte qu'à moi.

— Ah ah, fit Beate. C'est-à-dire que...

— Oui, c'est-à-dire que vous devez garder le secret sur votre travail.

— Avec qui ? demanda Bjørn Holm.

— Tout le monde, dit Hagen. Vous n'en parlez absolument à personne, sauf à moi. »

Ståle Aune s'éclaircit la gorge.

« Et avec qui en particulier ? »

Hagen tripota un bout de la peau de son cou entre le pouce et l'index. Ses paupières étaient à moitié closes comme chez un lézard au soleil.

« Bellman, déclara Beate. Le directeur de la police. »

Hagen écarta les bras.

« Je cherche seulement à obtenir des résultats. Nous en obtenions avec un petit groupe indépendant quand Harry était avec nous. Mais le directeur y a mis le holà. Il veut des grands groupes. Cela a peut-être l'air un peu prêt à tout, mais le groupe d'enquête est à sec d'idées et il *faut* que nous arrêtions ce tueur de policiers. Sinon, ça va péter. Si ça devait finir par une confrontation avec le directeur, j'en endosserais toute la responsabilité, bien entendu. Dans ce cas, je lui dirais que je ne vous avais pas prévenus qu'il n'était pas au courant pour ce groupe. Mais je comprends naturellement dans quelle situation je vous place, et c'est à vous de voir si vous voulez participer. »

Katrine nota que son regard, comme celui des autres, se tourna vers Beate Lønn. Ils savaient que la vraie décision viendrait d'elle. Si elle était partante, eux aussi. Sinon...

« Le visage de démon sur sa poitrine », dit Beate. Elle avait pris la photo sur la table et l'étudiait. « On dirait quelqu'un qui veut s'échapper. S'échapper de prison, s'échapper de son corps. Ou même de son cerveau. Exactement comme le Bonhomme de neige[1]. Il est

1. *Le bonhomme de neige*, 2008, Éditions Gallimard, Folio Policier n° 575.

peut-être l'un d'eux. » Elle leva les yeux. Sourit brièvement. « J'en suis. »

Hagen dévisagea les autres. Il reçut des petits signes d'acquiescement de chacun.

« Bien, dit Hagen. Je continue à diriger le groupe d'enquête principal, mais Katrine sera à la tête de celui-ci. Et dans la mesure où elle dépend du district de Bergen et du Hordaland, d'un point de vue technique, vous n'avez donc pas besoin d'informer le directeur de la police d'Oslo.

— On bosse pour Bergen, dit Beate. Bah, pourquoi pas ? Allez, on trinque pour Bergen ! »

Ils levèrent leurs verres.

Lorsqu'ils se retrouvèrent sur le trottoir devant le Justisen, la pluie fine faisait ressortir l'odeur de gravier fin, d'huile et de goudron.

« Je voudrais profiter de l'occasion pour vous remercier de me reprendre avec vous, dit Ståle Aune en reboutonnant son manteau Burberry.

— Les invincibles sont repartis, dit Katrine avec un sourire.

— C'est exactement comme au bon vieux temps, renchérit Bjørn en se tapant sur la panse d'un air ravi.

— Presque, dit Beate. Il manque quelqu'un.

— Oh là ! s'exclama Hagen. Nous avions juré que nous ne parlerions plus de lui. Il n'est plus là et c'est comme ça.

— Il sera toujours là, Gunnar. »

Hagen soupira. Leva les yeux au ciel. Haussa les épaules.

« Peut-être pas. Une élève de l'École de Police était de garde au Rikshospitalet. Elle m'a demandé s'il y avait une fois où Harry n'était pas parvenu à éclaircir un meurtre. J'ai pensé qu'elle était une petite fouineuse, parce qu'elle passait du temps près de lui. J'ai répondu que l'affaire Gusto Hanssen n'avait jamais été résolue. Et, aujourd'hui, j'ai appris de ma secrétaire qu'elle avait reçu une demande de l'École pour obtenir une copie de cette affaire. » Hagen eut un sourire triste. « Peut-être est-il en train de devenir une légende, malgré tout.

— Harry ne sera jamais oublié, dit Bjørn Holm. Il n'y a pas eu mieux que lui et il n'y aura pas mieux.

— Peut-être pas, dit Beate. En tout cas, nous sommes quatre ici à en être très proches. Pas vrai ? »

Ils se dévisagèrent. Acquiescèrent. Ils prirent congé avec des poignées de main rapides et fermes et partirent dans trois directions différentes.

Chapitre 12

Mikael Bellman regarda la silhouette au-dessus du guidon du pistolet. Il ferma l'œil à moitié, appuya lentement sur la queue de détente, tout en sentant battre son cœur. Lentement, mais fortement malgré tout. Il sentit le sang venir jusqu'au bout de ses doigts. La silhouette ne bougeait pas, c'était juste une impression — parce qu'il n'était pas calme. Il relâcha la queue de détente, inspira, visa à nouveau. Ramena la silhouette au-dessus du guidon. Appuya. Vit la silhouette tressaillir, comme il fallait. Mort. Mikael Bellman sut qu'il avait touché la cible à la tête.

« Ramène le cadavre qu'on l'autopsie ! » cria-t-il en baissant son Heckler & Koch P30L. Il ôta brusquement le casque antibruit et ses lunettes de protection. Il entendit le grondement électrique et le couinement des câbles pendant que la silhouette se rapprochait. Elle s'arrêta pile à cinquante centimètres de lui.

« C'est bien », dit Truls Berntsen. Il lâcha l'interrupteur et le grondement cessa.

« Pas trop mal », dit Mikael qui étudia la cible en papier avec les trous nets dans le buste et la tête. Il jeta un coup d'œil à la cible avec la tête déchirée du pas de tir voisin. « Mais pas aussi bien que toi.

— Ça suffira pour passer le test. J'ai entendu dire qu'il y a 10,2%

de ratage cette année. » Truls changea sa cible avec des mains expertes, il appuya sur l'interrupteur et le nouveau carton repartit en arrière. Il s'arrêta contre la plaque métallique verte couverte de taches. Mikael entendit des rires féminins à quelques postes de tir, à gauche du sien. Il vit deux jeunes femmes rapprocher leurs têtes et jeter un coup d'œil dans leur direction. Sûrement des élèves de l'École de Police qui l'avaient reconnu. Ici, tous les bruits possédaient leur fréquence propre et Mikael réussissait même à distinguer le coup de fouet contre le papier du claquement du plomb contre la plaque en métal entre les détonations. Suivi par le petit tintement métallique quand la balle tombait dans la boîte placée sous la cible chargée de récupérer les projectiles écrasés.

« Plus de dix pour cent des effectifs sont incapables de se défendre ou de défendre les autres. Qu'en dit le directeur de la police ?

— Tous les policiers ne peuvent pas s'entraîner au tir autant que toi, Truls.

— Que moi qui ai tellement de temps libre, c'est ça ? »

Truls poussa ses grognements de rire crispants. Mikael Bellman observa son subordonné et ami d'enfance. Les dents écartées que ses parents n'avaient jamais jugé bon de faire redresser, ses gencives rouges. En apparence, tout était comme avant. Pourtant, quelque chose avait changé. Peut-être était-ce simplement ses cheveux qui venaient d'être coupés. Ou bien était-ce la suspension ? Ces événements-là affectaient parfois des gens que l'on n'aurait pas crus très sensibles. Peut-être cela les affectait-il particulièrement, eux qui n'avaient pas l'habitude de manifester continuellement leurs sentiments, qui les gardaient pour eux en espérant que ça passerait avec le temps. C'étaient ces gens-là qui pouvaient craquer. Et se mettre une balle dans la tempe.

Mais Truls avait l'air content. Il rigolait, et rigolait encore. Quand ils étaient jeunes, Mikael lui avait dit un jour que son rire fichait la frousse aux gens, qu'il devrait rire différemment, s'entraîner à avoir un rire plus banal, plus sympathique. Truls avait ri encore plus fort.

Il avait pointé Mikael du doigt. Sans dire un mot. Avec juste ce rire épouvantable, ce grognement, ce renâclement.

« Alors, tu ne veux pas me poser de question ? demanda Truls en insérant des balles dans le chargeur de son pistolet.

— Sur quoi ?

— Sur l'argent sur mon compte. »

Mikael changea de jambe d'appui.

« C'est pour ça que tu m'as invité ici ? Pour que je t'interroge là-dessus ?

— Tu veux savoir comment l'argent est arrivé là ?

— Pourquoi te questionnerais-je sur ça, maintenant ?

— Tu es le directeur de la police.

— Et tu as choisi de ne rien dire. Je trouve que c'est con de ta part, mais je respecte ton choix.

— Vraiment ? » Truls remit le chargeur en place. « Ou bien est-ce que tu ne demandes rien parce que tu sais d'où il vient, Mikael ? »

Mikael Bellman regarda son ami d'enfance. Et il le vit. Il vit ce qui avait changé. C'était cet éclat de dingue. Ce truc qui remontait à l'enfance, qui apparaissait quand Truls était furieux, quand les grands à Manglerud allaient casser la mignonne petite gueule de celui qui avait mis la main sur Ulla, quand Mikael était alors obligé d'envoyer Truls devant lui. Lâcher la hyène sur eux. Cette hyène galeuse et tabassée qui avait encaissé tant de coups qu'un de plus ou de moins ne signifiait plus grand-chose. Et puis, avec le temps, ils avaient appris que ça faisait mal de s'attaquer à lui, que cela n'en valait pas la peine. Car lorsque Truls avait cet éclat dans le regard, cet éclat de hyène, cela signifiait qu'il était prêt à mourir et que, s'il plantait ses dents sur quelqu'un, il ne lâcherait jamais. Jamais. Ses mâchoires allaient rester verrouillées tant que l'autre n'aurait pas mis genou à terre. Ou alors, il faudrait l'arracher de là. Au fil du temps, les moments durant lesquels Mikael avait vu cet éclat dans le regard de Truls s'étaient espacés. Bien sûr, il l'avait la fois où ils avaient rectifié le pédé dans le garage. Et puis récemment, quand

149

Mikael lui avait signifié sa suspension. Mais ce qui était changé, c'est qu'il ne le quittait plus. Il avait en permanence cet éclat dans le regard, comme s'il avait de la fièvre.

Mikael secoua lentement la tête, d'un air incrédule.

« Mais qu'est-ce que tu racontes, Truls ?

— Peut-être que le fric vient de toi, indirectement. Peut-être que c'est toi qui n'as jamais cessé de me payer. Peut-être que c'est toi qui as conduit Assaïev jusqu'à moi.

— Là, je vais penser que tu as respiré un peu trop de poudre, Truls. Je n'ai jamais rien eu à faire avec Assaïev.

— On pourrait peut-être lui poser la question, non ?

— Rudolf Assaïev est mort, Truls.

— Ça tombe drôlement bien, pas vrai ? Tous ceux qui auraient pu raconter quelque chose sont morts. »

Tous sauf toi, songea Mikael Bellman.

« Sauf moi, dit Truls en ricanant.

— Il faut que je file », dit Mikael. Il arracha la cible et la plia.

« Ah oui, fit Truls, le rendez-vous du mercredi. »

Mikael se figea.

« Quoi ?

— Je me souviens simplement qu'il fallait toujours que tu quittes le bureau à cette heure-là le mercredi. »

Mikael étudia Berntsen. C'était vraiment étonnant. Même s'il le connaissait depuis plus de vingt ans, Mikael n'était pas sûr de savoir s'il était bête ou intelligent.

« Exactement. Mais permets-moi de te dire qu'il vaut mieux que tu gardes ces considérations pour toi. Vu la situation, ça ne peut que te faire du tort, Truls. Et mieux vaut peut-être ne pas trop m'en dire. Ça peut me mettre dans une situation délicate si jamais je suis appelé à témoigner. Tu comprends ? »

Mais Truls avait déjà remis le casque antibruit sur ses oreilles et s'était tourné vers la cible. Les yeux grands ouverts derrière les lunettes de protection. Un éclair. Deux. Trois. On aurait cru que le pistolet allait lui échapper, mais la poigne de Truls était trop ferme. Aussi implacable qu'une hyène.

Sur le parking, Mikael sentit son téléphone vibrer dans la poche de son pantalon.

C'était Ulla.

« Tu as réussi à parler aux gens de la dératisation ?

— Oui, répondit Mikael qui n'y avait même pas pensé, et encore moins appelé quiconque.

— Qu'est-ce qu'ils ont dit ?

— Ils disent que l'odeur qui te semble venir de la terrasse peut très bien être une souris morte ou un rat quelque part, à l'intérieur. Mais puisque c'est du béton, il ne se passera rien, sinon que la chose va pourrir et l'odeur finira par disparaître d'elle-même. Ils nous conseillent de commencer à défoncer la terrasse. OK ?

— Tu aurais dû demander à des professionnels de couler cette terrasse. Pas à Truls.

— Je te l'ai déjà dit : il l'a fait en pleine nuit sans que je lui demande rien. Tu es où, chérie ?

— J'ai rendez-vous avec une amie. Tu vas réussir à rentrer pour le dîner ?

— Oui, oui. Et ne pense plus à la terrasse. D'accord, chérie ?

— D'accord. »

Il raccrocha. Il se dit qu'il avait dit « chérie » deux fois et que c'était une de trop. Que ça sonnait comme un mensonge. Il démarra, appuya sur l'accélérateur, embraya et sentit la délicieuse pression de l'appuie-tête contre son crâne quand l'Audi neuve accéléra sur le parking en plein air. Il pensa à Isabelle. Il le sentait, il sentait déjà l'afflux de sang. Et le paradoxe le plus étonnant, c'était qu'il n'avait pas menti. Son amour pour Ulla ne lui paraissait jamais aussi concret que lorsqu'il allait baiser une autre femme.

Anton Mittet était sur la terrasse. Les yeux clos, il sentait le soleil lui réchauffer le visage. Le printemps s'annonçait, mais c'était encore l'hiver. Il rouvrit les yeux et son regard tomba sur la lettre posée sur la table devant lui.

Avec le logo bleu du centre de santé de Drammen.

Il savait de quoi il s'agissait, la réponse à la prise de sang. Il avait envie de déchirer l'enveloppe, mais il repoussa à nouveau ce moment. À la place, il contempla le Drammenselva. Quand ils avaient vu le prospectus pour les nouveaux appartements à Elveparken, à l'ouest d'Åssiden, ils n'avaient pas hésité. Les enfants étaient partis, il était toujours plus prenant de dompter le jardin récalcitrant et d'entretenir la vieille maison en bois trop grande à Konnerud dont ils avaient hérité des parents de Laura. Vendre la baraque et acheter un appartement moderne et pratique leur laisserait plus de temps et d'argent pour faire ce dont ils avaient discuté depuis des années, faire des voyages. Visiter des pays lointains. Découvrir ces choses que notre bref passage sur terre offrait malgré tout.

Alors, pourquoi n'avaient-ils pas voyagé ? Pourquoi avait-il remis ça à plus tard, ça aussi ?

Anton rajusta ses lunettes de soleil, écarta la lettre. À la place, il tira le téléphone de sa grande poche de pantalon.

Était-ce le quotidien qui était trop bousculé, ou qui ne faisait que passer ? Était-ce la vue sur le fleuve qui était si reposante et qui faisait tant de bien ? Était-ce la perspective de passer tant de temps ensemble, la crainte de ce que cela pourrait révéler sur eux-mêmes et sur leur mariage ? Ou bien était-ce l'Affaire, le dossier qui l'avait vidé de son énergie et de son initiative, qui l'avait parqué dans une existence où la routine se présentait comme le seul moyen de le sauver de l'effondrement total ? Et puis, Mona était arrivée...

Anton regarda l'écran. GAMLEM CONTACT RIKSHOSPITALET.

Il y avait trois choix. Appel. Envoyer SMS. Modifier.

Modifier. La vie aussi devrait comporter ce bouton. Tout aurait été tellement différent. Il aurait signalé cette matraque. Il n'aurait pas invité Mona à prendre ce café. Il ne se serait pas endormi.

Mais il *s'était* endormi.

Il avait sombré pendant sa garde, sur une chaise dure, une chaise en bois. Lui qui avait tellement de mal à s'endormir dans son lit après une longue journée. C'était à n'y rien comprendre. Et il avait nagé dans une sorte de torpeur longtemps après, même le visage du mort et le bazar qui avait suivi n'avaient pas réussi à le réveiller. Au contraire, il était resté comme un zombie avec le cerveau embrumé, incapable d'entreprendre quoi que ce soit et de répondre clairement aux questions. Le patient n'aurait pas nécessairement été sauvé s'il était resté éveillé, lui. L'autopsie n'avait rien révélé, le patient était probablement mort d'un infarctus cérébral. Mais Anton n'avait pas fait son boulot. Personne ne le découvrirait jamais, il ne s'était pas trahi. Mais, lui, il le savait. Il savait qu'il avait failli une fois encore.

Anton Mittet regarda les boutons.

Appel. Envoyer SMS. Modifier.

Il était temps. Il était temps de faire quelque chose. De faire quelque chose de bien. Oui, le faire, et pas le remettre à plus tard.

Il appuya sur Modifier. D'autres choix apparurent.

Il fit un choix. Il fit le bon choix. Effacer.

Il prit la lettre, déchira l'enveloppe. Sortit la feuille. La lut. Il était allé très tôt au centre médical, après que l'on avait trouvé le patient mort. Il avait expliqué qu'il était policier, qu'il partait au travail, qu'il avait avalé un comprimé dont il ignorait le contenu, qu'il se sentait bizarre et qu'il avait peur d'aller au boulot en étant drogué. Le médecin avait voulu le mettre en arrêt maladie, mais Anton avait insisté pour qu'ils fassent une prise de sang.

Ses yeux parcoururent la feuille en diagonale. Il ne comprit pas tous les mots, les noms, ni ce que signifiaient les chiffres, mais le médecin avait ajouté deux phrases d'explication à la fin de la lettre :

… Le nitrazépam se trouve dans les somnifères les plus puissants. Il ne faut PAS *prendre ces cachets sans avoir d'abord consulté un médecin.*

Anton ferma les yeux et inspira en serrant les dents.

Merde.

Ses soupçons étaient justifiés. Il avait été drogué. Quelqu'un l'avait drogué. Il se demanda comment. Le café. Le bruit dans le couloir. La boîte qui n'avait plus qu'une capsule. Il s'était demandé si le couvercle avait été perforé. La drogue avait dû être injectée avec une seringue à travers le couvercle. La personne avait attendu qu'Anton aille se préparer son propre somnifère, du café au nitrazépam.

On disait que le patient était mort de mort naturelle. Ou, plus exactement, que l'on n'avait aucune raison de croire qu'il s'était passé quelque chose de criminel. Mais une partie importante de cette conclusion se fondait bien entendu sur le fait que l'on croyait Anton — lequel avait affirmé que personne ne s'était approché du patient après la dernière visite du médecin, deux heures avant que son cœur ne cesse de battre.

Anton savait ce qui lui restait à faire. Il devait signaler la chose. Maintenant. Il prit son téléphone. Signaler une nouvelle erreur. Expliquer pourquoi il n'avait pas déclaré tout de suite qu'il s'était endormi. Il regarda l'écran. Cette fois-ci, même Gunnar Hagen ne pourrait pas le sauver. Il reposa le téléphone. Il *allait* appeler. Mais pas tout de suite.

Mikael Bellman noua sa cravate face au miroir.

« Tu étais bon aujourd'hui », dit la voix sur le lit.

Mikael savait que c'était vrai. Il vit Isabelle Skøyen se lever derrière lui, enfiler ses bas. « C'est parce qu'il est mort ? »

Elle jeta le couvre-lit en peau de renne sur la couette. Des bois imposants étaient accrochés au-dessus du miroir et les murs étaient décorés d'œuvres d'artistes sames. Cette aile de l'hôtel se composait de chambres qui avaient toutes été décorées par des artistes et qui portaient leurs noms. Celle-ci avait été confiée à une chanteuse traditionnelle. Le seul problème, c'était que les touristes japonais adoraient cette chambre et avaient volé les bois du renne mâle. Ils croyaient assurément aux effets aphrodisiaques que la sagesse populaire attribuait à l'extrait de corne. Mikael y avait songé les dernières fois. Mais pas aujourd'hui. Peut-être avait-elle raison, peut-être était-il soulagé d'avoir appris que le patient était enfin mort.

« Je ne veux pas savoir comment c'est arrivé, déclara-t-il.

— De toute façon, je ne pourrais pas te le dire, répliqua-t-elle en mettant sa jupe.

— N'en parlons même plus. »

Elle s'était placée derrière lui. Elle lui mordit le cou.

« Ne fais pas cette tête, gloussa-t-elle. La vie n'est qu'un jeu.

— Pour toi peut-être. Moi, j'ai toujours ces foutus meurtres de policiers sur le dos.

— Tu n'as pas à te faire réélire. Moi si. Est-ce que j'ai l'air inquiète ? »

Il haussa les épaules. Il attrapa sa veste.

« Tu pars la première ? »

Il sourit quand elle lui donna une petite tape sur la nuque. Il entendit ses talons se diriger vers la porte.

« J'aurai peut-être un problème pour mercredi prochain, dit-elle. La réunion du conseil municipal a été déplacée.

— Très bien », dit-il, et il sentit que c'était exactement ça : c'était très bien. Mieux, il était soulagé. Oui, il était vraiment soulagé.

Elle s'était arrêtée à la porte. Comme d'habitude, elle écouta pour s'assurer que la voie était libre dans le couloir.

« Tu m'aimes ? »

Il en resta bouche bée. Il se regarda dans le miroir. Il vit le trou béant d'où ne sortait aucun son. Il entendit le rire grave derrière lui.

« Je plaisante, chuchota-t-elle. Tu as eu peur, hein ? Allez, dix minutes. »

Elle ouvrit porte et la referma doucement derrière elle.

Ils avaient un accord. Le second devait attendre au moins dix minutes avant le départ du premier. Il ne se rappelait plus qui avait eu cette idée. Cette fois-là, ils avaient peut-être senti que le risque de croiser un journaliste curieux ou une tête connue était important. Mais jusqu'à ce jour, cela n'était pas arrivé.

Mikael prit le peigne et coiffa ses cheveux un peu trop longs. Les pointes étaient encore humides après la douche. Isabelle ne se douchait jamais après l'amour, elle disait qu'elle avait envie de garder sur elle son odeur à lui. Il regarda l'heure. Cela avait bien marché aujourd'hui, il n'avait pas eu besoin de penser à Gusto, et il avait même fait durer leur rendez-vous amoureux. Au point que s'il attendait dix minutes, il serait en retard à son rendez-vous avec le directeur du conseil municipal.

Ulla Bellman regarda sa montre. C'était une Movado qui reprenait le design de 1947 et que Mikael lui avait offerte pour leur mariage. Une heure vingt. Elle se cala à nouveau dans le fauteuil et observa le hall. Elle se demanda si elle allait le reconnaître, car ils ne s'étaient rencontrés que deux fois. La première, il lui avait tenu la porte quand elle allait retrouver Mikael au commissariat de Stovner, et il s'était présenté. Il venait du Nord de la Norvège, il était souriant et charmant. La deuxième, c'était au repas de Noël du commissariat de Stovner, ils avaient dansé et il l'avait serrée contre lui un peu plus qu'il ne l'aurait fallu. Elle n'avait eu rien contre, c'était un flirt innocent, la confirmation de son charme qu'elle pouvait s'accorder. Après tout, Mikael était quelque part dans la salle, et les autres épouses dansaient aussi avec d'autres hommes que leurs maris. Et puis, un autre homme l'avait suivie d'un œil vigilant. Il n'était pas apparu sur la piste de danse avec un drink à la main. Truls Berntsen. Ensuite, Ulla avait demandé à Truls s'il voulait danser avec elle, mais il avait décliné l'invitation avec un ricanement. Il avait dit qu'il ne savait pas danser.

Runar. Sur le coup, elle avait oublié son prénom. Mais elle n'avait jamais eu de ses nouvelles et ne l'avait jamais revu. Jusqu'au jour où il l'avait appelée et lui avait demandé si elle pouvait le retrouver ici. Il lui avait rappelé qu'il s'appelait Runar. Elle avait commencé par refuser, disant qu'elle n'avait pas le temps, mais il avait déclaré qu'il avait des choses importantes à lui communiquer. Elle avait demandé qu'il les lui dise au téléphone, mais il avait insisté, il devait les lui montrer. La voix de Runar était bizarre, presque déformée, et elle ne sonnait pas ainsi dans son souvenir, mais peut-être son accent du Nordland se télescopait-il avec celui de l'Østland, cela arrivait souvent aux provinciaux lorsqu'ils habitaient longtemps Oslo.

Elle avait dit oui à un café en vitesse, cela tombait bien puisqu'elle devait aller dans le centre-ville cet après-midi. Ce n'était pas vrai. Aussi peu vrai que sa réponse à Mikael quand il lui avait demandé où elle était, et qu'elle avait répondu qu'elle allait voir une amie. Elle n'avait pas eu l'intention de mentir, mais la question était venue de manière tellement abrupte. Au même moment, elle avait senti qu'elle aurait dû dire bien plus tôt à Mikael qu'elle allait prendre un café avec un de ses anciens collègues. Alors, pourquoi ne l'avait-elle pas fait ? Parce que, en son for intérieur, elle soupçonnait que ce que Runar voulait lui montrer avait quelque chose à voir avec Mikael ? Elle regrettait déjà de se trouver là. Elle regarda à nouveau sa montre.

Elle avait remarqué que le réceptionniste avait jeté des coups d'œil dans sa direction à plusieurs reprises. Elle avait ôté son manteau, elle portait un pull et un pantalon qui soulignaient sa silhouette mince, elle le savait. Elle ne venait pas si souvent en ville et avait passé un peu plus de temps à se maquiller et à coiffer ses longs cheveux blonds qui avaient amené tant de garçons à Mangle-rud à la dépasser, pour voir si le devant était aussi prometteur que le dos. Et elle voyait sur leur figure que c'était bien le cas. Le père de Mikael lui avait dit une fois qu'elle ressemblait à la jolie chanteuse de The Mamas & The Papas, mais elle ne savait pas qui c'était et n'avait jamais cherché à le savoir.

Elle jeta un coup d'œil vers la porte à tambour. Les gens ne cessaient d'entrer, mais personne avec le regard scrutateur qu'elle attendait.

Elle entendit le pling étouffé de l'ascenseur et vit en sortir une grande femme en manteau de fourrure. Elle se dit que si un journaliste lui demandait si c'était un vrai, cette femme dirait probablement non, car les travaillistes caressaient la majorité des électeurs dans le sens du poil. Isabelle Skøyen, adjointe au maire, en charge des affaires sociales. Elle était venue chez eux pour la fête qu'ils avaient donnée en l'honneur de la nomination de Mikael. En fait, c'était la pendaison de crémaillère pour la nouvelle maison, mais au lieu d'inviter des amis, Mikael avait surtout convié des gens utiles pour sa carrière. Ou « leur » carrière, comme il disait. Truls Berntsen était une des rares personnes qu'elle connaissait à être présentes ce soir-là, mais il n'était pas le genre de personne à qui l'on parlait toute la soirée. Et puis, en tant que maîtresse de maison, elle n'avait pas eu le temps, elle était débordée.

Isabelle Skøyen lui adressa un regard rapide et hésita avant de poursuivre. Ulla perçut cette petite hésitation, qui signifiait qu'elle avait reconnu Ulla et qu'elle avait désormais le choix entre faire comme si de rien n'était et venir échanger quelques mots avec elle. Et elle aurait voulu y échapper. Cela arrivait parfois à Ulla, avec Truls, par exemple. D'une certaine façon, elle était contente de le voir, ils avaient grandi ensemble, il était gentil et loyal. Et pourtant. Elle espérait qu'Isabelle allait l'ignorer. Elle fut donc soulagée en la voyant se diriger vers la porte à tambour. Mais Isabelle changea d'avis, elle fit demi-tour, elle arborait déjà un grand sourire avec les yeux brillants. Elle s'approchait d'elle d'un air majestueux, Isabelle Skøyen lui faisait penser à la figure de proue d'un galion qui fendait les flots, massive et théâtrale.

« Ulla ! » s'écria-t-elle à quelques mètres de distance, comme si elles étaient des amies qui ne s'étaient pas vues depuis longtemps.

Ulla se leva, déjà mal à l'aise à l'idée de devoir répondre à la question inévitable : qu'est-ce que tu fais là ?

« Contente de te revoir, ma chère. C'était une petite party *délicieuse* ! »

Isabelle Skøyen avait posé la main sur l'épaule d'Ulla et lui tendait la joue, si bien qu'Ulla dut lui tendre la sienne. Une petite party ? Il y avait trente-deux invités.

« Désolée d'avoir dû partir si tôt. »

Ulla se rappelait qu'Isabelle avait été un peu ivre. Pendant qu'elle servait les invités, la grande et belle adjointe au maire avait disparu sur la terrasse avec Mikael pendant un moment. Et puis, elle avait été jalouse pendant un instant.

« Ça ne fait rien, nous étions honorés que tu puisses venir. » Ulla espéra que son sourire n'était pas aussi crispé qu'elle le sentait. « Isabelle. »

L'ajointe au maire la toisa. L'étudia. Comme si elle cherchait quelque chose. La réponse à la question qu'elle n'avait pas encore posée : que fais-tu là, ma petite ?

Ulla décida de dire la vérité. Tout comme elle dirait la vérité à Mikael, dans la soirée.

« Il faut que j'y aille, dit Isabelle sans faire mine de bouger ni la quitter des yeux.

— Oui, tu es certainement plus occupée que moi », dit Ulla, qui se sentit très agacée quand elle s'entendit pousser ce petit rire idiot qu'elle avait pourtant décidé de bannir. Isabelle la regardait toujours et Ulla se dit soudain que c'était comme si cette femme voulait la forcer à révéler ce qu'elle faisait, sans avoir à poser la question : qu'est-ce que tu fais ici, toi, l'épouse du directeur de la police, qu'est-ce que tu fais dans la réception du Grand Hôtel ? Mais que croyait-elle ? Pensait-elle qu'Ulla allait rencontrer son amant ici ? Était-ce pour ça qu'Isabelle Skøyen était si discrète ? Ulla sentit que la raideur de son sourire était en train de passer, que son sourire ressemblait maintenant à celui qu'elle souhaitait afficher. Elle savait que son sourire avait également gagné son regard. Juste avant qu'elle ne se mette à rire. Elle riait en pleine figure d'Isabelle Skøyen. Mais pourquoi donc ? Curieusement, Isabelle donnait l'impression qu'elle allait rire, elle aussi.

« J'espère que l'on va se revoir d'ici peu, ma chère », dit-elle en serrant la main d'Ulla dans ses gros doigts forts.

Puis elle se tourna et fila à travers la réception, toutes voiles dehors, un groom se précipita vers la porte pour l'aider à sortir. Ulla parvint à la voir prendre son portable et commencer à composer un numéro avant de disparaître dans la porte à tambour.

Michael attendait l'ascenseur qui se trouvait à quelque pas à peine de la chambre décorée. Il regarda sa montre. Il s'était juste écoulé trois, quatre minutes, mais cela irait. Le plus important, c'était tout de même qu'ils ne soient pas vus *ensemble*. C'était toujours Isabelle qui réservait la chambre et qui arrivait dix minutes avant lui. Qui se mettait dans le lit et qui attendait. Elle aimait ça comme ça. Et lui ?

Heureusement, il ne fallait pas plus de trois minutes à pied pour aller du Grand Hôtel à l'hôtel de ville où l'attendait le directeur du conseil municipal.

Les portes s'ouvrirent et Mikael monta dans l'ascenseur. Il appuya sur le bouton 1. L'ascenseur démarra et s'arrêta presque tout de suite. Les portes s'ouvrirent.

« *Guten Tag.* »

Des touristes allemands. Un couple âgé. Un vieil appareil photo dans un étui en cuir marron. Il sentit qu'il souriait. Qu'il était de bonne humeur. Il leur fit de la place. Isabelle avait raison, il était plus détendu depuis que le patient était mort. Il sentit une goutte tomber d'une des longues boucles de cheveux sur sa nuque, il la sentit rouler sur sa peau et mouiller le col de sa chemise. Ulla lui avait conseillé de se faire couper les cheveux plus court avec ses nouvelles fonctions, mais pourquoi ? Au contraire, cet air adolescent ne soulignait-il pas le plus important ? Que lui, Mikael Bellman, était le plus jeune directeur de la police d'Oslo de tous les temps.

Le couple regardait les boutons d'un air soucieux. C'était toujours le même problème : le 1 correspondait-il au rez-de-chaussée ou au premier étage ? Comment était-ce en Norvège ?

« *It's the ground floor*, dit Mikael en appuyant sur le bouton qui fermait les portes.

— *Danke* », marmonna la femme. L'homme avait fermé les yeux et l'on entendait sa respiration. Sous-marin, songea Mikael.

Ils descendirent sans bruit au cœur de l'immeuble.

Après l'ouverture des portes, Mikael sortit dans la réception. Un tremblement passa dans sa jambe. La vibration de son téléphone qui recevait un nouveau signal après avoir perdu la couverture dans l'ascenseur. Il prit l'appareil et vit que c'était un appel manqué d'Isabelle. Il allait la rappeler quand il y eut une nouvelle vibration. C'était un SMS.

Parlé à ta femme à la réception. :)

Mikael s'arrêta net. Leva les yeux. Mais il était trop tard.

Ulla était assise dans un fauteuil juste devant lui. Elle était jolie. Elle s'était maquillée plus que d'habitude. Jolie et figée.

« Coucou chérie ! » s'exclama-t-il. Et il entendit tout de suite à quel point sa voix sonnait terriblement faux. Il le vit à la tête d'Ulla.

Son regard était braqué sur lui, avec un reste de confusion qui était rapidement en train de céder la place à autre chose. Le cerveau de Mikael Bellman tournait à toute allure. Il recevait l'information, la traitait, cherchait des liens. Et il tira des conclusions. Il savait qu'il aurait du mal à expliquer les cheveux mouillés. Il savait qu'elle avait vu Isabelle, que le cerveau d'Ulla fonctionnait aussi vite que le sien. Que le cerveau humain marche ainsi : impitoyablement logique quand il s'agit d'assembler tous les petits morceaux d'information qui s'imbriquent soudain. Et il vit qu'Ulla avait totalement dépassé son trouble. La certitude. Elle baissa les yeux, si bien que lorsqu'il se plaça devant elle, elle regarda son ventre.

Il ne reconnut quasiment pas sa voix lorsqu'elle murmura :

« Alors, comme ça, tu as reçu son SMS un peu trop tard. »

Katrine tourna la clef dans la serrure et tira la porte, mais elle était coincée.

Gunnar Hagen s'avança et la dégagea.

L'odeur d'humidité, de chaleur et de renfermé sauta au visage des cinq personnes.

« Voilà, dit Gunnar Hagen. Nous n'y avons pas touché depuis la dernière fois. »

Katrine entra la première, elle appuya sur l'interrupteur.

« Bienvenue au bureau du district de Bergen à Oslo », dit-elle simplement.

Beate Lønn franchit le seuil.

« C'est là que l'on va devoir se cacher. »

La lumière froide et bleue des néons tombait sur une salle en béton rectangulaire, avec un lino gris-bleu par terre et rien aux murs. La pièce sans fenêtres comptait trois pupitres avec chacun son PC. Sur l'un d'eux trônaient une cafetière poussiéreuse et un bidon d'eau.

« Nous avons un bureau dans *la cave* de l'hôtel de police ? demanda Ståle Aune, incrédule.

— En principe, c'est la propriété de la prison d'Oslo, dit Gunnar Hagen. Le passage souterrain passe sous le parc. Si tu montes les marches en fer là, devant la porte, tu te retrouves à l'accueil de la prison. »

Les premières notes de *Rhapsody in Blue* de Gershwin firent office de réponse. Hagen prit son portable. Katrine regarda par-dessus son épaule. Elle vit le nom d'Anton Mittet apparaître sur l'écran. Hagen appuya sur Refuser et rangea le téléphone dans sa poche.

« Il y a une réunion du groupe d'enquête maintenant, je vais donc vous laisser. »

Ils restèrent à se dévisager après le départ de Hagen.

« Il fait super chaud, dit Katrine en déboutonnant sa veste. Pourtant, je ne vois pas de poêle.

— La chaudière du chauffage central de toute la prison se trouve dans la pièce à côté », dit Bjørn Holm en riant. Il accrocha sa veste sur le dos d'une chaise. « Nous appelions cette pièce la Chaufferie.

— Tu es déjà venu ? » Aune défit son nœud papillon.

« Oui, bien sûr. Mais notre groupe était plus petit à l'époque. » Il désigna les pupitres. « Comme vous voyez, on était trois. On a résolu l'affaire quand même. Mais c'était Harry le chef... » Il se tourna rapidement vers Katrine. « Enfin, je ne voulais pas dire que...

— Pas de problème, Bjørn, dit Katrine. Je ne suis pas Harry, et je ne suis pas non plus le chef. D'accord pour que vous me fassiez vos rapports, pour que Hagen puisse s'en laver les mains. Mais j'ai déjà plus qu'à faire avec mes propres trucs. C'est Beate le chef. Elle a l'ancienneté, et elle a l'expérience du commandement. »

Les autres dévisagèrent Beate, qui haussa les épaules.

« Si vous y tenez, je veux bien commander, dans la mesure où il y en aura besoin.

— *Il y en aura besoin* », dit Katrine.

Aune et Bjørn acquiescèrent.

« Bien, dit Beate. Mettons-nous au boulot. Nous avons le signal pour les portables. Une connexion Internet. Nous avons... des tasses à café. » Elle prit une tasse blanche derrière la cafetière. Lu ce qui était écrit au marqueur. « Hank Williams ?

— C'est la mienne », dit Bjørn.

Elle en prit une autre.

« John Fante ?

— Celle de Harry.

— Bon. Passons à la répartition des tâches, dit Beate en reposant la tasse. Katrine ?

— Je surveille le Net. Toujours aucun signe de vie de Valentin Gjertsen ou de Judas Johansen. Ça demande une certaine intelligence d'échapper à l'œil électronique, et cela renforce l'hypothèse que ce n'est pas Judas Johansen qui s'est évadé. Il sait qu'il n'est absolument pas la priorité de la police. Et il est très improbable qu'il soit prêt à restreindre sa liberté en se cachant totalement, rien que pour éviter deux mois en prison. Bien entendu, Valentin a plus à perdre. De toute façon, si l'un d'eux est en vie et qu'il bouge un doigt dans le monde électronique, je lui tomberai dessus.

— Bien. Bjørn ?

— Je vais vérifier les rapports de plusieurs affaires où Valentin et Judas ont été impliqués, et je vais voir si je trouve des liens avec Tryvann et Maridalen. Des personnes qui apparaissent, des traces techniques que nous aurions laissées de côté. Je suis en train d'établir une liste de gens qui les connaissent et qui pourraient nous aider à les trouver. Pour l'instant, ceux à qui on a parlé sont bavards quand il s'agit de Judas Johansen. Valentin Gjertsen, en revanche...

— Ils ont peur ? »

Bjørn opina.

« Ståle ?

— Je vais vérifier les dossiers de Valentin et de Judas, mais plutôt pour établir un profil de chacun. Je rédigerai une évaluation sur eux en tant que meurtriers en série potentiels. »

Le silence se fit dans la pièce. C'était la première fois que l'un d'eux avait employé ce mot.

« Dans ce cas, meurtrier en série est juste un terme technique et général, ce n'est pas un diagnostic, s'empressa d'ajouter Ståle Aune. Cela désigne un individu qui a tué plus d'une personne, et qui peut tuer encore. D'accord ?

— D'accord, dit Beate. Moi, je vais vérifier toutes les images des caméras de surveillance autour des lieux des crimes. Stations-service, magasins ouverts vingt-quatre heures sur vingt-quatre, radars. J'ai déjà visionné une bonne partie des vidéos sur les meurtres des policiers, mais pas tout. Et puis, il y a le même travail à faire sur les premiers meurtres.

— Il y a déjà de quoi s'occuper, dit Katrine.

— Oui, il y a déjà de quoi s'occuper », répéta Beate.

Ils se dévisagèrent tous les quatre. Beate prit la tasse John Fante et la remit derrière la cafetière.

Chapitre 13

« Et sinon ? demanda Ulla en s'appuyant contre le plan de travail de la cuisine.

— Eh bien… » Truls poussa la chaise et prit sa tasse de café sur la petite table étroite. Avala une gorgée. Observa Ulla avec ce regard qu'elle lui connaissait si bien. Inquiet et affamé. Gêné et interrogateur. Dédaigneux et suppliant. Non et oui.

Elle avait immédiatement regretté d'avoir dit oui à sa visite. Mais elle avait été prise au dépourvu quand il avait soudain appelé en lui demandant comment ça allait dans la nouvelle maison et s'il n'y avait pas besoin de réparer quelque chose. Les journées étaient longues pour lui maintenant qu'il était en quarantaine, sans rien à faire. Non, il n'y avait rien à réparer, avait-elle menti. Rien du tout ? Alors, et un petit café ? Discuter cinq minutes du bon vieux temps ? Ulla avait dit qu'elle ne savait pas si… Mais Truls avait fait comme s'il n'avait pas entendu, il avait dit qu'il n'était pas loin, et qu'un petit café lui ferait du bien. Et elle avait répondu pourquoi pas, allez passe donc.

« Je suis toujours seul, comme tu le sais, dit-il. Rien de nouveau dans ce domaine.

— Tu vas bien trouver quelqu'un. »

Elle regarda ostensiblement sa montre. Elle avait pensé dire quelque chose à propos des enfants qu'il fallait aller chercher à l'école, mais même un célibataire comme Truls comprendrait qu'il était trop tôt.

« Peut-être », dit-il. Il baissa les yeux sur sa tasse. Et au lieu de la poser, il en reprit une gorgée. Comme s'il préparait son attaque, songea-t-elle en frémissant.

« Comme tu sais, je t'ai toujours appréciée, Ulla. »

Ulla s'adossa au plan de travail.

« Donc tu sais que s'il y a des problèmes et que tu as besoin… de quelqu'un avec qui parler, tu peux toujours venir me voir. »

Ulla cligna des yeux. Est-ce qu'elle avait bien entendu ? *Parler* ?

« Merci, Truls. Mais j'ai Mikael, tout de même. »

Il reposa la tasse lentement.

« Oui, bien entendu, tu as Mikael.

— À ce propos, il va falloir que je commence à préparer le dîner, pour Mikael et les enfants.

— Bien sûr. Toi, tu es en train de préparer le dîner, tandis que lui, il… » Truls se retint.

« Il fait quoi, Truls ?

— Il va dîner ailleurs.

— Je ne comprends pas ce que tu veux dire, Truls.

— Je crois que si. Écoute, je suis là juste pour t'aider. Je veux seulement ton bien, Ulla. Le tien, et celui des enfants, bien entendu. C'est important, les enfants.

— J'ai l'intention de leur préparer un bon repas. Et un repas en famille, ça prend du temps à préparer, Truls. Alors…

— Ulla, j'ai juste une chose à te dire.

— Non, Truls. Non, ne dis rien, s'il te plaît.

— Tu es trop bien pour Mikael. Est-ce que tu sais combien de femmes il…

— Non, Truls !

— Mais…

« — Je veux que tu t'en ailles, Truls. Et j'aimerais que tu ne reviennes pas ici pendant un moment. »

Ulla regarda Truls sortir et se diriger vers sa voiture qui était garée sur le bord du chemin de gravier qui serpentait entre les nouvelles villas de Høyenhall. Mikael avait dit qu'il tirerait quelques ficelles, qu'il passerait quelques coups de fil à qui il fallait aux services municipaux pour que l'on goudronne plus rapidement le chemin, mais, pour l'instant, il ne s'était rien passé. Elle entendit les bips qui ressemblaient à des petits cris d'oiseau quand Truls appuya sur la clef pour ôter l'alarme de la voiture avant de monter dedans. Elle le vit rester immobile et regarder fixement devant lui. Puis il tressaillit et se mit à cogner. Il frappait le volant au point qu'elle crut qu'il allait le briser. Même de loin, c'était tellement violent qu'elle en frissonna. Mikael lui avait parlé des accès de colère de Truls, mais elle ne les avait jamais vus. D'après Mikael, si Truls n'était pas entré dans la police, il serait devenu un criminel. Il avait dit la même chose sur lui-même quand il avait voulu jouer au dur. Elle ne l'avait pas cru, Mikael était trop droit, il tenait trop... à s'adapter. Tandis que Truls... Truls était fait d'un autre bois. Il avait en lui quelque chose d'obscur.

Truls Berntsen. Simple, naïf, loyal. Elle avait eu un doute, c'est sûr, mais elle avait du mal à penser que Truls aurait pu être si calculateur. Et faire preuve d'autant... d'imagination.

Grand Hôtel.

Ç'avaient été les secondes les plus pénibles de son existence.

Il lui était bien venu à l'esprit, parfois, qu'il pouvait la tromper. Surtout depuis qu'il avait cessé de vouloir faire l'amour avec elle. Mais il pouvait y avoir des explications, le stress lié à ces meurtres de policiers... Mais Isabelle Skøyen ? À jeun, dans un hôtel, au beau milieu de la journée ? Là, elle s'était dit que la découverte de leur liaison avait été préparée par quelqu'un. Quelqu'un devait savoir qu'ils seraient là tous les deux à cette heure précise, cela laissait

168

penser qu'il s'agissait d'un arrangement habituel. Elle avait envie de vomir chaque fois qu'elle y pensait.

Mikael était soudain devenu livide en face d'elle. Avec des yeux apeurés et coupables, comme un gamin qui a volé des pommes. Comment réussissait-il ça ? Comment lui, cette ordure, parvenait-il à donner l'impression qu'il avait besoin d'une main secourable ? Alors qu'il avait piétiné tout ce qu'ils avaient de bien, lui le père de trois enfants, pourquoi était-ce lui qui donnait le sentiment de porter une croix, *lui* ?

« Je vais rentrer tôt, avait-il murmuré. On va revoir tout ça. Avant que les enfants… Je dois être dans le bureau du directeur du conseil municipal dans quatre minutes. » Avait-il eu une larme au coin de l'œil ? Ce salaud avait-il réussi à verser une larme ?

Mikael parti, elle s'était ressaisie à une vitesse étonnante. C'est peut-être comme ça que les gens font quand ils n'ont pas le choix. Quand il n'y a pas d'alternative, quand s'effondrer n'est pas une alternative. Avec le plus grand calme, comme si elle était engourdie, elle avait appelé le numéro donné par l'homme qui prétendait être Runar. Pas de réponse. Elle avait attendu encore cinq minutes, puis elle était partie. Une fois chez elle, elle avait vérifié le numéro de téléphone auprès d'une dame qu'elle connaissait à la Kripos. Cette dernière lui avait appris qu'il s'agissait d'un portable anonyme avec une carte prépayée. La question était donc : qui était prêt à faire autant d'efforts pour l'amener au Grand Hôtel afin qu'elle voie la chose de ses propres yeux ? Un journaliste de la presse à scandale ? Une amie plus ou moins bien intentionnée ? Quelqu'un du côté d'Isabelle, un rival rancunier de Mikael ? Ou bien quelqu'un qui ne voulait pas l'éloigner d'Isabelle, mais d'elle, Ulla ? Quelqu'un qui la détestait, ou qui détestait Mikael. Ou bien quelqu'un qui l'aimait, elle ? Quelqu'un qui croyait qu'il aurait sa chance, à condition de la séparer de Mikael. Elle ne connaissait qu'une personne qui l'aimait à ce point-là.

Elle n'avait pas fait part de ses soupçons à Mikael quand ils avaient discuté tous les deux ce soir-là. Bien entendu, il pensait que la présence d'Ulla à la réception n'était qu'une coïncidence, un de ces coups de tonnerre qui arrivent dans la vie de chacun, un concours de circonstances improbable que certains appellent le destin.

Mikael n'avait pas essayé de mentir et de dire qu'il n'était pas à l'hôtel avec Isabelle. Cela n'aurait servi à rien, et il savait qu'elle savait. Il avait déclaré qu'elle n'avait pas besoin de lui demander de mettre un terme à cette aventure, qu'il y avait mis fin lui-même, avant qu'Isabelle ne quitte l'hôtel. Il avait précisément utilisé ce mot, « aventure ». Il l'avait sûrement bien pesé, cela sonnait petit, sans importance, un peu sale — quelque chose que l'on pouvait faire disparaître d'un coup de balai. Une « liaison », en revanche, cela aurait été autre chose. Elle ne croyait pas une seconde qu'il y « avait mis fin » à l'hôtel, comme il le prétendait. Isabelle avait eu l'air de bien trop bonne humeur. Mais ce qu'il avait dit ensuite, c'était vrai. Si ça sortait, le scandale ne lui causerait pas seulement du tort à lui, mais il affecterait également les enfants et l'affecterait elle, indirectement. En outre, cela tomberait au plus mauvais moment. Le directeur du conseil municipal avait voulu s'entretenir avec lui pour lui parler de politique. On voulait de lui au parti. On le voyait comme un candidat intéressant à des fonctions politiques à moyen terme. Il correspondait exactement à ce que l'on cherchait : il était jeune, ambitieux, populaire, il avait remporté des succès. Jusqu'à ces affaires de meurtres de policiers. Mais dès qu'il les aurait résolues, on devait se retrouver et discuter de son avenir, et voir si cet avenir se trouvait au sein de la police ou en politique, là où Mikael pensait qu'il pouvait le mieux réussir. Mikael n'avait pas encore décidé, mais il allait de soi qu'un scandale d'infidélité lui fermerait les portes.

Et puis, il fallait penser à elle et aux enfants. Ce qui arriverait à sa carrière serait insignifiant comparé à ce que représenterait cette perte. Elle l'avait arrêté avant que son apitoiement sur lui-même n'atteigne des proportions trop élevées et lui avait dit avoir réfléchi à tout ça. Leurs conclusions se rejoignaient. Sa carrière à lui. Leurs enfants. Leur vie commune. Elle lui annonça très simplement qu'elle lui pardonnait, mais qu'il devait lui jurer ne plus jamais avoir de contact avec Isabelle Skøyen. Jamais. Sauf lors de réunions en qualité de directeur de la police, et en présence d'autres personnes. Mikael avait eu l'air presque déçu, comme s'il s'attendait à une bataille, et non à une escarmouche paisible se terminant par un ultimatum qui ne lui coûtait guère. Mais ce soir-là, les enfants couchés, il avait au moins pris l'initiative et ils avaient fait l'amour pour la première fois depuis des mois.

Ulla vit Truls démarrer la voiture et s'éloigner. Elle n'avait rien dit de ses soupçons à Mikael et n'avait pas l'intention de le faire. À quoi cela servirait-il ? Et si elle avait raison, Truls pourrait continuer à être l'espion qui tirerait l'alarme si Mikael ne respectait pas leur accord et revoyait Isabelle Skøyen.

La voiture disparut et le silence retomba sur les villas avec le nuage de poussière. Une idée traversa l'esprit d'Ulla. Une idée folle, et tout à fait inacceptable, bien sûr, mais le cerveau se débrouille mal avec la censure. Elle et Truls. Dans la chambre, là. Rien que pour se venger, naturellement. Elle chassa cette idée aussi vite qu'elle lui était venue.

La neige fondue qui avait coulé comme de la bave grise sur le pare-brise avait été remplacée par la pluie. Une pluie lourde, verticale. Les essuie-glaces livraient une lutte désespérée contre le mur d'eau. Anton Mittet conduisait doucement. Il faisait un noir d'encre et, en plus, la pluie noyait et déformait tout, comme s'il était ivre. Il jeta un coup d'œil sur l'horloge de sa Volkswagen Sharan. Quand ils avaient acheté cette voiture trois ans plus tôt, Laura avait insisté pour qu'ils prennent un véhicule à sept places. Il lui avait demandé en plaisantant si elle avait l'intention d'avoir une famille nombreuse, alors qu'il savait que c'était parce qu'elle ne voulait pas se trouver à bord d'une bagnole minuscule si jamais ils avaient un accident. Eh bien, Anton ne voulait pas d'accident non plus. Il connaissait bien ces routes et savait également que les probabilités de croiser quelqu'un à cette heure de la journée étaient minimes, aussi, il ne prit aucun risque.

Le sang battait lourdement à ses tempes, surtout à cause de l'appel qu'il avait reçu vingt minutes plus tôt. Mais aussi parce qu'il n'avait pas pris son café aujourd'hui. Il n'en avait pas eu envie après avoir reçu le résultat de la prise de sang. C'était stupide, évidemment. Là, ses veines habituées à la caféine s'étaient resserrées, et le mal de tête pointait comme une musique de fond désagréable et matraqueuse. Il avait lu que les symptômes d'abstinence quand on cessait d'en boire disparaissaient au bout de deux semaines. Mais Anton ne voulait pas stopper sa dépendance. Il voulait du café. Il voulait qu'il ait bon goût. Bon comme le goût de menthe de la langue de Mona. Mais, pour le moment, la seule chose qu'il sentait en prenant un café, c'était l'amertume des somnifères.

Il avait trouvé la force d'appeler Gunnar Hagen pour lui annoncer qu'il avait été drogué pendant que le patient était mort. Lui dire qu'il dormait pendant que quelqu'un était dans la chambre et que, même si les médecins parlaient d'une mort naturelle, ce n'était pas possible. Il fallait refaire une autopsie plus approfondie. Il avait appelé deux fois, sans réponse. Il n'avait pas laissé de message sur le répondeur. Il avait essayé. Oui, il avait essayé. Il essayerait encore. Parce que cela finissait toujours par le rattraper. Comme maintenant. Cela avait recommencé. Quelqu'un avait été tué. Il freina, tourna sur le chemin de gravier qui menait à Eikersaga, il accéléra à nouveau et entendit les gravillons claquer dans les ailes de la voiture.

Il faisait plus noir ici et les nids-de-poule étaient pleins d'eau. Bientôt minuit. La première fois, cela s'était aussi passé vers minuit. Comme l'endroit se trouvait à la limite de la commune voisine de Nedre Eiker, c'était un policier du bureau du lensmann qui était arrivé le premier sur les lieux du crime — après avoir reçu un appel de quelqu'un qui avait entendu un grand bruit et prétendait qu'une voiture était tombée dans la rivière. Non seulement le policier était allé dans la mauvaise commune, mais il avait merdé avec sa voiture et massacré des traces potentielles.

Anton passa le tournant où il avait trouvé la matraque. C'était le quatrième jour après le meurtre de René Kalsnes. Anton avait enfin eu un moment de repos, mais il ne tenait pas en place et avait décidé de faire une promenade dans la forêt. On n'avait pas de meurtre tous les jours, ni même tous les ans, dans le district de Søndre Buskerud. Il était sorti du périmètre passé au peigne fin par les équipes de recherche. Et il l'avait trouvée là, juste dans le tournant. C'est à ce moment qu'il avait pris la décision, cette décision idiote qui avait tout fait foirer. Il avait décidé de ne rien signaler. Pourquoi ? D'abord, la matraque était tellement éloignée du lieu du crime à Eikersaga qu'elle ne pouvait pas y être liée. Plus tard, on lui avait demandé pourquoi il était allé chercher dans ce secteur s'il considérait que cela n'avait pas de sens. Ensuite, il avait pensé qu'une matraque standard ne ferait qu'entraîner des soupçons inutiles et négatifs sur la police. Les coups reçus par René Kalsnes auraient pu être causés par n'importe quel objet lourd, et par le fait d'avoir été secoué dans la voiture quand celle-ci était tombée dans la rivière, quarante mètres en contrebas. De toute façon, ce n'était pas l'arme du crime : René Kalsnes avait reçu une balle de pistolet en pleine tête, une balle de neuf millimètres. Et cela avait été le fin mot de l'histoire.

Deux semaines plus tard, Anton avait parlé de la matraque à Laura. Et c'était elle qui avait fini par le convaincre de signaler la chose, ce n'était pas à lui de décider si ce sur quoi il avait mis la main était important. Il était donc allé trouver son chef. « Une grave erreur de jugement », voilà ce qu'avait dit le directeur de la police. Et pour le remercier d'avoir pris son jour de repos pour aider à résoudre une affaire de meurtre, on l'avait retiré du service actif pour le mettre à répondre au téléphone dans un bureau. D'un coup, il avait tout perdu. Et pour quoi ? Personne ne le disait tout haut, mais René Kalsnes était unanimement considéré comme un salaud froid et sans scrupules qui escroquait aussi bien des inconnus que ses amis. Bref, une personne dont la disparition faisait plaisir à la plupart des gens. Le plus ignoble, c'est que la Technique ne trouva pas sur la matraque la moindre trace qui l'aurait reliée au meurtre. Au bout de trois mois enfermé dans un bureau, Anton avait le choix entre devenir fou, démissionner ou chercher à être transféré. Il avait donc appelé son vieil ami et collègue Gunnar Hagen, qui lui avait trouvé du boulot à la police d'Oslo. Ce que Gunnar avait à lui proposer représentait une régression en termes de carrière, mais il pouvait au moins jouer au gendarme et au voleur à Oslo, ce qui était infiniment mieux que l'enfermement à Drammen, où on essayait de copier Oslo. Drammen, qui appelait « hôtel de police » sa petite baraque, et où même l'adresse — Grønland 36 — semblait un plagiat de Grønlandsleiret.

Anton arriva au sommet de la colline et son pied droit écrasa automatiquement le frein quand il vit la lumière. Les pneus mâchèrent le gravier. Puis la voiture s'immobilisa. La pluie martelait la carrosserie et couvrait presque le bruit du moteur. La torche à vingt mètres devant lui fut baissée. Les phares capturèrent les tresses orange et blanc de la police ainsi que la veste réfléchissante jaune portée par la personne qui venait de baisser la lampe. Il lui fit signe de s'approcher et Anton s'avança. C'était exactement là, juste derrière le barrage de police, que la voiture de René était tombée. Il avait fallu un camion-grue et des câbles en acier pour retirer l'épave de la rivière et la ramener jusqu'à la scierie désaffectée. Il avait fallu désincarcérer le cadavre car le bloc-moteur était enfoncé dans l'habitacle à la hauteur de ses hanches.

Anton appuya sur le bouton à la portière pour baisser la vitre. De l'air froid et humide. De grosses gouttes lourdes s'écrasèrent sur le bord de la vitre et firent une petite douche dans son cou.

« Alors ? dit-il. Où... »

Anton cilla. Il ne fut pas certain d'avoir terminé sa phrase. C'était comme s'il y avait eu un petit saut dans le temps, un mauvais raccord dans un film. Il ne savait pas ce qui s'était passé, seulement qu'il avait eu une absence. Il baissa les yeux, vit les morceaux de verre sur ses genoux et ses cuisses. Il releva la tête, découvrit que la partie supérieure de la vitre latérale était brisée. Il ouvrit la bouche, il allait demander ce qui se passait. Il entendit un sifflement dans l'air, devina ce que c'était, il voulut lever le bras mais trop tard. Quelque chose se brisait. Il comprit que c'était sa tête. Il leva le bras, cria. Il posa la main sur le levier de vitesse, voulut enclencher la marche arrière. Mais impossible. Tout allait tellement lentement. Il voulut relâcher l'embrayage, accélérer, mais cela l'aurait fait avancer. Vers le bord. Vers le précipice. Droit dans la rivière. Quarante mètres. Une vraie... Il tira sur le levier de vitesse. Il entendit la pluie plus nettement et sentit l'air frais de la nuit sur le côté gauche de son corps. Quelqu'un avait ouvert la portière. Débrayage. Où était son pied ? Une vraie répétition. Marche arrière. Comme ça.

Mikael Bellman regarda fixement le plafond. Écouta le crépitement rassurant de la pluie sur le toit. Des tuiles hollandaises. Garanties quarante ans. Mikael se demanda combien de tuiles supplémentaires ils vendaient grâce à cette garantie. Bien plus qu'assez pour couvrir le remboursement des tuiles défectueuses. Les gens voulaient une garantie pour que les choses tiennent le coup.

Ulla dormait, la tête sur sa poitrine.

Ils avaient discuté. Beaucoup et longuement. Dans son souvenir, c'était la première fois. Elle avait pleuré. Non pas ces larmes mauvaises qu'il détestait, mais ces pleurs plus doux, qui étaient moins du chagrin que du regret, le regret de quelque chose qui avait existé mais qui ne reviendrait jamais. Ces larmes lui disaient qu'il y avait eu dans leur relation une chose si précieuse qu'elle méritait d'être regrettée. Il n'avait pas perçu ce regret avant les larmes d'Ulla. C'était comme si ces larmes avaient été nécessaires pour le lui montrer. Elles avaient écarté le rideau qui était toujours là, entre ce que pensait Mikael Bellman et ce qu'il sentait. Elle avait pleuré pour eux deux, elle l'avait toujours fait. Elle avait aussi ri pour eux.

Il avait voulu la consoler. Il lui avait caressé les cheveux, avait laissé ses larmes mouiller la chemise bleu clair qu'elle avait repassée pour lui la veille. Et puis, presque par inadvertance, il l'avait embrassée. Ou bien était-ce consciemment ? N'était-ce pas plutôt par curiosité ? Pour voir sa réaction, le même type de curiosité qu'il éprouvait lorsque, jeune enquêteur à la criminelle, il avait interrogé des suspects en suivant la technique en neuf étapes de Inbau, Reid et Buckley, en appuyant sur les sentiments, rien que pour voir comment ils réagiraient.

Tout d'abord, Ulla n'avait rien manifesté, elle s'était crispée. Puis elle avait répondu, prudemment. Il connaissait les baisers d'Ulla, mais pas celui-ci. Réticent, hésitant. Il l'avait donc embrassée avec un peu plus d'ardeur. Et elle avait mordu. Elle l'avait attiré au lit. Elle s'était déshabillée en hâte. Et, dans le noir, il y avait pensé à nouveau. Elle n'était pas Gusto. Et son érection s'était éteinte avant même qu'ils ne se retrouvent sous la couette.

Il avait expliqué qu'il était crevé. Qu'il avait beaucoup de soucis. Que la situation était trop embrouillée, qu'il avait trop honte de ce qu'il avait fait. Il s'était empressé d'ajouter qu'*elle* n'avait rien à voir avec ça. Et il pouvait même se dire que c'était vrai.

Il referma les yeux, mais impossible de s'endormir. C'était l'inquiétude, cette même inquiétude qui le taraudait au réveil depuis des mois, le sentiment trouble que quelque chose d'épouvantable était arrivé ou allait se produire. Il avait espéré un instant que c'était seulement l'arrière-goût d'un rêve. Puis il saisit de quoi il s'agissait.

Quelque chose lui fit rouvrir les yeux. Une lumière. Une lumière blanche au plafond. Elle émanait du plancher à côté du lit. Il se tourna et vit l'écran du téléphone, toujours allumé. Il était sur vibreur. Avec Isabelle, ils avaient décidé de ne jamais s'envoyer de

SMS pendant la nuit, même s'il ne lui avait jamais demandé pourquoi elle ne voulait pas en recevoir à ces heures-là. Visiblement, elle l'avait bien pris quand il lui avait dit qu'ils ne pourraient pas se voir pendant un moment. Même s'il pensait qu'elle avait compris, elle pouvait se raccrocher à « pendant un moment ».

Mikael fut soulagé en voyant que le SMS venait de Truls. Il était surpris. Truls devait être bourré. Ou il s'était trompé de destinataire, peut-être était-il destiné à une femme dont il ne lui avait pas parlé. Le message comportait seulement deux mots :

Dors bien.

Anton Mittet reprit conscience.

La première chose qu'il nota fut le bruit de la pluie, qui n'était qu'un murmure contre le pare-brise. Puis que le moteur était coupé, qu'il avait mal à la tête et qu'il n'arrivait plus à bouger les mains.

Il ouvrit les yeux.

Les phares étaient encore allumés, pointés vers le bas, vers le noir où le sol disparaissait brusquement. Le pare-brise mouillé l'empêchait de voir la forêt de sapins de l'autre côté du précipice, mais il savait qu'elle était là. Inhabitée. Muette. Aveugle. On n'avait pas réussi à retrouver de témoin cette fois-là.

Il regarda ses mains. S'il ne pouvait pas les bouger, c'était parce qu'elles étaient attachées au volant avec des menottes en plastique. Ces dernières avaient presque entièrement remplacé les menottes traditionnelles au sein de la police. Il suffisait de les passer autour des poignets de la personne appréhendée et de serrer. Ces bandes en plastique tenaient même les plus costauds. Tout ce qu'une personne récalcitrante parvenait à faire pour s'en libérer, c'était de s'entailler la peau. Les menottes s'enfonçaient dans la chair. Jusqu'à l'os si la personne ne s'arrêtait pas.

Anton saisit le volant, il ne sentait plus ses doigts.

« Réveillé ? » La voix lui parut étonnamment familière. Anton se tourna vers le siège du passager. Il regarda dans les yeux qui apparaissaient derrière les trous d'une cagoule intégrale. Comme celles qu'utilisaient les membres du groupe Delta.

« Alors on va desserrer ça. »

La main gauche gantée prit le frein à main entre eux et le souleva. Anton avait toujours aimé le grincement des anciens freins à main, on avait l'impression de sentir la mécanique, des engrenages et des chaînes, on avait le sentiment qu'il se passait quelque chose. Là, il fut levé et rabaissé sans un bruit. Juste un léger crissement. Les roues. La voiture avança. Pas plus d'un mètre ou deux. Anton avait automatiquement écrasé la pédale de frein. Il lui avait fallu appuyer fort puisque le moteur était coupé.

« Bon réflexe, Mittet. »

Anton regarda fixement le pare-brise. La voix. Cette voix. Il relâcha légèrement la pression sur le frein. Il y eut un grincement, comme celui de gonds mal graissés. La voiture avança de nouveau, et il écrasa la pédale. Cette fois-ci, il la garda enfoncée.

Le plafonnier s'alluma.

« Tu crois que René savait qu'il allait mourir ? »

Anton Mittet ne répondit pas. Il venait de s'apercevoir dans le rétroviseur. En tout cas, il crut qu'il s'agissait bien de lui. Son visage était couvert de sang luisant. Son nez partait d'un côté, il devait être cassé.

« Ça fait comment, Mittet ? Hein, ça fait comment de savoir ? Tu peux me le dire ?

— Pour... Pourquoi ? »

La question d'Anton était venue toute seule. Il n'était pas sûr de vouloir savoir pourquoi. Il avait froid. Il voulait fuir de cet endroit. Il voulait retrouver Laura. La serrer dans ses bras. Qu'elle le serre dans ses bras. Sentir son odeur. Sa chaleur.

« Tu n'as pas compris, Mittet ? Parce que vous n'avez pas éclairci l'affaire, naturellement. Je vous donne une nouvelle chance. Une possibilité d'apprendre de vos erreurs passées.

— Ap... Apprendre ?

— Savais-tu que la recherche en psychologie a montré qu'un retour légèrement négatif sur le travail que tu fais, c'est ce qu'il y a de plus paralysant ? Non pas très négatif, non pas positif, mais un peu négatif. Vous punir en tuant un seul enquêteur à la fois, c'est une série de retours légèrement négatifs, tu ne trouves pas ? »

Les roues grincèrent et Anton écrasa la pédale. Il regarda vers le bord. Il eut le sentiment qu'il devait appuyer encore plus fort.

« C'est le liquide de frein, dit la voix. J'ai percé un trou. Il fuit. Bientôt, tu pourras appuyer aussi fort que tu voudras, ça ne servira à rien. Tu crois que tu vas réussir à penser pendant la chute ? Parvenir à regretter ?

— Regretter qu... »

Anton voulait continuer, mais aucun mot ne venait, comme si sa bouche était pleine de farine. Tomber. Il ne voulait pas tomber.

« Regretter pour la matraque, dit la voix. Regretter de n'avoir pas aidé à retrouver le meurtrier. Tu sais, cela aurait pu te sauver, là, aujourd'hui. »

Anton avait l'impression qu'il faisait couler le liquide de frein avec la pédale. Plus il appuyait, plus le circuit de freinage se vidait rapidement du liquide. Il releva à peine le pied. Les graviers crissèrent sous les pneus et, paniqué, il se tassa contre le siège, il tendit les jambes contre le plancher et la pédale de frein. La voiture avait deux circuits de freinage hydrauliques, peut-être l'homme n'en avait-il percé qu'un seul.

« Si tu regrettes, tu auras peut-être la rémission de tes péchés, Mittet. Jésus est miséricordieux.

— Je... Je regrette. Laisse-moi descendre. »

Petits rires étouffés.

« Mais enfin, Mittet, je te parle du Paradis. *Moi*, je ne suis pas Jésus, tu n'auras aucun pardon de ma part. » Bref silence. « Et la réponse est oui. Oui, j'ai percé les deux circuits de freinage. »

Pendant un instant, Anton crut entendre le liquide de frein

goutter sous la voiture, puis il se rendit compte que c'était son sang qui tombait de son menton sur ses cuisses. Il allait mourir. Cela lui apparut soudain comme un fait irrévocable, le froid lui saisit le corps entier et il lui fut plus difficile de bouger, comme si la *rigor mortis* avait déjà commencé. Mais pourquoi le meurtrier restait-il encore à côté de lui ?

« Tu as peur de mourir, dit la voix. C'est ton corps. Il émet une odeur particulière. Tu la sens ? Adrénaline. Ça sent les médicaments et l'urine. C'est la même odeur dans les maisons de retraite et les abattoirs. Ça sent la peur de la mort. »

Anton haletait, comme s'il n'y avait pas assez d'air pour eux deux dans la voiture.

« Moi, je n'ai absolument pas peur de mourir, dit la voix. C'est curieux, n'est-ce pas ? Ne plus ressentir quelque chose d'aussi fondamentalement humain que la peur de la mort. C'est lié à l'envie de vivre, bien entendu, mais en partie seulement. Des tas de gens passent leur vie entière dans un endroit qu'ils n'aiment pas parce qu'ils craignent que ce soit pire ailleurs. N'est-ce pas déprimant ? »

Anton avait le sentiment d'étouffer. Il n'avait jamais eu d'asthme, mais il avait vu Laura au moment de ses crises, il avait vu l'expression désespérée et suppliante sur son visage, il avait éprouvé le sentiment d'impuissance, spectateur de sa lutte paniquée pour inspirer de l'air. Mais une partie de lui était alors curieuse, voulait savoir, voulait sentir ce que ça faisait de se croire sur le point de mourir, sentir que l'on ne pouvait rien contre — que c'était quelque chose que l'on *subissait*.

Maintenant, il savait.

« Moi, je crois que la mort vaut mieux, déclara la voix. Mais je ne peux pas t'accompagner, Anton. Tu comprends, j'ai un boulot à faire. »

Anton entendit à nouveau le crissement, comme une voix rauque qui commençait lentement une phrase avec ce bruit qui allait s'accélérer. Et il n'était plus possible d'enfoncer davantage la pédale de frein. Elle était à fond.

« Adieu. »

Il sentit l'air du côté du passager quand la portière fut ouverte.

« Le patient », dit Anton dans un souffle.

Il regardait fixement vers le bord du précipice, vers cet endroit où tout disparaissait, mais il sentit que le passager se tournait vers lui.

« Quel patient ? »

Anton sortit la langue, la passa sur sa lèvre supérieure et tomba sur quelque chose d'humide qui avait un goût douceâtre et métallique. Il s'humecta la bouche. Retrouva sa voix.

« Le patient au Rikshospitalet. J'ai été drogué, puis il a été tué. C'était toi ? »

Il y eut quelques secondes de silence où il n'entendit que la pluie. La pluie dans la nuit, y avait-il un plus beau bruit ? S'il avait eu le choix, il serait resté à l'écouter jour après jour. Année après année. Il l'aurait écouté, il aurait profité de chaque seconde qui lui aurait été donnée.

Le corps à côté de lui se déplaça, il sentit la voiture se soulever légèrement quand disparut le poids de l'autre personne, la porte fut refermée doucement. Il était seul. Ils bougèrent. Les pneus bougèrent à peine, leur bruit sur le gravier ressemblait à un murmure rauque. Le frein à main. Il était à cinquante centimètres de sa main droite. Anton essaya de tirer les mains vers lui. Il ne sentit même pas la douleur quand la peau se fendit. Le murmure rauque monta d'un ton, il s'accéléra. Anton savait qu'il était trop grand et trop raide pour mettre un pied sous le frein à main, alors il se baissa. Ouvrit grand la bouche. Il toucha le bout du frein à main, le sentit contre les dents de la mâchoire supérieure, leva la tête, mais ça glissa. Il essaya encore, il savait que c'était trop tard, mais il préférait mourir ainsi, en essayant. Avec l'énergie du désespoir. En vie. Il se contorsionna, réussit à remettre le frein à main dans sa bouche.

Soudain, ce fut le silence complet. La voix rauque s'était tue, la pluie avait cessé brusquement. Non, elle n'avait pas cessé. C'était lui. Il tombait. En apesanteur. Il tournait sur lui-même en une valse lente, comme celle qu'il avait dansée avec Laura, quand tous ceux qu'ils connaissaient les regardaient. Il tournait sur son propre axe, lentement, il se balançait, un-deux-trois. Sauf que, cette fois-ci, il était seul. Il tombait dans ce silence étrange. Il tombait avec la pluie.

Chapitre 14

Laura Mittet les regarda. Elle était descendue devant l'immeuble à Elveparken quand ils avaient sonné, elle gelait en robe de chambre, bras croisés. Sa montre disait qu'il faisait nuit, mais le jour se levait, elle voyait les premiers rayons de soleil scintiller sur les eaux du Drammenselva. Il s'était produit quelque chose, deux ou trois secondes pendant lesquelles elle avait été absente, elle ne les avait pas entendus, elle n'avait vu que le fleuve derrière eux. Quelques secondes de solitude durant lesquelles elle avait pensé qu'Anton n'avait jamais été l'homme de sa vie, qu'elle n'avait jamais rencontré celui qu'il lui fallait. Celui qu'elle avait décroché l'avait trompée l'année même de leur mariage. Il n'avait jamais su qu'elle l'avait découvert. Elle aurait eu trop à perdre. Et il avait sans doute eu une nouvelle aventure récemment. Il avait refait cette même tête de normalité exagérée quand il lui servait ces excuses aussi mauvaises qu'autrefois : des heures sup qui lui étaient soudain imposées, embouteillage monstre sur le chemin du retour, le portable éteint parce que la batterie était à plat.

Ils étaient deux. Un homme et une femme, tous les deux en uniforme impeccable, sans une tache. Comme s'ils venaient juste de les sortir du placard. Le regard grave, presque inquiet. Ils l'avaient appelée « madame Mittet ». Personne ne le faisait. D'ailleurs, elle ne l'aurait pas apprécié. C'était son nom à lui, elle avait maintes fois regretté de l'avoir pris.

Ils s'éclaircirent la gorge. Ils avaient quelque chose à lui dire. Alors, qu'est-ce qu'ils attendaient ? Elle le savait. Ils avaient tout dit avec ces têtes idiotes et leurs mines exagérément tragiques. Elle était furieuse. Tellement furieuse qu'elle sentait son visage se crisper, se déformer pour composer quelque chose qu'elle ne voulait pas être, comme si on la forçait à jouer un rôle dans cette tragicomédie. Ils avaient dit quelque chose. Qu'est-ce que c'était ? Était-ce du nor-végien ? Les mots n'avaient aucun sens.

Il n'avait jamais été l'homme de sa vie, elle ne l'avait jamais voulu. Et elle n'avait jamais voulu de son nom à lui.

Jusqu'à maintenant.

Chapitre 15

La Volkswagen Sharan noire se détacha sur le ciel en tournant lentement sur elle-même. Comme une fusée au ralenti, se dit Katrine en regardant la traînée qui n'était ni de la fumée ni du feu, mais de l'eau qui coulait des portes et du coffre de la voiture démolie, de l'eau qui se muait en gouttes étincelantes au soleil avant de tomber dans la rivière.

« La dernière fois, on avait remonté la voiture ici », dit le policier du coin.

Ils étaient devant la scierie désaffectée. La peinture rouge s'écaillait, plusieurs petits carreaux étaient cassés. L'herbe jaunie semblait peignée dans le sens où l'eau avait coulé la veille. À l'ombre, il y avait les taches grises de neige gorgée d'eau. Un oiseau migrateur rentré trop tôt poussait son chant optimiste et condamné, la rivière gloussait de satisfaction.

« Mais comme elle était bloquée par deux rochers, il a été plus facile de la remonter tout droit. »

Katrine suivit des yeux le cours de la rivière. Il y avait un barrage avant la scierie et, devant elle, l'eau ne faisait que ruisseler entre les gros rochers sur lesquels la voiture était tombée. Elle vit le soleil étinceler dans des morceaux de verre, çà et là. Puis son regard suivit la paroi verticale. Granit de Drammen. Ce n'était pas pour rien qu'il portait ce nom. Elle aperçut le bout du camion-grue et de la grue jaune qui dépassait du bord du précipice, tout là-haut. Elle espéra que quelqu'un avait bien pensé à l'effet de levier.

« Mais si vous êtes des enquêteurs, pourquoi n'êtes-vous pas là-haut avec les autres ? » demanda le policier qui leur avait fait franchir les tresses, non sans avoir d'abord attentivement étudié leurs badges.

Katrine haussa les épaules. Elle n'allait pas répondre qu'ils étaient en maraude, quatre policiers sans autorisation, avec une mission d'un caractère tel qu'il valait mieux rester hors de la vue de l'équipe officielle.

« Nous verrons bien là-bas ce que nous avons besoin de voir, dit Beate Lønn. Merci pour le coup d'œil.

— De rien. »

Katrine Bratt éteignit l'iPad qui était encore connecté au registre des prisons norvégiennes, puis elle se dépêcha de rattraper Beate Lønn et Ståle Aune qui avaient franchi les tresses et se dirigeaient vers la Volvo Amazon plus que trentenaire de Bjørn Holm. Ce dernier descendit lentement la pente couverte de gravier et les rejoignit au moment où ils arrivaient près de la voiture ancienne sans air conditionné, sans airbags et sans condamnation centrale des portières, mais avec deux bandes à damier qui couraient sur le capot, le toit et le coffre. En entendant le souffle court de Holm, elle en conclut qu'il avait passé de justesse les examens d'entrée à l'École de Police.

« Alors ? demanda Beate.

— Le visage est en partie fichu, mais ils disent qu'il s'agit vraisemblablement d'un certain Anton Mittet, dit Holm qui ôta sa casquette rasta et s'en servit pour essuyer la sueur sur sa tête rondouillarde.

— Mittet, fit Beate. Évidemment. »

Les autres se tournèrent vers elle.

« Un policier du coin. Il a pris la suite de Sivert à Maridalen, tu te souviens, Bjørn ?

— Non », répondit Holm sans gêne apparente. Katrine supposa qu'il devait s'être habitué au fait que sa chef soit une Martienne.

« Il était à la police de Drammen. Et il a un peu participé à l'enquête sur le meurtre qui a été commis ici. »

Katrine secoua la tête d'un air stupéfait. Beate avait immédiatement réagi au message sur l'intranet de la police qui mentionnait la voiture dans la rivière. Elle leur avait à tous ordonné d'aller à Drammen parce qu'elle se rappelait que c'était le lieu du meurtre d'un certain René Kalsnes quelques années plus tôt. Ce qui était fort. Mais il était encore plus fort qu'elle se souvienne du nom d'un gus de Drammen qui avait *un peu* participé à l'enquête.

« C'est facile de se souvenir de lui parce qu'il avait tellement merdé, dit Beate qui, de toute évidence, avait vu le hochement de tête de Katrine. Il n'a pas parlé d'une matraque qu'il avait trouvée parce qu'il craignait que cela cause du tort à la police. Ils ont dit quelque chose sur les causes probables de la mort ?

— Non, répondit Holm. Il est évident qu'il est mort de la chute. Le frein à main était enfoncé dans sa bouche et ressortait à l'arrière du crâne. Mais il a dû être frappé quand il était en vie, son visage est couvert de petites marques de coups.

— A-t-il lui-même conduit la voiture jusqu'au précipice ? demanda Katrine.

— Peut-être. Mais ses mains étaient attachées au volant avec des menottes en plastique. Il n'y a aucune trace de freinage et la voiture a heurté les rochers juste au bord de la paroi, ce qui signifie qu'il n'allait pas vite. On dirait plutôt qu'il a glissé doucement jusqu'au bord.

— Le frein à main dans la bouche ? dit Beate en fronçant le front. Ça s'est passé comment ?

— Ses mains étaient menottées au volant et la voiture glissait vers le précipice. Il a peut-être essayé de le tirer avec la bouche ?

— Peut-être. En tout cas, c'est un policier, tué sur les lieux d'un crime sur lequel il a lui-même enquêté.

— Un meurtre qui n'a pas été élucidé, ajouta Bjørn Holm.

— Oui, mais il y a une différence importante entre ce meurtre et ceux des gamines de Maridalen et Tryvann, dit Beate en agitant le rapport qu'ils avaient imprimé en toute hâte avant de quitter le bureau en sous-sol. René Kalsnes était un homme et ne présentait aucun signe d'abus sexuel.

— Il y a une différence encore plus importante, dit Katrine.

— Ah bon ? »

Elle tapota l'iPad sous son bras.

« Je viens de vérifier le casier judiciaire et le registre des peines en venant. Valentin Gjertsen purgeait une courte peine à Ila quand René Kalsnes a été tué.

— Merde ! s'exclama Holm.

— Bon, bon, dit Beate. Cela n'empêche pas que Valentin a pu tuer Anton Mittet. Il a peut-être changé la manière, mais c'est toujours le même dingue. Pas vrai, Ståle ? »

Ils se tournèrent tous les trois vers Aune, qui était resté inhabituellement silencieux. Katrine remarqua que l'homme replet était aussi inhabituellement pâle. Il s'appuyait à la porte de l'Amazon, sa poitrine se soulevait rapidement.

« Ståle ? répéta-t-elle.

— Désolé, dit-il en essayant en vain de sourire. Ce frein à main…

— Tu t'y feras, dit Beate en essayant tout aussi mal de masquer son impatience. Alors, c'est notre tueur de policiers ou non ? »

Ståle Aune se redressa.

« Les tueurs en série peuvent changer de *modus operandi*, si c'est ce que tu veux savoir. Mais je ne crois pas que ce soit un copieur qui continue là ou le premier… là où le tueur des policiers s'est arrêté. Comme disait Harry, un tueur en série, c'est une baleine blanche. Un tueur en série de policiers, c'est une baleine blanche à pois roses. Il n'y en a pas deux.

188

— Bon, nous sommes d'accord, c'est le même homme, affirma Beate. Mais cette peine de prison infirme l'hypothèse selon laquelle Valentin revient sur les lieux de ses crimes et répète le meurtre.

— Mais pourtant, objecta Bjørn, c'est le seul meurtre qui est lui-même une copie. Les coups au visage, la voiture dans la rivière. Ça peut vouloir dire quelque chose.

— Ståle ?

— Ça peut vouloir dire qu'il est plus malin, qu'il perfectionne les meurtres en faisant comme si c'étaient des copies.

— Arrête, grogna Katrine. À t'entendre, on dirait que c'est un artiste.

— Oui ? dit Ståle en l'interrogeant du regard.

— Lønn ! »

Ils se retournèrent. Ils virent en haut du chemin un type en chemise hawaïenne, avec un bide et des cheveux bouclés qui se balançaient. Le rythme relativement élevé semblait davantage dû à la raideur de la pente qu'à la vivacité de son corps.

« On s'en va », dit Beate.

Ils étaient montés dans l'Amazon et Bjørn tentait de démarrer pour la troisième fois quand un index toqua à la vitre de Beate, à côté du conducteur.

Elle soupira et baissa la vitre.

« Roger Gjendem, dit-elle. Est-ce que *Aftenposten* a quelques questions auxquelles je peux répondre par "*pas de commentaire*" ?

— C'est le troisième meurtre de policier », souffla l'homme à la chemise hawaïenne. Katrine en déduisit qu'en termes de condition physique Bjørn Holm avait trouvé pire que lui. « Vous avez une piste ? »

Beate Lønn sourit.

« Pas-de-com-men... épela Roger Gjendem, qui fit semblant de noter. On a posé des questions dans le coin. Il y a des petits trucs. Le patron d'une station-service dit que Mittet a fait le plein chez lui tard hier soir. Il croit que Mittet était seul. Est-ce que ça signifie que…

— Pas de…

— … commentaire. Croyez-vous que le directeur de la police va vous ordonner de porter votre arme de service chargée à partir de maintenant ? »

Beate haussa un sourcil.

« Qu'est-ce que tu veux dire ?

— Eh bien, le pistolet de Mittet dans la boîte à gants. » Gjendem se pencha et regarda les autres d'un air soupçonneux, comme s'ils n'étaient pas au courant de cette information essentielle. « Vide. Alors qu'il avait une boîte entière de cartouches. S'il avait eu un pistolet chargé, il aurait peut-être pu sauver sa peau.

— Tu sais quoi, Gjendem ? dit Beate. Tu peux tout aussi bien reprendre la première réponse que l'on t'a donnée. En fait, j'apprécierais que tu ne mentionnes même pas notre petite rencontre.

— Et pourquoi ? »

Le moteur démarra avec un bruit cinglant.

« Bonne journée, Gjendem. » Beate commença à remonter la vitre. Mais pas assez vite pour ne pas entendre la question suivante :

« Et il ne vous manque pas, là, qui vous savez ? »

Holm relâcha l'embrayage.

Katrine vit Roger Gjendem rétrécir dans le rétroviseur.

Elle attendit toutefois qu'ils passent Liertoppen pour dire ce qu'ils pensaient tous.

« Gjendem a raison.

— Oui, dit Beate en soupirant. Mais il n'est plus disponible, Katrine.

— Je sais bien. Mais on pourrait essayer, non ?

— Essayer quoi ? demanda Bjørn Holm. De déterrer un mort au cimetière ? »

Katrine contemplait la forêt monotone qui glissait le long de l'autoroute. Elle se rappelait avoir survolé cette région, qui était la plus peuplée de Norvège, à bord d'un hélicoptère de la police. Elle avait été frappée de constater qu'il y avait surtout des bois et des endroits déserts. Des lieux où personne n'allait. Des lieux où se cacher. Ici, même les maisons n'étaient que de petits points lumineux dans l'obscurité et l'autoroute une bande étroite qui traversait une nuit impénétrable. Il était impossible de tout voir. Il fallait pouvoir sentir. Écouter. Savoir.

Ils étaient presque arrivés à Asker et avaient roulé dans un silence tellement écrasant que lorsque Katrine finit par répondre, personne n'avait oublié la question.

« Oui », dit-elle.

Chapitre 16

Katrine Bratt traversa la place devant Château Neuf, le quartier général de la Norske Studentersamfund. Grosses fêtes, supers concerts, débats houleux. Dans son souvenir, l'endroit voulait donner cette apparence. Et, de temps en temps, ils avaient pas mal réussi.

Le code vestimentaire avait étonnamment peu changé depuis l'époque où elle fréquentait l'endroit, t-shirts, pantalons à côtes, lunettes d'intello, doudounes et vestes militaires rétro, un style qui tentait de camoufler le manque d'assurance, la peur d'échouer socialement et scolairement. Mais, en tout cas, ils étaient ravis de ne pas faire partie des malheureux de l'autre côté de la place, là où se rendait Katrine.

Quelques-uns de ces malheureux se dirigeaient vers elle. Ils venaient de passer la porte qui ressemblait à celle d'une prison, des étudiants dont l'uniforme noir de la police semblait toujours un peu trop grand pour eux, même s'il était trop serré. De loin, elle était capable de repérer qui était en première année, les élèves s'efforçaient de bien se tenir dans leur uniforme, la visière de la casquette un peu trop abaissée sur le front. Pour masquer le manque de confiance par un air bourru ou pour éviter de croiser les regards légèrement méprisants ou plein de pitié des étudiants de l'autre côté, les vrais étudiants, les intellectuels libres, indépendants, critiques, ceux qui réfléchissaient. Ceux qui ricanaient derrière leurs cheveux longs et gras, ceux qui se prélassaient sur les escaliers au soleil, plongés en eux-mêmes tout en fumant ce que les élèves policiers savaient *pouvoir* être un joint.

Car eux, c'étaient les vrais jeunes, la crème de la société, ceux qui avaient le droit de se tromper, ceux qui avaient encore leur avenir et les choix devant eux, pas derrière.

Peut-être Katrine avait-elle été la seule à ressentir cela à l'époque, ce besoin de crier qu'ils ne savaient pas qui elle était vraiment, qu'ils ignoraient pourquoi elle avait choisi d'être un policier et ce qu'elle avait pensé faire du reste de sa vie.

Le vieux gardien, Karsten Kaspersen, était encore dans la guérite devant la porte, mais s'il reconnut Katrine, il n'en laissa rien paraître quand il vérifia son badge et lui fit signe de passer. Elle traversa les couloirs jusqu'à la salle de cours, passa la porte de la salle de scènes de crime qui était aménagée comme un appartement avec des cloisons et une galerie d'où ils pouvaient s'observer en train de s'exercer à faire des perquisitions, à relever des traces, à reconstruire le déroulement des faits.

Elle passa aussi par la salle d'entraînement, avec ses tapis de sol et son odeur de sueur, où on les formait à l'art d'immobiliser et de menotter les gens. Elle tira doucement la porte de l'auditorium 2. Le cours était commencé, elle se faufila jusqu'à un siège libre au dernier rang. Elle s'assit sans bruit et sans se faire remarquer de deux jeunes femmes qui chuchotaient à qui mieux mieux sur le rang devant elle.

« Elle est pas nette, tu sais. Elle a une photo de lui sur le mur de sa piaule.

— C'est *vrai* ?

— Je l'ai vue.

— Putain, il est vieux. Et moche.

— Tu trouves ?

— T'es aveugle ou quoi ? » Elle désigna le tableau où le prof écrivait.

« Mobile ? »

Le prof se retourna vers eux et répéta le mot qu'il venait d'écrire.

« Le coût psychologique de l'acte de tuer est tellement élevé pour une personne qui pense de manière rationnelle et qui éprouve des sentiments normaux, qu'il lui faut un mobile extrêmement puissant. En règle générale, les mobiles extrêmement puissants sont plus faciles à trouver que l'arme du crime, les témoins et les traces techniques. Et, en règle générale, ils désignent directement un meurtrier potentiel. C'est pourquoi toute personne qui enquête sur un meurtre doit commencer par la question "Pourquoi ?" »

Il marqua un silence et son regard survola l'assistance, à peu près comme celui d'un chien de berger maintenant son troupeau rassemblé, songea Katrine.

Il leva l'index.

« En simplifiant grossièrement, trouve le mobile et tu as trouvé le meurtrier. »

Katrine Bratt ne le trouvait pas moche. Il n'était pas beau, bien sûr, pas dans l'acception conventionnelle du mot. Plutôt ce que les Anglais appelaient *acquired taste*. Et la voix était la même, profonde, chaude, avec un petit côté fatigué et rauque qui plaisait à plus d'une jeune fan étudiante.

« Oui ? » Le prof avait hésité un instant avant de donner la parole à l'élève qui agitait la main.

« Pourquoi envoyons-nous sur les lieux du crime de gros groupes techniques coûteux si un enquêteur tactique aussi intelligent que toi peut résoudre toute l'affaire avec quelques questions et un peu de réflexion ? »

On n'entendait aucune ironie dans la voix de l'élève, juste une franchise quasi puérile, plus un accent trahissant le fait qu'elle avait certainement habité dans le Nord de la Norvège.

Katrine vit les sentiments passer sur le visage du prof —

l'embarras, la résignation, l'agacement. Puis il se ressaisit et répondit : « Parce qu'il ne suffit jamais de *savoir* qui est le criminel, Silje. Lors de la vague de braquages il y a dix ans à Oslo, la Section des braquages avait une inspectrice capable de reconnaître les personnes masquées grâce à la forme de leur visage et leur silhouette.

— Beate Lønn, dit la fille qu'il avait appelée Silje. Chef de la Technique.

— Précisément. Et dans huit cas sur dix, la Section des braquages savait qui étaient les personnes masquées sur les vidéos. Mais ils n'avaient pas de preuve. Les empreintes digitales sont des preuves. Un pistolet qui a servi est une preuve. La certitude d'un enquêteur n'est pas une preuve, et cela, quelle que soit son intelligence. J'ai eu recours à certaines simplifications aujourd'hui, mais voilà la dernière. La réponse à la question "Pourquoi ?" ne vaut rien si nous ne trouvons pas "Comment ?" et vice versa. Et quand nous serons plus avancés dans le processus, c'est Folkestad qui vous fera le cours sur l'enquête technique. » Il regarda sa montre. « Nous parlerons sérieusement du mobile la prochaine fois, mais nous avons encore du temps pour une sorte d'échauffement. Pourquoi une personne va-t-elle tuer quelqu'un ? »

Il adressa une nouvelle fois un regard encourageant aux élèves. Katrine remarqua qu'en plus de la cicatrice qui partait comme une fente du coin de sa bouche à son oreille il en avait deux autres. La première ressemblait à un coup de couteau sur le cou, la deuxième paraissait avoir été causée par une balle, elle se trouvait sur le côté de la tête, à la hauteur des sourcils. Sinon, elle ne se rappelait pas l'avoir vu en aussi bonne forme. La silhouette de cent quatre-vingt-treize centimètres avait l'air souple et bien droite, les cheveux blonds coupés en brosse ne présentaient pas de trace de gris. Elle voyait aussi qu'il s'entraînait, qu'il avait récupéré un peu de chair sur les os. Et, plus important, il y avait de la vie dans ses yeux. Le côté vif, énergique, à la limite du maniaque était revenu. Elle ne lui avait jamais vu ces pattes d'oie et cette attitude ouverte. On en venait presque à le soupçonner de mener une vie saine. Ce qui, selon Katrine, aurait été une première.

« Parce qu'elle a quelque chose à y gagner », répondit une voix de garçon.

Le professeur acquiesça.

« On pourrait le penser, n'est-ce pas ? Mais les meurtres commis à des fins de vol ou d'escroquerie ne sont pas courants, Vetle. »

Une voix glapissante de la région de Sunnmøre :

« Parce qu'elle déteste quelqu'un ?

— Elling propose le crime passionnel. Jalousie. Rejet. Vengeance. Oui, certainement. Autre chose ?

— Parce qu'on est fou. » La proposition émanait d'un grand garçon voûté.

« On ne dit pas fou, Robert. » C'était à nouveau la jeune fille. Katrine ne voyait qu'une queue-de-cheval blonde sur le dos du siège tout devant, au premier rang. « On dit...

— Ça va, on a compris ce qu'il voulait dire, Silje. »

Le prof s'était assis sur le bord de l'estrade, il avait étiré ses longues jambes et croisait les bras sur le logo Glasvegas de son t-shirt.

« Et, personnellement, je trouve que fou est un mot excellent. Mais, en fait, ce n'est pas une cause de meurtre très fréquente. Bien sûr, des gens considèrent que, en soi, un meurtre est une preuve de folie, mais la plupart des meurtres sont rationnels. Exactement comme il est rationnel de chercher un profit matériel, il est rationnel de chercher une satisfaction émotionnelle. Le meurtrier peut croire que le meurtre va atténuer la douleur qui est causée par la haine, la peur, la jalousie, l'humiliation.

— Mais si les meurtres sont tellement rationnels... » Le premier garçon. « Tu peux nous dire combien de meurtriers satisfaits tu as rencontrés ? »

Tiens, le petit malin de la classe, paria Katrine.

« Peu, répondit le prof. Mais si le meurtre est vécu comme une déception, cela ne veut pas dire que ce n'est pas un acte rationnel tant que le meurtrier *croit* qu'il va obtenir une satisfaction. En règle générale, la vengeance est plus douce dans l'imagination. Le meurtre par jalousie est suivi de la colère, le crescendo que le meurtrier en série a si soigneusement construit est toujours suivi d'une déception, d'une désillusion, si bien qu'il doit essayer à nouveau. Bref... » Il se leva et retourna au tableau. « En ce qui concerne le meurtre, il y a du vrai dans l'adage qui dit que le crime ne paie pas. Pour la prochaine fois, je veux que chacun d'entre vous réfléchisse à un mobile qui pourrait l'amener à tuer. Je ne veux pas de conneries politiquement correctes, je veux que vous sondiez ce qu'il y a de plus noir en vous. Bon, ce qu'il y a de presque plus noir en vous, ça ira peut-être. Et puis, vous lirez le mémoire d'Aune sur la personnalité du meurtrier, et sur le profilage. OK ? Et, oui, je ferai un contrôle. Alors, méfiez-vous, soyez prêts. Vous pouvez y aller. »

Il y eut le claquement des sièges qui se relèvent.

Katrine resta assise et observa les élèves qui passèrent à côté d'elle. À la fin, il ne resta que trois personnes. Elle-même, le prof qui essuyait le tableau et la fille à la queue-de-cheval qui se tenait juste derrière lui, son cahier de notes sous le bras. Katrine constata qu'elle était mince. Et que sa voix ne sonnait pas de la même façon que lorsqu'elle avait pris la parole pendant le cours.

« Tu crois que le meurtrier en série que tu as arrêté en Australie n'obtenait pas de satisfaction en tuant ces femmes ? » Une voix qui surjouait le côté jeune fille. Comme une gamine qui veut flatter son père.

« Silje...

— Je veux dire, il les a violées. Et ça a dû être assez agréable.

— Lis le mémoire, et on reverra ça la prochaine fois. OK ?

— OK. »

Pourtant, elle ne partit pas. Elle se balança sur la pointe des pieds, comme pour se hausser jusqu'à lui, se dit Katrine. Mais le prof rangea ses papiers dans un cartable en cuir sans lui adresser un regard. Puis elle se retourna brusquement et monta rapidement les marches vers la sortie. Ralentit en découvrant Katrine, qu'elle examina avant d'accélérer à nouveau et de disparaître.

« Bonjour, Harry, dit doucement Katrine.

— Bonjour, Katrine, répondit-il sans lever la tête.

— Tu as l'air en forme.

— Toi aussi, dit-il en refermant la fermeture éclair du cartable.

— Tu m'as vue approcher ?

— Je l'ai *senti*. »

Il leva les yeux. Et sourit. Katrine avait toujours été stupéfiée par l'étendue de la métamorphose de son visage quand il souriait. À quel point cela pouvait chasser le côté dur, sec et las qu'il portait comme un imper fatigué. Comment, d'un coup, il avait l'air d'un grand gamin joueur que le soleil rendait resplendissant. Comme une journée de beau temps en juillet à Bergen. Aussi bienvenu que rare et bref.

« Ça veut dire quoi ? demanda-t-elle.

— Je m'attendais à moitié à ta visite.

— C'est vrai ?

— Oui. Et la réponse est non. »

Il saisit son cartable, monta les marches jusqu'à elle en quatre enjambées et la prit dans ses bras.

Elle le serra à son tour, huma son odeur.

« Non à quoi, Harry ?

— Non, tu ne m'auras pas, lui murmura-t-il à l'oreille. Mais tu le savais bien.

— Pouh ! dit-elle en faisant comme si elle essayait de se dégager de son étreinte. S'il n'y avait pas l'autre horreur, il ne me faudrait pas cinq minutes pour te faire manger dans ma main, mon gars. Et j'ai pas dit que tu étais en aussi grande forme que ça. »

Il éclata de rire et la relâcha. Katrine eut l'impression qu'il l'aurait volontiers tenue un peu plus longtemps. Elle n'avait jamais réussi à savoir si elle voulait vraiment Harry, ou bien si c'était un truc tellement irréaliste qu'elle avait cessé de prendre position à ce sujet.

Avec le temps, c'était devenu une blague au contenu flou. En outre, il s'était remis avec Rakel. Ou « l'autre horreur », comme il permettait à Katrine de l'appeler, puisque cette affirmation tellement absurde ne faisait que souligner la beauté agaçante de Rakel.

Harry frotta son menton mal rasé.

« Hm, si ce n'est pas mon corps irrésistible que tu veux, alors ça doit être… » Il leva l'index. « Ça doit être mon cerveau extraordinaire !

— Les années ne t'ont pas rendu plus drôle.

— La réponse est toujours non. Et tu le savais d'avance.

— Tu as un bureau où on peut en discuter ?

— Oui et non. J'ai un bureau, mais pas où nous pouvons discuter pour savoir si je peux vous aider dans cette affaire des meurtres.

— *Les* affaires de meurtre.

— Il y a *une seule* affaire, à ce que j'ai compris.

— Fascinant, n'est-ce pas ?

— N'essaie même pas. Cette vie-là, c'est terminé, et tu le sais très bien.

— Harry, c'est une affaire qui a besoin de toi. Et une affaire dont tu as besoin. »

Cette fois-ci, son sourire ne toucha pas les yeux.

« J'ai autant besoin d'une affaire de meurtre que d'un drink, Katrine. Sorry. Ne perds pas ton temps et cherche l'alternative suivante. »

Elle le dévisagea. Elle se dit que la comparaison avec un drink était venue très vite. Et que cela confirmait ses soupçons : il avait peur. Il craignait que le fait de jeter un coup d'œil à l'affaire n'ait le même effet qu'une goutte d'alcool. Il ne parviendrait pas à s'arrêter, il serait dévoré. Pendant un instant, elle eut mauvaise conscience, l'accès de dégoût inattendu du *pusher*. Jusqu'à ce que les images des lieux du crime lui reviennent à l'esprit. Le crâne explosé d'Anton Mittet.

« Il n'y a pas d'alternative à toi, Harry.

— Je peux te donner quelques noms. Il y a un type qui a suivi le même cours que moi au FBI. Je peux l'appeler et…

— Harry… » Katrine le prit sous le bras et le conduisit vers la porte. « Il y a du café dans ton bureau ?

— Oui, mais, comme je te l'ai dit…

— Oublie l'affaire. On va discuter du bon vieux temps.

— Et tu as le temps pour ça ?

— J'ai besoin de me changer les idées. »

Il la regarda. Il faillit dire quelque chose, mais se ravisa. Il acquiesça.

« Très bien. »

Ils montèrent un escalier et prirent le couloir qui conduisait aux bureaux.

« Je t'ai entendu chiper des idées aux cours de psychologie d'Aune », dit Katrine. Comme d'habitude, elle devait trotter pour rester à la hauteur de Harry qui filait avec ses bottes de sept lieues.

« Je lui chipe tout ce que je peux. Après tout, c'était le meilleur.

— Comme par exemple le fait que le mot fou est un des rares mots de la médecine qui soit à la fois exact, intuitif et poétique. Et que les mots exacts finissent toujours au rebut parce que les spécialistes pensent que le camouflage linguistique, c'est ce qu'il y a de mieux dans l'intérêt du patient.

— Ouais.

— C'est pour ça que je ne suis plus maniaco-dépressive. Je ne suis plus *borderline* non plus. Je suis bipolaire type 2.

— 2 ?

— Tu comprends ? Pourquoi Aune ne donne-t-il plus de cours ? Je croyais qu'il adorait ça.

— Il voulait une vie meilleure. Plus simple. Pouvoir passer plus de temps avec ceux qu'il aime. Un choix raisonnable. »

Elle le regarda en coin.

« Vous devriez le raisonner. Personne ne devrait se priver d'un talent aussi éminent alors qu'on en a tellement besoin. Tu n'es pas d'accord ? »

Harry rit brièvement.

« Tu ne lâches pas le morceau, hein ? Je crois que l'on a besoin de moi ici, Katrine. Et l'École ne contacte pas Aune parce qu'elle veut voir davantage de profs en uniforme, pas des civils.

— Tu es en civil.

— C'est là toute la question. Je ne fais plus partie de la police, Katrine. C'est un choix. Ce qui veut dire que je suis, que nous sommes passés à autre chose.

— Comment as-tu récolté cette cicatrice à la tempe ? » demanda-t-elle. Elle vit Harry se replier sur lui-même de manière presque imperceptible, mais immédiate. Avant qu'il n'ait le temps de répondre, une voix vibrante résonna dans le couloir.

« Harry ! »

Ils s'arrêtèrent et se retournèrent. Un petit bonhomme costaud à la barbe rousse sortit d'un bureau et s'approcha en se dandinant. Katrine suivit Harry qui alla à la rencontre de l'homme d'un certain âge.

« Tu as de la visite, tonna l'homme bien avant qu'ils ne soient parvenus à une distance de conversation normale.

— Oui, bien sûr, dit Harry. Katrine Bratt, voici Arnold Folkestad.

— Non, je veux dire que tu as de la visite dans ton bureau », dit Folkestad. Il s'arrêta, inspira deux fois avant de tendre à Katrine une grosse main couverte de taches de rousseur.

« Arnold et moi, nous nous partageons les cours portant sur les enquêtes sur les meurtres, dit Harry.

— Et comme il cause sur la partie sympa du sujet, c'est lui qui est populaire, grogna Folkestad. Tandis que moi, j'ai hérité de la réalité, avec la méthode, la technique, l'éthique et la réglementation. Le monde est injuste.

— D'un autre côté, Arnold n'y connaît rien à la pédagogie, dit Harry.

« — Non mais, c'est qu'il s'y croit, le petit jeune », grommela Folkestad.

Harry fronça le front.

« Cette visite, ce n'est pas…

— Détends-toi, ce n'est pas Mlle Silje Gravseng. Rien que des vieux collègues. Je leur ai même filé du café, moi. »

Harry adressa un regard dur à Katrine. Puis il se retourna et marcha à grands pas vers la porte de son bureau. Katrine et Folkestad le regardèrent s'éloigner.

« Ben quoi, j'ai dit une connerie ? » demanda Folkestad d'un air surpris.

« Oui, je comprends que ça puisse être perçu comme une technique d'encerclement, dit Beate en portant la tasse de café à ses lèvres.

— Tu veux dire que ce n'est pas de l'encerclement ? » répondit Harry en se balançant en arrière dans son siège. De l'autre côté du bureau, derrière les piles de papiers, Beate Lønn, Bjørn Holm et Katrine Bratt avaient réussi à placer chacun leur chaise. Les salutations avaient été rapides. Brèves poignées de main, pas d'étreintes. Pas de tentatives pénibles de parler de la pluie et du beau temps. Harry Hole n'invitait pas à faire la causette. Il invitait à aller droit au but. Tous les trois savaient qu'il savait de quoi il était question.

Beate prit une gorgée, tressaillit et reposa sa tasse d'un air de désapprobation.

« Je sais que tu as décidé de ne plus t'occuper d'enquêtes, sur un plan opérationnel, dit Beate. Et je sais aussi que tu as plus de raisons que la plupart des gens. Mais la question, c'est de savoir si tu ne pourrais pas faire une exception, cette fois-ci. Après tout, tu es notre seul spécialiste des meurtres en série. L'État a investi de l'argent pour ta formation au FBI que…

— Que j'ai remboursé avec du sang, de la sueur et des larmes, coupa Harry. Et pas seulement mon sang et mes larmes. »

— Je n'ai pas oublié que Rakel et Oleg se sont retrouvés en plein dans la ligne de tir lors de l'affaire du Bonhomme de neige, mais…

— La réponse est non. J'ai promis à Rakel que cela ne nous arrivera plus. Et pour une fois, j'ai l'intention de tenir ma promesse.

— Comment va Oleg ? demanda Beate.

— Mieux, dit Harry en restant sur ses gardes. Comme tu le sais, il est dans une clinique de désintoxication en Suisse.

— Ravie de l'entendre. Et Rakel a eu son poste à Genève ?

— Oui.

— Elle fait la navette ?

— Normalement, c'est quatre jours à Genève, trois jours à la maison. C'est bon pour Oleg d'avoir sa mère près de lui.

— Je comprends bien, dit Beate. Comme ça, ils sont tout à fait à l'écart de la ligne de tir, n'est-ce pas ? Et toi, tu es seul pendant la semaine. Tu as des jours où tu peux faire ce que tu veux. »

Harry rit doucement.

« Ma chère Beate, je n'ai peut-être pas été assez clair. Enseigner, continuer à apprendre, *c'est* ce que je veux faire.

— Ståle Aune est avec nous, dit Katrine.

— Tant mieux pour lui, dit Harry. Et pour vous. Il en sait autant que moi sur les meurtres en série.

— T'es sûr qu'il en sait pas plus que toi ? » dit Katrine avec un petit sourire et en haussant un sourcil.

Harry éclata de rire.

« C'est bien essayé, Katrine. OK. Il en sait plus que moi.

— Zut alors, fit Katrine. Où est passé ton instinct de compétition ?

— Cette affaire ne trouvera pas mieux avec la combinaison de vous trois et de Ståle Aune. J'ai un autre cours à donner, là, alors… »

Katrine secoua lentement la tête.

« Qu'est-ce qui t'est arrivé, Harry ?

— Des bonnes choses. Il m'est arrivé des bonnes choses.

— Reçu cinq sur cinq, dit Beate en se levant. Mais j'aimerais savoir si on pourra te demander conseil de temps en temps. »

Elle vit qu'il allait faire non de la tête.

« Tu n'as pas à répondre tout de suite, s'empressa-t-elle d'ajouter. Je te rappelle. »

Trois minutes plus tard, dans le couloir, alors que Harry avait filé vers l'amphi où les étudiants étaient déjà entrés, Beate se dit que c'était peut-être vrai, que l'amour d'une femme pouvait *peut-être* sauver un homme. Et, dans son cas, elle doutait que le sentiment de devoir mis en avant par quelqu'un d'autre puisse le ramener en enfer. Mais c'était son job à elle d'essayer. Il avait l'air tellement en forme et heureux. Elle lui aurait si volontiers fichu la paix. Mais elle savait aussi que les fantômes des collègues qui avaient été tués allaient bientôt resurgir. Et en outre : ce n'étaient pas les derniers.

Elle rappela Harry dès son retour à la Chaufferie.

Rico Herrem se réveilla en sursaut.

Il cligna des yeux dans l'obscurité avant que son regard ne se fixe sur la toile, trois rangs devant lui, où une grosse femme suçait un cheval. Il sentit son pouls se calmer, après avoir bondi. Pas de raisons de paniquer. Il était toujours à la Poissonnerie, et c'étaient seulement les vibrations d'un type qui venait de s'asseoir juste derrière lui qui l'avaient réveillé. Rico ouvrit la bouche, il tenta d'inspirer un peu de l'oxygène de l'air qui puait la sueur, le tabac et quelque chose qui aurait pu être du poisson, mais qui ne l'était pas. Cela faisait quarante ans que la Moens Fiskebutikk vendait cette combinaison originale de poissons relativement frais, sur le comptoir, et de revues pornos relativement récentes dessous. Lorsque Moen avait vendu la boutique pour prendre sa retraite et se bourrer la gueule de manière plus systématique, les nouveaux propriétaires avaient ouvert un ciné porno dans la cave. Mais lorsque les cassettes vidéo et les DVD leur avaient pris leurs clients, ils s'étaient spécialisés dans la projection de films que l'on ne pouvait pas se procurer sur le Net sans risquer d'avoir la police à sa porte.

Le volume était tellement bas que Rico entendait les branlettes dans le noir autour de lui. On lui avait expliqué que c'était voulu, que c'était pour ça que le son était si peu fort. Lui, il avait dépassé la fascination adolescente de la branlette de groupe depuis longtemps, et ce n'était pas ça qui expliquait sa présence dans ces lieux. Il avait foncé ici après sa mise en liberté, cela faisait deux jours qu'il était là, avec quelques interruptions rapides et nécessaires pour bouffer, chier et se procurer à boire. Il avait encore quatre Rohypnol dans la poche. Il fallait les faire durer.

Bien entendu, il ne pouvait pas passer le reste de sa vie à la Poissonnerie. Mais il avait réussi à convaincre sa mère de lui prêter dix mille couronnes et, jusqu'à ce que l'ambassade de Thaïlande ait arrangé la prolongation de visa touristique, la Poissonnerie offrait l'obscurité et l'anonymat favorables pour se planquer.

Il inspira, mais c'était comme si l'air était exclusivement constitué d'azote, d'argon et de dioxyde de carbone. Il regarda sa montre. L'aiguille luminescente indiquait six heures. Du matin ou du soir ? Ici, c'était la nuit perpétuelle, mais ce devait être six heures du soir. La sensation d'étouffement allait et venait. Il ne fallait pas qu'il devienne claustrophobe, pas maintenant. Pas avant d'avoir quitté le pays. Pas avant d'être loin. Très loin de Valentin. Merde, comme il regrettait sa cellule. La sécurité. La solitude. L'air respirable.

La femme sur l'écran besognait et besognait encore, mais elle fut obligée de bouger quand le cheval avança de quelques pas, et elle resta floue pendant un instant.

« Salut Rico. »

Rico fut paralysé de frayeur. La voix n'était qu'un murmure, mais le son était comme une stalactite qui lui était enfoncée dans l'oreille.

« *Vanessa's Friend* ! Un vrai classique des années quatre-vingt. Tu savais que Vanessa était morte pendant le tournage ? Elle a été piétinée par une jument. La jalousie, qu'est-ce que t'en penses ? »

205

Rico voulut se retourner, mais il fut arrêté par une main qui lui serrait le haut de la nuque, comme dans un étau. Il voulut crier, mais une autre main gantée s'était posée sur sa bouche et son nez. Rico respira une odeur aigre de laine mouillée.

« C'est décevant, tu es trop facile à trouver. Le porno pervers. Assez prévisible, pas vrai ? » Un petit rire. « Et puis ton crâne tout rouge, il brille comme un phare, là-dedans. On dirait que ton eczéma est reparti de plus belle, Rico. L'eczéma se développe avec le stress, non ? »

La main sur sa bouche relâcha un peu son emprise et Rico put inspirer un peu d'air. Elle sentait la chaux et le fart.

« Il y a des bruits comme quoi tu aurais parlé à une fliquette à Ila, Rico. Vous aviez quelque chose en commun ? »

Le gant en laine fut retiré de devant sa bouche. Rico inspira profondément, sa langue cherchait de la salive.

« J'ai rien dit, souffla-t-il. Je te le jure. Pourquoi j'aurais parlé ? J'allais sortir quelques jours plus tard, de toute façon.

— Le fric.

— *J'ai* du fric.

— T'as claqué tout ton fric pour de la dope, Rico. Je parie que t'as des cachets dans ta poche.

— Je déconne pas ! Je file en Thaïlande après-demain. T'auras pas de soucis avec moi, je te promets. »

Rico entendit bien que ses supplications étaient celles d'un homme terrifié, mais il s'en fichait. Il *était* terrifié.

« Détends-toi, Rico. J'ai pas l'intention de faire du mal à mon tatoueur. On fait confiance à un type qui vous a planté une aiguille dans la peau. Pas vrai ?

— Tu... Tu peux me faire confiance.

— Parfait. Ça a l'air super, Pattaya. »

Rico ne répondit pas. Il n'avait pas dit qu'il allait à Pattaya. Comment... Rico bascula en arrière quand l'autre s'appuya sur le dossier de son siège pour se lever.

« Faut que je file, j'ai un boulot à faire. Profite bien du soleil, Rico. J'ai entendu dire que c'était bon pour l'eczéma. »

Rico se retourna et leva la tête. L'autre s'était masqué le bas du visage avec un foulard et il faisait trop sombre pour voir correctement ses yeux. L'homme se baissa brusquement vers Rico.

« Tu savais que, quand ils ont autopsié Vanessa, les toubibs ont trouvé des maladies vénériennes dont la science ignorait l'existence ? Tu ferais mieux de t'en tenir à ton espèce. C'est ce que je te conseille. »

Rico suivit la silhouette qui filait vers la sortie. Il vit l'homme ôter son foulard. Il parvint à voir la lueur du panneau Exit tomber sur son visage avant qu'il ne disparaisse derrière la toile en feutre noir. Ce fut comme si l'oxygène affluait à nouveau dans la salle, Rico l'inspira goulûment. Il cligna des yeux vers la silhouette qui courait vers le panneau Exit.

Il était bouleversé.

Il était stupéfait d'être encore en vie, et stupéfié par ce qu'il venait de voir. Il n'était pas étonné que les pervers trouvent tout de suite les issues de secours, ils les connaissaient toujours. Mais ce n'était pas lui. La voix était la même, le rire aussi. Mais l'homme qu'il avait aperçu à la lueur du panneau, pendant une fraction de seconde, cet homme-là, ce *n'était pas* lui. Ce n'était pas Valentin.

Chapitre 17

« Alors, tu as emménagé ici ? » dit Beate en inspectant la grande cuisine. Dehors, la nuit était tombée sur Holmenkollåsen et les villas voisines. Aucune villa n'était identique à une autre, mais toutes avaient en commun d'être au moins deux fois plus grandes que la maison que Beate avait héritée de sa mère à l'est d'Oslo, leurs haies étaient deux fois plus hautes, leurs garages étaient doubles et il y avait toujours deux noms reliés par un tiret sur les boîtes aux lettres. Beate savait qu'elle nourrissait des préjugés envers l'ouest de la ville, mais il était tout de même bizarre de trouver Harry dans cet environnement.

« Alors ? s'enquit Harry en leur versant du café.

— Tu ne te sens pas un peu… seul ?

— Mm. Toi et la petite, vous ne vivez pas seules, vous aussi ?

— Si, mais… » Elle n'acheva pas sa phrase. Elle voulait dire qu'elle habitait dans une maison agréable, peinte en jaune, édifiée dans l'esprit de la reconstruction après la Seconde Guerre mondiale, une maison sobre et pratique, sans la mode romantique nationale qui poussait les gens ayant de l'argent à se faire construire des forteresses aux airs de chalets comme celle-ci. Une bâtisse avec des charpentes et des boiseries noires qui, même par une journée enso-leillée, conféraient une atmosphère de nuit sans fin et de mélancolie à celle que Rakel avait héritée de son père.

208

« Rakel rentre le week-end, dit-il en portant la tasse à ses lèvres.

— Alors tout va bien ?

— Tout va très bien. »

Beate acquiesça. Aux changements. Il avait des pattes d'oie autour des yeux, mais avait l'air plus jeune. La prothèse en titane qui avait remplacé le majeur droit tinta légèrement contre la tasse.

« Et toi ? demanda Harry.

— Bien. Un peu bousculée. La petite n'est pas à l'école, elle est chez sa grand-mère à Steinkjer.

— Vraiment ? C'est fou comme le temps passe vite... » Il ferma à moitié les yeux et rit doucement.

« Oui, dit Beate en prenant une gorgée de café. Harry, je voulais te voir parce que j'ai envie de savoir ce qui s'est passé.

— Je sais. J'avais l'intention de te contacter. Mais il fallait que je règle des trucs avec Oleg. Et avec moi-même.

— Raconte.

— OK, dit Harry en reposant sa tasse. Tu es la seule personne que j'ai tenue informée quand tout est arrivé. Tu m'as aidé, et je t'en suis infiniment reconnaissant, Beate. Tu es la seule qui saura tout si tu le souhaites. Mais es-tu sûre de vraiment vouloir savoir ? Cela pourrait te placer face à un certain dilemme.

— Je suis devenue complice à partir du moment où je t'ai aidé, Harry. Et on s'est débarrassés de la fioline. On n'en trouve plus dans les rues.

— Fantastique, dit Harry d'un ton sec. Le marché est revenu à l'héroïne, au crack et aux speedballs.

— L'homme derrière la fioline n'est plus là. Rudolf Assaïev est mort.

— Je sais.

— Ah bon ? Tu *savais* qu'il est mort ? Tu savais qu'il est resté dans le coma pendant des mois au Rikshospitalet, sous une fausse identité, avant de mourir ? »

Harry haussa un sourcil.

« Assaïev ? Je croyais qu'il était mort dans une chambre d'hôtel au Leons ?

— C'est là où on l'a trouvé. Le sang couvrait le plancher entier. Mais on a réussi à le maintenir en vie. Jusqu'à maintenant. Comment es-tu au courant pour le Leons ? Tout cela est resté caché. »

Harry ne répondit pas, il fit juste tourner la tasse dans sa main.

« Ah non, bon sang… » fit Beate en soupirant.

Harry haussa les épaules.

« Je t'ai dit que tu ne voulais peut-être pas savoir.

— C'est toi qui l'as poignardé ?

— Ça change quelque chose si je dis que c'était de la légitime défense ?

— On a trouvé une balle dans le sommier. Mais la blessure au couteau était grande et profonde, Harry. Le légiste a dit que la lame a dû être tournée plusieurs fois. »

Harry baissa les yeux sur sa tasse.

« Visiblement, je n'ai pas assez bien fait mon boulot.

— Franchement, Harry… Tu… Tu… » Beate ne savait pas comment hausser le ton. Sa voix faisait penser à une scie qui tremble.

« Il a fait d'Oleg un drogué, Beate. » Harry parla tout bas, sans lever les yeux de sa tasse.

Ils se turent pendant un moment, restèrent à écouter ce silence si coûteux de Holmenkollen.

« C'est Assaïev qui t'a infligé cette blessure par balle à la tête ? » finit par demander Beate.

Harry passa le doigt sur la nouvelle cicatrice, à côté du front.

« Qu'est-ce qui te fait croire que c'était une balle ?

— Non, qu'est-ce que je sais sur les blessures par balles, moi ? Je ne suis qu'une simple technicienne en identification criminelle.

— OK, c'était un type qui a travaillé pour Assaïev. Trois balles à bout portant. Deux dans la poitrine. La troisième dans la tête. »

Beate regarda Harry. Elle comprit qu'il disait la vérité. Mais qu'il ne disait pas *toute* la vérité.

« Et comment survit-on à ça ?

— Cela faisait deux jours d'affilée que je me trimballais avec un gilet pare-balles. Il était temps que ça soit utile. Mais la balle à la tête m'a fichu par terre. Et elle m'aurait tué si...

— Si... ?

— Si le type n'avait pas couru jusqu'aux urgences de Storgata. Il a menacé un médecin, qui est venu me sauver.

— Qu'est-ce que tu racontes ? Pourquoi je ne suis pas au courant de tout ça ?

— Le toubib m'a rafistolé sur place, il voulait m'envoyer à l'hosto, mais je me suis réveillé à temps et je me suis arrangé pour rentrer chez moi.

— Mais pourquoi ?

— Je ne voulais pas d'histoires. Comment ça va pour Bjørn ? Il a rencontré quelqu'un ?

— Ce type... Ce type a essayé de te flinguer, puis il t'a sauvé la vie ? Qui...

— Il n'a pas essayé de me flinguer. C'était un accident.

— Un accident ? Trois balles, c'est pas un accident, Harry.

— Si tu essaies de te sevrer de la fioline et si tu tiens un Odessa, c'est possible.

— Un Odessa ? »

Beate connaissait cette arme. Une pâle copie d'un Stechkin russe. Sur les photos, l'Odessa donnait l'air d'avoir été bricolé à la va-vite par un élève médiocre en classe de ferronnerie, un bâtard grossier entre le pistolet et le pistolet-mitrailleur. Mais il était populaire chez les Urkas, les criminels professionnels, parce qu'il pouvait tirer coup par coup ou en rafale. Une petite pression sur la queue de détente d'un Odessa, et on avait soudain tiré deux balles. Ou trois. Il lui revint à l'esprit que l'Odessa utilisait le calibre Makarov 9 × 18 mm, le même calibre peu courant qui avait tué Gusto Hanssen.

« J'aimerais bien voir cette arme », dit-elle lentement. Elle vit le regard de Harry glisser automatiquement dans le salon. Elle se retourna. Ne vit qu'un vieux placard de coin, noir. « Tu n'as pas dit qui était ce type.

— Ça n'a pas d'importance. Il est hors de ta juridiction depuis longtemps. »

Beate acquiesça.

« Tu protèges quelqu'un qui t'a presque tué.

— D'autant plus louable qu'il m'a sauvé la vie.

— C'est pour ça que tu le protèges ?

— Pourquoi nous décidons de protéger quelqu'un, c'est souvent un mystère, tu ne trouves pas ?

— Si. Regarde, moi, par exemple, je protège des policiers. Comme je m'occupe de physionomie, j'ai participé à l'interrogatoire du barman du Come As You Are, tu sais, ce bar où ce dealer d'Assaïev a été tué par un grand type blond avec une cicatrice qui lui allait de la bouche à l'oreille. J'ai montré des photos au barman, et j'ai parlé, parlé, parlé. Comme tu le sais, c'est un jeu d'enfant de manipuler la mémoire visuelle de quelqu'un. Les témoins ne se rappellent plus ce dont ils croyaient se souvenir. Pour finir, le barman était certain que l'homme dans le bar n'était pas le Harry Hole dont je lui avais montré les photos. »

Harry la dévisagea. Puis il opina lentement de la tête.

« Merci.

— J'ai failli te dire qu'il n'y a pas de quoi, dit Beate en portant la tasse à ses lèvres. Mais si, j'ai une idée sur la manière dont tu peux me remercier.

— Beate...

— Je protège des policiers. Tu sais que ça me touche personnellement quand des policiers meurent en service. Jack. Et mon père. » Elle sentit qu'elle portait machinalement la main à sa boucle d'oreille. Le bouton de la veste d'uniforme de son père qu'elle avait fait monter. « Nous ne savons pas qui sera le prochain sur la liste, mais j'ai l'intention de faire n'importe quoi pour stopper ce salaud, Harry. N'importe quoi. Tu comprends ? »

212

Harry ne répondit pas.

« Désolée. Bien sûr que tu comprends, dit Beate en baissant la voix. Tu as tes propres morts qui t'occupent l'esprit. »

Harry frotta le dos de sa main droite contre la tasse, comme s'il frissonnait. Il se leva et alla à la fenêtre. Il resta planté là un moment avant de se mettre à parler.

« Comme tu le sais, un meurtrier est venu ici et il a failli tuer Oleg et Rakel. Et c'était ma faute.

— C'était il y a longtemps, Harry.

— C'était hier. Ce sera toujours hier. Rien n'a changé. Mais j'essaie. J'essaie de *me* changer.

— Et ça va comment ? »

Harry haussa les épaules.

« Il y a des hauts et des bas. Est-ce que je t'ai dit que j'oubliais toujours d'acheter un cadeau d'anniversaire à Oleg ? Même si Rakel me rappelait la date des semaines à l'avance, un machin me faisait toujours refouler l'information. Et quand je me pointais, je voyais les préparatifs de l'anniversaire, et il fallait que je file pour refaire le bon vieux truc habituel. » Harry fit un petit sourire en coin. « Je disais que j'allais acheter des cigarettes, je courais à ma bagnole, je fonçais à la station-service la plus proche, j'achetais deux ou trois CD, ou quelque chose dans ce genre. Nous savions qu'Oleg avait des soupçons sur ce qui se passait, alors, Rakel et moi, on avait un arrangement. Dès que je passais la porte de la maison, Oleg m'attendait avec ses yeux accusateurs. Mais avant qu'il ne se mette à me fouiller, Rakel s'empressait de m'étreindre comme si j'avais été absent longtemps. Elle en profitait pour récupérer les CD ou le cadeau dans mon dos, elle le cachait et s'éloignait pendant qu'Oleg se jetait sur moi. Dix minutes plus tard, Rakel avait emballé le cadeau, avec une étiquette, un petit mot, et tout le toutim.

— Et alors ?

— Alors c'était l'anniversaire d'Oleg récemment. Je lui ai donné un cadeau emballé que j'ai emballé moi-même. Il a dit qu'il ne reconnaissait pas l'écriture sur l'étiquette et le petit mot. Je lui ai dit que c'était parce que c'était la mienne. »

Beate sourit brièvement.

« Gentille histoire. Happy ending et tout le tralala.

— Écoute, Beate. Je dois tout à ces deux personnes et j'ai toujours besoin d'elles. Et j'ai la chance qu'elles aient également besoin de moi. En tant que mère, tu sais que c'est à la fois une bénédiction et une malédiction.

— Oui. Et ce que j'essaie de te dire, c'est que nous avons besoin de toi, nous aussi. »

Harry quitta la fenêtre et se pencha sur la table face à Beate.

« Pas comme eux deux, Beate. Nul n'est irremplaçable au boulot. Même pas...

— Oui, oui, on va réussir à remplacer ceux qui ont été tués. Et puis, l'un d'eux était à la retraite. Et puis, on trouvera bien des gens pour remplacer aussi ceux qui vont être tués.

— Beate...

— Tu as vu ces photos ? »

Harry ne regarda pas les clichés qu'elle sortit de son sac avant de les poser sur la table de la cuisine.

« Fracassés, Harry. Pas un os intact. Même moi j'ai eu du mal à les identifier. »

Harry resta debout. Comme l'hôte qui signale à son invité qu'il se fait tard. Mais Beate ne se leva pas. Elle prit une petite gorgée de son café. Ne bougea pas. Harry soupira. Elle prit une nouvelle gorgée.

« Oleg a l'intention de faire des études de droit quand il rentrera de sa cure de désintoxication en Suisse, n'est-ce pas ? Et ensuite, d'entrer à l'École de Police.

— D'où tu tiens ça ?

— Rakel. Je lui ai parlé avant de venir. »

Les yeux bleus de Harry s'assombrirent.

« Tu *as fait quoi* ?

— Je l'ai appelée en Suisse et je lui ai expliqué de quoi il retournait. Ce n'était pas très convenable et je le regrette. Mais comme je te l'ai dit, je suis prête à tout. »

Les lèvres de Harry remuèrent et il jura sans bruit.

« Et qu'a-t-elle répondu ?

— Que c'était à toi de voir.

— Oui, elle a sûrement dit ça.

— Alors je te le demande, Harry. Je te le demande pour Jack Halvorsen. Pour Ellen Gjelten. Je te le demande pour tous les policiers morts. Et, surtout, je te le demande pour ceux qui sont encore vivants. Et peut-être pour ceux qui vont peut-être devenir des policiers. »

Elle vit que Harry serrait les mâchoires, furieux.

« Je ne t'ai pas demandé de manipuler des témoins pour moi, Beate.

— Tu ne demandes jamais rien, Harry.

— Bon. Il se fait tard, et j'ai l'intention de te demander de...

— ... de partir. » Elle fit oui de la tête. Harry avait ce regard qui poussait les gens à obéir. Elle se leva et passa dans le couloir. Elle enfila sa veste, la boutonna. Harry était sur le seuil et l'observait.

« Je suis navrée d'être allée aussi loin, dit-elle. Ce n'était pas bien de m'immiscer dans ta vie de cette manière. Nous faisons un boulot. C'est juste un boulot. » Sa voix était en train de la trahir et elle s'empressa de dire la suite. « Et tu as raison, bien sûr, il doit y avoir des règles et des limites. Au revoir.

— Beate...

— Dors bien, Harry.

— Beate Lønn. »

Beate avait ouvert la porte de la maison, il fallait qu'elle sorte avant qu'il ne voie ses larmes. Mais Harry arriva derrière elle et posa la main sur le battant. Sa voix se fit entendre juste à côté de son oreille :

« Vous êtes-vous demandé comment le meurtrier a réussi à faire venir des policiers de leur plein gré sur les lieux des crimes, à la date anniversaire des meurtres ? »

Beate relâcha la poignée.

« Que veux-tu dire ?

— Je veux dire que je lis les journaux. On dit que l'inspecteur Nilsen est allé à Tryvann avec une Golf qui est restée sur le parking, et qu'il n'y avait que ses traces de pas sur le chemin menant à la cabane. Et que vous avez une vidéo d'une station-service à Drammen qui montre Anton Mittet seul dans sa voiture juste avant le meurtre. Ils savaient que des policiers avaient été tués précisément de cette manière. Pourtant, ils y sont allés.

— Bien sûr qu'on y a pensé, répondit Beate. Mais nous n'avons pas trouvé de réponse. Nous savons que l'on venait de les appeler d'une cabine non loin des lieux des crimes, et nous supposons qu'ils avaient compris qui c'était, et que c'était leur chance de capturer le meurtrier tout seul.

— Non.

— Non ?

— Les TIC ont trouvé une arme de service non chargée avec une boîte de balles dans la boîte à gants de la voiture d'Anton Mittet. S'il pensait qu'il s'agissait du meurtrier, il aurait d'abord chargé son pistolet.

— Peut-être qu'il n'a pas pris le temps de le faire avant d'arriver sur place, et que le meurtrier l'a frappé avant qu'il n'ait le temps d'ouvrir la boîte à gants, et...

— Il a reçu l'appel à 10 h 31 et il a fait le plein à 10 h 35. Il a donc pris le temps de faire le plein *après* avoir reçu le coup de fil.

— Il allait peut-être tomber en panne d'essence ?

— Non. *Aftenposten* a mis en ligne la vidéo de la station-service sur son site, avec la légende : "Les dernières images d'Anton Mittet avant son exécution". On voit un homme qui fait le plein pendant trente secondes, puis il y a une secousse dans le pistolet de la pompe, ce qui veut dire que le réservoir est plein. Mittet avait donc toute l'essence nécessaire pour aller sur les lieux du crime et en revenir, ce qui veut dire aussi qu'il n'y avait pas urgence.

— Bon, il aurait pu charger son arme là-bas, mais il ne l'a pas fait.

— Tryvann. Bertil Nilsen avait lui aussi un pistolet dans la boîte à gants de sa Golf. Pistolet qu'il n'a pas pris avec lui. Nous avons donc deux policiers qui ont déjà enquêté sur des meurtres, qui se rendent sur les lieux de meurtres non élucidés, alors qu'ils savent qu'un collègue a été tué récemment de cette manière. Ils auraient pu porter une arme mais ne la prennent pas. Visiblement, ils n'agissent pas dans l'urgence. Des policiers expérimentés qui n'ont pas l'intention de jouer les héros. Qu'est-ce que ça vous dit ?

— OK, Harry. » Beate se retourna, s'adossa à la porte qui claqua derrière elle. « Qu'est-ce que ça devrait nous dire ?

— Ça devrait vous dire qu'ils ne pensaient pas avoir affaire au meurtrier, qu'ils ne pensaient pas le capturer à cet endroit.

— Bon, très bien. Alors ils croyaient peut-être avoir un rendez-vous avec une super nana que ça excitait de baiser sur les lieux d'un meurtre. »

Beate plaisantait, mais Harry répondit sans sourciller.

« Pas comme ça, pas au pied levé. »

Beate réfléchit.

« Et si le meurtrier s'était présenté comme un journaliste qui aurait aimé parler d'autres affaires non résolues, dans la continuité de celles-ci. Il aurait dit à Mittet qu'il voulait que ça se passe le soir, histoire d'avoir la bonne ambiance pour les photos ?

— Il faut faire un certain effort pour aller sur place. À Tryvann, en tout cas, j'ai compris que Bertil Nilsen est venu de Nedre Eiker, cela représente plus d'une demi-heure de route. Et les policiers sérieux ne font pas du bénévolat pour que la presse puisse encore récolter une manchette bien pétante.

— Quand tu dis qu'ils ne font pas du bénévolat, tu veux dire que...

— Oui, c'est ce que je veux dire. Je parie qu'ils pensaient que c'était lié à leur travail.

— Que c'était un collègue qui les appelait ?

— Mm.

— Le meurtrier les a appelés, il s'est fait passer pour un policier qui travaillait là parce que... parce que c'était un endroit où le tueur des policiers pouvait potentiellement frapper la prochaine fois et... et... » Beate porta la main au bouton d'uniforme à son oreille. « Et il a dit qu'il avait besoin de leur aide pour reconstituer le meurtre d'origine ! »

Elle sentit qu'elle souriait comme une écolière qui vient de donner la bonne réponse à l'instituteur. D'ailleurs, elle rougit comme une écolière lorsque Harry dit en riant :

« Tu brûles. Mais avec les restrictions sur les heures sup, je pense que Mittet aurait hésité s'il avait été appelé au milieu de la nuit, et non pendant les heures de travail. Et pendant qu'il fait jour.

— Je donne ma langue au chat.

— Ah bon ? fit Harry. Quel genre de coup de fil d'un collègue te fait aller n'importe où en pleine nuit ? »

Beate se tapa le front.

« Évidemment. Qu'est-ce qu'on a été cons ! »

Chapitre 18

« Qu'est-ce que tu dis ? » demanda Katrine qui frissonnait dans les rafales glacées, alors qu'ils étaient sur l'escalier devant la maison jaune, à Bergslia. « Il appelle ses victimes et leur dit que le tueur de policiers a frappé une nouvelle fois ?

— C'est aussi simple que génial », dit Beate. Elle constata que la clef était la bonne, la fit tourner dans la serrure et ouvrit la porte. « Ils reçoivent un coup de fil de quelqu'un qui se présente comme un enquêteur. Il dit qu'il a besoin d'eux tout de suite parce qu'ils savent tout sur le meurtre précédent qui a eu lieu à cet endroit précis. Il dit qu'ils ont besoin de ces informations et de voir s'ils peuvent les aider, pour qu'ils puissent aller à l'essentiel tant que les traces et les pistes sont encore fraîches. »

Beate entra en premier. Elle reconnut les lieux, bien entendu. Un membre de la Technique n'oublie jamais une scène de crime, c'était vraiment plus qu'un cliché. Elle s'arrêta dans le salon. Le soleil tombait de la fenêtre en rectangles obliques sur le plancher nu et uniformément décoloré. Certes, il n'y avait pas eu beaucoup de meubles ces dernières années. La famille avait vraisemblablement emporté la plupart des choses après l'assassinat.

« Intéressant », dit Ståle Aune qui s'était posté à une fenêtre d'où il avait une vue sur la forêt entre les maisons et sur ce qui devait être le lycée de Berg. « Le meurtrier se sert comme d'un appât de l'hystérie sur les meurtres qu'il a lui-même créée.

— Si c'était moi qui recevais un coup de fil de ce genre, je trouverais ça tout à fait plausible, dit Katrine.

— Et c'est la raison pour laquelle ils sont venus sans armes, poursuivit Beate. Ils croient que le danger est passé, et que, la police étant sur place, ils ont le temps de faire le plein en venant.

— Mais, fit Bjørn la bouche pleine de pain Wasa et d'œufs de lompe, comment le meurtrier sait-il que la victime ne va pas appeler un autre collègue et découvrir qu'il n'y a pas de nouveau meurtre ?

— Le meurtrier leur a probablement demandé de ne parler à personne jusqu'à nouvel ordre, dit Beate en regardant avec désapprobation les miettes qui tombaient par terre.

— Ça aussi, c'est plausible, dit Katrine. Un policier qui a l'expérience des enquêtes sur les meurtres n'en sera pas choqué. Il sait que nous essayons de dissimuler la découverte du corps le plus longtemps possible si nous pensons que c'est important.

— Pourquoi cela serait-il important ? demanda Ståle Aune.

— Le meurtrier peut baisser la garde tant qu'il croit que le crime n'a pas été découvert, répondit Bjørn en mordant dans son craque-pain.

— Et Harry a déduit ça tout seul dans son coin ? demanda Katrine. Rien qu'en lisant les journaux ?

— Sinon, il ne serait pas Harry », dit Beate. Elle entendit le tramway bringuebaler de l'autre côté de la rue. De la fenêtre, elle voyait le toit du Ullevaal Stadion. Les fenêtres n'étaient pas assez épaisses pour bloquer le bourdonnement incessant de la circulation sur le Ring 3. Elle se souvint à quel point il avait fait froid, qu'ils avaient gelé malgré les survêtements enfilés. Elle se rappela aussi avoir pensé que ce n'était pas seulement la température extérieure qui faisait qu'il était impossible de rester dans cette pièce sans geler. C'était peut-être pour cela que la maison était demeurée vide si longtemps, les locataires ou les acheteurs potentiels pouvaient encore sentir le froid. Le froid jeté par les histoires et les rumeurs d'autrefois.

« Très bien, dit Bjørn. En raisonnant, il a trouvé comment le meurtrier a attiré les victimes. Mais nous savions déjà qu'ils étaient venus sur place de leur plein gré. Ce n'est donc pas vraiment un bond en avant dans l'enquête, si ? »

Beate rejoignit les autres à la fenêtre et scruta les environs. Cela devait être facile de cacher les membres de l'équipe Delta dans la forêt, dans le creux du terrain devant les rails du tram et, le cas échéant, dans les maisons voisines des deux côtés. Bref, de cerner cette maison.

« C'était toujours lui qui trouvait les idées simples et évidentes, ces idées dont tu te demandais ensuite pourquoi tu ne les avais pas eues toi-même, dit Beate. Les miettes.

— Quoi ? demanda Bjørn.

— Les miettes, Bjørn. »

Bjørn baissa les yeux par terre. Puis regarda Beate. Il arracha une feuille de son bloc-notes, s'accroupit et se mit à les ramasser sur la feuille.

Beate croisa le regard interrogateur de Katrine.

« Je sais ce que tu penses, dit Beate. Pourquoi faire aussi attention alors que ce n'est pas une scène de crime. Hé bien si. Chaque scène où a été commis un meurtre non élucidé reste un lieu où l'on peut potentiellement trouver des traces.

— Tu comptes trouver des traces du Scieur maintenant ? demanda Ståle.

— Non », dit Beate en regardant le plancher. Il avait fallu le poncer. Une telle quantité de sang avait tellement imprégné le bois que le brosser n'avait servi à rien.

Ståle regarda sa montre.

« J'ai bientôt un patient, alors si tu nous parlais de l'idée de Harry ?

— Nous n'en avons jamais parlé à la presse, dit Beate. Mais

quand nous avons trouvé le corps dans la pièce où nous sommes, nous avons dû nous assurer qu'il s'agissait vraiment d'une personne.

— Ouh là, dit Ståle. Avons-nous envie d'entendre la suite ?

— Oui, répondit Katrine d'un ton ferme.

— Le corps avait été scié en morceaux tellement petits que, au premier coup d'œil, ce n'était pas évident. Il avait placé les seins sur un rayonnage de la vitrine, là. La seule trace que nous avons trouvée, c'est la lame d'une scie sauteuse. Et... Oui... Ceux que ça intéresse, vous pouvez lire le reste du rapport que j'ai avec moi. » Beate tapota son sac à bandoulière.

« Oh, merci », dit Katrine avec un sourire qui était sans doute trop doux. Et elle s'empressa de revenir à un air grave.

« La victime était une jeune fille qui était seule chez elle, dit Beate. Et nous savons aussi que le mode opératoire présentait des similarités avec le meurtre de Tryvann. Mais le plus important pour notre affaire, c'est que le meurtre n'a pas été éclairci. Et qu'il a été commis le 17 mars. »

Le silence était tel dans la pièce qu'ils pouvaient entendre les cris paisibles dans la cour de l'établissement de l'autre côté du bouquet d'arbres.

Bjørn fut le premier à prendre la parole.

« C'est dans quatre jours.

— Oui, dit Katrine. Et Harry, ce malade, a proposé de tendre un piège, c'est ça ? »

Beate fit oui.

Katrine hocha lentement la tête.

« Mais pourquoi aucun de nous n'y a pensé avant ?

— Parce qu'aucun de nous n'a compris comment le meurtrier attire ses victimes sur les lieux des crimes, dit Ståle.

— Mais Harry se trompe peut-être, dit Beate. À la fois sur la manière dont ça se passe, et sur le fait que cette scène de crime précise est la suivante. Depuis le premier meurtre d'un policier, nous avons surveillé plusieurs dates d'homicides non élucidés dans l'Østland, et il ne s'est rien passé.

— Mais, dit Ståle, Harry a vu les ressemblances entre le Scieur et les autres meurtres. Une préparation contrôlée associée à une brutalité en apparence incontrôlée.

— Il a parlé d'une intuition, dit Beate. Par là, il veut dire…

— Une analyse fondée sur des faits non structurés, dit Katrine. Connue sous le nom de "méthode Harry".

— Alors il dit que ça va se passer dans quatre jours ? dit Bjørn.

— Oui, répondit Beate. Et il a même fait une prédiction. Comme Ståle, il a fait remarquer que le dernier meurtre ressemble encore plus à l'original en ce sens que l'assassin a placé la victime dans une voiture qu'il a fait tomber dans le précipice. Il pense que le meurtrier va continuer à perfectionner ses crimes. Et que la progression logique, c'est qu'il choisisse exactement la même arme.

— Une scie sauteuse, dit Katrine, dans un souffle.

— Ce serait typique d'un meurtrier en série narcissique, dit Ståle.

— Et Harry est sûr que ça va se passer ici ? dit Bjørn en regardant alentour avec une grimace.

— En fait, c'est ce dont il est le moins sûr, dit Beate. Le meurtrier avait accès sans problème aux autres endroits. Cette maison est vide depuis des années car personne ne veut habiter là où le Scieur a sévi. Malgré tout, la maison est fermée à clef. Certes, la cabane à Tryvann aussi, mais cette maison a des voisins. Attirer un policier ici impliquerait un risque bien plus grand. Harry pense qu'il a peut-être l'intention de changer de méthode et qu'il attirera sa victime à un autre endroit. Mais nous allons tendre un piège au tueur de policiers ici, et on verra s'il appelle. »

Il y eut un petit silence pendant lequel chacun parut digérer le fait que Beate avait employé le nom que la presse lui avait donné, le tueur de policiers.

« Et la victime… ? s'enquit Katrine.

— Je les ai ici, dit Beate en tapotant à nouveau son sac à

bandoulière. Tous ceux qui ont travaillé sur l'affaire du Scieur. On va leur demander de rester chez eux avec le téléphone allumé. Celui qui sera appelé devra faire comme si de rien n'était, et confirmer qu'il arrive. Il appellera ensuite le central, il dira où il doit aller et on lancera l'action. Si c'est ailleurs qu'à Berg, on déplacera les Delta.

— Un policier qui doit faire comme si de rien n'était quand un meurtrier en série lui demande de venir ? demanda Bjørn. Je suis pas sûr d'être assez bon acteur pour ce truc-là, moi.

— Le policier en question n'aura pas besoin de cacher son émotion, dit Ståle. Au contraire, ce serait étrange qu'un policier *n'ait pas* la voix qui tremble en apprenant le meurtre d'un collègue.

— Ce qui m'embête plus, c'est cette histoire avec les Delta et le central, dit Katrine.

— Oui, je sais, dit Beate. Le dispositif sera trop important pour être mis en place sans que Bellman et le groupe d'enquête soient au courant. D'ailleurs, Hagen en informe Bellman *as we speak*.

— Et qu'est-ce qui va arriver à notre groupe quand il va savoir ?

— Si ça a une chance de marcher, c'est secondaire, Katrine. » Beate tripota impatiemment le bouton d'uniforme à son oreille. « Sortons de là, il ne sert à rien de traîner et de risquer que quelqu'un nous voie. Et ne laissez rien. »

Katrine avait fait un pas vers la porte quand elle s'arrêta net dans son mouvement.

« Qu'est-ce qu'il y a ? demanda Ståle.

— Vous n'avez pas entendu ? chuchota-t-elle.

— Quoi donc ? »

Elle leva un pied et regarda fixement Bjørn.

« Ce crissement, là. »

Beate éclata de son petit rire étonnamment clair tandis que le mangeur d'œufs de lompe sortit son bloc-notes avec un soupir, avant de s'accroupir.

« Hé... fit Bjørn.

— Quoi ?

— C'est pas des miettes », dit-il. Il se pencha et regarda sous la table. « Du vieux chewing-gum. Il en reste un collé sous la table. Mon analyse, c'est qu'il est tellement desséché que des petits bouts se sont détachés, et sont tombés par terre.

— C'est peut-être celui du meurtrier, suggéra Ståle en bâillant. Les gens mettent leurs chewing-gums sous les sièges au ciné et dans les bus, mais pas sous leurs propres tables.

— Hypothèse intéressante, dit Bjørn en exposant un bout du chewing-gum à la lumière de la fenêtre. On aurait probablement pu extraire l'ADN dans la salive d'un chewing-gum comme celui-ci des mois plus tard. Mais, là, il est complètement sec.

— Allez Sherlock, dit Katrine en ricanant, mords un coup et dis-nous quelle marque c'est...

— Arrêtez tous les deux, coupa Beate. On s'en va. »

Arnold Folkestad posa sa tasse et regarda Harry. Gratta sa barbe rousse. Harry l'avait vu en retirer des aiguilles de pin quand il arrivait au travail, après être venu en vélo de la petite maison qu'il avait quelque part dans la forêt, mais cependant étonnamment proche du centre-ville. Arnold avait expliqué aux collègues qu'ils se trompaient quand ils le cataloguaient comme activiste écolo à cause de sa barbe, de son vélo et de sa maison dans la forêt. Il était juste un original un peu radin qui aimait la quiétude.

« Il faut que tu lui demandes de se calmer, dit Arnold à voix basse pour que personne ne les entende dans la cantine.

— J'avais pensé te demander de le faire, dit Harry. Cela paraîtrait plus... » Il ne trouva pas le mot. Il ne savait même pas s'il existait. En tout cas, cela se situait entre « correct » et « moins pénible pour toutes les parties ».

« Harry Hole aurait-il peur d'une petite gamine un peu amoureuse à distance de son prof ? » Arnold Folkestad rit sous cape.

« ... Plus correct et moins pénible pour toutes les parties.

— Il va falloir que tu te débrouilles tout seul, Harry. Tiens, elle est là... » Arnold pointa du menton la place devant la fenêtre de la cantine. Silje Gravseng était là dans son coin, à quelques mètres d'un groupe d'étudiants en train de discuter et de rire. Elle leva la tête et suivit des yeux quelque chose dans le ciel.

Harry soupira.

« Je vais peut-être attendre un peu. Statistiquement, ces fantasmes sur les profs passent dans cent pour cent des cas.

— À propos de statistiques, dit Folkestad, j'ai entendu dire que le patient que Hagen faisait surveiller au Rikshospitalet est mort de causes naturelles.

— C'est ce qu'on dit.

— Le FBI a une statistique là-dessus. Ils ont étudié tous les cas où les témoins du ministère public sont morts entre le moment où ils sont officiellement appelés à témoigner et le début du procès. Dans les affaires graves où l'accusé risque plus de dix ans de prison, les témoins meurent de causes non naturelles dans soixante-dix-huit pour cent des cas. Cette statistique a eu pour conséquence de faire autopsier une deuxième fois certains témoins, et le chiffre est alors grimpé à quatre-vingt-quatorze pour cent.

— Et alors ?

— Quatre-vingt-quatorze, c'est très haut, tu ne trouves pas ? »

Harry observait la place. Silje regardait toujours en l'air. Le soleil brillait sur son visage levé.

Il pesta et vida le fond de sa tasse.

Gunnar Hagen se balançait sur une des chaises en bois du bureau de Bellman et regardait le directeur de la police avec étonnement. Hagen venait de lui parler du petit groupe qu'il avait mis sur pied, en dépit des instructions du directeur. Et du plan qu'ils avaient trouvé : tendre un piège à Berg. La surprise venait que la bonne humeur inhabituelle du directeur ne semblait pas entamée par tout cela.

« Excellent ! s'exclama Bellman en frappant dans ses mains. Enfin quelque chose de proactif. Est-ce que l'on peut m'envoyer le plan et les cartes, pour que nous mettions ça en route ?

— Nous ? Tu veux dire que tu vas personnellement...

— Oui, je trouve qu'il est naturel que je dirige ça, Gunnar. Une action aussi importante implique des décisions au plus haut niveau...

— C'est seulement une maison et un homme qui...

— Il est donc normal que moi, en tant que chef, je sois impliqué quand il y a tant de choses en jeu. Et il est important que cette action soit tenue secrète. Tu comprends ? »

Hagen acquiesça. Tenue secrète si elle ne porte pas ses fruits, songea-t-il. En revanche, si elle est couronnée de succès et conduit à une arrestation, on la rendra parfaitement publique et Mikael Bellman en retirera toute la gloire. Il dira à la presse qu'il a personnellement dirigé l'action.

« Compris, dit Hagen. Je m'en occupe. Et, si j'ai bien compris, le groupe de la Chaufferie peut continuer son travail ? »

Mikael Bellman éclata de rire. Hagen se demanda ce qui avait pu causer un tel changement d'humeur. Le directeur de la police avait l'air d'avoir rajeuni de dix ans, d'avoir perdu dix kilos et de s'être débarrassé de la ride profonde qui lui barrait le front depuis le jour où il avait pris ses fonctions.

« Faut pas pousser, Gunnar. Le fait que j'aime bien l'idée que vous avez eue ne veut pas dire que j'apprécie que mes subordonnés désobéissent à mes ordres. »

Hagen baissa les épaules, mais il essaya cependant de soutenir le regard froid et souriant du directeur de la police.

« Jusqu'à nouvel ordre, je bloque toute activité de ton groupe, Gunnar. Et nous aurons obligatoirement une discussion après cette action. Et si, dans l'intervalle, j'apprends que vous avez ne serait-ce que fait une recherche informatique ou passé un seul coup de fil sur cette affaire... »

Je suis plus âgé que lui, et moi, je suis quelqu'un de bien, pensa

Gunnar Hagen. Il soutint le regard de Bellman et sut qu'un mélange de dépit et de honte lui rosissait les joues.

C'est juste du vent, songea-t-il pour s'encourager. Quelques marques en plus sur un uniforme.

Puis il baissa les yeux.

Il était tard. Katrine Bratt regardait fixement le rapport devant elle. Elle n'aurait pas dû. Beate venait de l'appeler et de lui annoncer que Hagen leur demandait de cesser d'enquêter. Ordre de Bellman. Katrine aurait dû être chez elle. Au lit avec une grosse tasse de camomille et un homme qui l'aimait, ou, à défaut, avec une série télé. Et non pas là, dans la Chaufferie, à lire des rapports de meurtres et à chercher des erreurs possibles, des interprétations tirées par les cheveux et des liens flous. Et ce lien était tellement ténu et vague qu'il était à la limite de l'idiotie. Ou bien ? Il avait été relativement facile d'accéder aux rapports sur le meurtre d'Anton Mittet via le fichier interne de la police. La vérification rapide de ce que l'on avait trouvé dans sa voiture avait été aussi détaillée que soporifique. Alors pourquoi s'était-elle arrêtée sur cette phrase ? Parmi les différents objets retirés du véhicule de Mittet, un grattoir à givre et un briquet se trouvaient sous le siège du conducteur, et un chewing-gum était carrément collé dessous.

Les différents numéros de téléphone de Laura Mittet, la veuve d'Anton Mittet, étaient mentionnés dans le rapport.

Katrine hésita puis composa le numéro. La voix de la femme qui répondit avait l'air fatiguée et abrutie par les cachets. Katrine se présenta et posa sa question.

« Chewing-gum ? répéta lentement Laura Mittet. Non, il n'en avait jamais. Il prenait du café.

— Est-ce qu'un autre conducteur de la voiture mâchait des chewing-gums...

— Anton était le seul à conduire cette voiture.

— Merci », dit Katrine.

Chapitre 19

C'était le soir, de la lumière brillait aux fenêtres de la cuisine de la maison jaune à Oppsal où Beate Lønn venait de terminer son coup de fil quotidien avec sa fille. Ensuite, elle avait parlé avec sa belle-mère et elles étaient du même avis : si la fillette avait encore de la fièvre et si elle continuait de tousser, on reporterait son retour. De toute façon, ils seraient ravis de la garder quelques jours de plus à Steinkjer. Beate était en train de verser des restes de nourriture dans un des sacs-poubelles blancs quand le téléphone sonna. C'était Katrine. Elle alla droit au but.

« Un chewing-gum était collé sous le siège conducteur de la voiture de Mittet.

— Oui...

— On l'a récupéré, mais il n'a pas été envoyé pour une analyse ADN.

— Je ne l'aurais pas fait non plus puisqu'il était collé sous le siège du conducteur. Il était à Mittet. S'il fallait faire des tests ADN de tout ce que l'on trouve sur une scène de crime, sans discernement, l'attente pour avoir les résultats serait...

— Mais Ståle a raison, Beate ! Les gens ne collent pas de chewing-gum sous leur propre table. D'après sa femme, Mittet ne mâchait jamais de chewing-gum. Et il était le seul à conduire la voiture. Je

229

crois que celui qui a collé le chewing-gum s'est penché sur le siège du conducteur. D'après le rapport, le meurtrier était probablement assis sur le siège passager et s'est penché vers Mittet pour lui attacher les mains au volant avec des menottes en plastique. La voiture était dans la rivière mais, d'après Bjørn, l'ADN dans la salive qui est dans le chewing-gum…

— Oui, oui, je vois où tu veux en venir, coupa Beate. Tu n'as qu'à appeler un des membres du groupe d'enquête de Bellman et lui expliquer ça.

— Mais tu ne comprends pas ? Cela peut nous conduire tout droit au meurtrier.

— Je vois très bien où tu veux en venir, et le seul endroit où cela peut nous conduire nous est totalement fermé. On nous a retirés de l'affaire, Katrine.

— Je peux faire un tour au dépôt et faire envoyer ce chewing-gum pour un test ADN. Une vérification avec le fichier. S'il n'y a pas de correspondance, personne n'en saura rien. Mais s'il y en a une — badaboum ! — on aura résolu l'affaire, et personne ne pipera mot sur la manière dont on aura réussi. Et oui, je la joue perso maintenant. Pour une fois, c'est nous qui pouvons récolter la gloire, Beate. *Nous*. Les filles. Et on le mérite, bon sang.

— Ouais, c'est tentant. Et ça ne causera pas de tort aux autres enquêtes, mais…

— Y a pas de mais ! Pour une fois, on peut un peu se pousser du col. Sinon, t'as envie de voir Bellman afficher son sourire satisfait et être félicité pour notre boulot ? Une fois de plus ? »

Long silence à l'autre bout du fil.

« Tu dis que personne n'en saura rien, dit Beate. Mais toute réquisition de pièces à conviction du dépôt des scellés est enregistrée au guichet, au moment où on vient la chercher. Si on découvre que nous avons fouillé dans les documents de l'affaire Mittet, cela va immédiatement atterrir sur le bureau de Bellman.

— Il y a "enregistrer" et "enregistrer", dit Katrine. Si je me souviens bien, la chef de la Technique — qui a parfois besoin d'analyser des pièces en dehors des heures ouvrées du dépôt — a sa propre clef. »

Beate soupira profondément.

« Je te promets qu'il n'y aura pas d'histoire, s'empressa d'ajouter Katrine. Écoute, je passe chez toi en vitesse, je prends la clef, je trouve le chewing-gum, j'en prends un bout minuscule, je range tout gentiment et, demain matin, le fragment se trouve à la Médecine légale pour être analysé. S'ils posent des questions, je dirai qu'il s'agit d'une tout autre affaire. Yes ? Good ? »

La chef de la Technique pesa le pour et le contre. Ce n'était pas facile. Du reste, ce n'était pas « good » non plus. Elle inspira avant de répondre.

« Comme le disait Harry, *mets le ballon au fond de la cage, bordel !* »

Rico Herrem regardait la télé, allongé sur son lit. Il était cinq heures du matin, mais il n'avait plus la notion du temps et n'arrivait pas à dormir. L'émission était une rediffusion de la veille, le jour où il était arrivé. Un varan de Komodo se déplaçait maladroitement sur la rive. La longue langue du saurien sortait en claquant, tournait sur elle-même et rentrait. Il suivait un buffle d'eau auquel il avait infligé une morsure en apparence inoffensive. Une morsure répétée pendant plusieurs jours. Rico avait coupé le son, si bien que tout ce qu'il entendait dans sa chambre d'hôtel, c'était le sifflement du système d'air conditionné qui ne parvenait pas à le rafraîchir suffisamment. Dans l'avion, Rico avait déjà senti le rhume arriver. Classique. L'air conditionné et trop d'épaisseurs de vêtements dans un avion en route vers un climat chaud et les vacances, cela générait mal de crâne, nez qui coule et fièvre. Mais il avait le temps. Il n'allait pas rentrer en Norvège avant un moment. Pourquoi rentrerait-il, d'ailleurs ? Il était à Pattaya, le paradis des pervers et des condamnés. Tout ce qu'ils pouvaient désirer, ils l'avaient, juste à la porte de l'hôtel. À travers la moustiquaire devant les vitres, il entendait la circulation et les voix qui bavardaient dans une langue étrangère. Le thaï. Il n'en comprenait pas un mot. Il n'avait pas besoin. Ils étaient là pour lui, pas le contraire. Il les avait vus en venant de l'aéroport, alignés devant les go-go bars. Les jeunes. Les très jeunes. Et, à la dérobée, derrière des plateaux sur lesquels ils vendent des chewing-gums, les trop jeunes. Mais ils seraient toujours là quand il serait à nouveau sur pied. Il tendit l'oreille pour entendre les vagues, même s'il savait que l'hôtel bon marché dans lequel il était descendu était trop éloigné de la plage. Mais elle était là. Le soleil brûlant était là également. Et les drinks, les autres *farangs* étaient là pour la même raison que lui et pourraient le renseigner sur la manière dont on procédait. Et le dragon de Komodo.

Cette nuit, il avait encore rêvé de Valentin.

Rico tendit la main vers la bouteille d'eau sur la table de chevet. Elle avait le goût de sa salive. Un goût de mort et de contagion.

Il avait fait monter des journaux norvégiens vieux de deux jours avec le petit déjeuner occidental qu'il avait à peine touché. Pas un mot sur Valentin, on ne l'avait pas encore arrêté. Ce n'était pas difficile à comprendre. Valentin n'était plus Valentin.

Rico s'était demandé s'il devait le faire. Appeler, joindre cette fliquette, Katrine Bratt. Lui dire que Valentin avait changé. Rico avait bien vu que l'on pouvait faire faire ça ici dans une clinique privée pour quelques milliers de couronnes norvégiennes. Appeler Bratt, lui laisser un message anonyme comme quoi Valentin avait été aperçu dans les parages de la Poissonnerie et qu'il avait subi une importante opération de chirurgie plastique. Ne rien demander en retour. Juste les aider à l'attraper. Et s'aider lui-même à pouvoir dormir sans rêver de lui.

Le varan de Komodo s'était installé à quelques mètres du trou d'eau où le buffle s'était couché dans la boue rafraîchissante, de toute évidence, la présence du monstre de trois mètres et affamé ne l'émouvait pas. Le varan attendait.

Rico sentit monter la nausée et il posa les jambes par terre. Ses muscles lui faisaient mal. Merde, c'était une vraie grippe.

Lorsqu'il revint de la salle de bains, la bile lui brûlait encore la gorge, et il avait pris deux résolutions. Tout d'abord, il irait à une de ces cliniques pour obtenir ces médicaments forts que l'on ne voulait pas lui donner en Norvège. Ensuite, quand il les aurait, quand il se sentirait un peu mieux, il appellerait Bratt. Il lui donnerait un signalement. Là, il pourrait enfin dormir.

Il monta le volume avec la télécommande. Une voix enthousiaste expliqua en anglais que l'on avait longtemps cru que le *Komodo dragon* tuait avec une salive infectée de bactéries injectée dans les vaisseaux de la proie, mais on avait découvert que le saurien avait en réalité des glandes venimeuses qui faisaient que le sang de la proie ne coagulait pas, si bien qu'elle mourait d'hémorragie — alors que la morsure semblait bénigne.

Rico frissonna. Il ferma les yeux pour dormir. Rohypnol. Cela lui avait effleuré l'esprit. Ce n'était pas du tout la grippe, mais l'abstinence. Et le Rohypnol, on l'avait quasiment sur le menu du room service, ici, à Pattaya. Il écarquilla les yeux. Il n'arrivait pas à respirer. Dans un instant de pure panique, il souleva les hanches et tendit les mains devant lui comme pour arrêter un agresseur invisible. C'était exactement comme à la Poissonnerie, il n'y avait pas d'oxygène dans la chambre ! Puis ses poumons obtinrent ce qu'ils voulaient, et il retomba dans son lit.

Il regarda fixement la porte.

Elle était fermée à clef.

Il n'y avait personne d'autre dans la chambre. Personne. Rien que lui.

Chapitre 20

Katrine monta la côte dans la pénombre. Il y avait derrière elle une lune pâle et anémique, et assez basse dans le ciel, mais la façade de l'hôtel de police ne reflétait rien de la lumière qui en émanait, elle l'avalait comme un trou noir. La jeune femme jeta un coup d'œil à la montre compacte et sérieuse dont elle avait hérité de son père, un policier raté surnommé Jern-Rafto. Onze heures et quart.

Elle tira la porte de l'hôtel de police avec son œil-de-bœuf étrange ; qui vous regardait fixement, et à la lourdeur peu engageante. Comme si le soupçon commençait déjà ici.

Elle fit un signe de main au policier de garde, caché, à gauche, mais qui pouvait la voir. Elle pénétra dans le hall, passa l'accueil déserté et prit l'ascenseur jusqu'au premier sous-sol. Elle sortit dans l'espace faiblement éclairé, elle entendit ses propres pas sur le sol en béton, elle guetta ceux d'autres personnes.

Pendant les heures ouvrées, la porte métallique du dépôt des scellés était ouverte vers le guichet à l'intérieur. Elle prit la clef que lui avait donnée Beate, l'enfonça dans la serrure, la tourna et ouvrit. Elle entra. Tendit l'oreille.

Puis elle referma à clef la porte derrière elle.

Elle alluma sa lampe, souleva le plateau du guichet et pénétra dans l'obscurité du dépôt qui paraissait si vaste que la lumière de la torche semblait mettre du temps pour la traverser, pour parvenir jusqu'aux rangées de larges étagères remplies de boîtes en plastique dépoli à travers lequel on pouvait deviner les objets qui se trouvaient à l'intérieur. Une personne ordonnée régnait sûrement ici, car les boîtes étaient tellement bien alignées sur les étagères que l'ensemble formait un seul plan ininterrompu. Katrine avança rapidement en lisant les numéros de dossier collés sur les boîtes. Elles étaient numérotées d'après la date et disposées les unes à la suite des autres, à la gauche de la pièce et vers l'intérieur, et elles prenaient au fur et à mesure la place de dossiers prescrits, dont les pièces à conviction conservées étaient soit rendues à leurs propriétaires, soit détruites.

Elle était arrivée presque au fond du dépôt, dans la rangée du milieu, quand sa torche tomba sur la boîte qu'elle cherchait, sur l'étagère du bas. Elle racla contre le sol quand elle la retira. Elle fit basculer le couvercle. Le contenu correspondait au rapport. Un grattoir à givre. Une housse de siège. Un sachet en plastique avec des cheveux. Un sachet en plastique avec un chewing-gum. Elle posa la lampe, ouvrit le sachet et en sortit le contenu avec une pincette. Elle allait en découper un morceau quand elle sentit un courant d'air.

Elle baissa les yeux sur son avant-bras pris dans la lueur de la lampe et vit l'ombre des poils noirs et fins qui se dressaient. Elle releva la tête, saisit la lampe et la braqua vers le mur. Il y avait une trappe de ventilation sous le plafond. Mais ce n'était qu'une trappe et celle-ci n'aurait pas suffi à expliquer un tel déplacement d'air, ce dont elle était certaine.

Elle écouta.

Rien. Absolument rien. Juste le sang qui battait à ses tempes.

Elle retourna au chewing-gum durci. Concentrée, elle en coupa un petit morceau avec le couteau suisse qu'elle avait apporté. Et elle se figea.

Cela venait de la porte d'entrée, si loin que l'oreille n'était pas parvenue à identifier ce que c'était. Le bruit métallique d'une clef ? Le clac du guichet ? Peut-être pas. Peut-être était-ce seulement un de ces bruits qui surviennent dans un gros bâtiment.

Katrine éteignit la lampe et retint son souffle. Elle cligna des yeux, comme si cela allait l'aider à voir dans le noir. Le silence. C'était aussi silencieux que...

Elle essaya de ne pas aller au bout de ses pensées.

Elle s'efforça de penser à autre chose, à ce qui ferait ralentir les battements de son cœur : que risquait-elle, au pire ? D'être prise sur le fait, d'être considérée comme faisant trop de zèle en service, de recevoir un blâme et d'être peut-être renvoyée à Bergen ? Chiant, certes, mais ce n'était pas une raison suffisante pour que son cœur tourne comme un compresseur à l'intérieur de sa poitrine.

Elle attendit, écouta attentivement.

Rien.

Toujours rien.

C'est à ce moment qu'elle y pensa. L'obscurité. S'il y avait vraiment eu quelqu'un, cette personne aurait naturellement allumé la lumière. Elle se moqua d'elle-même, sourit, et sentit son cœur qui ralentissait. Elle ralluma sa lampe, remit les objets dans la boîte et la rangea à sa place. Elle veilla à ce qu'elle soit exactement alignée avec les autres, puis elle se dirigea vers la sortie. Puis une idée lui vint soudain à l'esprit, de manière surprenante. Elle se réjouissait de l'appeler. Car elle avait bien l'intention de le faire. L'appeler, et lui dire ce qu'elle avait fait. Elle s'arrêta net.

La lumière de sa lampe avait effleuré quelque chose.

Sa première réaction aurait été de continuer, d'écouter la petite voix lâche qui lui disait qu'elle devait sortir d'ici.

Mais elle braqua à nouveau la lampe.

Une irrégularité dans l'alignement.

Une des boîtes dépassait un peu par rapport aux autres.

Elle s'approcha. Éclaira l'étiquette.

Harry crut entendre claquer une porte. Il retira les écouteurs d'où sortait le son du dernier disque de Bon Iver qui, pour l'instant, se montrait digne des éloges. Il tendit l'oreille. Rien.

« Arnold ? » cria-t-il.

Pas de réponse. Il avait l'habitude d'avoir pour lui tout seul cette aile de l'École de Police à cette heure avancée de la soirée. Bien, un membre du personnel de nettoyage avait peut-être oublié quelque chose. Mais un coup d'œil à sa montre lui indiqua que l'on n'était plus en soirée. C'était la nuit. Harry regarda à gauche de la pile de copies pas encore corrigées sur le bureau. La plupart des élèves les avaient imprimées sur le papier recyclé que l'on utilisait à la bibliothèque et qui faisait tellement de poussière que Harry rentrait avec les doigts jaunis. Rakel lui ordonnait de se laver les mains avant de la toucher.

Il regarda par la fenêtre. Une grosse lune ronde se dressait dans le ciel. Elle se reflétait dans les vitres et sur les toits des immeubles en direction de Kirkeveien et Majorstua. Vers le sud, il vit la silhouette de l'immeuble KPMG qui luisait faiblement, tout en vert, à côté du cinéma Colosseum. Ce n'était ni grandiose, ni beau, ni même pittoresque. Mais c'était la ville où il avait vécu et travaillé toute sa vie. Certains matins, à Hong Kong, il avait mélangé un peu d'opium à une cigarette avant de monter sur le toit de Chungking Mansions pour voir le lever du jour. Il restait là dans l'obscurité et espérait que la ville, qui allait bientôt être éclairée par le soleil, était plutôt la sienne. Une ville modeste aux immeubles sans relief au lieu de ces flèches d'acier terrifiantes. Il espérait voir les douces collines verdoyantes d'Oslo au lieu des flancs des montagnes raides, brutaux et noirs de Hong Kong. Il espérait entendre le bruit de ferraille et les coups de frein d'un tram, ou l'entrée du ferry du Danemark dans le fjord avec son sifflet, ravi d'avoir franchi une fois encore la mer entre Frederikshavn et Oslo.

Harry baissa les yeux sur la copie, au milieu du cercle de lumière de la liseuse, qui était la seule lampe allumée dans la pièce. Bien sûr, il aurait pu tout emporter à Holmenkollveien. Du café, une radio qui babillait, l'odeur fraîche de la forêt qui entrait par une fenêtre ouverte. Naturellement. Mais il avait décidé de ne pas se demander pourquoi il préférait rester ici, plutôt que là-bas, et tout aussi seul. Sans doute parce qu'il subodorait la réponse. Il ne voulait pas être seul. Pas complètement. La forteresse noire avec trois serrures et des sprinklers devant toutes les fenêtres ne parvenait pas à conjurer les monstres. Les fantômes étaient tapis dans les recoins sombres et le suivaient de leurs orbites vides. Le téléphone vibra dans sa poche. Il le prit et lut le SMS sur l'écran allumé. C'était un message d'Oleg, il ne comportait aucune lettre, juste une série de chiffres. 665625. Harry sourit. Bien sûr, c'était très loin du record légendaire de 1 648 905 points établi par de Stephen Krogman au Tetris en 1999, mais Oleg avait écrasé depuis longtemps les meilleurs scores de Harry à ce jeu vidéo presque antique. Ståle Aune affirmait qu'il y avait une limite où les records au Tetris cessaient d'être impressionnants pour n'être plus que tristes. Et qu'Oleg et Harry l'avaient franchie depuis belle lurette. Mais en dehors d'eux, nul ne savait quelle autre frontière ils avaient franchie. Celle qui allait jusqu'à la mort, et qui en revenait. Oleg sur une chaise à côté de Harry. Harry brûlant de fièvre, le corps luttant contre les blessures causées par les balles d'Oleg, Oleg qui sanglotait tandis que son corps tremblait sous les effets de l'abstinence. Ils n'avaient pas dit grand-chose non plus, mais Harry avait le vague souvenir qu'ils s'étaient tenus par la main avec une telle force que cela lui avait fait mal. Et l'image des deux hommes qui se tenaient, qui ne voulaient pas se lâcher, ne le quitterait jamais.

Harry tapa « *I'll be back* » et envoya le message. Il répondait à un chiffre par trois mots. Cela marchait. Cela suffisait pour savoir que l'autre était bien là. Il se passerait peut-être des semaines avant le message suivant. Harry remit les écouteurs et chercha le morceau qu'Oleg lui avait envoyé sans commentaire. Il s'agissait d'un morceau des Decemberists et il était plus du goût de Harry que de celui d'Oleg, qui préférait des trucs plus hard. Harry entendit une Fender solitaire avec la distorsion chaude et pure qui ne pouvait que sortir d'un ampli à lampes, pas être produite par une pédale, sauf peut-être par une pédale *super* bonne. Et il se pencha sur la copie suivante. L'élève avait répondu qu'après une augmentation soudaine dans les années soixante-dix le nombre de meurtres s'était stabilisé à ce niveau élevé. Une cinquantaine de meurtres étaient commis chaque année en Norvège, soit environ un par semaine.

Harry trouva que ça sentait un peu le renfermé et qu'il devrait ouvrir une fenêtre.

L'élève se rappelait que les meurtres étaient élucidés dans environ quatre-vingt-quinze pour cent des cas. Et concluait qu'il devait y en avoir une cinquantaine qui étaient restés inexpliqués au cours des vingt dernières années. Et soixante-quinze pour les trente dernières années.

« Cinquante-huit. »

Harry sursauta sur son siège. La voix était parvenue à son cerveau avant le parfum. Les médecins avaient expliqué que son odorat — plus exactement ses cellules olfactives — avait été abîmé par toutes ces années d'abus de tabac et d'alcool. Mais ce parfum-là, il l'identifiait tout de suite. Pour de bonnes raisons. C'était Opium, d'Yves Saint Laurent, et il y en avait dans la salle de bains de Holmenkollveien. Il arracha les écouteurs.

« Cinquante-huit au cours des trente dernières années », dit-elle. Elle s'était maquillée, portait une robe rouge, pas de collant. « Mais les statistiques de la Kripos ne comptent pas les citoyens norvégiens tués à l'étranger. Pour ça, il faut utiliser les chiffres du Bureau central de la statistique. Et là, le chiffre est de soixante-douze. Certains diront que le taux d'élucidation en Norvège est plus élevé. Quelque chose que le directeur de la police utilise régulièrement pour sa promotion personnelle. »

Harry écarta son siège.

« Comment es-tu entrée ?

— Je suis la déléguée de classe, ça nous donne droit aux clefs. » Silje Gravseng s'assit sur le bord du bureau. « Cependant, la majorité des meurtres à l'étranger sont des agressions où l'on peut supposer que le meurtrier ne connaît pas sa victime. » Harry remarqua les genoux et les cuisses bronzés lorsque la robe remonta. Elle était allée récemment en vacances au soleil. « Et en Norvège, pour ce type de meurtres, le taux d'élucidation est plus bas que dans des pays comparables au nôtre. En fait, il est terriblement bas. »

Elle inclina la tête sur une épaule et des cheveux blonds mouillés lui tombèrent sur le visage.

« Oui ? dit Harry.

— Oui, seuls quatre enquêteurs en Norvège ont un taux d'élucidation de cent pour cent. Tu es l'un d'eux...

— Je ne sais pas si c'est exact, dit Harry.

— Moi, si. » Elle lui sourit en plissant les yeux, comme si elle avait le soleil du soir dans la figure. Elle balançait les pieds, donnant l'impression d'être assise au bord d'un quai. Elle soutenait le regard de Harry, croyant que cela allait faire ressortir les globes oculaires de leurs orbites.

« Qu'est-ce que tu fais ici si tard ? demanda Harry.

— Je m'entraînais dans la salle de combat. » Elle désigna son sac à dos par terre et plia le bras droit. Un biceps allongé mais marqué apparut alors. Harry se souvint que l'instructeur de close-combat avait mentionné qu'elle avait mis plusieurs gars au tapis.

« Tu t'entraînes si tard ?

— Il faut que j'apprenne tout ce que je peux. Tu pourrais peut-être me montrer comment on immobilise un suspect ? »

Harry regarda sa montre.

« Dis-moi, est-ce que tu ne devrais pas...

— Dormir ? Je n'arrive pas à dormir, Harry. Je n'arrête pas de penser... »

Il la dévisagea. Elle faisait la moue. Elle avait posé l'index sur ses lèvres d'un rouge éclatant. Il sentit monter un certain agacement.

« C'est bien de penser, Silje. Continue comme ça. Et moi, je vais continuer à... »

Il désigna la pile de papiers.

« Tu ne m'as pas demandé à quoi je pense, Harry.

— Trois choses, Silje. Je suis ton professeur et pas ton confesseur. Tu n'as rien à faire dans cette partie de l'immeuble sans autorisation. Et pour toi, je suis Hole, pas Harry. OK ? » Il savait que sa voix avait été plus sévère qu'il ne l'aurait fallu et lorsqu'il releva la tête, il vit qu'elle faisait de grands yeux ronds, presque écarquillés. Elle laissa tomber son index et cessa de faire la moue. Et quand elle parla, sa voix était presque un murmure :

« Je pensais à toi, Harry. »

Puis elle éclata d'un rire fort et strident.

« Je suggère que nous en restions là, Silje.

— Mais je *t'aime*, moi, Harry. » Nouveaux éclats de rire.

Était-elle droguée ? Bourrée ? Peut-être sortait-elle d'une fête ?

« Silje, non...

— Harry, je sais que tu as des obligations. Et je sais qu'il y a des règles pour les profs et les élèves. Mais je sais ce que nous pouvons faire. Nous pouvons aller à Chicago. Là où tu as suivi tes cours sur les meurtriers en série. Moi, je peux m'y présenter, et toi, tu peux...

— Stop ! »

Harry entendit l'écho de son cri dans le couloir. Silje se recroquevilla comme s'il l'avait frappée.

« Je vais te raccompagner à la porte, Silje. »

Elle cligna des yeux, sans comprendre.

« Mais qu'est-ce qui cloche, Harry ? Je suis presque la plus jolie de la promo. J'ai seulement couché avec deux garçons. J'aurais pu avoir qui je voulais ici, à l'École. Profs y compris. Mais je me suis gardée pour toi.

— Allez, on y va.

— Tu veux savoir ce que j'ai sous ma robe, Harry ? »

Elle posa un pied nu sur le bureau et commença à écarter les cuisses. Harry fut tellement vif qu'elle ne parvint pas à réagir quand il fit tomber son pied du bureau.

« Pas d'autres pieds que les miens sur ce bureau, merci. »

Silje se recroquevilla sur le bureau. Cacha son visage dans ses mains. Les passa sur son front, sur sa tête, comme pour se cacher dans ses longs bras musclés. Elle pleura. Sanglota en silence. Harry la laissa ainsi jusqu'à ce que les sanglots s'arrêtent. Il faillit poser la main sur l'épaule de Silje mais se retint.

« Écoute, Silje. Tu as peut-être pris quelque chose. C'est OK, ça nous arrive à tous. Voilà ce que je te propose : tu pars d'ici, on fera comme si tout ça n'était jamais arrivé, et on n'en parle à personne.

— Tu as peur que quelqu'un soit au courant pour nous, Harry ?

— Il n'y a pas de nous, Silje. Écoute bien, je te donne une chance, là.

— Tu te dis que si quelqu'un découvre que tu baises une élève…

— Je ne baise personne. Ce que je fais, c'est pour ton bien. »

Silje baissa les bras et releva la tête. Harry tressaillit. Le maquillage coulait comme du sang noir, les yeux avaient un éclat de folie et le sourire soudainement vorace lui fit penser à ces bêtes qu'il avait vues dans un documentaire animalier à la télé.

« Tu mens, Harry. Tu la baises, l'autre salope, Rakel. Et tu ne penses pas à moi. Pas comme tu le dis, espèce d'hypocrite. Oh, mais tu penses à moi, si. Comme un morceau de viande que tu peux baiser. Que tu *vas* baiser. »

Elle avait glissé du bureau et fait un pas vers lui. Harry était tassé dans son siège, les jambes étendues devant lui comme à son habitude, et il la regarda avec le sentiment d'être au milieu d'une scène qui allait se jouer. Non, qui s'était déjà jouée, merde. Elle se pencha avec grâce, sa main s'appuya sur le genou de Harry, le caressa. Elle remonta jusqu'à la ceinture, se pencha sur lui, et sa main glissa sous le t-shirt. « Mmm, *nice six-pack*, prof. » Harry lui saisit la main, lui tourna le poignet sur le côté puis en arrière tout en s'extrayant de

242

son siège. Elle cria quand il lui souleva le bras pour le ramener dans son dos, il la força à baisser la tête vers le sol. Il la tourna vers la porte, attrapa son sac à dos et la mena dans le couloir.

« Harry ! gémit-elle.

— Cette prise s'appelle une clef simple, ce que certains appellent la prise du policier, dit Harry sans s'arrêter en lui faisant descendre l'escalier. C'est bien de savoir ça pour l'examen. Enfin, si tu y arrives. Parce que j'espère que tu as compris que tu m'obliges à faire un rapport sur tout ça.

— Harry !

— Ce n'est pas parce que je me sens personnellement insulté, mais on est en droit de se demander si tu possèdes la stabilité psychologique qu'exige la fonction de policier, Silje. Je laisse cette évaluation à ta hiérarchie. Prépare-toi à les convaincre que ceci n'était qu'un simple faux-pas. Est-ce que ça te paraît correct ? »

Il ouvrit la porte du bâtiment de sa main libre et, au moment où il la poussait dehors, elle se retourna brusquement et le dévisagea. Son regard était plein d'une fureur tellement pure et crue qu'il confirma ce que Harry avait compris un moment plus tôt au sujet de Silje Gravseng : qu'il s'agissait d'une personne à qui il ne fallait peut-être pas confier des pouvoirs de police.

Harry la regarda passer la porte en titubant, traverser la place vers Château Neuf où un étudiant fumait une cigarette, faisant une pause de la musique qui grondait à l'intérieur. Il était adossé à un lampadaire, vêtu d'une veste militaire, genre Cuba 1960. Il observa Silje d'un air indifférent jusqu'à ce qu'elle passe à côté de lui, puis il se tourna et la suivit des yeux.

Harry resta dans le couloir. Il jura. Une fois. Deux fois. Il sentit son pouls se calmer. Il prit son téléphone, appela un des contacts de sa liste si courte que certains n'étaient mentionnés que par une seule lettre.

« Arnold.

— C'est Harry. Silje Gravseng a surgi dans mon bureau. Cette fois-ci, c'est allé trop loin.

— Oh ? Raconte. »

Harry résuma l'affaire à son collègue.

« C'est mauvais, ça, Harry. Sans doute pire que ce que tu peux imaginer.

— Elle avait peut-être pris de la drogue. On aurait dit qu'elle venait d'une fête. Ou alors, elle a des problèmes à contrôler ses impulsions ou avec la perception de la réalité. Mais j'ai besoin d'un conseil sur ce que je dois faire. Je sais que je devrais faire un rapport, mais…

— Tu n'as pas compris. Tu es encore en bas, près de la porte ?

— Oui ? fit Harry, surpris.

— Le gardien est rentré chez lui. Il y a quelqu'un dans les parages ?

— Quelqu'un ?

— Oui, n'importe qui.

— Ben… Il y a un type sur la place, devant Château Neuf.

— Il l'a vue passer ?

— Oui.

— Parfait ! Tu vas tout de suite le trouver. Parle-lui. Prends son nom et son adresse. Il faut qu'il te tienne compagnie jusqu'à ce que je vienne te chercher.

— Tu fais quoi ?

— Je t'expliquerai plus tard.

— Je vais monter sur le porte-bagages de ton vélo ?

— Je dois avouer que j'ai une sorte de bagnole quelque part, dans le coin. Je suis là dans vingt minutes. »

« Euh… Bonjour ? » marmonna Bjørn Holm. Il regarda l'heure en plissant les yeux, mais n'était pas sûr de ne plus être en train de rêver.

« Tu dormais ?

— Non, non », dit Bjørn Holm. Il posa la tête sur le chevet du lit et appuya le téléphone contre son oreille. Comme si cela pouvait rapprocher Katrine Bratt.

« Je voulais juste te dire que j'ai pris un petit bout du chewing-gum qui était collé sous le siège de la voiture de Mittet, dit-elle. Je pense qu'il était peut-être au meurtrier. Bien sûr, ce n'est pas évident, loin de là.

— Oui, fit Bjørn.

— Tu trouves que c'est du travail inutile ? »

Bjørn la sentit déçue.

« C'est toi l'enquêteur tactique », répondit-il. Il regretta immédiatement de ne pas avoir eu des paroles plus encourageantes.

Dans le silence qui suivit, il se demanda où elle était. Chez elle ? S'était-elle couchée elle aussi ?

« Oui, oui, soupira-t-elle. Mais il y avait quelque chose de bizarre là-bas.

— Ah bon ? » Il se rendit compte qu'il exagérait son enthousiasme.

« Oui, j'ai eu l'impression que quelqu'un est entré et ressorti. Je peux me tromper, bien sûr, mais quand j'ai quitté les lieux, j'ai cru que quelqu'un avait bougé une des boîtes de pièces à conviction. J'ai regardé l'étiquette… »

Bjørn Holm se dit qu'elle était allongée, sa voix avait cette douceur engourdie.

« C'était l'affaire René Kalsnes. »

Harry referma la lourde porte, laissant la douce lumière matinale derrière lui.

Il traversa la maison en bois, fraîche et sombre, pour aller à la cuisine. Se laissa tomber sur une chaise. Déboutonna sa chemise. Cela avait pris du temps.

Le gars à la veste militaire avait eu l'air terrifié quand Harry s'était approché de lui et lui avait demandé d'attendre avec lui l'arrivée d'un de ses collègues de la police.

« C'est juste du tabac normal ! » avait-il dit en tendant sa cigarette à Harry.

Une fois Arnold présent, ils avaient recueilli le témoignage de l'étudiant, avec sa signature. Ils étaient montés dans une Fiat couverte de poussière et d'un âge indéterminé et étaient allés directement à la Technique où des gens travaillaient encore à cause des derniers meurtres des policiers. Ils avaient déshabillé Harry et pendant que quelqu'un examinait ses vêtements et ses sous-vêtements, deux techniciens avaient inspecté ses mains et ses organes génitaux avec des lampes et du papier contact. Ensuite, on lui avait donné un gobelet en plastique vide.

« Allez, la totale, Hole. Si ça tient dedans. Les toilettes sont au bout du couloir. Pense à un truc sympa, OK ?

— Mm. »

Harry avait plus deviné qu'entendu les rires contenus quand il les avait laissés.

Pense à un truc sympa.

Harry feuilleta la copie du rapport qui était posée sur la table de la cuisine. Il avait demandé à Hagen de la lui envoyer. À titre personnel. Discrètement. Le document comportait surtout des termes médicaux en latin, mais il en comprit quelques-uns. Suffisamment pour saisir que Rudolf Assaïev était mort d'une manière aussi étrange et incompréhensible qu'il avait vécu. Et faute d'un quelconque élément indiquant une intervention criminelle, ils avaient été obligés de conclure à un infarctus cérébral. Une attaque. C'était le genre de chose qui pouvait arriver.

En tant qu'enquêteur sur des meurtres, Harry aurait pu leur dire que ce genre de chose n'arrivait pas. Un témoin de l'accusation ne meurt pas « malencontreusement ». Qu'est-ce que disait Arnold ? Dans quatre-vingt-quatorze pour cent des cas, il s'agissait d'un crime dès que quelqu'un avait trop à perdre si le témoin déposait.

Naturellement, le paradoxe était que Harry était l'un de ceux qui auraient eu à perdre du témoignage d'Assaïev. Beaucoup à perdre. Dans ce cas, pourquoi se donner toute cette peine ? Pourquoi ne pas s'incliner et poursuivre son petit bonhomme de chemin ? Il y avait une réponse simple à cela : il présentait un défaut de fonctionnement.

Harry lança le rapport à l'autre bout de la grande table en chêne. Il le mettrait à la poubelle plus tard. Pour le moment, il avait besoin de dormir.

Pense à un truc sympa.

Harry se leva, se déshabilla en allant à la salle de bains. Se mit sous la douche, tourna le robinet sur bouillant. Il sentit l'eau lui picoter la peau, le brûler, le punir.

Pense à un truc sympa.

Il s'essuya, se glissa dans les draps blancs et propres de leur lit double, il ferma les yeux et tenta de se dépêcher. Mais les idées lui vinrent à l'esprit avant le sommeil.

Il avait pensé à elle.

Dans les toilettes, les yeux fermés, il s'était concentré, il avait essayé de se transporter ailleurs. Et il avait pensé à Silje Gravseng. Il avait pensé à sa peau douce et bronzée, à ses lèvres, à son souffle brûlant sur son visage à lui, à la sauvagerie dans son regard, à son corps musclé, à ses formes, à sa fermeté, à toute cette beauté injuste qui appartient à la jeunesse.

Merde !

La main de Silje sur sa ceinture, sur son ventre. Son corps qui descendait sur le sien à lui. La clef de bras. La tête de Silje ramenée en arrière, le léger gémissement de protestation, le dos souple avec le derrière relevé vers lui, svelte comme la queue d'un oiseau.

Merde, merde !

Il s'assit dans le lit. Rakel lui souriait sur la photo de la table de chevet. Chaleureuse, intelligente et informée. Mais que savait-elle, au fond ? Si elle avait pu passer cinq secondes dans sa tête, si elle avait pu voir qui il était véritablement, serait-elle partie en courant, terrifiée ? Ou bien nous sommes tous fous, et la seule différence c'est que certains laissent libre cours à leur folie, et les autres non.

Il avait pensé à elle. Pensé qu'il faisait exactement ce qu'elle lui avait demandé, là, sur le bureau. Il envoyait valser la pile de copies qui voletaient dans la pièce comme des papillons jaunis. Elles se collaient à leurs peaux moites, ces feuilles de papier grossier, avec les petites lettres noires qui devenaient les chiffres des meurtres, des meurtres liés aux agressions, à la drogue, à la jalousie, aux escroqueries, des meurtres sexuels, des meurtres familiaux, des meurtres de bandes, des meurtres d'honneur. Il avait pensé à elle aux toilettes. Et il avait rempli le gobelet à ras bord.

Chapitre 21

Beate Lønn bâilla, cligna des yeux et regarda par la fenêtre du tram. Le soleil matinal avait commencé à manger la brume sur Frognerparken. Les courts de tennis couverts de rosée étaient vides. Seul un vieux monsieur maigre paraissait perdu sur un court en terre battue où l'on n'avait pas encore accroché le filet pour la saison. Il regarda fixement le tram. Des mollets minces qui sortaient d'un short démodé, une chemise bleue serrée, la raquette qui pendait dans le dos. Il attend son partenaire qui ne vient pas, se dit Beate. Peut-être parce que le rendez-vous a été fixé l'année dernière, et parce qu'il n'est plus en vie. Elle savait ce qu'il ressentait.

Elle distingua la silhouette du Monolithe au moment où ils passèrent devant l'entrée principale du parc avant d'arriver à l'arrêt.

Elle aussi était allée voir un partenaire cette nuit, une fois que Katrine avait pris la clef du dépôt. C'était pour ça qu'elle se trouvait dans ce tram, de ce côté de la ville. Un homme normal. Elle le surnommait ainsi. Pas un homme dont on rêvait. Juste un homme dont on avait besoin. Ses enfants à lui étaient avec son ex, et comme sa gamine était chez sa grand-mère à Steinkjer, ils avaient le temps et l'occasion de se voir un peu plus. Pourtant, Beate nota qu'elle se limitait. Au fond, il était plus important pour elle de savoir qu'il était là, comme une possibilité, que de passer du temps avec lui.

De toute façon, il n'avait pas remplacé Jack, mais cela ne faisait rien. Elle ne voulait pas de remplacement, elle voulait autre chose, sans engagement, quelque chose qui ne lui coûterait pas trop si cela lui était enlevé.

Beate regarda par la fenêtre le tram qui venait de glisser à côté du sien, en sens inverse. Dans le silence, elle entendit le léger bourdonnement des écouteurs de la jeune fille sur le siège voisin et reconnut une chanson pop agaçante des années quatre-vingt-dix. À l'époque, elle était la fille la plus tranquille de l'École de Police. Pâle, avec une tendance fâcheuse à rougir dès que quelqu'un fixait les yeux dans sa direction. Heureusement, cela n'arrivait pas souvent. Et ceux qui la regardaient l'oubliaient au même instant. Beate Lønn avait le type de visage et de rayonnement qui faisaient d'elle un non-événement, un interlude, du téflon visuel.

Mais elle, en revanche, se souvenait d'eux.

De chacun d'entre eux.

Et c'était pour cela qu'en voyant les visages dans le tram à côté, elle se rappelait qui elle avait vu et où. Peut-être la veille dans le même tram, peut-être dans une cour d'école vingt ans plus tôt, peut-être sur une vidéo de surveillance dans une banque où elle devait identifier les braqueurs, peut-être sur un escalator chez Steen & Strøm où elle était venue acheter des collants. L'âge n'y changeait rien. Même s'ils s'étaient fait couper les cheveux, même s'ils s'étaient fait pousser la barbe, même s'ils étaient maquillés, botoxés, siliconés, c'était comme si leur visage véritable *ressortait*, comme s'il s'agissait d'une constante, de quelque chose d'unique, d'un nombre à onze chiffres d'un code génétique. Et c'était pour elle à la fois une chance et une malédiction. Certains psychiatres parlaient de syndrome d'Asperger, d'autres d'un problème au cerveau que son gyrus fusiforme — le centre de reconnaissance des visages dans le cerveau humain — tentait de compenser. D'autres, plus intelligents, ne donnaient pas de nom à la chose. Ils constataient qu'elle se souvenait de ces nombres et qu'elle les reconnaissait tous.

Et ce n'était donc pas inhabituel pour Beate Lønn que son cerveau soit déjà en train d'identifier le visage de l'homme dans l'autre tram.

Là, ce qui était inhabituel, c'est qu'il n'y parvenait pas immédiatement.

Cinquante centimètres les séparaient, et elle avait fait attention à lui parce qu'il écrivait dans la buée sur la vitre, et avait donc son visage tourné vers elle. Elle l'avait déjà vu, mais le nombre était caché.

Peut-être était-ce le reflet dans la vitre, peut-être une ombre sur ses yeux. Elle était sur le point d'abandonner quand son tram à elle repartit, la lumière tomba d'une manière différente et il leva les yeux, croisa son regard.

Beate Lønn tressaillit.

C'était le regard d'un reptile.

Celui, froid, d'un meurtrier dont elle connaissait l'identité.

Valentin Gjertsen.

Elle comprit aussi pourquoi elle ne l'avait pas immédiatement reconnu. Comment il avait réussi à rester caché.

Beate Lønn se leva. Elle essaya de sortir mais la jeune fille du siège voisin avait les yeux fermés et secouait la tête. Beate lui tapota l'épaule et la fille leva les yeux d'un air agacé.

« Ouste », fit Beate.

La fille haussa un sourcil souligné au crayon, mais elle ne bougea pas.

Beate lui arracha ses écouteurs.

« Police, il faut que je descende.

— On roule, répondit la fille.

— Bouge ton gros cul, tout de suite ! »

Les passagers braquèrent leurs regards sur Beate Lønn. Mais elle ne rougit pas. Cela faisait longtemps qu'elle n'était plus cette fille-là. Sa silhouette était toujours aussi menue, sa peau pâle, presque transparente, ses cheveux étaient toujours aussi incolores et secs que des spaghettis pas cuits. Mais cette Beate Lønn n'existait plus.

« Arrêtez le tram ! Police ! Stop ! »

Elle se fraya un chemin jusqu'au conducteur, et à la porte. Elle entendit le crissement des freins. Arrivée au conducteur, elle lui tendit son badge, elle attendit impatiemment. Ils s'arrêtèrent avec une ultime secousse, les passagers debout furent projetés en avant, ils s'accrochèrent aux poignées tandis que les portes s'ouvraient en claquant. Beate sortit d'un bond, contourna l'avant du tram et remonta la voie qui divisait la rue en deux. Elle sentit la rosée de l'herbe pénétrer ses chaussures en toile, vit le tram qui redémarrait et entendit le chant des roues sur les rails qui montait doucement. Elle courut à toute allure. Il n'y avait aucune raison de supposer que Valentin soit armé, et il ne lui échapperait jamais dans un tram bondé où elle agiterait son badge de policier et crierait pourquoi elle l'arrêtait. À condition de rattraper ce foutu tram. La course n'était pas son fort. Le toubib qui avait déclaré qu'elle souffrait du syndrome d'Asperger l'avait bien dit, typiquement, les gens comme elle étaient maladroits.

Elle glissa dans l'herbe humide mais parvint à se maintenir sur ses pieds. Il restait juste quelques mètres. Elle rattrapa l'arrière du tram. Le frappa de la main. Elle cria, agita son badge, elle espéra que le conducteur la verrait dans le rétroviseur. Et il la vit peut-être. Il vit une salariée qui ne s'était pas réveillée à temps et qui agitait sa carte d'abonnement mensuel. Le chant des roues sur les rails monta d'un quart de ton et le tram s'éloigna d'elle.

Beate s'arrêta, elle regarda le tram qui disparut vers Majorstua. Elle se retourna et vit son propre tram qui descendait vers Frogner plass.

Elle pesta en silence, prit son téléphone, traversa la rue et s'appuya contre le grillage des courts de tennis et composa un numéro.

« Holm.

— C'est moi. Je viens de voir Valentin.

252

« — Hein ? T'es sûre ?

— Bjørn...

— Sorry. Où ça ?

— Dans le tram qui longe Frognerparken et monte vers Majors-tua.

— C'est là que tu es en ce moment ?

— T'inquiète pas. Tu es au boulot ?

— Oui.

— Le tram a le numéro 12. Trouve où il va et fais-le intercepter. Il ne faut pas qu'il puisse filer.

— OK, je vais trouver les arrêts et j'envoie un signalement de Valentin aux voitures de patrouille.

— C'est exactement là que ça coince.

— Qu'est-ce qui coince ?

— Le signalement. Il a changé.

— Comment ça ?

— Chirurgie plastique. Suffisamment importante pour qu'il puisse se déplacer dans Oslo sans se faire remarquer, par exemple. Envoie-moi un message pour me dire où le tram est arrêté, j'arriverai et je le désignerai.

— Bien reçu. »

Beate remit le téléphone dans sa poche. C'est à ce moment qu'elle se rendit compte qu'elle était essoufflée. Elle appuya sa tête contre le grillage. Devant elle, les embouteillages du matin, comme si de rien n'était. Comme si le fait qu'un meurtrier venait d'apparaître ne changeait strictement rien.

« Où sont-ils passés ? »

Beate se décolla du grillage, se retourna vers la voix grinçante.

Le vieil homme l'observait d'un regard interrogateur.

« Où sont-ils tous passés ? » répéta-t-il.

Quand elle vit la douleur dans le regard de cet homme, Beate s'empressa de ravaler la boule qui montait dans sa gorge.

« Tu crois… fit-il en pointant la raquette alentour. Tu crois qu'ils sont sur les autres courts ? »

Beate acquiesça lentement.

« Oui, c'est sûrement ça, dit-il. Je ne devrais pas être là. Ils sont sur les autres courts. Ils m'attendent là-bas. »

Beate regarda le dos frêle qui se dirigeait vers la porte.

Puis elle se mit à marcher à pas vifs vers Majorstua. Et même si les pensées se bousculaient dans sa tête — elle se demandait où Valentin pouvait bien aller, d'où il venait, si on allait bientôt l'intercepter —, elle ne parvint pas à se débarrasser de l'écho de la voix murmurante du vieil homme :

Ils m'attendent là-bas.

Mia Hartvigsen regarda longuement Harry Hole.

Elle avait les bras croisés et tournait une épaule vers lui. Autour de la légiste, il y avait des baquets en plastique avec des membres sectionnés. Les étudiants venaient de quitter la salle de l'Institut d'anatomie au rez-de-chaussée du Rikshospitalet, et puis cet écho du passé était entré avec le rapport médico-légal d'Assaïev sous le bras.

Ce n'était pas parce qu'elle n'appréciait pas Hole que Mia Hartvigsen affichait une telle attitude négative, mais parce qu'il était annonciateur de problèmes. Comme toujours. Lorsqu'il était enquêteur, Hole avait toujours été synonyme de trop de travail, de délais trop courts et de risques bien trop grands de se retrouver cloué au pilori pour des erreurs dont on était à peine responsable.

« Je vais dire que nous avons autopsié Rudolf Assaïev, dit Mia. Scrupuleusement.

— Pas assez », dit Harry en posant le rapport sur une des tables métalliques où les étudiants venaient juste de tailler dans la chair humaine. Un bras musclé dépassait d'une couverture, coupé à la hauteur de l'épaule. Harry lut les lettres du tatouage pâli sur le bras.

Too young to die. Soit. Peut-être un membre du gang des Los Lobos tombé lorsque Assaïev avait fait le ménage chez ses concurrents.

« Et qu'est-ce qui te fait croire que nous n'avons pas été assez scrupuleux, Hole ?

— Primo, vous n'êtes pas parvenus à établir la cause de la mort.

— Tu sais bien qu'il arrive que le corps ne nous donne aucune indication. Et cela ne prouve pas qu'il ne s'agit pas d'une mort tout à fait naturelle.

— Et dans son cas, le plus naturel serait que quelqu'un l'ait tué.

— Je sais qu'il était un témoin du ministère public, mais une autopsie suit des règles fixes sur lesquelles des circonstances particulières n'ont pas d'influence. Nous trouvons ce que nous trouvons, et rien d'autre. La pathologie n'est pas une science des illusions.

— À propos de science, dit Hole en s'asseyant sur le pupitre. Elle repose sur le fait que l'on teste des hypothèses, n'est-ce pas ? On construit une théorie et on la teste. Vrai ou faux. Exact ? »

Mia Hartvigsen secoua la tête. Non pas parce que ce n'était pas juste, mais parce qu'elle n'aimait pas le tour que prenait la conversation.

« Ma théorie, poursuivit Hole avec un sourire presque innocent qui lui donnait l'air d'un gamin qui doit convaincre sa maman de lui offrir une bombe atomique pour Noël, ma théorie, c'est qu'Assaïev a été tué par une personne qui sait exactement comment vous travaillez et qui sait quoi faire pour que vous ne trouviez rien. »

Mia changea de pied d'appui, tourna l'autre épaule vers Harry.

« Et alors ?

— Comment t'y serais-tu prise, Mia ?

— Moi ?

— Tu connais tous les trucs. Comment te serais-tu dupée toi-même ?

— Je suis un suspect ?

— Jusqu'à plus ample informé. »

Elle s'arrêta net en découvrant qu'il esquissait un sourire. Le gros malin.

« Arme du crime ?

— Seringue, dit Hole.

— Oh ? Pourquoi ?

— Quelque chose lié à l'anesthésie.

— Très bien. Nous pouvons retrouver la trace de n'importe quel produit, surtout quand nous intervenons aussi vite, comme c'était le cas. La seule possibilité que je voie...

— Oui ? »

Il souriait comme s'il était déjà parvenu à ses fins. Quel type agaçant. Le genre dont tu ne sais pas si tu vas lui mettre une claque ou l'embrasser.

« Une piqûre d'air.

— C'est-à-dire ?

— Le plus vieux truc. Et toujours le meilleur. Tu fais une piqûre avec suffisamment d'air pour qu'une bulle se forme dans la veine, et la bloque. Si elle la bouche assez longtemps, le sang ne parvient pas à une partie vitale du corps, comme le cerveau ou le cœur, et tu meurs. Rapidement, et sans laisser la moindre trace d'un produit détectable. Et un caillot n'a pas nécessairement une cause externe, il peut être apparu de lui-même. *Case closed.*

— Mais on verra la piqûre.

— Si elle est faite avec une aiguille très fine, seul un examen extrêmement rigoureux de tout l'épiderme permettra de déceler une piqûre. »

Hole rayonnait. Le gamin avait ouvert le paquet et croyait que c'était une bombe atomique. Mia se réjouissait déjà.

« Dans ce cas, vous devez examiner...

— C'est ce que nous avons fait. » Une claque. « Chaque millimètre. Nous avons même vérifié le tuyau qu'il avait en intraveineuse — il est possible d'y créer une bulle d'air. Il n'y avait même pas une piqûre de moustique. » Elle vit l'éclat fiévreux qui s'éteignit dans le regard de Harry. « Désolée, Hole, mais nous avions conscience que la mort était suspecte. » Elle mit l'accent sur *était*. « Bon, il faut que je prépare le cours suivant, alors peut-être...

— Et si la piqûre a été faite à un endroit où il n'y a pas de peau ?

— Comment ça ?

— Et s'il avait enfoncé l'aiguille à un endroit qui n'est pas à la surface. Dans la bouche, l'anus, les narines, les oreilles.

— Intéressant, mais dans le nez et les oreilles, les veines adéquates sont trop fines. L'anus est une option, mais la possibilité d'atteindre un organe vital est moindre dans cette région-là, en outre, il faut être très entraîné pour trouver une veine à l'aveuglette. La bouche aurait pu être une bonne idée puisqu'il y a des veines qui vont droit au cerveau, ce qui aurait entraîné une mort rapide et certaine, mais nous vérifions toujours la bouche. Et elle est recouverte de muqueuses où une piqûre aurait causé un gonflement facile à découvrir. »

Elle le dévisagea. Elle sentit que son cerveau cherchait encore des solutions, mais il acquiesça d'un air résigné.

« Ravie de te revoir, Hole. Tu peux toujours passer s'il y a quelque chose. »

Elle se retourna et alla à un bac où elle renfonça un bras gris pâle dont les doigts écartés dépassaient de l'alcool.

« À travers. » Elle entendit Harry. Elle soupira. Quel type *extrêmement* agaçant. Elle se retourna.

« Il a pu piquer à travers, dit Hole.

— À travers quoi ?

— Tu as dit que le mieux était un court chemin jusqu'au cerveau. À travers. À l'arrière. Il a pu cacher la piqûre à l'arrière.

— À l'arrière de quoi... » Elle s'arrêta net. Elle vit l'endroit qu'il désignait. Elle ferma les yeux et soupira une nouvelle fois.

« Sorry, fit Harry. Les statistiques du FBI montrent que dans les cas où l'on a autopsié les témoins potentiels, le pourcentage de

257

personnes tuées monte de soixante-dix-huit à quatre-vingt-quatorze quand une nouvelle autopsie est pratiquée. »

Mia Hartvigsen secoua la tête. Harry Hole. Problèmes. Heures sup. Un grand risque de se retrouver cloué au pilori pour des erreurs que l'on n'avait pas commises.

« Ici », dit Beate Lønn, et le taxi se rabattit contre le trottoir.

Le tram se trouvait à l'arrêt de Welhavens gate. Une voiture de police était garée devant, deux derrière. Bjørn Holm et Katrine Bratt étaient penchés contre l'Amazon.

Beate paya et descendit du taxi.

« Alors ?

— Il y a trois agents dans le tram et personne n'a eu le droit de descendre. On n'attend que toi.

— Ce tram est le 11, j'avais dit le 12…

— Il a changé de numéro à l'arrêt de Majorstukrysset, mais c'est le même tram. »

Beate fila à la porte avant, frappa un grand coup et tendit son badge. La porte s'ouvrit comme si elle s'ébrouait, et Beate monta. Elle fit un signe de tête à l'agent en uniforme qui était là et qui était armé d'un Heckler & Koch P30L.

« Suis-moi », dit-elle en commençant à remonter le tram bondé.

Son regard se posait sur tous les visages en même temps qu'elle avançait vers le milieu de la voiture. Elle sentit son cœur battre plus vite quand elle aperçut les gribouillis dans la buée, sur la vitre. Elle fit un signe à l'agent avant de s'adresser à l'homme assis.

« Pardon ! Oui, toi. »

Le visage qui se tourna vers elle avait des boutons d'acné rouge vif et un air paniqué.

« Je… Je l'ai pas fait exprès d'oublier ma carte d'abonnement à la maison. Ça se reproduira pas. »

Beate ferma les yeux et pesta intérieurement. Elle indiqua à l'agent qu'il devait continuer de la suivre. Une fois qu'ils furent parvenus au fond du tram, sans résultat, elle cria au conducteur d'ouvrir la porte arrière et sortit.

« Eh bien ? demanda Katrine.

— Envolé. Interroge tout le monde et demande-leur s'ils l'ont vu. Dans une heure, ils l'auront oublié, si ce n'est pas déjà le cas. C'est un homme d'une petite quarantaine d'années, environ un mètre quatre-vingts, les yeux bleus. Mais ses yeux sont désormais un peu plus obliques, il a des cheveux bruns, coupés court, des pommettes hautes et marquées, des lèvres fines. Et personne ne touche à la vitre sur laquelle il a écrit. Relevez les empreintes digitales et prenez des photos. Bjørn ?

— Oui ?

— Tu prends tous les arrêts entre ici et Frognerparken, tu parles aux gens qui bossent dans les magasins qui donnent sur les rues, tu leur demandes s'ils connaissent une personne qui correspond au signalement. Quand les gens prennent le tram si tôt le matin, c'est souvent en liaison avec une habitude. Ils vont au travail, à l'école, au sport, à leur café favori.

— Dans ce cas, on aura plus de chances, dit Katrine.

— Oui, mais il faut être prudent, Bjørn. Fais attention que ceux à qui tu parles ne risquent pas de le prévenir. Katrine, tu veilleras à ce que l'on ait des hommes à nous dans le tram demain matin. Et puis que l'on ait aussi des gars dans les trams qui vont d'ici à Frognerparken pendant toute la journée, au cas où Valentin rentrerait par le même chemin. OK ? »

Pendant que Katrine et Bjørn allaient donner les consignes aux policiers, Beate retourna à l'endroit du tram où elle l'avait vu. Elle leva les yeux vers la vitre. Des gouttes avaient coulé des traits qu'il avait tracés dans la buée. C'était un motif répété, à peu près comme une table. Un trait vertical suivi d'un cercle. Chaque rangée était suivie d'une autre jusqu'à former une matrice carrée.

Ce n'était pas nécessairement important.

Mais comme disait Harry : « Ce n'est peut-être pas important,

259

mais tout a *un sens*. Et nous commençons à chercher là où il y a de la lumière, là où nous voyons *quelque chose*. »

Beate saisit son portable et prit une photo de la vitre. Puis elle songea à quelque chose.

« Katrine ! Viens là. »

Katrine l'entendit et laissa Bjørn briefer les policiers.

« Comment ça s'est passé, cette nuit ?

— Bien. J'ai déposé le chewing-gum pour un test ADN ce matin. Je l'ai déclaré avec le numéro de dossier d'un viol fictif. Ils donnent la priorité aux meurtres des policiers, mais ils ont promis de s'en occuper le plus vite possible. »

Beate acquiesça d'un air pensif. Se passa la main sur le visage.

« Ça veut dire quoi, le plus vite possible ? On ne peut pas laisser traîner en bas de la pile quelque chose qui pourrait être l'ADN du meurtrier, simplement pour pouvoir récolter les honneurs et la gloire pour nous seuls. »

Katrine posa la main sur sa hanche et observa Bjørn gesticuler en face des policiers.

« Je connais une des dames, là-bas, mentit-elle. Je vais l'appeler. »

Beate la regarda. Hésita. Fit oui de la tête.

« Et tu es sûre que tu ne *voulais* pas tout simplement voir Valentin Gjertsen ? » demanda Ståle Aune. Il s'était placé à la fenêtre et regardait dans la rue affairée en bas de son bureau. Il observait les gens qui se hâtaient. Ceux qui auraient pu être Valentin Gjertsen. « Les hallucinations visuelles sont fréquentes avec le manque de sommeil. Combien de temps as-tu dormi au cours des quarante-huit dernières heures ?

— Je vais compter, répondit Beate Lønn d'une manière qui fit comprendre à Ståle qu'elle n'en avait pas besoin. Je t'appelle parce qu'il a dessiné quelque chose sur la vitre, à l'intérieur du tram. Tu as reçu mon MMS ?

« — Oui », dit Aune. Il venait de commencer une séance quand un message de Beate lui était apparu.

REGARDE LE MMS. URGENT. APPELLE.

Et il avait éprouvé un plaisir presque pervers en voyant la tête stupéfaite de Paul Stavnes quand il avait dit qu'il devait passer un coup de fil. Et vu que le sous-entendu était bien passé : c'est bien plus important que tes jérémiades chiantes.

« Un jour, tu m'as dit que vous, les psys, vous étiez capables d'analyser les gribouillages des sociopathes, que cela disait quelque chose sur leur inconscient.

— Bah… Ce que j'ai dit, c'est qu'une méthode a été développée à l'université de Grenade, en Espagne, pour interpréter les troubles de la personnalité psychopathologiques. Mais dans ce cas, on dit aux personnes ce qu'elles doivent dessiner. Et ici, ça ressemble plus à quelque chose d'écrit qu'à du dessin, dit Ståle.

— Vraiment ?

— En tout cas, je vois des I et des O. Et c'est aussi intéressant qu'un dessin.

— De quelle manière ?

— Si tôt le matin dans un tram, alors que tu rêvasses encore, ce que tu écris est conduit par l'inconscient. Et l'inconscient aime les codes et les rébus. Ils sont parfois incompréhensibles, parfois éton-namment simples, oui, franchement banals. Une de mes patientes craignait en permanence d'être violée et elle était terrorisée par cette idée. Elle faisait un rêve récurrent dans lequel elle était réveillée par le canon d'un char qui traversait la fenêtre et s'arrêtait pile au pied de son lit. Et à l'avant du canon, il y avait un morceau de papier où étaient écrits un P et un 9[1]. Ça paraît peut-être bizarre qu'elle n'ait pas compris ce code si simple, mais le cerveau camoufle souvent

1. Le chiffre 9 se prononce « ni » en norvégien.

ce à quoi il pense vraiment. Pour des raisons de commodité, de culpabilité, de peur...

— Le fait qu'il dessine des I et des O, ça veut dire quoi ?

— Ça peut vouloir dire qu'il s'ennuie quand il prend le tram. Faut pas me surestimer, Beate. J'ai fait de la psychologie à l'époque où c'étaient des études ouvertes à ceux qui étaient trop bêtes pour faire médecine ou des études d'ingénieur. Mais laisse-moi réfléchir et je te rappelle. J'ai un patient.

— Entendu. »

Aune raccrocha et regarda dans la rue. Il y avait un studio de tatouage de l'autre côté, à cent mètres, dans la direction de Bogstadveien. Le 11 passait dans Bogstadveien, et Valentin avait eu un tatouage. Un tatouage qui permettrait de l'identifier. Sauf s'il le faisait enlever d'une manière professionnelle. Ou s'il le faisait modifier dans un studio. Ce que l'on voyait dans un dessin pouvait être modifié totalement en ajoutant deux ou trois traits tout simples. Par exemple si l'on dessine un demi-cercle à côté d'un trait vertical, pour obtenir un D. Ou un trait sur un cercle, pour obtenir un Ø. Aune souffla sur la vitre.

Il entendit un toussotement agacé derrière lui.

Il traça un trait vertical et un cercle dans la buée, comme il l'avait vu sur le MMS.

« Je refuse de payer une séance complète si...

— Tu sais quoi, Paul ? » dit Aune en prononçant nettement « Pæul ». Il ajouta un demi-cercle et une barre oblique. DØ. Mourir. Il l'effaça. « Cette séance sera gratuite. »

Chapitre 22

Rico Herrem savait qu'il allait mourir. Il l'avait toujours su. La différence était qu'il savait qu'il allait y passer dans les trente-six heures à venir.

« Anthrax », répéta le médecin, sans le « r » muet des Thaïs, et avec un accent américain. Il avait fait ses études de médecine là-bas. Il avait les qualifications requises pour bosser dans cette clinique privée qui ne traitait sûrement que des expatriés et des touristes étrangers.

« *I'm so sorry.* »

Rico inspira dans le masque à oxygène, même si c'était difficile. Trente-six heures. Le médecin l'avait dit : trente-six heures. Il avait demandé à Rico s'il voulait qu'ils contactent des proches. Ils réussiraient peut-être à arriver à temps s'ils sautaient dans le premier avion. Ou voulait-il un prêtre ? Il était peut-être catholique ?

Le médecin dut voir au regard interrogateur de Rico que des explications supplémentaires étaient requises.

« L'anthrax est une bactérie. Elle est dans vos poumons. Vous l'avez probablement inhalée il y a quelques jours. »

Rico ne comprenait toujours pas.

« Si vous l'aviez digérée, ou si vous l'aviez attrapée par la peau, on aurait peut-être pu vous sauver. Mais dans les poumons... »

Une bactérie ? Il allait mourir à cause d'une bactérie ? Une bactérie qu'il avait respirée ? Où ça ?

Cette question fut reprise comme un écho par le médecin :

« Vous avez une idée de l'endroit où vous l'avez attrapée ? La police veut savoir, afin d'empêcher que d'autres personnes ne l'attrapent aussi. »

Rico Herrem ferma les yeux.

« S'il vous plaît, essayez de réfléchir, Monsieur Herrem. Vous pourriez sauver d'autres personnes... »

D'autres personnes. Mais pas lui. Trente-six heures.

« Monsieur Herrem ? »

Rico voulut acquiescer pour signaler qu'il entendait bien, mais n'y parvint pas. Il entendit frapper à la porte. Plusieurs paires de chaussures. Une voix de femme essoufflée, tout bas.

« *Miss Kari Farstad from the Norwegian Embassy. We came as soon as we could. Is he... ?*

— Blood circulation is stopping, Miss. He is going into shock now. »

Où ? Dans la nourriture qu'il avait mangée dans le petit restaurant crasseux quand le taxi s'était arrêté sur le bord de la route entre Bangkok et Pattaya ? Cela venait peut-être du trou puant dans le sol qu'ils appelaient toilettes ? Ou bien à l'hôtel, par l'intermédiaire de l'air conditionné — n'était-ce pas comme ça que les bactéries se propageaient ? Mais le médecin avait dit que les premiers symptômes étaient les mêmes que ceux d'un rhume. Et il les avait déjà dans l'avion. Et si ces bactéries se balançaient dans l'air de l'avion, d'autres personnes seraient malades. Il entendit la voix de la femme, toujours basse, mais en norvégien cette fois-ci :

« La bactérie de la maladie du charbon ? Seigneur, je croyais qu'on la trouvait uniquement dans les armes biologiques ?

— Non, non. » Une voix d'homme. « J'ai fait une recherche sur Google en venant. *Bacillus anthracis.* Elle peut rester dans le sol pendant des années, c'est une saloperie résistante. Elle se dissémine sous forme de spores. C'étaient ces spores que l'on a trouvées dans les lettres envoyées à des gens aux États-Unis, il y a quelques années. Tu te souviens ?

— Tu crois que quelqu'un lui a envoyé une lettre avec le charbon ?

— Il a pu l'attraper n'importe où, mais le plus courant, c'est quand on est en contact avec des gros animaux domestiques. Mais on ne le saura probablement jamais. »

Mais Rico savait. Il le sut soudain, avec une clarté évidente. Il parvint à porter la main à son masque à oxygène.

« Tu as trouvé des proches ? dit la voix féminine.

— Oui, oui.

— Et alors ?

— Ils ont dit qu'il pouvait crever où il était.

— D'accord… Pédophile ?

— Non. Mais la liste est assez longue. Hé, il bouge. »

Rico avait ôté le masque de sa bouche et de son nez et il essaya de parler. Mais seul un murmure rauque sortit. Il recommença. Il vit que la femme aux boucles blondes le dévisageait avec un mélange d'inquiétude et de dégoût.

« *Doctor, is it… ?*

— *No, it's not contagious between humans.* »

Pas contagieux. Lui seul.

Le visage de la femme s'approcha. Et même mourant, ou peut-être précisément parce qu'il l'était, Rico Herrem inspira ardemment l'odeur de celle-ci. Il inhala son parfum tout comme il avait inhalé ce jour-là à la Poissonnerie. Il avait senti l'odeur de laine mouillée et quelque chose ayant le goût de la chaux. Une poudre. Si l'autre avait eu un foulard devant la bouche et le nez, ce n'était pas pour se masquer le visage. Des spores minuscules qui voletaient dans l'air. *On aurait peut-être pu vous sauver. Mais dans les poumons…*

Il fit un effort. Prononça les mots à grand-peine. Deux mots. Il eut le temps de se dire que c'étaient ses derniers. Et puis, comme un rideau qui tombait sur une représentation minable et pénible qui avait duré quarante-deux ans, la nuit tomba sur Rico Herrem.

La pluie brutale et violente martelait le toit de la voiture. À l'entendre, on aurait cru qu'elle tentait de se frayer un chemin jusqu'à eux, et Kari Farstad frissonna involontairement. Sa peau était sans cesse recouverte d'une couche de sueur, mais on disait que cela irait mieux lorsque la saison des pluies serait terminée, en novembre. Elle avait envie de retrouver l'appartement de l'ambassade. Elle détestait ces déplacements à Pattaya, car celui-ci n'était pas le premier. Elle n'avait pas choisi cette carrière pour travailler avec la lie de l'humanité. Bien au contraire. Elle avait imaginé des cocktails avec des gens intéressants et intelligents, des conversations courtoises et raisonnables sur la politique et la culture, elle s'était attendue à un développement personnel et à une meilleure compréhension des grandes questions. Et non pas à cette agitation autour de petites questions. Comme procurer un bon avocat à un délinquant sexuel norvégien, ou le faire renvoyer dans une prison norvégienne qui correspondait à un hôtel moyen.

La pluie s'arrêta aussi brusquement qu'elle avait commencé et ils avancèrent à travers des nuages de vapeur d'eau qui flottaient au-dessus de l'asphalte brûlant.

« Qu'est-ce qu'il t'a dit, Herrem, déjà ? demanda le secrétaire d'ambassade.

— Valentin, dit Kari.

— Non, l'autre mot.

— Il ne parlait pas clairement. Un mot long. Ça ressemblait à commode.

— Commode ?

— Oui, quelque chose dans ce genre. »

Kari regarda fixement les rangées d'hévéas plantés le long de l'autoroute. Elle voulait rentrer. Au pays.

Chapitre 23

Harry passa en hâte devant le tableau de Frans Widerberg dans le couloir de l'École de Police.

Elle était sur le seuil de la salle d'entraînement. Parée, en survêtement moulant. Les bras croisés, adossée au chambranle, elle le suivit des yeux. Harry faillit lui faire un signe de la tête, mais quelqu'un cria « Silje ! » et elle disparut dans la salle.

Au premier étage, Harry passa la tête dans le bureau d'Arnold.

« Comment s'est passé le cours ?

— Bien, mais ils ont sûrement regretté tes exemples de la soi-disant "vraie vie", exemples qui font autant froid dans le dos qu'ils sont hors de propos, répondit Arnold en continuant à masser son pied malade.

— Merci de m'avoir remplacé, dit Harry avec un sourire.

— Pas de quoi. Qu'est-ce qui était si important ?

— Il fallait que je passe à la Médecine légale. Le légiste de service a accepté d'exhumer le corps de Rudolf Assaïev et de pratiquer une nouvelle autopsie. J'ai cité ta statistique du FBI sur les témoins assassinés.

— Content de servir à quelque chose. Au fait, tu as encore de la visite.

— Ce n'est pas…

— Non, ce n'est ni Mlle Gravseng ni un de tes ex-collègues. Je lui ai dit qu'il pouvait attendre dans ton bureau.

— Qui…

— Quelqu'un que tu connais, je crois. Je lui ai fait un café. »

Harry croisa le regard d'Arnold. Il lui fit un petit signe de tête et sortit.

L'homme dans le fauteuil du bureau de Harry n'avait pas beaucoup changé. Il avait juste un petit peu grossi, son visage s'était un peu empâté, il avait quelques cheveux grisonnants sur les tempes. Mais il avait toujours cette tignasse de gamin qui collait au suffixe « Junior », un costume qui donnait l'air d'avoir été emprunté et ce regard vif qui était capable de lire une page d'acte en quatre secondes et de la citer mot à mot à l'audience si nécessaire. Johan Krohn était l'équivalent juriste de Beate Lønn, l'avocat qui gagnait même contre le Code.

« Harry Hole », dit-il de sa voix claire. Il se leva et tendit la main. « *Long time.*

— Ce n'est pas de mon fait, dit Harry en serrant son doigt en titane contre la paume de l'avocat. Tu as toujours été porteur de mauvaises nouvelles, Krohn. Le café était bon ? »

Krohn serra à son tour. Dur. Ses kilos en plus devaient être du muscle.

« Ton café est bon, dit-il avec un sourire de commande. Comme d'habitude, j'ai de mauvaises nouvelles.

— Ah ?

— Je n'ai pas l'habitude de me déplacer en personne mais, dans le cas présent, je voulais avoir une discussion en tête à tête avec toi avant que nous préparions quelque chose par écrit. Cela concerne Silje Gravseng qui est une de tes étudiantes.

— Une de mes étudiantes, reprit Harry.

— Pourquoi ? Ce n'est pas vrai ?

— En quelque sorte. À t'entendre, on dirait que c'est moi qu'elle étudie.

— Je vais faire de mon mieux pour m'exprimer le plus précisément possible, dit Krohn en esquissant un sourire. Elle est venue me trouver directement au lieu de se rendre à la police. Par crainte que vous ne vous protégiez.

— Vous ?

— La police.

— Je ne suis pas...

— Tu as travaillé pour la police pendant des années et, en tant qu'employé de l'École de Police, tu fais partie du système. Le fait est qu'elle craint que la police n'essaie de la convaincre de ne pas dénoncer ce viol. Et que, à terme, cela ne nuise à sa carrière dans la police, si elle refuse.

— Mais de quoi parles-tu, Krohn ?

— Je ne suis toujours pas assez clair ? Tu as violé Silje Gravseng ici, dans ce bureau, hier soir, juste avant minuit. »

Krohn observa Harry dans le silence qui suivit.

« Je ne peux pas l'utiliser contre toi, Hole, mais ton absence de surprise est éloquente, et ne fait que renforcer la crédibilité de ma cliente.

— A-t-elle besoin d'être renforcée ? »

Krohn joignit le bout des doigts.

« J'espère que tu as conscience de la gravité de cette affaire, Hole. Si ce viol est dénoncé et rendu public, cela fichera ta vie en l'air. »

Harry essaya de l'imaginer avec sa robe d'avocat. La procédure. L'index pointé sur Harry, assis au banc des accusés. Silje qui essuie courageusement une larme. Les membres du jury, bouche bée, indignés. Le front froid qui émane du public. Le bruit des crayons des dessinateurs d'audience.

« La seule raison de ma présence ici, au lieu de deux policiers avec des menottes, prêts à te trimballer dans les couloirs au vu et au su de tes collègues et des étudiants, c'est que cela aura aussi un coût pour ma cliente.

— Lequel ?

— Tu le comprends certainement. Elle sera pour toujours la fille qui a envoyé un collègue en taule. La balance. J'ai cru comprendre que l'on n'aime pas trop ça, dans la police.

— Tu as vu trop de films, Krohn. Dans la police, on veut que les viols soient élucidés, quel que soit le suspect.

— Et le procès sera une épreuve pour une jeune fille, naturellement. Surtout avec les examens importants qui l'attendent. Comme elle n'a pas osé aller voir la police tout de suite, comme elle a réfléchi avant de venir me trouver, la plupart des éléments techniques et biologiques sont déjà perdus. Et cela signifie que le procès peut durer plus longtemps.

— Et quelles *preuves* avez-vous ?

— Des bleus. Des traces de griffures. Une robe déchirée. Et si je demande que ce bureau soit passé au peigne fin, je suis sûr que l'on trouvera des fragments de cette même robe.

— Si ?

— Oui. Je ne suis pas seulement porteur de mauvaises nouvelles, Harry.

— Ah bon ?

— J'ai une alternative à te proposer.

— Diabolique, je suppose.

— Tu es quelqu'un d'intelligent, Hole. Tu sais que nous ne possédons pas de preuves décisives. C'est d'ailleurs caractéristique dans les affaires de viol, n'est-ce pas ? C'est parole contre parole et il y a deux perdants. La victime que l'on soupçonne de légèreté et de fausses accusations, et le relaxé qui, de l'avis de tous, s'en tire à bon compte. Vu cette situation, Silje Gravseng fait une proposition à laquelle je souscris sans réserve. Et pour une fois, je vais sortir de mon rôle d'avocat de la partie adverse, Hole. Je te conseille d'y donner ton accord. Car l'alternative, c'est le dépôt d'une plainte. Elle est très claire là-dessus.

— Ah bon ?

— Oui. En tant que personne dont le métier sera de faire

appliquer les lois du pays, elle considère comme étant de son devoir le plus évident de veiller à ce que les violeurs soient punis. Mais heureusement pour toi, pas nécessairement par un tribunal.

— D'une certaine façon, c'est par fidélité à ses principes ?

— Si j'étais toi, je me montrerais un peu moins sarcastique et un peu plus reconnaissant. *Moi*, je pourrais recommander une plainte à la police.

— Qu'est-ce que vous voulez, Krohn ?

— En gros, que tu démissionnes de ton poste à l'École de Police et que tu ne travailles plus jamais pour la police. Et que Silje puisse continuer ses études en paix, sans que tu interviennes. Même chose quand elle bossera. Un seul mot de dénigrement de ta part, l'accord sera annulé et une plainte pour viol sera déposée. »

Harry posa les coudes sur le bureau, il se pencha en avant, tête baissée. Il se massa le front.

« Je vais rédiger un accord qui prendra la forme d'un arrangement à l'amiable, dit Krohn. Ta démission contre son silence. L'accord sera tenu secret par les deux parties. De toute façon, tu ne pourras guère lui causer du tort en le rendant public, tandis que son choix à elle sera compris.

— Mais je vais passer pour coupable si j'accepte un tel accord.

— Tu n'as qu'à voir ça comme un moyen de limiter les dégâts, Hole. Un homme de ton expérience n'aura aucun mal à changer de branche. Enquêteur pour une société d'assurances, par exemple. Ils paient mieux que l'École de Police, crois-moi.

— Je te crois.

— Bien. » Krohn ouvrit l'étui de son téléphone. « Comment se présente ton agenda pour les jours à venir ?

— Je peux me libérer demain pour ça.

— Bien. À mon bureau, deux heures de l'après-midi. Tu te souviens de l'adresse ? »

Harry acquiesça.

« Parfait. Je te souhaite une excellente journée, Hole ! »

Krohn bondit de son siège. Flexions, tractions et développés couchés, supposa Harry.

Une fois Krohn sorti, Harry regarda sa montre. On était jeudi et Rakel devait rentrer un jour plus tôt ce week-end. Elle allait atterrir à 17 h 30. Il avait proposé de venir la chercher à l'aéroport, ce à quoi elle avait fini par dire oui après deux « non, ne te donne pas cette peine ». Il savait qu'elle adorait les trois quarts d'heure de trajet en voiture. Discuter. Le calme. Le début d'une belle soirée. La voix enthousiaste qui expliquait *pourquoi* seuls des États pouvaient être des parties au tribunal international de La Haye. Ou qui présentait le pouvoir juridique des Nations unies, ou leur impuissance, tandis que le paysage défilait à côté d'eux. Ou bien ils parlaient d'Oleg. Oleg qui allait mieux chaque jour qui passait, avec le retour du Oleg d'autrefois. Ils parlaient de ses projets, les études de droit, l'École de Police. Ils se disaient qu'ils avaient eu de la chance, et à quel point le bonheur est fragile.

Ils parlaient de tout, sans détour. De presque tout. Harry ne disait pas à quel point il avait peur. Peur de faire des promesses qu'il savait ne pas pouvoir tenir. Peur de ne pas pouvoir être pour eux celui qu'il avait envie d'être, celui qu'il devait être. Il ne savait déjà pas s'il pouvait l'être pour lui-même, ni ne savait comment quelqu'un pouvait le rendre heureux.

Le fait qu'il soit heureux en ce moment, avec elle et Oleg, relevait presque de l'état d'exception, quelque chose auquel il croyait à peine, un rêve agréable dont il fallait se méfier et qui allait disparaître à son réveil — c'est ce qu'il ne cessait de craindre.

Harry se frotta la figure. Peut-être cette fin s'approchait-elle. Le réveil. La lumière du jour, brutale et brûlante. La réalité où tout redeviendrait comme avant. Froid, dureté, solitude. Harry frissonna.

Katrine Bratt regarda sa montre. 9 h 10. Dehors, c'était peut-être une soirée de printemps étonnamment douce. Ici, à la cave, c'était un soir d'hiver froid et humide. Elle regarda Bjørn qui grattait sa barbe rousse. Ståle Aune griffonnait dans un bloc. Beate Lønn réprimait un bâillement. Ils étaient autour d'un ordinateur où la photo de la vitre du tram prise par Beate remplissait l'écran. Ils en avaient discuté un peu et avaient conclu que, même s'ils comprenaient ce que cela pouvait signifier, cela ne les aiderait guère à capturer Valentin.

Puis Katrine avait redit qu'elle avait eu l'impression que quelqu'un était venu au dépôt en même temps qu'elle.

« Sûrement quelqu'un qui travaille là, dit Bjørn. Mais d'accord, c'est un peu bizarre de ne pas avoir allumé la lumière.

— Cette clef du dépôt est facile à copier, dit Katrine.

— Ce ne sont peut-être pas des lettres, dit Beate. Ce sont peut-être des chiffres. »

Ils se tournèrent vers elle. Le regard de Beate était toujours braqué sur l'écran de l'ordinateur.

« Des 1 et des 0. Pas des I et des O. Comme dans un code binaire. D'ailleurs, Katrine, le 1 ne signifie-t-il pas oui et le 0 non ?

— Je suis une utilisatrice, pas une programmatrice, répondit Katrine. Mais, oui, c'est exact. On m'a expliqué que le 1 laisse passer le courant tandis que le 0 le stoppe.

— 1 signifie action, 0 ne rien faire, dit Beate. J'agis. Je ne fais rien. Oui. Non. 1. 0. Ligne après ligne.

— Comme avec une marguerite », dit Bjørn.

Ils gardèrent le silence, on entendait seulement le ventilateur du PC.

« La matrice s'arrête avec un 0, dit Aune. Je ne fais rien.

— S'il a terminé, dit Beate. Il faut bien qu'il descende à son arrêt.

— Il y a des cas où les meurtriers en série s'arrêtent, dit Katrine. Ils disparaissent. Ça ne recommence pas.

— Ce sont des exceptions, dit Beate. Zéro ou pas, qui croit que le tueur de policiers a l'intention de s'arrêter ? Ståle ?

— Katrine a raison, mais j'ai peur que celui-ci ne continue. »

Peur, songea Katrine. Et elle faillit dire ce qu'elle avait en tête, qu'elle avait peur du contraire, qu'elle avait peur qu'il s'arrête, qu'il disparaisse alors qu'ils étaient si proches du but. Le risque en valait la peine. Oui, au pire, elle était prête à sacrifier un collègue s'ils capturaient Valentin. C'était une idée tordue, mais pas épouvantable. Oui, il était acceptable de perdre un policier. Mais que Valentin en réchappe, non, c'était inacceptable. Elle remua les lèvres pour une sorte de supplication muette : encore une fois, espèce de salaud. Vas-y, frappe encore une fois.

Le portable de Katrine sonna. Elle vit que c'était le numéro de la Médecine légale et répondit.

« Bonjour. Nous avons testé le morceau de chewing-gum dans cette affaire de viol.

— Oui ? » Katrine sentit que son sang circulait plus fort. Fini les petites hypothèses. Ça, c'était une *hard evidence*.

« Malheureusement, nous n'avons pas trouvé d'ADN.

— Quoi ? » C'était comme recevoir un seau d'eau glacée sur la tête. « Mais... Mais il était bourré de salive ?

— Cela arrive parfois, hélas. Bien sûr, nous pouvons vérifier une nouvelle fois, mais avec les meurtres des policiers... »

Katrine raccrocha.

« Ils n'ont rien trouvé dans le chewing-gum », dit-elle tout bas.

Bjørn et Beate acquiescèrent. Katrine crut deviner un certain soulagement chez Beate.

On frappa à la porte.

« Oui ! » cria Beate.

Katrine fixa la porte, persuadée que c'était lui. Le grand, le blond. Il avait changé d'avis. Il était venu les sauver de cette misère.

La porte en fer s'ouvrit. Katrine jura intérieurement. C'était Gunnar Hagen. « Comment ça va ? »

Beate s'étira, les mains posées sur la tête.

« Pas de Valentin sur les lignes 11 et 12 cet après-midi, et le porte-à-porte n'a rien donné. Des gens à nous patrouillent dans les trams ce soir, mais on a plus d'espoir de le voir demain matin à la première heure.

— Des gars du groupe d'enquête m'ont posé des questions à propos de la descente dans le tram. Ils se demandent ce qui se passe, et si ça a à voir avec les meurtres des policiers.

— Les rumeurs vont vite, dit Beate.

— Un peu trop vite, dit Hagen. Cela va arriver aux oreilles de Bellman. »

Katrine regarda l'écran. Le motif. Un schéma. Du sens. C'était pourtant sa force. Elle avait retrouvé la trace du Bonhomme de neige comme ça, à l'époque. Donc : 1 et 0. Une paire, deux chiffres. 10, peut-être ? Une paire de chiffres qui se répète plusieurs fois. Plusieurs fois. Plusieurs...

« Je vais être obligé de l'informer sur Valentin dès ce soir.

— Qu'est-ce que ça va changer pour notre groupe ? s'enquit Beate.

— Que Valentin surgisse dans un tram n'est pas notre faute. Il fallait bien agir. Mais, en même temps, notre groupe a rempli sa mission. Il a établi que Valentin est vivant, et a trouvé un suspect principal. Et si nous ne réussissons pas à mettre la main sur lui tout de suite, il reste la possibilité qu'il vienne à Berg. Bref, c'est à d'autres de prendre la suite.

— Et si c'était *poly-ti* ? déclara Katrine.

— Pardon ? dit doucement Hagen.

— Ståle dit que les doigts écrivent ce qui travaille dans l'inconscient. Valentin a écrit toute une série de 10 les uns après les autres. Poly veut dire plusieurs[1]. Donc poly-ti, comme *politi* — la police, quoi. Dans ce cas, ça pourrait vouloir dire qu'il prépare d'autres meurtres de policiers.

— Qu'est-ce qu'elle raconte ? » demanda Hagen en s'adressant à Ståle.

---

1. Le chiffre 10 se prononce « ti » en norvégien.

Ståle haussa les épaules.

« Nous essayons d'interpréter ces trucs qu'il a gribouillés sur la vitre du tram. Moi, j'ai trouvé qu'il avait écrit DØ. Mais il peut tout simplement trouver que les 0 et les 1 c'est joli. Le cerveau humain est un labyrinthe à quatre dimensions. Tout le monde y est entré, mais personne ne connaît le chemin. »

Quand Katrine traversa les rues d'Oslo pour regagner le studio dans l'immeuble de la police à Grünerløkka, elle ne prêta aucune attention à la vie autour d'elle, aux gens fébriles et souriants qui se dépêchaient afin de profiter du printemps si bref, du week-end, de la vie avant qu'elle ne passe.

Elle le savait. Elle savait maintenant pourquoi ils s'étaient tellement agités sur ce « code » débile. Parce qu'ils souhaitaient si désespérément que les choses aient un sens. Mais, plus important, parce qu'ils n'avaient rien d'autre. Ils essayaient donc de tirer d'une pierre un contenu qu'elle n'avait pas.

Elle braquait les yeux sur le trottoir devant elle, ses talons claquaient sur le goudron au rythme de la prière qu'elle ne cessait de répéter : encore une fois, espèce de salaud. Vas-y, frappe encore une fois.

Harry avait serré la tête de Rakel, il l'avait serrée en posant ses mains sur ses longs cheveux. Toujours d'un noir luisant, tellement épais et doux qu'il avait l'impression de tenir un cordage. Il ramena la main vers lui, la tête de Rakel bascula, il baissa les yeux sur le dos si fin et souple, et les vertèbres qui se cambraient comme un serpent sous la peau brûlante et en sueur. Il poussa encore une fois. Le gémissement de Rakel ressemblait à un grondement qui montait du tréfonds de sa poitrine, un bruit furieux et frustré. Ils faisaient parfois l'amour calmement, doucement, aussi paresseusement que s'il s'agissait d'une danse traînante. Mais, d'autres fois, c'était comme une lutte. Comme ce soir. Comme si l'excitation de Rakel appelait encore plus d'excitation, et quand elle était ainsi, c'était comme de vouloir éteindre un incendie avec de l'essence, c'était l'escalade, cela échappait à tout contrôle. Et, quelquefois, il se disait que cela allait mal finir.

La robe de Rakel traînait par terre à côté du lit. Rouge. Elle était tellement ravissante en rouge que c'en était presque une honte. Nu-pieds. Non, elle n'était pas nu-pieds tout à l'heure. Harry se pencha et huma l'odeur de Rakel.

« N'arrête pas », gémit-elle.

Opium. Rakel lui avait dit que l'odeur amère était la sueur de l'écorce d'un arbre d'Arabie. Non, pas la sueur, les larmes. Les larmes d'une princesse qui avait fui l'Arabie à cause d'un amour interdit. La princesse Myrrha. La myrrhe. Sa vie s'était terminée dans le chagrin, mais Yves Saint Laurent payait une fortune pour un litre de ces larmes.

« N'arrête pas... »

Elle avait saisi la main de Harry, elle la pressa contre sa gorge. Harry serra doucement. Il sentit les veines et les muscles tendus du cou frêle de Rakel.

« Plus fort ! Har... »

Sa voix fut coupée lorsqu'il obéit. Il savait qu'il venait de bloquer l'alimentation en oxygène du cerveau de Rakel. Cela avait toujours été son truc à elle. Il le faisait parce qu'il savait que ça l'excitait. Mais il y avait autre chose. L'idée qu'elle était à sa merci. Qu'il pouvait faire d'elle ce qu'il voulait. Il regarda la robe. La robe rouge. Il sentit que ça montait, qu'il n'allait pas réussir à tenir. Il ferma les yeux et l'imagina. À quatre pattes, elle se retournait légèrement, elle tournait le visage vers lui, ses cheveux changeaient de couleur, il voyait qui elle était. Les yeux étaient révulsés, le cou avait des marques bleues qui apparaissaient sous le flash du TIC.

Harry lâcha prise, secoua la main. Mais Rakel s'était figée, elle tremblait comme le chevreuil une seconde avant qu'il ne s'effondre. Puis elle mourut. Son front heurta le matelas, elle laissa échapper un sanglot douloureux. Elle resta ainsi agenouillée, comme si elle priait.

Harry se retira. Elle gémit, se retourna avec un regard accusateur. Normalement, il attendait qu'elle soit prête avant de se retirer.

Harry l'embrassa rapidement dans le cou et se glissa hors du lit. Il attrapa le slip Paul Smith qu'elle lui avait acheté dans un aéroport, quelque part entre Genève et Oslo. Il trouva le paquet de Camel dans le Wrangler accroché à la chaise. Il descendit au salon. Il s'assit dans un fauteuil et regarda par la fenêtre à cette heure où la nuit était la plus noire, mais pas assez opaque pour l'empêcher de distinguer la silhouette de Holmenkollåsen se détacher sur le ciel. Il alluma une cigarette. Peu après, il entendit les pas feutrés de Rakel derrière lui. Il sentit sa main lui caresser les cheveux et la nuque.

« Quelque chose te tracasse ?

— Non. »

Elle s'assit sur le bras du fauteuil, enfonça son nez dans le cou de Harry. Sa peau était encore chaude, elle sentait son odeur à elle et l'amour. Et les larmes de la princesse Myrrha.

« Opium, dit-il. Quel nom pour un parfum.

— Tu n'aimes pas ?

— Si, si. » Harry souffla la fumée vers le plafond. « Mais assez... Assez marqué. »

Elle leva la tête. Le regarda.

« Et c'est seulement maintenant que tu le dis ?

— Je n'y avais pas pensé avant. En fait, je n'y avais pas réfléchi avant que tu ne me poses la question.

— C'est l'alcool ?

— Comment ?

— L'alcool dans le parfum. C'est ça qui... ? »

Il secoua la tête.

« Mais il y a quelque chose, dit-elle. Je te connais, Harry. Tu es inquiet, tu ne tiens pas en place. Et regarde comment tu fumes. Tu tires sur ta cigarette comme si elle contenait la dernière goutte d'eau du monde. »

Harry sourit. Il passa la main sur son dos qui avait la chair de poule. Elle l'embrassa doucement sur la joue.

« Alors si ce n'est pas le sevrage de l'alcool, c'est l'autre.

— L'autre ?

— Le sevrage de la police.

— Ah… Ça…

— C'est les meurtres des policiers, pas vrai ?

— Beate est venue ici pour me faire changer d'avis. Elle m'a dit qu'elle t'avait parlé. »

Rakel acquiesça.

« Et que tu avais donné l'impression que tu étais d'accord, dit Harry.

— J'ai dit que c'était à toi de voir.

— As-tu oublié notre promesse ?

— Non, mais je ne peux pas te forcer à tenir une promesse, Harry.

— Et si j'avais accepté de participer à l'enquête ?

— Tu aurais rompu ta promesse.

— Avec quelles conséquences ?

— Pour toi et moi, et Oleg ? Forte probabilité pour que tout pète. Pour l'enquête sur les meurtres des trois policiers ? Forte probabilité d'élucidation.

— Mm. Pour le premier point, c'est une certitude, Rakel. Quant au second, c'est très incertain.

— Peut-être. Mais tu sais bien que ça peut péter pour nous, que tu redeviennes flic ou pas. Les écueils ne manquent pas. L'un d'eux, c'est que tu ailles dans le mur parce que tu ne fais pas ce pour quoi tu penses être fait. J'ai entendu parler de types qui divorcent juste à temps pour l'ouverture de la chasse en automne.

— La chasse à l'élan, oui. Pas au coq de bruyère.

— Non, on peut le dire. »

Harry avala la fumée. Leurs voix étaient calmes et mesurées, comme s'ils parlaient de la liste des courses à faire. Il songea qu'ils parlaient ainsi. Elle était comme ça. Il l'attira contre lui. Lui murmura à l'oreille.

« J'ai l'intention de te garder, Rakel. De garder tout ça.

— Oui ?

— Oui. Parce que c'est bon. C'est ce que j'ai de mieux. Et tu sais comment je fonctionne, tu te souviens du diagnostic de Ståle. Personnalité dépendante à la limite du trouble obsessionnel compulsif. Alcool ou chasse, c'est du pareil au même, les idées ne tournent plus qu'autour de ça. Si j'ouvre cette porte-là, j'y resterai, Rakel. Et je n'ai pas envie d'y rester. J'ai envie de rester *ici*. Merde, j'en prends le chemin rien que d'en parler ! Je ne le fais pas pour toi ou Oleg, je le fais pour moi.

— Allons, allons. » Rakel lui caressa les cheveux. « Parlons d'autre chose.

— Oui. Alors ils disent qu'Oleg sera peut-être prêt plus tôt ?

— Oui. Il est débarrassé de tous les symptômes du sevrage. Et il semble plus motivé que jamais. Harry ?

— Oui.

— Il m'a raconté ce qui s'est passé ce soir-là. »

La main de Rakel le caressait encore. Il ne savait pas tout ce qu'il désirait, mais il savait qu'il voulait qu'elle reste là pour toujours.

« Quel soir ?

— Tu sais bien. Le soir où le toubib t'a rafistolé.

— Et alors ?

— Tu m'as dit qu'un des dealers d'Assaïev t'avait tiré dessus.

— C'était exact. Oleg en était un.

— Je préférais l'ancienne version. Celle où Oleg arrivait sur place après coup, où il voyait la gravité de ta blessure, où il fonçait aux urgences.

— Mais tu n'y as jamais cru, pas vrai ?

— Il m'a dit qu'il est entré dans le bureau d'un docteur et qu'il a sorti le pistolet, l'Odessa, pour le forcer à venir avec lui.

— Le médecin a pardonné à Oleg quand il a vu mon état. »

Rakel secoua la tête.

« Il aimerait me raconter le reste, mais il dit qu'il ne se souvient pas très bien de ces mois-là.

— L'héroïne a cet effet.

— Je me dis que tu pourrais peut-être remplir les blancs. Qu'est-ce que tu en dis ? »

Harry avala la fumée et attendit une seconde avant de la souffler.

« Le moins possible. »

Elle lui tira les cheveux.

« Je vous ai crus parce que je *voulais* vous croire. Bon sang, Oleg t'a tiré dessus, Harry. Il devrait être en prison. »

Harry secoua la tête.

« C'était un accident, Rakel. C'est derrière nous tout ça, et tant que la police ne trouve pas l'Odessa, personne ne peut relier Oleg au meurtre de Gusto Hanssen, ni à autre chose.

— Que veux-tu dire ? Oleg a été disculpé de ce meurtre. Es-tu en train de me dire qu'il a quelque chose à y voir, malgré tout ?

— Non, Rakel.

— Alors, qu'est-ce que tu ne me dis pas, Harry ?

— Es-tu sûre de vouloir savoir ? Vraiment ? »

Elle le regarda longtemps sans répondre.

Harry attendit. Il regarda par la fenêtre. La silhouette des montagnes entourant cette ville sûre et calme où il ne se passait rien et qui, en fait, était le bord du cratère d'un volcan endormi sur lequel la ville était construite. Tout dépend comment on voit la chose. Tout dépend de ce que l'on sait.

« Non », chuchota-t-elle dans le noir. Elle prit la main de Harry et la posa sur sa joue.

Harry se dit qu'il était parfaitement possible de mener une vie heureuse dans l'ignorance. Il suffisait juste de refouler. Refouler l'existence d'un pistolet Odessa qui était enfermé ou non dans un placard. Refouler trois meurtres de policiers dont on n'est pas responsable. Refouler l'image du regard haineux d'une étudiante rejetée avec une robe rouge remontée jusqu'à la taille. Pas vrai ?

Harry écrasa sa cigarette.

« On va se coucher ? »

À trois heures du matin, Harry se réveilla en sursaut.

Il avait encore rêvé d'elle. Il était entré dans une chambre et l'avait trouvée là. Elle était couchée sur un matelas crasseux, posé par terre, et découpait sa robe rouge avec une grosse paire de ciseaux. À côté d'elle, une télé portative la montrait elle, et ses mouvements, avec un décalage d'une seconde. Harry avait regardé autour de lui mais n'avait pas trouvé de caméra. Puis elle avait appuyé la lame luisante contre l'intérieur d'une de ses cuisses, elle les avait écartées et murmuré :

« Ne fais pas ça. »

Harry avait tâtonné derrière lui, trouvé la poignée de la porte qui s'était refermée derrière lui, mais elle était verrouillée. Puis il avait découvert qu'il était nu, et il s'était approché d'elle.

« Ne fais pas ça. »

Le son lui parvenait avec deux secondes de retard, comme l'écho de la télé.

« Je veux juste la clef pour sortir d'ici », avait-il dit, mais il avait eu l'impression de parler sous l'eau, et il ne savait pas si elle l'avait entendu. Puis elle avait enfoncé deux, trois, quatre doigts dans son vagin et il avait regardé fixement la main fine qui y avait disparu entièrement. Il avait fait un pas vers elle. La main était ressortie, elle tenait un pistolet. Braqué sur lui. Un pistolet brillant, dégoulinant, avec un câble qui pénétrait en elle comme un cordon ombilical. « Ne fais pas ça », avait-elle dit, mais il s'était agenouillé devant elle, il s'était penché et il avait senti le pistolet contre son front, frais, agréable. Et il avait murmuré :

« Vas-y. »

Chapitre 24

Les courts de tennis étaient vides lorsque la Volvo Amazon de Bjørn Holm tourna devant Frognerparken et la voiture de police garée sur la place, devant l'entrée principale du parc.

Beate en bondit, parfaitement réveillée alors qu'elle n'avait guère dormi. Dormir dans le lit d'un inconnu était difficile. Oui, elle le considérait toujours comme un inconnu. Elle connaissait son corps, mais son esprit, ses habitudes, sa manière de penser lui étaient encore un mystère. Et elle ne savait pas si elle avait assez de patience et de curiosité pour l'explorer. Chaque matin où elle se réveillait dans ce lit, elle se posait la question, pour vérifier : « Tu continues ? »

Deux policiers en civil qui étaient penchés sur leur voiture se redressèrent et vinrent à la rencontre de Beate. Elle vit deux personnes en uniforme dans le véhicule, et une troisième sur le siège arrière.

« C'est lui ? » demanda-t-elle. Elle sentit que son cœur battait vite, et c'était agréable.

« Oui, dit l'un des policiers en civil. Excellent portrait-robot, c'est lui tout craché.

— Et le tram ?

— On l'a laissé repartir, il était bondé. Mais nous avons pris le nom d'une femme, car il y a eu un peu d'agitation.

— Ah bon ?

— Il a essayé de filer quand nous avons montré nos badges et lui avons demandé de nous suivre. Il a bondi comme un lapin, il a tiré une poussette entre nous et lui. Il a hurlé au chauffeur d'arrêter le tram.

— Une poussette ?

— Oui, dingue, pas vrai ? C'est criminel.

— Je crains qu'il n'ait fait bien pire.

— Je veux dire, prendre une poussette avec soi dans le tram à l'heure de pointe.

— Oui. Mais vous l'avez attrapé.

— La femme à qui appartenait la poussette s'est mise à crier, elle m'a tiré si fort sur le bras que je lui ai mis un jab. » Le policier sourit et montra un poing fermé aux articulations ensanglantées. « Ça sert à rien d'agiter un flingue quand ça, ça marche, pas vrai ?

— Bien », dit Beate en faisant comme si elle le pensait vraiment. Elle s'accroupit et regarda dans la voiture, à l'arrière, mais ne vit qu'une silhouette sous le reflet d'elle-même dans le soleil matinal. « Quelqu'un peut-il baisser la vitre ? »

Elle s'efforça de respirer calmement tandis que la vitre descendait sans bruit.

Elle le reconnut immédiatement. Il ne la vit pas. Il regardait droit devant lui, il fixait ce matin à Oslo, les yeux mi-clos, comme s'il se trouvait dans le rêve dont il n'avait pas voulu s'extraire.

« Vous l'avez fouillé ? demanda-t-elle.

— Rencontre du troisième type, dit le policier en civil en ricanant. Non, il n'avait pas d'arme sur lui.

— Je voulais dire, l'avez-vous fouillé pour de la drogue ? Avez-vous vérifié ses poches ?

— Ben... Non. Pourquoi ?

— Parce qu'il s'agit de Chris Reddy, surnommé Adidas, condamné plusieurs fois pour vente de speed. Comme il a essayé de s'enfuir, vous pouvez être certains qu'il a de la dope sur lui. Déshabillez-le. »

Beate Lønn se redressa et retourna vers l'Amazon.

« Je croyais qu'elle s'occupait d'empreintes digitales, dit le policier en civil à Bjørn Holm qui s'était mis à côté d'eux. Pas d'identifier des trafiquants de drogue.

— Elle connaît toutes les personnes dont la photo se trouve dans le fichier de la police d'Oslo, dit Bjørn. Alors, la prochaine fois, regardez un peu mieux, OK ? »

Bjørn s'assit dans la Volvo, il démarra et jeta un coup d'œil à Beate. Elle savait qu'elle avait l'air d'une bonne femme de mauvaise humeur, là, les bras croisés, le regard furibard.

« On l'aura dimanche, dit Bjørn.

— Espérons, dit Beate. Tout est prêt à Bergslia ?

— Le groupe Delta a effectué une reconnaissance dans le coin et a repéré les positions qu'ils vont occuper. Ils ont dit que c'était facile à cause de la forêt alentour. Mais ils sont aussi dans la maison voisine.

— Et tous ceux qui ont fait partie du groupe d'enquête à l'époque ont été prévenus ?

— Oui. Ils savent tous qu'ils doivent rester près de leur téléphone toute la journée et faire un rapport immédiatement si on les appelle.

— C'est valable pour toi aussi, Bjørn.

— Et toi aussi. D'ailleurs, pourquoi est-ce que Harry n'était pas là pour une aussi grosse enquête sur un meurtre ? Il était déjà inspecteur principal à la Brigade criminelle.

— Oh, il était indisposé.

— Bourré ?

— Comment utilisons-nous Katrine ?

— Elle a une position en retrait dans le bois, avec une bonne vue sur la maison.

— Bien. Je veux un contact permanent avec elle sur son portable tant qu'elle est là-bas.

— Je m'en occupe. »

Beate regarda sa montre. 9 h 16. Ils passèrent dans Thomas Heftyes gate et Bygdøy allé. Ce n'était pas le chemin le plus court pour aller à l'hôtel de police, mais le plus agréable. Et cela faisait passer le temps. Beate regarda à nouveau l'heure. 9 h 22. Encore une demi-journée avant le début du jour J. Dimanche.

Johan Krohn fit attendre Harry à l'accueil pendant les quatre minutes réglementaires avant de sortir de son bureau. Il donna quelques ordres apparemment superflus à la réceptionniste avant de s'adresser aux deux hommes qui attendaient.

« Hole », dit-il en étudiant le visage du policier comme pour établir un diagnostic sur l'humeur et les dispositions de ce dernier avant de lui tendre la main.

« Et vous avez pris votre propre avocat ?

— Voici Arnold Folkestad, dit Harry. C'est un collègue. Je lui ai demandé de m'accompagner afin d'avoir un témoin de ce qui sera dit et décidé.

— Judicieux, judicieux, dit Johan Krohn, sans que rien ni dans le ton de sa voix ni dans ses traits n'indique qu'il le pensait réellement. Venez, venez. »

Il les précéda, jeta un coup d'œil à une montre étonnamment fine et féminine, et Harry comprit l'allusion : je suis un avocat demandé, et je dispose d'un temps limité pour cette affaire relativement mineure. Par la taille, son bureau était celui d'un associé du cabinet et sentait le cuir — odeur que Harry attribua aux années de la revue juridique *Rettstidende* reliées qui garnissaient les étagères. Quant au parfum, il savait d'où il venait. Silje Gravseng était assise sur une chaise tournée à moitié vers eux, à moitié vers le bureau massif de Johan Krohn.

« Essence menacée ? demanda Harry en passant la main sur le dessus du bureau avant de s'asseoir.

— Non, rien que du teck, très banal, dit Krohn avant de s'installer dans son siège, derrière le morceau de forêt tropicale.

— Banal hier, essence menacée aujourd'hui », dit Harry en adressant un bref signe de tête à Silje Gravseng. Elle répondit en fermant et en rouvrant lentement les paupières, comme si elle ne pouvait bouger la tête. Ses cheveux étaient retenus par une queue-de-cheval tellement serrée qu'elle lui rétrécissait les yeux. Elle portait un tailleur qui aurait pu faire croire qu'elle était une employée du cabinet. Elle avait l'air calme.

« Si nous allions droit au but ? » déclara Johan Krohn qui avait pris son attitude habituelle, en joignant le bout des doigts. « Mlle Gravseng a donc expliqué qu'elle a été violée dans votre bureau de l'École de Police, vers minuit, à la date donnée. Les preuves sont pour le moment des traces de griffures, des bleus et une robe déchirée. Tout cela a été photographié et peut être présenté comme preuve au tribunal. »

Krohn fit un signe de tête à Silje comme pour s'assurer qu'elle supportait l'épreuve avant de poursuivre.

« Il est vrai que l'examen médical aux urgences-viols n'a pas montré d'égratignures ou d'écorchures au bas-ventre, mais, de toute façon, c'est rare. Même dans les agressions avec violence, on parle de quinze à trente pour cent des cas. Il n'y a pas de trace de sperme dans le vagin puisque vous avez eu la présence d'esprit d'éjaculer à l'extérieur, plus précisément sur le ventre de Mlle Gravseng. Puis vous l'avez laissée se rhabiller, vous l'avez traînée jusqu'à l'entrée et vous l'avez flanquée dehors. Dommage qu'elle n'ait pas eu autant de présence d'esprit que vous et qu'elle n'ait pas récolté de sperme comme preuve : elle est restée à pleurer sous la douche pendant des heures, et elle a fait tout son possible pour nettoyer la moindre trace de la souillure. Pas très malin, peut-être, mais c'est une réaction très compréhensible et très courante chez une jeune fille. »

Krohn avait un petit tremolo indigné dans la voix, et Harry ne le considéra pas du tout comme authentique, mais comme une manière de leur montrer à quel point cela serait efficace lors d'un procès éventuel.

« Cependant, le personnel des urgences-viols a l'obligation de décrire la réaction psychologique de la victime en quelques lignes. Nous parlons ici de professionnels qui ont une longue expérience du comportement des personnes violées, et il s'agit de descriptions auxquelles le tribunal attachera une grande importance. Et croyez-moi, dans ce cas, les observations psychologiques soutiennent le dossier de ma cliente. »

Un sourire presque désolé passa brièvement sur le visage de l'avocat.

« Mais avant d'examiner les preuves plus en détail, pourrais-je savoir si vous avez réfléchi à ma proposition, Hole ? Si vous êtes parvenu à la conclusion que cette offre est le chemin à suivre, ce que j'espère pour toutes les parties, voici le contrat. Naturellement, il restera confidentiel. »

Krohn tendit à Harry un dossier en cuir noir tout en interrogeant Arnold Folkestad du regard, qui acquiesça lentement.

Harry ouvrit le dossier et lut rapidement la feuille A4.

« Mm. Je démissionne de l'École et je renonce à tout emploi dans la police, ou tout travail lié à la police. Et je n'adresse plus jamais la parole à Silje Gravseng, et je ne parle plus jamais d'elle. Je vois qu'il ne reste plus qu'à signer.

— Ce n'est pas compliqué. Donc, si vous avez fait le calcul et si vous êtes arrivé à la bonne réponse... »

Harry acquiesça. Il jeta un coup d'œil à Silje Gravseng qui restait raide comme un piquet et le regardait fixement d'un air dénué d'expression.

Arnold Folkestad toussota discrètement et Krohn tourna vers lui un regard aimable, tout en rajustant sa montre. Arnold lui tendait une chemise jaune.

« Qu'est-ce que c'est ? demanda Krohn en haussant un sourcil, avant de saisir le dossier.

— Notre proposition pour un accord, dit Folkestad. Comme vous le verrez, nous proposons que Silje Gravseng quitte l'École immédiatement, et qu'elle renonce à tout emploi dans la police, ou tout travail lié à la police.

— Vous plaisantez…

— De même qu'elle ne reprenne plus jamais contact avec Harry Hole.

— C'est inouï.

— En contrepartie, et dans l'intérêt de toutes les parties, nous nous abstiendrons de poursuivre devant la justice cette tentative de chantage sur un employé de l'École de Police.

— Dans ce cas, c'est réglé, nous nous verrons au tribunal, dit Krohn, qui parvint à ce que le cliché ne sonne pas comme tel. Et même si vous portez plainte, je m'occuperai personnellement de cette affaire. »

Folkestad haussa les épaules.

« Dans ce cas, j'ai peur que vous ne soyez assez déçu, Maître.

— On verra bien qui sera déçu. » Krohn s'était levé, il avait boutonné sa veste pour signifier qu'il se préparait à son rendez-vous suivant quand il croisa le regard de Harry. Il s'arrêta dans son mouvement, hésita.

« Qu'est-ce que vous voulez dire ?

— Si vous voulez bien vous donner la peine, dit Folkestad, je vous suggère de lire les documents annexés à la proposition d'accord. »

Krohn ouvrit la chemise. Feuilleta. Lut.

« Comme vous le voyez, poursuivit Folkestad, votre cliente a suivi les cours sur le viol à l'École de Police, cours où l'on présente les réactions psychologiques habituelles chez une personne violée.

— Cela ne veut pas dire que…

— Puis-je vous demander de garder vos objections pour la fin et de passer à la page suivante, Maître ? Vous trouverez un témoignage signé, mais encore officieux, d'un étudiant qui se trouvait juste devant l'entrée de l'École de Police, au moment où Mlle Gravseng a quitté les locaux à l'heure dite. Il ne mentionne pas de robe déchirée. Au contraire, il dit qu'elle était habillée et indemne. Et il admet l'avoir observée attentivement. » Il se tourna vers Silje Gravseng. « Un compliment pour vous, je suppose… »

Elle semblait toujours aussi raide, mais ses joues avaient rougi, et elle clignait rapidement des yeux.

« Comme vous pouvez le lire, Harry Hole est allé trouver cet étudiant au maximum une minute, c'est-à-dire soixante secondes, après que Mlle Gravseng est passée à côté de lui. Harry Hole n'a donc pas eu le temps de se doucher, par exemple. Harry Hole est resté avec le témoin jusqu'à ce que je le conduise à la Police scientifique, qui est… » Folkestad fit un signe. « Oui, page suivante, là. »

Krohn lut et se laissa tomber dans son fauteuil.

« Le rapport indique que Hole ne présente aucune des caractéristiques que l'on s'attend à trouver sur une personne qui vient de commettre un viol. Pas de peau sous les ongles, pas de sécrétions sexuelles, pas de poils pubiens d'une autre personne, ni sur les mains ni sur les organes génitaux. Et cela colle donc assez mal avec les accusations de Mlle Gravseng de griffures et de pénétration. Hole ne présentait pas non plus la moindre trace sur son corps qui indiquerait que Mlle Gravseng aurait lutté avec lui. La seule chose, ce sont deux cheveux sur les vêtements, mais on peut pleinement s'y attendre dans la mesure où Mlle Gravseng s'est penchée sur lui, physiquement, voir page 3. »

Krohn feuilleta sans lever les yeux. Son regard dansa sur la feuille, et trois secondes plus tard, ses lèvres formaient un juron. Harry comprit que le mythe était vrai, aucun juriste en Norvège n'était capable de lire une feuille A4 plus vite que lui.

« Pour finir, ajouta Folkestad, si vous voyez le volume de sperme mesuré chez Hole moins d'une demi-heure après le prétendu viol, ce volume est de quatre millilitres. Une première éjaculation produit normalement entre deux et cinq millilitres de sperme. Une deuxième éjaculation au cours de la même demi-heure en produirait moins de dix pour cent. Bref, sauf si les testicules de Harry Hole sont faits de quelque chose de tout à fait spécial, il n'a pas eu d'éjaculation à l'heure où l'affirme Mlle Gravseng. »

Dans le silence qui suivit, Harry entendit une voiture klaxonner dehors, quelqu'un cria, il y eut un éclat de rire suivi d'un juron. La circulation était arrêtée.

« Ce n'est donc pas compliqué, poursuivit Folkestad en souriant doucement dans sa barbe. Si vous avez fait le calcul… »

Le halètement hydraulique de freins qui sont relâchés. Le siège de Silje Gravseng qui heurte le sol quand elle se lève brusquement, la porte qui claque derrière elle.

Krohn resta longuement tête baissée. Quand il la releva, il regarda Harry droit dans les yeux.

« Je suis désolé, dit-il. En tant qu'avocat, nous devons accepter que nos clients mentent pour se défendre. Mais ça… J'aurais dû mieux déchiffrer la situation. »

Harry haussa les épaules.

« Tu ne la connais pas.

— Non, dit Krohn. Mais je te connais, toi. Je *devrais* te connaître après toutes ces années, Hole. Je vais lui faire signer votre arrangement.

— Et si elle ne veut pas ?

— Je vais lui expliquer les conséquences d'un faux témoignage. Et d'une expulsion officielle de l'École de Police. Vous savez, elle n'est pas bête.

— Je le sais », dit Harry. Il soupira et se leva. « Je le sais. »

Dehors, la circulation était repartie.

Harry et Arnold Folkestad se dirigèrent vers Karl Johans gate.

« Merci, dit Harry. Mais je me demande encore comment tu as fait pour comprendre si vite.

— J'ai une certaine expérience des TOC, dit Arnold avec un sourire.

— Pardon ?

— Trouble obsessionnel compulsif. Quand une personne qui a ces dispositions s'est décidée à faire quelque chose, elle ne recule devant aucun moyen pour y parvenir. L'acte devient plus important, en soi, que les conséquences.

— Je sais ce qu'est un TOC, j'ai un copain psy qui m'a accusé d'en être affecté. Ce que je voulais dire, c'est comment tu as compris aussi rapidement que nous avions besoin d'un témoin et de nous rendre à la Technique. »

Arnold Folkestad rit dans sa barbe.

« Je ne sais pas si je peux te le dire, Harry.

— Et pourquoi ?

— On dira que j'ai été témoin d'une affaire semblable dans laquelle deux policiers ont failli être dénoncés par une personne qu'ils avaient passée à tabac, au point de la rendre infirme. Mais ils l'ont devancée avec une action similaire à ce que nous venons de faire. Bien entendu, les preuves ont été manipulées, l'un d'eux a brûlé les éléments techniques qui parlaient en leur défaveur. Et vu ce qui restait contre eux, l'avocat de l'autre homme lui a conseillé de laisser tomber sa plainte, parce que cela n'aboutirait à rien. J'ai pensé que ce serait la même chose dans le cas présent.

— À t'entendre, on croirait que je l'ai vraiment violée, Arnold.

— Pardon. » Arnold rigola. « Je m'attendais à ce qu'un truc comme ça finisse par arriver. Cette fille est une bombe à retardement. Nos tests psychologiques auraient dû empêcher son admission. »

Ils passèrent Egertorget. Des images traversèrent l'esprit de Harry. Le sourire d'un amour de jeunesse un jour de mai. Le cadavre d'un soldat de l'Armée du Salut devant la marmite de Noël. Une ville pleine de souvenirs.

« Alors, qui étaient ces deux policiers ?

— Haut placé.

— C'est pour ça que tu ne veux pas m'en parler ? Et tu étais impliqué ? Mauvaise conscience ? »

Arnold Folkestad haussa les épaules.

« Tous ceux qui ne défendent pas la justice devraient avoir mauvaise conscience.

— Mm. Les policiers qui sont à la fois violents et brûlent des preuves, il n'y en a pas tant que ça. On ne parlerait pas par hasard d'un inspecteur du nom de Truls Berntsen ? »

Arnold Folkestad ne dit rien, mais le frisson qui parcourut son corps rond et trapu suffit comme réponse pour Harry.

« L'ombre de Mikael Bellman. C'est ça que tu veux dire par haut placé, n'est-ce pas ? »

Harry cracha par terre.

« Si on parlait d'autre chose, Harry ?

— Oui, d'accord. On va déjeuner chez Schrøder.

— Le restaurant Schrøder ? Ils font vraiment... euh... le déjeuner ?

— Ils font des sandwichs au steak haché. Et ils ont de la place. »

« Tiens Nina, voilà quelque chose de familier, dit Harry à la serveuse qui venait d'apporter deux assiettes de steak haché très cuit posé sur des tranches de pain.

— C'est comme d'habitude, tu sais... » dit-elle avec un sourire avant de laisser les deux hommes.

« Ouais, Truls Berntsen », dit Harry en jetant un coup d'œil par-dessus son épaule. Arnold et lui étaient presque les seuls clients dans la salle simple et carrée qui, malgré des années d'interdiction de fumer dans les lieux publics, sentait encore le tabac. « Je crois que cela fait des années qu'il opère comme brûleur dans la police.

— Ah bon ? Folkestad contempla la chose carbonisée devant lui d'un air sceptique. Et Bellman ?

— Il était responsable de la lutte contre la drogue à l'époque. Je sais qu'il a fait un deal avec Rudolf Assaïev qui vendait de la fioline, une drogue proche de l'héroïne, dit Harry. Bellman a donné le monopole de la dope à Oslo à Assaïev. En échange, il devait réduire le trafic visible, le nombre de junkies dans les rues et le nombre de morts par overdose. Comme ça, Bellman avait l'air de réussir.

— Au point de rafler le poste de directeur de la police ? »

Harry mâcha prudemment la première bouchée de steak haché et haussa les épaules en guise de « peut-être ».

« Et pourquoi n'as-tu pas creusé ce que tu sais ? » Arnold Folkestad coupa avec méfiance ce qu'il espérait être de la viande. Il abandonna et regarda Harry, qui lui rendit un regard dénué d'expression et qui mâchait sans relâche. « La défense de la justice ? »

Harry finit par avaler. Il prit la serviette en papier et s'essuya la bouche.

« Je n'avais pas de preuve. En outre, je n'étais plus policier. Ce n'était pas de mon ressort. Ce n'est toujours pas de mon ressort, Arnold.

— Non, sans doute. » Folkestad transperça un morceau avec sa fourchette, il le souleva et l'inspecta. « Ce n'est pas mes oignons, Harry, mais si ce n'est pas de ton ressort, puisque tu n'es plus policier, pourquoi est-ce que la Médecine légale t'a envoyé le rapport d'autopsie de cet Assaïev ?

— Mm. Tu l'as vu ?

— Seulement parce que je rapporte ton courrier lorsque je vais chercher le mien. Parce que l'administration ouvre tout le courrier. Et parce que je suis un gros curieux, naturellement.

— Alors, c'est bon ?

— Je n'ai pas encore goûté.

— Allez, attaque. Ça ne mord pas.

— Mais je t'en prie, Harry. »

Harry sourit.

« Ils ont cherché derrière le globe oculaire. C'est là qu'ils ont trouvé ce que nous cherchions. Un petit trou dans le gros vaisseau sanguin. Par exemple, quelqu'un a pu écarter le globe oculaire d'Assaïev pendant qu'il était dans le coma et, en même temps, lui enfoncer une seringue dans le coin de l'œil et lui injecter des bulles d'air. Le résultat conduit à une cécité immédiate, puis à un caillot de sang dans le cerveau, impossible à détecter.

— Je n'ai vraiment pas envie de ça », dit Arnold Folkestad avec une grimace. Et il reposa sa fourchette. « Es-tu en train de dire que tu as prouvé qu'Assaïev a été tué ?

— Non. Il est impossible d'établir avec certitude la cause de la mort. Mais la piqûre montre ce qui a pu se passer. Bien entendu, le mystère, c'est de savoir comment quelqu'un a pu pénétrer dans sa chambre à l'hôpital. Le policier en faction a affirmé qu'il n'a vu passer personne au moment où la piqûre a été faite. Ni médecin, ni personne étrangère au service.

— Le mystère de la chambre close.

— Oh, il y a plus simple. Par exemple, le policier a quitté son poste, ou il s'est endormi et, bien entendu, il ne veut pas le reconnaître. Ou alors, il est complice du meurtre, de manière directe ou indirecte.

— S'il avait quitté son poste ou s'il s'était endormi, le meurtre aurait reposé sur un heureux concours de circonstances. Et ça, nous n'y croyons pas, n'est-ce pas ?

— Non, Arnold, nous n'y croyons pas. Mais on a pu l'amener à quitter son poste. Ou il a pu être drogué.

— Ou acheté. Il faut que tu fasses interroger cet homme ! »
Harry secoua la tête.
« Mais pourquoi pas ?

— En premier lieu, je ne suis plus policier. En deuxième lieu, ce policier est mort. C'est lui qui a été tué dans la voiture près de Drammen. » Harry fit oui de la tête, leva sa tasse de café et en but une gorgée.

« Ah merde ! » Arnold s'était penché en avant. « Et en troisième lieu ? »

Harry fit signe à Nina qu'il voulait l'addition.

« Est-ce que j'ai parlé d'un troisième lieu ?

— Tu as dit "deuxième", et pas "second", comme si tu n'avais pas terminé ton énumération.

— Il va falloir que je fasse plus attention au choix de mes mots. »

Arnold inclina sa grosse tête barbue sur le côté. Et Harry vit la question dans le regard de son collègue. Et si c'est une affaire que tu ne veux pas suivre, pourquoi m'en parles-tu ?

« Allez, finis de manger, dit Harry. J'ai un cours. »

Le soleil glissa sur un ciel pâle, il atterrit doucement à l'horizon et donna une couleur orange aux nuages.

Truls Berntsen était dans sa voiture et écoutait la fréquence de la police. Il attendait la nuit. Il attendait que les lumières de la maison en face de lui soient allumées. Il attendait de la voir. Entrapercevoir Ulla lui suffirait.

Quelque chose se préparait. Il l'entendait aux communications. Il se passait quelque chose à côté des transmissions normales, habituelles et mesurées. Des messages brefs, intenses, qui venaient de temps en temps, comme s'ils avaient reçu l'ordre de ne pas utiliser la radio plus que le strict nécessaire. Et ce n'était pas tant ce qui était dit que ce qui n'était pas dit. Des phrases staccato qui, visiblement, avaient trait à de la surveillance et du transport, mais sans que l'on mentionne d'adresse, d'heures et de noms. On disait que, autrefois, la fréquence de la police était la quatrième radio locale la plus écoutée à Oslo, mais c'était avant qu'elle ne soit cryptée. Pourtant, ce soir, ils causaient comme s'ils mouraient de peur de révéler quelque chose.

Tiens, ça recommençait. Truls monta le volume.

« Zéro-Un. Delta Deux-Zéro. Tout est calme. »

Le groupe d'intervention Delta. Une action armée.

Truls prit ses jumelles. Les braqua sur la fenêtre du salon. Il était plus difficile de la voir dans la nouvelle maison, la terrasse devant le salon bouchait la vue. Avec l'ancienne bâtisse, il pouvait se placer derrière le bouquet d'arbres et regarder droit dans le salon. Il la voyait assise sur le canapé, les jambes repliées sous elle. Pieds nus. Écartant les boucles blondes de son visage. Comme si elle se savait observée. Elle était si belle qu'il avait envie d'en pleurer.

Le ciel au-dessus du fjord d'Oslo vira de l'orange au rouge, puis au violet.

Il faisait noir la nuit où il avait garé sa voiture tout près de la mosquée d'Åkebergsveien. Il était descendu à l'hôtel de police, avait mis son badge autour du cou au cas où quelqu'un du poste de garde l'aurait observé. Il était entré dans le hall puis avait pris l'escalier jusqu'au dépôt. Là, il avait mis ses lunettes de vision nocturne. Il avait commencé à les porter depuis que la lumière allumée avait éveillé la suspicion d'un gardien Securitas alors qu'il effectuait un de ses boulots de brûleur pour Assaïev. Il avait été rapide. Il avait trouvé la boîte grâce à la date, il avait ouvert le sachet qui contenait la balle de neuf millimètres que l'on avait retirée de la tête de Kalsnes et l'avait remplacée par celle qu'il avait dans la poche de sa veste.

La seule chose un peu bizarre, c'est qu'il avait eu le sentiment de ne pas être seul dans le dépôt.

Il regarda Ulla. Est-ce qu'elle le sentait aussi ? Était-ce pour cela qu'elle levait le nez de son livre pour jeter un coup d'œil vers la fenêtre ? Comme s'il y avait quelqu'un dehors. Quelqu'un qui l'attendait.

Les messages avaient repris à la radio.

Il savait de quoi ils parlaient.

Il comprit ce qu'ils préparaient.

Chapitre 25

Le jour J touchait à sa fin.

Le talkie-walkie crépita doucement.

Katrine Bratt se tortilla sur le mince tapis de sol. Elle souleva à nouveau les jumelles et regarda la maison à Bergslia. Pas de lumière. Tranquille. Comme elle l'avait été depuis presque une journée entière.

S'il devait se passer quelque chose, ce serait bientôt. Dans trois heures, ce serait un autre jour. Ce ne serait plus la bonne date.

Elle frissonna. Mais ça aurait pu être pire. Dix degrés dans la journée et pas de pluie. Cependant, une fois le soleil couché, la température avait chuté et elle avait commencé à être frigorifiée même avec des sous-vêtements d'hiver et une doudoune qui, d'après le vendeur, était à « huit cents selon la norme américaine, pas la norme européenne ». Un truc d'indice de chaleur divisé par le poids. Ou bien était-ce la quantité de plumes par une certaine unité de volume ? En tout cas, en ce moment précis, elle aurait aimé avoir un machin de plus chaud que huit cents quelque chose. Comme un homme contre lequel se serrer...

Personne n'était posté à l'intérieur de la maison. Ils n'avaient pas pris le risque d'être vus entrant ou sortant. Même lors des reconnaissances, et à partir du moment où ils avaient pris position, ils s'étaient garés loin de la maison. En outre, ils n'étaient jamais plus de deux personnes à la fois, et toujours en civil.

La position qui lui avait été attribuée se trouvait sur une petite hauteur dans le bois de Berg, un peu en retrait de celles occupées par les hommes du groupe Delta. Elle connaissait leurs positions mais, même lorsqu'elle regardait directement celles-ci avec ses jumelles, elle ne voyait rien. Elle savait que quatre tireurs d'élite couvraient chacun un côté de la maison, et onze personnes étaient prêtes à donner l'assaut et pouvaient atteindre la maison en moins de huit secondes.

Elle regarda à nouveau sa montre. Il restait deux heures et cinquante-huit minutes.

D'après ce qu'ils savaient, le meurtre avait eu lieu en fin de journée, mais il est difficile de déterminer l'heure de la mort quand le corps est découpé en morceaux de deux kilos maximum. Pour le moment, les meurtres qui imitaient les premiers assassinats s'étaient produits à peu près aux mêmes heures, et l'on ne s'était donc attendu à rien dans la journée.

Les nuages venaient de l'ouest. On annonçait un temps sec, mais la visibilité serait plus mauvaise. D'un autre côté, il ferait peut-être plus doux. Bien entendu, elle aurait dû apporter un sac de couchage. Son portable vibra. Katrine répondit.

« Qu'est-ce qui se passe ? » C'était Beate.

« Rien à signaler, dit Katrine en se grattant la nuque. Sauf que le réchauffement climatique est un fait. Il y a des moucherons qui piquent ici. En mars.

— Tu veux dire des moustiques ?

— Non, des moucherons. On en a… énormément à Bergen. Des coups de fil intéressants ?

— Non. Ici, c'est chips fromage, Maxi Pepsi et Gabriel Byrne. Dis-moi, il est hot, ou il est *juste un peu* trop vieux ?

— Hot. Tu es en train de regarder *En analyse* ?

— Première saison. Disque 3.

« — J'aurais pas cru que tu étais portée sur les calories et les DVD. Pantalon de jogging ?

— Avec des élastiques ultra-confort. Je dois profiter de l'absence de la petite pour me relaxer un peu.

— On échange ?

— Non. Je dois raccrocher au cas où le prince appellerait. Tiens-moi au courant. »

Katrine posa le téléphone à côté du talkie-walkie. Elle souleva les jumelles et observa la route devant la maison. En principe, il pouvait arriver de n'importe où. Certes, probablement pas en passant par-dessus les grillages des deux côtés de la voie où le métro passait à l'instant, mais s'il venait de Damplassen, il pouvait traverser le bois en empruntant un des nombreux chemins. Il pouvait passer par les jardins voisins le long de Bergslia, surtout si le ciel était couvert et la nuit plus noire. Mais s'il se sentait en sécurité, il n'y avait aucune raison pour qu'il ne vienne pas par la route. Une personne peinait à monter la pente sur un vieux vélo, elle pestait, peut-être était-elle un peu ivre.

Qu'est-ce que Harry pouvait bien faire ce soir ?

Personne ne savait vraiment ce que faisait Harry, même quand on était assis en face de lui. Harry le secret. Pas comme les autres. Pas comme Bjørn Holm, qui était totalement transparent. Qui, hier, lui avait dit qu'il avait l'intention d'écouter des disques de Merle Haggard en attendant à côté du téléphone. Et en mangeant des steaks d'élan faits maison à Skreia. Comme elle avait fait une grimace, il avait dit que quand cette histoire serait terminée il l'inviterait à goûter les steaks d'élan de sa maman avec des frites et l'initierait aux secrets du Bakersfield sound. De toute façon, il n'avait rien d'autre. Pas étonnant que le gars soit célibataire. Il avait eu l'air de regretter d'avoir fait cette proposition quand elle l'avait poliment déclinée.

Truls Berntsen faisait son tour dans Kvadraturen. Comme il le faisait presque tous les soirs. Il roulait doucement dans le quartier, passait d'une rue à l'autre, Dronningens gate, Kirkegata, Skipper-gata, Nedre Slottsgate, Tollbugata. C'était sa ville, autrefois. Ça recommencerait.

La fréquence de la police crachotait. Des codes qui lui étaient destinés, à lui, Truls Berntsen, et c'était lui qui était tenu à l'écart. Et ces idiots croyaient réussir, ils croyaient qu'il ne comprenait pas. Mais on ne la lui faisait pas. Truls ajusta le rétroviseur, jeta un coup d'œil sur son arme de service posée sur sa veste, sur le siège à côté. Comme d'habitude, c'était le contraire. C'était lui qui allait les doubler.

Les femmes sur le trottoir l'ignoraient. Elles reconnaissaient la voiture, savaient qu'il n'achèterait pas leurs services. Un jeune garçon maquillé avec un pantalon trop serré se balançait au poteau d'un panneau d'interdiction de stationner comme s'il s'agissait d'une barre de strip-tease. Il se déhancha et fit la moue à Truls qui lui répondit en lui faisant un doigt d'honneur.

On aurait dit que la nuit s'était épaissie. Truls se pencha vers le pare-brise et leva les yeux. Des nuages arrivaient de l'ouest. Il s'arrêta à un feu rouge. Jeta un nouveau coup d'œil sur le siège. Il les avait baisés coup sur coup, et il allait recommencer. C'était sa ville, personne n'allait la lui prendre.

Il rangea le pistolet dans la boîte à gants. L'arme du meurtre. Cela faisait tellement longtemps, mais il voyait encore son visage. René Kalsnes. Cette petite tronche de pédé, cette tronche de gon-zesse. Truls frappa le volant. Allez, putain, passe au vert !

Il l'avait d'abord frappé avec la matraque.

Puis il avait sorti son arme de service.

Même dans le visage ensanglanté et démoli, Truls avait vu la supplication, il avait entendu un souffle implorant, proche du sifflement d'un pneu crevé. Muet. Vain.

Il avait placé la balle à la racine du nez. Il avait vu la petite secousse, comme dans un film. Il avait amené la voiture au bord du précipice, et elle était tombée. Puis il était parti. Il s'était arrêté un peu plus loin, avait essuyé la matraque et l'avait jetée dans la forêt. Il en avait plusieurs chez lui dans le placard de sa chambre. Des armes, des lunettes de vision nocturne, un gilet pare-balles, et même un fusil Märklin que l'on croyait toujours enfermé dans le dépôt des scellés.

Truls emprunta les tunnels pour aller dans le ventre d'Oslo. La droite, le parti de la bagnole, avait surnommé les nouveaux tunnels les vaisseaux sanguins vitaux de la capitale. Un représentant des Verts avait répondu en les qualifiant d'intestins de la ville : ils étaient peut-être nécessaires, mais c'était de la merde qui circulait dedans.

Il se fraya un chemin à travers les sorties et les ronds-points dont les panneaux suivaient la tradition d'Oslo selon laquelle il fallait être du coin pour ne pas se planter avec les blagues de la voirie. Oslo Est. Son quartier. La radio continuait à jacasser. Une voix fut couverte par un grondement. Le métro. Les cons. Croyaient-ils qu'il ne pourrait pas déchiffrer leurs codes enfantins ? Ils étaient à Bergslia. Devant la maison jaune.

Harry était allongé sur le dos et contemplait la fumée de sa cigarette dont les volutes montaient vers le plafond de la chambre. Elles formaient des figures et des visages. Il savait lesquels. Il pouvait les nommer, un à un. Dead Policemen's Society. Il souffla pour les faire disparaître. Il avait pris une décision. Il ne savait pas exactement quand il s'était décidé, mais il savait que cela allait tout changer.

Pendant un moment, il avait essayé de se convaincre que ce ne serait pas aussi grave, qu'il exagérait. Mais il avait été alcoolique pendant de trop longues années pour ne pas reconnaître la fausseté de cette dédramatisation. Une fois qu'il aurait dit les paroles qu'il avait l'intention de dire, cela changerait tout dans sa relation avec la femme à côté de lui. Cela l'effrayait. Il testa ses formules. Il fallait le dire maintenant.

Il prit sa respiration. Elle le devança.

« Je peux avoir une taffe ? » murmura Rakel en se serrant encore

302

plus contre lui. Sa peau nue avait cette chaleur d'un poêle qu'il commençait à désirer aux moments les plus inattendus. Il faisait chaud sous la couette, froid dessus. Des draps blancs, toujours des draps blancs. Plus rien ne serait dit de la même façon.

Il lui tendit la Camel. Il la regarda la tenir de cette façon un peu maladroite, creuser les joues, elle observait la cigarette comme s'il était plus prudent de ne pas la quitter des yeux. Il pensa à tout ce qu'il avait.

À tout ce qu'il avait à perdre.

« Tu veux que je te conduise à l'aéroport demain ? demanda-t-il.

— Tu n'as pas besoin de le faire.

— Je sais. Mais mon premier cours commence tard.

— Alors oui, emmène-moi. » Elle l'embrassa sur la joue.

« À deux conditions. »

Rakel se mit sur le côté et l'interrogea du regard.

« La première, c'est que tu n'arrêtes jamais de fumer comme une minette à une fête. »

Elle rit doucement.

« Je vais essayer. Et ensuite ? »

Il saliva. Il savait qu'il songerait peut-être à tout ceci comme le dernier instant heureux de sa vie.

« J'attends... »

Merde, merde.

« J'ai l'intention de rompre une promesse, dit-il. Une promesse que je m'étais tout d'abord faite à moi-même mais qui, je crains, te concerne aussi. »

Il sentit plus qu'il n'entendit la respiration de Rakel qui changea. Le souffle court. Rapide. Inquiet.

Katrine bâilla. Elle regarda sa montre. L'aiguille des secondes, luminescente, qui marquait le compte à rebours. Aucun enquêteur d'autrefois n'avait reçu de coup de fil.

Elle aurait dû sentir la tension monter à mesure que l'heure limite approchait mais c'était le contraire, c'était comme si elle avait déjà commencé à amortir la déception en pensant d'une manière exagérément positive. En pensant au bain chaud qu'elle prendrait une fois rentrée chez elle. À son lit. Au café au petit matin, à une nouvelle journée qui offrirait de nouvelles possibilités. Car il y avait toujours quelque chose de nouveau. Il le fallait.

Elle voyait les phares des voitures sur le Ring 3, de la ville qui continuait son activité, incroyablement imperturbable. L'obscurité s'était faite plus dense lorsque les nuages avaient formé un rideau devant la lune. Elle allait se tourner sur le côté quand elle se figea. Un bruit. Un craquement. Une branche. Ici.

Elle retint son souffle et tendit l'oreille. La position qui lui avait été attribuée était entourée de buissons et d'arbres, il avait été important qu'elle ne puisse pas être vue des chemins que le meurtrier pourrait emprunter. Cependant, il n'y avait pas de branchages sur les chemins.

Nouveau craquement. Plus proche cette fois-ci. Katrine ouvrit automatiquement la bouche, comme si le sang qui battait plus vite dans les veines exigeait davantage d'oxygène.

Katrine tendit la main vers le talkie-walkie. Mais elle ne l'atteignit jamais.

Il avait dû se déplacer à la vitesse de l'éclair, pourtant, le souffle qu'elle sentit sur sa nuque était calme et le murmure à son oreille tranquille, presque enjoué.

« Qu'est-ce qui se passe ? »

Katrine se tourna vers lui et souffla longuement.

« Rien. »

Mikael Bellman prit les jumelles de Katrine et les braqua sur la maison en dessous d'eux.

« Le groupe Delta a deux positions de ce côté-ci de la ligne de métro, n'est-ce pas ?

— Oui. Comment... ?

— J'ai une carte de l'opération, dit Bellman. C'est comme ça

que j'ai trouvé ton poste d'observation. Bien caché, je dois dire. »
Il se frappa le front. « Ça alors, des moustiques en mars.

— Moucherons.

— Erreur, dit Mikael Bellman qui avait encore les jumelles sur les yeux.

— Non, nous avons raison tous les deux. Ces moucherons sont des moustiques, mais bien plus petits.

— Erreur...

— Certains sont tellement petits qu'ils ne sucent pas le sang des gens, mais d'autres insectes. Ou les fluides corporels puisque les insectes n'ont pas de...

— ... Il se passe quelque chose. Une voiture s'est arrêtée devant la maison.

— Imagine un peu que tu sois un moustique dans le marais, c'est déjà assez agaçant, et en plus tu es bouffé par d'autres moustiques. » Katrine savait que c'était l'excitation qui la faisait parler comme ça, sans savoir précisément ce qui la rendait nerveuse. Qu'il soit le directeur de la police, peut-être.

« Une personne va de la voiture à la maison, dit Bellman.

— C'est que tu as vraiment été un mauvais hindou dans ta vie... »
Le talkie-walkie crachota, mais elle ne parvenait pas à se taire. « Alors si un moucheron... Qu'est-ce que tu dis ? »

Elle s'empara des jumelles. Chef de la police ou pas, c'était sa position. Et c'était vrai. À la lueur des lampadaires, elle vit une personne qui avait déjà franchi le portillon et empruntait le chemin de gravier vers la porte de la maison. Il était vêtu en rouge et portait quelque chose qu'elle n'arrivait pas à distinguer. Katrine avait la bouche sèche. C'était lui Cela arrivait. *Maintenant.* Elle prit son portable.

« Et ce n'est pas le cœur léger que je vais rompre cette promesse », dit Harry. Il fixa la cigarette qu'elle lui avait rendue. Il espéra qu'il restait au moins une bouffée. Il allait en avoir besoin.

« Et quelle promesse ? » La voix de Rakel était faible, désemparée. Seule.

« C'est une promesse que je m'étais faite… » Harry serra le filtre entre ses lèvres. Inhala. Il sentit la fumée, la fin de la cigarette qui a un goût si différent de la première bouffée. « Je ne devais jamais te demander de m'épouser. »

Dans le silence qui s'ensuivit, il entendit un souffle de vent dans les feuilles des arbres, comme si c'était un public qui chuchotait, à la fois excité et choqué.

Puis vint la réponse de Rakel. Comme un bref message par talkie-walkie :

« Répète. »

Harry s'éclaircit la gorge.

« Rakel, veux-tu m'épouser ? »

La brise s'était calmée. Il se dit que tout ce qui restait était silence. Calme. Nuit. Et au milieu de tout ça, Harry et Rakel.

« Tu plaisantes ? » Elle s'était écartée de lui.

Harry ferma les yeux. Il était en chute libre.

« Non, je ne plaisante pas.

— Sûr ?

— Pourquoi est-ce que je plaisanterais ? Tu *voudrais* que je plaisante ?

— En premier lieu, il est vrai que tu as un humour épouvantable, Harry.

— D'accord.

— En deuxième lieu, je dois tenir compte d'Oleg. Et toi aussi.

— Dis donc, tu n'as pas compris qu'Oleg est un des grands plus dans cette question de mariage avec toi ?

— En troisième lieu, même si je voulais, se marier présente un certain nombre de conséquences juridiques. Ma maison…

— J'avais pensé à la séparation des biens, oui. Merde, quoi, je ne vais pas te servir ma fortune sur un plateau. Et puis, je ne promets

306

pas grand-chose, mais je te promets le divorce le plus paisible de tous les temps. »

Elle rit brièvement.

« Mais on est déjà bien comme ça, non ?

— Si, nous avons tout à perdre. Et en quatrième lieu ?

— En quatrième lieu, ce n'est pas comme ça qu'on fait une demande en mariage, Harry. Pas dans le lit, pas en train de fumer.

— Bon. Si tu veux que je me mette à genoux, il va d'abord falloir que j'enfile un pantalon.

— Oui.

— "Oui", il faut que je mette un pantalon ? Ou "Oui"…

— Oui, imbécile ! Oui, je veux t'épouser. »

La réaction de Harry fut automatique, ancrée en lui après une longue vie de policier. Il se tourna sur le côté et regarda l'heure. Il nota l'heure, 23 h 11. Ce qui était nécessaire pour écrire le rapport. L'heure à laquelle on parvenait sur le lieu du crime, celle à laquelle on procédait à l'arrestation, celle à laquelle le coup de feu avait été tiré.

« Seigneur, entendit-il Rakel marmonner. Mais qu'est-ce que je raconte ?

— Le délai de rétractation est terminé dans cinq secondes », dit Harry en se retournant vers elle.

Son visage était si proche du sien qu'il voyait seulement un vague éclat dans les yeux grands ouverts de Rakel.

« Le délai est écoulé, dit-elle. Et c'est quoi, ce ricanement ? »

Harry sentit lui-même ce sourire qui ne cessait de s'étaler sur son visage, comme un œuf que l'on vient de casser dans une poêle.

Beate avait les jambes posées sur l'accoudoir du canapé. Elle regardait Gabriel Byrne se tortiller sur son siège. Elle avait trouvé que c'était sûrement les cils et l'accent irlandais. Les cils de Mikael Bellman, la diction d'un poète. L'homme qu'elle fréquentait ne présentait ni l'un ni l'autre, mais ce n'était pas le problème. Il y avait quelque chose de bizarre chez lui. Primo, l'intensité. Il n'avait pas compris pourquoi il ne pouvait pas venir chez elle si elle était seule, comme ce soir. Parce que, pour lui, ça allait très bien. Et puis, il y avait son passé à lui. Il lui avait raconté des choses qui ne collaient pas, elle s'en était rendu compte peu à peu.

Ou peut-être n'était-ce pas si bizarre. On a envie de faire bonne impression, et on en rajoute un peu.

Peut-être que, au contraire, c'était elle qui était bizarre. Elle avait fait une recherche sur Google le concernant. Sans rien trouver. À la place, elle en avait fait une sur Gabriel Byrne. Elle avait lu avec intérêt qu'il avait bossé à fabriquer des ours en peluche avant de trouver ce qu'elle cherchait sur Wikipédia. Épouse : Ellen Barkin (1988-1999). Pendant un instant, elle avait cru que Gabriel était veuf — comme elle — avant de comprendre que c'était proba- blement son mariage qui s'était éteint. Et, dans ce cas, Gabriel avait été célibataire plus longtemps qu'elle. Ou Wikipédia n'était-il peut- être pas à jour sur ce point ?

À l'écran, la patiente flirtait de manière éhontée. Mais Gabriel ne se laissait pas avoir. Il lui adressait un petit sourire préoccupé, posait son regard doux sur elle et disait une banalité qui, avec lui, sonnait comme un poème de Yeats.

Il y eut une lumière sur la table et son cœur s'arrêta de battre.

Le téléphone. Il sonnait. C'était peut-être lui. Valentin.

Elle prit son téléphone, vit qui appelait. Elle soupira.

« Oui, Katrine ?

— Il est là. »

Beate entendit à l'excitation de sa collègue que c'était vrai : ça mordait, il y avait une touche.

« Raconte…

— Il est en haut de l'escalier. »

L'escalier ? C'était plus qu'une simple touche. Le poisson était ferré. Et la maison était cernée.

« Il reste là, il hésite. »

Elle entendit l'agitation dans le talkie-walkie, derrière. Attrapez-le maintenant, attrapez-le maintenant, songea-t-elle. Katrine répondit à ses prières :

« On vient de donner l'ordre de passer à l'action. »

Beate entendit une autre voix à l'arrière-plan. Elle la connaissait, mais ne parvenait pas à l'identifier.

« Ils prennent la maison d'assaut, dit Katrine.

— Des détails, s'il te plaît.

— Le groupe Delta. Habillés en noir. Armes automatiques. Punaise, la vitesse à laquelle ils courent…

— Moins de blabla, des faits.

— Quatre hommes remontent l'allée. Ils l'aveuglent avec les torches. Les autres attendent, ils restent cachés pour voir s'il a du soutien. Il laisse tomber ce qu'il a dans les mains…

— Il va sortir une arm… »

Un bruit strident. Beate gémit. La sonnette.

« Non, il n'y réussira pas, ils sont déjà sur lui. Ils le plaquent au sol. »

Yes !

« Ils le fouillent. Ils tiennent quelque chose en l'air.

— Une arme ? »

La sonnette, une deuxième fois. Longuement. Avec insistance.

« On dirait une télécommande.

— Ouh là ! Une bombe ?

— Je sais pas. En tout cas, ils le tiennent. Ils font signe qu'ils contrôlent la situation. Attends…

— Il faut que j'aille ouvrir. Je te rappelle plus tard. »

Beate s'extirpa du canapé. Elle courut à la porte. Elle se demanda comment elle allait lui expliquer que c'était inacceptable. Quand elle disait qu'elle voulait être seule, elle était sérieuse.

Au moment où elle allait ouvrir, elle mesura l'étendue du chemin parcouru. De la jeune fille calme et effacée qui était allée à la même École de Police que son père, jusqu'à la femme qui non seulement savait ce qu'elle voulait, mais qui faisait aussi ce qu'elle devait pour l'obtenir. Le chemin avait été long et parfois difficile, mais la récompense valait bien chaque pas.

Elle vit l'homme devant elle. La lumière qui se reflétait sur son visage atteignit les rétines, se transforma en stimulus visuel et nourrit le gyrus fusiforme avec des informations.

Derrière elle, elle entendit la voix apaisante de Gabriel Byrne, comme s'il lui disait : « *Don't panic.* »

Son cerveau avait déjà reconnu depuis longtemps le visage en face d'elle.

Harry sentit l'orgasme qui venait. Le sien. La petite douleur exquise, les muscles du dos et du ventre qui se tendent. Il ferma la porte à ce qu'il voyait et ouvrit les yeux. Il vit Rakel qui le fixait d'un regard vitreux. La veine qui ressortait sur son front. Une secousse traversait son corps et son visage chaque fois qu'il donnait un coup de reins. Elle semblait vouloir dire quelque chose. Il perçut que ce n'était pas le regard passionné et blessé qu'elle affichait juste avant de jouir. C'était autre chose. Il y avait de la peur dans ce regard, une peur qu'il se souvenait n'avoir vu qu'une seule fois, et dans cette même chambre, d'ailleurs. Il nota qu'elle avait porté les deux mains autour de son poignet à lui, qu'elle essayait de retirer la main qui lui serrait le cou.

Il attendit. Il ne sut pas pourquoi, mais il ne lâcha pas prise. Il sentit la résistance dans le corps de Rakel, les yeux qui s'exorbitaient. Puis il la lâcha.

Il entendit le sifflement quand elle prit sa respiration.

« Harry… » Sa voix était rauque, méconnaissable. « … Mais qu'est-ce qui te prend ? »

Il la dévisagea. Il n'avait pas de réponse.

« Tu… » Elle toussa. « Tu ne dois pas serrer aussi longtemps !

— Désolé. Je me suis laissé un peu emporter. »

Et puis, il le sentit venir. Non pas l'orgasme, mais quelque chose qui y ressemblait. Une douleur exquise dans la poitrine qui montait jusqu'au cou et se répandait derrière les oreilles.

Il se laissa tomber à côté d'elle. Il enfonça la tête dans l'oreiller. Il sentit les larmes qui venaient. Il se tourna sur le côté, il inspira profondément, lutta contre ce qui arrivait. Mais qu'est-ce qui lui prenait ?

« Harry ? »

Il ne répondit pas. Il ne pouvait pas.

« Quelque chose ne va pas, Harry ? »

Il secoua la tête.

« Non, juste fatigué », dit-il la tête toujours dans l'oreiller.

Il sentit la main de Rakel sur son cou, qu'elle lui caressa doucement puis elle l'enlaça et se colla contre son dos.

Il pensa à ce qui finirait par le tracasser, il le savait : comment pouvait-il demander à quelqu'un qu'il aimait autant de partager sa vie avec un type comme lui ?

Katrine était bouche bée, elle écoutait la conversation furieuse dans le talkie-walkie. Derrière elle, Mikael Bellman jurait à voix basse. Ce n'était pas une télécommande que l'homme sur l'escalier tenait entre les mains.

« C'est un terminal de carte bancaire, grogna une voix essoufflée.

— Et qu'est-ce qu'il y a dans son sac ?

— Pizza.

— Répète ?

— On dirait que le type est un putain de livreur de pizzas. Il dit qu'il travaille pour Pizzaekspressen. Il a reçu une commande pour cette adresse il y a quarante-cinq minutes.

— OK, on va vérifier ça. »

Mikael Bellman se pencha et s'empara du talkie-walkie.

« Ici Mikael Bellman. Il a envoyé le livreur pour déminer le terrain. Ça veut dire qu'il est dans le coin et qu'il voit ce qui se passe. On a des chiens ? »

Silence. Crachotement.

« Ici U05. On peut les avoir dans quinze minutes. »

Bellman pesta à nouveau avant d'appuyer sur le bouton Communication.

« Envoyez-les. Et l'hélicoptère avec un projecteur et un détecteur de chaleur. Confirmez.

— Bien reçu. On envoie l'hélico. Mais je ne crois pas qu'il ait un détecteur de chaleur. »

Bellman ferma les yeux et murmura « idiot » avant de répondre : « Si, le détecteur de chaleur a été installé. Si le type est dans le bois, on le trouvera. Utilisez tous les hommes pour faire une nasse au nord et à l'ouest du bois. S'il veut s'enfuir, vous serez sur son chemin. Quel est ton numéro de portable U05 ? »

Bellman relâcha le bouton Communication et fit signe à Katrine qui se tint prête avec son appareil. Elle tapa les chiffres à mesure que U05 les donnait et tendit ensuite son portable à Bellman.

« U05 ? Falkeid ? Écoute, on est en train de perdre ce match, et nous sommes trop peu nombreux pour effectuer une recherche efficace dans le bois, alors on va tenter un truc. Puisque, de toute évidence, il soupçonnait que nous serions là, il est possible qu'il ait accès à nos fréquences radio. C'est exact, nous n'avons pas de détecteur de chaleur, mais s'il le croit, et s'il croit que nous allons lui tendre le piège au nord et à l'ouest, alors... » Bellman écouta. « Exactement. Place tes hommes sur le côté est. Mais laisses-en deux ou trois sur place au cas où il viendrait quand même à la maison pour vérifier comment ça s'est passé. »

Bellman coupa la communication et rendit le téléphone à Katrine.

« Qu'est-ce que tu crois ? » demanda-t-elle. L'écran du portable s'éteignit et ce fut comme si les taches pigmentaires de son visage luisaient dans l'obscurité.

« Je crois que nous nous sommes fait avoir. »

Chapitre 26

Ils partirent à l'aéroport à sept heures.

Il y avait des bouchons dans le sens opposé. Dans la voiture, ils ne disaient rien, chacun respectait l'accord qui existait entre eux depuis des années : pas de discussion inutile avant neuf heures du matin.

En passant les péages avant l'autoroute, ils eurent droit à un léger crachin que les essuie-glaces semblèrent plus absorber que balayer.

Harry alluma la radio, il écouta un bulletin d'informations, mais elle ne fut pas mentionnée. Non, il n'y avait pas la nouvelle qui aurait dû faire la une partout ce matin. L'arrestation à Berg, la nouvelle que l'on avait arrêté un suspect dans les meurtres de policiers. Après le sport qui parlait du match de l'équipe de Norvège contre l'Albanie, ils passèrent un duo de Pavarotti avec une pop-star quelconque et Harry s'empressa d'éteindre le poste.

À Karihaugen, Rakel posa la main sur celle de Harry, qui tenait le levier de vitesses. Il attendit qu'elle dise quelque chose.

C'étaient des bavardages inutiles et pourtant c'était nécessaire.

Ils allaient bientôt se quitter pour une semaine entière et Rakel n'avait pas encore mentionné d'un mot sa demande en mariage de la veille au soir. Avait-elle des regrets ? Elle ne disait jamais ce qu'elle ne pensait pas. À la sortie de Lørenskog, il se dit qu'elle imaginait

313

peut-être qu'il regrettait, *lui*. Peut-être se disait-elle que s'ils faisaient comme si de rien n'était, s'ils noyaient cela dans un océan de silence, alors rien ne s'était véritablement passé ? Au pire, on s'en souviendrait comme d'un rêve absurde. Merde, il avait peut-être *rêvé* tout ça ? À l'époque où il fumait de l'opium, il lui était arrivé de parler aux gens de choses dont il était persuadé qu'elles avaient bien eu lieu, et d'obtenir en retour des regards effarés.

À la sortie vers Lillestrøm, il rompit le pacte : « Qu'est-ce que tu penses de juin ? Le 21 est un samedi. »

Il lui jeta un coup d'œil mais elle avait tourné la tête, elle regardait le paysage de champs vallonnés. Silence. Merde, elle regrettait. Elle…

« Oui, juin, c'est bien, dit-elle. Mais je suis presque certaine que le 21 est un vendredi. » Il entendit le sourire dans sa voix.

« Un grand truc, ou juste nous et les témoins ?

— Qu'en penses-tu ?

— Tu décides, mais dix personnes maximum. Nous n'avons pas un service complet pour plus. Et puis, avec cinq personnes, tu as de quoi inviter tous les contacts de ton téléphone. »

Il rit. Ça pouvait être chouette. Il y aurait peut-être encore des crises, mais cela *pouvait* être chouette.

« Et si tu penses à Oleg comme témoin, il est déjà pris, dit-elle.

— Pigé. »

Harry se gara devant le terminal des départs, il embrassa Rakel alors que le coffre était encore ouvert.

Rentré à Oslo, il appela Øystein Eikeland. Son copain de virée, chauffeur de taxi et seul ami d'enfance avait l'air d'avoir la gueule de bois. D'un autre côté, Harry ne savait pas à quoi ressemblait la voix d'Øystein quand il n'en tenait pas une sévère.

« Témoin ? Merde, Harry, je suis touché. Que tu me demandes à *moi*, quoi. Merde, enfin, j'en pleurerais.

— Vingt et un juin. T'as quelque chose dans ton agenda ce jour-là ? »

314

Øystein rit doucement de la plaisanterie. Son rire se mua en toux. Une toux qui céda la place au glouglou d'une bouteille.

« Je suis touché, Harry. Mais la réponse est non. Tu as besoin de quelqu'un qui peut rester debout à l'église et prononcer distinctement un discours pendant le dîner. Et ce dont j'ai besoin, c'est d'une jolie voisine de table, de la picole gratos et zéro responsabilité. Mais je te promets que j'aurai le plus beau costume.

— Conneries, tu ne portes jamais de costume, Øystein.

— C'est bien pour ça qu'ils sont en super état. Peu servi. Comme tes copains, Harry. Tu pourrais appeler de temps en temps, tu sais.

— C'est possible. »

Ils raccrochèrent et Harry naviagua vers le centre-ville tout en passant en revue la courte liste des candidats restants au rôle de témoins. Il n'y en avait qu'un. Il appela le numéro de Beate Lønn. Tomba sur le répondeur après cinq sonneries et laissa un message.

La circulation se traînait comme un escargot.

Il composa le numéro de Bjørn Holm.

« Salut Harry.

— Est-ce que Beate est arrivée au boulot ?

— Elle est malade aujourd'hui.

— Beate ? Elle n'est jamais malade. Enrhumée, peut-être ?

— J'sais pas. Elle a envoyé un SMS à Katrine cette nuit. Malade. T'es au courant pour Berg ?

— Oh, j'avais oublié, mentit Harry. Alors ?

— Il n'a pas frappé.

— Dommage. Il va falloir continuer. Je vais essayer de l'appeler chez elle. »

Harry raccrocha et appela le numéro fixe de Beate.

Il laissa sonner deux minutes sans qu'elle décroche. Il regarda sa montre, il avait tout le temps avant son cours. Oppsal était sur son chemin et il ne perdrait pas beaucoup de temps à faire un petit tour. Il sortit à Helsfyr.

Beate avait repris la maison de sa mère, et elle rappelait à Harry celle où il avait lui-même grandi à Oppsal, une maison en bois caractéristique des années cinquante, du genre baraque sans fioriture de la classe moyenne grandissante qui considérait qu'un verger n'était plus le privilège de la bourgeoisie.

À l'exception du grondement de la benne à ordures qui traitait une à une les poubelles du fond de la rue, il n'y avait pas de bruit. Tout le monde était au travail, à l'école, à la crèche. Harry gara sa voiture, poussa le portail, passa à côté d'un vélo d'enfant avec un antivol, une poubelle avec des sacs qui débordaient, une balançoire, il monta en vitesse l'escalier jusqu'à une paire de Nike qu'il reconnut. Il sonna sous la plaque en céramique avec le nom de Beate et de sa fille.

Il attendit.

Sonna à nouveau.

Au premier étage, une fenêtre était ouverte, et il supposa qu'il s'agissait d'une des chambres. Peut-être n'entendait-elle pas à cause du vacarme du broyeur de la benne qui compactait les ordures et qui ne cessait de se rapprocher.

Il poussa la porte. Ouverte. Il entra. Il héla Beate. Pas de réponse. Il ne parvint plus à ignorer l'inquiétude qui était présente depuis un moment, il en avait conscience.

Elle n'était pas venue au travail.

Elle n'avait pas répondu sur son portable.

Il monta rapidement à l'étage, passa de chambre en chambre.

Vide. Rien n'avait été touché.

Il redescendit et passa au salon. Il resta sur le seuil et regarda alentour. Il savait exactement pourquoi il n'entrait pas dans la pièce, mais se refusa à aller jusqu'au bout de ses pensées.

Il ne voulait pas se dire qu'il se trouvait peut-être sur le seuil d'une scène de crime.

Il était déjà venu, mais la pièce lui parut soudain plus nue. C'était peut-être dû à la lumière du matin, ou à l'absence de Beate. Son regard s'arrêta sur la table. Un téléphone portable.

Il entendit l'air qui s'échappait de ses lèvres et saisit à quel point il était soulagé. Elle était sortie faire une course en vitesse, avait laissé son portable, ne s'était même pas donné la peine de fermer à clef. Elle était partie à la pharmacie du centre pour s'acheter de quoi calmer son mal de tête et sa fièvre. Oui, c'était ça. Harry songea aux Nike sur l'escalier. Et alors ? Une femme a plus d'une paire de chaussures, pas vrai ? Il lui suffisait d'attendre quelques minutes et elle rentrerait.

Harry changea de pied d'appui. Le canapé avait l'air tentant, mais il n'entra toujours pas. Son regard s'était posé sur le plancher. Il y avait un rectangle plus clair autour de la table basse devant la télé.

Visiblement, elle s'était débarrassée du tapis.

Récemment.

Harry sentit des démangeaisons sous sa chemise, comme s'il venait de se rouler dans l'herbe. Il s'accroupit. Sentit une légère odeur d'ammoniaque monter du parquet. Et s'il ne se trompait pas, ce type de plancher ne supportait pas l'ammoniaque. Harry se releva, redressa le dos. Fit quelques pas dans le couloir et entra dans la cuisine.

Vide. Bien rangée.

Il ouvrit le placard à côté du frigo. C'était comme si les maisons construites dans les années cinquante suivaient certaines règles tacites sur les endroits où l'on rangeait les conserves, les outils, les papiers importants et les produits ménagers. Au fond du placard, on trouvait le seau avec la serpillière soigneusement pliée sur le bord. Sur la première étagère, trois chiffons à poussière, un rouleau entier et un rouleau entamé de sacs-poubelles blancs. Une bouteille de savon Krystal. Un bidon avec l'étiquette Bona Polish. Harry se pencha pour la lire.

Spécial parquets. Ne contient pas d'ammoniaque.

Harry se releva lentement. Resta immobile. Tendit l'oreille. Inspira.

Il était rouillé, mais essaya d'intérioriser et de mémoriser tout ce

317

qu'il avait vu. La première impression. Il n'avait cessé de le souligner lors de ses cours. Pour un enquêteur tactique, les premières idées qui venaient à l'esprit sur une scène de crime étaient souvent les plus importantes et les plus justes, une incomparable collecte d'informations alors que les sens étaient encore pleinement en éveil avant d'être voilés et contrebalancés par les données froides des TIC.

Harry ferma les yeux, il tenta d'entendre ce que la maison essayait de lui dire, de saisir quel détail il avait négligé, ce détail qui lui dirait ce qu'il avait besoin de savoir.

Mais si la maison lui parlait, ce qu'elle disait était couvert par le vacarme de la benne à ordures juste devant la porte d'entrée ouverte. Il entendit les voix des hommes du camion, le portail ouvert, des rires enjoués. Insouciants. Comme s'il ne s'était rien passé. D'ailleurs, il ne s'était peut-être rien passé. Beate allait peut-être bientôt passer la porte, renifler un coup, serrer l'écharpe autour de son cou, son visage allait s'illuminer, surprise, mais heureuse de le voir. Et encore plus surprise et heureuse quand il lui demanderait si elle voulait être son témoin pour son mariage avec Rakel. Elle allait rire, rougir profondément, comme elle rougissait intensément quand quelqu'un la regardait. La jeune fille qui, autrefois, s'était enfermée dans la House of Pain, la salle vidéo de l'hôtel de police où elle était restée douze heures d'affilée, et qui avait identifié de manière infaillible les braqueurs masqués grâce aux images des caméras de surveillance de la banque. Celle qui était devenue la chef de la Technique. Une chef tout en retenue. Harry déglutit.

On aurait dit le brouillon d'un discours d'enterrement.

Attends, elle arrive ! Il inspira un grand coup. Il entendit le portail refermé, le broyeur de la benne qui démarrait.

Et puis, cela lui vint à l'esprit. Le détail. Le détail qui ne collait pas.

Il regarda fixement dans le placard. Un rouleau entamé de sacs-poubelles blancs.

Les sacs dans la poubelle étaient noirs.

Harry bondit.

Il fila dans le couloir, passa la porte en vitesse et courut au portail. Il courut aussi vite qu'il put, et son cœur battait plus vite encore.

« Stop ! »

Un des éboueurs tourna la tête. Une de ses jambes prenait appui sur la plate-forme de la benne qui avançait vers la maison suivante. Harry avait l'impression que le bruit des mâchoires du broyeur venait de sa propre tête.

« Arrêtez ce bordel ! »

Il sauta par-dessus la clôture et retomba à pieds joints sur le goudron. L'éboueur réagit sur-le-champ, il appuya sur le bouton rouge pour arrêter le broyeur, il donna un coup de poing sur le flanc du camion qui s'arrêta et laissa échapper une sorte de souffle furieux.

Le broyeur se figea.

L'éboueur regarda fixement à l'intérieur.

Harry s'approcha lentement et regarda dans la même direction que lui, entre les mâchoires de fer. L'odeur était épouvantable, mais Harry n'y prêta aucune attention. Il n'avait d'yeux que pour les sacs à moitié compactés et éclatés d'où coulait un liquide qui tachait le métal en rouge.

« Y a des gens qui sont vraiment pas bien, grommela l'éboueur.

— Qu'est-ce qu'il y a ? » C'était le chauffeur. Il avait sorti la tête.

« On dirait que c'est encore quelqu'un qu'a jeté son chien ! » cria le collègue. Puis, s'adressant à Harry : « C'est le tien ? »

Harry ne répondit pas, il enjamba le rebord et monta dans le broyeur entrouvert.

« Hé ! C'est interdit ! C'est dangereux... »

Harry se dégagea de l'homme qui le retenait. Il glissa dans le liquide rouge, se cogna le coude et la joue contre la paroi métallique lisse, il sentit le goût et l'odeur familière du sang frais. Il se redressa sur ses genoux et déchira un des sacs.

Le contenu gicla et glissa sur le pan incliné.

« Oh merde ! » dit l'éboueur derrière lui avec un hoquet.

Harry déchira le second sac. Et le troisième.

Il entendit l'éboueur qui sautait du camion, et qui vomissait par terre.

Il trouva ce qu'il cherchait dans le quatrième sac. Les autres membres auraient pu appartenir à n'importe qui. Mais pas ces cheveux blonds, pas ce visage blême qui ne rougirait plus jamais. Pas ces yeux vides qui avaient jadis reconnu toutes les personnes qu'ils avaient croisées. Le visage était massacré, mais Harry n'avait aucun doute. Il posa un doigt sur une boucle d'oreille faite d'un bouton d'uniforme.

Il avait mal. Il avait tellement mal qu'il n'arrivait plus à respirer. Tellement mal qu'il se recroquevillait comme une abeille dont le dard a été arraché.

Il entendit un bruit lui monter aux lèvres comme si cela venait d'un inconnu, un hurlement prolongé qui résonna dans le quartier tranquille.

IV

Chapitre 27

Beate Lønn fut enterrée au cimetière de la vieille ville, à côté de son père. Il n'était pas enterré là parce que c'était le cimetière dont il dépendait, mais parce que c'était le plus proche de l'hôtel de police.

Mikael Bellman rajusta sa cravate. Puis il prit la main d'Ulla. Le conseiller média avait proposé qu'elle vienne. La situation de Mikael en tant que directeur était devenue assez précaire depuis le dernier meurtre, et il avait besoin d'aide. Le conseiller média avait expliqué qu'il était important que le directeur de la police témoigne un engagement plus personnel, plus d'empathie. Jusqu'alors, il était apparu un peu trop professionnel. Ulla avait répondu présent. Bien entendu. Elle était d'une beauté époustouflante dans la tenue de deuil qu'elle avait soigneusement choisie. Elle était l'épouse parfaite pour lui, Ulla. Il n'était pas près de l'oublier.

Le pasteur parla longuement de ce qu'il appelait les grandes questions, de ce qui arrive lorsque nous mourons. Toutefois, les grandes questions, c'était ce qui était arrivé avant la mort de Beate Lønn, et qui l'avait tuée. Elle, et trois autres policiers au cours des six derniers mois.

C'était ça les grandes questions pour la presse, qui avait passé les

323

derniers jours à tresser des lauriers à la remarquable chef de la Technique et à critiquer le nouveau directeur de la police qui, de toute évidence, manquait de bouteille.

C'était aussi les grandes questions pour le conseil municipal qui l'avait convoqué. Et, au cours de cette réunion, on lui avait signalé qu'on lui demanderait des comptes sur sa gestion des meurtres.

Et, enfin, c'était les grandes questions pour le groupe d'enquête, le grand et le petit que Hagen avait mis sur pied sans le consulter, mais qu'il avait accepté parce que, au moins, ce groupe avait une piste concrète sur laquelle il travaillait activement. Valentin Gjertsen. La faiblesse de cette hypothèse — ce revenant serait l'auteur des meurtres —, reposait sur le témoignage d'une seule personne prétendant l'avoir vu en vie. Et, en cet instant précis, cette dernière se trouvait dans le cercueil, devant l'autel.

Les détails manquaient dans les rapports des TIC, de l'enquête tactique et de la Médecine légale pour se faire une idée complète de ce qui s'était passé. Mais on savait ce qui était identique avec le meurtre à Bergslia.

Dans ce cas, Beate Lønn était morte de la pire manière possible.

Il n'y avait aucune trace d'anesthésiant dans les membres qu'ils avaient examinés. Le rapport de la Médecine légale comportait les expressions hémorragies massives dans la musculature et dans les tissus sous-cutanés, inflammation et réaction dans les tissus, ce qui signifiait en clair que Beate Lønn avait été en vie non seulement quand les membres en question avaient été découpés, mais aussi, hélas, un certain temps après.

L'étendue des coupures indiquait que le dépeçage avait été réalisé avec une scie sabre et non avec une scie sauteuse. Les techniciens supposaient que le meurtrier avait utilisé une lame bi-métal c'est-à-dire une lame de quatorze centimètres capable de couper les os. Bjørn Holm leur expliqua que, d'où il venait, les chasseurs appelaient cette lame la « lame de l'élan ».

Beate Lønn avait sans doute été dépecée sur la table du salon, puisque cette dernière était en verre et avait été lavée. Le meurtrier avait probablement apporté le savon à ammoniaque et les sacs-poubelle noirs puisque ceux-ci ne se trouvaient pas sur les lieux du crime.

On avait également retrouvé dans la benne à ordures les restes d'un tapis gorgé de sang.

En revanche, ils n'avaient pas trouvé d'empreintes digitales, de traces de chaussures, de tissus, de cheveux. Aucun élément d'ADN qui n'appartienne pas à la maisonnée.

Ni de signe d'effraction.

Katrine Bratt avait déclaré que Beate Lønn avait raccroché parce que l'on sonnait à sa porte.

Il ne semblait guère probable que Beate Lønn laisse entrer volontairement un inconnu, en tout cas pas au milieu de l'action de la police. L'hypothèse de travail était donc que le meurtrier l'avait menacée avec une arme.

Et puis, il y avait bien sûr l'autre hypothèse. Il ne s'agissait pas d'un inconnu. Car Beate Lønn avait une serrure de sûreté sur sa porte en bois massif. Et elle était couverte d'éraflures indiquant un usage régulier.

Bellman observa les rangs à l'église. Gunnar Hagen. Bjørn Holm et Katrine Bratt. Une dame âgée avec une petite fille qu'il supposait être la fille de Lønn. En tout cas, la ressemblance était frappante.

Un autre revenant, Harry Hole. Rakel Fauke. Les cheveux noirs, avec ce regard noir et étincelant, presque aussi belle qu'Ulla. Incompréhensible qu'un type comme Hole ait réussi à mettre la main sur elle.

Et puis, un peu derrière, Isabelle Skøyen. Le conseil municipal se devait d'être représenté, la presse n'aurait pas manqué de le signaler dans le cas contraire. Elle l'avait pris à part avant d'entrer dans l'église, elle avait ignoré Ulla qui attendait et lui avait demandé s'il avait l'intention d'ignorer ses coups de fil pendant encore longtemps. Il avait répété que c'était terminé. Elle lui avait adressé ce regard que l'on réserve à un insecte avant de l'écraser et lui avait répondu que c'était elle qui quittait et pas l'inverse. Et qu'il le sentirait. En tout cas, il avait déjà senti le regard d'Isabelle Skøyen dans son dos quand il était allé rejoindre Ulla, avant de lui offrir son bras.

Les rangées étaient remplies de ce qu'il supposait être un mélange de proches, d'amis et de collègues, la plupart en uniforme. Il les avait entendus se consoler comme ils pouvaient, disant qu'il n'y avait pas eu de trace de torture, que les pertes de sang avaient probablement eu pour effet de lui faire perdre rapidement conscience.

Son regard en croisa un autre pendant une fraction de seconde. Il fit comme s'il ne l'avait pas vu. Truls Berntsen. Mais qu'est-ce qu'il foutait là ? Il n'était pas exactement sur la liste des amis de Beate Lønn. Ulla lui serra doucement la main, elle l'interrogea des yeux et il s'empressa de sourire. Soit, on est tous collègues face à la mort.

Katrine s'était trompée. Elle n'avait pas fini de pleurer.

Elle l'avait cru plusieurs fois au cours des jours qui avaient suivi le meurtre de Beate. Elle avait vraiment cru ne plus avoir de larmes à pleurer. Mais si. Elle avait pressuré un corps déjà assommé par de longs accès de sanglots.

Elle avait pleuré jusqu'à ce que son corps dise non, et elle avait vomi. Elle avait pleuré jusqu'à s'endormir d'épuisement. Pour se réveiller avec des larmes. Et là, elle pleurait encore.

Pendant les heures de sommeil, elle était hantée par ses rêves, tourmentée par son pacte avec le diable. Ce pacte où elle se disait prête à sacrifier un collègue en échange de la capture de Valentin. Ce pacte qu'elle avait ratifié avec cette supplication : encore une fois, espèce de salaud. Vas-y, frappe encore une fois.

Katrine sanglota bruyamment.

Truls Berntsen se redressa en entendant ces sanglots tapageurs. Il avait failli s'endormir. Et comme le tissu de son costume bon marché glissait sur le banc lisse de l'église, il aurait tout bonnement pu en dégringoler.

Il braqua son regard sur le tableau de l'autel. Jésus avec ces espèces de rayons qui émanaient de sa tête. Comme d'une lampe frontale. La rémission des péchés. Ça c'était un coup de génie, tiens. La religion se vendait de plus en plus mal, il était si difficile de suivre les commandements à mesure qu'il était plus aisé de céder à davantage de tentations. Alors ils avaient eu l'idée que la foi suffisait. Une idée de vente aussi efficace pour le chiffre d'affaires que la vente à crédit. On aurait presque cru que le salut était gratuit. Mais exactement comme pour le crédit, les gens s'en étaient tapé, et ils avaient péché encore plus puisque, en gros, il avait suffi de croire juste un peu. Si bien que, au Moyen Âge, il avait fallu resserrer les boulons, et procéder au recouvrement. Alors ils avaient inventé l'enfer où les âmes allaient brûler. Et hop, on avait ramené à l'église les clients terrifiés, et ils avaient raqué. L'église s'était retrouvée cousue d'or. Et, à vrai dire, ils avaient fait un putain de bon boulot. Truls le pensait vraiment même s'il pensait qu'une fois mort, ça s'arrêterait là, sans rémission des péchés ni enfer. Mais s'il se trompait, alors là, il serait mal, c'était clair. Il y avait sûrement des limites à ce que l'on pouvait pardonner, et Jésus n'aurait pas eu assez d'imagination pour envisager certains trucs que Truls avait commis.

Harry regardait droit devant lui. Il était ailleurs. Il était à la House of Pain où Beate désignait et expliquait. Il se réveilla seulement en entendant Rakel qui lui murmura :

« Il faut que tu aides Gunnar et les autres, Harry. »

Il sursauta. Lui adressa un regard interrogateur.

Elle désigna du menton l'autel où les autres s'étaient placés de chaque côté du cercueil. Gunnar Hagen, Bjørn Holm, Katrine Bratt, Ståle Aune et le frère de Jack Halvorsen. Hagen avait demandé à Harry de se placer du côté opposé du beau-frère, qui était le deuxième par la taille.

Harry se leva et descendit l'allée centrale à pas vifs.

Il faut que tu aides Gunnar et les autres.

C'était comme un écho de ce qu'elle avait dit la veille au soir.

Harry fit des petits signes de tête aux autres et prit la place libre.

« À trois », dit Hagen à voix basse.

Les notes d'orgue se répondirent, prirent de l'ampleur.

Et ils portèrent Beate Lønn hors de l'église.

Le Justisen était bondé de gens qui étaient à l'enterrement.

Les haut-parleurs martelaient une chanson que Harry avait déjà entendue. *I Fought the Law*, du Bobby Fuller Four. Avec la fin optimiste, « *... and the law won.* »

Il avait accompagné Rakel jusqu'à la navette de l'aéroport et, entre-temps, plusieurs de ses anciens collègues s'étaient enivrés. En tant qu'abstinent, Harry observait la consommation d'alcool presque paniquée, comme s'ils étaient à bord d'un navire en train de couler. À plusieurs tables, ils hurlaient avec Bobby Fuller que la loi avait gagné.

Harry partageait une table avec Katrine Bratt et les autres porteurs du cercueil et fit signe qu'il allait aux toilettes. Il était en train de pisser quand un homme surgit à côté de lui. Il entendit la braguette qui s'ouvrit.

« C'est un endroit pour nous, les policiers, grogna une voix, alors qu'est-ce que tu fous ici ?

— Je pisse, dit Harry sans bouger la tête. Et toi ? Tu brûles ?

— Ne me cherche pas, Hole.

— Si je te cherchais, tu ne serais plus en liberté, Berntsen.

— Fais gaffe », souffla Truls Berntsen en s'appuyant au mur au-dessus de l'urinoir avec sa main libre. « Je peux te mettre un meurtre sur le dos, et tu le sais bien. Le Russe, là, dans ce bar, le Come As You are. Tout le monde dans la police sait que c'est toi, mais je suis le seul à pouvoir le prouver. Et c'est pour ça que tu ferais mieux de ne pas me chercher.

— Ce que je sais, Berntsen, c'est que le Russe était un type qui voulait ma peau. Mais si tu crois avoir de meilleures chances que lui, je t'en prie. T'as déjà cassé la gueule à des policiers.

— Hein ?

— Toi et Bellman. C'était un homo, pas vrai ? »

Harry entendit que le jet de Berntsen s'éteignit brutalement.

« Alors, encore bourré, Hole ?

— Hm, dit Harry en se reboutonnant. Tiens, c'est vrai que c'est la saison des types qui haïssent la police. » Il alla au lavabo, vit dans le miroir que Berntsen se cramponnait encore au robinet. Harry se lava les mains, les essuya. Il se dirigeait vers la porte quand il entendit Berntsen pester :

« Ne me cherche pas, je te le dis. Si tu me plantes, je t'entraînerai avec moi. »

Harry revint dans la salle. Le morceau de Bobby Fuller était presque terminé. Harry se dit que la vie était pleine de coïncidences. En 1966, quand Bobby Fuller avait été retrouvé dans sa voiture, la peau marquée par les vapeurs d'essence, certains pensaient qu'il avait été tué par la police. Il avait vingt-trois ans. Le même âge que René Kalsnes.

Le nouveau morceau commença. Supergrass, *Caught by the Fuzz*. Harry sourit. Gaz Coombes raconte qu'il est arrêté par le flic, *the fuzz*, qui veut qu'il moucharde. Et, vingt ans plus tard, les flics passent ce morceau comme un chant à leur propre gloire. Sorry, Gaz.

Harry observa la salle. Il songea à la longue discussion qu'il avait eue avec Rakel, la veille. Sur ce que l'on pouvait éluder, éviter et contourner dans sa vie. Et ce que l'on ne pouvait pas fuir. Parce que *c'était* la vie, le sens même d'être en vie. Tout le reste, l'amour, la paix, le bonheur, tout cela en découlait. C'était surtout elle qui avait parlé. Qui lui avait expliqué qu'il devait agir. Que l'ombre de la mort de Beate planait déjà tellement sur eux qu'elle serait présente avec eux en juin, même si le soleil venait à briller. Il fallait qu'il fasse quelque chose. Pour eux. Pour tout le monde.

Harry se fraya un chemin jusqu'à la table où se trouvaient ceux qui avaient porté le cercueil.

Hagen se leva et tira la chaise qu'ils avaient gardée pour lui. « Alors ? demanda-t-il.

— Je suis avec vous », dit Harry.

Truls était encore penché sur l'urinoir, à moitié paralysé par ce que Harry lui avait dit. *Tiens, c'est vrai que c'est la saison des types qui haïssent la police.* Savait-il quelque chose ? Conneries ! Harry ne savait rien. Il ne pouvait pas savoir ! S'il savait, il n'aurait pas balancé ces mots comme ça, comme une provocation. Mais il était au courant du pédé de la Kripos qu'il avait passé à tabac. Et comment quelqu'un avait-il pu l'apprendre ?

Le type avait fait des avances à Mikael, il avait même essayé de l'embrasser dans une salle de réunion. Mikael pensait que quelqu'un les avait peut-être vus. Ils avaient enfoncé un bonnet sur la tête du type dans le garage. Truls avait cogné. Mikael s'était contenté de regarder. Comme d'habitude. Il était intervenu juste avant que ça ne dégénère et lui avait dit de s'arrêter. Non. Ça avait dégénéré. Le mec gisait par terre quand ils étaient partis.

Mikael avait eu peur. Il avait dit que c'était allé trop loin, que le type était peut-être blessé, qu'il pouvait avoir envie de porter plainte contre eux. Cela avait été le premier boulot de brûleur de Truls. Ils avaient utilisé le gyrophare pour foncer au Justisen où ils s'étaient frayé un chemin à travers la foule du bar pour exiger de payer les deux Munkholmen qu'ils avaient pris une demi-heure plus tôt. Le barman avait acquiescé et dit que c'était bien d'avoir affaire à des types honnêtes. Truls lui avait refilé un pourboire suffisamment royal pour que le barman s'en souvienne. Il avait conservé le reçu daté, puis il était allé avec Mikael à la Technique où Truls connaissait un petit nouveau qui rêvait d'un poste d'enquêteur tactique. Il lui avait expliqué qu'il était possible que quelqu'un essaie de leur coller une agression sur le dos et qu'il devait vérifier qu'ils étaient clean. Le novice avait procédé à un examen rapide et superficiel de leurs vêtements et n'avait trouvé ni ADN ni sang. Ensuite, Truls avait reconduit Mikael chez lui, puis il était retourné au garage. Le pédé n'était plus là, et les traces de sang indiquaient qu'il avait réussi à se traîner hors de là tout seul. Mais Truls avait nettoyé l'endroit, puis il était descendu au port et avait balancé la matraque dans la mer.

Le lendemain, un collègue avait appelé Mikael et lui avait dit que le pédé les avait contactés de l'hôpital, et qu'il parlait de porter plainte pour violences. Truls était allé à l'hôpital, il avait attendu que les heures de visite soient terminées. Il avait expliqué au type ce qu'il en était des preuves et il lui avait également expliqué sa position si jamais il disait un mot et s'il remettait les pieds au boulot.

Ils ne l'avaient plus revu à la Kripos, ni n'avaient entendu parler de lui. Grâce à lui, Truls Berntsen. Et merde à Mikael Bellman. Truls lui avait sauvé la mise, à ce salaud. Du moins, jusqu'à aujourd'hui. Car Harry Hole était au courant de l'affaire. Et il n'en faisait qu'à sa tête. Il pouvait être dangereux, Hole. Trop dangereux.

Truls se regarda dans le miroir. Un terroriste. Putain, il était un terroriste.

Et il venait à peine de commencer.

Il alla rejoindre les autres. Juste à temps pour saisir les dernières phrases du discours de Mikael Bellman.

« Beate Lønn était faite d'une étoffe dont nous espérons qu'est faite notre police. Désormais, c'est à nous de le prouver. C'est uniquement de cette manière que nous honorerons la mémoire de Beate Lønn comme elle l'aurait souhaité. On l'aura ! Santé ! »

Truls fixa son ami d'enfance tandis que tous levaient leur verre, comme des guerriers qui lèvent leur lance sur l'ordre de leur chef. Il vit leurs visages graves et fermés. Il vit Bellman acquiescer comme s'ils étaient tous d'accord, il vit qu'il était ému, qu'il était ému par l'instant, par ses propres paroles, par ce qu'elles provoquaient, par le pouvoir qu'elles avaient sur les autres personnes dans la salle.

Truls retourna dans le couloir qui menait aux toilettes, s'arrêta à côté de la machine à sous, mit une pièce dans le téléphone et décrocha le combiné. Composa le numéro du central.

« Police.

— C'est pour un renseignement anonyme. Il s'agit de la balle qui a été trouvée dans l'affaire René. Je sais quelle arme l'a tir… tir… » Truls avait essayé de parler vite, il savait que l'appel était enregistré et que l'on pouvait l'écouter plus tard, mais sa langue refusait de suivre son cerveau.

« Dans ce cas, tu devrais parler avec les enquêteurs de la Brigade criminelle ou avec la Kripos, coupa le central. Mais ils sont tous à un enterrement aujourd'hui.

— Je sais ! répliqua Truls, et il s'aperçut qu'il parlait inutilement fort. Je veux simplement fournir ce renseignement maintenant.

— Tu sais ?

— Oui. Écoute…

— Je vois au numéro que tu appelles du Justisen. Tu devrais les trouver là. »

Truls regarda fixement le téléphone. Il se rendit compte qu'il était bourré, qu'il avait commis une grosse erreur de jugement. Si cela allait jusqu'au procès, et s'ils savaient que cet appel venait du Justisen, il leur suffirait de convoquer les gens qui étaient là, de passer l'enregistrement et de demander si quelqu'un reconnaissait la voix. Ce serait prendre un risque bien trop grand.

« C'était juste quelqu'un qui voulait plaisanter, dit Truls. Désolé, on a un peu forcé sur les bières. »

Il raccrocha et traversa la salle sans regarder à droite ou à gauche. Mais quand il ouvrit la porte du Justisen, quand il sentit le souffle froid de la pluie, il s'arrêta malgré tout. Il vit Mikael, la main posée sur l'épaule d'un collègue. Il vit un groupe autour de Harry Hole, le poivrot. Une femme le serrait même dans ses bras. Truls regarda la pluie.

Suspendu. Banni.

Il sentit une main sur son épaule. Leva les yeux. Le visage était flou, comme s'il regardait à travers de l'eau. Était-il vraiment si bourré que ça ?

« Ça va, c'est permis, dit la tête d'une voix douce tandis que la main lui serrait l'épaule un peu plus fort. On ressent tous la même chose aujourd'hui. »

Truls réagit instinctivement, il écarta la main et sortit en trombe. Il avança dans la rue et sentit la pluie qui traversait les épaules de sa veste. Qu'ils aillent se faire foutre. Qu'ils aillent tous en enfer. Il se chargerait personnellement du transport.

Chapitre 28

Quelqu'un avait collé un bout de papier sur la porte grise en métal. CHAUFFERIE.

À l'intérieur, Gunnar Hagen constata qu'il était sept heures du matin passées et qu'ils étaient là tous les quatre. Le cinquième ne viendrait pas, et sa chaise était vide. Le nouveau avait apporté une chaise récupérée dans une des salles de réunion dans les étages de l'hôtel de police.

Gunnar Hagen posa les yeux sur chacun tour à tour.

Bjørn Holm avait l'air marqué par la veille. Katrine Bratt également. Comme d'habitude, Ståle Aune était impeccablement habillé en tweed et nœud papillon. Gunnar Hagen étudia le nouveau venu avec une attention particulière. Le chef de section était parti du Justisen avant Harry Hole et, à ce moment-là, Harry était encore à l'eau et au café. Mais, là, tel qu'il était, avachi sur son siège, pâle, pas rasé et les yeux clos, Hagen n'était pas sûr qu'il ait tenu la distance. Ce dont le groupe avait besoin, c'était de l'enquêteur Harry Hole. L ivrogne n'était d'aucune utilité.

Hagen leva les yeux sur le tableau où ils avaient résumé l'affaire pour Harry. Les noms des victimes présentés de manière chronologique, les lieux, le nom de Valentin Gjertsen, des flèches entre les crimes précédents avec des dates.

« Voilà, dit Hagen, nous avons donc Maridalen, Tryvann, Drammen et le dernier chez la victime même. Quatre policiers qui ont participé aux enquêtes sur des meurtres non élucidés, à la même date et, dans trois des cas, au même endroit. Trois des premiers meurtres étaient des meurtres sexuels caractéristiques, et même s'ils sont éloignés les uns des autres dans le temps, ils sont liés cette fois-ci également. L'exception, c'est Drammen où la victime est un homme, René Kalsnes, et où il n'y a pas de trace de violences sexuelles. Katrine ?

— Si on suppose que Valentin Gjertsen est l'auteur des quatre premiers meurtres et de ceux des quatre policiers, Kalsnes est une exception intéressante. C'était un homosexuel et les gens que nous avons interrogés au club à Drammen, Bjørn et moi, décrivent Kalsnes comme un faiseur d'embrouilles couchant avec n'importe qui. Il se trouvait des partenaires plus âgés qui étaient raides de lui et qu'il utilisait comme sugar daddies et se prostituait volontiers au club, n'importe quand, si l'occasion se présentait. Il était prêt à presque tout s'il y avait de l'argent à la clef.

— Bref, une personne dont la conduite et la profession se trouvent dans les groupes à risque en ce qui concerne le meurtre, dit Bjørn Holm.

— Exactement, dit Hagen. Mais cela veut dire que le meurtrier était probablement homosexuel. Ou bisexuel. Ståle ? »

Ståle Aune s'éclaircit la gorge.

« Les agresseurs comme Valentin Gjertsen ont souvent une sexualité complexe. Ce qui excite une personne ainsi, c'est souvent le besoin de contrôle, le sadisme et la transgression, plus que le sexe et l'âge de la victime. Mais il est également possible que le meurtre de René Kalsnes soit lié à la jalousie. Le fait qu'il n'y ait pas de traces de violences sexuelles peut le laisser penser. De même que la fureur. Il est le seul dans les premiers meurtres à avoir été frappé avec un objet contondant de la même manière que les policiers. »

Le silence se fit et tout le monde regarda Harry qui s'était encore plus avachi sur son siège, les yeux toujours clos et les mains posées sur le ventre. Katrine Bratt crut qu'il s'était endormi quand il toussota avant de dire :

« A-t-on trouvé des liens entre Valentin et Kalsnes ?

— Pas pour le moment, dit Katrine. Pas de contact téléphonique, pas d'utilisation de carte bancaire au club ou à Drammen, aucune trace électronique qui montrerait que Valentin aurait été à proximité de René Kalsnes. Et aucune connaissance de Kalsnes n'a entendu parler de Valentin. Personne n'a vu quelqu'un qui lui ressemble. Mais cela ne veut pas dire qu'ils n'ont pas…

— Non, pas du tout, dit Harry en refermant les yeux. Je me demandais seulement. »

Le silence se fit dans la Chaufferie, ils regardaient tous fixement Harry.

Il ouvrit un œil.

« Quoi ? »

Personne ne répondit.

« Écoutez, je ne vais pas me mettre à marcher sur les eaux ou à changer l'eau en vin.

— Non, non, dit Katrine. Il suffit juste que tu rendes la vue à ces quatre aveugles.

— J'arriverai pas à ça non plus.

— Je croyais qu'un chef devait faire croire à ses gus que tout était possible, dit Bjørn Holm.

— Un chef ? » Harry sourit et se redressa sur son siège. « Tu leur as parlé de mon statut, Hagen ? »

Gunnar Hagen s'éclaircit la gorge.

« Harry n'a plus le statut de policier, ni aucune accréditation. Il est ici un simple consultant, comme Ståle. Cela veut dire que, par exemple, il ne peut pas demander de mandat de perquisition, il ne peut pas porter d'arme ni procéder à une arrestation. Et cela signifie aussi qu'il ne peut pas commander une unité de police. Il est important que nous respections ça. Imaginez que nous capturions

Valentin. Nous avons des preuves plein les poches, mais l'avocat de la défense découvre que nous n'avons pas suivi le règlement…

— Ces consultants… dit Ståle Aune en bourrant sa pipe, et avec une grimace. J'ai entendu dire qu'ils perçoivent des honoraires qui font passer les psys pour des idiots. Alors il s'agit de maximiser le temps passé. Dis quelque chose d'intelligent, Harry. »

Harry haussa les épaules.

« Alors ? » fit Ståle avec un sourire acerbe, et il se ficha sa pipe éteinte entre les dents. « Parce que nous, nous avons déjà dit tout ce que nous avions d'intelligent en stock. Et cela fait déjà un bon moment que ça dure. »

Harry baissa les yeux sur ses mains pendant un instant. Puis il prit son souffle.

« Je ne sais pas si c'est intelligent, et c'est d'ailleurs plutôt du réchauffé, mais voilà à quoi j'ai pensé… »

Il releva la tête et tomba sur quatre paires d'yeux écarquillés.

« J'ai bien conscience que Valentin Gjertsen est un suspect. Le problème est que nous ne le trouvons pas. C'est pourquoi je propose que nous trouvions un autre suspect. »

Katrine Bratt n'en crut pas ses oreilles.

« Quoi ? Il faut que nous soupçonnions quelqu'un qui, d'après nous, n'a rien fait ?

— Ce n'est pas "d'après nous". Nous soupçonnons avec différents degrés de probabilité. Et nous voyons la quantité de ressources nécessaires pour vérifier ou infirmer ce soupçon. Nous considérons qu'il y a une probabilité moindre de trouver de la vie sur la Lune que sur Gliese 581 D — qui est à une distance parfaite du soleil, si bien que l'eau ne gèle ni ne bout. Pourtant, nous vérifions d'abord sur la Lune.

— Le Quatrième Commandement de Harry Hole, déclara Bjørn Holm. *Commence par chercher là où il y a de la lumière.* Ou s'agit-il du cinquième ? »

Hagen toussota.

337

« Notre mandat est de trouver Valentin. Tout le reste est du ressort du groupe d'enquête. Bellman ne permettra rien d'autre.

— Avec tout le respect que je lui dois, dit Harry, que Bellman aille se faire foutre. Je ne suis pas plus malin que n'importe qui parmi vous, mais je suis nouveau et cela nous donne une chance de voir la situation avec un regard neuf. »

Katrine fit un « pft » plein de mépris.

« N'essaie pas de nous faire avaler que tu crois vraiment à ton "pas plus malin".

— Non, mais pour le moment on pourrait faire comme si, répondit Harry sans sourciller. Recommençons tout à zéro. Mobile. Qui veut tuer des policiers qui n'ont pas réussi à élucider des affaires ? Car c'est bien le dénominateur commun, n'est-ce pas ? Allez, je vous écoute. »

Harry croisa les bras sur la poitrine, se laissa glisser dans son siège et ferma les yeux. Attendit.

Bjørn Holm fut le premier à rompre le silence.

« Un proche des victimes. »

Katrine suivit.

« Une victime de viol qui n'a pas été crue par la police, ou qui n'a eu droit qu'à une enquête bâclée. Le meurtrier punit des policiers qui n'ont pas élucidé d'autres crimes sexuels.

— René Kalsnes n'a pas été violé, dit Hagen. Et si je pensais que mon affaire n'a pas été bien traitée, je me limiterais à tuer les policiers qui auraient dû s'en occuper correctement, je ne m'attaquerais pas à tous les autres.

— Continuez avec vos suggestions. On les flinguera plus tard, dit Harry. Ståle ?

— Des condamnés à tort, dit Aune. Ils ont purgé leur peine, ils sont stigmatisés, ont perdu leur situation, leur estime de soi et le respect des autres. Ce sont les lions rejetés du groupe qui sont les plus dangereux. Ils ne ressentent plus de responsabilité, rien que de la haine et de l'amertume. Et ils sont prêts à prendre des risques puisque leur vie n'a plus grande valeur. En tant qu'animal grégaire, ils n'ont plus grand-chose à perdre. Infliger des souffrances à ceux qui leur en ont infligé, c'est ce qui les fait se lever le matin.

— En gros, des terroristes de la vengeance, dit Bjørn Holm.

— Bien, dit Harry. Il faut rechercher toutes les affaires de viol où il n'y a pas eu d'aveux de la part du condamné et où l'affaire n'était pas évidente. Et où la peine a été purgée, et la personne libérée.

— Ce n'est peut-être pas le condamné lui-même, dit Katrine. Le condamné est encore détenu, ou il s'est suicidé, rongé par le désespoir. Et c'est son compagnon, son frère ou son père qui se charge de le venger.

— L'amour, dit Harry. Bien.

— Putain, tu n'y crois quand même pas. » C'était Bjørn.

« Quoi donc ? dit Harry.

— L'amour ? » Sa voix était métallique, son visage déformé par un rictus étonnant. « Putain, tu ne crois quand même pas que ce bain de sang a quelque chose à voir avec de l'amour ?

— Si, je le crois », dit Harry. Il se laissa retomber sur son siège et ferma les yeux.

Bjørn se leva, le visage en feu.

« Un meurtrier en série psychopathe qui ferait une chose pareille... » Sa voix le lâcha et il désigna la chaise vide. « ... par amour ?

— Regarde-toi, dit Harry en ouvrant un œil.

— Quoi ?

— Regarde-toi. Tu es furieux, tu le détestes, tu voudrais le voir pendu, mort, en train de souffrir, pas vrai ? Parce que, exactement comme nous, tu aimais la personne qui était assise là. Ainsi, la mère de ta haine, c'est l'amour, Bjørn. Et c'est l'amour, pas la haine, qui fait que tu es prêt à faire n'importe quoi, que tu es prêt à n'importe quelle extrémité pour mettre la main sur le coupable. Assieds-toi. »

Bjørn s'assit. Et Harry se leva.

339

« C'est aussi ce qui me frappe dans ces meurtres. Les efforts pour reconstruire les premiers meurtres. Les risques que l'assassin a été prêt à prendre. Le travail que cela suppose. Tout cela fait que je ne suis pas si sûr que la soif de sang ou la haine soient le mobile. Le type assoiffé de sang tue des prostituées, des enfants, des victimes faciles. Celui qui hait sans amour ne se livrera jamais à de telles extrémités. Je veux dire qu'il nous faut chercher quelqu'un qui aime plus qu'il ne hait. Et la question est bien celle-ci : d'après ce que nous savons de Valentin Gjertsen, est-il vraiment capable d'aimer autant ?

— Peut-être, dit Gunnar Hagen. Nous ne savons pas tout sur Valentin Gjertsen.

— Mm. Quelle est la date du prochain meurtre non élucidé ?

— On a du temps. Mai. Une affaire qui remonte à dix-neuf ans.

— C'est dans plus d'un mois, dit Harry.

— Oui, et ce n'est pas non plus un meurtre sexuel, ça ressemble davantage à une dispute familiale. Alors je me suis permis de fouiller dans une disparition qui ressemble à un meurtre. Une jeune fille a disparu, ici, à Oslo. Elle a été déclarée disparue quand personne ne l'a plus vue pendant deux semaines. Personne n'a réagi plus tôt parce qu'elle avait envoyé un SMS à plusieurs contacts en disant qu'elle partait en voyage dans le Sud, qu'elle avait besoin de faire une pause. Plusieurs ont répondu au message, mais n'ont pas obtenu de réponse. Ils en ont conclu que la pause comprenait aussi le téléphone. Lorsqu'elle a été portée disparue, la police a vérifié auprès des compagnies aériennes, mais elle n'avait jamais pris de billet d'avion. Bref, elle a disparu sans laisser de trace.

— Le téléphone ? demanda Bjørn Holm.

— Dernier signal au relais d'Oslo Sentrum, puis plus rien. Il est possible que la batterie ait été déchargée.

— Mm, fit Harry. Ce SMS. Le fait que les proches reçoivent un message comme quoi elle est malade... »

Bjørn et Katrine acquiescèrent lentement.

Ståle Aune soupira.

« On peut avoir ça en clair ?

— Il veut dire qu'il s'est passé la même chose avec Beate, dit Katrine. J'ai reçu un SMS informant qu'elle était malade.

— Mince alors », dit Hagen.

Harry fit oui de la tête.

« On peut imaginer qu'il vérifie l'historique de leurs téléphones et qu'il trouve qui ils ont appelé récemment. Ensuite, il leur envoie un SMS qui retarde la chasse.

— Et qui fait qu'il est bien plus difficile de trouver des traces sur la scène de crime, ajouta Bjørn. Il sait comment on procède.

— À quelle date le SMS a-t-il été envoyé ?

— Le 27 mars, dit Katrine.

— C'est aujourd'hui, dit Bjørn.

— Mm. » Harry se frotta le menton. « Nous avons peut-être un crime sexuel et une date, mais nous n'avons pas le lieu. Quels enquêteurs ont travaillé sur cette affaire ?

— Il n'y a pas eu de groupe d'enquête en soi, car c'est resté une disparition, jamais officiellement traitée comme une affaire de meurtre. » Katrine consulta ses notes. « Elle a fini par être transmise à la Brigade criminelle, et mise sur la liste d'un des inspecteurs principaux. Toi, d'ailleurs.

— Moi ? » Harry plissa le front. « D'habitude, je me souviens de mes affaires.

— Elle t'a été confiée juste après l'affaire du Bonhomme de neige. Tu avais filé à Hong Kong et tu n'as plus refait surface. Tu as d'ailleurs failli te retrouver sur la liste des personnes disparues, toi aussi. »

Harry haussa les épaules.

« Bien. Bjørn, tu vas vérifier avec la Section des personnes disparues ce qu'ils ont sur cette affaire. Et qu'ils se préparent au cas où quelqu'un viendrait frapper à leur porte, ou leur passer des appels bizarres au cours de la journée. OK ? Sans cadavre ni lieu du crime, je crois qu'on peut continuer. » Harry frappa dans ses mains. « Bon, qui est-ce qui s'occupe du café par ici ?

— Mm », dit Katrine d'une voix faussement rauque et grave. Elle se laissa tomber dans son siège, étendit les jambes, ferma les yeux et se frotta le menton. « Ça doit être le nouveau consultant. »

Harry fit la moue, il acquiesça et bondit sur ses pieds. Pour la première fois depuis que l'on avait retrouvé Beate, on entendit des rires dans la Chaufferie.

La gravité plombait l'atmosphère de la salle de réunion à l'hôtel de ville.

Le directeur du conseil municipal était assis en tête de table, Mikael Bellman, lui, était à l'autre extrémité. Mikael connaissait les noms de presque tous les membres du conseil, c'était une des premières choses qu'il avait faites en tant que directeur de la police. Apprendre les noms. Et les visages. « Tu ne peux pas jouer aux échecs si tu ne connais pas les pièces, lui avait expliqué son prédécesseur. Il faut que tu saches ce qu'ils peuvent faire et ce qu'ils ne peuvent pas. »

Cela avait été un conseil amical d'un directeur de la police expérimenté. Alors, pourquoi ce directeur de la police en retraite était-il présent aujourd'hui, dans cette salle ? Avait-il été appelé en tant que consultant ? Mais quelle que soit son expérience de ce jeu d'échecs, il n'avait jamais joué avec les pièces comme la grande blonde qui se trouvait à deux places du directeur du conseil et qui venait de prendre la parole. La reine. L'adjointe chargée des affaires sociales. Isabelle Skøyen. Celle qui quitte. Sa voix avait le timbre froid et bureaucratique de celui qui sait que l'on dresse un procès-verbal :

« C'est avec une inquiétude croissante que nous avons vu comment les forces de police du district d'Oslo semblent incapables d'arrêter ces meurtres dans leurs rangs. Bien entendu, cela fait longtemps que les médias nous mettent une pression considérable pour que nous prenions des mesures drastiques, mais, plus grave : la population de notre ville qui a perdu patience. Et nous ne pouvons tout simplement pas tolérer cette perte de confiance à l'égard de nos institutions et, dans le cas présent, à l'égard de la police et du conseil municipal. Et comme il s'agit de mon domaine de responsabilité, j'ai pris l'initiative de cette audition informelle, de sorte que le conseil puisse prendre position sur le plan du directeur de la police. Il existe sûrement un plan, et si besoin est, nous pourrons ensuite étudier les alternatives. »

Mikael Bellman transpirait. Il détestait transpirer dans son uniforme. Il avait essayé, en vain, de croiser le regard de son prédécesseur. Mais qu'est-ce qu'il fichait là ?

« Et je pense que nous devons être aussi ouverts que possible en ce qui concerne les alternatives, psalmodia Isabelle Skøyen. Nous comprenons que cela peut être une affaire difficile pour un directeur de la police jeune, et qui vient de prendre ses fonctions. Nous comprenons aussi qu'il est malencontreux qu'une telle situation qui exige de l'expérience se produise si tôt dans son mandat. Il aurait mieux valu que cette affaire atterrisse sur le bureau de son prédécesseur, étant donné sa longue expérience et ses réussites. Je suis certaine que c'est ce que tout le monde ici présent aurait souhaité, y compris les deux directeurs. »

Mikael Bellman se demanda si ses oreilles ne lui jouaient pas un tour. Pensait-elle vraiment que... Était-elle en train de... ?

« N'est-ce pas, Bellman ? »

Mikael Bellman s'éclaircit la gorge.

« Excuse-moi de t'interrompre, Bellman », dit Isabelle Skøyen. Elle mit une paire de Prada sur le bout de son nez et consulta une feuille devant elle. « Je lis sur le procès-verbal de la dernière réunion que nous avons eue sur cette affaire que tu disais, je cite : *Je tiens à assurer le conseil municipal que nous maîtrisons cette affaire et que nous avons bon espoir d'une solution rapide.* » Elle ôta ses lunettes. « Pour nous éviter à tous de perdre du temps — dont nous ne disposons pas à profusion —, tu pourrais peut-être éviter de te répéter, et nous expliquer directement ce que tu as l'intention de faire différemment et mieux que la dernière fois ? »

Bellman ramena les omoplates en arrière en espérant décoller la chemise de son dos. Saloperie de transpiration. Et quelle salope.

Il était huit heures du soir. Harry sentit qu'il était fatigué quand il ouvrit la porte de l'École de Police. Il n'était clairement plus entraîné à réfléchir de manière aussi concentrée pendant aussi longtemps. Et ils n'avaient guère avancé non plus. Ils avaient lu des rapports déjà lus et relus, avaient émis des hypothèses déjà avancées des douzaines de fois, avaient tourné en rond, s'étaient heurtés à des murs en espérant que, cette fois-ci, les murs allaient céder.

L'ex-inspecteur principal fit un signe de tête à l'employé au nettoyage, et monta l'escalier quatre à quatre.

Fatigué, mais encore étonnamment alerte. Exalté. Prêt pour la suite.

Il entendit son nom quand il passa devant le bureau d'Arnold, et il glissa la tête par la porte. Son collègue avait les mains derrière sa tête ébouriffée.

« Je voulais juste savoir ce que ça fait d'être à nouveau un vrai policier ?

— C'est bien, dit Harry. Je vais juste corriger le reste des copies du test d'enquête tactique.

— Ne t'en fais pas pour ça, elles sont là, dit Arnold en tapotant le haut de la pile devant lui. Toi, occupe-toi plutôt d'arrêter ce type.

— OK, Arnold. Merci.

— Au fait, il y a eu un cambriolage dans la maison.

— Un cambriolage ?

— Dans la salle d'entraînement. Le placard du matériel a été forcé, mais on n'a pris que deux matraques.

— Oh merde. La porte d'entrée ?

— Elle n'a pas été forcée. Ce qui laisse penser que c'est quelqu'un qui travaille ici. Ou que quelqu'un qui travaille ici les a laissés entrer ou leur a prêté sa carte d'accès.

— Il y a un moyen de le savoir ? »

Arnold haussa les épaules.

« Il n'y a pas grand-chose de valeur à voler ici à l'École, alors on ne gaspille pas le budget pour des historiques de badge, des caméras de surveillance et des gardiens.

— Il n'y a peut-être pas d'armes à feu, de drogue et de coffres-forts, mais nous avons tout de même des trucs plus faciles à revendre que des matraques, non ? »

Arnold eut un sourire en coin.

« Tu ferais mieux de vérifier si ton PC est encore là. »

Harry se rendit dans son bureau, vérifia que l'on n'avait touché à rien et s'assit. Il se demanda ce qu'il allait faire, il avait prévu de corriger les copies et seules des ombres l'attendaient à la maison. En guise de réponse à sa question, son téléphone se mit à vibrer.

« Katrine ?

— Salut. Je suis tombée sur quelque chose. » Elle avait l'air excitée. « Tu te souviens que je t'ai dit que Beate et moi nous avions parlé à Irja, la fille qui louait l'appartement du rez-de-chaussée à Valentin.

— Celle qui lui a donné un faux alibi ?

— Oui. Elle a dit qu'elle avait trouvé des photos qu'il avait prises. Des photos de viols et d'abus sexuels. Et sur l'une d'elles, elle avait reconnu les chaussures de Valentin et le papier peint de l'appartement.

— Hm. Tu veux dire que…

— Ce n'est pas probable, mais il *peut* s'agir d'une scène de crime. J'ai contacté les nouveaux propriétaires et il s'avère qu'ils habitent chez les parents du monsieur pendant que la maison est en rénovation. Mais cela ne les gêne pas de nous passer les clefs pour que nous jetions un œil.

— Je croyais que nous étions d'accord pour ne plus chercher Valentin ?

— Je croyais que nous étions d'accord pour chercher où il y a de la lumière ?

— *Touché*, Katrine. Vinderen est quasiment à côté. Tu as une adresse ? »

Elle la lui donna.

« Je peux y aller à pied, et j'y vais tout de suite. Tu viens ?

— Oui, mais j'étais tellement prise par ça que j'ai oublié de dîner.

— OK, viens quand tu as terminé. »

Il était neuf heures moins le quart quand Harry emprunta le chemin dallé qui menait à la maison. Des bidons de peinture vides étaient entassés contre le mur avec des morceaux de plâtre et des planches qui dépassaient sous des bâches. Il descendit le petit escalier en pierre comme le lui avaient indiqué les propriétaires, puis il s'avança dans l'allée à l'arrière. Il ouvrit la porte du rez-de-chaussée et l'odeur de colle et de peinture lui sauta immédiatement à la figure. Mais il y avait aussi une autre odeur, cette odeur qui avait poussé les propriétaires à entreprendre une rénovation. Ils avaient dit qu'ils n'arrivaient pas à savoir d'où elle venait. On la sentait partout dans la maison. Ils avaient fait venir un dératiseur, mais ce dernier leur avait dit qu'une odeur aussi forte ne provenait pas d'un simple rongeur mort. Il leur fallait quasiment casser les planchers et les murs pour trouver ce dont il s'agissait.

Harry alluma la lumière. Le sol de l'entrée était recouvert d'un plastique transparent avec des traces grises laissées par des brodequins et par des caisses en bois remplies d'outils, marteaux, pieds-de-biche et perceuses couvertes de taches de peinture. On avait enlevé plusieurs planches du mur et l'on voyait l'isolant. Outre l'entrée, l'appartement comportait une petite cuisine, une salle de bains et un salon avec un rideau qui menait à la chambre. Visiblement, les travaux de rénovation n'avaient pas encore atteint la chambre, qui servait à entreposer les meubles des autres pièces. Afin de les protéger de la poussière des travaux dans le salon, le rideau en perles avait été tiré sur le côté et remplacé par un épais rideau en plastique qui évoqua pour Harry un abattoir, une chambre froide et une scène de crime protégée.

Il huma l'odeur de solvants et de pourriture, et il arriva à la même conclusion que le dératiseur : un seul petit rongeur n'était pas responsable.

Le lit avait été poussé dans un coin afin de laisser plus de place aux meubles et la chambre était assez encombrée, si bien qu'il était difficile de se faire une impression exacte sur la manière dont le viol avait été commis et l'endroit où la fille avait été photographiée. Katrine avait dit qu'elle irait voir Irja afin d'essayer de retrouver la trace des photos, mais si Valentin était vraiment le tueur des policiers, Harry était déjà sûr d'une chose : il n'avait laissé traîner aucune des preuves pouvant l'incriminer. Les photos avaient été soit détruites soit cachées ailleurs quand il avait déménagé.

Harry observa la pièce du sol au plafond en passant par les murs, jusqu'à croiser son propre regard dans la vitre qui donnait sur le jardin plongé dans l'obscurité. La chambre avait un je-ne-sais-quoi appelant la claustrophobie, mais s'il s'agissait vraiment d'une scène de crime, elle ne lui parlait pas. De toute façon, trop de temps s'était écoulé et trop de choses s'étaient passées dans l'intervalle. Tout ce qui restait, c'était le papier peint. Et l'odeur.

Harry posa son regard sur le plafond. Et l'y laissa. Claustrophobie. Pourquoi éprouvait-il ce sentiment dans la chambre et pas dans le salon ? Il tendit ses cent quatre-vingt-treize centimètres plus le bras. Le bout de ses doigts atteignit tout juste le plafond. Des carreaux de plâtre. Puis il passa au salon et fit la même chose. Sans toucher le plafond.

Bref, le plafond de la chambre avait été rabaissé. Ce que l'on faisait beaucoup dans les années soixante-dix pour économiser le chauffage. Et il y avait de la place dans l'intervalle entre l'ancien plafond et le nouveau. De la place pour cacher quelque chose.

Harry retourna dans l'entrée, prit un pied-de-biche dans une des caisses à outils et retourna dans la chambre. Il se figea quand son regard se porta vers la fenêtre. Il savait que l'œil réagit automatiquement au mouvement. Il resta deux secondes immobile et tendit l'oreille. Rien.

Harry se concentra à nouveau sur le plafond. Aucune trace, mais avec les carreaux de plâtre, il suffisait de découper un gros trou et ensuite de reboucher, poncer et repeindre par-dessus. Il estima qu'il y en avait pour une demi-journée, si on était efficace.

Harry monta sur le fauteuil, posa un pied sur chaque accoudoir et visa le plafond avec la pointe de son pied-de-biche. Hagen avait raison, si un enquêteur défonçait un plafond sans mandat de perquisition et sans l'accord du propriétaire, un tribunal rejetterait sans hésiter les preuves qu'il pourrait apporter.

Harry donna un coup. Le pied-de-biche s'enfonça dans le plafond avec un bruit sourd et une pluie de plâtre lui tomba sur la figure.

Harry n'était pas policier, juste un consultant civil. Il n'était pas membre du groupe d'enquête, rien qu'un particulier qui aurait des comptes à rendre et qui serait condamné pour vandalisme. Mais Harry était prêt à en payer le prix.

Il ferma les yeux et ramena le pied-de-biche en arrière. Il sentit des bouts de plâtre lui tomber sur les épaules et le front. Et l'odeur. Elle était encore plus forte désormais. Il donna un nouveau coup de pied-de-biche et agrandit le trou. Il regarda alentour à la recherche d'un objet qu'il pourrait placer sur le fauteuil afin de pouvoir glisser sa tête dans le trou.

Tiens, un nouveau mouvement à la fenêtre. Harry sauta par terre et s'approcha de l'ouverture. Il mit les mains autour des yeux, comme des jumelles, afin de ne pas être gêné par la lumière et se pencha contre la vitre. Mais tout ce qu'il vit dans le noir, ce furent les silhouettes des pommiers. Quelques branches se balançaient mollement. Le vent s'était-il levé ?

Harry se retourna vers la chambre, il trouva une grosse caisse en plastique Ikea qu'il plaça sur le fauteuil. Il allait grimper quand il entendit un bruit en provenance de l'allée. Un bruit sec. Il s'arrêta, tendit l'oreille. Pas d'autres bruits. Harry n'y accorda pas d'importance. Ce n'étaient que des craquements dans une vieille maison quand il y avait du vent. Il se tint en équilibre sur la caisse en plastique, se redressa prudemment, posa les mains contre le plafond et glissa la tête dans le trou percé dans le carreau de plâtre.

La puanteur était tellement intense que ses yeux s'emplirent tout de suite de larmes, et il dut faire un effort pour contrôler sa respiration. Il connaissait cette odeur. De la chair à ce moment du processus de décomposition où les gaz paraissent quasiment mortels. Il avait senti une puanteur pareille une seule fois, quand ils avaient trouvé un cadavre abandonné depuis deux ans dans une cave et qu'ils avaient fait un trou dans le plastique dans lequel il était emballé. Non, il ne s'agissait pas d'un rongeur, ni même d'une famille de rongeurs. Il faisait noir là-dedans et sa tête bloquait la lumière, mais il distingua quelque chose droit devant lui. Il attendit que ses pupilles se dilatent lentement pour utiliser au mieux le peu de lumière. Là, il la vit. La perceuse. Non, c'était une scie sauteuse. Et puis, il y avait autre chose plus au fond, quelque chose qu'il ne réussissait pas à voir, mais dont il devinait la présence physique. Quelque chose… Il sentit sa gorge se serrer. Un bruit. Un bruit de pas. En dessous de lui.

Il voulut sortir la tête, mais c'était comme si le trou était devenu trop étroit, comme s'il était en train de se refermer autour de son cou, comme s'il voulait l'enfermer là, avec ce mort. Il sentit monter la panique. Il enfonça les doigts entre son cou et le plâtre, il en cassa un peu plus et sortit la tête.

Les pas avaient cessé.

Harry sentit son pouls battre dans son cou. Il attendit d'être tout à fait calme. Il sortit le briquet de sa poche, plongea la main dans le trou et alluma, il allait y enfoncer la tête quand il aperçut quelque chose. Le rideau en plastique devant la porte du salon. Quelque chose s'y dessinait. Une silhouette. Quelqu'un se tenait derrière le plastique. Quelqu'un qui l'observait.

Harry toussota.

« Katrine ? »

Pas de réponse.

Le regard de Harry chercha le pied-de-biche qu'il avait posé quelque part par terre. Il le trouva, se baissa le plus silencieusement possible. Posa un pied par terre, il entendit que l'on écartait le plastique et comprit qu'il n'atteindrait pas l'outil. La voix était presque enjouée.

« Comme on se retrouve. »

Il leva les yeux. Deux secondes lui suffirent pour reconnaître le visage à contre-jour. Il pesta intérieurement. Son cerveau chercha les scénarios possibles pendant une ou deux secondes supplémentaires, mais n'en trouva aucun. Il était coincé avec la question : putain, qu'est-ce qui va se passer maintenant ?

Chapitre 29

Elle avait un sac à l'épaule qu'elle laissa tomber. Il heurta le sol avec un bruit étonnamment lourd.

« Qu'est-ce que tu fais là ? » demanda Harry d'une voix rauque. Il se rendit compte que c'était une répétition. Comme sa réponse.

« Je suis allée m'entraîner. Sports de combat.

— Ce n'est pas une réponse, Silje.

— Si », répliqua Silje Gravseng en mettant une hanche en avant. Elle portait une veste de survêtement fine, un collant noir, des chaussures de jogging. Elle avait une queue-de-cheval et affichait un sourire malicieux.

« Je suis allée m'entraîner et je t'ai vu sortir de l'École. Je t'ai suivi.

— Et pourquoi ? »

Elle haussa les épaules.

« Pour te donner une nouvelle chance, peut-être.

— Une nouvelle chance de quoi ?

— De faire ce dont tu as envie.

— C'est-à-dire ?

— Je ne crois pas avoir besoin de le dire. » Elle inclina la tête sur le côté. « Je l'ai vu dans le bureau de Krohn. Ton visage n'est pas exactement impassible, Harry. Tu voulais me sauter. »

Harry fit un signe vers le sac.

« Ton entraînement, c'est des trucs de ninja avec des armes ? »
Sa voix était rauque à cause de sa bouche sèche.

Le regard de Silje Gravseng balaya la chambre.

« Oui, c'est ça. Et nous avons même un lit. »

Elle ramassa le sac, passa devant Harry, l'écarta. Elle posa le sac
sur le lit et essaya de déplacer un gros canapé qui lui barrait le
chemin mais il était bloqué. Elle se pencha en avant, saisit le dossier
du canapé et tira. Harry regarda le derrière de Silje, sa veste avait
glissé, les muscles de ses cuisses étaient tendus, il l'entendit haleter :

« Tu ne viens pas m'aider ? »

Harry déglutit.

Merde, merde.

Il regarda la queue-de-cheval blonde qui dansait dans son dos.
Comme si c'était une foutue poignée. Le tissu se tendait entre ses
fesses. Elle s'était arrêtée, restait immobile, comme si elle avait senti
quelque chose. Comme si elle avait saisi ce qu'il pensait.

« Comme ça ? murmura-t-elle. Tu veux me prendre comme ça ? »

Il ne répondit pas, il sentit son érection qui venait comme la
douleur retardée d'un coup dans le ventre, elle se répandait à partir
d'un point dans le bas-ventre. Ça commençait à bouillonner dans
sa tête, des bulles montaient et pétillaient crescendo. Il fit un pas
vers elle. S'arrêta.

Elle tourna la tête à moitié, mais baissa les yeux.

« Qu'est-ce que tu attends ? chuchota-t-elle. Tu veux... Tu veux
que je résiste ? »

Harry avala sa salive. Il n'était pas en pilote automatique. Il savait
ce qu'il faisait. C'était lui. Ce qu'il faisait, c'était lui. Et même s'il
le disait à haute voix, il allait le faire. N'est-ce pas ?

« Oui, s'entendit-il répondre. Arrête-moi. »

Il la vit soulever légèrement son derrière, il songea que c'était
comme un rituel du monde animal, qu'il était peut-être programmé

pour faire ça, malgré tout. Il posa une main sur les reins de Silje, sur la cambrure, il sentit la sueur, la peau nue là où s'arrêtait le collant. Deux doigts sous l'élastique. Il n'y avait qu'à baisser. Elle avait une main posée sur le dos du canapé, l'autre reposait sur le lit, vers le sac. Elle glissa dans le sac qui était ouvert.

« Je vais essayer, murmura-t-elle. Je vais essayer. »

Harry inspira profondément en tremblant.

Il sentit un mouvement. Cela arriva si vite qu'il n'eut pas le temps de réagir.

« Qu'est-ce qui ne va pas ? demanda Ulla en accrochant le manteau de Mikael dans le placard.

— Pourquoi ? répondit-il en se frottant le visage avec les mains.

— Viens », dit-elle, et elle le poussa au salon. Le fit asseoir dans le canapé. Se plaça derrière lui. Elle posa les mains à la jonction de son cou et de sa nuque, le bout de ses doigts trouva le milieu du trapèze, et elle appuya. Il gémit.

« Alors ? » fit-elle.

Il soupira.

« Isabelle Skøyen. Elle a proposé que l'ancien directeur de la police nous aide jusqu'à ce que l'affaire des meurtres des policiers soit réglée.

— D'accord. Est-ce que c'est si terrible que ça ? Tu as dit toi-même que vous aviez besoin de davantage de personnel.

— En pratique, cela voudra dire qu'il sera le directeur en titre et que moi je lui apporterai les cafés. C'est un acte de défiance insupportable, tu comprends bien.

— Mais c'est temporaire, n'est-ce pas ?

— Et après ? Quand l'affaire aura été réglée avec lui en tant que chef et pas moi ? Est-ce que le conseil dira que maintenant qu'il n'y a plus de danger, je peux reprendre ma place ? Aïe !

— Pardon, mais c'est juste là. Essaie de te détendre, chéri.

— C'est sa vengeance, tu comprends. Les femmes larguées… Aïe !

« — Oh... Est-ce que j'ai encore appuyé là où ça fait mal ? »

Mikael écarta les mains d'Ulla.

« Le pire, c'est que je ne peux rien faire. Elle connaît le cirque, moi je suis juste un débutant. Si seulement j'avais un peu d'expérience, si j'avais eu le temps de nouer des alliances, de comprendre qui tient qui.

— Sers-toi des alliances que tu as, dit Ulla.

— Toutes celles qui sont importantes se jouent dans sa moitié de terrain, répondit Mikael. Enfoirés de politiciens, ils ne pensent pas aux résultats comme nous, mais à la manière dont ça apparaît aux yeux de ces connards qui ont le droit de vote, ils voient tout en termes de voix. »

Mikael baissa la tête. Les mains d'Ulla revinrent. Plus doucement cette fois. Elles le massèrent, lui caressèrent les cheveux. Alors qu'il allait laisser filer ses pensées, il songea à ce qu'elle avait dit. *Sers-toi des alliances que tu as.*

Harry était aveuglé. Lorsqu'il avait senti le mouvement derrière lui, il avait automatiquement lâché Silje et s'était retourné. Le rideau en plastique avait été écarté et une lumière blanche lui était tombée dessus. Harry avait levé la main devant ses yeux.

« *Sorry* », dit une voix familière, et la torche fut baissée. « J'avais pris une lampe. Tu ne pensais pas que... »

Harry vida ses poumons en gémissant.

« Merde, Katrine, tu m'as fait peur ! Tu nous as fait peur...

— Oh, ce n'est pas l'étudiante qui... Je t'ai vue à l'École de Police.

— J'ai arrêté. » La voix de Silje semblait imperturbable, presque comme si elle s'ennuyait.

« Ah bon ? Mais qu'est-ce que vous faites...

— On pousse des meubles », dit Harry. Il renifla et désigna le trou au plafond. « Et j'essaie de trouver quelque chose d'un peu plus stable pour grimper.

— Il y a un escabeau juste dehors, dit Katrine.

— Vraiment ? Je vais le chercher. » Harry passa devant Katrine et traversa le salon. Merde, merde.

L'escabeau était appuyé contre le mur entre les bidons de peinture.

Le silence complet régnait quand il revint. Il écarta le fauteuil et plaça l'escabeau en aluminium sous le trou. Tout laissait penser qu'elles ne s'étaient pas adressé la parole. Deux femmes qui restaient bras croisés, l'air impassible.

« C'est quoi cette odeur ? demanda Katrine.

— Passe-moi la lampe », dit Harry. Elle la lui donna, il grimpa. Arracha un bout de plâtre, enfonça la lampe puis glissa la tête. Il saisit la scie sauteuse. La lame était cassée. Il la tint entre deux doigts et la tendit à Katrine. « Attention, il y a peut-être des empreintes. »

Il braqua la lampe à l'intérieur. Regarda fixement le corps qui gisait entre l'ancien et le nouveau plafond. Il se dit qu'il méritait bien d'être là à respirer la puanteur de la chair en décomposition, non, il méritait d'être de la viande crevée. Parce qu'il était un malade. Harry Hole était un sacré malade. Et si on ne l'abattait pas sur place, il avait besoin d'aide. Parce qu'il avait été sur le point de le faire, non ? Se serait-il arrêté ? Ou bien l'idée qu'il se serait *peut-être* arrêté n'était-elle qu'une excuse qu'il se fabriquait a posteriori, pour avoir au moins un doute ?

« Tu vois quelque chose ? demanda Katrine.

— Ouais, dit Harry.

— On a besoin des TIC ?

— Ça dépend.

— Ça dépend de quoi ?

— Ça dépend si la Brigade criminelle est prête à se charger de cette mort. »

Chapitre 30

« C'est super difficile d'en parler », dit Harry. Il écrasa sa cigarette contre le rebord de la fenêtre, laissa ouverte la fenêtre qui donnait dans Sporveisgata et retourna à son siège. Ståle Aune lui avait dit qu'il pouvait passer à huit heures avant le premier patient quand il l'avait appelé à six heures du matin pour lui expliquer qu'il était à nouveau en train de partir en vrille.

« Tu es déjà passé par là, et tu as déjà parlé de choses difficiles », dit Ståle. Harry se souvenait que, depuis toujours, Ståle était le psychologue que les policiers de la Brigade criminelle et de la Kripos allaient voir dans les moments critiques. Non seulement parce qu'ils avaient son numéro de téléphone, mais aussi parce que Ståle Aune était l'un des rares psys à savoir de quoi était fait leur quotidien. Et ils savaient qu'ils pouvaient lui faire confiance, il ne dirait rien.

« Oui mais, là, il ne s'agit pas d'alcool, dit Harry. Cette fois-ci... C'est tout autre chose.

— Vraiment ?

— Tu ne crois pas ?

— Puisque la première chose que tu fais, c'est de m'appeler, tu penses peut-être que c'est la même chose. »

Harry soupira, se pencha en avant et posa le front contre ses mains jointes. « Oui, peut-être. J'ai toujours eu le sentiment de choisir les pires moments pour me mettre à boire. J'avais l'impression que je foirais toujours quand il s'agissait d'être affûté. Comme s'il y avait en moi un démon qui voulait que ça merde. Qu'il fallait que je merde.

— C'est le boulot des démons, tu sais. » Ståle réprima un bâillement.

« Dans ce cas, il a fait du bon boulot. J'ai failli violer une fille. » Ståle cessa de bâiller.

« Qu'est-ce que tu dis ? C'était quand ?

— Hier soir. La fille est une ex-élève de l'École de Police. Elle a surgi alors que je fouillais un appartement où Valentin a habité.

— Oh ? » Ståle ôta ses lunettes. « Tu as trouvé quelque chose ?

— Une scie sauteuse avec une lame cassée. Elle doit être là depuis des années. Les ouvriers l'ont peut-être oubliée là quand ils ont abaissé le plafond. On est en train de la comparer avec celle qui a été trouvée à Bergslia.

— Autre chose ?

— Non. Si. Un blaireau mort.

— Un blaireau ?

— Oui. On dirait qu'il s'était fait une tanière dans le plafond.

— Non ? Comme dans la chanson de Knutsen et Ludvigsen ? Nous avions aussi un blaireau chez nous, mais heureusement, il s'en tenait au jardin. La morsure du blaireau est terrifiante. Il est mort en hibernation ? »

Harry eut un sourire en coin.

« Si ça t'intéresse, je peux mettre la Médecine légale sur le coup.

— Pardon, je... » Ståle secoua la tête et remit ses lunettes. « La fille est arrivée et tu t'es senti tenté de la violer, c'est ça ? »

Harry passa les mains sur sa tête.

« Je viens de demander en mariage la femme que j'aime le plus au monde. Je ne veux qu'une chose, que nous vivions heureux ensemble. Et c'est comme si, au moment précis où je pense à ça, le monstre surgissait... et... »

Il rabaissa les mains.

« Pourquoi tu t'arrêtes ?

— Parce que je suis là, parce que je considère être un salaud et que je sais ce que tu vas dire. Refus des responsabilités.

— Et ce n'est pas ça ?

— Bien sûr que si. C'est la même chose avec des visages différents. J'ai cru qu'elle s'appelait Jim Beam. Maman qui est morte trop tôt, ou le stress du boulot. Ou la testostérone, ou les gènes de l'alcoolo. Tout ça est peut-être vrai. Mais si tu grattes un peu, c'est Harry Hole.

— Et tu dis que Harry Hole a failli violer cette fille hier soir.

— Cela fait longtemps que j'en rêve.

— De violer quelqu'un ? Comme ça, en général ?

— Non. Cette fille. Elle me l'a demandé.

— De la violer ? Dans ce cas, ce n'est pas un viol, non ?

— La première fois, elle m'a demandé de la baiser. Elle m'a provoqué, mais je n'ai pas pu, elle était élève de l'École. Ensuite, j'ai commencé à fantasmer que je la violais. Je... » Harry passa la main sur son visage. « Je ne pensais pas avoir ça en moi. Pas un violeur. Mais qu'est-ce qui m'arrive, Ståle ?

— Ainsi, tu avais l'envie et la possibilité de la violer, mais tu as choisi de ne pas le faire ?

— Quelqu'un est arrivé et nous a interrompus. Il y a viol et viol, elle m'a invité à jouer un rôle. J'étais prêt à le jouer, Ståle. Parfaitement prêt.

— D'accord, mais je ne vois toujours pas de viol.

— Pas au sens juridique, mais...

— Mais quoi ?

— Mais si on avait commencé et si elle m'avait demandé d'arrêter, je ne sais fichtrement pas si je l'aurais fait.

— Tu ne sais pas ? »

Harry haussa les épaules.

« Un diagnostic, docteur ? »

Ståle regarda sa montre.

« J'aurais besoin que tu m'en dises un peu plus. Mais là, j'attends mon premier patient.

— Je n'ai pas le temps de suivre une thérapie, Ståle, nous avons un meurtrier à attraper.

— Dans ce cas, dit Ståle en balançant son corps dodu dans le fauteuil, tu devras te contenter de mon intuition. Tu es venu me voir parce que tu ressens quelque chose que tu ne parviens pas à identifier, et la raison pour laquelle tu n'y parviens pas, c'est que ce sentiment cherche à se camoufler en autre chose. Parce que ce sentiment, c'est quelque chose que *tu ne veux pas* éprouver. C'est un déni classique, exactement comme chez les hommes qui refusent de voir qu'ils sont homosexuels.

— Mais je ne refuse pas de voir que je suis un violeur potentiel ! C'est précisément ce que je me demande.

— Tu n'es pas un violeur, Harry, on ne le devient pas du jour au lendemain. Je crois que tout ça peut être lié à deux choses. Voire aux deux en même temps. En premier lieu, tu peux ressentir une forme d'agressivité à l'égard de cette fille. Il s'agit d'assouvir un contrôle. Ou, pour employer une expression de spécialiste, *punishment sex*. Est-ce que je touche quelque chose, là ?

— Mm. Peut-être. Ensuite ?

— Rakel.

— Pardon ?

— Ce qui t'attire n'est ni le viol ni cette fille, mais l'idée d'être infidèle. De tromper Rakel.

— Ståle, tu...

— Ne t'inquiète pas. Tu es venu me voir parce que tu as besoin de dire à quelqu'un ce que tu as déjà compris. De le dire haut et clair. Parce que tu ne parviens pas à te le dire, parce que tu ne veux pas ressentir ça.

— Ressentir quoi ?

— Tu meurs de trouille à l'idée de t'engager avec elle. L'idée du mariage t'a conduit au bord de la panique.

— Oh ? Et pourquoi ?

— Comme j'ose pouvoir affirmer que je te connais un peu après toutes ces années, je crois que, dans ton cas, il s'agit de la peur des responsabilités envers les autres. Tu as connu de mauvaises expériences avec ça... »

Harry déglutit. Il sentit quelque chose qui se mettait à grossir dans sa poitrine, comme une tumeur cancéreuse en accéléré.

« ... Tu te mets à boire quand ton entourage dépend de toi, parce que tu ne supportes pas la responsabilité, tu veux que les choses foirent. C'est comme lorsque le château de cartes est presque achevé, le stress est tellement lourd que tu n'y tiens plus et au lieu de voir si ça va marcher, tu flanques tout par terre. Ainsi, l'échec est dépassé. Et je crois que tu fais pareil aujourd'hui. Tu as envie de tromper Rakel le plus vite possible parce que tu es convaincu que cela va finir par arriver de toute façon. Tu ne supportes pas la torture à petit feu, tu te montres proactif, et tu flanques par terre ce satané château de cartes — ce qu'est à tes yeux ta relation avec Rakel. »

Harry avait envie de formuler quelque chose. Mais la boule était montée jusqu'à la gorge et bloquait les mots. Il se contenta d'un : « Destructeur.

— Tu as un caractère constructif, Harry. Tu as simplement peur. Peur que ça fasse mal. Que ça vous fasse mal, à toi et à elle.

— Je suis un lâche, c'est ce que tu dis, n'est-ce pas ? »

Ståle regarda longuement Harry, il prit son souffle comme s'il allait le corriger, mais sembla changer d'avis.

« Oui, tu es lâche. Tu es lâche parce que je crois que c'est ce que tu veux. Tu veux Rakel, tu veux être dans le même bateau qu'elle, tu veux t'attacher au mât, avancer ou couler avec ce bateau. C'est toujours comme ça avec toi quand tu fais une promesse, Harry. Que disait la chanson, déjà ? »

Harry marmonna les paroles.

« *No retreat, baby, no surrender.*

— C'est tout toi, c'est tout toi.

— C'est tout moi, reprit Harry à voix basse.

— Réfléchis-y. On se reparle après la réunion à la Chaufferie cet après-midi. »

Harry fit un signe de tête et se leva.

Dans le couloir, un type en sueur, en tenue de sport bouillait d'impatience. Il jeta un coup d'œil appuyé à sa montre et lança un regard noir à Harry.

Harry descendit Sporveisgata. Il n'avait pas dormi de la nuit et n'avait pas pris de petit déjeuner. Il avait besoin de quelque chose. Il le sentait. Il avait besoin d'un verre. Il chassa cette pensée et entra dans le café juste avant Bogstadveien. Commanda un triple espresso. Il le vida au bar et en demanda un autre. Il entendit des rires derrière lui mais ne se retourna pas. Il but son deuxième café lentement. Il ouvrit le journal qui traînait là. Lut le début d'article en une et poursuivit en pages intérieures.

Roger Gjendem se demandait si, à la lueur des meurtres des policiers non élucidés, le conseil municipal n'allait pas procéder à des changements à l'hôtel de police.

Après avoir fait entrer Paul Stavnes, Ståle reprit sa place derrière son bureau. Stavnes se mit dans le coin pour se changer et enfiler un t-shirt propre qu'il avait dans son sac à dos. Ståle profita du moment pour bâiller sans retenue, ouvrir son tiroir et y poser son téléphone de façon à le voir sans peine. Puis il leva les yeux. Il vit le dos nu de son patient. Depuis que Stavnes avait commencé à venir en vélo aux consultations, il changeait toujours de t-shirt dans le cabinet. Comme toujours, en tournant le dos. Mais aujourd'hui, la fenêtre avait été laissée ouverte par Harry, quand il avait fumé. Et la manière dont la lumière tombait fit que Ståle Aune put voir le reflet de la poitrine dénudée de Paul Stavnes dans la vitre.

Stavnes enfila le t-shirt d'un geste vif et se retourna.

« Pour les horaires, ça ne peut plus…

— Je suis d'accord. Ça ne se répétera pas. »

Stavnes le dévisagea.

« Quelque chose ne va pas ?

— Non, non, c'est juste que je me suis levé un peu plus tôt que d'habitude. Tu pourrais laisser la fenêtre ouverte, on manque d'air ici.

— Il y a tout l'air qu'il faut.

— Comme tu veux. »

Stavnes allait fermer la fenêtre, mais il s'arrêta. Il l'observa longuement. Se retourna lentement vers Ståle. Un petit sourire apparut sur son visage.

« Des difficultés pour respirer, Aune ? »

Ståle Aune sentit les douleurs dans sa poitrine et son bras. C'étaient les symptômes d'un infarctus. Sauf qu'il ne s'agissait pas d'une crise cardiaque. C'était de la peur, une peur sans mélange.

Ståle Aune se força à parler calmement, d'un ton bas :

« À la dernière séance, tu as une nouvelle fois raconté que tu écoutais *Dark Side of the Moon*. Ton père est entré dans ta chambre, il a éteint l'ampli, tu as regardé le voyant rouge s'éteindre à son tour, et la fille à laquelle tu pensais est morte également.

— J'ai dit qu'elle est devenue muette, dit Paul Stavnes, d'un ton agacé. Pas morte, c'est différent.

— Oui, oui », dit Ståle Aune qui tendit lentement la main vers le téléphone dans le tiroir. « Tu aurais voulu qu'elle parle ?

— Je ne sais pas. Tu transpires. Ça ne va pas, docteur ? »

Encore ce ton moqueur et ce petit sourire répugnant.

« Je vais bien, merci. »

Les doigts de Ståle reposaient sur les touches du téléphone. Il fallait qu'il fasse parler le patient pour qu'il ne l'entende pas composer le message.

« Nous n'avons pas parlé de ton mariage. Que peux-tu dire sur ton ex-femme ?

— Pas grand-chose. Pourquoi veux-tu qu'on en parle ?

— Une relation intime. Tu sembles ne pas aimer les gens qui te sont proches. Tu as même employé le mot "détester".

— Tiens, tu suis *un peu*, malgré tout ? » Un petit rire amer. « Je déteste les gens surtout parce qu'ils sont faibles, bêtes et parce qu'ils manquent de pot. » Nouvel éclat de rire. « Trois ratés d'un coup. Dis-moi, tu as guéri X ?

— Quoi ?

— Le policier. L'homo qui a essayé d'embrasser un autre flic aux gogues. Il s'en est sorti ?

— Non. » Ståle Aune tapait, il maudissait ses gros doigts boudinés qui semblaient avoir encore gonflé sous l'excitation.

« Mais si tu crois que je suis comme lui, pourquoi penses-tu que tu peux me guérir ?

— X était schizophrène. Il entendait des voix.

— Et tu crois que je suis mieux loti que lui ? »

Le patient eut à nouveau ce rire amer. Ståle essayait de composer les mots pendant que le patient parlait, il essayait de camoufler les clics en raclant le sol avec ses chaussures. Une lettre. Encore une. Foutus doigts. Comme ça. Il se rendit compte que le patient s'était arrêté de parler. Ce patient du nom de Paul Stavnes. Où avait-il trouvé ce nom ? On pouvait toujours en prendre un nouveau. Et se débarrasser de l'ancien. C'était plus difficile avec un tatouage. Surtout s'il était grand et couvrait toute la poitrine.

« Je sais pourquoi tu transpires, Aune, dit le patient. Tu l'as vu dans le reflet quand je me suis changé, n'est-ce pas ? »

Ståle Aune sentit les douleurs dans la poitrine qui reprenaient, comme si le cœur n'arrivait pas à se décider à battre plus vite, ou à s'arrêter tout net. Il espéra que le visage qu'il tentait de composer reflétait bien l'incompréhension.

« Quoi ? » dit-il fortement pour couvrir le clic du bouton Envoyer.

Le patient remonta son t-shirt jusqu'au cou.

Sur la poitrine de Paul Stavnes, un visage figé dans un hurlement muet regardait fixement Ståle Aune.

Le visage d'un démon.

« J'écoute », dit Harry. Il pressa le téléphone contre son oreille tout en vidant sa deuxième tasse de café.

« La scie sauteuse a les empreintes de Valentin Gjertsen, dit Bjørn Holm. Et la forme de l'entaille colle. C'est la même lame qui a été utilisée à Bergslia.

— Alors Valentin Gjertsen était le Scieur ?

— On dirait bien. Mais ce qui m'étonne, c'est que Valentin Gjertsen cache l'arme du crime chez lui au lieu de la jeter quelque part.

— Il avait prévu de s'en resservir », dit Harry.

Harry sentit le téléphone vibrer. Il regarda l'écran. L'expéditeur était S. Ståle Aune. Harry lut le message. Le relut une fois.

valentin est la sos

« Bjørn, envoie des voitures de patrouille au cabinet de Ståle dans Sporveisgata. Valentin est là.

— Allô ? Harry ? Allô ? »

Mais Harry s'était déjà mis à courir.

Chapitre 31

« C'est toujours compliqué d'être percé à jour, dit le patient. Mais, parfois, c'est pire d'être celui qui démasque.

— Démasquer quoi ? dit Ståle en déglutissant. C'est un tatouage, et alors ? Ce n'est pas un crime. Beaucoup de gens... » Il fit un signe vers la tête de démon. « ... en ont un.

— Vraiment ? dit le patient en rabaissant son t-shirt. C'est pour ça que tu as eu l'air de vouloir décamper quand tu l'as vu ?

— Je ne comprends pas ce que tu veux dire, dit Ståle d'une voix serrée. Et si on continuait de parler de ton père ? »

Le patient éclata de rire.

« Tu sais quoi, Aune ? Quand je suis venu la première fois, je n'ai pas réussi à déterminer si j'étais fier ou déçu que tu ne me reconnaisses pas.

— Te reconnaître ?

— Nous nous sommes déjà vus. J'étais l'accusé dans une affaire d'agression, et c'est toi qui devais dire si j'étais responsable. Tu as traité des centaines d'affaires de ce genre. Mais bon, tu m'as seulement consacré trois quarts d'heure pour discuter avec moi. Pourtant, d'une certaine façon, j'aurais espéré te faire une plus forte impression. »

Ståle le regarda fixement. Avait-il réalisé une évaluation

psychologique de l'homme en face de lui ? Même s'il lui était impossible de se souvenir de chacun, il se rappelait au moins les visages.

Ståle continua de l'observer. Deux petites cicatrices sous le menton. Évidemment. Il avait supposé qu'il s'agissait d'un lifting, mais Beate avait dit que Valentin Gjertsen avait sans doute subi une grosse opération de chirurgie plastique.

« Tandis que toi, Aune, tu m'as impressionné. Tu *m'as compris*. Tu ne t'es pas laissé épouvanter par les détails, tu as continué à creuser. Tu m'as interrogé sur les choses justes. Sur les choses qui font mal. Comme un bon masseur qui sent exactement où se trouve le point qui coince. Tu as mis le doigt sur la douleur, Aune. Et c'est pour ça que je suis revenu. J'espérais que tu pourrais la trouver à nouveau, cette saloperie d'abcès, pour l'ouvrir et faire sortir le pus. T'en es capable ? Ou bien t'as perdu ton enthousiasme, Aune ? »

Ståle s'éclaircit la gorge.

« Je ne peux rien faire si tu me mens, Paul. » Il prononça le prénom avec le « å » prolongé, comme il l'avait demandé.

« Oh mais, je ne mens pas, Aune. Juste sur le boulot et la femme. Tout le reste est vrai. Oui, et le nom. Sinon...

— Pink Floyd ? La fille ? »

L'homme en face de lui écarta les bras et sourit.

« Et pourquoi me dis-tu ça maintenant, Paul ? » Påål.

« Tu n'as plus besoin de m'appeler comme ça. Tu peux dire Valentin si tu veux.

— Val-en-quoi ? »

Le patient poussa un petit rire.

« Désolé, mais comme acteur, tu es très mauvais, Aune. Tu sais très bien qui je suis. Tu l'as su à l'instant où tu as vu le reflet du tatouage dans la vitre.

— Et pourquoi le saurais-je ?

— Parce que je suis celui que vous recherchez. Valentin Gjertsen.

— Vous ? Rechercher ?

— Tu oublies que j'ai dû attendre pendant que tu parlais avec un flic des gribouillages de Valentin Gjertsen sur la vitre d'un tram. Je me suis plaint et tu ne m'as pas fait payer la séance. Tu te rappelles ? »

Ståle ferma les yeux pendant deux secondes. Il bloqua tout mentalement. Il se dit que Harry allait arriver bientôt, il n'avait pas eu le temps d'aller bien loin.

« C'est d'ailleurs pour ça que j'ai commencé à venir en vélo à nos séances au lieu de prendre le tram, dit Valentin Gjertsen. J'ai pensé que le tram serait surveillé.

— Mais tu as continué à venir. »

Valentin haussa les épaules et plongea la main dans son sac à dos.

« Avec un casque et des lunettes de cycliste, il est presque impossible d'être identifié. Et tu ne pigeais rien ? Tu avais décidé que j'étais Paul Stavnes, basta. Et moi, j'avais besoin de ces séances, Aune. Je suis sincèrement désolé qu'elles doivent s'arrêter... »

Aune étouffa un hoquet quand il vit la main de Valentin Gjertsen ressortir du sac. La lumière brillait sur l'acier.

« Tu sais qu'on appelle ça un *survival knife* ? dit Valentin. Un peu trompeur dans ton cas. Mais il peut servir à tellement de choses. Ça, par exemple... » Il passa le bout du doigt sur la partie dentelée de la lame. « ... C'est quelque chose dont la majeure partie des gens ne comprennent pas l'utilité. Pour eux, c'est juste un truc moche. Et tu sais quoi ? » À nouveau, il afficha son petit sourire repoussant. « Ils ont raison. Quand tu passes le couteau sur une gorge, comme ça... » Il fit le geste. « La lame déchiquette la peau. Puis les dentelures déchirent ce qui est à l'intérieur. Comme la fine membrane autour d'une veine, par exemple. Et s'il s'agit d'une artère... Alors là, je te dis pas le spectacle. Mais n'aie pas peur. Tu verras rien, promis. »

Ståle sentit sa tête tourner. Il espéra presque que c'était un infarctus.

« Au fond, il ne reste plus qu'une seule chose, Ståle. Ça t'embête pas que je t'appelle Ståle, à la dernière minute ? Bref, c'est quoi, le diagnostic ?

— Dia... Dia...

— Diagnostic. Du grec "capable de discerner", n'est-ce pas ? Qu'est-ce qui cloche chez moi, Ståle ?

— Je... Je ne sais pas, je... »

Le mouvement fut si rapide que Ståle Aune n'aurait pas réussi à lever le petit doigt même s'il avait essayé. Valentin était hors de vue quand il entendit à nouveau sa voix. Mais elle venait de derrière, à son oreille.

« Bien sûr que tu sais, Ståle. Tu as eu affaire à des types comme moi durant toute ta vie professionnelle. Pas exactement comme moi, évidemment, mais des cas ressemblants. Des ratés. »

Ståle ne voyait plus le couteau. Il le sentit. Il le sentit contre son double menton qui tremblait alors qu'il respirait avec peine par le nez. Cela paraissait surnaturel qu'un homme se déplace aussi vite. Il ne voulait pas mourir. Il voulait vivre. Il n'y avait pas de place pour d'autres pensées.

« Il n'y a rien qui cloche chez toi, Paul.

— Valentin. Montre-moi un peu de respect. Je vais te vider de ton sang alors que ma bite va se gonfler. Et tu prétends que je n'ai rien qui cloche ? » Il rit dans l'oreille d'Aune. « Allez. Le diagnostic.

— Complètement cinglé. »

Ils tournèrent la tête tous les deux. Regardèrent vers la porte, d'où venait la voix.

« La consultation est finie. Tu peux payer à la caisse en sortant, Valentin. »

La grande silhouette aux larges épaules qui emplissait la porte entra dans la pièce. L'homme traînait quelque chose et il fallut une seconde à Ståle pour comprendre de quoi il s'agissait. Les haltères de la salle d'attente, au-dessus du divan.

« T'approche pas, flic, grogna Valentin, et Ståle sentit le couteau contre sa peau.

— Les voitures de patrouille sont en route, Valentin. La partie est terminée. Laisse partir le docteur. »

Valentin fit un signe en direction de la fenêtre ouverte sur la rue.

« J'entends pas de sirènes, moi. Dégage, sinon, je crève le docteur tout de suite.

— Je crois pas, dit Harry en levant la barre. Sans lui, tu n'as pas de bouclier.

— Dans ce cas. » Ståle sentit que Valentin lui tordait le bras, pour le forcer à se lever. « Je laisse filer le docteur. Avec moi.

— Prends-moi à la place, dit Harry Hole.

— Et pourquoi ça ?

— Je suis un meilleur otage. Avec lui, tu risques qu'il panique ou qu'il s'évanouisse. En plus, tu n'auras pas à te demander ce que je vais chercher à faire. »

Silence. Ils entendaient à peine un bruit à la fenêtre. Peut-être une sirène dans le lointain. Peut-être pas. Ståle sentit la pression de la lame qui diminuait. Puis, alors qu'il allait reprendre son souffle, une piqûre. Il entendit le bruit bref de quelque chose que l'on tranchait. Et qui tomba par terre. Son nœud papillon.

« Si tu bouges… » lui siffla la voix à l'oreille avant de s'adresser à Harry.

« Comme tu veux, flic, mais laisse d'abord tomber cette barre. Ensuite, tu te mets la figure contre le mur, les jambes écartées, et…

— Ça va, je connais le topo », dit Harry. Il laissa tomber la barre, se retourna, plaça les paumes des mains bien haut contre le mur et écarta les jambes.

Ståle sentit la prise qui lui serrait le bras se défaire et, l'instant d'après, il vit Valentin derrière Harry. Il lui appuya le couteau contre le cou.

« On y va, *handsome* », dit Valentin.

Ils passèrent la porte.

Et, enfin, Ståle put respirer.

Par la fenêtre, on entendait les sirènes portées par le vent.

Harry vit la mine terrorisée de la réceptionniste quand Valentin et lui s'approchèrent d'elle, tel un troll à deux têtes, et passèrent à côté d'elle sans dire un mot. Harry essaya d'aller moins vite dans l'escalier, mais il sentit rapidement une douleur cuisante dans le flanc.

« Ce couteau va continuer jusque dans tes reins si tu essaies de me ralentir. »

Harry augmenta l'allure. Il ne sentait pas encore le sang puisque celui-ci avait la même température que la peau, mais il savait qu'il coulait à l'intérieur de sa chemise.

Une fois en bas, Valentin ouvrit la porte d'un coup de pied et poussa Harry devant lui, mais sans que le couteau perde le contact avec lui.

Ils étaient dans Sporveisgata. Harry entendit les sirènes. Un homme avec des lunettes de soleil et un chien vint à leur rencontre. Il passa à côté d'eux sans leur accorder un regard tandis que sa canne blanche faisait des castagnettes sur le trottoir.

« Reste là », dit Valentin avant de désigner un panneau d'interdiction de stationner auquel était attaché un VTT.

Harry se plaqua contre le poteau. Il sentit sa chemise qui lui collait à la peau et la douleur qui cognait dans son flanc à son rythme propre. Le couteau était appuyé contre sa colonne vertébrale. Il entendit le tintement des clefs et d'un antivol. Les sirènes s'approchaient. Puis le couteau disparut. Mais avant que Harry ne parvienne à réagir et à s'écarter, sa tête fut tirée en arrière par quelque chose qui lui enserra le cou. Il vit trente-six chandelles quand l'arrière de son crâne heurta le poteau. Il en eut le souffle coupé. Puis, à nouveau, le tintement des clefs. La pression contre son cou se relâcha et Harry leva automatiquement la main. Il glissa deux doigts entre son cou et ce qui l'entravait. Il sentit ce que c'était. Merde.

Valentin tourna devant lui avec son vélo. Il mit ses lunettes, fit un petit salut en portant deux doigts à son casque et se mit à pédaler.

Harry vit le sac noir sur son dos disparaître au bout de la rue. Les sirènes n'étaient pas à plus d'un ou deux pâtés de maisons. Un cycliste passa devant lui. Casque, sac noir. Un autre. Pas de casque, mais un sac noir. Encore un. Merde, merde. La sirène sembla résonner à l'intérieur de sa tête quand Harry ferma les yeux. Il pensa à ce vieux paradoxe grec, où quelqu'un se rapproche : un kilomètre, un demi, un tiers, un quart, un centième, et s'il est vrai que la série est infinie, il n'arrivera jamais au but.

Chapitre 32

« Alors tu t'es retrouvé attaché à un poteau avec un antivol de vélo autour du cou ? demanda Bjørn Holm d'un air incrédule.

— Un poteau avec une saloperie de panneau d'interdiction de stationner, dit Harry en regardant sa tasse de café vide.

— C'est drôle, dit Katrine.

— Ils ont dû appeler une voiture de patrouille avec une pince coupante pour me dégager. »

On poussa la porte de la Chaufferie et Gunnar Hagen entra à toute vitesse. « Je viens d'être mis au courant. Qu'est-ce qui se passe ?

— Toutes les voitures de patrouille du secteur sont après lui, dit Katrine. Tous les cyclistes sont contrôlés.

— Même si cela fait un bon moment qu'il s'est débarrassé de son vélo et qu'il est monté dans un taxi ou dans les transports en commun, dit Harry. Valentin Gjertsen est tout sauf bête. »

Le chef de section était essoufflé et se laissa tomber sur un siège. « Il a laissé des traces ? »

Silence.

Il regarda avec surprise le mur de visages réprobateurs qui lui faisait face.

« Qu'est-ce qu'il y a ? »

Harry s'éclaircit la gorge.

« Tu es assis sur la chaise de Beate Lønn.

— Non ? » Hagen bondit sur ses pieds.

« Il a oublié sa veste de survêtement, dit Harry. Bjørn l'a déposée à la Technique.

— Sueur, poils, tout le tremblement, dit Bjørn. Je pense qu'on aura la confirmation que Paul Stavnes et Valentin Gjertsen ne font qu'un d'ici un jour ou deux.

— Autre chose dans cette veste ? demanda Hagen.

— Pas de portefeuille, de téléphone, de carnet de notes ou d'agenda avec les lieux des prochains meurtres, dit Harry. Seulement ça. »

Hagen prit machinalement ce que lui tendait Harry. Un petit sachet plastique encore fermé avec trois cotons-tiges en bois.

« À quoi cela lui servait-il ?

— À tuer quelqu'un ? suggéra Harry d'un ton laconique.

— Ça sert à se nettoyer les oreilles, dit Bjørn Holm. Mais aussi à se gratter dedans, pas vrai ? La peau est irritée, on gratte encore plus, la production de cire augmente et, soudain, on est obligé d'avoir encore plus de cotons-tiges. Une sorte d'héroïne pour l'oreille.

— Ou pour se maquiller, dit Harry.

— Hein ? dit Hagen en étudiant le sachet. Tu veux dire que... qu'il se maquille ?

— Eh bien, il se déguise. Il a subi une opération de chirurgie plastique. Ståle, c'est toi qui l'as le plus vu de près.

— Je n'y avais pas pensé, mais tu as peut-être raison.

— Il ne faut pas beaucoup de mascara ou d'eye-liner pour faire cette petite différence qui change tout, dit Katrine.

— Bien, dit Hagen. On a quelque chose sur le nom Paul Stavnes ?

— Très peu, dit Katrine. Il n'existe aucun Paul Stavnes à l'état civil avec la date de naissance qu'il a donnée à Aune. Les deux personnes qui portent le même nom ont été mises hors de cause par le lensmann de leur district. Quant au couple de personnes âgées qui habitent à l'adresse qu'il a donnée, ils n'ont jamais entendu parler ni de Paul Stavnes ni de Valentin Gjertsen.

— Nous n'avons pas pour habitude de vérifier les informations que nous donnent nos patients, dit Aune. Il payait après chaque séance.

— Hôtels, dit Harry. Pensions, meublés. Tous ont leurs registres informatisés.

— Je vérifie », dit Katrine. Elle pivota sur sa chaise et se mit à taper sur le clavier de son PC.

« Ces trucs sont en ligne sur le Net ? demanda Hagen d'un ton dubitatif.

— Non, dit Harry. Mais Katrine utilise des moteurs de recherche que tu préférerais ne pas voir exister.

— Oh ? Pourquoi ?

— Parce qu'ils ont accès à un niveau de code où même les meilleurs firewalls sont inutilisables », dit Bjørn Holm. Il regarda par-dessus l'épaule de Katrine alors que l'on entendait le cliquetis des touches, comme des cafards filant sur une table en verre.

« Comment est-ce possible ? s'enquit Hagen.

— Parce que c'est le même niveau de code que les firewalls, dit Bjørn. Ces moteurs *sont* des murs.

— Ça se présente mal, dit Katrine. Pas de Paul Stavnes nulle part.

— Mais il doit bien habiter quelque part, dit Hagen. S'il loue un appartement sous le nom de Paul Stavnes, ça peut se trouver ?

— Je doute qu'il soit un locataire normal, dit Katrine. La plupart des propriétaires font des recherches sur leurs locataires. Ils font au moins une recherche sur Google ou sur les registres des impôts. Et Valentin sait qu'ils se méfieraient s'ils ne le trouvaient nulle part.

— Hôtel », dit Harry. Il s'était levé et approché du tableau où ils avaient écrit ce qui, aux yeux de Hagen, ressemblait à un schéma avec des associations libres, des flèches et des mots-clefs. Puis il reconnut les noms des victimes. L'une d'elles était désignée par la seule lettre B.

« Tu t'es contenté de dire hôtel, Harry, dit Katrine.

— Trois cotons-tiges », ajouta Harry. Il se pencha vers Hagen et attrapa le sachet plastique. « On ne peut pas acheter ça en magasin. On le trouve dans les salles de bains à l'hôtel, avec les petits flacons de shampoing et de gel. Essaie une nouvelle fois, Katrine. Judas Johansen cette fois-ci. »

La recherche fut effectuée en moins de quinze secondes.

« Négatif, dit Katrine.

— Merde, dit Hagen.

— Ce n'est pas encore fichu, dit Harry en étudiant le sachet. Il n'y a pas de nom de fabricant, mais, normalement, les cotons-tiges sont en plastique et ceux-ci sont en bois. On devrait pouvoir retrouver qui les fournit et à quels hôtels d'Oslo.

— *Hotel supplies*, dit Katrine et ses doigts se remirent à cavaler comme des insectes.

— Il faut que je file, dit Ståle en se levant.

— Je te raccompagne, dit Harry.

— Vous n'allez pas le retrouver, dit Ståle quand ils furent devant l'hôtel de police à regarder Botsparken baigné par une lumière froide de printemps.

— Tu veux dire "nous" ?

— Peut-être, dit Ståle avec un soupir. Je n'ai pas vraiment l'impression de servir à grand-chose.

— Servir ? Tu as failli nous attraper Valentin à toi tout seul.

— Il s'est échappé.

— Son pseudo est mis à jour, on se rapproche. Mais pourquoi crois-tu que nous ne le retrouverons pas ?

— Tu l'as vu toi-même. Qu'est-ce que tu en penses ? »

Harry acquiesça.

« Il a dit qu'il était venu te voir parce que tu avais procédé à une évaluation psychologique sur lui. Et, cette fois-là, tu en avais conclu qu'il était responsable au sens légal du terme, n'est-ce pas ?

— Oui. Mais comme tu le sais, des gens qui présentent des graves troubles de la personnalité peuvent être condamnés eux aussi.

— Ce que tu recherchais, c'était de la schizophrénie grave, des psychoses au moment de l'acte et ainsi de suite ?

— Oui.

— Mais il aurait pu être maniaco-dépressif ou psychopathe. Correction : bipolaire 2 ou sociopathe.

— Désormais, le terme correct est dyssocial. »

Ståle prit la cigarette que lui tendait Harry.

Harry alluma les deux.

« C'est une chose qu'il vienne te voir tout en sachant que tu travailles pour les flics. Mais qu'il continue à venir même après avoir compris que tu participes à sa recherche ? »

Ståle inhala et haussa les épaules.

« Je suis un thérapeute tellement génial qu'il était prêt à prendre le risque.

— Une autre suggestion ?

— Bah... Peut-être qu'il recherche la tension, l'émotion. De nombreux meurtriers en série ont approché les enquêteurs sous différents prétextes afin d'être en contact avec la traque qui les concerne, afin d'éprouver le triomphe de duper la police.

— Valentin a remonté son t-shirt même s'il savait que tu étais au courant pour son tatouage. Un sacré risque à prendre si tu as commis des meurtres pour lesquels tu es recherché.

— Que veux-tu dire ?

— Comment ça ?

— Tu es en train de dire qu'il a une envie inconsciente d'être pris. Qu'il est venu me trouver pour être reconnu. Et comme je n'y arrivais pas, il m'a aidé inconsciemment en me montrant son tatouage. Ce n'était pas un accident, il a compris que j'allais voir le reflet.

— Et après avoir réussi ça, il a dû effectuer une fuite désespérée ?

— À ce moment-là, le conscient a repris le dessus. Cela peut placer les meurtres des policiers sous un autre jour, Harry. Les crimes de Valentin sont des impulsions qu'il veut voir cesser, il veut une punition, ou un exorcisme, il veut que quelqu'un arrête le démon qui est en lui. Comme nous n'avons pas réussi à l'arrêter pour les premiers meurtres, il fait ce que font de nombreux meurtriers en série : il augmente les risques. Dans son cas, en s'en prenant aux policiers qui n'ont pas réussi à l'arrêter la première fois, parce qu'il sait que, pour les meurtres de policiers, absolument tous les moyens sont déployés. Pour finir, il montre son tatouage à quelqu'un qu'il sait participer à l'enquête. Merde alors, je crois que tu as raison, Harry.

— Mm, je ne sais pas si le mérite m'en revient. Et s'il y avait une explication plus simple ? Valentin ne se montre plus aussi prudent que nous l'attendions parce qu'il n'a plus autant à craindre.

— Je ne comprends pas, Harry. »

Harry tira sur sa cigarette. Il exhala de la fumée par la bouche tout en en inspirant par le nez. C'était un truc qu'il avait appris à Hong Kong d'un joueur de didgeridoo allemand, à la peau blanche comme le lait : « *Exhale and inhale at the same fucking time, mate, and you can smoke your cigarettes twice.* »

« Rentre te reposer, dit Harry. Tout ça, c'était raide.

— Merci, mais c'est quand même moi le psy, Harry.

— Un meurtrier qui appuie une lame en acier contre ta gorge ? Sorry, doc, mais tu ne vas pas réussir à chasser ça par des rationa-lisations. Les cauchemars t'attendent en masse, crois-moi, je suis passé par là. Vois ça avec un collègue. Et c'est un ordre.

— Un ordre ? » Un soupçon de sourire passa sur le visage de Ståle. « Tu es le chef maintenant, Harry ?

— Tu en as jamais douté ? » Harry prit le téléphone dans sa poche. « Oui ? »

Il laissa tomber sa cigarette par terre.

« Tu m'arranges ça ? Ils ont trouvé quelque chose. »

Ståle Aune regarda Harry disparaître par la porte. Puis il jeta un coup d'œil à la cigarette fumante sur le goudron. Il posa doucement le pied dessus. Augmenta la pression. Appuya un peu plus. Il sentit la cigarette écrasée sous la semelle fine. Il sentit monter la colère. Appuya encore plus fort en tournant le pied. Il déchiqueta le filtre, la cendre, le papier et les restes de tabac. Il laissa tomber sa propre cigarette, recommença les mêmes gestes. Cela faisait du mal et du bien à la fois. Il avait envie de crier, de frapper, de rire, de pleurnicher. Il avait goûté les moindres nuances de cette cigarette. Il était vivant. Putain, il était vivant.

« L'hôtel Casbah dans Gange-Rolvs gate, dit Katrine avant que Harry ne referme la porte derrière lui. Ce sont surtout des ambassades qui utilisent cet hôtel pour leur personnel en attendant qu'ils trouvent un logement. Chambres raisonnables, assez petites.

— Mm. Pourquoi cet hôtel-là ?

— C'est le seul à qui on fournit ces cotons-tiges et qui se trouve du bon côté de la ville en ce qui concerne la ligne 12 du tram, dit Bjørn. Je les ai appelés. Ils n'ont pas de Stavnes, Gjertsen ou Johansen dans leur registre, mais je leur ai faxé le portrait-robot fait par Beate.

— Et ?

— Le réceptionniste a dit qu'ils avaient quelqu'un de ressemblant. Un certain Savitski qui a déclaré travailler à l'ambassade de Biélorussie. Il allait bosser en costume, mais il a commencé à mettre un survêtement. Et à prendre son vélo. »

Harry s'était déjà emparé du combiné du téléphone fixe.

« Hagen ? On a besoin du groupe Delta. Tout de suite. »

Chapitre 33

« Alors, c'est ce que tu veux que je fasse ? » dit Truls en faisant tourner son verre de bière dans la main. Ils étaient au Kampen Bistro. Mikael lui avait expliqué que c'était un bon restaurant. Que c'était un endroit *in* de l'est d'Oslo, populaire chez les *branchés*, chez ceux qui avaient plus de capital culturel que d'argent, ceux dont les salaires étaient assez bas pour se permettre d'avoir un style de vie d'étudiant sans que ça paraisse pathétique.

Truls avait habité l'est d'Oslo toute sa vie et il n'avait jamais entendu parler de cet endroit.

« Et pourquoi je le ferais ?

— Ta suspension, dit Mikael en versant le reste de la bouteille d'eau dans son verre. Je la ferai lever.

— Ah tiens ? répliqua Truls d'un air méfiant.

— Oui. »

Truls prit une gorgée de bière. Passa le revers de sa main sur sa bouche, même si la mousse avait disparu depuis un bon moment. Il prit son temps.

« Si c'est tellement facile, pourquoi tu l'as pas fait plus tôt ? »

Mikael ferma les yeux, prit son souffle.

« Parce que ce n'est pas si facile que ça, mais je vais m'en occuper.

— Pourquoi ?

— Parce que je suis un type fini si tu ne m'aides pas. »

Truls poussa un petit rire.

« Curieux comme les choses peuvent tourner. Pas vrai, Mikael ? »

Mikael regarda à droite et à gauche. Le restaurant était plein, mais il l'avait choisi parce qu'il n'était pas fréquenté par les policiers, or il n'osait pas être vu avec Truls. Et il avait l'impression que Truls le sentait. Et alors ?

« Alors ? Sinon, je peux demander à quelqu'un d'autre. »

Truls éclata de rire.

« Putain ! Sûr que tu peux ! »

Mikael jeta à nouveau un coup d'œil autour de lui. Il avait envie de dire « chut » à Truls, mais... Autrefois, Mikael pouvait à peu près prévoir les réactions de Truls, il pouvait le manipuler, l'amener où il voulait. Mais un changement s'était produit en lui. Son ami de jeunesse présentait désormais un je-ne-sais-quoi de sombre, de mauvais et d'imprévisible.

« J'ai besoin d'une réponse. Ça urge.

— Bien, fit Truls avant de vider son verre. La suspension, c'est bien. Mais je veux autre chose.

— Quoi donc ?

— Une culotte d'Ulla. »

Mikael dévisagea Truls. Était-il bourré ? Ou bien la fureur qui se lisait dans ses yeux humides avait-elle toujours été présente ?

Truls rit encore plus fort, il reposa le verre en le faisant claquer sur la table. Certains branchés se retournèrent vers eux.

« Je... commença Mikael. Je vais voir ce que...

— Je déconne, espèce de couillon ! »

Mikael eut un petit rire.

« Moi aussi. Ça veut dire que tu vas...

— Bordel, on est amis d'enfance ou pas ?

— Bien sûr que oui. Tu ne sais pas à quel point je te suis reconnaissant pour ça, Truls. » Mikael lutta pour sourire.

Truls tendit la main au-dessus de la table. Il la posa lourdement sur l'épaule de Mikael.

« Si, je sais. »

Trop lourdement, au goût de Mikael.

Il n'y eut pas de reconnaissance, d'étude des plans des couloirs, des issues de secours et des possibilités de fuite. Pas de siège avec des voitures de patrouille pour bloquer l'accès de la rue dans laquelle s'avançait le véhicule tout-terrain du groupe Delta. Il y eut juste un petit briefing pendant lequel Sivert Falkeid aboya des ordres, et les hommes lourdement armés à l'arrière ne dirent rien, ce qui signifiait qu'ils avaient compris.

C'était une question de temps. Et le plan le mieux préparé au monde ne servirait à rien si l'oiseau s'était envolé du nid.

En les écoutant tout au fond du véhicule à neuf places, Harry savait aussi qu'ils n'avaient pas de meilleur plan. Ni même un plan de rechange.

Falkeid avait commencé par demander à Harry s'il pensait que Valentin serait armé. Harry avait répondu qu'une arme à feu avait été utilisée pour le meurtre de René Kalsnes. En outre, il pensait que Beate Lønn avait été menacée par une arme à feu.

Il observa les hommes devant lui. Des policiers qui s'étaient portés volontaires pour des missions armées. Il savait combien ils touchaient en plus. Ce n'était pas beaucoup. Et il savait aussi que ce que les contribuables exigeaient des membres du groupe Delta, c'était bien trop. Combien de fois n'avait-il pas entendu les gens qui, a posteriori, avec tous les faits en main, critiquaient ces hommes du groupe Delta. Ils ne s'étaient pas assez exposés au danger, ils n'avaient pas un sixième sens leur disant exactement ce qui se trouvait derrière une porte close, dans un avion détourné, ou derrière une rive couverte d'arbres. Ils ne fonçaient pas tête la première. Un Delta assurait en moyenne quatre interventions armées par an, soit une centaine au cours d'une carrière de vingt-cinq ans.

Se comporter ainsi voudrait dire se faire tuer en mission. Mais le point principal était le suivant : être tué était le moyen le plus sûr pour que la mission foire et pour exposer d'autres Delta au danger.

« Il n'y a qu'un seul ascenseur, grogna Falkeid. 2 et 3, vous vous en occupez. 4, 5 et 6, vous prenez l'escalier principal, 7 et 8 l'escalier de secours. Hole, toi et moi, on couvre la zone à l'extérieur, au cas où il sortirait par une fenêtre.

— Je n'ai pas d'arme, dit Harry.

— Tiens », dit Falkeid en faisant passer un Glock 17.

Harry soupesa l'arme massive, jaugea son poids, son équilibre.

Il n'avait jamais compris les fanas des armes, pas plus que les fanas de bagnoles ou les gens qui construisaient une maison autour de leur chaîne hi-fi. Mais il n'avait jamais été opposé à en tenir une. Jusqu'à l'année précédente. Harry songea à la dernière fois où il avait tenu un pistolet. Il pensa à l'Odessa dans le placard. Il chassa cette idée.

« On est arrivés », dit Falkeid. Ils s'arrêtèrent dans une petite rue tranquille, devant la porte d'un immeuble bourgeois en brique, de trois étages, qui ressemblait à s'y méprendre aux autres du voisinage. Harry savait que de la vieille bourgeoisie habitait certains de ces immeubles, et des nouveaux riches qui auraient aimé passer pour de vieilles familles. Dans d'autres, on trouvait des ambassades, des résidences d'ambassadeurs, des agences de pub, des maisons de disques et des petites compagnies de navigation. Seule une plaque en cuivre discrète sur le côté de la porte indiquait qu'ils étaient à la bonne adresse.

Falkeid arrêta sa montre.

« Communication radio », dit-il.

Les hommes dirent tour à tour leur numéro, celui qui était peint en blanc sur le devant de leur casque. Puis ils rabattirent leur cagoule et vérifièrent la bandoulière de leur pistolet-mitrailleur MP5.

« Compte à rebours à partir de cinq, et on passe à l'assaut. À mon signal, cinq, quatre... »

Harry ne sut pas avec certitude s'il s'agissait de son adrénaline ou de celle des autres, mais il y avait une odeur particulière, amère et salée, un peu comme les pétards d'un pistolet à amorces.

Les portes s'ouvrirent et Harry vit le mur de dos noirs parcourir en courant les dix mètres jusqu'à la porte où ils s'engouffrèrent.

Harry descendit après eux et rajusta son gilet pare-balles. En dessous, la peau était déjà trempée de sueur. Falkeid descendit du siège passager après avoir ôté les clefs du démarreur. Harry se rappelait vaguement une affaire durant laquelle les suspects d'une descente s'étaient enfuis à bord d'une voiture de police qui avait été garée avec les clefs sur le contact. Harry tendit le Glock à Falkeid.

« Je n'ai pas d'autorisation de port d'arme.

— Je te la donne temporairement. Situation d'urgence. Paragraphes tant et tant du Règlement général de la police. Peut-être. »

Harry arma le pistolet et remonta l'allée de gravier quand un jeune homme avec un cou de pélican sortit en courant. Sa pomme d'Adam montait et descendait comme s'il venait d'avaler quelque chose. Harry vit que le nom sur le badge accroché au revers de la veste noire correspondait à celui du réceptionniste auquel il avait parlé au téléphone.

Le réceptionniste n'avait pu dire si le client se trouvait dans sa chambre ou ailleurs dans l'hôtel, mais il avait proposé d'aller vérifier, chose que Harry lui avait formellement interdit de faire. Il devait continuer à vaquer à ses occupations comme si de rien n'était, ainsi ni lui ni personne d'autre ne serait blessé. L'apparition de sept hommes en noir armés jusqu'aux dents avait sans doute rendu inapplicable la consigne de faire comme si de rien n'était.

« Je leur ai donné le passe, dit le réceptionniste avec un accent d'Europe de l'Est prononcé. Ils m'ont dit de sortir et…

— Va te mettre derrière notre voiture », murmura Falkeid en indiquant la direction derrière lui avec son pouce. Harry les quitta, il avança avec le pistolet braqué devant lui, contourna le bâtiment et arriva sur l'arrière, où un jardin ombragé s'étendait jusqu'au grillage de la propriété voisine. Un homme d'un certain âge était assis sur la terrasse, lisait le *Daily Telegraph*. Il baissa son journal et regarda par-dessus ses lunettes. Harry désigna les lettres jaunes qui formaient le mot POLITI sur le devant de son gilet pare-balles et posa l'index sur ses lèvres. Il reçut un petit signe de tête et se concentra sur les fenêtres du troisième étage. Le réceptionniste leur avait expliqué où se trouvait la chambre du soi-disant Biélorusse, qu'un couloir sans issue y menait, et que la fenêtre donnait sur l'arrière.

Harry rajusta son oreillette, attendit.

Cela vint au bout de quelques secondes. La détonation sourde d'une grenade incapacitante suivie du bruit du verre qui dégringole.

Harry savait que l'impulsion n'aurait d'autre effet que de rendre sourds temporairement ceux qui se trouvaient dans la pièce. Mais la détonation associée à l'éclair aveuglant et à l'assaut soudain faisait que même les personnes entraînées étaient paralysées pendant les trois premières secondes. Et les Delta n'avaient besoin que de ces trois secondes.

Harry attendit. Puis une voix basse se fit entendre dans l'oreillette. Les paroles étaient celles attendues.

« Chambre 406 sécurisée. Il n'y a personne. »

Ce fut la suite qui fit pester Harry.

« On dirait qu'il est passé et qu'il a emporté ses affaires. »

Harry se tenait bras croisés devant la chambre 406 quand Katrine et Bjørn arrivèrent sur place.

« Raté ? demanda Katrine.

— Le but est grand ouvert », dit Harry en secouant la tête.

Ils le suivirent dans la chambre.

« Il est venu directement ici et il est reparti avec tout.

— Tout ? demanda Bjørn.

— Tout sauf deux cotons-tiges usagés et deux tickets de tram que nous avons trouvés dans la corbeille. Et le talon de ce billet d'un match de foot que nous avons gagné, je crois.

« — *Nous* ? » s'enquit Bjørn en inspectant la chambre d'hôtel parfaitement moyenne à tous les égards. « Tu veux dire Vålerenga ?

— L'équipe de Norvège. Contre la Slovénie. C'est écrit dessus.

— Nous avons gagné, dit Bjørn. Riise a marqué dans le temps additionnel.

— Vous êtes des malades de vous rappeler des trucs pareils, dit Katrine en hochant la tête. Je ne me souviens même pas si Brann a gagné le championnat ou s'ils sont descendus en deuxième division l'année dernière.

— C'est pas ce que tu crois, objecta Bjørn. Je m'en souviens parce qu'il y avait match nul et Riise…

— Tu t'en rappellerais quand même, Rain Man. Tu…

— Hé ! » Ils se tournèrent vers Harry qui contemplait le billet. « Tu te souviens ce que c'était, Bjørn ?

— Quoi ?

— Ce pour quoi on t'a appelé ce soir-là. »

Bjørn Holm se gratta la barbe.

« Voyons, c'était en début de soirée…

— Tu n'as pas besoin de répondre, dit Harry. C'était le meurtre d'Erlend Vennesla à Maridalen.

— Vraiment ?

— Ce soir-là, l'équipe de Norvège jouait à Ullevaal Stadion. Il y a la date sur le billet. Sept heures.

— Ouh là », fit Katrine.

Bjørn Holm fit une mine consternée.

« Dis pas ça, Harry. S'il te plaît… Ne dis pas que Valentin Gjertsen était au match. S'il y était…

— … il ne peut pas être le meurtrier, compléta Katrine. Et nous, on aimerait vraiment qu'il le soit, Harry. Alors dis-nous quelque chose de vraiment encourageant. Tout de suite.

— OK, dit Harry. Pourquoi a-t-il laissé ce billet dans la corbeille avec les cotons-tiges et les tickets de tram ? Pourquoi l'avait-il posé sur le bureau alors qu'il avait rangé tout le reste ? Pourquoi l'a-t-il laissé en sachant parfaitement que nous allions le trouver ?

— Il s'est forgé un alibi, dit Katrine.

— Il l'a laissé derrière lui pour que nous nous posions exactement les questions que nous sommes en train de nous poser en ce moment, répondit Harry. Soudain, nous avons des doutes, nous ne savons pas quoi faire. Mais c'est seulement le talon d'un billet, cela ne prouve pas qu'il était au match. Au contraire, il est presque évident qu'il n'est pas allé à un match de foot, à un endroit où personne ne se souviendra d'un individu en particulier. Et pour quelles raisons inexplicables aurait-il conservé le billet de ce match ?

— Le billet indique un placement numéroté, dit Katrine. Peut-être que ceux qui étaient aux sièges voisins, ou derrière, ou devant se souviennent de la personne qui était là. Si le siège est resté vide. Je peux faire une recherche sur ce numéro de siège, je trouverai peut-être…

— Oui, vas-y, dit Harry. Mais nous avons déjà essayé ce genre de choses avec de soi-disant alibis au cinéma et au théâtre. Il s'avère que dès qu'il s'est écoulé plus de trois ou quatre jours, les gens ne se souviennent absolument plus de l'inconnu qui était assis à côté d'eux.

— Tu as raison, dit Katrine d'un ton résigné.

— Match international, dit Bjørn.

— Oui, et alors ? dit Harry avant de passer dans la salle de bains, tout en commençant à se déboutonner.

— Les matchs internationaux sont soumis aux règlements de la Fédération internationale de football, dit Bjørn. Hooliganisme.

— Évidemment ! cria Harry derrière la porte. Bien vu, Bjørn ! » Et il claqua la porte.

« Quoi ? s'écria Katrine. Mais de quoi est-ce que vous parlez ?

— Caméras, dit Bjørn. La FIFA oblige l'organisateur à filmer le public au cas où il y aurait des heurts pendant le match. Cette règle a été instaurée pendant la grande vague de hooliganisme des années quatre-vingt-dix, pour que la police puisse identifier les fauteurs de trouble et qu'ils soient condamnés. On filme tout bonnement les tribunes pendant tout le match, et on peut faire des zooms sur chaque visage pour l'identifier. Et nous avons la tribune, la rangée et le numéro du siège où se trouvait Valentin.

— Il *n'était pas* là ! s'exclama Katrine. Il ne faut pas qu'il soit sur les images, tu comprends ? Merde. Sinon, c'est retour à la case départ.

— Bien sûr, ils ont peut-être effacé les vidéos, dit Bjørn. Il n'y a pas eu de bagarre pendant le match, et la directive sur la conservation des données dit sûrement combien de temps on peut légalement conserver...

— Si les images ont été stockées sur un ordinateur, il ne suffit pas d'appuyer sur Delete pour que les fichiers disparaissent du disque dur.

— La directive sur la conservation des données...

— Effacer définitivement un fichier, c'est comme essayer d'enlever de la merde de chien sous une chaussure de jogging. Comment crois-tu que nous trouvons du porno pédophile dans les ordis que les pervers ont donnés volontairement parce qu'ils sont sûrs que tout a disparu ? Crois-moi, je trouverai Valentin Gjertsen s'il était à Ullevaal ce soir-là. À quelle l'heure est mort Erlend Vennesla ? »

Ils entendirent la chasse d'eau.

« Entre sept et sept heures et demie, dit Bjørn. En d'autres termes, c'est juste au début du match, juste après l'égalisation de Henriksen. Vennesla a dû entendre la clameur là-haut, à Maridalen, ce n'est pas loin d'Ullevaal. »

La porte de la salle de bains s'ouvrit.

« Ce qui veut dire qu'il peut avoir réussi à aller au match juste après le meurtre à Maridalen, dit Harry en terminant de se reboutonner. Et une fois à Ullevaal, il a pu s'arranger pour faire quelque chose afin que ceux qui le voyaient se souviennent de lui. Alibi.

— Donc Valentin *n'était pas* à ce match, dit Katrine. Mais s'il y était, je vais me taper cette satanée vidéo du début à la fin avec un chronomètre, et si jamais il bouge ses fesses de son siège... Alibi, mon cul, tiens. »

Le silence régnait au milieu des grandes villas.

Le silence avant la tempête de Volvo et d'Audi qui rentraient de leur travail chez Norvège Sarl, songea Truls.

Truls Berntsen appuya sur la sonnette et regarda autour de lui.

Un jardin soigné. Bien entretenu. On avait le temps de faire ça quand on était directeur de la police en retraite.

La porte s'ouvrit. Il avait l'air plus âgé. Le même regard bleu et vif, mais la peau du cou était un peu plus lâche, la posture n'était plus tout aussi droite. Bref, il n'était plus aussi imposant que dans son souvenir. Peut-être était-ce simplement les vêtements sport un peu fatigués, peut-être en va-t-il ainsi lorsque le boulot ne vous tient plus en alerte.

« Berentzen, Orgkrim. » Truls tendit son badge, certain que si le vieux lisait Berntsen il croirait que c'était également ce qu'il avait entendu. Tromperie avec possibilité de battre en retraite. Mais le directeur de la police acquiesça sans regarder. « Oui, je me souviens t'avoir vu. Que puis-je faire pour t'aider, Berentzen ? »

Il ne fit aucun signe pour inviter Truls à l'intérieur. Ce qui lui convenait tout à fait. Personne ne les regardait et il n'y avait quasiment aucun bruit.

« C'est à propos de ton fils. Sondre.

— Qu'est-ce qu'il y a ?

— Nous avons une opération en cours pour coincer plusieurs souteneurs albanais et, dans ce cadre, nous avons surveillé la circulation et pris pas mal de photos dans Kvadraturen. Nous avons identifié certaines voitures dont les conducteurs ont fait monter des prostituées et nous avons l'intention de les interroger. Nous leur proposerons une réduction de peine en échange d'informations sur les proxénètes. Une des voitures photographiées a le numéro d'immatriculation de ton fils. »

Le directeur de la police haussa ses sourcils broussailleux.

« Qu'est-ce que tu dis ? Sondre ? Impossible.

— C'est aussi ce que je pense. Mais je voulais voir avec toi. Si tu penses qu'il s'agit d'un malentendu, que la femme qu'il a fait monter n'est peut-être même pas une prostituée, alors on jettera la photo.

— Sondre est heureux en mariage. C'est moi qui l'ai éduqué, il connaît la différence entre le bien et le mal, crois-moi.

— Bien entendu, je voulais m'assurer avec toi que tu avais bien la même appréciation sur cette affaire.

— Seigneur, pourquoi est-ce qu'il irait payer une... » L'homme en face de Truls grimaça comme s'il venait de mordre dans un raisin vert. « Pute ? Le risque de contamination. Les enfants. Non, tu vois bien.

— Bon, nous sommes d'accord qu'il ne sert à rien de creuser l'affaire, non ? Même si nous avons des raisons de considérer que la femme était une prostituée, il est possible que ce ne soit pas ton fils qui conduisait la voiture. Nous n'avons pas de photos du conducteur.

— Dans ce cas, il n'y a même pas de dossier. Non, il faut juste oublier tout ça.

— Merci, on va faire comme tu dis. »

Le directeur de la police fit oui de la tête et il examina Truls attentivement.

« Berentzen de l'Orgkrim, c'est ça ?

— Correct.

— Merci, Berentzen. Vous faites du bon boulot. »

Truls afficha un grand sourire.

« On fait de notre mieux. Bonne journée à vous. »

« Qu'est-ce que tu disais, déjà ? » demanda Katrine pendant qu'ils regardaient l'écran noir de l'ordinateur. Dans le monde à l'extérieur de la Chaufferie où l'air sentait le renfermé, c'était l'après-midi.

« J'ai dit que la directive sur la conservation des données faisait que les vidéos du public dans les tribunes avaient probablement été détruites, dit Bjørn. Et comme tu vois, j'avais raison.

— Et qu'est-ce que j'ai dit, *moi* ?

— Tu as dit que les dossiers c'est comme de la merde de chien sous une chaussure de jogging, dit Harry. Impossible à enlever.

— Je n'ai pas dit *impossible* », dit Katrine.

Les quatre personnes restantes se serraient autour du PC de Katrine. Quand Harry avait appelé Ståle pour lui demander de venir, ce dernier avait surtout paru soulagé.

« J'ai dit que c'était difficile, dit Katrine. Mais, normalement, un miroir de ces fichiers existe quelque part, qu'un mec expert en PC peut trouver.

— Ou une femme ? suggéra Ståle.

— Non, dit Katrine. Les femmes ne savent pas faire les créneaux, elles ne se souviennent pas des résultats de foot et ne se donnent pas la peine d'apprendre les dernières manips sur un ordi. Pour ça, tu as des mecs bizarres avec des t-shirts de groupes de rock et une vie sexuelle nulle, et il en est ainsi depuis l'âge de pierre.

— Alors tu ne peux pas...

— J'ai essayé plusieurs fois de vous expliquer que je ne suis pas une spécialiste des ordinateurs, Ståle. Mes moteurs de recherche ont sondé le système de la Fédération norvégienne de football, mais toutes les vidéos ont été effacées. Et, à partir de là, je ne suis plus utile.

— On aurait pu éviter de perdre pas mal de temps si on m'avait écouté, dit Bjørn. Alors, qu'est-ce qu'on fait maintenant ?

— Je n'ai pas dit que je ne suis plus utile à rien, dit Katrine en s'adressant encore à Ståle. En revanche, je dispose ainsi de certains atouts. Comme le charme féminin, une énergie non féminine et aucune honte. Ça te donne certains avantages dans le monde des nerds. À l'époque, ce qui m'a conduit aux moteurs de recherche m'a également valu les faveurs d'un informaticien indien qui travaille sous le pseudo de Side Cut. Il y a une heure, j'ai appelé Hyderabad et je l'ai branché sur l'affaire.

— Et… ?

— La séance commence », dit Katrine en appuyant sur la touche Return.

L'écran s'alluma.

Ils le fixèrent.

« C'est lui, dit Ståle. Il a l'air de s'ennuyer. »

Valentin Gjertsen alias Paul Stavnes était là, les bras croisés. Il suivait le match sans la moindre passion.

« Merde ! » pesta Bjørn.

Harry demanda à Katrine de faire une avance rapide.

Elle appuya sur une touche et les gens autour de Valentin Gjertsen commencèrent à bouger avec des mouvements étranges et hachés, tandis que l'heure et le compteur dans le coin en bas à droite avançaient à toute allure. Seul Valentin Gjertsen restait immobile, comme une statue morte au milieu d'une fourmilière.

« Plus vite », demanda Harry.

Katrine appuya sur la touche et les mêmes personnes s'agitèrent encore plus vite, elles se penchaient en avant et en arrière, se levaient, levaient les bras, disparaissaient et revenaient avec une saucisse ou un café. Puis plusieurs des sièges bleus autour de Valentin Gjertsen se vidèrent.

« 1-1, et mi-temps », dit Bjørn.

Les tribunes se remplirent à nouveau. Mouvements encore plus marqués dans la foule. Le chronomètre qui tournait. Hochements de tête, frustration manifeste. Et puis, soudain, les bras en l'air. Pendant deux secondes, on aurait dit que l'image était mise sur pause. Puis les gens bondirent de leurs sièges tous en même temps, ils sautèrent de joie, s'étreignirent. Tous, sauf un.

« Riise a marqué le penalty dans le temps additionnel », dit Bjørn.

C'était terminé. Les gens quittaient leurs sièges. Valentin restait là, immobile, jusqu'à ce que tout le monde soit parti. Puis il se levait brusquement et disparaissait.

« Il aime pas faire la queue », dit Bjørn.

L'écran redevint noir.

« Alors, s'enquit Harry, qu'est-ce que nous venons de voir ?

— Nous avons vu mon patient au match, dit Ståle. Je devrais dire mon ex-patient, à condition qu'il ne vienne pas à la prochaine séance. Quoi qu'il en soit, c'était de toute évidence un match passionnant pour tout le monde sauf pour lui. Comme je connais sa posture et ses mimiques, je peux dire avec certitude que cela ne l'intéressait pas. Ce qui, naturellement, réactualise la question : pourquoi est-il allé au match ?

— Il n'a pas mangé, il n'est pas allé aux toilettes et il ne s'est pas levé de son siège pendant tout le match, dit Katrine. Il n'a pas bougé, comme une foutue statue de sel. Ça fiche la chair de poule, non ? Comme s'il savait que nous allions vérifier cette vidéo et que nous n'accepterions pas dix secondes de trou dans son alibi de merde.

— Si au moins il avait passé un coup de fil, dit Bjørn. On aurait agrandi l'image et on aurait peut-être vu le numéro qu'il composait. Ou on aurait relevé à la seconde près le moment où il aurait téléphoné, et on aurait vérifié les appels passés par les relais qui couvrent Ullevaal Stadion, et...

— Il n'a pas téléphoné, dit Harry.

— Mais, s'il...

— Il n'a pas téléphoné, Bjørn. Et quel que soit le mobile qu'avait Valentin Gjertsen pour voir un match de foot à Ullevaal Stadion, c'est un fait qu'il était là pendant qu'Erlend Vennesla a été tué à Maridalen. Et l'autre fait... »

Harry regarda par-dessus leurs têtes le mur nu et blanc.

« ... C'est retour à la case départ. »

Chapitre 34

Aurora était sur la balançoire et regardait le soleil qui perçait entre les feuilles des poiriers. Papa affirmait qu'il s'agissait de poiriers, mais personne n'avait jamais vu de poires sur ces arbres. Aurora avait douze ans. Elle était un peu trop grande pour se souvenir de tout ce que disait son papa, et un peu trop grande pour croire tout ce qu'il racontait.

Elle était rentrée de l'école, elle avait fait ses devoirs et elle était sortie dans le jardin pendant que maman allait faire les courses. Papa ne rentrerait pas avant le dîner, il avait recommencé à avoir des longues journées de travail. Pourtant, il leur avait promis, à elle et à sa maman, de rentrer comme tous les papas, il n'allait plus travailler le soir pour la police, il allait juste faire des psychothérapies au cabinet et rentrer à la maison. Mais là, il avait recommencé à travailler pour la police. Ni maman ni papa n'avaient voulu dire ce qu'il en était exactement.

Elle trouva le morceau qu'elle cherchait sur son iPod. Rihanna chantait que celui qui la voulait n'avait qu'à venir la prendre. Aurora allongea ses grandes jambes devant elle pour prendre de la vitesse. Ses jambes avaient tellement grandi au cours de l'année passée qu'elle était obligée de les plier complètement ou de les tenir bien droites si elle ne voulait pas qu'elles se prennent dans le sol sous la balançoire. Elle serait bientôt aussi grande que sa maman. Elle ramena la tête en arrière, sentit le poids de ses longs cheveux épais sur l'arrière de sa tête et ferma les yeux face au soleil, au-dessus des arbres et des cordes de la balançoire. Elle écoutait Rihanna, elle entendait le léger grincement des cordes chaque fois que la balançoire passait près du sol. Puis elle entendit un autre bruit, celui du portail qui était ouvert, et des pas dans l'allée de gravier.

« Maman ? », cria-t-elle. Mais elle ne voulait pas ouvrir les yeux, elle voulait garder le visage tourné vers le soleil et cette chaleur tellement agréable. Elle n'obtint pas de réponse et se dit qu'elle n'avait pas entendu la voiture de maman, le grondement un peu énervé de sa bagnole qui ressemblait à une petite niche bleue.

Elle ramena les talons vers le sol et freina la balançoire jusqu'à l'arrêter. Elle garda les yeux clos. Elle ne voulait pas sortir de cette délicieuse bulle de musique, de soleil et de rêverie.

Elle sentit une ombre sur elle et elle eut soudain froid, comme lorsqu'un nuage passe devant le soleil par un jour où il fait encore frais. Elle ouvrit les yeux et vit une silhouette penchée sur elle. Elle ne vit qu'une silhouette qui se détachait sur le ciel avec une auréole autour de la tête, là où il y avait le soleil quelques instants plus tôt. Elle cligna des yeux pendant un instant, troublée par l'idée qui lui était venue à l'esprit.

Jésus était revenu. Et il était là, maintenant. Ce qui signifiait que papa et maman s'étaient trompés, Dieu existait vraiment, et la rémission de tous nos péchés était une réalité.

« Bonjour, ma petite, dit la voix. Comment t'appelles-tu ? »

En tout cas, Jésus parlait norvégien.

« Aurora. »

Aurora plissa un œil pour mieux voir le visage de l'homme. Pas de barbe, pas de cheveux longs.

« Ton papa est à la maison ?

— Il est au travail.

— Bien. Tu es seule à la maison, Aurora ? »

Aurora allait répondre, mais quelque chose la retint, sans qu'elle sache exactement quoi.

« Et toi, t'es qui ? demanda-t-elle à la place.

— Quelqu'un qui a besoin de parler à ton père. Mais toi et moi on peut parler tous les deux. Puisque nous sommes seuls tous les deux, pas vrai ? »

Aurora ne répondit pas.

« Qu'est-ce que tu écoutes comme musique ? dit l'homme en désignant l'iPod.

— Rihanna », dit Aurora en reculant un peu avec la balançoire. Non seulement pour sortir de l'ombre, mais aussi pour mieux voir l'homme.

« Ah oui, dit l'inconnu. J'ai plusieurs disques d'elle chez moi. Si tu veux, je peux t'en prêter ?

— Les chansons que je n'ai pas, je les écoute sur Spotify », dit Aurora. Elle se dit qu'il avait l'air normal, en tout cas, il n'avait pas vraiment l'air d'être Jésus.

« Ah oui, Spotify », dit l'homme qui s'accroupit. Il ne se retrouva pas à la hauteur d'Aurora, mais un peu plus bas. C'était mieux comme ça. « Tu peux écouter tout ce que tu veux comme musique.

— Presque. Mais j'ai seulement accès à un Spotify gratuit, et il y a de la pub entre les chansons.

— Et tu n'aimes pas ça ?

— J'aime pas quand ça parle, ça casse l'ambiance.

— Tu sais qu'il existe des disques où ça parle, et où c'est ce qu'il y a de mieux dans la chanson ?

— Non », répondit Aurora en inclinant la tête sur le côté. Elle se demanda pourquoi l'homme parlait avec cette voix si douce, on entendait que ce n'était pas sa vraie voix. C'était la même chose avec Emilie, sa copine, quand celle-ci voulait lui demander un service, quand elle voulait lui emprunter ses fringues préférées ou quelque chose qu'elle n'avait pas envie de lui prêter, parce qu'elle savait qu'il y aurait des embrouilles.

« Il faut que tu écoutes un disque des Pink Floyd.

— C'est qui ? »

L'homme regarda alentour.

« On pourrait se servir de l'ordinateur, je te montrerais. En attendant ton papa.

— Tu peux me l'épeler. Je m'en souviendrai.

— Mieux vaut le montrer. En même temps, tu pourras me donner un verre d'eau. »

Aurora l'observa. Comme il était plus bas qu'elle, elle avait à nouveau le soleil dans la figure, mais il ne chauffait plus. Bizarre. Elle s'appuya sur la balançoire. L'homme sourit. Elle vit quelque chose briller entre ses dents. Comme si le bout de sa langue était sorti pour rentrer aussitôt.

« Allez viens », dit-il en se relevant. Il saisit une des cordes de la balançoire, à hauteur de sa tête.

Aurora glissa de la balançoire et fila sous le bras de l'homme. Elle se dirigea vers la maison. Elle entendit des pas derrière elle. La voix.

« Tu vas aimer ça, Aurora. Je te le promets. »

Doux comme un pasteur qui s'occupe de la confirmation. C'était l'expression de papa. Alors, il était peut-être Jésus, malgré tout ? Mais Jésus ou pas, elle ne voulait pas qu'il entre avec elle. Pourtant, elle continua vers la maison. Qu'allait-elle dire à papa ? Qu'elle avait refusé de laisser entrer quelqu'un qu'il connaissait et qu'elle lui avait refusé un verre d'eau ? Non, elle ne pouvait pas faire une chose pareille. Elle ralentit afin de se donner du temps pour réfléchir, de trouver un prétexte pour qu'il n'entre pas. Mais elle ne trouva rien. Et comme elle ralentit l'allure, il se rapprocha d'elle et elle entendit sa respiration, qui était lourde, comme si les quelques pas depuis la balançoire l'avaient essoufflé. Une odeur bizarre sortait de sa bouche, qui lui rappelait le dissolvant du vernis à ongles.

Encore cinq pas jusqu'à l'escalier. Une excuse. Deux pas. L'escalier. Allez. Non. Ils étaient arrivés à la porte.

Aurora ravala sa salive.

« Je crois que c'est fermé à clef, dit-elle. On va devoir attendre dehors.

— Oh ? » fit l'homme. Il regarda autour de lui du haut de l'escalier, comme s'il cherchait papa derrière les haies. Ou les voisins. Elle sentit la chaleur du bras de l'homme quand il le tendit au-dessus de son épaule. Il posa la main sur la poignée de la porte, l'abaissa, ouvrit.

« Et voilà », dit-il. Sa respiration s'accéléra. Et sa voix se mit à trembler légèrement. « On a de la chance. »

Aurora se tourna vers la porte entrouverte. Elle regarda dans la pénombre de l'entrée. Juste un verre d'eau. Et cette musique avec des voix qui ne l'intéressait pas. Au loin, elle entendit un bruit de tondeuse à gazon. Un bruit agaçant, agressif, insistant. Elle franchit le seuil.

« Il faut que je... » commença-t-elle. Elle s'arrêta net et sentit immédiatement la main de l'homme se poser sur son épaule quand il la heurta. Elle sentit la chaleur de cette main à l'endroit où son col s'arrêtait et où sa peau nue commençait. Elle sentit son propre petit cœur qui se mit à battre plus vite. Elle entendit une autre tondeuse à gazon — qui n'en était pas une mais le bruit énervé d'un petit moteur.

« Maman ! » s'exclama Aurora. Elle se dégagea de la main de l'homme, passa devant lui, descendit d'un bond les quatre marches de l'escalier, atterrit dans le gravier et repartit en courant. Elle cria par-dessus son épaule :

« Il faut que je l'aide à porter les courses. »

Elle courut vers le portail, elle guetta les pas derrière elle, mais le bruit de ses chaussures de sport sur le gravier était presque assourdissant. Elle ouvrit le portail d'un coup et vit sa maman qui descendait de la petite voiture bleue devant le garage.

« Coucou, Aurora, dit maman en la regardant avec un sourire interrogatif. Eh bien, quelle course !

— Il y a quelqu'un qui veut voir papa », dit Aurora. Elle se rendit compte que l'allée de gravier était plus longue qu'elle ne le croyait. Elle avait réussi à être essoufflée. « Il attend sur l'escalier.

— Ah bon ? » répondit sa mère. Elle lui tendit un des sacs posés sur la banquette arrière, claqua la portière et passa le portail avec sa fille.

L'escalier était vide, mais la porte de la maison était encore ouverte.

« Il est entré ? demanda sa maman.

— Je ne sais pas », dit Aurora.

Elles entrèrent dans la maison, mais Aurora resta dans l'entrée, près de la porte ouverte, tandis que sa maman passa dans le salon en direction de la cuisine.

« Hello ? » entendit-elle crier sa maman. « Hello ? »

Puis elle revint dans l'entrée sans le sac de courses.

« Il n'y a personne, Aurora.

— Mais il était là, je te le jure ! »

Sa maman la regarda d'un air stupéfait, elle eut un petit rire :

« Mais bien sûr, Aurora. Pourquoi est-ce que je ne te croirais pas ? »

Aurora ne répondit pas. Elle ne savait pas quoi dire. Comment expliquer que c'était peut-être Jésus. Ou le Saint-Esprit. En tout cas, quelqu'un que tout le monde ne pouvait pas voir.

« Il reviendra bien si c'est important », dit maman en retournant à la cuisine.

Aurora demeura dans l'entrée. L'odeur douceâtre et renfermée flottait encore.

Chapitre 35

« Dis-moi, tu n'as pas une vie à toi ? »

Arnold Folkestad leva le nez de ses papiers. Il sourit en découvrant le grand type qui s'appuyait au chambranle de la porte.

« Non, je n'en ai pas non plus, Harry.

— Il est neuf heures passées et tu es encore là. »

Arnold soupira et rangea les papiers en pile.

« En tout cas, je vais rentrer chez moi. Toi, tu arrives tout juste et tu vas rester jusqu'à quelle heure ?

— Pas longtemps. » D'un pas, Harry gagna la chaise en bois et s'assit. « Et, en tout cas, j'ai une femme que je vois le week-end.

— Ah bon ? Moi, j'ai une ex-femme que je n'ai pas besoin de voir le week-end.

— Vraiment ? Je ne le savais pas.

— Une ex-compagne pour être précis.

— Café ? Que s'est-il passé ?

— Plus de café. Un de nous a eu la mauvaise idée de croire qu'il était temps de faire une demande en mariage. Tout n'a fait que décliner à partir de là. J'ai annulé après que les invitations ont été envoyées. Là, elle est partie. Elle ne pouvait pas accepter ça. C'est la meilleure chose qui me soit arrivée, Harry.

— Mm. » Harry se massa les yeux avec le pouce et le majeur.

Arnold se leva et prit la veste accrochée à la patère.

« Ça ne va pas fort pour vous en bas ?

— Eh bien… On a essuyé un revers aujourd'hui. Valentin Gjertsen…

— Oui ?

— Nous pensons que c'est le Scieur. Mais ce n'est pas lui qui a tué les policiers.

— Sûr et certain ?

— En tout cas, pas lui tout seul.

— Ils pourraient être plusieurs ?

— Katrine y a pensé. Mais le fait est que, dans 98,3 % des meurtres sexuels, le meurtrier agit seul.

— Alors…

— Elle n'a pas renoncé. Elle a souligné qu'il y avait probablement deux assassins dans l'affaire de la jeune fille à Tryvann.

— L'affaire dans laquelle on a trouvé des morceaux du cadavre à plusieurs kilomètres les uns des autres ?

— Ouais. Elle pensait que Valentin aurait pu avoir un complice. Et qu'ils se seraient servis mutuellement de cette complicité pour égarer la police.

— Ils alternent pour tuer afin de se forger des alibis ?

— Oui. Cela est déjà vraiment arrivé. Deux violeurs du Michigan, déjà condamnés, se sont associés dans les années soixante. Ils s'arrangeaient pour que cela ait l'air de meurtres en série en établissant une technique commune qu'ils suivaient à chaque fois. Les meurtres avaient l'air d'être des copies des précédents. Ils ressemblaient à des crimes qu'ils avaient commis autrefois — ils avaient leurs préférences macabres, et ils se sont retrouvés sous les projecteurs du FBI. Mais comme l'un et l'autre avaient des alibis imparables, ils étaient naturellement hors de soupçon.

— Malin. Alors pourquoi penses-tu qu'il ne se passe pas quelque chose de similaire ici ?

— Quatre-vingt-dix-huit…

400

— ... virgule trois pour cent. Est-ce que ce n'est pas un peu trop carré de penser comme ça ?

— C'est le pourcentage des causes de décès des témoins qui a fait que j'ai trouvé qu'Assaïev n'était pas mort de cause naturelle.

— Et tu n'as toujours rien fait de tout ça ?

— Non. Mais laisse tomber cette histoire-là, Arnold. Ça, c'est bien plus important. » Harry appuya la tête contre le mur derrière lui. Ferma les yeux. « On a des têtes assez similaires, toi et moi, et je suis crevé. Bref, je viens te voir pour te demander si tu pourrais m'aider à réfléchir un peu.

— Moi ?

— On repart complètement à zéro, Arnold. Et toi, tu as dans le crâne des façons de voir que, de toute évidence, moi, je n'ai pas. »

Folkestad ôta à nouveau sa veste et l'accrocha soigneusement sur le dossier de son siège.

« Harry ?

— Oui ?

— Tu n'as pas idée à quel point ça fait du bien. »

Harry eut un sourire en coin.

« Bien. Mobile.

— Mobile. Oui, on repart de zéro.

— Oui, on en est là. Quel genre de mobile peut avoir le meurtrier ?

— Bon, je vais voir si je peux quand même pas trouver un peu de café. »

Harry parla tout en buvant une tasse entière de café, puis la moitié d'une autre avant qu'Arnold ne prenne la parole.

« Je trouve que le meurtre de René Kalsnes est important parce que c'est l'exception, il ne colle pas avec le reste. Enfin, oui et non. Il ne colle pas avec les premiers meurtres qui se caractérisent par les abus sexuels, le sadisme et l'utilisation d'une arme blanche. Et il colle avec les meurtres des policiers parce qu'il y a utilisation d'un objet contondant sur le visage et la tête.

— Continue, dit Harry avant de poser sa tasse.

— Je me souviens bien de l'affaire Kalsnes. J'étais à un cours à San Francisco quand il a eu lieu. J'étais à un hôtel où on nous déposait *The Gayzette* devant la porte.

— Un journal homo ?

— Ils ont parlé en première page de ce meurtre qui s'était produit dans la petite Norvège en disant que c'était encore un meurtre homophobe. Ce qui est intéressant, c'est que pas un journal norvégien que j'ai lu plus tard ce même jour n'a fait allusion à un meurtre homophobe. Je me suis demandé comment ce journal américain pouvait tirer une telle conclusion aussi vite, alors j'ai lu l'article en entier. Le journaliste du *Gayzette* disait que ce meurtre avait toutes les caractéristiques habituelles : un homo qui affiche ses tendances de manière provocatrice est cueilli par des types, on l'emmène à l'écart et il est victime d'une violence rituelle, une sorte de fureur. Le meurtrier a une arme à feu, mais ça ne lui suffit pas d'abattre Kalsnes, il lui faut d'abord lui démolir le visage. Il lui faut donner libre cours à son homophobie en bousillant ce visage féminin, ce trop beau visage de pédé, n'est-ce pas ? C'est prémédité et c'est un meurtre homophobe, telle était la conclusion du journaliste. Et tu sais quoi, Harry ? J'ai trouvé que cette conclusion n'était pas si mauvaise que ça.

— Mm. En tout cas, si c'est un meurtre homophobe comme tu le dis, ça ne colle pas. Rien n'indique que les autres victimes étaient homosexuelles. Ni dans les premiers meurtres ni parmi les policiers.

— Peut-être pas. Mais un autre point est intéressant. Tu as dit que le seul meurtre où tous les policiers assassinés ont été impliqués dans une seule et même enquête, c'était précisément celui de Kalsnes, pas vrai ?

— Mais comme le monde des enquêteurs sur les meurtres est

particulièrement limité, ce n'est pas vraiment un hasard, Arnold. On retrouve souvent les mêmes.

— Quand même, j'ai le sentiment que c'est important.

— T'excite pas, Arnold. »

Le collègue à la barbe rousse afficha un air blessé :

« Ben quoi, j'ai dit des conneries ?

— "Le sentiment". Il faut que je te le dise quand tu considères que ton "sentiment" est un argument d'autorité.

— Parce que personne ne le fait ?

— Nous sommes peu à le faire. Continue, mais ne t'égare pas, d'accord ?

— À tes ordres. Mais j'ai peut-être le droit de dire que j'ai le sentiment que tu es d'accord avec moi ?

— Peut-être.

— Alors je prends le risque de dire que vous devriez concentrer tous les moyens pour trouver qui a tué cet homo. Au pire, vous aurez élucidé une affaire. Dans le meilleur des cas, vous éluciderez tous les meurtres des policiers.

— Mm. » Harry vida sa tasse et se leva. « Merci, Arnold.

— Pas de quoi, au contraire. Tu sais, un policier qui n'a plus son badge est bien content qu'on l'écoute. À propos de badge, je suis tombé sur Silje Gravseng à l'accueil ce matin. Elle venait rendre sa carte magnétique. Elle était...

— Déléguée.

— Oui. Quoi qu'il en soit, elle a demandé de tes nouvelles. Je n'ai rien dit. Puis elle a dit que tu étais bidon. Ton chef lui avait dit que ce n'était pas vrai, tu n'avais pas cent pour cent de taux d'élucidation. Gusto Hanssen, a-t-elle dit. C'est vrai ?

— Mm. Pour le moment.

— Pour le moment ? Ça veut dire quoi ?

— Ça veut dire que j'enquête sur l'affaire et que l'on n'a arrêté personne. Elle avait l'air comment ? »

Arnold Folkestad ferma un œil, il regarda Harry comme s'il le visait, comme s'il cherchait quelque chose dans son visage.

« Elle avait l'air, elle avait l'air... C'est une fille bizarre, Silje Gravseng. Elle m'a invité à un entraînement au tir, à Økern. Comme ça, de but en blanc.

— Et qu'est-ce que tu lui as répondu ?

— Je me suis excusé avec mes problèmes aux yeux et mes tremblements. J'ai dit la vérité. Il faudrait que la cible soit à cinquante centimètres pour que j'aie une chance de la toucher. Elle l'a gobé, mais après, je me suis demandé ce qu'elle faisait avec un entraînement au tir alors qu'elle n'a plus besoin de passer le test de tir de la police.

— Eh bien, il y a des gens qui aiment le tir. C'est comme ça.

— Oui, il y en a, dit Arnold en se levant. Mais je dois dire qu'elle avait l'air en forme et qu'elle a de l'allure. »

Harry regarda son collègue qui sortit en boitant. Il réfléchit un moment avant de trouver le numéro du lensmann de Nedre Eiker et de l'appeler. Ensuite, il resta à digérer ce qu'elle lui avait dit. C'était exact, Bertil Nilsen n'avait pas participé à l'enquête sur l'affaire René Kalsnes, dans la commune voisine de Drammen. Il était de garde quand ils avaient reçu l'appel leur apprenant qu'il y avait une voiture dans la rivière, à Eikersaga. Il était parti sur les lieux puisque l'on ne savait pas sur quelle commune se trouvait la voiture en question. Elle avait ajouté que la police de Drammen et la Kripos les avaient engueulés car Nilsen avait roulé sur le sol meuble, là où ils auraient pu relever des traces de pneus. « Donc on peut dire qu'il a eu une influence indirecte sur le déroulement de l'enquête. »

Il était presque dix heures et le soleil s'était couché depuis longtemps derrière les montagnes verdoyantes à l'ouest quand Ståle Aune mit sa voiture au garage et prit l'allée de gravier jusqu'à la maison. Il remarqua que ni le salon ni la cuisine n'étaient éclairés. Ce n'était pas inhabituel, il arrivait qu'elle se couche tôt.

Le poids de son corps se faisait sentir sur les articulations des genoux. Seigneur, qu'est-ce qu'il était fatigué. Il entra. La journée avait été longue, pourtant, il avait espéré qu'elle serait encore debout, pour parler un peu. Pour pouvoir se calmer un peu en parlant. Il avait fait comme Harry le lui avait demandé. Il avait pris contact avec un collègue qui l'avait reçu à son cabinet, chez lui. Il avait parlé de l'agression au couteau. Il avait raconté avoir été certain qu'il allait mourir. Voilà, il avait fait tout ça, et maintenant, il s'agissait de dormir. De *parvenir* à dormir.

Il vit la veste d'Aurora au portemanteau. Encore une nouvelle. La gamine n'arrêtait pas de grandir. Il ôta ses chaussures et les envoya voler. Il se redressa et écouta le silence dans la maison. Il ne parvint pas à mettre le doigt sur ce qu'il y avait, mais on aurait dit que c'était plus calme que d'habitude. Un bruit manquait, mais dont il n'avait pas conscience quand il l'entendait.

Il monta l'escalier jusqu'au premier, chaque marche un peu plus lentement. Il fallait qu'il commence à faire du sport, à perdre dix kilos environ. Ce serait bon pour le sommeil, pour les longues journées de travail, pour son espérance de vie, pour sa vie sexuelle, pour l'estime de soi. Bref, ce serait bien. Et bon sang, il allait s'y mettre.

Il passa devant la porte de la chambre d'Aurora d'un pas chancelant.

Il s'arrêta. Hésita un instant. Revint sur ses pas. Ouvrit la porte.

Il voulait juste la regarder dormir, comme il le faisait autrefois. Bientôt, cela ne serait plus aussi naturel. Il remarquait déjà qu'elle était plus consciente de ces choses-là. Il lui arrivait encore d'être nue en sa présence, mais elle ne paradait plus comme si de rien n'était. Et comme il sentait que ce n'était plus naturel pour elle, cela cessait aussi de l'être pour lui. Cependant, il voulait saisir cet instant à la dérobée, voir sa fille dormir paisiblement, en sécurité, protégée de tout ce à quoi il avait été confronté dans la journée.

Mais il n'en fit rien. Il la verrait au petit déjeuner.

Il soupira, referma la porte et alla dans la salle de bains. Il se brossa les dents, se lava la figure. Il se déshabilla et emporta les vêtements dans la chambre pour les poser sur la chaise. Il allait se glisser dans le lit quand il s'arrêta, intrigué, encore une fois. Ce silence. Qu'est-ce qui manquait ? Le ronflement du frigo ? Le souffle d'une trappe de ventilation qui restait ouverte ?

Il sentit qu'il n'avait pas la force de ruminer là-dessus et se glissa sous la couette. Il vit les cheveux emmêlés d'Ingrid dépasser sur la couette. Il voulut tendre la main vers elle, lui caresser les cheveux, le dos, sentir qu'elle *était* là. Mais elle avait le sommeil si léger, elle détestait être réveillée. Il le savait bien. Il était sur le point de fermer les yeux, mais il changea d'avis.

« Ingrid ? »

Pas de réponse.

« Ingrid ? »

Silence.

Ça pouvait attendre. Il referma les yeux.

« Oui ? »

Il sentit qu'elle s'était tournée vers lui.

« Rien, marmonna-t-il. Juste que… Cette affaire…

— Tu n'as qu'à dire que tu ne veux pas.

— Il faut que quelqu'un le fasse. » Cela sonnait comme un cliché. C'en était un.

« Eh bien, ils ne trouveront personne qui fera ça mieux que toi. »

Ståle ouvrit les yeux. Il regarda Ingrid, lui caressa sa joue ronde et chaude. Parfois, non, plus que parfois, il n'y avait personne de meilleur qu'elle.

Ståle Aune ferma les yeux. Et le sommeil vint. Avec la perte de conscience. Et les *vrais* cauchemars.

Chapitre 36

Le soleil matinal faisait briller les toits des villas encore mouillés après l'averse brève mais intense.

Mikael Bellman appuya sur la sonnette et regarda autour de lui.

Un jardin bien entretenu. Voilà ce que l'on a le temps de faire à la retraite.

La porte s'ouvrit.

« Mikael ! Quel plaisir. »

Il avait l'air plus vieux. Le même regard bleu et vif, mais plus vieux.

« Entre. »

Mikael essuya ses chaussures mouillées sur le paillasson et entra. L'odeur qui régnait était celle de son enfance, mais il ne parvint pas à identifier de quoi il s'agissait.

Ils s'assirent au salon.

« Tu es seul ? s'enquit Mikael.

— Ma femme est chez l'aîné. Ils avaient besoin de l'aide de grand-mère, et elle ne se fait jamais prier. » Il eut un grand sourire. « J'avais l'intention de prendre contact avec toi. Le conseil municipal n'a pas encore vraiment pris de décision, mais nous savons tous les deux ce qu'ils veulent. Et ça aurait été plus malin de nous voir tôt ou tard pour discuter un peu sur la manière dont on va arranger l'affaire. Je veux dire, la répartition du travail, et tout ça.

— Oui, dit Mikael. Tu pourrais peut-être nous faire du café ?

— Pardon ? »

Les sourcils broussailleux étaient remontés bien haut sur le front du vieil homme.

« Si on doit discuter un moment, ce serait peut-être plus agréable avec une tasse de café, non ? »

L'homme étudia Mikael.

« Oui, oui, évidemment. Viens, on va se mettre dans la cuisine. »

Mikael le suivit. Ils passèrent à côté de la forêt de photos de famille qui se dressait sur la table et le buffet. Elles lui firent penser aux hérissons en acier des plages du débarquement, ouvrages de défense inutiles contre une attaque extérieure.

La cuisine était à moitié rénovée, et à contrecœur semblait-il, elle ressemblait à un compromis entre les exigences d'une belle-fille qui insiste pour que l'on respecte certains minimums, et la simplicité des occupants qui, eux, se contenteraient de changer le frigo hors-service, point final.

Le vieil homme sortit un sachet de café moulu d'un placard avec une porte en verre opaque, en ôta l'élastique et versa la quantité requise avec une cuillère à mesurer jaune. Mikael Bellman s'assit, posa le lecteur MP3 sur la table et appuya sur le bouton Marche. La voix de Truls avait un ton métallique : « Même si nous avons des raisons de considérer que la femme était une prostituée, il est possible que ce ne soit pas ton fils qui conduisait la voiture. Nous n'avons pas de photos du conducteur. »

La voix de l'ancien directeur de la police était plus distante, mais il n'y avait pas de bruit de fond, et ses paroles étaient claires :

« Dans ce cas, il n'y a même pas de dossier. Non, il faut juste oublier tout ça. »

Mikael vit le café tomber de la cuillère, le vieil homme s'était redressé brusquement, il était crispé comme si on lui avait enfoncé le canon d'un pistolet dans le dos.

La voix de Truls. « Merci, on va faire comme tu dis.

— Berentzen de l'Orgkrim, c'est ça ?

— Correct.

— Merci, Berentzen. Vous faites du bon boulot. »

Mikael appuya sur le bouton Stop.

Le vieil homme se retourna lentement. Il était livide. Blanc comme un cadavre. D'ailleurs, c'est la couleur qui sied le plus à un mort. L'homme ouvrit plusieurs fois la bouche.

« Ce que tu cherches à dire, dit Mikael Bellman, c'est : "Mais qu'est-ce que c'est que ça ?" Et la réponse c'est : l'ancien directeur de la police qui fait pression sur un fonctionnaire de police pour empêcher que son fils soit le sujet d'une enquête et de poursuites judiciaires comme n'importe quel citoyen de ce pays. »

La voix du vieil homme avait la sécheresse d'un vent du désert : « Il n'était même pas là. J'ai parlé à Sondre. La voiture était chez le garagiste depuis le mois de mai à cause d'un incendie du moteur. Il ne pouvait pas être là.

— Et c'est un peu rageant, n'est-ce pas ? fit Mikael. De se dire que la presse et le conseil municipal vont apprendre que tu as essayé de corrompre un policier pour sauver ton fils, alors que ce n'était même pas nécessaire.

— Il n'y a pas de photos de la voiture et de cette prostituée, n'est-ce pas ?

— Il n'y en a plus, en tout cas. Tu as bien ordonné qu'elles soient jetées. Et qui sait, c'était peut-être avant le mois de mai ? » Mikael sourit. Il ne voulait pas, mais ne put s'en empêcher.

Les joues du vieil homme retrouvèrent des couleurs, et sa voix reprit un peu de force :

« Tu n'imagines quand même pas que tu vas t'en sortir comme ça, Bellman ?

— Je ne sais pas, moi. Je sais seulement que le conseil municipal n'a pas envie d'avoir un homme qui est convaincu de corruption comme directeur de la police par intérim.

— Qu'est-ce que tu veux, Bellman ?

— Pose-toi plutôt la question de savoir ce que tu veux, *toi*. Une vie tranquille, et la réputation d'avoir été un policier intègre ? Oui ? Tu vas voir que nous ne sommes pas tellement différents, car je veux exactement la même chose. Je veux faire tranquillement mon travail de directeur de la police, je veux résoudre les meurtres des policiers sans qu'une connasse d'adjointe vienne tout casser, et ensuite je veux partir avec la réputation d'avoir été un policier intègre. Alors, comment allons-nous obtenir ça tous les deux ? »

Bellman attendit d'être sûr que le vieil homme ait suffisamment recouvré ses esprits pour poursuivre.

« Je veux que tu dises au conseil que tu t'es penché attentivement sur le dossier, que tu es impressionné par le traitement professionnel dont il fait l'objet et que tu ne vois aucune raison de t'impliquer et de reprendre la direction des services de police. Au contraire, tu considères que cela affaiblirait les possibilités d'élucidation. En revanche, tu vas poser la question des capacités de jugement de l'adjointe chargée des affaires sociales dans cette affaire, tu diras qu'elle aurait dû savoir que le travail de la police se doit d'être méthodique et qu'il porte sur le long terme. Il semblerait qu'elle a paniqué, et que si nous sommes tous sous pression dans cette affaire, il est exigé des responsables politiques et professionnels qu'ils ne perdent pas la tête dans les situations où l'on en a le plus besoin. De sa tête, n'est-ce pas. Tu insisteras donc pour que le directeur actuel puisse poursuivre son travail sans ingérence puisque, à ton avis, c'est ce qui donnera les meilleures chances de résultat. Et en conséquence, tu retires ta candidature. »

Bellman sortit une enveloppe de la poche de sa veste et la posa sur la table.

« C'est en bref ce que contient cette lettre qui est destinée au directeur du conseil municipal en personne. Tu n'as qu'à la signer et à l'envoyer. Comme tu vois, elle est même déjà affranchie. Tu pourras même conserver ce lecteur MP3 lorsque j'aurai reçu une notification satisfaisante de la part du conseil à propos de votre décision. »

Bellman fit un signe vers la bouilloire.

« Alors, ce café, ça avance ? »

Harry prit une gorgée de café et contempla sa ville.

La cantine de l'hôtel de police se trouvait au dernier étage avec la vue sur Ekeberg, le fjord et le nouveau quartier qui était en train de sortir de terre à Bjørvika. Mais il cherchait surtout les grands monuments. Combien de fois n'était-il pas venu ici au déjeuner pour tenter de voir les choses sous des angles différents, avec un regard neuf, avec une perspective nouvelle ? À l'époque où l'envie d'un verre et d'une cigarette le travaillait, et où il se disait qu'il ne sortirait pas sur la terrasse avant d'avoir trouvé au moins une nouvelle hypothèse qui méritait d'être testée.

Il pensait avoir la nostalgie de ce temps révolu.

Une hypothèse. Pas chimérique, mais basée sur quelque chose qui pouvait être testé.

Il leva sa tasse. La reposa. Pas de nouvelle gorgée tant que son cerveau n'aurait pas trouvé quelque chose. Mobile. Ils s'étaient cogné la tête contre le mur pendant si longtemps qu'il était peut-être temps de commencer ailleurs. Là où il y avait de la lumière.

Une chaise racla le sol. Harry leva la tête. Bjørn Holm. Ce dernier posa sa tasse de café sur la table sans en renverser, il ôta sa casquette rasta et passa la main dans ses cheveux roux. Harry regarda le geste d'un air absent. Était-ce pour s'aérer la tête ? Ou bien pour éviter ce look les-cheveux-collés-sur-le-crâne que sa génération à lui craignait plus que tout, mais que celle d'Oleg semblait apprécier. La mèche de la frange collée sur le front en sueur, au-dessus d'une paire de lunettes en écaille. Le nerd qui bouquine, le branleur du Web, le citadin sûr de lui qui embrasse l'image du perdant, le faux outsider. L'homme qu'ils cherchaient ressemblait-il à ça ? Ou bien était-ce un gars de la campagne monté à la ville, avec les joues roses, un jeans bleu clair, des chaussures confortables, les cheveux coupés chez le coiffeur du coin, le genre de gars qui nettoie la cage d'escalier quand c'est son tour, qui est poli, serviable et qui est apprécié de tous et de ses voisins ? Pas d'hypothèse digne d'être testée, pas de café.

« Alors ? dit Bjørn en prenant une grande gorgée, lui.

— Eh bien… » Harry n'avait jamais demandé à Bjørn pourquoi un passionné de country portait une casquette rasta et pas un chapeau de cow-boy. « Je crois que nous allons nous pencher attentivement sur le meurtre de René Kalsnes. Et que nous allons laisser tomber le mobile et nous concentrer sur les faits, les données techniques. Nous avons la balle qui l'a achevé. Neuf millimètres. Le calibre le plus courant. Qui s'en sert ?

— Tout le monde. Absolument tout le monde. Même nous.

— Mm. Savais-tu que, au niveau mondial, les policiers sont responsables de quatre pour cent des meurtres en temps de paix ? Et que, dans le tiers-monde, cela monte à neuf pour cent ? Cela fait de nous la profession la plus meurtrière de la planète.

— Mince alors, fit Bjørn.

— Il raconte des conneries », dit Katrine. Elle approcha une chaise de la table et posa une grosse tasse de thé fumant devant elle. « Dans soixante-dix pour cent des cas où les gens s'appuient sur des statistiques, c'est quelque chose qu'ils ont inventé pour l'occasion. »

Harry pouffa doucement de rire.

« Et c'est drôle ? demanda Bjørn.

— C'est une blague, dit Harry.

— Comment ça ? fit Bjørn.

— Demande-lui. »

Bjørn regarda Katrine. Elle sourit tout en faisant tourner la cuillère dans sa tasse.

« Je comprends pas ! » Bjørn lança un regard accusateur à Harry.

« C'est une méta-blague. Elle vient d'inventer cette histoire de soixante-dix pour cent... »

Bjørn secoua la tête, toujours sans comprendre.

« C'est comme un paradoxe, précisa Harry. Comme le Grec qui dit que tous les Grecs sont des menteurs.

— Mais cela ne signifie pas que ce n'est pas vrai, dit Katrine. Le coup des soixante-dix pour cent. Alors tu crois que le meurtrier est un policier, Harry ?

— Je n'ai pas dit ça, répondit Harry en croisant les mains derrière la tête. J'ai seulement dit... »

Il s'arrêta. Il sentit que les poils se hérissaient sur sa nuque. Ces bons vieux poils sur la nuque. L'hypothèse. Il regarda le fond de sa tasse. Il avait vraiment envie d'une gorgée de café.

« Policier », poursuivit-il. Il leva les yeux et découvrit que Bjørn et Katrine le dévisageaient.

« René Kalsnes a été tué par un policier.

— Quoi ? dit Katrine.

— C'est notre hypothèse. La balle était du neuf millimètres, comme ce qui est tiré par les Heckler & Koch. On a trouvé une matraque de policier non loin de la scène de crime. C'est également le seul des premiers meurtres qui présente des ressemblances manifestes avec les meurtres des policiers. Leurs visages sont massacrés. La plupart des premiers meurtres étaient d'ordre sexuel, mais là, il s'agit de haine. Et pourquoi hait-on ?

— Tu en reviens au mobile, Harry, objecta Bjørn.

— Allez, en vitesse, pourquoi ?

— Jalousie, dit Katrine. Pour se venger d'avoir été humilié, rejeté, blessé, ridiculisé. Parce que l'on s'est fait prendre sa femme, son enfant, son frère, sa sœur. Parce que l'on a perdu ses possibilités d'avenir, de fierté...

— Arrête, dit Harry. Notre hypothèse, c'est que le meurtrier a un lien avec la police. Avec ça comme point de départ, il nous faut creuser à nouveau l'affaire René Kalsnes et trouver qui l'a tué.

413

— D'accord, dit Katrine. Mais même s'il y a quelques indices en ce sens, j'ai toujours un peu de mal à voir pourquoi il serait soudain évident que nous ayons affaire à un policier.

— Si personne n'a une meilleure hypothèse ? Je compte jusqu'à cinq... » Harry les encouragea du regard.

Bjørn soupira.

« Ne dis pas qu'on se lance là-dedans.

— Quoi ?

— Si le reste de la maison apprend que nous nous mettons en chasse d'un des nôtres...

— Il faudra le supporter, dit Harry. Aujourd'hui, on est dans le dur, et il faut bien commencer quelque part. Dans le pire des cas, on aura élucidé une vieille affaire de meurtre. Dans le meilleur des cas, on trouvera... »

Katrine se chargea d'achever la phrase pour lui :

« ... celui qui a tué Beate. »

Bjørn se mordit la lèvre. Pour finir, il haussa les épaules et fit signe qu'il était d'accord.

« Bien, dit Harry. Katrine, tu vérifies le fichier des armes de service qui ont été perdues ou volées, et tu vérifies si René Kalsnes a été en contact avec quelqu'un de la police. Bjørn, tu reprends les preuves techniques à la lueur de notre hypothèse et tu vois s'il en sort quelque chose de nouveau. »

Bjørn et Katrine se levèrent.

« J'arrive », dit Harry. Il les suivit des yeux, ils traversèrent la cantine, il vit les regards échangés avec une table de policiers faisant partie du grand groupe d'enquête. L'un d'eux dit quelques mots et ils éclatèrent de rire.

Harry ferma les yeux. Il chercha. Il chercha ce que cela pouvait être, ce qui avait pu se passer. Il se posa la même question que Katrine : pourquoi était-ce soudain évident qu'ils devaient chercher un policier ? Car il y avait bien quelque chose. Il se concentra, se referma sur lui-même. Il savait que c'était comme un rêve, il fallait se dépêcher avant que cela ne disparaisse. Il plongea lentement en lui-même, comme un apnéiste sans lumière qui tâtonne dans les ténèbres de l'inconscient. Il effleura quelque chose, il le sentit. Il y avait quelque chose avec la blague de Katrine. Une méta-blague. Une auto-référence. Le meurtrier faisait-il référence à lui-même ? Cela se déroba et le mouvement ascendant le ramena à la lumière. Il ouvrit les yeux, les bruits revinrent. Tintement des assiettes, bribes de conversation, rires. Merde, merde. Il y était presque, mais maintenant, c'était trop tard. Il savait que cette blague pointait droit sur quelque chose, qu'elle avait servi de catalyseur pour quelque chose qui était enfoui profondément. Quelque chose qu'il n'arrivait pas à saisir en cet instant, mais qu'il espérait voir remonter à la surface. En tout cas, la réaction leur avait donné quelque chose, une direction à suivre, un point de départ. Une hypothèse digne d'être testée. Harry prit une grande gorgée de sa tasse, se leva et alla sur la terrasse pour fumer cette cigarette.

Bjørn Holm récupéra deux boîtes en plastique au comptoir du dépôt des scellés et signa l'inventaire.

Il emporta les boîtes à la Technique, dans le bâtiment voisin de celui de la Kripos à Bryn et commença avec la boîte du meurtre de René Kalsnes.

La première chose qui le frappa, ce fut la balle qui avait été trouvée dans la tête de René Kalsnes. En premier lieu, elle était pas mal déformée après avoir traversé de la chair, du cartilage et de l'os, qui étaient malgré tout des matières assez molles et flexibles. En deuxième lieu, le projectile ne s'était guère oxydé après toutes ces années dans la boîte. Certes, le temps ne laissait pas de marques manifestes sur le plomb, mais il trouvait que cette balle avait l'air étonnamment neuve.

Il regarda les photos de Kalsnes prises sur la scène de crime. Il s'arrêta sur un gros plan montrant le côté du visage où la peau était perforée et où la pommette ressortait. Il y avait une tache noire sur l'os blanc. Il prit une loupe. Cela aurait pu être une cavité, comme il y en a sur une dent, mais il n'y a pas de caries sur une pommette. Une tache d'huile venant de la voiture accidentée ? Un petit bout d'une feuille d'herbe ou de la boue figée de la rivière ? Il prit le rapport d'autopsie.

Il le lut jusqu'à ce qu'il trouve :

Morceau de peinture noire collé à l'os maxillaire. Origine inconnue.

De la peinture sur la pommette. En règle générale, les légistes ne disaient pas ce qu'ils ne pouvaient pas prouver. Ou ils en disaient moins.

Bjørn consulta les photos jusqu'à ce qu'il trouve celles de la voiture. Rouge. Ce n'était donc pas la peinture de la voiture.

Bjørn cria : « Kim Erik ! »

Six secondes plus tard, une tête apparut à la porte :

« Tu m'as appelé ?

— Oui. Tu faisais partie du groupe de TIC présents à Drammen pour le meurtre de Mittet. Avez-vous trouvé de la peinture noire ?

— De la peinture ?

— Qui aurait pu venir d'une arme quand tu frappes comme ça... » Bjørn fit la démonstration en levant le poing serré et en l'abaissant, comme dans une partie de papier-pierre-ciseaux. « Cela transperce la peau, la pommette est brisée et ressort, mais tu continues à frapper l'os pointu, et cela arrache de la peinture à l'objet que tu tiens.

— Non.

— D'accord, merci. »

Bjørn Holm ôta le couvercle de la deuxième boîte, celle qui contenait les pièces de l'affaire Mittet, mais il s'aperçut que le jeune technicien était encore à la porte.

« Oui ? fit Bjørn sans lever les yeux.

— Elle était bleu marine. »

— Quoi donc ?

— La peinture. Et ce n'était pas sur la pommette, mais sur le maxillaire, à l'intérieur. On l'a analysée. C'était une peinture très banale, du genre que l'on utilise sur les outils en métal. Elle tient bien et empêche la rouille.

— Une idée de l'outil dont il peut s'agir ? »

Bjørn vit Kim Erik littéralement grandir à la porte. C'était lui qui l'avait formé, et, là, le maître demandait à l'apprenti s'il avait « une idée ».

« Impossible à dire. On l'utilise pour tout et n'importe quoi.

— OK, c'était tout.

— Mais j'ai une idée. »

Bjørn regarda son collègue qui n'y tenait plus. Il arriverait à quelque chose.

« Vas-y.

— Le cric. Toutes les voitures ont un cric, mais il n'y en avait pas dans le coffre. »

Bjørn fit oui de la tête. Il n'avait presque pas le cœur de lui dire.

« La voiture était une Volkswagen Sharan de 2010, Kim Erik. Si tu vérifies, tu verras que c'est une des rares voitures à ne pas être livrées avec un cric.

— Oh. » Le jeune homme se tassa comme un ballon crevé.

« Mais merci pour ton aide, Kim Erik. »

Bien sûr, il arriverait à quelque chose. Mais dans quelques années, bien entendu.

Bjørn inspecta méthodiquement la boîte du dossier Mittet.

Cette fois-ci, rien ne l'intrigua.

Il remit le couvercle et alla au bureau au bout du couloir. Il frappa à la porte ouverte. Il cilla, un peu surpris, en voyant la tête chauve, avant de réaliser. C'était Roar Midtstuen, le plus âgé et le plus expérimenté des techniciens, qui se trouvait là. Il était l'un de ceux qui, à l'époque, avaient eu du mal à accepter un chef qui était non seulement plus jeune, mais aussi une femme. Mais cela s'était arrangé à mesure qu'ils avaient compris que Beate Lønn était une des meilleures choses qui étaient arrivées au service.

Midtstuen venait juste de revenir au travail après un arrêt maladie de plusieurs mois. Sa fille avait été tuée dans un accident de la circulation en rentrant d'un parcours d'escalade à l'est d'Oslo. Elle avait été retrouvée dans le fossé avec son vélo. Pas le chauffard.

« Alors, Midtstuen ?

— Alors, Holm ? »

Midtstuen pivota sur son siège, il haussa les épaules et les laissa retomber, il sourit, tenta de donner tous les signes d'une énergie qui n'était pas là. Bjørn n'avait quasiment pas reconnu le visage rond et bouffi quand Midtstuen était revenu. Mais c'était un effet secondaire courant des antidépresseurs.

« Est-ce que les matraques de la police ont toujours été noires ? »

En tant que techniciens, ils étaient habitués aux questions sur les détails les plus bizarres, et Midtstuen ne haussa même pas les sourcils.

« En tout cas, elles ont toujours été d'une couleur foncée. » Comme Bjørn Holm, Midtstuen était originaire d'Østre Toten, mais c'était seulement quand ils discutaient tous les deux que des restes de l'accent de leur enfance refaisaient surface. « À un moment dans les années quatre-vingt-dix, elles étaient bleues. C'est très agaçant, tout ça.

— Quoi donc ?

— Qu'il faille toujours que l'on change de couleur, que l'on ne puisse pas s'en tenir à un truc. Tout d'abord les voitures ont été noir et blanc, puis elles ont été blanches avec des bandes rouges et bleues, et maintenant elles sont blanches avec des bandes noires et jaunes. Tous ces errements, ça affaiblit la marchandise. Même chose avec les tresses à Drammen.

— Comment ça, les tresses ?

— Kim Erik était là, sur la scène de crime de Mittet. Il a trouvé des morceaux d'une tresse de la police et il a pensé que c'étaient des restes du premier meurtre au même endroit… Nous étions sur cette affaire tous les deux, mais j'oublie toujours le nom du type, là, l'homo…

— René Kalsnes.

— Les petits jeunes comme Kim Erik ne se rappellent pas qu'à cette époque les tresses de la police étaient blanc et bleu clair. » Midtstuen s'empressa d'ajouter, comme s'il craignait d'avoir gaffé : « Mais il fera un bon élément, Kim Erik.

— Je le crois aussi.

— Bien. » Midtstuen serra les mâchoires. « On est bien d'accord. »

Bjørn appela Katrine dès qu'il fut rentré à son bureau. Il lui demanda de passer au premier étage du poste de police, de gratter un peu de peinture d'une matraque et de l'envoyer à Bryn par coursier.

Ensuite, il réfléchit : il était allé automatiquement au bureau au fond du couloir, là où il se rendait toujours pour obtenir une réponse. Il était tellement pris par le travail qu'il en avait oublié qu'elle n'était plus là. Midtstuen occupait désormais sa place. Pendant une petite seconde, il se dit qu'il pouvait comprendre Roar Midtstuen, il pouvait comprendre que la perte d'une personne était capable de vous miner, vous empêcher d'entreprendre quoi que ce soit, que la simple idée de se lever le matin paraissait absurde. Il chassa la vision du visage rond et bouffi de Midtstuen. En tout cas, ils tenaient quelque chose, il le sentait.

Harry, Katrine et Bjørn étaient assis sur le toit de l'Opéra et regardaient vers Hovedøya et Gressholmen.

C'était une suggestion de Harry, il considérait qu'ils avaient besoin d'un peu d'air frais.

C'était une soirée chaude et nuageuse, et les touristes avaient quitté les lieux depuis un bon moment. Ils avaient donc pour eux seuls tout le toit en marbre qui descendait vers le fjord d'Oslo, lequel scintillait sous les lumières d'Ekebergåsen, du port et du grand ferry pour le Danemark, à quai, là-bas, à Vippetangen.

« J'ai à nouveau consulté les dossiers de tous les meurtres de policiers, dit Bjørn. En plus de Mittet, on a trouvé des petits fragments de peinture sur Vennesla et Nilsen. C'est un type de peinture qui se retrouve sur plein de choses, entre autres sur les matraques de la police.

— C'est bien, Bjørn, dit Harry.

— Et puis, il y a ces restes de tresses qui ont été trouvés sur la scène de crime, dans le cas de Mittet. Ça ne pouvait pas dater de l'enquête sur le meurtre de Kalsnes car on n'employait pas encore ce modèle-là à l'époque.

— C'était donc des tresses de la veille, dit Harry. Le meurtrier a appelé Mittet. Il lui a demandé de venir sur les lieux de ce que Mittet pense être un nouveau meurtre de policier commis au même endroit. Ainsi, quand Mittet arrive et voit les tresses de la police, il ne se doute de rien. Il se peut même que le meurtrier soit en uniforme.

— Merde, dit Katrine. Moi, j'ai passé la journée à chercher des recoupements entre Kalsnes et des policiers, et je n'ai rien trouvé. Mais je pense que nous avons une piste. »

Elle regarda Harry d'un air joyeux. Harry alluma une cigarette.

« Alors, qu'est-ce qu'on fait maintenant ? demanda Bjørn.

— Maintenant, répondit Harry, on bat le rappel des armes de service afin d'effectuer une comparaison balistique avec notre balle.

— Quelles armes de service ?

— Toutes. »

Ils regardèrent Harry en silence.

Katrine fut la première à poser une question.

« Que veux-tu dire par "toutes" ?

— Toutes les armes de service de la police. D'abord à Oslo, puis dans l'Østlandet et, si besoin est, dans tout le pays. »

Nouveau silence. Une mouette cria dans le noir au-dessus de leurs têtes.

« Tu déconnes ? » s'enquit Bjørn.

La cigarette tressauta légèrement sur les lèvres de Harry :

« Non.

— C'est pas possible, laisse tomber, dit Bjørn. Les gens croient que ça prend cinq minutes d'effectuer le test balistique d'un pistolet parce qu'ils l'ont vu dans *Les Experts*. Même des policiers qui viennent nous trouver le pensent également. Tester un pistolet prend presque une journée de boulot. Alors toutes ? Rien que dans le district d'Oslo... il y a combien de policiers ?

— Mille huit cent soixante-douze », dit Katrine.

Ils la dévisagèrent.

Elle haussa les épaules.

« Je l'ai lu dans le rapport annuel de la police du district d'Oslo. »

Ils continuèrent de la dévisager.

« La télé du studio ne marche pas, et je n'arrivais pas à dormir. OK ?

— Peu importe, dit Bjørn. On n'a pas les moyens. Ça n'est pas réalisable.

— Le plus important dans ce que tu as dit, c'est que même les policiers croient que ça prend cinq minutes, dit Harry en soufflant la fumée en l'air.

— Hein ?

— Oui, qu'ils pensent que l'on peut réaliser une razzia pareille. Que va-t-il se passer quand le meurtrier va apprendre que l'on doit vérifier son pistolet de service ?

— Gros malin, va, dit Katrine.

— Quoi ?

— Il va s'empresser de déclarer que son arme est manquante ou volée, dit Katrine.

— Et c'est là que l'on va chercher, dit Harry. Il est possible qu'il l'ait déjà fait, alors on va commencer par obtenir une liste des pistolets de service qui ont déjà été déclarés comme perdus après le meurtre de Kalsnes.

— Mais là, on a un problème, dit Katrine.

— Ouais, fit Harry. Le directeur de la police va-t-il accepter de donner un ordre qui, en vérité, revient à soupçonner tous ses hommes ? Il va immédiatement envisager les unes des journaux. » Harry dessina dans l'air un rectangle avec le pouce et l'index : « "Le directeur de la police soupçonne ses hommes". "Le directeur contrôle-t-il encore la situation ?"

— Ça ne me paraît pas très probable, dit Katrine.

— Eh bien, répliqua Harry, tu peux dire ce que tu veux sur Bellman, mais il n'est pas bête et il sait où est son intérêt. Si nous parvenons à montrer qu'il est vraisemblable que le meurtrier soit un policier et que nous l'arrêterons, qu'il collabore ou non, Bellman sait très bien que son image sera très mauvaise s'il s'avère qu'il a retardé l'enquête par pure lâcheté. Au contraire, il faut lui expliquer qu'en enquêtant sur ses hommes il montre à tout le monde que la police est prête à remuer ciel et terre dans cette affaire, même si cela implique de mettre le doigt sur des choses pas nettes. Et que cela prouve son courage, son intelligence et son leadership. La totale, quoi.

— Et tu crois que *toi*, tu vas réussir à le convaincre ? dit Katrine en ricanant. Si je ne m'abuse, Harry Hole doit se trouver en tête de la liste des personnes qu'il déteste, non ? »

Harry secoua la tête et fit tomber la cendre de sa cigarette.

« J'ai mis Gunnar Hagen sur ce coup-là.

— Et ça va arriver quand ? demanda Bjørn.

— *As we speak* », répondit Harry en regardant la cigarette. Il avait presque atteint le filtre. Il avait envie de la jeter, de voir les étincelles décrire des paraboles dans le noir en tombant vers le toit en marbre incliné qui luisait faiblement. Elle toucherait l'eau noire et s'éteindrait brusquement. Qu'est-ce qui le retenait ? L'idée de salir la ville ou le jugement des autres, témoins qu'il polluait la ville ? L'acte lui-même ou la condamnation ? Dans le cas du Russe qu'il avait tué au Come As You Are, cela avait été simple, c'était de la légitime défense — lui ou l'autre. Mais dans le cas du meurtre de Gusto Hanssen, cette affaire qui passait pour non élucidée, c'était un choix. Pourtant, parmi tous les fantômes qui venaient le hanter réguliè-rement, il n'avait jamais aperçu le jeune homme aux traits de fille et aux dents de vampire. Non élucidée, *mon cul.*

Harry balança le mégot d'une pichenette. Des brins de tabac rougeoyants filèrent dans le noir et disparurent.

Chapitre 37

Les stores des fenêtres étonnamment petites de l'hôtel de ville d'Oslo filtraient le soleil matinal. Le directeur du conseil municipal s'éclaircit la gorge pour signifier que la séance avait commencé.

Autour de la table, on trouvait les neuf conseillers responsables de leur domaine particulier, ainsi que l'ancien directeur de la police qui devait rendre compte brièvement de la manière dont il allait s'y prendre dans l'affaire des meurtres des policiers, où du Boucher des Policiers, comme l'appelait une certaine presse. Les formalités de la séance furent réglées en quelques secondes par des signes de tête entendus et des phrases toutes faites qui furent notées par la secrétaire en charge du procès-verbal.

Puis le directeur du conseil municipal donna la parole à l'ex-responsable de la police.

Le vieil homme leva les yeux, reçut un signe de tête enthousiaste et encourageant de la part d'Isabelle Skøyen, et il se lança :

« Merci, monsieur le directeur. Je vais être bref et m'efforcer de ne pas abuser du temps du conseil. »

Il jeta un coup d'œil à Skøyen, qui semblait un peu moins enthousiasmée par ce préambule un peu trop grandiloquent.

« Je me suis penché sur l'affaire comme on me l'a demandé. Je me suis mis au courant du travail de la police et de ses avancées, j'ai examiné la façon dont il a été dirigé, la stratégie mise en place et la manière dont elle a été suivie. Ou pour employer les mots de Mme Skøyen, quelle stratégie a été décidée, et n'a pas été suivie. »

Isabelle Skøyen poussa un rire satisfait qui fut toutefois écourté quand elle se rendit compte qu'elle était la seule à rire.

« J'ai fait appel à toutes mes compétences et à ma longue expérience, et je suis parvenu à une conclusion sur ce qu'il faut faire. »

Il vit Skøyen qui acquiesça. Il vit cet éclat dans son regard qui la faisait ressembler à un animal, mais il ne savait pas lequel.

« L'élucidation d'un seul crime ne signifie pas nécessairement que la police est bien dirigée. Tout comme le manque d'élucidation ne signifie pas nécessairement que sa direction est déficiente. Après avoir vu ce qui a été réalisé par la direction actuelle et par Mikael Bellman en particulier, je ne vois pas ce que j'aurais fait de différent. Ou, pour le dire plus clairement encore, je ne crois pas que j'aurais pu le faire aussi bien. »

Il remarqua que la mâchoire inférieure proéminente d'Isabelle Skøyen était en train de tomber. À sa grande surprise, il en ressentit même une joie tout à fait sadique.

« Les techniques d'enquête sont en développement constant, comme tout dans la société, et à ce que je vois, Bellman et ses hommes maîtrisent et utilisent les nouvelles méthodes et les avancées technologiques d'une manière que moi-même et les gens de mon âge ne connaissons pas aussi bien. Il jouit d'une grande confiance auprès de ses hommes, il sait les motiver d'une manière exceptionnelle et il a mis en place une organisation du travail que ses collègues scandinaves considèrent comme exemplaire. Je ne sais pas si Mme Skøyen est au courant, mais Mikael Bellman a été convié récemment à faire une intervention à la conférence annuelle d'Interpol à Lyon, sur le sujet "Enquêter et Diriger", à la lumière de cette affaire précise. Mme Skøyen a laissé entendre que Bellman n'était pas mûr pour ce poste. Il faut reconnaître que Mikael Bellman est un jeune directeur. Mais ce n'est pas seulement un homme d'avenir. C'est l'homme qu'il faut aujourd'hui. Bref, il est exactement l'homme dont vous avez besoin dans cette situation, monsieur le directeur. Ce qui me rend parfaitement superflu. Voilà ma conclusion. »

Le directeur de la police redressa le dos. Il prit les deux feuilles de notes qu'il avait posées devant lui et boutonna le bouton du haut de sa veste choisie avec soin, une veste en tweed ample d'un modèle souvent porté par les retraités. Il repoussa la chaise derrière lui comme s'il avait besoin de cette place pour se lever. Il vit Isabelle Skøyen, bouche bée, qui le dévisageait d'un air incrédule. Il entendit le directeur du conseil prendre son souffle pour dire quelque chose, et il entama le dernier acte. La fin. Le coup de poignard.

« Et si je peux me permettre, ce qui est également en jeu, ce sont les compétences et les capacités de direction des conseillers dans des affaires graves, comme celle des meurtres des policiers, monsieur le directeur. »

Les sourcils broussailleux du directeur qui, normalement, formaient des arcs de cercles perchés au-dessus de ses yeux souriants étaient en cet instant rabattus comme des stores blancs au-dessus d'un regard furibond. Il attendit le signe de tête de ce dernier avant d'ajouter :

« Je me doute que Mme l'adjointe a dû sentir une très forte pression sur elle en ce qui concerne cette affaire, car elle relève de son domaine de responsabilité, et la couverture médiatique autour de l'affaire a été énorme. Mais lorsqu'un adjoint cède à la pression et agit dans la panique en essayant d'obtenir la tête de son directeur de la police, on se demande alors si ce n'est pas l'adjoint qui n'est pas tout à fait mûr pour cette mission. Nous comprenons que cela peut être une affaire difficile pour un adjoint qui vient de prendre ses fonctions. Il est malencontreux qu'une telle situation qui exige de l'expérience se produise si tôt dans le mandat de Mme l'adjointe. »

En voyant le directeur du conseil incliner la tête légèrement en arrière et sur le côté, il saisit que celui-ci reconnaissait les formules.

« Il aurait mieux valu que cette affaire atterrisse sur le bureau du précédent adjoint, étant donné sa longue expérience et ses réussites. »

Et en observant le visage soudain livide d'Isabelle Skøyen, il vit qu'elle avait également reconnu les paroles qu'elle avait prononcées au sujet de Bellman lors de la réunion précédente. Et il devait l'avouer, cela faisait longtemps qu'il ne s'était pas autant amusé.

« Voilà, conclut-il. Je suis certain que c'est ce que tout le monde ici présent aurait souhaité, y compris l'adjointe aux affaires sociales actuelle.

— Merci d'avoir été aussi clair et franc, dit le directeur du conseil. Je suppose que cela signifie que tu n'as pas de plan de rechange à proposer ? »

Le vieil homme acquiesça.

« Non, je n'en ai pas. Mais il y a à la porte un homme que je me suis permis de convoquer. Il va vous donner ce que vous demandez. »

Il se leva, salua brièvement de la tête et se dirigea vers la sortie. Il avait l'impression de sentir le regard d'Isabelle Skøyen qui transperçait sa veste en tweed et lui brûlait un point quelque part entre les omoplates. Mais cela ne faisait rien, il n'allait nulle part où elle pourrait lui mettre des bâtons dans les roues. Il savait aussi que, ce soir, en buvant son verre de vin, il se réjouirait des deux petits mots qu'il avait intercalés la veille dans le script. Ils contenaient tous les sous-entendus dont avait besoin le conseil. Le premier était « essayant », dans la phrase « en essayant d'obtenir la tête de son directeur de la police », le second était « actuelle », dans « l'adjointe aux affaires sociales actuelle ».

Mikael Bellman se leva de son siège quand la porte s'ouvrit.

« C'est ton tour », dit l'homme à la veste de tweed qui continua vers les ascenseurs sans lui adresser un regard.

Bellman supposa s'être trompé quand il crut avoir aperçu un tout petit sourire sur les lèvres du vieil homme.

Il avala sa salive, prit son souffle et pénétra dans la salle de réunion où, quelque temps auparavant, il avait été éreinté et taillé en pièces.

Onze personnes trônaient autour de la table. Dix d'entre elles affichaient une mine pleine d'espoir, à peu près comme le public au théâtre au début du deuxième acte après un premier acte particulièrement réussi. Et une tête étonnamment pâle. Tellement livide que, pendant un instant, il ne la reconnut pas. La tueuse.

Quatorze minutes plus tard, il en avait terminé. Il leur avait présenté le plan. Il leur avait expliqué que la patience avait fini par payer, que le travail systématique avait conduit à une avancée dans l'enquête. Mais que cette avancée était à la fois source de joie et de douleur, car elle semblait indiquer que le coupable se trouvait dans leurs rangs. Cependant, ils ne pouvaient pas reculer. Ils devaient montrer à la population qu'ils étaient déterminés à remuer ciel et terre, même si cela devait se révéler désagréable. Il fallait montrer qu'ils n'étaient pas des lâches. Et que lui, il était préparé à affronter la tempête. Mais, dans des situations semblables, il s'agissait de faire montre de courage, de leadership et d'intelligence. Non seulement à l'hôtel de police, mais aussi à l'hôtel de ville. Il était prêt à tenir la barre, mais avait besoin de la confiance du conseil pour relever le défi.

Il sentit que ses paroles étaient un peu grandiloquentes sur la fin. Elles avaient paru moins ampoulées la veille au soir, quand Gunnar Hagen les lui avait servies chez lui, au salon. Mais il sut qu'il en avait pris plusieurs dans ses filets, deux dames en avaient d'ailleurs les joues en feu, surtout quand il avait martelé sa conclusion. Toutes les armes de service du pays seraient examinées et comparées à cette balle et, tel le prince qui cherche sa Cendrillon avec une chaussure, il serait le premier à remettre son pistolet pour un examen balistique.

Toutefois, il ne suffisait pas de plaire aux femmes, la décision viendrait du directeur du conseil municipal. Et son visage était plus qu'impassible.

Truls Berntsen mit le téléphone dans sa poche et fit signe à la Thaïlandaise de lui apporter un autre café.

Elle sourit et disparut.

Serviables, ces Thaïs. Le contraire des rares Norvégiens qui bossaient encore comme serveurs. Ils étaient paresseux, grincheux et avaient l'air contrarié de devoir faire un boulot honnête. Pas comme la famille thaï qui faisait tourner ce petit restaurant à Torshov, ils filaient d'un bond dès que l'on haussait un sourcil. Et quand il payait pour un simple rouleau de printemps ou un café, ils souriaient jusqu'aux oreilles et ils s'inclinaient en joignant les mains comme s'il était le grand Dieu blanc qui était descendu jusqu'à eux. Il avait songé à partir en Thaïlande. Mais cela ne se ferait pas. Il allait bientôt reprendre le boulot.

Mikael venait de l'appeler pour lui dire que leur tactique avait fonctionné. Et que la suspension serait bientôt annulée. Il n'avait pas voulu préciser ce qu'il entendait par « bientôt », il s'était contenté de répéter ce mot.

Le café arriva et Truls le sirota. Il n'était pas particulièrement bon, mais il avait découvert que, en réalité, il n'aimait pas ce que les gens appelaient le bon café. Il fallait qu'il ait ce goût-là, que ce soit un café filtre et qu'il ait un arrière-goût de filtre en papier, de plastique et de vieux café moulu trop grillé. C'était bien pour ça qu'il était le seul client, les gens prenaient leur café ailleurs. Ils venaient plus tard dans la journée pour acheter un déjeuner pas cher ou pour un plat à emporter.

La Thaïlandaise retourna à la table du coin où se trouvait le reste de la famille avec ce qu'il supposait être son addition. Il écouta le bourdonnement de leur langue bizarre. Il n'en pigeait pas un mot, mais il l'aimait bien. Il aimait aussi être près d'eux. Il répondait d'un signe de tête quand ils lui adressaient un sourire. Il avait presque le sentiment de faire partie du petit groupe. Était-ce pour cela qu'il venait ici ? Truls chassa cette idée. Il se concentra sur le problème.

L'autre chose que Mikael avait mentionnée.

Le rappel de son pistolet de service.

Il avait dit qu'ils allaient être vérifiés en lien avec les meurtres des policiers et que lui-même, pour bien montrer que la mesure touchait absolument tout le monde, hauts gradés comme simples policiers, il avait déposé son arme pour l'expertise balistique. Truls devait faire pareil dès que possible, même s'il était suspendu.

C'était sûrement la balle dans la tête de René Kalsnes. Ils avaient compris qu'elle venait sans doute du pistolet d'un policier.

Lui, il était tranquille. Non seulement il avait échangé la balle, mais il avait également déclaré comme volé le pistolet qu'il avait utilisé. Bien entendu, il avait attendu un bon moment, une année entière, pour être sûr que personne ne ferait le lien entre l'arme et le meurtre de Kalsnes. Il avait forcé la porte de son appartement avec un pied-de-biche pour faire réaliste et avait porté plainte pour le cambriolage. Il avait déclaré plein de trucs volés et avait reçu plus de quarante mille couronnes de l'assurance. Plus un nouveau pistolet de service.

Ce n'était pas ça le problème.

Le problème, c'était la balle qui se trouvait dans la boîte au dépôt. Comment dire ? Cela lui avait semblé une bonne idée sur le moment. Mais là, il avait soudain besoin de Bellman. Si Mikael était suspendu de ses fonctions de directeur de la police, il ne pourrait pas faire lever sa suspension. Quoi qu'il en soit, il était trop tard pour y changer quelque chose.

Suspendu.

Truls ricana en y songeant, il leva sa tasse de café pour trinquer avec son reflet dans les lunettes de soleil posées sur la table. Il comprit qu'il avait dû rire fort car les Thaïlandais le regardaient d'un drôle d'air.

« Je ne sais pas si je vais réussir à venir te chercher à l'aéroport », dit Harry en passant à côté de l'endroit où il aurait dû y avoir un parc. Le conseil municipal, frappé d'un accident cérébral collectif, avait reconstruit un stade d'athlétisme dans lequel avait eu lieu une réunion internationale, et où, sinon, il ne se passait pas grand-chose.

Il dut coller le téléphone contre son oreille afin d'entendre Rakel dans la cohue de l'après-midi.

« Je t'interdis de venir me chercher, dit Rakel. Tu as des choses plus importantes à faire. Je me demandais d'ailleurs si je n'allais pas rester là pendant le week-end. Pour te laisser un peu de place.

— De place pour quoi ?

— De la place pour être l'inspecteur principal Hole. C'est gentil de ta part de faire comme si je n'allais pas te déranger, mais nous savons tous les deux dans quel état tu es quand tu enquêtes.

— Je veux que tu sois là. Mais si tu ne veux pas...

— Je veux être avec toi *tout le temps*, Harry. Je veux être assise sur toi, pour que tu ne puisses aller nulle part. Voilà ce que je veux. Mais je crois que celui avec qui j'ai envie d'être n'est pas à la maison en ce moment.

— J'aime bien quand tu es assise sur moi. Et je ne vais nulle part.

— C'est exactement ce que je dis. Nous n'allons nulle part. Nous avons tout notre temps. OK ?

— OK.

— Bien.

— Tu es sûre ? Parce que si ça te plaît que je t'embête encore un peu, moi je veux bien. »

Le rire de Rakel. Rien que son rire.

« Et Oleg ? »

Elle lui raconta. Il sourit deux ou trois fois. Rit au moins une fois.

« Bon, il faut que je raccroche, dit Harry qui se trouvait devant la porte du restaurant Schrøder.

— Oui. Dis, c'est quoi ton rendez-vous au fait ?

— Rakel...

— Oui, je sais que je ne dois pas demander, mais on s'ennuie tellement ici. Dis...

— Oui ?

— Tu m'aimes ?

— Je t'aime.

— J'entends la circulation. Ça veut dire que tu es dans un lieu public et que tu dis tout haut que tu m'aimes ?

— Oui.

— Les gens se retournent ?

— Je n'ai pas fait attention.

— Est-ce que je suis puérile si je te demande de le redire ?

— Oui. »

Nouvel éclat de rire. Bon sang, il ferait tout pour l'entendre.

« Alors ?

— Je t'aime, Rakel Fauke.

— Et je t'aime, Harry Hole. Je t'appelle demain.

— Dis bonjour à Oleg. »

Ils raccrochèrent. Harry ouvrit la porte et entra.

Silje Gravseng était seule à la table près de la fenêtre. La table habituelle de Harry. La jupe rouge et le chemisier rouge se détachaient comme des taches de sang frais sur les vieux tableaux de la capitale accrochés au mur derrière elle. Seules ses lèvres étaient plus rouges.

Harry s'assit en face d'elle.

« Salut, dit-il.

— Salut », dit-elle.

Chapitre 38

« Merci d'être venue tout de suite, dit Harry.

— Je suis arrivée il y a une demi-heure, dit Silje en désignant son verre vide.

— Est-ce que je... dit Harry en regardant sa montre.

— Non, non. Je n'arrivais pas à attendre.

— Harry ? »

Il leva la tête.

« Salut, Nina. Non, je ne prendrai rien aujourd'hui. »

La serveuse disparut.

« Tu es pressé ? » demanda Silje. Elle était bien droite sur sa chaise. Elle avait croisé ses bras nus sous sa poitrine vêtue de rouge. Elle encadrait ses seins avec la peau nue des bras et un visage dont l'expression alternait entre celle d'une jolie poupée et autre chose de presque laid. Le seul élément constant était l'intensité de son regard. Il avait dû être aveugle, car tout ce qu'il voyait, là, c'était cette intensité. Et rien d'autre. Il y avait un désir, mais il ne savait pas de quoi. Car ce qu'elle voulait, ce n'était pas seulement une nuit, une heure, ou dix minutes de baise où l'on simulait le viol. Ce n'était pas aussi simple.

« Je voulais te parler parce que tu étais de garde au Rikshospitalet.

— J'ai déjà tout raconté au groupe d'enquête.

— Raconté quoi ?

— Anton Mittet m'avait dit quelque chose avant d'être tué. Il a dit qu'il s'était disputé avec quelqu'un à l'hôpital. Je leur ai dit que ce n'était pas un meurtre isolé, que ce n'était pas une histoire de mari jaloux, que c'était le tueur de policiers. Ça collait, pas vrai ? J'ai beaucoup lu sur les meurtres en série, tu t'en rendais bien compte pendant tes cours sur le sujet.

— Il n'y a pas de cours sur les meurtres en série, Silje. Ce que je me demandais, c'est si tu as vu quelqu'un pendant que tu étais sur place, quelqu'un ou quelque chose qui ne collait pas avec ce qui se passait d'habitude, quelque chose qui t'a intriguée, en bref, quelque chose qui...

— ... qui n'aurait pas dû être là ? » Elle sourit. Des dents jeunes et blanches. Deux dents inégales. « C'est dans ton cours. » Elle cambra le dos plus que nécessaire.

« Alors ? demanda Harry.

— Tu crois que le patient a été tué et que Mittet était dans le coup ? » Elle inclina la tête sur le côté, serra ses bras croisés pour remonter ses seins et Harry se demanda si elle faisait semblant, ou si elle était sûre d'elle à ce point. Ou bien elle était sérieusement dérangée et tentait d'imiter ce qu'elle croyait être un comportement normal, et ratait son coup.

« Oui, c'est ce que tu crois, reprit-elle. Et tu crois que Mittet a été tué ensuite parce qu'il en savait trop. Et que l'assassin a camouflé ce meurtre en le faisant passer pour un des meurtres des policiers ?

— Non. S'il avait été tué par ces gens-là, il aurait été balancé à la mer avec des trucs bien lourds pour lui lester les poches. Je te demande de réfléchir attentivement, Silje. Concentre-toi. »

Elle inspira profondément et Harry évita de regarder sa poitrine qui se souleva. Elle essaya de trouver son regard, mais il le fuit en baissant la tête et en se grattant la nuque. Il attendit.

« Non, il n'y avait personne, finit-elle par dire. Et rien n'a changé pendant ce temps. Il y a eu un nouvel infirmier anesthésiste, mais il n'est venu qu'une ou deux fois.

— OK, dit Harry en plongeant la main dans la poche de sa veste. Et celui-là, à gauche ? »

Il posa sur la table devant elle une photo imprimée sur une feuille de papier. Il l'avait trouvée sur le Net. Google Images. Elle montrait un jeune Truls Berntsen à gauche de Mikael Bellman devant le poste de police de Stovner.

Silje étudia la photo.

« Non, je ne l'ai jamais vu à l'hôpital. Mais l'homme à droite…

— Tu l'as vu là-bas ? l'interrompit Harry.

— Non, non. Je me demandais seulement si ce n'était pas…

— Oui, c'est le directeur de la police. » Harry voulut reprendre la photo, mais Silje posa la main sur la sienne.

« Harry ? »

Il sentit la chaleur de la paume douce de Silje sur le dos de sa main. Il attendit.

« Je les ai déjà vus, ensemble. Comment s'appelle l'autre ?

— Truls Berntsen. Où ça ?

— Au stand de tir à Økern, il y a peu de temps.

— Merci. » Harry retira sa main et récupéra la photo. « Je ne vais pas abuser davantage de ton temps.

— En ce qui concerne le temps, tu t'es bien arrangé pour que j'en aie beaucoup, Harry. »

Il ne répondit pas.

Elle poussa un petit rire, se pencha en avant.

« Ce n'est pas que pour ça que tu m'as demandé de venir ? » L'éclat de la petite lampe sur la table dansait dans ses yeux. « Tu sais ce qui m'est venu à l'esprit, Harry ? J'ai pensé que tu m'as fait virer de l'École pour pouvoir être avec moi sans avoir de problème avec la hiérarchie. Alors pourquoi ne me dis-tu pas ce que tu veux *vraiment* ?

— Ce que je voulais vraiment, Silje…

435

— Quel dommage que ta collègue soit arrivée la dernière fois, juste au moment où...

— ... c'était te poser ces questions à propos de l'hôpital.

— J'habite dans Josefines gate, mais tu le sais déjà sûrement. Tu as déjà fait une recherche et tout ça.

— Ensuite, l'autre jour, c'était une erreur, j'ai complètement merdé, et...

— Il faut onze minutes et vingt-trois secondes pour y aller. Pile. J'ai chronométré en venant.

— Je ne peux pas. Je ne veux pas. Et puis, je...

— On y va ? » Elle fit mine de se lever.

« Je vais me marier au printemps. »

Elle retomba sur sa chaise. Le regarda fixement.

« Tu vas... te marier ? » Sa voix était à peine audible dans le vacarme du restaurant.

« Oui », dit Harry.

Les pupilles de Silje se rétrécirent. Harry songea à une étoile de mer que l'on aurait piquée avec un bâton.

« Avec elle ? murmura-t-elle. Avec Rakel Fauke ?

— Oui, c'est son nom. Mais marié ou pas, étudiante ou pas, il est impossible qu'il se passe quelque chose entre nous. Et je regrette... ce qui est arrivé.

— Te marier... » Elle répéta ces mots d'une voix de somnambule, avec un regard qui le traversait.

Harry acquiesça. Il sentit quelque chose vibrer contre sa poitrine. Il crut un instant que c'était son cœur avant de saisir qu'il s'agissait du téléphone dans la poche intérieure de sa veste.

Il le sortit.

« Harry. »

Il écouta la voix. Il tint le téléphone devant lui et le regarda comme s'il y avait quelque chose qui clochait avec l'appareil.

« Répète, dit-il avant de porter à nouveau le téléphone à son oreille.

— J'ai dit que nous avons trouvé le pistolet, dit Bjørn Holm. Et, oui, c'est bien le sien.

— Qui est au courant ?

— Personne.

— Vois combien de temps tu peux garder l'info pour toi. »

Harry raccrocha et composa un numéro. « Il faut que j'y aille », dit-il à Silje avant de coincer un billet sous le verre. Il vit les lèvres rouges s'ouvrir, mais il se leva et s'éloigna avant qu'elles ne parviennent à dire un mot.

À la porte, il avait déjà Katrine au bout du fil. Il répéta ce que Bjørn lui avait dit.

« Tu plaisantes, dit-elle.

— Alors pourquoi est-ce que tu ne rigoles pas ?

— Mais... Mais c'est tout bonnement incroyable.

— C'est sûrement pour ça que nous n'y croyons pas, dit Harry. Allez, trouve-moi ce qui ne va pas. Trouve-le. »

Et, à l'autre bout du fil, il entendit l'insecte à dix pattes qui se mettait déjà à courir sur le clavier.

Aurora marchait avec Emilie vers l'arrêt de bus en traînant des pieds. La nuit allait tomber et il faisait ce temps où l'on pense qu'il va sans cesse se mettre à pleuvoir — et il ne pleut pas vraiment. Un truc agaçant, en fait, se dit-elle.

Elle en fit part à Emilie. Cette dernière répondit par un « Mm », mais Aurora sentit qu'elle n'avait pas compris.

« Si seulement ça se mettait à tomber, après, ça serait fini, déclara Aurora. Il vaut mieux qu'il pleuve, plutôt que de craindre qu'il ne se mette à pleuvoir.

— Moi, j'aime la pluie, dit Emilie.

— Moi aussi. Un peu, en tout cas. Mais... » Elle s'arrêta.

« Qu'est-ce qui s'est passé à l'entraînement ?

— Comment ça ?

— Arne m'a engueulée parce que tu n'as pas fait de déplacement latéral.

— J'étais juste un peu en retard.

— Non. Tu es restée plantée là à regarder dans la tribune. Arne dit que la défense c'est ce qu'il y a de plus important dans le handball. Et cela signifie que le déplacement défensif latéral c'est ce qu'il y a de plus important dans le handball. »

Arne dit des tas de conneries, se dit Aurora. Elle le garda pour elle. Elle savait qu'Emilie ne comprendrait pas ça non plus.

Aurora s'était déconcentrée parce qu'elle était sûre de l'avoir vu dans la tribune. Il n'avait pas été difficile de l'apercevoir parce que les autres spectateurs, c'était l'équipe des garçons qui attendaient impatiemment de pouvoir reprendre le gymnase après l'entraînement des filles. Mais c'était lui, elle en était presque certaine. Lui, l'homme qui était venu dans le jardin. Qui avait demandé après son papa. Qui avait voulu qu'elle écoute un groupe dont elle avait oublié le nom. Qui voulait un verre d'eau.

Alors, elle s'était arrêtée, les autres avaient marqué et Arne, leur entraîneur, avait arrêté le jeu et l'avait engueulée. Et, comme d'habitude, elle était désolée. Elle avait essayé de se défendre. Elle se détestait de ne pas réussir à encaisser quand on lui passait un tel savon, mais ça ne servait à rien. Les larmes lui venaient aux yeux, elle les séchait avec les poignets de transpiration, elle s'en frottait également le front pour que l'on pense qu'elle essuyait la sueur. Quand Arne en avait eu terminé, elle avait à nouveau regardé dans la tribune. Il avait disparu. Exactement comme l'autre fois. Sauf que, cette fois-ci, cela s'était passé si vite qu'elle s'était demandé si elle l'avait vraiment vu, ou si elle ne l'avait pas imaginé.

« Oh non, dit Emilie en consultant les horaires à l'arrêt de bus. Le 149 ne passe que dans vingt minutes. Maman nous prépare des pizzas ce soir. Elles vont être *glacées*…

— C'est bête », fit Aurora, qui regarda les horaires elle aussi. Elle n'aimait pas particulièrement les pizzas, ni passer la nuit chez des copines. Mais tout le monde le faisait. Tout le monde allait dormir chez tout le monde, c'était le truc que l'on était obligé de faire. Ça, ou se retrouver à l'écart. Et Aurora ne voulait pas être à l'écart. Pas complètement, en tout cas.

« Dis... » Elle regarda sa montre. « Le 131 va arriver dans une minute, et je viens de me rendre compte que j'ai oublié ma brosse à dents. Le 131 passe devant chez moi, et si je le prends, après, je pourrai venir chez toi en vélo. »

Elle vit qu'Emilie n'aimait pas trop cette idée. Elle n'aimait pas l'idée d'attendre ici, à la nuit tombante, sous cette pluie qui n'en n'était pas vraiment une, et de rentrer seule en bus chez elle. Elle soupçonnait déjà Aurora de chercher une excuse dès qu'elle serait rentrée pour ne pas venir passer la nuit chez elle.

« Bon, bon, dit Emilie d'un ton grincheux en tripotant son sac de sport. Mais on t'attendra pas pour la pizza, hein ? »

Aurora vit le bus dans le tournant, plus bas. Le 131.

« Et puis, je peux te prêter ma brosse à dents, dit Emilie. On est amies, tout de même. »

Nous ne sommes *pas* amies, se dit Aurora. C'est *toi*, Emilie, qui es copine avec toutes les filles de la classe, c'est toi qui as toujours les fringues qu'il faut, avec les marques populaires, Emilie qui ne se fâche jamais avec personne, parce que toi, tu es tellement super, tu ne critiques jamais personne — en tout cas, pas quand les autres pourraient t'entendre. Mais, moi, je suis Aurora, je fais ce qu'il faut faire — mais pas plus — pour être avec vous, parce que je n'ose pas me retrouver tout à fait seule. De toute façon, vous me trouvez un peu bizarre, mais en même temps suffisamment intelligente et sûre de moi pour que vous n'osiez pas m'attaquer.

« Je serai chez toi avant toi, dit Aurora. Promis. »

Harry était assis dans la petite tribune, la tête dans les mains, et observait la piste.

439

La pluie était dans l'air, ça pouvait tomber d'une seconde à l'autre, et Valle Hovin n'avait pas de toit.

Il avait le petit stade miteux pour lui tout seul. Il l'avait su d'avance, car les concerts étaient très espacés. Et la saison de patinage, quand on mettait de la glace pour que tout le monde puisse venir s'entraîner, était plus loin encore. C'était là qu'il avait vu Oleg faire ses débuts, progresser pour devenir un patineur de vitesse prometteur, dans chaque catégorie d'âge. Il espérait revoir bientôt Oleg sur cette piste. Mesurer des chronos sans que le garçon le sache. Noter les progrès et les moments de stagnation. Encourager quand ça coinçait, savoir quand la glace était mauvaise et les patins pas assez vifs, rester calme quand ça se passait bien, ne pas laisser la joie intérieure trop transparaître. Être une sorte de compresseur qui aplanit les hauts et les bas. Oleg en avait besoin, sinon il laissait libre cours à ses sentiments. Harry ne s'y connaissait pas trop en patinage, mais sur ce point, il était un expert. Ståle appelait ça « contrôle des affects ». Le pouvoir de se consoler soi-même. C'était une des choses essentielles pour l'évolution d'un enfant, et tous ne la développaient pas dans la même mesure. Par exemple, Ståle considérait que Harry aurait bien besoin de plus de contrôle des affects. Il lui manquait juste cette capacité qu'ont la majorité des gens de s'éloigner de ce qui fait mal, d'oublier, de se concentrer sur quelque chose de plus agréable, plus facile. Il avait recouru à l'alcool pour y parvenir. Le père d'Oleg était aussi un alcoolique, Rakel lui avait dit qu'il avait bu la fortune familiale et qu'il avait bousillé sa vie. C'était peut-être une des raisons qui expliquaient pourquoi Harry ressentait une telle sollicitude pour Oleg, parce qu'ils présentaient tous les deux ce manque de contrôle des affects.

Harry entendit des pas sur le revêtement en béton. Quelqu'un venait de l'autre côté de la piste, en pleine nuit. Harry tira une longue bouffée sur sa cigarette pour que le rougeoiement révèle où il se trouvait.

L'homme passa par-dessus la rambarde et monta à pas souples les gradins en béton de la tribune.

« Harry Hole, dit l'homme en s'arrêtant deux niveaux au-dessous.

— Mikael Bellman », dit Harry. On aurait dit que les taches pigmentaires rosâtres de son visage luisaient dans l'obscurité.

« Deux choses, Harry. Il y a intérêt à ce que ça soit important, ma femme et moi avions prévu de passer une soirée tranquille à la maison.

— Ensuite ?

— Il faut que tu écrases ça. La cigarette, c'est mauvais pour la santé.

— Merci de te soucier de ma santé.

— Je pense à la mienne, pas à la tienne. Éteins ça, s'il te plaît. »

Harry frotta le bout de sa cigarette contre le béton et la rangea dans le paquet pendant que Bellman s'asseyait à côté de lui.

« Drôle d'endroit pour une rencontre, Hole.

— C'est mon endroit préféré avec Schrøder. Et un peu moins bondé.

— Désert, tu veux dire. Je me suis même demandé un instant si tu n'étais pas le tueur des policiers qui cherchait à m'attirer par ici. Nous considérons toujours qu'il s'agit d'un policier, pas vrai ?

— Absolument, répondit Harry qui regrettait déjà sa cigarette. On a fait mouche pour le pistolet.

— Déjà ? C'est rapide. Je ne savais même pas que vous aviez commencé à les récolter...

— Nous n'en avons pas eu besoin. Nous avons fait mouche dès le premier pistolet.

— Quoi ?

— Ton pistolet, Bellman. Il y a eu un test balistique et le résultat colle parfaitement avec la balle de l'affaire Kalsnes. »

Bellman éclata de rire. L'écho résonna dans les tribunes.

« C'est une blague, Harry ?

— Ça va plutôt être à toi de me le dire, Mikael.

441

« — Harry, pour toi, je suis monsieur le directeur, ou Bellman. Je te permettrais éventuellement de laisser tomber le "monsieur". Et je ne suis absolument pas obligé de te dire quoi que ce soit. Alors, que se passe-t-il ?

— C'est ce que tu dois... Pardon... Est-ce que "devrais" ça passe mieux ? Voilà, c'est ce que tu devrais me dire, monsieur le directeur. Sinon, nous serons obligés — et j'insiste sur le "obligés" — de t'emmener pour un interrogatoire officiel. Et, toi et moi, c'est ce que nous tenons à éviter. Nous sommes bien d'accord ?

— Viens-en au fait, Harry. Comment cela a-t-il pu arriver ?

— Je vois deux explications possibles. La première, et la plus immédiate, est que tu as abattu René Kalsnes, monsieur le directeur.

— Je... Je... »

Harry voyait les lèvres de Mikael Bellman qui s'agitaient, et ses taches pigmentaires qui semblaient traversées par la lumière, comme un animal exotique des profondeurs.

« Tu as un alibi. » Harry finit sa phrase pour lui.

— Ah bon ?

— Quand on a obtenu le résultat, j'ai mis Katrine Bratt sur l'affaire. Tu étais à Paris la nuit ou René Kalsnes a été abattu. »

Bellman referma enfin la bouche.

« Vraiment ?

— Elle a vérifié ton nom et la date. Ton nom est apparu sur la liste des passagers d'un vol Air France Oslo-Paris, et sur le registre de l'hôtel Golden Oriole la même nuit. Quelqu'un que tu as croisé peut confirmer que tu étais bien là ? »

Mikael Bellman plissa les yeux, comme pour mieux voir. L'aurore boréale sur sa peau s'éteignit. Il hocha lentement la tête.

« L'affaire Kalsnes, oui. C'est arrivé le jour où j'avais un entretien d'embauche avec Interpol à Paris. Je peux absolument produire des témoins, nous sommes même allés dîner ce soir-là.

— Reste à savoir où se trouvait ton pistolet ce jour-là.

— Chez moi, dit Mikael Bellman, sûr de lui. Sous clef. Et la clef était attachée au trousseau que j'avais avec moi.

— Tu peux le prouver ?

— Non. Tu as dit que tu voyais deux explications possibles. Je parie que la deuxième, c'est que les gars de la balistique...

— De nos jours, ce sont surtout des filles.

— ... se sont trompés. Ils auront réussi à mélanger la balle du meurtre avec une de mes balles témoins, ou quelque chose dans le genre. C'est ça ?

— Non. Le projectile qui se trouvait dans la boîte du dépôt des scellés vient bien de ton pistolet, Bellman.

— Qu'est-ce que tu veux dire ?

— Par quoi ?

— Par "le projectile qui se trouvait dans la boîte du dépôt des scellés". Et non "la balle qui a été retrouvée dans le crâne de René Kalsnes". »

Harry acquiesça.

« On se rapproche, Bellman.

— On se rapproche de quoi ?

— De la deuxième possibilité. Quelqu'un a échangé la balle du dépôt avec une balle de ton pistolet. De fait, une chose ne colle pas avec cette balle. La manière dont elle est comprimée indique qu'elle a touché quelque chose de bien plus dur qu'un homme fait de chair et d'os.

— D'accord. Et à ton avis, qu'a-t-elle touché dans ce cas ?

— Une plaque en acier derrière une cible au stand de tir d'Økern.

— Qu'est-ce qui te fait croire ça ?

— Ce n'est pas ce que je crois, mais ce que je sais, Bellman. J'ai dit aux filles de la balistique d'aller sur place et de faire un test avec ton pistolet. Et tu sais quoi ? La balle a ressemblé à s'y méprendre à celle de la boîte du dépôt.

— Et qu'est-ce qui t'a fait penser à ce stand de tir en particulier ?

— C'est tout naturel, non ? C'est là que les policiers tirent la plupart des balles qui ne sont pas destinées à toucher des gens. »

Mikael Bellman secoua lentement la tête.

« Il y a autre chose. Qu'est-ce que c'est ?

— Eh bien... » Harry sortit son paquet de Camel, le tendit à Bellman qui fit non de la tête. « Je me suis demandé combien de brûleurs je connaissais dans la police. Et tu sais quoi ? Je n'en ai trouvé qu'un seul. » Harry sortit la cigarette à moitié fumée, l'alluma et en tira une longue bouffée. « Truls Berntsen. Et le hasard veut que j'aie parlé à un témoin qui vous a vus vous entraîner ensemble au stand de tir. Les balles tombent dans une boîte après avoir touché la plaque en acier. Ce serait facile d'en prendre une après ton départ. »

Bellman posa la paume de la main sur son genou et se tourna vers Harry :

« Soupçonnes-tu notre collègue commun, Truls Berntsen, d'avoir créé de toutes pièces de fausses preuves contre moi, Harry ?

— Pas toi ? »

Bellman donna l'air de vouloir dire quelque chose, mais il se ravisa. Il haussa les épaules.

« Je ne sais pas ce que Berntsen fabrique. Et pour être franc, je ne sais pas trop ce que tu fabriques, Hole.

— Bien. Je ne sais pas à quel point tu es franc. Mais je sais deux ou trois trucs sur Berntsen. Et Berntsen sait deux ou trois trucs sur toi — c'est bien ça ?

— Je devine que tu insinues quelque chose, mais je ne sais pas quoi, Hole.

— Mais si, mais si. Mais comme je suppose que ce sont des choses que l'on ne peut guère prouver, on va laisser tomber. Ce que je veux savoir, c'est ce que veut Berntsen.

— Ton boulot, c'est d'enquêter sur les meurtres des policiers, Hole, pas d'utiliser la situation pour mener une chasse aux sorcières personnelle contre moi ou Truls Berntsen.

— Ah bon ? C'est ce que je fais ?

— Ce n'est un secret pour personne que nous avons eu des différends, Harry. Tu vois donc ça comme étant ta chance de rendre des coups.

— Et entre Berntsen et toi, il n'y a pas de différends ? C'est toi qui l'as suspendu pour soupçon de corruption.

— Non, c'était la Commission de déontologie. Et ce malentendu va être bientôt dissipé.

— Ah ?

— En fait, c'est ma faute. L'argent qui est apparu sur son compte vient de moi.

— De toi ?

— Il a construit la terrasse de ma maison, et je l'ai payé en liquide qu'il a immédiatement déposé sur son compte. Mais je lui ai demandé de me rembourser à cause d'une malfaçon dans le béton. C'est pour cela qu'il n'a pas déclaré la somme aux impôts. Il ne voulait pas être imposé sur un montant qui n'était pas à lui. J'ai envoyé les informations à l'Økokrim hier.

— Une malfaçon dans le béton ?

— Oui, il y a de l'humidité, ça ne sent pas bon. Quand l'Øko-krim a mis le doigt sur cette somme d'argent inconnue, Truls a cru à tort que cela me mettrait dans une situation embarrassante s'il disait d'où venait cet argent. Quoi qu'il en soit, c'est arrangé. »

Bellman tira sur la manche de sa veste et le cadran d'une montre TAG Heuer luisit faiblement dans le noir.

« Si tu n'as pas d'autres questions sur le projectile de mon pistolet, j'ai à faire, Harry. Et toi aussi, d'ailleurs. Préparer tes cours pour l'École de Police, par exemple.

— Tout mon temps est pris par l'enquête.

— Tout ton temps *était pris* par l'enquête.

— Et ça veut dire ?

— Simplement que nous devons faire des économies où nous le pouvons. C'est pourquoi je vais ordonner que le petit groupe d'enquête alternatif de Hagen cesse toute utilisation de consultants. Avec effet immédiat.

— Ståle Aune et moi. C'est la moitié du groupe.

— Cinquante pour cent des coûts de personnel. Je me félicite déjà de cette décision. Et comme ce groupe fait suffisamment fausse route, j'envisage de mettre fin à ce projet.

— Tu as donc tant de raisons d'avoir peur, Bellman ?

— On n'a pas besoin d'avoir peur quand on est le plus gros animal de la jungle, Harry. Et, malgré tout, je suis...

— ... le directeur de la police. Ah oui, putain, t'es le directeur. Monsieur le directeur. »

Bellman se leva.

« Content de voir que tu as fini par comprendre. Et je sais que lorsque, vous autres, vous commencez à vous en prendre à des collaborateurs de confiance comme Truls Berntsen, ce n'est plus un travail d'enquête objectif, mais une vendetta personnelle organisée par un ex-policier alcoolique et aigri. En tant que directeur de la police, il est de mon devoir de protéger la réputation de l'institution. Et tu sais ce que je réponds lorsque l'on me demande pourquoi nous avons classé le meurtre de ce Russe qui a pris un tire-bouchon dans la carotide au Come As You Are ? Je réponds qu'enquêter est une question de priorité et que cette affaire est loin d'être classée, simplement, ce n'est pas la priorité actuellement. Et même si toutes les personnes qui ont ne serait-ce qu'un pied dans la police savent qui est le coupable, je fais comme si je ne les entendais pas. Parce que je suis le directeur de la police.

— C'est une menace, Bellman ?

— Est-ce que j'ai besoin de menacer un prof de l'École de Police ? Bonsoir, Harry. »

Harry observa Bellman longer la rambarde tout en boutonnant sa veste. Il savait qu'il valait mieux la fermer. C'était une carte qu'il avait décidé de garder en réserve au cas où il en aurait besoin. Là, on venait de lui dire de s'écraser, il n'avait donc plus rien à perdre. *All in*. À fond. Il attendit que Bellman ait passé une jambe au-dessus de la rambarde.

« Est-ce que tu as rencontré René Kalsnes, Bellman ? »

Bellman se figea au milieu de son mouvement. Katrine avait effectué une recherche en croisant Bellman et Kalsnes sans rien obtenir. Si jamais ils avaient partagé une addition dans un restau, acheté un billet de ciné sur le Net, s'ils avaient eu des sièges voisins dans un avion ou un train, elle l'aurait retrouvé. Mais il s'arrêta net. Il resta planté avec un pied de chaque côté de la rambarde.

« Pourquoi une question aussi idiote, Harry ? »

Harry tira une bouffée de sa cigarette.

« C'est un fait relativement connu que René Kalsnes se prostituait auprès des messieurs si l'occasion se présentait. Et tu as visionné du porno gay sur le Net. »

Bellman ne bougeait toujours pas. De toute évidence, il s'était compromis, ou vendu. Harry ne pouvait pas voir l'expression de son visage dans le noir, seulement les taches pigmentaires qui luisaient autant que le cadran de sa montre.

« Kalsnes avait la réputation d'être un type cupide, cynique et sans une once de morale, dit Harry en étudiant le bout rougeoyant de sa cigarette. Imagine un homme marié et connu qui est soumis à un chantage de la part d'un type comme René. Ce dernier a peut-être même des photos compromettantes. Ça ressemble au mobile d'un meurtre, n'est-ce pas ? Il est possible aussi que René ait parlé de cet homme marié à d'autres personnes, lesquelles pourraient raconter qu'il y avait un mobile. Alors l'homme marié doit trouver quelqu'un pour exécuter le meurtre. Quelqu'un qu'il connaît déjà très bien, quelqu'un qu'il tient et qui le tient — au point de se faire mutuellement confiance. Le meurtre est commis quand l'homme marié a un alibi parfait — un dîner à Paris, par exemple. Mais ensuite, ça tourne mal entre les deux amis d'enfance. Le tueur à gages est suspendu de son boulot et l'homme marié refuse

447

d'arranger le coup, même si, en tant que chef, il serait en mesure de le faire. Alors il récupère une balle de l'homme marié et la met dans la boîte des scellés. Soit pour se venger, soit comme moyen de pression pour que l'homme marié lui fasse récupérer son boulot. D'ailleurs, ce n'est pas facile pour quelqu'un qui ne connaît pas l'art du brûleur de faire disparaître cette balle à nouveau. Au fait, tu savais que Truls Berntsen a déclaré que son pistolet de service a été volé un an après le meurtre de Kalsnes ? J'ai trouvé son nom sur une liste que m'a fournie Katrine Bratt il y a deux heures à peine. » Harry avala la fumée. Il ferma les yeux afin que le rougeoiement de la cigarette ne gêne pas sa vision nocturne. « Alors, qu'est-ce que tu en dis, monsieur le directeur ?

— Je te dis merci, Harry. Merci de m'avoir aidé à décider de démanteler intégralement ton groupe d'enquête. Ce sera fait, *first thing in the morning.*

— Est-ce que cela signifie que tu n'as jamais rencontré René Kalsnes ?

— N'essaie pas ces techniques d'interrogatoire sur moi, Harry, c'est moi qui les ai trouvées chez Interpol pour les introduire en Norvège. Tout le monde peut tomber accidentellement sur des photos de gays sur le Net, il y en a partout. Et nous n'avons pas besoin de groupes d'enquête qui considèrent cela comme des pistes valides dans une enquête sérieuse.

— Tu n'es pas tombé accidentellement dessus, Bellman. Tu as payé pour ces films avec ta carte de crédit et tu les as téléchargés.

— Tu ne m'écoutes pas, mec ! Les tabous, ça ne te rend pas curieux ? Quand tu télécharges la photo d'un meurtre, cela ne fait pas de toi un meurtrier. Si une femme est fascinée par l'idée du viol, cela ne veut pas dire qu'elle a envie d'être violée ! »

Bellman avait passé l'autre jambe par-dessus la rambarde. Il s'en était tiré. Il rajusta sa veste.

« Juste un dernier conseil, Harry. Ne me cherche pas. Si tu sais où se trouve ton intérêt. À toi, et à tes femmes. »

Harry vit le dos de Bellman disparaître dans l'obscurité de la piste, il n'entendit que les pas vifs dont l'écho assourdi résonnait entre les tribunes. Harry laissa tomber son mégot et l'écrasa violemment. On aurait dit qu'il voulait l'enfoncer dans le béton.

Chapitre 39

Harry trouva la Mercedes déglinguée d'Øystein Eikeland à la station de taxis Nord de la Gare centrale d'Oslo. Les taxis étaient garés en rond, et l'on aurait dit une caravane formant un cercle pour se défendre des Apaches, des impôts, de la concurrence low-cost et de tous ceux qui venaient prendre ce qui, selon eux, leur revenait de droit.

Harry s'assit sur le siège avant.

« Ça travaille bien ce soir ?

— Pas levé le pied une seconde de l'accélérateur », répondit Øystein. Il serra prudemment des lèvres une cigarette roulée micros-copique et souffla la fumée sur le rétroviseur dans lequel il vit la file qui grossissait derrière lui.

« Au cours d'une journée de service, tu fais combien d'heures avec des clients qui paient ? demanda Harry en sortant son paquet de cigarettes.

— Suffisamment peu pour que j'envisage d'allumer le compteur là, tout de suite. Hé, tu sais pas lire ? » Øystein désigna le panneau Interdiction de fumer sur la boîte à gants.

« J'ai besoin d'un conseil, Øystein.

— Moi, je te dis non, ne te marie pas. C'est une femme bien,

Rakel, mais le mariage, c'est plus d'emmerdes que de plaisir. Crois-en un vieux renard.

— Tu n'as jamais été marié, Øystein.

— C'est bien ce que je dis. »

Son ami d'enfance découvrit des dents jaunies dans son visage émacié, et il rejeta la tête en arrière si bien que sa queue-de-cheval ultra-fine lui fouetta la nuque.

Harry alluma sa cigarette.

« Quand je pense que je t'ai demandé d'être mon témoin...

— Un témoin doit être en pleine forme, Harry, et un mariage sans picole, c'est aussi absurde qu'un tonic sans gin.

— OK, mais il ne s'agit pas d'un conseil d'ordre conjugal.

— Vas-y, crache le morceau, Eikeland t'écoute. »

La fumée piqua la gorge de Harry. Ses muqueuses n'étaient plus habituées à deux paquets par jour. Il savait bien qu'Øystein ne pourrait pas lui donner davantage de conseils sur ce sujet-là. En tout cas, pas de bons conseils. Sa logique et ses principes personnels encadraient une vie tellement dysfonctionnelle qu'elle ne pourrait tenter que des gens aux intérêts extrêmement particuliers. Les piliers de la maison Eikeland comprenaient l'alcool, la vie de célibataire, des nanas du bas de l'échelle, un intellect intéressant malheureusement mis en veilleuse, une certaine fierté, un instinct de conservation dont il résultait malgré tout plus d'heures passées au volant du taxi qu'à picoler, et une capacité de se moquer de la vie et des emmerdes que même Harry lui enviait.

Harry prit sa respiration.

« Je soupçonne un policier d'être l'auteur des meurtres des policiers.

— Ben, mets-le derrière les barreaux et cogne », dit Øystein. Il ôta un brin de tabac sur le bout de sa langue. S'arrêta net. « Tu as dit meurtres des policiers ? *Les meurtres des policiers* ?

— Ouais. Le problème, c'est que si j'arrête cet homme, il me fera couler avec lui.

— Comment ça ?

— Il peut prouver que j'ai tué le Russe au Come As You Are. »
Øystein regarda dans le rétroviseur en écarquillant les yeux.
« T'as buté un Russe ?

— Alors, qu'est-ce que je fais ? J'arrête le type et je tombe avec
lui ? Dans ce cas, Rakel n'a pas de mari et Oleg n'a plus de père.

— Tout à fait d'accord.

— D'accord pour quoi ?

— Je suis bien d'accord, pousse-les devant toi. D'ailleurs, c'est
rudement malin d'avoir des prétextes philanthropiques sous la main,
comme ça, on dort bien mieux. J'ai toujours misé là-dessus. Tu te
souviens que j'ai décampé quand on gaulait les pommes, et que j'ai
laissé Les Sabots tout seul en prendre pour son grade ? Ben quoi, il
pouvait pas courir vite avec ces kilos et ces sabots. Je me suis dit
que Les Sabots méritait plus de se faire battre que moi, il avait
besoin d'être sermonné, qu'on lui montre le droit chemin. Parce
que ce qu'il voulait, en fait, c'était rester dans les clous. Tandis que
moi, j'allais être le bandit, alors à quoi bon en prendre plein le dos
pour quelques pommes minables ?

— Je ne laisse pas les autres payer tout seuls, Øystein.

— Et si ce type dessoude d'autres flics, et si tu sais que tu aurais
pu l'arrêter ?

— C'est exactement ça », dit Harry en soufflant la fumée sur le
panneau d'interdiction.

Øystein contempla longuement son copain.
« Fais pas ça, Harry...

— Fais pas quoi ?

— Fais pas... » Øystein fit descendre la vitre de son côté et il
expédia d'une pichenette ce qu'il restait du mégot, deux centimètres
de Rizla+ gorgés de salive. « D'ailleurs, je veux rien entendre. Ne
fais pas ça.

— D'accord. Mais la plus grande lâcheté, ce serait de ne rien
faire. Me dire que je n'ai même pas de preuves, ce qui est vrai, du

reste. Laisser pisser. Mais est-ce qu'un homme peut vivre avec ça, Øystein ?

— Bien sûr que oui, bordel. Mais toi, t'es bizarre avec ces trucs-là, Harry. Est-ce que *toi*, tu peux vivre avec ?

— Normalement, non. Mais comme je l'ai dit, je dois penser à d'autres personnes.

— Tu peux pas t'arranger pour que ce soient d'autres qui s'occupent de lui ?

— Il va utiliser tout ce qu'il sait sur d'autres policiers pour marchander et obtenir une réduction de peine. Il a déjà bossé comme brûleur et comme enquêteur. Il connaît tous les trucs. En plus, le directeur de la police va lui sauver la peau. Ils savent trop de choses l'un sur l'autre. »

Øystein saisit le paquet de cigarettes de Harry.

« Tu sais quoi, Harry ? J'ai l'impression que t'es venu chercher ma bénédiction pour assassiner un gus. Il y a d'autres personnes au courant ? »

Harry secoua la tête.

« Même pas mon propre groupe d'enquêteurs. »

Øystein prit une cigarette et l'alluma avec son briquet.

« Harry.

— Oui.

— T'es le plus enculé de solitaire que je connaisse. »

Harry regarda sa montre. Bientôt minuit. Il cligna des yeux.

« Je dirais plutôt seul.

— Non. Solitaire. Par choix. Et bizarre.

— Bon, dit Harry en ouvrant la portière. Merci pour le conseil.

— Quel conseil ? »

La portière claqua.

« Quel foutu conseil ? » cria Øystein sur la portière et sur la silhouette voûtée qui disparut rapidement dans la nuit d'Oslo. « Et si tu prenais un taxi pour rentrer, espèce de radin. »

La maison était noire et silencieuse.

Harry s'assit sur le canapé et regarda fixement le placard dans le coin de la pièce.

Il n'avait rien dit à quiconque de ses soupçons sur Truls Berntsen.

Il avait appelé Bjørn et Katrine pour leur dire qu'il avait eu une brève conversation avec Mikael Bellman. Le directeur de la police avait un alibi pour la nuit du meurtre, si bien que, soit il y avait une erreur, soit la pièce à conviction était fausse, complètement trafiquée. Il fallait donc qu'ils gardent pour eux que la balle dans la boîte des scellés provenait du pistolet de Bellman. Bref, il n'avait pas parlé de cette conversation.

Pas un mot sur Truls Berntsen.

Pas un mot sur ce qu'il fallait faire.

C'était comme ça, pour ce truc, il fallait qu'il soit seul.

La clef était cachée parmi les disques.

Harry ferma les yeux. Il essaya d'obtenir un répit, de ne plus entendre ce dialogue qui tournait en boucle dans sa tête. Ça ne marcha pas. Les voix se mirent à hurler dès qu'il se détendit. Truls Berntsen était fou. Ce n'était pas une supposition, mais un fait. Une personne saine d'esprit ne se lance pas dans une campagne de meurtres de ses collègues.

Il y avait des précédents, il suffisait de penser à tous les cas aux États-Unis où des personnes qui avaient été licenciées — ou humiliées d'une manière ou d'une autre — revenaient sur leur lieu de travail et tiraient sur leurs collègues. Omar Thornton en avait tué huit au dépôt de distribution de bière d'où il avait été viré pour vol. Wesley Neal Higdon en avait abattu cinq après une réprimande de son supérieur. Jennifer San Marco avait tiré des balles mortelles dans la tête de six collègues du centre de tri postal après avoir été licenciée de son emploi, précisément pour folie.

Mais ici, il y avait une différence dans le degré de préparation et d'exécution. Alors, à quel point Truls Berntsen était-il fou ? Était-il suffisamment cinglé pour que la police écarte ses affirmations selon lesquelles Harry Hole avait tué une personne dans un bar ?

Non.

Pas s'il avait des preuves. On ne peut pas déclarer que des preuves sont folles.

Truls Berntsen.

Harry se tâta.

Tout collait. Mais le plus important ? Le mobile ? Qu'est-ce que Mikael Bellman avait dit déjà ? Si une femme a des fantasmes de viol, cela ne veut pas dire qu'elle a envie d'être violée. Si un homme est fasciné par le viol, cela ne veut pas dire que...

Merde ! Merde ! Stop !

Mais ça ne s'arrêtait pas. Il ne trouverait pas de repos avant d'avoir résolu le problème. Et il n'y avait que deux moyens d'y parvenir. D'abord, la vieille méthode. Ce que tout son corps lui réclamait en cet instant. Un verre. Le verre apparut, bleu foncé, camouflé, assourdi. C'était la méthode temporaire. La mauvaise méthode. Ensuite, il y avait la méthode radicale. Celle qui éliminait le problème. L'alternative du Diable.

Harry bondit sur ses jambes. Il n'y avait pas d'alcool dans la maison, il n'y en avait plus depuis qu'il avait emménagé ici. Il se mit à faire les cent pas. Il s'arrêta. Fixa le vieux placard. Cela lui rappela quelque chose. Un meuble-bar qu'il avait regardé exactement de la même façon. Qu'est-ce qui le retenait ? Combien de fois n'avait-il pas vendu son âme pour une récompense bien moindre que celle-ci ? C'était peut-être ça. Les autres fois, c'était pour des pourboires, justifiés par une fureur morale. Mais là, c'était... sale. Il sauverait sa peau par la même occasion.

Mais il l'entendait à l'intérieur du placard, il l'entendait qui lui murmurait : *Sors-moi de là. Sers-toi de moi. Utilise-moi pour ce pour quoi je suis fait. Et, cette fois-ci, je vais faire mon boulot. Je ne me ferai pas avoir par un gilet pare-balles.*

Ça lui prendrait une demi-heure pour aller à l'immeuble de Truls

Berntsen à Manglerud. Avec l'arsenal dans la chambre qu'il avait vu de ses propres yeux. Armes de poing, menottes, masques à gaz. Matraques. Alors, pourquoi reculer ? Il savait bien ce qu'il fallait faire.

Mais était-ce bien ça ? Truls Berntsen avait-il réellement tué René Kalsnes sur ordre de Mikael Bellman ? Truls était cinglé, cela ne faisait aucun doute, mais Mikael Bellman l'était-il également ?

Ou bien était-ce simplement une construction que son esprit avait échafaudée à partir des pièces dont il disposait ? Il les avait forcées à former quelque chose parce qu'il voulait, désirait, *exigeait* une image, un ensemble qui faisait sens. Ou, au moins, une réponse, le sentiment que les traits étaient tirés entre les points.

Harry prit le téléphone dans sa poche et appuya sur A.

Il s'écoula plus de dix secondes, puis il entendit un grognement.

« ... Oui.

— Salut Arnold, c'est moi.

— Harry ?

— Oui. Tu es au boulot ?

— Il est une heure du matin, Harry. Je suis à peu près normal, alors je suis dans mon lit.

— Sorry. Tu veux te rendormir.

— Puisque tu me le demandes, oui.

— OK, mais comme tu es réveillé... » Il entendit un soupir à l'autre bout du fil. « Je me pose des questions sur Mikael Bellman. Tu bossais bien à la Kripos quand il était là. As-tu jamais remarqué quoi que ce soit qui laisserait penser qu'il ait pu être attiré sexuellement par les hommes ? »

Il y eut un long silence pendant lequel Harry entendit la respiration régulière d'Arnold et le claquement d'un train sur les rails. À en juger par l'acoustique, Harry comprit qu'Arnold dormait avec la fenêtre grande ouverte. On entendait plus les bruits du dehors que de l'intérieur. Arnold s'y était habitué, ils ne le dérangeaient pas dans son sommeil. Et cette idée fugace le frappa, comme une révélation, il en allait peut-être de même dans cette affaire. Ces bruits familiers qu'ils n'entendaient plus et qui ne les réveillaient plus, c'étaient ces bruits qu'ils devaient écouter.

« Tu dors, Arnold ?

— Non, non, mais l'idée est tellement nouvelle qu'il me faut du temps pour l'assimiler. Quand j'y pense, et quand je place les choses dans un contexte différent... Et même là, je ne peux pas... Mais c'est clair que...

— Qu'est-ce qui est clair ?

— Enfin, non... Il y avait bien Bellman et son chien à la fidélité sans limite.

— Truls Berntsen.

— Exactement. Ces deux-là... » Nouveau silence. « Non, Harry, je n'arrive pas à les voir comme un couple de gays, si tu vois ce que je veux dire.

— Compris. Désolé de t'avoir réveillé. Bonne nuit.

— Bonne nuit. Cependant, attends un peu...

— Mm ?

— Il y avait un type à la Kripos. J'avais complètement oublié. Un jour, je suis entré dans les toilettes et il était là, avec Bellman, près des lavabos, et ils avaient tous les deux le visage tout rouge. Comme s'il s'était passé quelque chose, si tu vois ce que je veux dire. Je me souviens d'y avoir pensé sur le coup, mais sans y attacher d'importance. Cependant, le type a disparu de la Kripos tout de suite après.

— Comment s'appelait-il ?

— Je ne me rappelle pas. Je peux peut-être le retrouver, mais pas tout de suite.

— Merci, Arnold. Et dors bien.

— Merci. Au fait, quoi de neuf ?

— Pas grand-chose, Arnold », dit Harry. Il coupa la communication et remit le téléphone dans sa poche.

Il ouvrit l'autre main.

Regarda fixement les rayonnages de disques. La clef était sur W.

« Pas grand-chose », répéta-t-il.

Il ôta son t-shirt en allant à la salle de bains. Il savait que les draps étaient blancs, propres et froids. Il savait que dehors, par la fenêtre ouverte, le silence serait complet, que l'air serait vif comme il le fallait. Et qu'il ne dormirait pas une seconde.

Une fois couché, il entendit le vent. Celui-ci sifflait. Il sifflait par le trou de la serrure d'un vieux placard obscur.

La personne de garde au central reçut l'appel à propos de l'incendie à 4 h 06. En entendant la voix excitée du pompier, elle supposa machinalement qu'il s'agissait d'un incendie grave, qui exigeait peut-être que l'on détourne la circulation, que l'on sécurise des biens, qu'il y avait des blessés et des morts. Elle fut donc étonnée quand le pompier annonça que c'était un dégagement de fumée qui avait déclenché l'alarme incendie dans un bar d'Oslo fermé pour la nuit, et que l'incendie s'était éteint de lui-même avant l'arrivée des pompiers. Elle fut encore plus étonnée quand le pompier demanda que la police arrive immédiatement. Elle comprit alors que ce qu'elle avait tout d'abord pris pour de l'excitation dans la voix du pompier était en fait de la peur. Sa voix tremblait, comme chez quelqu'un qui aurait déjà vu bien des choses au cours de son travail, mais qui n'aurait pas été préparé à ce qu'il essayait de décrire :

« C'est qu'une gamine. Elle a été aspergée avec quelque chose, il y a des bouteilles d'alcool vides sur le comptoir.

— Où ça ?

— Elle... Elle est complètement carbonisée. Et elle est attachée au conduit d'eau.

— Où ça ?

— Elle est attachée autour du cou. On dirait un antivol de vélo. Je vous le dis, il faut que vous veniez.

— Oui, oui. Mais où...

— Kvadraturen. Le bar s'appelle Come As You Are. Seigneur, c'est qu'une gamine... »

Chapitre 40

Ståle Aune fut réveillé à 6 h 28 par une sonnerie. Il crut tout d'abord que c'était le téléphone avant de reconnaître le réveil. Cela devait être quelque chose qu'il avait rêvé. Mais comme il ne croyait guère plus à l'interprétation des rêves qu'à la psychothérapie, il n'essaya pas de remonter le fil. Il appuya sur le haut du réveil afin de profiter des deux minutes avant six heures et demie, et la sonnerie de l'autre réveil. En règle générale, à ce moment-là, il entendait les pieds nus d'Aurora qui courait vers la salle de bains afin d'occuper les lieux la première.

Là, c'était le silence.

« Où est Aurora ?

— Elle passe la nuit chez Emilie », marmonna Ingrid d'une voix pâteuse.

Ståle Aune se leva. Il se doucha, se rasa et prit son petit déjeuner en silence avec son épouse qui lisait le journal. Ståle était devenu assez fort pour lire à l'envers. Il sauta ce que l'on disait sur les meurtres des policiers, rien de nouveau, si ce n'est de nouvelles spéculations.

« Elle ne revient pas à la maison avant d'aller à l'école ? demanda Ståle.

— Elle a emporté ses affaires de classe.

459

— D'accord. Mais, c'est bien de faire ça avant une journée d'école ?

— Non, c'est néfaste. Tu devrais intervenir. » Elle feuilleta le journal.

« Tu sais ce que le manque de sommeil fait au cerveau, Ingrid ?

— L'État norvégien a financé six années de tes études pour que tu le saches, Ståle. Et, pour moi, ce serait gâcher les impôts que je paie si je devais le savoir moi aussi. »

Ståle ressentait toujours un mélange d'agacement et d'admiration pour la capacité d'Ingrid à être aussi affûtée si tôt le matin. Elle le mettait au tapis avant dix heures du matin. Il ne tenait pas un round avant midi. Au fond, ce n'était pas avant six heures du soir qu'il avait une chance de placer un jab verbal.

Il y pensa un peu lorsqu'il sortit la voiture du garage et se mit à rouler vers Sporveisgata. Il se dit qu'il ne savait pas s'il pourrait supporter une femme qui ne lui rentrerait pas dedans au quotidien. Et s'il n'avait pas su tant de choses sur la génétique, il aurait trouvé mystérieux qu'ils aient réussi à avoir une enfant aussi adorable et sensible qu'Aurora. Puis il oublia la chose. La circulation était dense, mais pas plus que d'habitude. Le plus important, c'était de pouvoir prévoir, pas le temps que cela prenait. Une réunion était prévue à la Chaufferie à midi, et il avait trois patients avant.

Il alluma la radio.

Il entendit la nouvelle en même temps que la sonnerie du téléphone, et il sut instinctivement qu'il y avait un lien.

C'était Harry.

« Il faut repousser la réunion, il y a eu un autre meurtre.

— La fillette dont on parle à la radio ?

— Oui. En tout cas, nous sommes presque certains qu'il s'agit d'une fille.

— Vous ne savez pas qui c'est ?

— Non. Personne n'est porté disparu.

460

— Quel âge peut-elle avoir ?

— Impossible à dire. Mais vu la taille et la corpulence, je parierais qu'elle a entre dix et quatorze ans.

— Et vous pensez que ça a à voir avec notre affaire ?

— Oui.

— Et pourquoi ?

— Parce qu'elle a été trouvée sur les lieux d'un meurtre non élucidé. Un bar, le Come As You Are. Et parce que... » Harry toussota. « ... Elle était attachée au conduit d'eau avec un antivol autour du cou.

— Oh, Seigneur ! »

Il entendit Harry tousser à nouveau.

« Harry ?

— Oui.

— Tu es OK ?

— Non.

— Il y a quelque chose... qui ne va pas ?

— Oui.

— En plus de cette histoire d'antivol. Je comprends bien que...

— Il l'a aspergée d'alcool avant de mettre le feu. Les bouteilles vides sont encore sur le comptoir. Trois bouteilles, de la même marque. Alors qu'il aurait pu en choisir plein d'autres.

— C'est ...

— Oui, du Jim Beam.

— ... Ta marque. »

Ståle entendit Harry crier à quelqu'un de ne toucher à rien. Puis Harry reprit : « Tu veux voir la scène de crime ?

— J'ai des patients. Après, peut-être.

— OK, c'est toi qui juges. On va être sur place pendant un moment. »

Ils raccrochèrent.

Ståle essaya de se concentrer sur sa conduite. Il sentit qu'il se

461

mettait à respirer plus vite, que ses narines se dilataient, que sa poitrine se soulevait. Il savait qu'aujourd'hui il serait un thérapeute encore plus mauvais que d'habitude.

Harry poussa la porte qui donnait directement dans la rue où passaient en vitesse les piétons, les vélos, les voitures et les trams. Il cligna des yeux, ébloui par la lumière après l'obscurité du bar. Il contempla cette vie absurde qui s'agitait, qui ne prêtait pas attention à la mort tout aussi absurde, à quelques mètres derrière lui, cette mort perchée sur un tabouret en plastique fondu, sous la forme du cadavre carbonisé d'une gamine dont ils ignoraient l'identité. C'est-à-dire que Harry *avait une idée*, mais il n'osait pas aller jusqu'au bout de celle-ci. Il inspira plusieurs fois et l'envisagea. Puis il appela Katrine qu'il avait renvoyée à la Chaufferie pour être en stand-by près de ses machines.

« Toujours pas de disparition ? demanda-t-il.

— Non.

— OK. Tu vas voir quels enquêteurs ont des filles entre huit et seize ans. Commence par ceux qui ont enquêté sur l'affaire Kalsnes. S'il y en a, tu les appelles et tu leur demandes s'ils ont vu leur fille aujourd'hui. Vas-y avec ménagement.

— J'y veillerai. »

Harry raccrocha.

Bjørn sortit et vint à côté de lui. Sa voix était basse, douce, comme s'ils étaient dans une église.

« Harry ?

— Oui ?

— Je n'ai jamais rien vu d'aussi épouvantable. »

Harry acquiesça. Il connaissait en partie ce que Bjørn avait vu, mais il savait aussi que c'était vrai.

« Celui qui a fait ça... » dit Bjørn en levant ses mains à mi-hauteur. Il inspira, poussa un soupir résigné et laissa retomber ses mains. « Putain, il faudrait le flinguer. »

Harry serra les poings dans les poches de sa veste. Oui, c'était vrai. Il faudrait le flinguer. Une balle ou trois d'un Odessa qui était conservé dans un placard à Holmenkollveien. Il aurait fallu, la nuit dernière. Mais un poltron d'ex-flic était allé se coucher, parce qu'il considérait ne pas pouvoir être le bourreau tant que ses mobiles n'étaient pas clairs, tant qu'il ne savait pas s'il le faisait dans l'intérêt des victimes potentielles, de Rakel et d'Oleg, ou s'il le faisait dans son intérêt. Soit. La gamine à l'intérieur ne viendrait pas l'interroger sur ses mobiles. Pour elle, comme pour ses parents, c'était trop tard. Merde, merde !

Il regarda sa montre.

Truls Berntsen savait désormais que Harry était à ses trousses. Il serait prêt. Il l'avait invité, l'avait attiré en mettant en scène le meurtre à cet endroit. Il l'avait humilié en utilisant du Jim Beam, le poison attitré du poivrot, et cet antivol dont avait entendu parler la moitié de la police d'Oslo. Le grand Harry Hole s'était retrouvé attaché comme un clebs à un panneau d'interdiction de stationner dans Sporveisgata.

Harry prit son souffle. Il pouvait jouer cartes sur table, tout raconter sur Gusto, sur Oleg et sur les Russes morts et, ensuite, faire une descente dans l'appartement de Truls Berntsen avec le groupe Delta. Et si Berntsen s'échappait, il pourrait le faire rechercher sur tous les fronts, d'Interpol au moindre bureau de lensmann du pays. Ou bien...

Harry commença à sortir le paquet de Camel froissé. Il le rangea. Il en avait assez de fumer.

... Ou bien il pouvait faire exactement ce que le diable lui demandait.

Ce n'est qu'au moment de la pause après le deuxième patient que Ståle alla jusqu'au bout de ses pensées.

Ses pensées, car il y en avait bien deux.

La première, c'est que personne n'avait signalé la disparition de la fillette. Une gamine de dix à quatorze ans. Ses parents auraient dû s'apercevoir de sa disparition si elle n'était pas rentrée le soir. Ils auraient dû prévenir la police.

La deuxième, c'est que la victime pouvait avoir un lien avec les meurtres des policiers. Jusqu'à présent, l'assassin avait seulement tué des enquêteurs, et le besoin caractéristique des meurtriers en série de pratiquer une escalade venait peut-être de faire son apparition. Quelle est la pire chose que l'on puisse faire à un homme, à part le tuer ? Facile. Tuer ses descendants. L'enfant. Dans ce cas, la question était : qui était visé ? De toute évidence, ce n'était pas Harry, puisqu'il n'avait pas d'enfant.

C'est à cet instant que les sueurs froides sortirent de manière incontrôlable par tous les pores du corps généreux de Ståle Aune. Il saisit le téléphone qui se trouvait dans le tiroir ouvert, navigua jusqu'au contact Aurora et il appela.

Au bout de huit sonneries, il tomba sur son répondeur.

Naturellement, elle ne décrochait pas, elle était à l'école, et à l'école, raisonnablement, le téléphone était éteint.

Quel était le nom de famille d'Emilie ? Il l'avait entendu plusieurs fois, mais c'était le domaine d'Ingrid. Il envisagea d'appeler, mais décida de ne pas l'inquiéter inutilement, et il chercha « école de plein air » sur son PC. Il trouva un tas de mails de l'année dernière, avec les adresses mails de tous les parents de la classe d'Aurora. Il consulta les noms dans l'espoir d'une évidence. Qui vint très vite. Torunn Einersen. Emilie Einersen, le nom était d'ailleurs facile à retenir. Mieux encore, il y avait les numéros de téléphone de tous les parents. Il composa les chiffres sur son téléphone. Il vit que ses doigts tremblaient, qu'il lui était difficile d'appuyer juste. Il avait pris trop ou trop peu de café.

« Torunn Einersen.

— Bonjour, c'est Ståle Aune, le père d'Aurora. Je... Je voulais juste savoir si tout s'était bien passé cette nuit. »

Silence. Silence bien trop long.

« Pour la soirée pyjama », ajouta-t-il. Et pour être tout à fait sûr :
« Avec Emilie.

— Oh… Non, Aurora n'est pas venue dormir chez nous. Je me
souviens qu'elles en avaient parlé, mais…

— Ma mémoire me joue sûrement des tours, dit Ståle, qui
entendit l'embarras dans sa voix.

— Non, ce n'est pas toujours facile de savoir exactement qui dort
chez qui de nos jours », répondit Torunn Einersen en riant. Mais
elle semblait gênée pour lui, le père qui ne savait pas où sa fille avait
passé la nuit.

Ståle raccrocha. Sa chemise était déjà presque trempée.

Il appela Ingrid. Tomba sur le répondeur. Laissa un message en
lui demandant de le rappeler. Puis il se leva et sortit du bureau à
toute vitesse. La patiente qui attendait leva les yeux, c'était une
femme entre deux âges qui suivait une thérapie pour des raisons qui
échappaient totalement à Ståle.

« Il faut que nous annulions aujourd'hui… » Il avait l'intention
de l'appeler par son nom, mais il s'en souvint seulement une fois
en bas de l'escalier, alors qu'il poussait la porte et se mettait à courir
vers sa voiture dans Sporveisgata.

Harry sentit qu'il serrait trop fortement le gobelet en carton plein
de café tandis que le brancard couvert passait devant eux pour être
porté dans l'ambulance qui attendait dehors. Il regarda furtivement
l'attroupement des curieux.

Katrine avait appelé. Toujours pas de nouvelle disparition, et
aucun enquêteur dans l'affaire Kalsnes n'avait de fille entre huit et
seize ans. Harry lui avait demandé d'étendre sa recherche à l'ensemble de la police.

Bjørn sortit du bar. Il ôta les gants en latex et la capuche de sa
combinaison blanche.

« Toujours rien de l'équipe ADN ? demanda Harry.

— Non. »

La première chose que Harry avait exigée en arrivant sur la scène de crime avait été de faire prélever un échantillon de tissus qui avait été porté par une voiture de patrouille à l'Institut médico-légal. Une analyse ADN complète prenait du temps, mais on pouvait obtenir assez rapidement les premiers chiffres de la séquence. Et c'était tout ce dont ils avaient besoin. Toutes les personnes enquêtant sur les homicides avaient déposé leur profil ADN dans le fichier au cas où elles viendraient à polluer une scène de crime. L'année précédente, ils avaient également fiché les policiers qui arrivaient les premiers sur des scènes de crime ou qui les sécurisaient, et même les gens qui n'appartenaient pas à la police mais qui risquaient de se trouver là. C'était une simple probabilité, mais rien qu'avec les trois ou quatre premiers chiffres sur onze, ils élimineraient déjà la plupart des policiers. Avec cinq, six, ce serait la totalité. C'est-à-dire, moins un, s'il avait raison.

Harry regarda sa montre. Il ne savait pas pourquoi, il ne savait pas s'ils y arriveraient. Il savait seulement que le temps leur manquait. Que *lui*, il n'avait pas le temps.

Ståle Aune se gara devant le portail de l'école et alluma les warnings. Il entendit l'écho de ses pas résonner entre les bâtiments autour de la cour. Le bruit solitaire de l'enfance. Arriver en retard en classe. Ou le bruit des vacances d'été quand tout le monde avait quitté la ville, le sentiment d'être abandonné. Il poussa la lourde porte, courut dans le couloir. Il n'y avait plus d'écho, juste le souffle de sa respiration. Était-ce la porte de sa classe ? Ici ? Celle du groupe ou de la classe ? Il savait si peu de choses sur son quotidien. Il avait tellement peu veillé sur elle au cours de ces six derniers mois. Il y avait tant de choses qu'il voulait savoir. Désormais, il passerait tant de temps avec elle. Si seulement, si seulement…

Harry regarda autour de lui dans le bar.

« La serrure de la porte de derrière a été crochetée », signala le policier derrière lui.

Harry acquiesça. Il avait vu les éraflures autour de la serrure.

Une serrure crochetée. Un boulot de flic. C'était pour ça que l'alarme ne s'était pas déclenchée.

Harry n'avait pas noté de signe de résistance. Il n'y avait pas d'objets renversés par terre, pas de chaises ou de tables déplacées, ou dans une position qui ne correspondrait pas à celle dans laquelle elles seraient normalement laissées le soir en partant. On interrogeait le propriétaire. Harry avait dit qu'il n'avait pas besoin de le voir. Il n'avait pas dit qu'il ne *voulait pas* le rencontrer. Il ne s'était pas justifié. Comme s'il ne voulait pas risquer d'être reconnu.

Harry regarda le tabouret près du comptoir. Il reconstitua sa position, ce soir-là, le verre de Jim Beam devant lui. Le Russe était arrivé derrière lui, et il avait tenté de lui planter la lame de son couteau sibérien dans la carotide. La prothèse en titane l'avait bloquée. Le patron du bar, pétrifié derrière le comptoir, avait regardé Harry se saisir péniblement du tire-bouchon. Le sang qui avait teinté le sol en dessous d'eux, comme une bouteille de vin rouge qui aurait été renversée.

« Toujours pas de traces », dit Bjørn.

Harry fit oui de la tête. Évidemment. Berntsen avait eu le local pour lui tout seul, il avait pu prendre son temps. Il avait nettoyé et rangé avant de l'asperger, de la... Le mot vint à Harry malgré lui. La faire mariner.

Puis il avait allumé son briquet.

Les premières notes de *She* de Gram Parsons résonnèrent, et Bjørn porta le téléphone à son oreille.

« Oui ? Un résultat dans le fichier ? Attends... »

Il prit un crayon et son carnet Moleskine. Harry soupçonnait Bjørn d'aimer la patine de la couverture au point d'aller jusqu'à gommer ses notes quand le carnet était plein, afin de pouvoir le réutiliser.

« Pas de condamnation. D'accord. Il a travaillé sur des enquêtes. Oui, malheureusement, c'est ce que nous craignions. Et son nom, c'est ? »

Bjørn avait posé le carnet sur le comptoir, il était prêt à écrire. Mais la pointe du crayon s'arrêta net.

« Et tu disais que… Le nom du père, c'est comment ? »

Harry entendit à la voix de son collègue que quelque chose n'allait pas. Que c'était épouvantable.

Quand Ståle Aune poussa la porte de la classe, une idée lui envahissait l'esprit : il avait été un mauvais père.

Il ne savait pas si la classe d'Aurora était toujours dans la même salle.

Cela faisait deux ans qu'il avait mis les pieds ici, lors d'une journée portes ouvertes où toutes les classes avaient exposé des dessins, des maquettes en allumettes, des sculptures en argile et tout un bric-à-brac qui ne lui avait pas fait forte impression. Un meilleur père aurait été impressionné, naturellement.

Les voix se turent, les têtes se tournèrent vers lui.

Dans ce silence, il scruta les enfants. Ces visages doux, intacts, purs, qui n'avaient pas encore vécu tout le temps qui leur appartenait. Ces visages qui allaient prendre forme, un caractère et qui, avec les ans, se figeraient pour devenir le masque qu'ils portaient en eux. Qui était le sien. Celui de sa fille.

Son regard trouva des visages qu'il avait vus sur des photos de classe, d'anniversaires, lors de trop rares matchs de hand, de fêtes de fin d'année. Quelques-uns avaient des noms, la plupart restaient anonymes. Il continua, il chercha le visage, tandis que le nom ne faisait que grossir dans sa gorge : Aurora. Aurora. Aurora.

Bjørn glissa le téléphone dans sa poche. Il resta immobile au comptoir, tournant le dos à Harry. Il secoua lentement la tête. Puis il se retourna. On aurait dit qu'il venait de subir une saignée. Son visage était livide, exsangue.

« C'est quelqu'un que tu connais bien », dit Harry.

Bjørn acquiesça doucement, comme un somnambule. Il déglutit.

« Putain, c'est pas possible... »

« Aurora. »

Le mur de visages regardait fixement Ståle Aune. Le nom d'Aurora était venu sur ses lèvres comme dans un hoquet. Comme une prière.

« Aurora », répéta-t-il.

Dans le coin de son champ visuel, il vit l'enseignante s'approcher de lui.

« Qu'est-ce qui n'est pas possible ? demanda Harry.

— Sa fille, dit Bjørn. C'est... Ce n'est pas possible. »

Les yeux de Ståle étaient baignés de larmes. Il sentit une main sur son épaule. Il vit une silhouette se lever devant lui, se diriger vers lui, les contours étaient flous comme avec un miroir déformant. Pourtant, il trouva que la silhouette lui ressemblait, qu'elle ressemblait à Aurora. En tant que psychologue, il savait que c'était le cerveau qui cherchait à fuir, que c'était le moyen de supporter l'insupportable. Mentir. Voir ce que l'on voulait voir. Pourtant, il murmura son nom : « Aurora. »

« Quelque chose ne va pas... »

Il entendit aussi le dernier mot de la phrase, mais il n'était pas sûr. Était-ce elle ou son cerveau à lui qui avait ajouté :

« ... Papa ? »

« Pourquoi c'est pas possible ?

— Parce que… dit Bjørn en scrutant Harry comme s'il n'était pas là.

— Oui ?

— Parce qu'elle est déjà morte. »

Chapitre 41

Le silence du matin régnait dans le cimetière de Vestre Gravlund. On n'entendait que le léger bourdonnement des voitures dans Sørkedalsveien et le tintamarre métallique du tram qui conduisait les gens vers le centre-ville.

« Oui, Roar Midtstuen, dit Harry en pressant le pas entre les tombes. Cela fait combien de temps qu'il est chez vous ?

— Personne ne sait, dit Bjørn en essayant de suivre. Depuis la nuit des temps.

— Et sa fille est morte dans un accident de la circulation ?

— L'été dernier. C'est un truc de malade. Ça ne peut pas coller, putain. Ils ont juste le début du code ADN. Il y a encore quinze pour cent de probabilité que ce soit l'ADN de quelqu'un d'autre. Peut-être que... »

Il faillit percuter Harry qui s'était arrêté brusquement.

« Bon... » Harry s'accroupit et enfonça les doigts dans la terre devant la tombe qui portait le nom de Fia Midtstuen. « Cette probabilité vient de tomber à zéro. »

Il souleva la main et de la terre qui venait d'être pelletée tomba entre ses doigts.

« Il a déterré le corps, l'a transporté jusqu'au Come As You Are. Et il y a mis le feu.

— Merde... »

Harry entendit les sanglots dans la voix de son collègue. Il ne le regarda pas. Le laissa tranquille. Attendit. Ferma les yeux. Écouta. Un oiseau chantait un chant absurde pour les vivants. Le vent sifflait et soufflait sans souci sur les nuages. Un train de banlieue filait vers l'ouest en bringuebalant. Le temps passait, mais allait-il quelque part ? Harry rouvrit les yeux.

« On va demander qu'ils déterrent le cercueil et vérifient avant d'appeler son père.

— Je m'en occupe.

— Bjørn, dit Harry. Ça vaut mieux comme ça. Ce n'est pas une gamine qui a été brûlée vive. OK ?

— Désolé, je suis crevé. Et Roar était déjà effondré, alors... » Il écarta les mains en un geste d'impuissance.

« Ça va aller, dit Harry en se redressant.

— Tu vas où ? »

Harry plissa les yeux et regarda vers le nord, vers la route et le tram. Les nuages filaient vers lui. Vent du nord. Et cela revint. Ce sentiment de savoir quelque chose qu'il ne savait pas encore, quelque chose tout au fond des eaux noires qui étaient lui-même, et qui ne voulait pas remonter à la surface.

« J'ai un truc à faire.

— Quoi donc ?

— Juste un truc que j'ai repoussé trop longtemps.

— D'accord. Au fait, il y a un truc que je me suis demandé... »

Harry regarda sa montre et acquiesça brièvement.

« Quand tu as parlé à Bellman, hier, d'après lui, qu'est-ce qui avait pu se passer avec la balle ?

— Il ne savait pas.

— Et toi ? Tu as toujours au moins une hypothèse.

— Mm. Il faut que je file.

— Harry ?

— Oui ?

— Ne... » Bjørn sourit à Harry. « Ne fais pas de bêtise. »

Katrine Bratt était tassée sur sa chaise et contemplait l'écran. Bjørn Holm venait de l'appeler pour lui dire qu'ils avaient trouvé le père, un certain Midtstuen qui avait participé à l'enquête sur René Kalsnes. Mais sa fille était déjà morte, ce qui expliquait pourquoi elle ne l'avait pas trouvé parmi les policiers pères d'une jeune fille. Et comme Katrine se retrouvait donc temporairement au chômage, elle avait regardé les combinaisons sur lesquelles elle avait fait des recherches la veille. Aucun résultat en croisant Mikael Bellman et René Kalsnes. Elle avait ensuite créé une liste pour voir avec qui Mikael Bellman avait le plus de croisements. Trois noms émergeaient. En premier, Ulla Bellman. Ensuite, Truls Berntsen. Et pour finir, Isabelle Skøyen. Que sa femme apparaisse en premier était une évidence et que l'adjointe chargée des affaires sociales, qui était également son supérieur, soit en troisième place, cela n'était sans doute pas tellement étonnant.

En revanche, elle tiquait avec Truls Berntsen.

Pour la simple raison qu'il y avait un lien vers une note interne, une demande formulée par l'Økokrim et destinée au directeur de la police. En raison de sommes en liquide que Truls Berntsen refusait de justifier, ils demandaient la permission de lancer une enquête sur de possibles faits de corruption.

Elle ne trouva pas de réponse et considéra que Bellman avait répondu oralement.

Elle trouvait bizarre que le directeur de la police et un policier visiblement corrompu se soient si souvent téléphoné, qu'ils aient échangé autant de SMS, qu'ils aient utilisé leurs cartes de crédit aux mêmes endroits et au même moment, qu'ils aient pris ensemble des avions et des trains, qu'ils soient descendus à la même date dans les mêmes hôtels, qu'ils aient fréquenté le même stand de tir. Quand Harry lui avait demandé d'effectuer une recherche approfondie sur

Bellman, elle avait découvert que le directeur de la police avait regardé du porno gay sur le Net. Truls Berntsen pouvait-il être son amant ?

Katrine regarda son écran.

Et alors ? Cela ne signifiait rien.

Elle savait que Harry avait rencontré Bellman l'autre soir à Valle Hovin. Qu'il lui avait présenté la découverte de la balle de son arme. Avant de partir, Harry avait marmonné qu'il avait le sentiment que quelqu'un avait tripatouillé la balle au dépôt des scellés. Quand elle l'avait interrogé, Harry s'était contenté de répondre : « L'Ombre. »

Katrine approfondit la recherche en remontant dans le temps.

Elle parcourut le résultat.

Bellman et Berntsen s'étaient suivis comme les deux doigts de la main tout au long de leur carrière. Ils avaient commencé au poste de Stovner après leur sortie de l'École de Police.

Elle obtint une liste du personnel présent à la même époque.

Son regard glissa vers le bas de l'écran. S'arrêta sur un nom. Elle composa un numéro avec l'indicatif de Bergen.

« Mais il était grand temps, mademoiselle Bratt ! » dit la voix chantante, et elle sentit le soulagement d'entendre à nouveau le pur accent de Bergen. « Vous auriez dû venir pour l'examen depuis longtemps !

— Hans...

— Docteur Hans, merci. Si vous voulez bien vous mettre torse nu, Bratt.

— Arrête... » l'avertit-elle. Mais elle sentit qu'elle commençait à sourire.

« Puis-je te demander de ne pas mélanger la médecine et une attention sexuelle non désirée sur le lieu de travail ?

— Quelqu'un m'a dit que tu étais revenu à l'ordre public ?

— Ouais. Et toi, tu es où en ce moment ?

— À Oslo. À ce propos, j'ai sous les yeux une liste où je vois que tu as travaillé au poste de Stovner en même temps que Mikael Bellman et Truls Berntsen ?

— C'était juste après l'École de Police, et c'était simplement à cause d'une femme, Bratt. Je t'ai déjà parlé de Maren, avec ses pots ?

— Probablement.

— Mais quand ça a été terminé avec elle, cela en a également été fini d'Oslo. » Il se mit à chanter « *Vestland, Vestland über alles...*

— Hans ? Quand tu bossais avec...

— Personne ne bossait *avec* ces deux types, Katrine. Soit tu bossais pour eux, soit tu bossais contre eux.

— Truls Berntsen est suspendu.

— Il était grand temps. Je suppose qu'il a encore tabassé quelqu'un...

— Tabassé ? Il tabassait les personnes appréhendées ?

— Pire que ça. Des policiers. »

Katrine sentit ses poils de bras se hérisser.

« Oh ? Qui ça ?

— Tous ceux qui s'approchaient de la femme de Bellman. Beavis Berntsen était follement amoureux des deux.

— Qu'est-ce qu'il utilisait ?

— Comment ça ?

— Pour tabasser les gens.

— Comment veux-tu que je le sache ? Un truc dur, je suppose. En tout cas, ça en avait tout l'air sur la tête du jeune gars du Nord qui avait été assez bête pour danser un peu trop près avec Mme Bellman lors de notre réveillon de Noël.

— Quel gars du Nord ?

— Il s'appelait... Attends... Un nom en R. Rune. Non. Runar. Oui, c'était Runar... Voyons, voyons... Runar... »

Allez, allez, songea Katrine tandis que ses doigts couraient déjà d'eux-mêmes sur le clavier.

« Désolé, Katrine, c'était il y a longtemps. Peut-être que si tu te mettais torse nu ?

« — C'est tentant, mais je viens de le trouver de mon côté. Il n'y avait qu'un seul Runar à Stovner à cette époque. Au revoir, Hans...

— Attends ! Il y a peut-être besoin d'une petite mammographie...

— Il faut que je file, gros malade. »

Elle raccrocha. Un double-clic sur le nom. Elle laissa les moteurs de recherche faire leur boulot tandis qu'elle scrutait le nom. Il avait un je-ne-sais-quoi de familier. Où l'avait-elle déjà vu ? Elle ferma les yeux, le murmura. Il était assez inhabituel pour qu'il ne s'agisse pas d'une coïncidence. Elle rouvrit les yeux. Les résultats étaient là. Il y en avait beaucoup. Suffisamment. Dossiers médicaux. Hospitalisation dans un centre de désintoxication. Échanges de mails entre le directeur d'un des centres de désintoxication d'Oslo et le directeur de la police. Overdose. Mais ce qui la frappa en premier, ce fut la photo. Les grands yeux bleus innocents. Elle sut soudain où elle les avait déjà vus.

Harry ouvrit la serrure de la maison, il entra sans ôter ses chaussures, se dirigea vers les étagères de disques. Il glissa le doigt entre *Bad as Me* de Tom Waits et *A Pagan Place*, qu'il avait placé en tête des albums des Waterboys, après quelques hésitations, puisqu'il s'agissait d'une version remastérisée de 2002. C'était sans aucun doute l'endroit le plus sûr de la maison. Tant Rakel qu'Oleg n'avaient jamais pris d'eux-mêmes un disque de Tom Waits ou de Mike Scott.

Il retira la clef. Une petite clef en laiton, creuse, qui ne pesait presque rien. Pourtant, elle paraissait lui plomber la main, tandis qu'il s'approchait du placard. Il introduisit la clef dans la serrure et tourna. Attendit. Il savait qu'il n'aurait pas la possibilité de revenir en arrière une fois la porte ouverte. Il romprait sa promesse.

Il eut recours à la force pour ouvrir la porte récalcitrante. Il savait que ce n'était que du vieux bois qui lâchait prise, mais il crut entendre un profond soupir qui venait des ténèbres. Comme s'il était enfin libre. Libre de faire l'enfer sur terre.

Ça sentait l'huile et le métal.

Il prit sa respiration. Il eut le sentiment de plonger la main dans un nid de serpents. Ses doigts tâtonnèrent avant de trouver la peau d'acier, froide et écailleuse. Il saisit la tête du reptile et la souleva.

C'était une arme hideuse. D'une laideur fascinante. De l'ingénierie soviétique dans ce qu'elle avait de plus brutalement efficace, elle encaissait les mauvais traitements aussi bien qu'une kalachnikov.

Harry soupesa le pistolet dans sa main.

Il savait qu'il était lourd, mais maintenant que la décision était prise, il lui semblait léger. Il relâcha sa respiration. Le démon était libre.

« Bonjour, dit Ståle en refermant la porte derrière lui. Tu es tout seul ?

— Oui », dit Bjørn, assis sur son siège, à regarder fixement son téléphone.

Ståle s'assit à son tour.

« Où… ?

— Harry avait un truc à faire. Katrine était déjà partie quand je suis arrivé.

— Tu as l'air d'avoir eu une journée difficile. »

Bjørn sourit faiblement.

« Toi aussi, docteur Aune. »

Ståle passa la main sur son crâne.

« Bah… J'étais à l'école, dans une classe, j'ai serré ma fille dans mes bras et j'ai pleuré alors que toute la classe nous regardait. Aurora dit que c'est une expérience qui la marquera pour toute sa vie. J'ai essayé de lui expliquer que, heureusement, les enfants naissent avec suffisamment de force pour supporter ce fardeau qu'est l'amour exagéré des parents et que, dans une perspective darwinienne, elle survivra aussi à ça. Tout ça parce qu'elle a passé la nuit chez Emilie et qu'il y a deux Emilie dans sa classe. J'ai appelé la mère de la mauvaise Emilie.

— Tu n'as pas eu le message comme quoi notre réunion était annulée aujourd'hui ? On a trouvé un corps. Une gamine.

— Oh si, je suis au courant. C'était épouvantable à ce que j'ai compris. »

Bjørn acquiesça lentement. Il désigna le téléphone.

« Il faut que j'appelle le père.

— Et ça te fait peur, naturellement ?

— Naturellement.

— Tu te demandes pourquoi le père doit être puni de cette manière ? Pourquoi il doit la perdre une deuxième fois ? Comme si une ne suffisait pas ?

— Quelque chose dans ce goût-là, oui.

— La réponse est parce que le meurtrier se voit comme le vengeur divin, Bjørn.

— Ah bon ? fit Bjørn en adressant un regard vide au psychologue.

— Tu connais ce verset de la Bible ? *Le Seigneur est un dieu jaloux et vengeur, le Seigneur est vengeur, Il est plein de fureur, le Seigneur se venge de ses adversaires, Il garde rancune à ses ennemis.* Certes, c'est une traduction des années trente, mais tu me suis ?

— Je suis un p'tit gars d'Østre Toten qui a tout juste fait sa confirmation et…

— J'ai réfléchi, et c'est pour ça que je suis venu maintenant. » Ståle se pencha en avant. « Le meurtrier est un vengeur, et Harry a raison. Il tue par amour. Pas par haine, par intérêt ou par plaisir sadique. Quelqu'un lui a pris une personne qu'il aimait et il prend aux victimes ce qu'elles aiment le plus. Il peut s'agir de leur vie. Ou de quelque chose qu'elles placent encore plus haut : leur enfant. »

Bjørn acquiesça.

« Oui, Roar Midtstuen donnerait volontiers la vie qu'il mène aujourd'hui pour retrouver sa fille.

— Ce que nous cherchons, c'est un individu qui a perdu

quelqu'un qu'il aimait. Parce que... » Ståle Aune serra le poing droit. « Parce que c'est le seul motif qui soit assez fort, Bjørn. Tu me suis ? »

Bjørn fit oui de la tête.

« Oui, je crois. Mais maintenant, il faut que j'appelle Midtstuen.

— Vas-y. Je vais sortir pour te laisser tranquille. »

Bjørn attendit que Ståle sorte, il composa le numéro qu'il avait regardé si longtemps qu'il semblait s'être imprimé sur sa rétine. Il inspira profondément tout en comptant les sonneries. Il se demanda combien de fois il devait laisser sonner avant d'avoir le droit de raccrocher.

Puis, soudain, il entendit la voix de son collègue.

« Bjørn, c'est toi ?

— Oui. Tu as mon numéro dans ta liste de contacts ?

— Oui, bien sûr.

— Bien, bien. Voilà, c'est que j'ai quelque chose à te dire. »
Silence.

Bjørn avala sa salive.

« C'est à propos de ta fille, elle...

— Bjørn. » La voix l'interrompit sans ménagement. « Avant que tu continues. Je ne sais pas de quoi il s'agit, mais à t'entendre, je vois que c'est grave. Et je ne supporterais pas d'apprendre d'autres nouvelles sur Fia par téléphone. C'est exactement ce qui s'est passé l'autre fois. Personne n'a osé me regarder dans les yeux. Tout le monde s'est contenté de m'appeler. Plus facile, sans doute. Mais peux-tu avoir la gentillesse de venir ici ? Et me regarder dans les yeux pour me dire ce que tu as à dire ? Bjørn ?

— Évidemment », répondit Bjørn Holm, stupéfait. Il n'avait jamais entendu Roar Midtstuen parler aussi franchement de sa propre faiblesse. « Tu es où ?

— Aujourd'hui, cela fait exactement neuf mois, jour pour jour. J'allais à l'endroit où elle a été tuée. Déposer des fleurs, réfléchir...

— Dis-moi exactement où c'est, et j'arrive tout de suite. »

Katrine Bratt abandonna l'idée de trouver une place pour se garer. Cela avait été plus facile de trouver le numéro de téléphone et l'adresse sur le Net. Mais après avoir appelé plusieurs fois sans obtenir de réponse ni la possibilité de laisser un message sur un répondeur, elle avait demandé une voiture et était allée à Industrigata, à Majorstua. La rue en sens unique comptait une épicerie, deux galeries, au moins un restaurant et un atelier d'encadrement. Mais pas de place de parking libre.

Katrine prit sa décision. Les roues avant de la voiture mordirent sur le trottoir, deux mètres à l'intérieur du virage. Elle coupa le moteur, mit un papier sur le pare-brise signalant qu'elle était de la police. Mais elle savait aussi que ce papier ne signifiait pas grand-chose pour les contractuels qui, d'après Harry, étaient le seul rempart entre la civilisation et le chaos total.

Elle retourna par où elle était venue vers Bogstadveien et son hystérie de shopping chic. Elle s'arrêta devant un immeuble de Josefines gate où elle était venue une fois ou deux à des fêtes, lorsqu'elle étudiait à l'École de Police. Des soi-disant fêtes. Même si elle n'avait rien contre. La police d'Oslo était propriétaire de l'immeuble où se trouvaient des logements simples, loués aux élèves de l'École. Katrine trouva le nom qu'elle cherchait sur le panneau avec des sonnettes. Elle appuya et attendit en contemplant la façade simple à trois étages. Elle appuya à nouveau. Attendit.

« Personne à la maison ? »

Elle se retourna. Sourit machinalement. Elle estima que l'homme en face d'elle devait avoir la quarantaine, ou la cinquantaine bien conservée. Grand, tous ses cheveux, chemise en flanelle, Levi's 501.

« Je suis le gardien.

— Et moi, Katrine Bratt, inspectrice à la Brigade criminelle. Je cherche Silje Gravseng. »

Il regarda le badge qu'elle tendait, il la toisa effrontément de la tête aux pieds.

« Silje Gravseng, oui. Elle n'est plus à l'École, et elle ne devrait donc plus habiter ici.

— Mais elle habite encore ici ?

— Oui, oui. 412. Est-ce que je lui transmets un message ?

— Oui, merci. Demande-lui d'appeler ce numéro. J'aimerais parler avec elle de son frère, Runar Gravseng.

— Il a fait une bêtise ?

— Pas du tout. Il est à l'HP en milieu fermé, et il reste toujours au milieu de la chambre parce qu'il croit que les murs sont des gens qui vont le battre à mort.

— Ouh là. »

Katrine sortit son carnet de notes et se mit à écrire son nom et son numéro de téléphone.

« Tu peux lui dire que c'est à propos des meurtres des policiers.

— Oui, c'est vrai, elle est passionnée par ça. »

Katrine cessa d'écrire.

« Que veux-tu dire ?

— Eh bien, elle tapisse sa piaule avec ça. Je veux dire, avec des coupures de journaux sur les policiers morts. Ça ne me regarde pas, les élèves ont le droit d'accrocher ce qu'ils veulent, mais c'est un peu... horrible, tu ne trouves pas ? »

Katrine le dévisagea.

« Tu as dit que tu t'appelais comment, déjà ?

— Leif Rødbekk.

— Écoute, Leif. Crois-tu que je pourrais jeter un œil dans sa chambre ? J'aimerais bien voir ces coupures de journaux.

— Pourquoi ?

— Je peux ?

— Bien sûr. Dès que tu me montres le mandat de perquisition.

— Je n'ai pas de...

— Je te fais marcher, dit-il en ricanant. Viens avec moi. »

Une minute plus tard, ils étaient dans l'ascenseur, en route vers le troisième étage.

« Dans le contrat de location, il est stipulé que j'ai le droit d'entrer dans la chambre à condition d'avoir prévenu à l'avance. En cet instant précis, nous allons vérifier les radiateurs électriques muraux — et voir qu'ils ne sont pas trop empoussiérés, l'un d'eux a pris feu la semaine dernière. Et Silje ne répond pas au téléphone, car nous avons essayé de prévenir avant d'ouvrir la porte. Ça te convient, inspecteur Bratt ? » Nouveau ricanement. Et sourire carnassier, songea Katrine. Qui ne manque vraiment pas de charme. S'il s'était permis de l'appeler par son prénom à la fin de cette dernière phrase, cela aurait été terminé tout de suite. Et puis, il s'exprimait avec une certaine musicalité. Le regard de Katrine avait cherché son annulaire. L'or était pâle et mat. Les portes de l'ascenseur s'ouvrirent et elle le suivit dans le couloir étroit. Il s'arrêta devant une porte bleue.

Il frappa. Attendit. Frappa à nouveau. Attendit.

« On va entrer, dit-il en tournant la clef dans la serrure.

— Merci énormément pour ton aide, Rødbekk.

— Leif. Et c'est une joie de t'aider. Ce n'est pas tous les jours que je me retrouve aussi près d'une... »

Il ouvrit la porte devant Katrine, mais se plaça de telle manière que, si elle voulait entrer, elle devait se faufiler contre lui. Elle le mit en garde du regard.

« ... d'une affaire aussi grave », ajouta-t-il avec des yeux rieurs. Et il s'écarta sur le côté.

Katrine entra. Presque rien n'avait changé dans ce studio d'élève policier depuis son époque. La pièce avait un coin cuisine, une porte qui donnait sur la salle de bains d'un côté, et de l'autre, un rideau derrière lequel il y avait le lit — du moins, dans ses souvenirs. Mais la première chose qui la frappa, ce fut qu'elle venait d'entrer dans une chambre de jeune fille, que ce n'était pas une adulte qui vivait là. Silje Gravseng devait être très retardée quelque part. Le canapé du coin était couvert de nounours, poupées et peluches d'origines inconnues. Les vêtements étalés sur la table et les chaises étaient de couleurs vives, avec le rose comme dominante. Des posters étaient accrochés aux murs, toute une ménagerie de gars et de filles à la mode. Katrine supposa qu'ils sortaient tout droit de boys bands ou de Disney Channel.

La deuxième chose qui la frappa, ce furent les coupures de journaux en noir et blanc, accrochées entre les posters glamour, très colorés. Il y en avait sur tous les murs, mais ils étaient particulièrement denses au-dessus de l'iMac posé sur le bureau.

Katrine s'approcha. Elle en avait déjà reconnu la plupart : ils avaient les mêmes sur le mur de la Chaufferie.

Les coupures étaient punaisées au mur, sans commentaire, si ce n'est la date écrite au stylo-bille.

Elle écarta la première idée et en testa une autre. Il n'était peut-être pas si surprenant qu'un élève policier soit fasciné par une affaire de meurtres aussi considérable.

Sur le bureau, à côté du clavier, il y avait les journaux dans lesquels elle avait découpé les extraits. Entre eux, une carte postale d'un fjell du Nord que Katrine reconnut, Svolværgeita, dans les Lofoten. Elle prit la carte, la retourna. Elle n'avait pas de timbre, ni de destinataire, ni de signature. Elle avait déjà reposé la carte quand son cerveau traita ce que son regard avait noté, quand il était à la recherche d'une signature. Un mot écrit en capitales, à la fin du texte rédigé au dos. POLICE. Elle reprit la carte, la tint sur le bord. Et elle lut dès le début.

Ils croient que les policiers sont tués parce qu'il y a quelqu'un qui les hait. Ils n'ont pas encore compris que c'est le contraire, qu'ils sont tués par quelqu'un qui aime la police et ce qui est la mission sacrée de la police : capturer et punir les anarchistes, les nihilistes, les athéistes, les infidèles, les traîtres, et toutes les forces destructrices. Ils ne savent pas qu'ils sont à la recherche d'un apôtre de la justice, d'une personne qui punit non seulement les vandales, mais aussi ceux qui manquent à leurs responsabilités, ceux qui, par paresse ou par indifférence, ne se conforment pas à leur idéal, ceux qui ne méritent pas d'être considérés comme de la POLICE.

« Tu sais quoi, Leif ? » demanda Katrine sans lever les yeux des lettres microscopiques, soignées, et presque enfantines, écrites au stylo bleu. « J'aimerais vraiment avoir ce mandat de perquisition.
— Ah ?
— J'en aurai un, mais tu sais ce que c'est, ça peut prendre du temps. Et en attendant, ce que je cherche risque de s'envoler. »
Katrine posa son regard sur lui. Leif Rødbekk le lui rendit. Non pas comme un flirt, mais comme pour chercher une confirmation. Que c'était important.

« Tu sais quoi, Bratt, dit-il. Je viens de me rappeler que je dois descendre à la cave. Les électriciens sont en train de changer une armoire. Tu peux te débrouiller toute seule un petit moment ? »
Elle lui sourit. Et lorsqu'il lui rendit également ce sourire, elle ne fut pas tout à fait sûre de ce qu'il voulait dire.

« Je peux toujours essayer », dit-elle.
Katrine appuya sur la barre d'espace de l'iMac à la seconde même où elle entendit Rødbekk claquer la porte derrière lui. L'écran s'alluma. Elle amena le curseur sur Finder et tapa « Mittet ». Pas de résultat. Elle essaya d'autres noms de l'enquête, des scènes de crime et « meurtres de policiers ». Sans résultat.

Silje Gravseng ne s'était donc pas servie de son iMac. Intelligente, la fille.

Katrine voulut ouvrir les tiroirs du bureau. Fermés à clef. Étrange. Quelle fille de vingt et quelques années ferme à clef les tiroirs de sa chambre ?

Elle se leva, s'approcha du rideau et le tira.

Oui, c'était bien une alcôve.

Avec deux grandes photos sur le mur, au-dessus du lit étroit.

L'une d'elles montrait un jeune homme qu'elle ne connaissait pas. Mais elle devinait. Elle avait vu Silje Gravseng seulement deux fois. La première à l'École de Police, quand elle était venue voir Harry. Mais l'air de famille entre la blonde Silje Gravseng et la personne de la photo était tellement frappant qu'elle était quasiment sûre d'elle.

En revanche, il n'y avait aucun doute concernant l'homme de l'autre cliché.

Silje avait sans doute récupéré une photo sur le Net et en avait fait tirer un agrandissement. Chaque cicatrice, chaque ride et chaque pore de la peau du visage abîmé apparaissait nettement. Mais c'était comme si ces éléments étaient invisibles, comme s'ils disparaissaient sous l'éclat des yeux bleus et du regard furieux que le photographe avait découverts. Ces yeux disaient aussi que l'appareil photo n'avait rien à faire ici. C'était précisément cette photo que les filles de la rangée devant elle, dans l'amphi, avaient évoquée entre elles.

Katrine divisa la pièce en cases imaginaires et commença en haut à gauche, son regard descendit et remonta à la rangée de cases suivantes, exactement comme Harry le lui avait appris. Elle se rappelait sa phrase : « Ne cherche pas *quelque chose*, contente-toi de chercher. Si tu cherches une chose précise, les autres ne te diront rien. Laisse-les te parler. »

Après en avoir fini avec la chambre, elle se remit à l'iMac. Elle réfléchit avec la voix de Harry qui résonnait encore dans sa tête : « Et quand tu as terminé, quand tu penses n'avoir rien trouvé, il faut que tu penses de manière inversée, comme dans un miroir, et que tu laisses les autres choses te parler. Celles qui ne sont pas là, mais qui devraient l'être. Le couteau à pain. Les clefs de voiture. La veste d'un tailleur. »

Ce dernier exemple lui avait permis de déduire ce que faisait Silje Gravseng en cet instant précis. Katrine avait vérifié les vêtements dans le placard, dans le panier de linge sale de la petite salle de bains et sur les patères à côté de la porte. Elle n'avait pas trouvé la tenue que portait Silje Gravseng la deuxième fois qu'elle l'avait vue avec Harry, dans l'appartement du rez-de-chaussée où avait habité

Valentin. Un survêtement noir de la tête aux pieds. Katrine se souvenait qu'il lui avait fait penser à un commando de marine en mission de nuit.

Silje était sortie courir. Elle s'entraînait. Comme elle l'avait fait pour entrer à l'École de Police. Pour y entrer et faire ce qu'elle avait à faire. Harry avait déclaré que le mobile des meurtres était l'amour et non la haine. L'amour d'un frère, par exemple.

Le nom l'avait fait réagir. Runar Gravseng. Et quand elle avait approfondi les recherches, d'autres choses étaient apparues. Comme les noms de Bellman et de Berntsen. Lors de conversations avec le directeur du centre de désintoxication, Runar Gravseng avait affirmé avoir été passé à tabac par un homme masqué à l'époque où il travaillait au poste de Stovner. Que c'était là la raison de son arrêt maladie, de sa démission et de sa consommation de drogues toujours plus élevée. Gravseng prétendait que l'agresseur était un certain Truls Berntsen et que le motif de cette attaque était d'avoir dansé d'un peu trop près avec la femme de Mikael Bellman lors du réveillon de Noël au poste de police. Bellman avait refusé d'aller plus loin avec ces accusations vagues d'un drogué envapé, et le directeur du centre de désintoxication avait soutenu cette position. Il avait ajouté qu'il se contentait de passer l'information.

Katrine entendit le ronflement de l'ascenseur dans le couloir au moment où son regard se posait sur un objet qui dépassait de sous les tiroirs du bureau et qui lui avait échappé jusqu'alors. Elle se baissa. Une matraque noire.

La porte s'ouvrit.

« Les électriciens ont fini leur boulot ?

— Oui, dit Leif Rødbekk. On dirait que tu as l'intention de te servir de ce truc. »

Katrine tapota la paume de sa main avec la matraque.

« Intéressant d'avoir ça chez soi dans sa chambre, tu ne trouves pas ?

— Si. Je lui ai posé la même question quand je suis venu changer le joint du robinet de la baignoire la semaine dernière. Elle m'a dit que c'était pour s'entraîner pour l'examen. Et si jamais le tueur des policiers surgissait par ici. » Leif Rødbekk referma la porte derrière lui. « Tu as trouvé quelque chose ?

— Ça. Tu l'as déjà vue sortir avec ?

— Deux ou trois fois, oui.

— Vraiment ? » Katrine se tassa sur la chaise. « À quel moment de la journée ?

— Le soir, naturellement. Elle sortait maquillée, avec des talons hauts, les cheveux propres. Et la matraque. »

Il poussa un petit rire.

« Mais enfin, pourquoi...

— Elle disait que ça lui servirait contre les violeurs.

— Se trimballer une matraque en ville ? »

Katrine jaugea la matraque dans sa main. Elle lui rappelait la barre au sommet d'un valet de nuit de chez Ikea.

« Il aurait été plus facile de contourner les parcs.

— Au contraire. Elle allait *dans* les parcs. Volontairement.

— Quoi ?

— Elle allait à Vaterlandsparken. Voulait s'entraîner au corps à corps.

— Elle voulait que les violeurs tentent leur chance, et...

— Les matraquer, oui. » Leif Rødbekk montra son sourire de loup tout en dévisageant Katrine d'une manière tellement manifeste qu'elle ne fut pas sûre de savoir à qui il faisait allusion quand il dit : « Oui, vraiment, une sacrée fille.

— Oui », dit Katrine. Elle se leva. « Et maintenant, il faut que je la trouve.

— Pressée ? »

Si Katrine éprouva un certain malaise en entendant cette question, cela ne lui vint pas à l'esprit avant d'avoir évité Leif Rødbekk et d'être sortie de la chambre. Dans l'escalier, elle se dit que, non,

487

elle n'était pas prête à tout, pas à ce point-là. Même si l'autre lambin ne parvenait jamais à se bouger le cul.

Harry prit Svartdalstunnelen. Les lumières glissaient sur le capot et le pare-brise. Il respectait les limitations de vitesse, il n'avait pas à arriver sur place à toute allure. Le pistolet était posé sur le siège à côté. Il avait douze balles de calibre Makarov 9 × 18 mm dans le chargeur. Plus qu'assez pour ce qu'il devait faire. Restait la question d'avoir le courage de le faire.

Et le cœur de le faire, il l'avait.

Il n'avait jamais tiré sur quelqu'un de sang-froid. Mais c'était un boulot qu'il fallait faire. Aussi simple que ça.

Il changea la position de sa main sur le volant. Il rétrograda en sortant du tunnel et en retrouvant le jour déclinant. Il monta vers Ryenkrysset. Il sentit le téléphone sonner, le sortit d'une main. Jeta un coup d'œil à l'écran. C'était Rakel. Il était inhabituel qu'elle appelle à cette heure, ils avaient un accord tacite pour se parler après dix heures du soir. Il ne pouvait pas lui parler maintenant. Il était trop tendu, elle allait s'en apercevoir, poser des questions. Et il ne voulait pas tricher. Il ne voulait plus tricher.

Il laissa sonner le téléphone, l'éteignit et le posa à côté du pistolet. Il n'y avait plus à réfléchir. Laisser affleurer le doute, cela voudrait dire reprendre le long chemin à zéro, pour finir exactement là où il était déjà arrivé. La décision était prise, qu'il ait envie de reculer, c'était compréhensible, mais inadmissible. Merde, merde ! Il frappa le volant. Pensa à Oleg. À Rakel. Cela l'aida.

Il traversa le rond-point, prit vers Manglerud. Vers l'immeuble de Truls Berntsen. Il sentit le calme venir. Enfin. C'était toujours pareil quand il savait avoir passé le seuil où c'était trop tard, quand il se retrouvait en chute libre, quand les pensées conscientes cessaient, quand tout devenait des gestes programmés, des actes déterminés et une routine bien huilée. Mais cela faisait longtemps, et il le perçut. Il s'était demandé s'il avait encore ça en lui. Eh bien, oui.

Il conduisit la voiture doucement. Il se pencha en avant, regarda le ciel traversé par des nuages d'un gris de plomb, telle une armada aux intentions inconnues qui surgissait à l'improviste. Il se tassa à nouveau dans son siège. Regarda les grands immeubles au-dessus des toits des maisons.

Il n'avait pas besoin de baisser les yeux sur le pistolet pour s'assurer de sa présence.

Il n'avait pas besoin de penser à la série de choses qu'il avait à faire pour être sûr qu'il s'en souvenait.

Il n'avait pas besoin de compter les battements de son cœur pour savoir que son pouls était calme.

Il ferma les yeux un instant et visualisa les choses. C'est alors que surgit ce sentiment qu'il avait éprouvé quelques fois dans sa vie de policier. La peur. La même peur qu'il lui arrivait de deviner chez ceux qu'il poursuivait. Celle du meurtrier face à son propre reflet.

Chapitre 42

Truls Berntsen souleva les reins et ramena la tête en arrière contre l'oreiller. Il ferma les yeux, grogna et éjacula. Les spasmes lui secouèrent le corps. Ensuite, il resta immobile, se laissa glisser dans la somnolence. Il entendit une alarme de voiture au loin, pensa qu'elle venait du grand parking. Sinon, le silence était assourdissant. Au fond, il était étonnant que dans un endroit si paisible où vivaient autant de mammifères, ce soit plus silencieux que dans les forêts les plus dangereuses où le moindre bruit pouvait signifier que l'on devenait une proie. Il souleva la tête et croisa le regard de Megan Fox.

« C'était bien pour toi aussi ? » murmura-t-il.

Elle ne répondit pas. Mais son regard ne faiblit pas, son sourire ne s'envola pas, l'invite demeura la même. Megan Fox, la seule chose dans sa vie à être stable, fidèle. Sur laquelle il pouvait compter.

Il se pencha vers la table de chevet, trouva le rouleau de papier toilette. Il s'essuya et prit la télécommande du lecteur de DVD. Le pointa sur Megan Fox qui tremblait légèrement dans cette image figée sur l'écran de cinquante pouces accroché au mur, un Pioneer d'une série dont ils avaient dû arrêter la production, parce qu'elle était trop chère et de trop bonne qualité par rapport au prix qu'ils étaient en mesure de demander. Truls avait saisi le dernier. Il l'avait acheté avec l'argent obtenu pour maquiller les pièces à conviction réunies contre un pilote qui faisait passer de la drogue pour Assaïev. Naturellement, mettre sur son compte le reste de l'argent avait été d'une parfaite idiotie. Assaïev avait été dangereux pour Truls. La première chose que Truls s'était dite en apprenant la mort d'Assaïev, c'était qu'il était libre. Désormais, les compteurs étaient remis à zéro, personne ne pourrait le coincer.

Les yeux verts de Megan Fox brillaient vers lui. Vert émeraude.

Il avait pensé un moment lui acheter des émeraudes. Le vert allait bien à Ulla. Comme ce pull vert qu'elle portait parfois quand elle s'asseyait sur le canapé pour lire. Il y avait tellement pensé qu'il était allé chez un bijoutier. Ce dernier avait jaugé Truls, avait évalué le nombre de carats et la valeur, puis il avait expliqué que les émeraudes que l'on taillait coûtaient plus cher que les diamants. Peut-être Truls envisagerait-il autre chose — pourquoi pas une belle opale, s'il tenait absolument au vert ? Peut-être une pierre avec du chrome, car c'était ce dernier qui donnait cette couleur verte à l'émeraude. Oui, ce n'était pas plus compliqué que ça.

Pas plus compliqué que ça.

Truls était sorti du magasin en se promettant que la prochaine fois qu'il serait contacté pour un boulot de brûleur, il suggérerait que le casse suivant soit cette bijouterie. Et qu'elle soit brûlée. Littéralement. Brûlée comme la gamine au Come As You Are. Il l'avait entendu sur la fréquence de la police alors qu'il patrouillait tout seul en ville, il avait même songé à se rendre sur place et proposer son aide. Après tout, sa suspension était annulée. Mikael avait dit qu'il restait juste quelques formalités à régler avant qu'il ne puisse retourner au travail. Les projets de vengeance contre Mikael étaient mis au rebut, il s'agissait de retisser les liens d'amitié. Tout serait comme avant. Enfin, il allait pouvoir participer, agir. Et capturer cette horreur de tueur des policiers. Si jamais la chance se présentait, Truls s'en occuperait personnellement... Oui. Il jeta un coup d'œil au placard à côté du lit. À l'intérieur, il avait assez d'armes pour dessouder au moins cinquante types de ce genre.

La sonnette retentit.

Truls soupira.

Quelqu'un, au pied de l'immeuble, lui voulait quelque chose. Son expérience lui avait appris que les importuns entraient dans quatre catégories. Cela pouvait être un témoin de Jéhovah voulant lui faire augmenter considérablement ses chances d'aller au Paradis. Ou il devait donner de l'argent pour une collecte en faveur de l'Afrique, et à un président africain dont les abus reposaient précisément sur ces collectes. Il lui fallait ouvrir la porte à une bande de jeunes qui disaient avoir oublié leur clef, mais qui n'avaient qu'une idée en tête : cambrioler les caves. Sinon, ce serait un des chieurs de la coopérative d'habitation qui le sermonnerait à propos d'une tâche commune qu'il avait oubliée. Bref, il n'avait aucune raison de sortir du lit.

On sonna pour la troisième fois.

Même les témoins de Jéhovah se contentaient de deux fois.

Bien sûr, cela pouvait aussi être Mikael. Mikael qui avait besoin de parler de choses qu'il ne pouvait pas mentionner au téléphone. Par exemple, comment accorder leurs violons au cas où il y aurait des interrogatoires supplémentaires au sujet de l'argent sur son compte.

Truls y songea un instant.

Puis il sortit les jambes de son lit.

« C'est Aronsen du bâtiment C. Tu as bien une Suzuki Vitara gris métallisé, n'est-ce pas ?

— Oui », répondit Truls par l'interphone. Cela aurait dû être une Audi Q5 2.0, six vitesses manuelles. Cela aurait dû être la récompense pour la dernière mission pour Assaïev. Le dernier versement après leur avoir servi Harry Hole, l'enquêteur insupportable. À la place, il avait une bagnole japonaise sur laquelle on plaisantait.

« Tu entends l'alarme ? »

Truls l'entendait plus clairement par l'interphone.

« Bordel… Je vais voir si le bip peut éteindre l'alarme du balcon.

— Si j'étais toi, je descendrais tout de suite. Ils ont brisé la vitre et ils étaient en train d'arracher l'autoradio quand je suis arrivé. Ils traînent encore dans le coin pour voir ce qui se passe.

— Ah bordel ! répéta Truls.

— Pas de quoi, merci », dit Aronsen.

Truls enfila ses chaussures de jogging, vérifia qu'il avait les clefs de la voiture et réfléchit. Il retourna dans la chambre, ouvrit le placard et prit un des pistolets, un Jericho 941, et le glissa dans la ceinture de son pantalon. Il savait que l'image fixe allait marquer l'écran plasma s'il la laissait trop longtemps. Mais il n'en aurait pas pour longtemps. Il fonça sur le palier. Tout aussi tranquille.

L'ascenseur était à son étage. Il s'empressa d'y monter, appuya sur le bouton du rez-de-chaussée, s'aperçut qu'il n'avait pas fermé son appartement à clef, mais il n'arrêta pas l'ascenseur. Il n'en avait que pour quelques minutes.

Trente secondes plus tard, il se retrouvait dans cette soirée de mars fraîche et claire, et il courait vers le parking. Même s'il était placé entre les immeubles, des vols étaient régulièrement commis dans les voitures. Il faudrait installer plus de lampadaires, le goudron noir semblait avaler toute la lumière, se faufiler autour des véhicules après la tombée de la nuit était trop facile. Il avait eu du mal à dormir depuis la suspension, c'était normal quand tout ce qu'il avait à faire dans la journée c'était dormir, se branler, dormir, se branler, bouffer, se branler. Certaines nuits, il s'était posté sur son balcon avec ses lunettes de vision nocturne et le fusil Märklin, en espérant apercevoir quelqu'un rôder sur le parking. Malheureusement, personne ne s'était pointé. Ou heureusement. Non, pas heureusement. Putain, il n'était pas un meurtrier.

Bien sûr, il y avait eu le mec des Los Lobos auquel il avait ouvert le crâne avec une perceuse, mais c'était un sacré manque de pot. En tout cas, il était désormais coulé dans une terrasse à Høyenhall.

Et puis, il y avait eu cette petite visite à la prison d'Ila, quand il avait lancé la rumeur selon laquelle Valentin Gjertsen était le coupable des meurtres d'enfants à Maridalen et Tryvann. Bon, ils n'étaient pas absolument sûrs qu'il ait fait le coup, mais même si ce n'était pas lui, des tas de raisons subsistaient pour que cette ordure subisse le pire châtiment possible. Mais il ne pouvait pas savoir que ses agresseurs allaient le tuer. Si c'était bien lui qu'ils avaient éliminé. Les communications sur la fréquence de la police ce jour-là pouvaient laisser entendre autre chose.

Bien entendu, ce qui se rapprochait le plus d'un meurtre, cela avait été le petit mec maquillé à Drammen. Mais bon, c'était un truc qu'il fallait faire, il l'avait cherché. Ouais, putain de bordel, il l'avait bien cherché. Mikael était venu le voir et lui avait raconté le coup de fil qu'il avait reçu. Un type affirmait être au courant que Mikael et un collègue avaient passé à tabac le pédé qui bossait à la Kripos. Il avait des preuves. Et il voulait du fric pour la fermer. Cent mille couronnes. Il voulait que le fric lui soit remis dans un endroit désert, juste à côté de Drammen. Mikael avait demandé à Truls d'arranger ça, c'était lui qui était allé trop loin. Il était responsable. Quand Truls était monté dans sa voiture pour aller rencontrer le mec, il savait qu'il était seul sur ce coup-là. Complètement seul. En fait, il l'avait toujours été.

Il avait suivi les indications, avait emprunté des chemins forestiers déserts à Drammen et s'était arrêté sur une petite aire où l'on pouvait faire demi-tour, non loin du précipice qui donnait sur la rivière. Puis la voiture était arrivée. Elle s'était arrêtée, moteur toujours tournant. Et Truls avait fait comme convenu, il avait pris l'enveloppe en papier kraft avec l'argent, il s'était approché du véhicule où la vitre du conducteur était en train de se baisser. Le type portait un bonnet et un foulard en soie remonté jusque sous le nez. Truls se demanda s'il était débile : la voiture n'était pas volée et les plaques parfaitement visibles. En outre, Mikael était remonté à la source de l'appel, un club de Drammen qui ne comptait guère d'employés.

Le type avait ouvert l'enveloppe et compté l'argent. Visiblement, il s'était perdu dans son décompte, il avait recommencé, il avait froncé le front, l'air agacé, il avait levé les yeux. « Il n'y a pas cent... »

Le premier coup l'avait touché à la bouche. Truls avait senti la matraque s'enfoncer quand les dents avaient cédé. Le deuxième lui avait explosé le nez. Facile. Du cartilage et un os fragile. Le troisième coup avait fait un craquement creux en touchant le front juste au-dessus des sourcils.

Truls avait contourné la voiture et s'était assis sur le siège du passager. Il avait attendu un moment que le type reprenne conscience. À ce moment-là, il y avait eu une brève conversation.

« Qui...

— Un des deux. Quelle preuve as-tu ?

— Je... Je...

— Écoute, ça, c'est un Heckler & Koch, et il brûle d'envie de parler. Alors, qui de vous deux va parler en premier ?

— Ne...

— Alors, accouche.

— Celui que vous avez tabassé. Il m'a tout raconté. S'il te plaît... Je voulais juste...

— Il a donné nos noms ?

— Quoi ? Non.

— Alors comment sais-tu qui nous sommes ?

— Il m'a juste raconté l'histoire. J'ai vérifié les descriptions avec quelqu'un de la Kripos. Ça ne pouvait être que vous deux. » Le cri poussé par le type en se voyant dans le rétroviseur ressemblait au bruit d'un aspirateur qui s'éteint. « Putain ! Tu m'as démoli la tronche !

— Ta gueule. L'autre type, celui que tu prétends que nous avons tabassé, il sait que tu cherches à nous extorquer du fric ?

— Lui ? Non, non. Il n'aurait jamais...

— Tu es son petit copain ?

— Non ! Il le croit peut-être, mais...

— Il y a d'autres personnes au courant ?

— Non ! Je le jure ! Laisse-moi partir, je jure de ne pas...

— Alors personne ne sait que tu es ici en cet instant ? »

Truls jouit de la tronche stupéfaite du gus quand les implications de ce qu'il venait de dire se frayèrent un chemin dans son cerveau.

« Si, si ! Il y a plein de...

— Tu ne mens pas trop mal », dit Truls en appuyant le canon contre le front du type. Le pistolet lui parut étonnamment léger. « Mais pas très bien non plus. »

Puis Truls avait pressé la détente. Cela n'avait pas été un choix difficile. En fait, il n'avait pas eu le choix. C'était juste un truc qu'il fallait faire. Une pure question de survie. Le type avait quelque chose sur eux, et tôt ou tard, il aurait trouvé le moyen de l'utiliser. Et c'est comme ça que les hyènes fonctionnent. En face à face, elles sont lâches et obséquieuses, goinfres et patientes. Elles se laissent humilier, plient la nuque et attendent, mais te sautent dessus dès que tu tournes le dos.

Ensuite, il avait essuyé le siège et tous les endroits où il aurait pu laisser des empreintes, il avait entouré sa main avec le foulard avant d'abaisser le frein à main. La voiture avait roulé jusqu'au précipice. Il avait écouté cette étrange seconde de silence pendant que la voiture tombait. Silence suivi d'un choc sourd et du bruit de la tôle qui se plie. Il avait jeté un coup d'œil au véhicule dans la rivière, en dessous de lui.

Il s'était débarrassé de la matraque le plus vite possible. Une fois bien avancé dans le chemin forestier, il avait ouvert la vitre et l'avait balancée au milieu des arbres. Il n'y avait guère de chance qu'elle soit retrouvée, mais si jamais ça arrivait, on ne trouverait ni empreinte ni ADN pouvant la relier au meurtre ou à lui-même.

C'était plus compliqué avec le pistolet. La balle conduirait au pistolet, et à lui-même.

Il avait attendu de passer sur le pont de Drammen. Il avait roulé lentement, avait suivi l'arme des yeux quand elle avait disparu au-dessus du parapet, à l'endroit où le Drammenselva se jette dans le Drammensfjorden. Un endroit où elle ne serait jamais retrouvée, sous dix ou vingt mètres d'eau. Une eau saumâtre. Une eau ambiguë. Ni tout à fait salée, ni tout à fait douce. La mort entre deux eaux. Il avait lu quelque part qu'il existait des espèces qui s'étaient adaptées pour survivre dans ces eaux maudites. Des espèces tellement perverses qu'elles ne toléraient pas l'eau dont avaient besoin les espèces normales.

Truls appuya sur le bip avant d'arriver au parking et l'alarme se tut immédiatement. Il n'y avait personne dans les parages, ni sur les balcons alentour, mais Truls crut entendre le soupir de soulagement des habitants des immeubles. Ah, il était temps. Tu pourrais mieux surveiller ta bagnole. Il devrait y avoir une limite de temps pour les alarmes, espèce de con.

C'était vrai, la vitre de la portière était brisée. Truls passa la tête à l'intérieur. Mais l'autoradio ne semblait pas avoir été volé. Qu'est-ce qu'il avait dit, Aronsen, déjà ? Et c'était qui, Aronsen ? Bâtiment C ? Ça pouvait être n'importe qui. N'importe...

Le cerveau de Truls parvint à la conclusion une fraction de seconde avant de sentir l'acier sur sa nuque. Il sut instinctivement qu'il s'agissait d'acier. Le canon d'un pistolet. Il sut qu'il n'y avait pas d'Aronsen. Ni de bande de jeunes qui cassaient des bagnoles.

La voix lui murmura à l'oreille.

« Ne te retourne pas, Berntsen. Et quand je mets la main dans ton pantalon, tu ne bouges pas. Oh là ! Des beaux muscles du bide, hein... »

Truls comprit qu'il était en danger, mais ne savait pas quel genre de danger il avait à affronter. La voix de cet Aronsen lui disait quelque chose.

« Oh ? Tu transpires, Berntsen ? Ou bien tu aimes ça ? Voilà, c'est juste ça que je voulais. Jericho ? Et qu'est-ce que tu voulais faire avec ça ? Tirer dans la tête de quelqu'un ? Comme tu as fait avec René ? »

Là, Truls Berntsen sut de quel danger il s'agissait.

Un danger mortel.

Chapitre 43

Rakel était à la fenêtre de la cuisine. Elle serra son téléphone et regarda fixement dans le crépuscule. Elle se trompait peut-être, mais elle pensait avoir vu quelque chose bouger entre les sapins, de l'autre côté de l'allée.

En même temps, elle verrait toujours des choses bouger dans le noir.

Ce n'était pas grave. Il ne fallait pas y penser. Avoir peur, mais ne pas y penser. Laisser le corps continuer son petit jeu débile, mais l'ignorer comme on le fait avec un enfant insupportable.

Elle était baignée par la lumière de la cuisine si bien que quelqu'un qui se serait trouvé dehors aurait eu tout loisir de l'étudier attentivement. Mais elle ne bougea pas. Il fallait s'entraîner, il ne fallait pas que la peur lui dicte ce qu'elle devait faire. C'était sa maison. Elle était chez elle, bon sang !

Elle entendit la musique au premier. Il passait un vieux CD de Harry. Un de ceux qu'elle aimait aussi. Talking Heads. *Little Creatures.*

Elle fixa le téléphone comme si elle pouvait l'inciter à sonner. Elle avait appelé Harry deux fois, toujours sans réponse. Ils avaient pensé que ce serait une belle surprise. La clinique l'avait prévenue la veille. C'était avant la date prévue, mais ils avaient décidé qu'il

499

était prêt. Oleg avait été tout feu tout flamme et son idée avait été de ne pas le prévenir qu'ils rentraient. Il fallait retourner à la maison et, quand Harry rentrerait du travail, hop là !

C'était l'expression qu'il avait utilisée : « Hop là ! »

Rakel avait eu des doutes. Harry n'aimait pas les surprises. Mais Oleg avait insisté, Harry accepterait bien d'être content comme ça, aussi soudainement. Elle avait donc cédé.

Mais maintenant, elle le regrettait.

Elle s'éloigna de la fenêtre, posa le téléphone sur la table à côté de la tasse de café. D'habitude, il rangeait tout de manière pointilleuse avant de sortir. Il devait être particulièrement stressé par l'affaire des meurtres des policiers. Il n'avait pas mentionné Beate Lønn durant leurs dernières conversations nocturnes, un signe quasi infaillible qu'il pensait à elle.

Rakel se retourna brusquement. Cette fois-ci, ce n'était pas le fruit de son imagination, elle avait entendu quelque chose. Des chaussures sur le gravier. Elle revint à la fenêtre. Elle scruta l'obscurité qui devenait plus noire à chaque seconde.

Elle se figea.

Une silhouette. Elle venait juste de se détacher du tronc contre lequel elle s'appuyait. Elle venait par ici. Une personne habillée en noir. Depuis combien de temps était-elle là ?

« Oleg ! » cria Rakel. Elle sentit son cœur battre à tout rompre. « Oleg ! »

On baissa le volume au premier.

« Oui ?

— Viens ici ! Tout de suite !

— Il arrive ? »

Oui, songea-t-elle. Il arrive.

La silhouette qui s'approchait était plus petite qu'elle ne se l'était imaginé. Elle se dirigeait vers la porte de la maison et quand elle se trouva sous la lueur des lampes extérieures, Rakel découvrit à sa grande surprise, et avec soulagement, qu'il s'agissait d'une femme.

Non, d'une jeune fille. En survêtement. Trois secondes plus tard, la sonnette résonnait.

Rakel hésita. Elle vit Oleg qui s'était arrêté dans l'escalier et qui l'interrogeait du regard.

« Ce n'est pas Harry, dit Rakel avec un sourire. Je vais ouvrir. Tu peux remonter. »

Les battements de cœur de Rakel se calmèrent encore plus quand elle vit la fille qui attendait sur le perron. Cette dernière semblait apeurée.

« Tu es Rakel, dit-elle. La petite amie de Harry. »

Rakel se dit que cette introduction devrait peut-être l'inquiéter. Une belle jeune femme à la voix tremblante s'adressait à elle en faisant référence à son futur mari. Elle devrait peut-être faire attention au survêtement moulant, voir s'il n'y avait pas un début de bosse sur le ventre.

Mais elle n'était pas inquiète et ne vérifia rien. Se contenta de répondre d'un signe de tête.

« Oui, c'est moi.

— Et moi, je suis Silje Gravseng. »

La jeune fille interrogea Rakel du regard comme si elle attendait une réaction de sa part, comme si la seule mention de son nom devait lui dire quelque chose. Elle nota que la fille se tenait les mains dans le dos. Un psychologue lui avait expliqué un jour que les gens qui cachaient leurs mains avaient justement quelque chose à cacher. Oui, s'était-elle dit. Les mains.

Rakel sourit.

« Alors, qu'est-ce que je peux faire pour toi, Silje ?

— Harry est... *était* mon professeur.

— Oui ?

— Il y a quelque chose que je dois te dire sur lui. Et sur moi. »

Rakel fronça le front.

« Eh bien ?

— Est-ce que je peux entrer ? »

Rakel hésita. Elle n'avait pas envie de faire entrer des gens dans la maison. La maison, c'était seulement pour Oleg, pour elle et pour Harry quand il serait de retour. Pour eux trois. Et pour personne d'autre. En tout cas, pas pour une personne qui avait un truc à lui dire sur Harry. Et sur elle. Et puis, son regard se posa malgré tout sur le ventre de la jeune fille.

« Cela ne prendra pas longtemps, madame Fauke. »

Madame. Qu'est-ce que Harry lui avait raconté à son sujet ? Elle évalua la situation. Elle entendit qu'Oleg avait remonté le volume. Elle ouvrit la porte.

La fille entra, se pencha et commença à défaire les lacets de ses chaussures de jogging.

« Ce n'est pas la peine, dit Rakel. On va voir ça rapidement, d'accord ? Je suis assez occupée.

— Très bien », dit la fille avec un sourire. Ce fut seulement là, dans la lumière vive de l'entrée, que Rakel constata que le visage de la jeune fille était couvert de sueur. Elle suivit Rakel dans la cuisine. « La musique, dit-elle. Est-ce que Harry est à la maison ? »

Rakel la sentait désormais. L'inquiétude. La jeune fille avait immédiatement associé la musique à Harry. Était-ce parce qu'elle savait que c'était cette musique-là qu'il aimait écouter ? Et l'idée vint trop vite pour que Rakel ait le temps de la chasser : cette musique-là, Harry et cette fille l'avaient-ils écouté ensemble ?

La fille s'assit à la grande table. Elle posa la paume de la main sur le plateau, le caressa. Rakel surveillait ses gestes. Elle caressait la table comme si elle connaissait la sensation agréable du bois brut contre la peau, comme si c'était quelque chose de vivant. Son regard ne quittait pas la tasse de Harry. Avait-elle…

« Qu'est-ce que tu voulais me dire, Silje ? »

La fille eut un sourire triste, presque douloureux, sans détacher les yeux de la tasse.

« Est-ce qu'il n'a vraiment rien dit à mon sujet, madame Fauke ? »

Rakel ferma les yeux un instant. Ce n'était pas vrai. Ce qui se passait en cet instant, ce n'était pas vrai. Elle lui faisait confiance. Elle rouvrit les yeux.

« Alors, dis-moi ce qu'il n'a pas raconté, Silje.

— Très bien, madame Fauke. »

La fille quitta la tasse des yeux et la regarda, elle. Son regard était d'un bleu presque irréel, innocent et ignorant comme celui d'un enfant. Et, songea Rakel, cruel comme celui d'un enfant.

« Je vais te parler du viol », dit Silje.

Rakel eut soudain du mal à respirer, comme si on venait d'aspirer tout l'air de la pièce, comme on le faisait pour mettre une couette sous vide dans un sac plastique.

« Quel viol ? » parvint-elle à demander.

La nuit tombait quand Bjørn Holm finit par découvrir la voiture.

Il était sorti à Klemetsrud et avait continué sur la départementale 155. Mais, de toute évidence, il avait raté le panneau vers Fjell. C'était en rebroussant chemin, après avoir compris qu'il était allé trop loin et qu'il devait faire demi-tour, qu'il l'avait aperçue. La route était encore moins fréquentée que la 155, et avec la nuit tombée, elle donnait l'impression d'être franchement déserte. La forêt des deux côtés avait l'air encore plus dense, comme si elle se rapprochait. Puis il découvrit les feux arrière de la voiture sur le bord de la route.

Il ralentit et regarda dans le rétroviseur. Derrière lui, la nuit et, devant lui, deux lumières rouges, tristes. Bjørn se gara derrière l'autre véhicule. Descendit de voiture. Dans la forêt, un oiseau poussa un cri caverneux et mélancolique. Roar Midtstuen était accroupi à côté du fossé, éclairé par ses phares.

« Tu es venu », fit Roar Midtstuen.

Bjørn saisit sa ceinture à deux mains et remonta son pantalon. Il ne savait de qui il tenait ce geste. En fait, si. Son père avait eu la manie de remonter son pantalon en guise d'introduction, de préambule, quand il fallait dire, exprimer ou faire quelque chose d'important. Il avait commencé à se comporter comme son père. Sauf qu'il avait rarement des trucs importants à dire.

« Alors c'est là que c'est arrivé ? », dit Bjørn.

Roar acquiesça. Il baissa les yeux sur le bouquet de fleurs déposé sur l'asphalte. « Elle avait fait de l'escalade avec des amis. En rentrant, elle s'est arrêtée pour faire pipi dans la forêt. Elle a dit aux autres de continuer. Ils pensent qu'elle est sortie de la forêt en courant, et qu'elle est remontée sur son vélo. Pleine d'enthousiasme pour les rattraper, tu vois ? C'était une gamine tellement enthousiaste, tu comprends... » Il était déjà obligé de faire des efforts pour contrôler sa voix. « Et elle a sûrement mordu sur le milieu de la route, elle n'avait pas son équilibre, et puis... » Roar leva les yeux pour montrer d'où la voiture était venue. « ... Il n'y a aucune trace de freinage. Personne ne se rappelle à quoi ressemblait cette voiture, même si elle a sûrement doublé les autres. Ils étaient pris par leurs discussions, sur les voies qu'ils avaient testées ce jour-là. D'autres voitures les ont doublés aussi, et ils avaient parcouru une bonne partie du trajet vers Klemetsrud quand ils ont commencé à se dire que Fia aurait dû les rattraper depuis longtemps et qu'il lui était peut-être arrivé quelque chose. »

Bjørn fit oui de la tête. Il s'éclaircit la gorge. Il voulait en finir. Mais Roar ne le lâcha pas :

« Je n'ai pas eu le droit de participer à l'enquête, Bjørn. Parce que j'étais son père, qu'ils ont dit. À la place, ils ont mis des débutants sur l'affaire. Et quand ils ont fini par comprendre que ce n'était pas une affaire de routine, quand ils ont compris que le conducteur n'avait pas l'intention de se présenter à la police ni de se faire connaître, il était trop tard pour faire intervenir les grosses pointures. Les pistes étaient fichues, les gens ne se rappelaient plus rien.

— Roar...

— Du mauvais boulot, Bjørn. Purement et simplement. On se crève une vie entière pour la police, on donne tout ce que l'on a, et au moment où l'on perd ce que l'on a de plus cher au monde, qu'est-ce qu'on reçoit en retour ? Rien. C'est une saloperie de trahison, Bjørn. » Bjørn vit les mâchoires de son collègue former une sorte d'ellipse, les muscles se tendaient, se détendaient, se tendaient, se détendaient. Il se dit qu'il allait finir par avaler ce chewing-gum. « J'en ai honte d'être policier, dit Midtstuen. Exactement comme avec l'affaire Kalsnes. Du mauvais boulot du début à la fin. On laisse le meurtrier s'en tirer et personne ne doit rendre de comptes. Et personne pour *demander* des comptes. Le loup dans la bergerie, Bjørn.

— La jeune fille qui a été retrouvée calcinée au Come As You Are ce matin.

— Anarchie. Voilà ce que c'est. Il faut que quelqu'un rende des comptes. Quelqu'un…

— C'était Fia. »

Dans le silence qui suivit, Bjørn entendit l'oiseau qui poussa un nouveau cri, mais d'un autre endroit cette fois. Il avait sans doute bougé. Puis il se dit que c'était un autre oiseau. Qu'ils pouvaient être deux. Deux oiseaux qui se répondaient dans la forêt.

« Le viol que Harry a commis sur moi. » Silje adressa à Rakel un regard aussi calme que si elle venait de lui faire part de la météo.

« Harry t'a violée ? »

Silje sourit. Un sourire fugace, un petit rictus, un sourire qui ne parvint même pas aux yeux avant de disparaître. Avec tout le reste, le sérieux, l'indifférence. Et au lieu d'un sourire, les yeux se remplirent lentement de larmes.

Seigneur, songea Rakel. Elle ne ment pas. Rakel ouvrit la bouche en grand pour inspirer de l'air et, au même moment, elle le sut avec certitude : la fille était peut-être folle, mais elle ne mentait pas.

« J'étais tellement amoureuse de lui, madame Fauke. Je croyais que nous étions faits l'un pour l'autre. Je suis allée à son bureau. Je m'étais faite toute belle. Et il a mal compris. »

Rakel observa la première larme qui se détacha des cils et tomba à peine pour couler sur une joue jeune et douce. Elle roula un peu sur la peau, la colora légèrement en rouge. Elle savait qu'il y avait un rouleau d'essuie-tout sur l'évier derrière elle, mais ne le prit pas. Merde, pas question.

« Harry ne se méprend pas, dit Rakel, surprise par le calme de sa propre voix. Et il ne viole personne. » Calme et conviction. Elle se demanda combien de temps cela allait durer.

« Tu te trompes, dit Silje avec un sourire entre ses larmes.

— Ah tiens ? » Rakel avait envie de mettre son poing en plein dans ce visage suffisant et violé.

« Oui, madame Fauke. Mais il y a méprise.

— Dis ce que tu as à dire et sors d'ici.

— Harry... »

Rakel détesta entendre le nom de Harry dans la bouche de Silje de manière si intense qu'elle chercha machinalement un moyen de la faire taire. Une poêle, un couteau à pain, du gaffer. N'importe quoi.

« Il a cru que je venais lui poser des questions sur les études. Mais il s'est trompé. Je venais pour le séduire.

— Tu sais quoi, ma fille ? Je l'avais déjà compris. Et maintenant, tu prétends que tu as obtenu ce que tu voulais, mais que c'était quand même un viol ? Alors, qu'est-ce qui s'est passé ? Tes petits "non, non" excités, faussement chastes ont-ils fini par devenir un "non" que tu pensais vraiment ? Et qu'il aurait dû comprendre avant que tu ne le croies toi-même ? »

Rakel entendit à quel point sa rhétorique ressemblait soudain au refrain des avocats dans tant de procès pour viol, un refrain qu'elle haïssait si intensément, mais qu'elle comprenait en tant que juriste, et qu'elle acceptait d'entendre chanter. Mais ce n'était pas seulement de la rhétorique, c'était ce qu'elle ressentait. Car cela avait dû se passer ainsi, il *ne pouvait pas* en être autrement.

« Non, dit Silje. Ce que je veux te dire, c'est qu'il ne m'a *pas* violée. »

Rakel cligna des yeux. C'était comme si elle devait rembobiner la bande pendant deux ou trois secondes et la réécouter pour être sûre d'avoir bien compris. *Pas* violée.

« Je l'ai menacé de porter plainte pour viol parce que... »

La jeune fille se servit du creux de l'index pour chasser des larmes de ses yeux, lesquels furent immédiatement remplis d'autres larmes.

« ... parce qu'il voulait signaler à la direction de l'École que je m'étais comportée de manière inconvenante avec lui. Ce qu'il était parfaitement en droit de faire. J'étais tellement paniquée que j'ai essayé de le devancer en l'accusant de viol. J'aurais voulu lui dire que j'ai réfléchi, que je regrette ce que j'ai fait. Et que... Oui, que c'était un délit. Une dénonciation calomnieuse. Article 168 du Code pénal. Passible de huit ans de prison.

— C'est exact, dit Rakel.

— Ah oui, dit Silje avec un petit sourire entre les larmes. J'oubliais que tu es juriste.

— Comment le sais-tu ?

— Oh, fit Silje en reniflant. Je sais tellement de choses sur la vie de Harry. Je l'ai étudié, pour ainsi dire. Il était mon idole, et j'étais la petite conne. J'ai même enquêté sur les meurtres des policiers pour lui, je croyais que je pouvais l'aider. J'ai commencé à écrire un petit exposé pour lui expliquer comment tout se tenait. Moi, une élève qui ne sait rien, je voulais expliquer à Harry Hole comment arrêter le tueur des policiers. » Silje se força à sourire tout en secouant la tête.

Rakel attrapa le rouleau de papier essuie-tout derrière elle et le lui tendit.

« Et tu es venue lui dire tout ça ? »

Silje acquiesça lentement.

« Je sais qu'il ne répond pas au téléphone quand il voit que c'est moi qui appelle. J'ai fait un détour pendant mon jogging pour voir s'il était là. J'ai vu que la voiture n'était pas là et j'ai failli filer, mais je t'ai aperçue à la fenêtre de la cuisine. Et j'ai pensé que, au fond, c'était encore mieux de te le dire directement. Ce serait la meilleure preuve que j'étais sincère, que je n'avais pas d'arrière-pensées en venant ici.

— Je t'ai aperçue dehors, dit Rakel.

— Oui, il fallait que je réfléchisse sérieusement. Que je rassemble mon courage. »

Rakel sentit que sa colère changeait d'objet, elle abandonnait la jeune fille troublée et amoureuse au regard bien trop grand pour se porter sur Harry. Il ne lui en avait pas touché un mot ! Pourquoi ?

« C'est bien d'être venue, Silje. Maintenant, tu devrais peut-être repartir. »

Silje fit oui de la tête. Se leva.

« Il y a un cas de schizophrénie dans ma famille, dit-elle.

— Ah bon ?

— Oui. Je crois que je ne suis peut-être pas tout à fait normale. » Et elle ajouta, cherchant à faire adulte : « Mais ça ira bien. »

Rakel l'accompagna à la porte.

« Vous ne me reverrez plus, dit-elle une fois sur le perron.

— Bonne chance, Silje. »

Rakel resta bras croisés sur le perron et regarda Silje traverser le jardin en courant. Harry avait-il choisi de ne rien lui dire parce qu'il pensait qu'elle ne le croirait pas ? Parce qu'il y aurait toujours l'ombre d'un doute ?

Puis vint la suite. Et cette ombre d'un doute, allait-elle rester ? À quel point se connaissaient-ils vraiment ? *À quel point* pouvait-on connaître une autre personne ?

La silhouette en noir avec la queue-de-cheval blonde disparut avant le bruit de ses pas sur le gravier.

« Il l'a déterrée », dit Bjørn Holm.

Roar Midtstuen restait tête baissée. Il se gratta la nuque, là où ses cheveux courts se dressaient comme une brosse. La nuit tombait, elle enserrait lentement les deux hommes dans la lueur des phares de la voiture de Midtstuen. Quand Midtstuen finit par parler, Bjørn dut se pencher pour l'entendre.

« Mon fils unique. » Puis un petit signe de tête. « Il a simplement fait ce qu'il devait faire. »

Tout d'abord, Bjørn crut qu'il avait entendu de travers. Puis il comprit que Midtstuen avait dû se tromper, que ce n'était pas ce qu'il avait voulu dire, qu'il s'était trompé sur un mot, qu'il en avait oublié un dans la phrase. Cependant, la phrase était parfaitement claire. Cela sonnait juste et vrai. Le tueur des policiers faisait ce qu'il devait faire.

« Je vais chercher le reste des fleurs, dit Midtstuen en se relevant.

— Bien sûr », dit Bjørn. Il baissa les yeux sur le petit bouquet qui gisait là. Roar Midtstuen sortit du rai des phares et contourna la voiture, dont le coffre était ouvert. Il pensait à l'expression utilisée par Midtstuen. *Mon fils unique.* Cela lui fit penser à sa confirmation, et à Aune qui avait dit que le meurtrier se prenait pour Dieu. Un dieu vengeur. Mais Dieu avait également fait un sacrifice. Il avait sacrifié son fils. Il l'avait cloué sur la croix. Il l'avait exposé aux regards de tous. Voyez, imaginez la souffrance. Celle du fils et celle du père.

Bjørn visualisa Fia Midtstuen sur la chaise. *Mon fils unique.* Eux deux. Ou eux trois. Ils étaient trois. Qu'est-ce que disait le pasteur, déjà ?

Bjørn entendit un tintement dans le coffre. Les fleurs se trouvaient sûrement sous un objet métallique.

La trinité. Voilà. Le troisième, c'était le Saint-Esprit. Le fantôme. Le démon. Celui que l'on ne voyait jamais, celui qui faisait son apparition ici et là dans la Bible et qui disparaissait aussi vite. La tête de Fia Midtstuen avait été attachée à la conduite pour qu'elle ne tombe pas. Comme le crucifié.

Bjørn Holm entendit des pas derrière lui.

Qui avait été sacrifié par son propre père. Parce que l'Histoire le voulait. Qu'est-ce qu'il avait dit ?

Il a simplement fait ce qu'il devait faire.

Harry regarda Megan Fox. Sa belle silhouette tressaillait, mais son regard ne tremblait pas. Son sourire ne se fanait pas. L'invite était toujours là. Il leva la télécommande et éteignit la télé. Megan Fox disparut et resta là. La silhouette de la star s'était incrustée sur l'écran plasma.

À la fois envolée et encore là.

Harry balaya du regard la chambre de Truls Berntsen. Puis il alla au placard où il savait que Berntsen cachait ses jouets. En théorie, une personne pouvait tenir là-dedans. Harry avait l'Odessa prêt à tirer. Il se faufila, se plaqua contre le mur et ouvrit la porte de la main gauche. Il vit que la lumière s'alluma automatiquement à l'intérieur.

Sinon, rien.

Harry avança la tête pour la retirer aussitôt. Mais il avait réussi à voir ce qu'il voulait. Il n'y avait personne. Il se plaça face au placard ouvert.

Truls avait remplacé ce que Harry avait pris lors de sa visite, le gilet pare-balles, le masque à gaz, le MP5 et le fusil anti-émeute. Et, à vue de nez, il avait toujours les mêmes pistolets. Il en manquait juste un, au milieu, et l'on voyait le contour d'une arme autour d'un crochet.

Truls Berntsen avait-il découvert que Harry était en route ? Avait-il compris ses intentions ? Avait-il alors pris un pistolet avant de fuir l'appartement ? Sans prendre le temps de fermer la porte à clef et d'éteindre la télé ? Dans ce cas, pourquoi ne lui avait-il pas tendu une embuscade ici ?

Harry avait fouillé l'appartement et savait qu'il n'y avait pas âme qui vive. Après avoir inspecté la cuisine et le salon, il avait claqué la porte comme s'il quittait l'appartement et il s'était assis dans le canapé en cuir avec l'Odessa prêt à tirer. Il visait la porte de la chambre, mais on ne pouvait pas le voir par le trou de la serrure.

Si Truls était à l'intérieur, le premier à se montrer serait en mauvaise posture. Ce qui se profilait, c'était un duel. Alors, il avait attendu. Immobile, en respirant lentement, profondément et sans bruit, avec la patience du léopard.

Au bout de quarante minutes pendant lesquelles il ne s'était rien passé, il était entré dans la chambre.

Harry s'assit sur le lit. Fallait-il appeler Berntsen ? Cela l'avertirait, mais au vu de la situation, il avait déjà compris que Harry était à ses trousses.

Harry sortit son téléphone, l'alluma. Il attendit d'être connecté à l'opérateur et composa le numéro qu'il avait mémorisé avant de partir de Holmenkollen, presque deux heures plus tôt.

Après trois appels sans réponse, il abandonna.

Puis il appela Thorkild à la compagnie du téléphone. On lui répondit en moins de deux secondes.

« Qu'est-ce que tu veux, Hole ?

— Une vérification à partir des relais. Sur Truls Berntsen. Son portable professionnel est de la police, il est donc nécessairement chez vous.

— On ne peut pas continuer comme ça.

— Il s'agit d'une demande officielle de la police.

— Alors, suis les procédures. Contacte un OPJ, fais adresser le dossier au chef de la Criminelle et rappelle-nous quand tu as l'autorisation.

— Ça urge.

— Écoute, je ne peux pas continuer à te donner...

— Ça concerne les meurtres des policiers, Thorkild.

— Dans ce cas, ça te prendra juste quelques secondes pour obtenir l'autorisation du chef de la Crim, Harry. »

Harry pesta.

« Désolé, Harry, il faut que je pense à mon job. Si jamais on découvre que je vérifie les déplacements de personnes dans la police sans autorisation... C'est quoi le problème pour l'obtenir ?

— On en reparle plus tard. »

Harry raccrocha. Il avait deux appels en absence et trois SMS. Il avait dû les recevoir quand il avait éteint son téléphone. Il les consulta. Le premier venait de Rakel.

Tenté de t'appeler. Suis à la maison. Je prépare un truc sympa quand tu rentres. Une surprise. Qqn qui va te battre au Tetris.

Harry relut le message. Rakel était rentrée. Avec Oleg. Sa première réaction fut de monter dans la bagnole et de foncer. De laisser tomber. De se dire qu'il se trompait, qu'il ne devrait pas être là. En même temps, il savait que c'était exactement ça : une première réaction. Une impulsion. Une tentative de fuir l'inévitable. Le deuxième SMS venait d'un numéro qu'il ne connaissait pas.

Il faut que je te parle. Tu es chez toi ? Silje G.

Il effaça le message. Il reconnut immédiatement le numéro qui avait envoyé le troisième message.

Je crois que tu veux me voir. J'ai trouvé la solution à notre problème. Retrouve-moi au plus vite où est mort G. Truls Berntsen

Chapitre 44

En traversant le parking, Harry remarqua une voiture dont une vitre était brisée. La lueur du lampadaire se reflétait dans les éclats de verre sur le goudron. C'était une Suzuki Vitara. Berntsen en avait une. Harry composa le numéro de police-secours.

« Ici Harry Hole. Je voudrais connaître le propriétaire d'un véhicule. J'ai le numéro d'immatriculation.

— On peut le faire directement sur le Net, Hole.

— Alors, tu le fais pour moi, d'accord ? »

Il obtint un grognement en guise de réponse. Harry lut la plaque. La réponse lui vint au bout de trois secondes.

« Truls Berntsen. Adresse…

— C'est super.

— Quelque chose à signaler ?

— Comment ?

— Ce véhicule est impliqué dans quelque chose ? A-t-il l'air d'avoir été volé ou forcé, par exemple ? »

Silence.

« Allô ?

— Non, il a l'air impec. C'est juste une erreur.

— Une err… »

Harry raccrocha. Pourquoi Truls Berntsen n'était-il pas parti dans sa voiture ? Personne avec un salaire de policier ne pouvait plus prendre un taxi à Oslo. Harry essaya de visualiser le réseau de métro d'Oslo. Il y avait une ligne à cent mètres. La station de Ryen. Il n'avait pas entendu de train. C'est vrai, ils étaient souterrains. Harry cligna des yeux. Il venait d'entendre autre chose.

Le bruit des poils qui se hérissaient sur sa nuque.

Il savait que c'était impossible. Pourtant, c'était tout ce qu'il entendait. Il prit son téléphone et appuya sur K et Appel.

« Enfin, répondit Katrine.

— Enfin ?

— Tu n'as pas vu que j'ai essayé de t'appeler ?

— Ah bon ? Tu as l'air essoufflée.

— J'ai couru, Harry. Silje Gravseng.

— Qu'est-ce qu'elle a fait ?

— Les murs de sa chambre sont couverts de coupures de journaux sur les meurtres. Il y a une matraque chez elle, le gardien dit qu'elle s'en sert pour cogner sur les violeurs. Elle a un frère qui a été enfermé à l'asile après avoir été passé à tabac par deux policiers. Et elle est cinglée, Harry. Complètement cinglée.

— Tu es où ?

— Dans Vaterlandsparken. Elle n'est pas là. Je crois qu'il faudrait diffuser un avis de recherche.

— Non.

— Non ?

— Ce n'est pas elle que nous recherchons.

— Comment ça ? Mobile, possibilité, dispositions. Tout est là, Harry.

— Laisse tomber Silje Gravseng. Je veux que tu vérifies une statistique pour moi.

— Une statistique ? » Elle cria si fort que cela crépita dans son tympan. « J'ai la moitié des mecs condamnés pour affaires de mœurs qui me tournent autour en bavant, je suis à la recherche du tueur des policiers et tu veux que je te recherche une *statistique* ? Va te faire voir, Hole !

— Il faut que tu vérifies la statistique du FBI sur le nombre de personnes qui sont mortes entre le moment où elles ont été officiellement convoquées en tant que témoin et le début du procès.

— Qu'est-ce que ça a à voir avec notre affaire ?

— Donne-moi les chiffres, OK ?

— Non, ce n'est pas OK !

— Eh bien, tu peux considérer cela comme un ordre, Bratt.

— D'accord, mais... Hé, attends un peu ! Dis donc, qui est le chef ici ?

— Si tu dois poser la question, c'est pas toi. »

Harry entendit des jurons de Bergen avant de couper la communication.

Mikael Bellman était installé dans le canapé et regardait la télé. C'était la fin des infos, on en était au sport. Ses yeux allaient du poste à la fenêtre. Vers la ville qui se trouvait dans la marmite noire bien en dessous d'eux. Le sujet avec le directeur du conseil municipal avait duré exactement dix secondes. Il avait déclaré que les changements au sein du conseil étaient courants et que, cette fois-ci, une charge de travail inhabituellement élevée sur ce poste précis obligeait à passer le flambeau. Isabelle Skøyen allait reprendre ses fonctions de directeur de cabinet, et le conseil se réjouissait de profiter de ses compétences. Skøyen n'était pas disponible pour faire des commentaires.

Sa ville scintillait comme un joyau.

Il entendit que l'on refermait doucement la porte d'une chambre des enfants et, juste après, elle se lova dans le canapé à côté de lui.

« Ils dorment ?

— Comme des souches », dit-elle, et il sentit la respiration d'Ulla dans son cou. « Tu as envie de regarder la télé ? » Elle lui mordilla le lobe de l'oreille. « Ou bien... »

Il sourit, mais ne bougea pas. Il jouit de l'instant. C'était parfait. D'être là, exactement en cet instant. Au sommet. Le mâle dominant avec les femmes à ses pieds. L'une d'elles à son bras. L'autre, neutralisée, hors d'état de nuire. Même chose pour les hommes. Assaïev était mort. Truls réintégré, il avait récupéré son homme de main. Le précédent directeur de la police coincé par leur affaire commune. Il obéirait si jamais Mikael avait à nouveau besoin de lui. En outre, Mikael savait qu'il disposait de la confiance du conseil municipal, même si la capture du tueur des policiers devait prendre du temps.

Cela faisait longtemps qu'il n'avait pas éprouvé un tel bien-être. Il sentit les mains d'Ulla. Il savait ce qu'elles allaient faire avant même qu'elle ne le sache elle-même. Elle pouvait l'exciter, pas l'allumer comme d'autres y étaient parvenus. Comme celle qu'il avait fait trébucher. Comme celui qui était mort dans Hausmanns gate. Mais elle pouvait l'exciter suffisamment pour qu'il en vienne à la baiser. C'était le mariage. Et c'était bien. Cela suffisait, et il y avait des choses plus importantes dans la vie.

Il l'attira contre lui et glissa la main sous son pull vert. La peau nue. C'était comme poser la paume de la main sur une plaque de cuisson à feux très doux. Elle soupira doucement. Se pencha vers lui. Il n'aimait pas l'embrasser avec la langue. Il avait peut-être aimé ça autrefois, mais plus maintenant. Il ne le lui avait jamais dit. Alors, pourquoi le faire aujourd'hui, tant que c'était une chose qu'elle désirait et que, lui, il pouvait supporter. Le mariage. Cependant, il éprouva un certain soulagement quand le téléphone sans fil se mit à gazouiller sur la table basse à côté du canapé.

Il décrocha.

« Oui ?

— Bonjour, Mikael. »

La voix prononça son prénom d'un ton tellement confiant qu'il crut tout d'abord la connaître, qu'il lui fallait deux ou trois secondes pour l'identifier.

« Bonjour », répondit-il en se levant du canapé. Il alla vers la terrasse. S'éloigner de la télé. S'éloigner d'Ulla. C'était un geste machinal, pratiqué depuis des années. À moitié par égard pour elle, et à moitié pour ses propres secrets à lui.

La personne au bout du fil poussa un petit rire. « Tu ne me connais pas, Mikael, détends-toi.

— Merci, je me détends, dit Mikael. Chez moi. Ce serait donc bien si tu en venais au fait.

— Je suis infirmier au Rikshospitalet. »

Mikael n'avait pas pensé à ça. Du moins, il ne s'en souvenait pas. Pourtant, c'était comme s'il pouvait prédire la suite. Il ouvrit la porte de la terrasse et s'avança sur les dalles froides sans lâcher le téléphone.

« J'étais l'infirmier de Rudolf Assaïev. Tu te souviens de lui, Mikael. Oui, bien sûr que oui. Vous deux, vous avez fait des affaires ensemble. Il s'est confié à moi quand il est sorti du coma. Il m'a raconté ce que vous fabriquiez. »

Le ciel s'était couvert, la température avait chuté et les dalles étaient si froides qu'elles le piquaient à travers les chaussettes. Toutefois, Mikael Bellman sentit ses glandes sudoripares se mettre à tourner à plein.

« À propos de business, dit la voix, c'est peut-être un truc dont on pourrait discuter, nous aussi ?

— Qu'est-ce que tu veux ?

— Sauf si tu préfères des périphrases, disons que j'aimerais bien un peu de ton pognon pour la fermer. »

Cela devait être lui, l'infirmier d'Enebakk. Celui qu'Isabelle avait employé pour éliminer Assaïev. Elle avait déclaré qu'il avait été ravi de se faire payer en nature, en couchant avec elle, mais, visiblement, cela n'avait pas suffi.

« Combien ? demanda Bellman, en tentant de paraître ferme, mais il sentit qu'il n'était pas aussi détaché qu'il l'aurait voulu.

— Pas trop. J'ai des goûts simples. Dix mille.

— C'est trop peu.

— Trop peu ?

— Ça ressemble plus à un premier versement.

— On peut bien monter à cent mille.

— Alors pourquoi ne l'as-tu pas demandé tout de suite ?

— Parce que j'ai besoin de l'argent ce soir. Les banques sont fermées et tu ne peux pas retirer plus de dix mille au distributeur. »

Aux abois. C'était la bonne nouvelle. Sinon ? Mikael alla au bord de la terrasse, il contempla sa ville, il essaya de se concentrer. C'était une de ces situations où, normalement, il donnait toute sa mesure, où tout était sur la table et où le moindre faux pas était fatal.

« Comment t'appelles-tu ?

— Bah... Appelle-moi Dan. Comme dans Danuvius.

— Très bien, Dan. Tu comprends que si je traite avec toi, cela ne veut pas dire que je reconnais quoi que ce soit ? Je peux très bien essayer de t'attirer dans un piège et t'arrêter pour chantage.

— La seule raison pour que tu dises ça, c'est la crainte que je sois un journaliste qui a entendu des rumeurs et qui tente de te faire parler. »

Merde.

« Où ?

— Je suis au boulot, alors c'est à toi de venir ici. Mais dans un endroit discret. Retrouve-moi dans le service fermé, il n'y a personne. Dans trois quarts d'heure, dans la chambre d'Assaïev. »

Trois quarts d'heure. Il était pressé. Bien entendu, cela pouvait être une mesure de précaution, afin de ne pas donner à Mikael le temps de lui tendre un piège. Mais Mikael croyait aux explications simples. Là, il avait affaire à un infirmier anesthésiste drogué qui était soudain à court de réserves. Dans ce cas, cela pouvait faciliter les choses. Cela pouvait même être l'occasion de refermer le sac une bonne fois pour toutes.

« Entendu », dit Mikael avant de raccrocher. Il huma l'odeur bizarre, presque écœurante, qui semblait venir de l'intérieur de la terrasse. Il revint au salon et referma la porte derrière lui.

« Il faut que j'aille faire un tour, dit-il.

— Maintenant ? » Ulla le dévisagea avec ce regard blessé qui, parfois, le poussait à balancer des commentaires agacés.

« Maintenant. »

Il songea au pistolet qu'il avait enfermé dans le coffre de la voiture. Un Glock 22. Cadeau d'un collègue américain. Jamais utilisé. Enregistré nulle part.

« Tu rentres quand ?

— Je ne sais pas. Ne m'attends pas. »

Il se dirigea vers l'entrée, sentit le regard d'Ulla dans son dos. Ne s'arrêta pas. Pas avant d'être arrivé à la porte.

« Non, ce n'est pas *elle* que je vais voir. D'accord ? »

Ulla ne répondit pas. Elle se contenta de se tourner vers la télé et fit comme si elle était intéressée par la météo.

Katrine pesta dans la chaleur moite de la Chaufferie, mais elle continua à taper.

Bon sang, où se cachait-elle donc, cette statistique du FBI sur les témoins morts ? Et, bordel, qu'est-ce que Harry voulait donc en faire ?

Elle regarda sa montre. Soupira et composa son numéro.

Pas de réponse. Évidemment.

Elle lui envoya un SMS. Elle avait besoin de plus de temps. Elle était à l'intérieur du saint des saints du FBI, mais soit cette statistique était totalement secrète, soit il s'était trompé quelque part. Elle balança le téléphone sur la table. Elle se dit qu'elle avait envie d'appeler Leif Rødbekk. Non. Pas lui. Un autre idiot qui pourrait se donner la peine de la baiser ce soir. La première personne qui lui vint à l'esprit lui fit froncer le front. D'où venait-il, *lui* ? Gentil, mais… Mais quoi ? Y avait-elle pensé depuis un moment sans en avoir conscience ?

Elle chassa cette idée et se concentra à nouveau sur son écran.

Ce n'était peut-être pas le FBI, mais la CIA ?

Elle tapa de nouveaux mots de recherche. Central Intelligence Agency, *witness*, *trial* et *death*. Return. La machine se mit au travail. Les premiers résultats apparurent.

La porte s'ouvrit derrière elle et elle sentit le courant d'air froid du souterrain.

« Bjørn ? » demanda-t-elle sans lever le nez de l'écran.

Harry gara la voiture devant Jakob kirke et marcha jusqu'au 92 Hausmanns gate.

Il s'arrêta devant l'immeuble et contempla la façade.

Il y avait un peu de lumière au deuxième étage où les fenêtres avaient désormais des barreaux. Le nouveau propriétaire en avait sûrement eu assez des cambriolages par l'escalier de secours à l'arrière.

Harry avait cru qu'il ressentirait davantage d'émotion. Après tout, c'était l'endroit où Gusto avait été tué. Et lui, il avait failli y laisser sa peau.

Il posa la main sur la porte. Comme avant, elle était ouverte. Il n'y avait qu'à pousser.

Au bas de la cage d'escalier, il sortit l'Odessa et ôta la sécurité. Il jeta un coup d'œil dans l'escalier, tendit l'oreille, sentit l'odeur d'urine et de vomi. Silence complet.

Il commença à monter les marches. Il enjamba les journaux mouillés, les cartons de lait et les seringues usagées en faisant le moins de bruit possible. Arrivé au deuxième, il s'arrêta devant la porte. Elle était neuve. Porte blindée. Serrure multipoints. Seuls des cambrioleurs extrêmement motivés pouvaient s'y attaquer.

Harry ne vit aucune raison de frapper. Aucune raison de renoncer à un effet de surprise. Il appuya sur la poignée, sentit que la porte était fermée par des ressorts puissants. Mais pas fermée à clef. Il prit l'Odessa à deux mains et poussa la lourde porte du pied droit.

Il entra rapidement et se mit sur la gauche afin que sa silhouette ne se détache pas dans l'embrasure de la porte. Les ressorts firent claquer la porte derrière lui.

Le silence régnait. Il y avait juste un petit tic-tac.

Harry cligna des yeux, stupéfait.

À l'exception d'une petite télé portative avec des chiffres blancs qui ne donnaient pas la bonne heure, rien n'avait changé dans l'appartement. C'était le même repaire de drogués, avec les matelas et les détritus par terre. Une partie des ordures était assise sur une chaise et le regardait.

C'était Truls Berntsen.

En tout cas, il croyait que c'était Truls Berntsen.

Ou que cela avait été Truls Berntsen.

Chapitre 45

La chaise de bureau était placée au milieu de la pièce, sous la seule lampe, un abat-jour en papier déchiré qui pendait du plafond.

Harry supposa que la lampe, la chaise et le poste de télé au tic-tac haché sorti d'un produit électronique moribond dataient des années soixante-dix, mais il n'en était pas sûr.

Il en allait de même pour ce qui se trouvait sur la chaise.

Car il n'était pas aisé de dire si c'était bien Truls Berntsen, né dans les années soixante-dix, mort cette année, qui était scotché sur le siège. En effet, l'homme n'avait pas de visage. Là où il y en avait eu un, on voyait une bouillie de sang rouge relativement frais, de sang noir et séché et des éclats d'os blancs. Cette bouillie aurait dégouliné si elle n'avait pas été retenue en place par un film plastique transparent qui lui enserrait la tête. Un os pointait à travers le film plastique. Harry songea à un paquet de viande hachée comme on en voit dans les magasins d'alimentation.

Harry se força à détourner la tête et tenta de retenir sa respiration afin de mieux entendre. Il colla son dos contre le mur. Le pistolet à moitié baissé, il scruta la pièce de gauche à droite.

Il regarda dans l'angle qui allait vers la cuisine, il aperçut une partie du vieux réfrigérateur et de l'évier. Il pouvait y avoir quelqu'un dans la pénombre. La porte des toilettes était fermée.

Pas un bruit. Pas un mouvement.

Harry attendit. Il réfléchit. S'il s'agissait d'un piège dans lequel quelqu'un l'avait attiré, il devrait être déjà mort.

Il inspira profondément. Il avait l'avantage d'être déjà venu ici et savait qu'il n'y avait pas d'autres cachettes mis à part la cuisine et les toilettes. Le seul problème, c'est qu'il était obligé de tourner le dos à l'une pour inspecter l'autre.

Il prit sa décision. Il alla vers la cuisine. Pointa rapidement la tête au coin, la ramena en arrière tout aussi vite, traita l'information qu'il venait d'obtenir. Cuisinière, piles de boîtes de pizzas, frigo. Et personne.

Il alla ensuite aux toilettes. Pour une raison quelconque, la porte était démontée, la lumière éteinte. Il se plaça sur le côté de la porte, appuya sur l'interrupteur. Compta jusqu'à sept. Avança et recula la tête. Vide.

Il se laissa retomber le dos contre le mur. C'est alors qu'il sentit à quel point son cœur cognait contre ses côtes.

Il resta ainsi quelques secondes. Se ressaisit.

Puis il s'approcha du cadavre sur la chaise. Il s'accroupit et scruta la masse rouge sous le film plastique. Pas de visage, mais le front proéminent, la mâchoire saillante et la coupe de cheveux bon marché ne laissaient place à aucun doute. Il s'agissait bien de Truls Berntsen.

Le cerveau de Harry avait déjà commencé à digérer le fait qu'il s'était trompé. Truls Berntsen n'était pas le tueur des policiers.

Et, immédiatement après, il s'était dit : ou bien, en tout cas, il n'est pas le seul.

Se trouvait-il en face de cela : le meurtre d'un complice, commis par un criminel qui couvrait ses propres traces ? Truls « Beavis » Berntsen pouvait-il avoir collaboré avec un esprit aussi malade que le sien et réalisé ceci ? Valentin s'était-il placé délibérément sous une caméra de surveillance d'Ullevaal Stadion pendant que Berntsen tuait à Maridalen ? Et, dans ce cas, comment s'étaient-ils répartis les meurtres, pour quels meurtres Berntsen avait-il un alibi ?

Harry se redressa et regarda autour de lui. Pourquoi lui avait-on envoyé un message ? Le corps n'aurait pas tardé à être découvert. Plusieurs choses ne collaient pas. Truls Berntsen n'avait jamais participé à l'enquête sur le meurtre de Gusto. Elle avait été confiée à un petit groupe qui comprenait Beate, deux autres techniciens et deux enquêteurs tactiques qui n'avaient pas eu grand-chose à faire puisque Oleg avait été arrêté pour ce meurtre quelques minutes après leur arrivée sur les lieux — et les éléments techniques avaient justifié l'accusation. La seule...

Harry entendit à nouveau le faible tic-tac qui perçait le silence. Régulier, imperturbable comme une horloge. Il poursuivit sa pensée.

La seule personne qui s'était donné la peine d'enquêter sur ce meurtre d'un drogué insignifiant, comme il y en avait six à la douzaine, se trouvait dans la pièce. Et c'était lui-même.

Comme les autres policiers, on l'avait fait venir pour mourir sur les lieux d'un meurtre qu'il n'avait pas élucidé.

La seconde suivante, il était à la porte et appuyait sur la poignée. Et, comme il le craignait, elle s'abaissa sans résister. Il la tira sans que la porte bouge. Elle n'avait pas de serrure. Comme l'extérieur d'une porte d'hôtel. Dont il n'avait pas la carte.

Le regard de Harry balaya la pièce.

Les fenêtres épaisses avec les barreaux en acier à l'intérieur. La porte blindée qui s'était refermée toute seule. Il était tombé droit dans le piège comme le crétin de limier qu'il avait toujours été.

Le tic-tac ne résonnait pas plus fort. C'était juste une impression.

Harry regarda fixement la télé de voyage. Les secondes qui défilaient. Ce n'était pas la mauvaise heure. Car il ne s'agissait pas d'une horloge. Les heures ne défilent pas à l'envers.

Elle indiquait 00.06.10 quand il était entré. Là, elle indiquait 00.03.51.

C'était un compte à rebours.

Harry s'approcha de la télé et essaya de la soulever. Impossible. Elle était vissée au plancher. Il décocha un coup de pied sur le haut du poste et le cadre en plastique fut arraché avec un craquement. Il jeta un coup d'œil à l'intérieur. Tube métallique, tubes en verre, fils. Harry n'était certainement pas un expert, mais il avait vu l'intérieur de suffisamment de postes de télé pour comprendre que celui-ci avait des éléments en trop. Et assez de photos d'engins explosifs improvisés pour reconnaître une bombe artisanale.

Il étudia les fils et abandonna aussitôt. Un des démineurs du groupe Delta lui avait expliqué que couper le fil bleu ou rouge pour être tranquille appartenait au bon vieux temps. Aujourd'hui, c'étaient des vacheries numériques avec des signaux sans fil via Bluetooth, des mots de passe et des sécurités qui mettaient le compteur à zéro si tu trafiquais quelque chose.

Harry fila à la porte, se jeta sur elle. Elle avait peut-être des défauts.

Il n'y en avait pas.

Ni aux barreaux des fenêtres.

Ses épaules et ses côtes lui faisaient mal quand il s'arrêta. Il cria contre la fenêtre.

Pas un bruit n'entrait, pas un bruit ne s'échappait.

Harry prit son portable. Le central. Le groupe Delta. Ils pouvaient faire sauter la porte. Il regarda l'horloge de la télé. Trois minutes et quatre secondes. Ils parviendraient à peine à communiquer l'adresse. Deux minutes et cinquante-neuf secondes. Il regarda fixement la liste de ses contacts. R.

Rakel.

L'appeler. Lui dire adieu. À elle, et à Oleg. Leur dire qu'il les aimait. Qu'ils devaient vivre. Vivre mieux que lui. Être avec eux pendant les deux dernières minutes. Ne pas mourir seul. Avoir de la compagnie. Partager une ultime expérience traumatique avec eux, leur donner un avant-goût de la mort, leur donner un dernier cauchemar à emporter dans cette existence.

« Merde, merde ! »

Harry laissa le téléphone retomber dans sa poche. Il regarda autour de lui. Les portes avaient été enlevées afin qu'il n'y ait pas d'endroit où se cacher.

Deux minutes et quarante secondes.

Harry passa dans la cuisine qui formait la partie la plus petite de l'appartement en L. Mais ce n'était pas assez profond, une bombe de cette taille détruirait également tout à cet endroit.

Il regarda fixement le frigo. L'ouvrit. Une brique de lait, deux bouteilles de bière et une boîte de pâté de foie. Pendant moins d'une seconde, il soupesa l'alternative : bière ou panique. La panique l'emporta et il arracha les clayettes, les tablettes en verre, et les boîtes en plastique qui tombèrent derrière lui. Il se courba et essaya de se tasser à l'intérieur. Il pesta. Il n'arrivait pas à plier la nuque afin d'avoir assez de place pour sa tête. Il essaya à nouveau. Il maudit ses grandes jambes et ses grands bras en tentant de leur faire prendre le moins de volume possible.

Putain, ça ne marchait pas !

Il regarda l'horloge de la télé. Deux minutes et six secondes.

Harry entra la tête en premier, remonta les genoux, mais, là, c'était le dos qui ne voulait pas se plier suffisamment. Merde, merde ! Il éclata de rire. Les offres de cours de yoga gratuits qu'il avait déclinées, c'était ça qui allait le tuer ?

Houdini. Des conseils sur la façon de respirer pour se détendre lui revinrent à l'esprit.

Il expira, s'efforça de ne penser à rien, se concentra sur sa relaxation. Ne pas penser aux secondes. Juste sentir combien les muscles et les articulations se faisaient plus conciliants, plus flexibles. Il sentit qu'il se comprimait lui-même, petit à petit.

Ça marchait.

Bordel de merde, ça avait marché ! Il était à l'intérieur du frigo. Un frigo avec assez de métal et d'isolant pour lui sauver la peau. Peut-être. Si ce n'était pas une bombe incroyablement puissante.

Il posa la main sur le bord de la porte, jeta un dernier coup d'œil sur la télé avant de fermer. Une minute quarante-sept.

Il allait fermer, mais sa main n'obéit pas. Elle n'obéit pas parce que son cerveau refusait de rejeter ce que ses yeux avaient vu, mais que sa raison s'efforçait d'ignorer. Ignorer car cela n'avait pas d'importance face à ce qui était primordial à cet instant : survivre, sauver sa peau. Ignorer parce qu'il n'avait pas les moyens, pas le temps, pas de pitié.

La viande hachée sur la chaise.

Deux taches blanches étaient apparues.

Blanches comme le blanc de l'œil.

Qui le regardaient fixement à travers le film plastique. Le salopard était vivant.

Harry cria, parvint à s'extraire du frigo. S'approcha de la chaise, avec l'écran de la télé dans le coin de l'œil. Une minute trente et une. Il arracha le plastique du visage. Les yeux clignèrent au milieu de la viande hachée, et il entendit à peine une respiration. Truls Berntsen avait dû réussir à inspirer un peu d'air par le trou qu'avait fait l'os dans le film plastique.

« Qui a fait ça ? » demanda Harry.

Il n'obtint qu'un souffle en guise de réponse. Le masque de chair en face de lui se mit à dégouliner comme de la cire fondue.

« Qui est-ce ? Qui est le tueur des policiers ? »

Encore une fois, juste un souffle.

Harry regarda l'horloge. Une minute vingt-six. Cela risquait de prendre du temps de se coller à nouveau dans le frigo.

« Allez Truls ! Je peux l'attraper. »

Une bulle de sang commença à grossir à l'endroit où devait se trouver la bouche. Quand elle éclata, il y eut un murmure presque inaudible.

« Il avait un masque. Pas un mot.

— Quel genre de masque ?

— Vert. Tout vert.

— Vert ?

— Chir…

— Un masque de chirurgien ? »

Un petit signe de tête, puis les yeux se refermèrent.

Une minute et cinq secondes.

Plus rien à en tirer. Il retourna au réfrigérateur. Cela alla plus vite que la première fois. Il claqua la porte et la lumière s'éteignit.

Il frissonna dans le noir, compta les secondes. Quarante-neuf.

De toute façon, le salopard allait mourir.

Quarante-huit.

Il faut que quelqu'un fasse le boulot.

Quarante-sept.

Masque vert. Truls Berntsen avait confié à Harry ce qu'il savait sans rien demander en échange. Il y avait donc encore un peu de flic en lui.

Quarante-six.

Pas la peine d'y penser. De toute façon, il n'y avait pas de place pour deux.

Quarante-cinq.

En outre, il n'avait pas le temps de le détacher de la chaise.

Quarante-quatre.

Même s'il l'avait voulu, le temps était passé.

Quarante-trois.

Trop court.

Quarante-deux.

Merde.

Quarante et une.

Merde, merde !

Quarante.

Harry ouvrit la porte du frigo d'un coup de pied et sortit en lançant l'autre jambe en avant. Il ouvrit le tiroir de la cuisine, saisit ce qui devait être un couteau à pain, fonça à la chaise et se mit à trancher le scotch sur les accoudoirs.

Il s'efforça de ne pas regarder l'écran de la télé, mais il entendait le tic-tac.

« Putain, Berntsen ! »

Il contourna le siège et coupa le ruban adhésif dans le dos et les pieds du meuble.

Il passa les bras autour de la poitrine de Berntsen et le souleva.

Et en plus, ce salopard était lourd !

Harry le tira en pestant, le traîna en le maudissant, il ne faisait plus attention aux paroles qui sortaient de sa bouche, il espérait seulement qu'il insultait suffisamment le ciel et l'enfer pour que l'un d'eux intervienne et mette fin à cette affaire débile mais inévitable.

Il aperçut le réfrigérateur ouvert, augmenta l'allure et enfourna Truls Berntsen dans l'ouverture. Le corps ensanglanté se tassa sur lui-même et se mit à glisser.

Harry essaya de le tasser à l'intérieur, en vain. Il écarta Berntsen du frigo, fit des traînées de sang sur le lino, laissa tomber Berntsen, tira le frigo du mur, il entendit la prise qui était arrachée, renversa le frigo sur le dos entre l'évier et la cuisinière. Il saisit Berntsen et le releva. Se serra contre lui. Se servit de ses deux jambes pour le tasser contre le dos du frigo, où était monté le moteur. Il se coucha contre Berntsen et sentit l'odeur de sueur, de sang et de pisse — qui vient toujours quand tu es attaché à une chaise et que tu sais que l'on va te battre à mort.

Harry avait espéré qu'il y aurait de la place pour eux deux, puisque le problème avait été la hauteur et la largeur du frigo, pas la profondeur.

Mais, là, c'était la profondeur.

Bordel, impossible de refermer la porte derrière eux.

Il essaya, mais en vain. Il ne manquait pas plus de vingt centimètres, mais s'ils n'étaient pas hermétiquement enfermés, ils n'auraient aucune chance. L'onde de choc ferait éclater le foie et la rate, la chaleur brûlerait les globes oculaires, le moindre objet dans la pièce se métamorphoserait en projectile de mitrailleuse qui taillerait tout en pièces.

Il n'avait même pas de décision à prendre, il était trop tard.

Ce qui signifiait aussi qu'il était trop tard pour avoir quelque chose à perdre.

Harry poussa la porte du frigo, en bondit, il se plaça derrière le frigo et le releva. Il vit que Truls Berntsen glissait par terre. Il ne put empêcher son regard d'effleurer l'écran de la télé. L'horloge indiquait 00.00.12. Douze secondes.

« Sorry, Berntsen », dit Harry.

Il passa les bras autour de la poitrine de Truls, il le remit sur ses jambes et recula dans le frigo. Passa la main sur le flanc de Truls et parvint à refermer la porte à moitié. Il se mit à secouer l'appareil. Le moteur était placé assez haut dans le dos du frigo, ce qui donnait à ce dernier un centre de gravité également assez haut, et cela allait l'aider.

Le frigo pencha en arrière. Ils restèrent un instant en équilibre. Truls s'affala contre Harry.

Non, il ne fallait pas qu'ils tombent de ce côté !

Harry s'arc-bouta, il tenta de repousser Truls contre la porte.

Puis le frigo se décida, et bascula. Pour tomber de l'autre côté.

Harry entraperçut une ultime fois l'écran au moment où le frigo bascula et s'effondra sur la porte.

Il eut le souffle coupé quand ils heurtèrent le sol. Il paniqua en n'ayant plus d'oxygène. Mais il faisait noir. Totalement noir. Le poids du moteur et du frigo avait fait ce qu'il avait espéré : forcer la porte à se refermer.

Et la bombe explosa.

Le cerveau de Harry implosa et s'éteignit.

Harry cligna des yeux dans le noir.

Il avait dû perdre conscience quelques secondes.

Il avait des sifflements frénétiques dans les oreilles et avait l'impression d'avoir reçu de l'acide dans la figure. Mais il était en vie.

Pour le moment.

Il avait besoin d'air. Il passa les mains entre lui et Truls, qui se trouvait entre lui et la porte du frigo, il appuya contre la paroi et poussa de toutes ses forces. Le frigo oscilla sur les charnières et tomba sur le côté.

Harry roula hors de son abri. Se releva.

La pièce semblait sortir tout droit d'une dystopie dans une histoire de science-fiction, un enfer de poussière et de fumée sans le moindre objet identifiable. Même ce qui avait été un réfrigérateur ressemblait à autre chose. La porte blindée avait été soufflée hors de ses gonds.

Harry laissa Berntsen par terre. Il espéra que le pauvre diable était mort. Il descendit l'escalier en titubant, sortit dans la rue.

Il contempla le bas de Hausmanns gate. Il vit les gyrophares des véhicules de police, mais il n'entendait que ce sifflement dans les oreilles, comme une imprimante sans papier, une alarme que quelqu'un allait bientôt éteindre.

Et alors qu'il était planté là à regarder les voitures de police muettes, il repensa à la même chose qu'au moment où il avait cherché à entendre le métro à Manglerud. Il n'entendait rien. Il n'entendait pas ce qu'il aurait dû. Parce qu'il n'avait pas réfléchi. Pas avant de s'être retrouvé à Manglerud et de penser aux endroits où circulait le réseau du métro à Oslo. Il saisissait enfin ce qui avait été tapi dans les tréfonds des abysses, ce qui refusait de remonter à la surface. La forêt. Il n'y avait pas de métro en forêt.

Chapitre 46

Mikael Bellman s'était arrêté.

Il tendait l'oreille et scrutait le couloir vide.

Comme un désert, pensa-t-il. Rien ne fixait le regard, juste une lumière blanche tremblotante qui estompait tous les contours.

Et puis, ce bruit, ce grondement sourd des néons, cette vibration semblable à celle de la chaleur du désert, comme un prélude à quelque chose qui, cependant, n'arrive jamais. Juste un couloir d'hôpital vide avec rien au bout. Tout n'était peut-être qu'un mirage — la manière dont Isabelle Skøyen avait résolu le problème Assaïev, le coup de fil une heure plus tôt, les billets de mille qui venaient de sortir d'un distributeur dans le centre-ville, ce couloir déserté dans une aile d'hôpital vide.

Que cela reste un mirage, un rêve, songea Mikael. Il avança. Toutefois, la main qui était plongée dans la poche du manteau vérifia que la sécurité du Glock 22 était bien ôtée. Dans l'autre poche, il avait la liasse de billets. Si jamais la situation exigeait qu'il raque. S'ils étaient plusieurs, par exemple. Mais il n'y croyait pas. Le montant était trop bas pour un partage. Et le secret trop grand.

Il passa à côté d'une machine à café, tourna à un coin et vit le couloir continuer. Blanc. Plat. Mais il vit également la chaise. Le policier en faction devant la chambre d'Assaïev avait été assis dessus, et on ne l'avait pas enlevée.

Il se retourna afin de s'assurer que personne ne le suivait.

Il avançait à grandes enjambées, mais posait doucement les semelles, presque sans bruit. Il testa les portes à mesure qu'il les passait. Toutes étaient fermées à clef.

Il arriva devant la porte à côté de la chaise. Une impulsion lui fit poser la paume de la main gauche sur le dossier du siège. Froid.

Il prit son souffle et sortit son pistolet. Regarda sa main. Elle ne tremblait pas, n'est-ce pas ?

Toujours au mieux de ses capacités dans les instants décisifs.

Il remit le pistolet dans sa poche et baissa la poignée de la porte qui s'ouvrit.

Aucune raison de laisser passer ce qui devait être l'effet de surprise, se dit Bellman. Il entra.

La pièce était baignée par la lumière, mais vide et nue, à l'exception du lit où s'était trouvé Assaïev. Le lit était placé au centre de la chambre, avec une lampe au-dessus. Des instruments aiguisés brillaient sur une table roulante en métal à côté du lit. Peut-être avait-on transformé l'endroit en une salle d'opération rudimentaire.

Mikael vit un mouvement derrière une vitre et serra la crosse du pistolet dans sa poche. Il plissa les yeux. Avait-il besoin de lunettes ?

Quand il parvint à distinguer qu'il s'agissait d'un reflet et que le mouvement se faisait *derrière* lui, il était bien trop tard.

Il sentit une main sur son épaule et réagit immédiatement, mais ce fut comme si la piqûre dans le cou coupait net la liaison avec la main qui tenait l'arme. Et avant que la nuit se fasse totalement, il vit le visage de l'homme juste à côté du sien dans le miroir noir de la vitre. Il portait une coiffe verte sur la tête et un masque vert devant la bouche. Comme un chirurgien. Un chirurgien qui allait opérer.

Katrine était trop captivée par l'écran du PC devant elle pour réagir à l'absence de réponse de la personne qui était entrée derrière elle. Elle répéta sa question en entendant la porte qui se refermait et bloquait tous les bruits venant du souterrain.

« T'étais où, Bjørn ? »

Elle sentit une main sur son épaule et sa nuque. Et se dit qu'il n'était pas du tout désagréable de sentir une main chaude sur la peau nue de son cou, une main d'homme amicale.

« J'étais sur une scène de crime, et j'y ai déposé des fleurs », dit la voix derrière elle.

Katrine fronça le front, étonnée.

Sur l'écran, elle lut : *No files found.* Vraiment ? Absolument aucun document nulle part à propos des statistiques portant sur le nombre de témoins morts ? Elle appuya sur le nom de Harry sur son portable. La main avait commencé à lui masser les muscles de la nuque. Katrine gémit doucement, surtout pour montrer qu'elle aimait ça, elle ferma les yeux et baissa la tête en avant. Elle entendit que ça sonnait à l'autre bout du fil.

« Un peu plus bas. Au fait, quelle scène de crime ?

— Une départementale. Une jeune fille qui a été écrasée. Jamais élucidé. »

Harry ne répondit pas. Katrine ôta le téléphone de son oreille et composa un SMS. *Pas de résultat sur les statistiques.* Elle appuya sur *Send.*

« Ça a pris longtemps, dit Katrine. T'as fait quoi ensuite ?

— Je me suis occupé de la personne qui était là, dit la voix. On dira qu'elle était effondrée. »

Katrine en avait terminé avec ce qu'elle devait faire, et ce fut comme si les autres choses présentes dans la pièce avaient enfin accès à ses sens. La voix, la main, l'odeur. Elle se retourna lentement sur son siège. Leva les yeux.

« Tu es qui, toi ? demanda-t-elle.

— Qui je suis ?

— Oui. Tu n'es pas Bjørn Holm.

— Comment ? »

— Non. Bjørn Holm ne connaît que les empreintes, la balistique et le sang. Il ne fait pas de massage qui laisse un goût tout doux dans la bouche. Alors, qu'est-ce que tu veux ? »

Elle vit le visage rond et pâle rougir brusquement. Les yeux de cabillaud semblèrent encore plus exorbités que d'habitude. Bjørn retira sa main à toute vitesse et se mit à se gratter frénétiquement le favori d'une de ses joues.

« Non, non... Enfin... Désolé... Je ne voulais pas... Je voulais seulement... Je... »

Le rouge aux joues et le bégaiement se firent encore plus intenses, et il finit par laisser retomber sa main. Il la regarda avec un air de capitulation désemparé.

« Merde, Katrine. Enfin, c'était nul. »

Katrine le dévisagea. Elle faillit se mettre à rire. Qu'il était mignon comme ça.

« T'es en voiture ? » demanda-t-elle.

Truls Berntsen se réveilla.

Regarda fixement devant lui. Autour, tout était blanc et lumineux. Et il ne ressentait plus aucune douleur. Au contraire, c'était agréable. Agréable et blanc. Il devait être mort. Bien sûr qu'il était mort. Étonnant. Le plus étonnant, c'est qu'il se retrouvait là. Au Paradis. Une erreur d'aiguillage.

Il sentit son corps qui gîtait sur un côté. Peut-être avait-il anticipé le coup du Paradis, il était encore en route. Et puis, il entendait aussi des bruits. Une corne de brume plaintive qui montait et descendait dans le lointain. La corne de brume du passeur.

Quelque chose surgit devant lui et lui bloqua la lumière.

Un visage.

Une voix : « Il est réveillé. »

Un autre visage fit son apparition. « On lui redonne de la morphine s'il se met à crier. »

C'est alors que Truls les sentit revenir. Les douleurs. Son corps entier lui faisait mal, sa tête lui semblait sur le point d'exploser.

De nouveau, cette impression de gîte. Une ambulance. Il était dans une ambulance qui fonçait toutes sirènes hurlantes.

« Je suis Ulrud de la Criminelle, dit le visage au-dessus de lui. Ton badge indique que tu es l'inspecteur Truls Berntsen ?

— Que s'est-il passé ? murmura Truls.

— Une bombe qui a explosé. Elle a fait sauter toutes les fenêtres du quartier. On t'a trouvé à l'intérieur du frigo dans l'appartement. Qu'est-ce qui s'est passé ? »

Truls ferma les yeux et entendit que l'on répétait la question. Il entendit l'autre, probablement l'infirmier, demander au policier de ne pas pousser avec le patient sous morphine et qui pouvait donc raconter n'importe quoi.

« Où est Hole ? » chuchota Truls.

Il sentit à nouveau l'ombre devant la lumière vive.

« Qu'est-ce que tu dis, Berntsen ? »

Truls essaya de s'humecter les lèvres, sentit qu'elles avaient disparu.

« L'autre. Il était aussi dans le frigo ?

— Il n'y avait que toi dans le frigo, Berntsen.

— Mais il était là. Il... Il m'a sauvé.

— S'il y avait quelqu'un d'autre dans l'appartement, je crains qu'en ce moment, il ne serve à retapisser les murs. Tout est en lambeaux. Même le frigo dans lequel tu es étais est en miettes. Tu peux t'estimer heureux d'être en vie. Alors, peux-tu me dire qui est l'auteur de la bombe, pour que l'on puisse commencer à le rechercher ? »

Truls secoua la tête. En tout cas, il crut qu'il la secouait. Il n'avait pas vu l'homme. Ce dernier était resté derrière lui tout le temps, du moment où il l'avait mené de sa voiture faussement cambriolée à une autre. Il s'était assis sur le siège arrière avec le canon du pistolet sur la tête de Truls, et Truls avait conduit. Il les avait conduits au

92 Hausmanns gate. Une adresse tellement associée au trafic de drogue qu'il en avait presque oublié qu'il s'agissait aussi d'une scène de crime. Gusto. Évidemment. Et c'était là qu'il avait compris ce qu'il avait réussi à refouler jusqu'alors : il allait mourir. Le tueur des policiers montait l'escalier derrière lui, ouvrait la porte blindée toute neuve et l'attachait à la chaise en le dévisageant derrière son masque vert. Truls l'avait vu contourner la télé de voyage, utiliser un tournevis. Les chiffres qui avaient commencé à défiler quand la porte s'était refermée derrière eux s'étaient arrêtés et avaient été réglés à six minutes. Une bombe. Puis le type en vert avait pris la matraque noire, tout à fait semblable à celle dont il se servait lui-même. Et il avait commencé à frapper le visage de Truls. D'une manière concentrée, sans plaisir apparent, sans sentiment manifeste. Des coups légers, pas assez forts pour casser les os, juste assez pour faire péter les vaisseaux et les veines de sorte que le visage gonfle sous l'effet du liquide qui s'accumulait sous la peau. Puis il s'était mis à frapper plus fort. Truls avait perdu toute sensation dans la peau. Il sentait simplement qu'elle se déchirait, que le sang coulait dans son cou et sur sa poitrine, il sentait la douleur sourde dans sa tête, dans son cerveau — non, encore plus profond que dans le cerveau — chaque fois que la matraque le touchait. Il regarda le type en vert, il faisait penser au sacristain persuadé de l'importance de sa tâche qui frappe l'intérieur de la cloche avec le battant. Et les petits jets de sang faisaient des dessins semblables à des taches de Rorschach sur la tunique verte. Il entendit le craquement de l'os du nez, des cartilages écrasés, il sentit ses dents brisées qui lui emplissaient la bouche, il sentit sa mâchoire qui se déboîtait, retenue par les nerfs... Et, enfin, ce fut le noir complet.

Jusqu'au moment où il se réveilla, saisi par des douleurs infernales, et où il vit le type sans sa tenue de chirurgien. Harry Hole devant un frigo.

Tout d'abord, il fut désorienté.

Et puis, ça lui parut logique. Hole voulait se débarrasser de quelqu'un qui connaissait si bien ses antécédents et voulait faire passer le tout pour un nouveau meurtre de policier.

Mais Hole était plus grand que le type. Son regard était différent. Et Hole essayait d'entrer dans un putain de frigo. Il se démenait. Ils étaient dans le même bateau. Ils étaient juste deux flics sur la même scène de crime, qui allaient mourir ensemble. Eux deux, quelle ironie. Si cela n'avait pas fait aussi mal, il en aurait rigolé.

Puis Hole était ressorti du frigo, l'avait détaché avant de le flanquer dans le frigo. À peu près au même moment, il s'était évanoui.

« Je peux avoir encore de la morphine ? » murmura Truls. Il espéra être entendu malgré ces sirènes de merde, il attendit impatiemment la vague de bien-être qui allait déferler dans son corps et emporter cette douleur effrayante. Il se dit que ce devait être le narcotique qui lui faisait penser ça. Ça lui convenait très bien.

C'était dingue que Hole soit mort comme ça.

Comme un putain de héros.

Donner sa place, se sacrifier pour un ennemi.

Et l'ennemi devait vivre avec ça : il était en vie parce qu'un type meilleur que lui avait choisi de mourir pour lui.

Truls le sentit monter dans ses reins, ce froid qui précédait la douleur. Mourir pour quelqu'un, pour une personne qui n'était pas un pauvre type comme toi. Dans ce cas, que le diable t'emporte, Hole.

Il chercha l'infirmier, il vit que la vitre était mouillée. Il devait pleuvoir.

« De la morphine, bordel ! »

Chapitre 47

Le policier dont le nom était un piège phonétique, Karsten Kaspersen, se trouvait dans le poste de garde de l'École de Police. Il regardait la pluie tomber verticalement dans la nuit. Elle tambourinait sur le goudron noir et dégoulinait de la porte.

Il avait éteint la lumière pour que personne ne voie qu'il y avait du personnel au poste si tard. Par « personne », il pensait aux gens qui volaient des matraques et des équipements. Une certaine quantité des tresses anciennes utilisées pour la formation des élèves avait également disparu. Et comme il n'y avait pas de traces d'effraction, cela devait être quelqu'un qui disposait d'un badge d'accès. Et s'il s'agissait d'une personne disposant d'un badge d'accès, ce n'était pas une question de quelques matraques et de tresses fauchées, mais bien du fait qu'ils avaient des voleurs en leur sein. Des voleurs qui allaient peut-être devenir des policiers d'ici peu. Et ça, il n'en était pas question, pas dans le corps de la police qui était le sien.

Il vit quelqu'un s'approcher sous la pluie. La silhouette était sortie de la pénombre à la hauteur de Slemdalsveien, elle était passée sous les lampadaires devant Château Neuf et se dirigeait vers le portail. Il ne reconnaissait pas cette démarche. Enfin, le type ne marchait pas, il chancelait plutôt. Il était tout de travers, comme s'il prenait un vent fort par bâbord.

Mais il introduisit son badge dans la machine et, l'instant d'après, il était à l'intérieur de l'École. Kaspersen, qui connaissait la façon de marcher de toutes les personnes qui fréquentaient cette partie du bâtiment, se leva d'un bond. La chose était indéniable : soit on avait accès, soit on n'avait pas accès. Il n'y avait pas d'intermédiaire.

« Hé ! Stop ! » cria Kaspersen. Il sortit du poste, il s'était déjà grandi — héritage du monde animal —, il essayait de se faire le plus grand possible, il ne savait pas pourquoi, mais il savait que ça marchait. « Qui es-tu, toi ? Qu'est-ce que tu fous là ? Comment as-tu eu ce badge ? »

L'individu courbé en deux et trempé se retourna vers lui, et donna l'impression de se déplier. Le visage était caché par l'ombre de la capuche de son sweatshirt, mais les yeux étincelaient et Kaspersen eut le sentiment d'en sentir la chaleur tant le regard était intense. Il chercha son souffle machinalement et, pour la première fois, se dit qu'il n'était pas armé. Et que c'était très con de ne pas y avoir pensé. Il aurait dû avoir quelque chose pour contrôler les voleurs.

L'individu ôta sa capuche.

On oublie le *contrôle*, songea Kaspersen. J'ai besoin d'un truc pour me défendre.

Car l'individu devant lui n'était pas un être de ce monde. Son manteau était déchiré, percé par des gros trous. Il en allait de même pour son visage.

Kaspersen recula dans le poste. Se demanda si la clef était sur la porte, à l'intérieur.

« Kaspersen. »

La voix.

« Kaspersen, c'est moi. »

Kaspersen s'arrêta. Inclina la tête sur le côté. Était-ce vraiment… ?

« Bon sang, Harry… Qu'est-ce qui t'est arrivé ?

— Juste une explosion. C'est moins grave que ça en a l'air.

— Pas grave ? Tu as l'air d'une orange de Noël avec ses clous de girofle.

— C'est seulement...

— Je veux dire, une orange sanguine, Harry. Tu pisses le sang. Attends, je vais chercher des pansements.

— Tu peux monter au bureau d'Arnold ? J'ai des trucs à régler, et ça urge.

— Arnold n'est pas là en ce moment.

— Je le sais. »

Karsten Kaspersen alla à l'armoire à pharmacie en traînant les pieds. Alors qu'il prenait des sparadraps, de la gaze et des ciseaux, son inconscient passait en revue la discussion qu'il venait d'avoir pour s'arrêter uniquement à la dernière phrase. La force mise dans ses paroles. *Je le sais*. Comme s'il ne s'adressait pas à lui, Karsten Kaspersen, mais à lui-même.

Mikael Bellman se réveilla et ouvrit les yeux.

Et il les referma quand la lumière, qui traversa les membranes et le cristallin, lui donna l'impression de lui brûler directement un nerf mis à nu.

Il ne parvint pas à bouger. Il tourna la tête et plissa les yeux. Il se trouvait encore dans la chambre. Il baissa les yeux. Il vit le ruban adhésif blanc qui avait été utilisé pour l'attacher au lit. Pour lier les bras contre les flancs, et attacher les jambes ensemble. Il était une momie.

Déjà.

Il entendit un tintement métallique derrière lui et tourna la tête de l'autre côté. La personne qui se trouvait là et manipulait les instruments était vêtue de vert avec un masque devant la bouche.

« Oh là, dit l'homme en vert. L'anesthésie n'agit plus ? Bon, bon, bon, je ne suis pas exactement un spécialiste en la matière. En fait, je ne suis absolument pas un expert en médecine. »

Mikael réfléchit, essaya de se sortir de la confusion dans laquelle il était plongé. Mais bordel, qu'est-ce qui se passait ici ?

« Au fait, j'ai trouvé l'argent que tu as apporté. C'est gentil de ta part, mais je n'en ai pas besoin. Et, de toute façon, il est impossible que tu puisses réparer ce que tu as fait, Mikael. »

Si ce type n'était pas l'infirmier anesthésiste, comment était-il au courant du lien entre Mikael et Assaïev ?

L'homme en vert tint un instrument à la lumière.

Mikael entendit la peur toquer à la porte. Il ne la sentait pas encore, la drogue planait encore dans son cerveau comme des nappes de brume, mais dès que le voile de l'anesthésie se serait levé entièrement, la douleur et la peur seraient à découvert. Et la mort.

Car Mikael avait compris. C'était tellement évident qu'il aurait dû comprendre avant de partir de chez lui. Ici, il se trouvait sur les lieux d'un meurtre non élucidé.

« Toi et Truls Berntsen. »

Truls ? Pensait-il que Truls était impliqué dans le meurtre d'Assaïev ?

« Mais il a été châtié. À ton avis, qu'est-ce qu'il vaut mieux utiliser quand on veut découper un visage ? Le manche n° 3 avec une lame n° 6, c'est pour la peau et les muscles. Ou bien celui-ci, le manche n° 7 avec une lame n° 15 ? » L'homme en vert tenait deux bistouris en apparence identiques. La lumière se reflétait sur le fil d'un bistouri, si bien qu'il y avait un léger trait lumineux sur le visage de l'homme, et sur un de ses yeux. Mikael crut reconnaître vaguement cet œil-là.

« Tu comprends, le fournisseur n'indique pas lequel se prête le mieux à cette opération. »

La voix lui disait aussi quelque chose.

« Bon, bon, on se débrouillera avec ce que l'on a. Je vais être obligé de t'attacher la tête, Mikael. »

La brume s'était levée totalement, et il la voyait désormais. La peur.

Elle le voyait aussi. Et lui sauta à la gorge.

Mikael eut le souffle coupé quand il sentit sa tête être appuyée contre le matelas et le ruban adhésif tiré sur son front. Il vit le visage de l'autre penché sur le sien. Le masque avait glissé. Mais le cerveau de Mikael traita lentement l'information, et ce visage était inversé. Mais il le reconnut. Et il comprit.

« Tu te souviens de moi, Mikael ? » demanda-t-il.

C'était lui. Le pédé. Celui qui avait essayé d'embrasser Mikael à l'époque où il travaillait à la Kripos. Dans les toilettes. Quelqu'un était entré. Truls l'avait passé à tabac dans le garage, il l'avait démoli, et il n'était jamais revenu. Il savait ce qui l'attendait. Exactement comme Mikael le savait en cet instant.

« Pitié. » Mikael sentit les larmes qui lui montaient aux yeux. « C'est moi qui ai arrêté Truls. Il t'aurait tué si je ne l'avais pas...

— ... arrêté à temps pour sauver ta carrière et devenir directeur de la police.

— Écoute, je suis prêt à payer ce qu'il faut...

— Oh, ne t'inquiète pas, tu vas payer, Mikael. Tu vas payer au centuple pour ce que vous m'avez volé.

— Ce qu'on t'a volé ?

— Vous m'avez volé ma vengeance, Mikael. La condamnation pour celui qui a tué René Kalsnes. Vous avez laissé filer le meurtrier.

— On ne peut pas élucider toutes les affaires. Tu le sais bien, toi qui... »

Éclats de rire. Froids, brefs, abrupts.

« Je sais que vous n'avez pas essayé. Ça, je le sais, Mikael. Vous vous en fichiez pour deux raisons. Primo, vous aviez ramassé une matraque près de la scène de crime, et vous craigniez que, en cherchant trop, vous trouviez que c'était l'un des vôtres qui avait éliminé cette ordure, cette horreur de pédé. Et c'était ça la deuxième raison, Mikael ? René n'était pas assez hétéro au goût des flics. Pas vrai, Mikael ? Mais j'aimais René. Je l'aimais. Tu entends, Mikael ? Je dis bien fort que, moi, un homme, j'aimais ce gamin, je voulais l'embrasser, passer la main dans ses cheveux, lui murmurer des petits mots d'amour à l'oreille. Tu trouves que c'est répugnant ? Mais au fond de toi, tu sais, pas vrai ? Que c'est un don de pouvoir aimer un autre homme. C'est une chose à laquelle tu aurais dû penser plus tôt, parce que maintenant, c'est trop tard pour toi, Mikael. Tu ne connaîtras jamais ce que je t'ai proposé quand on bossait à la Kripos. Tu as eu tellement peur de l'autre partie de toi-même que tu t'es mis en colère. Il fallait éliminer ça à coups de poing. Il fallait m'éliminer *moi*. »

Il avait progressivement élevé la voix, il la baissa jusqu'à ce qu'elle ne soit plus qu'un murmure.

« Mais ce n'était qu'une crainte idiote, Mikael. Je l'ai éprouvée moi-même, et je ne te punirai jamais aussi fort que je l'aurais pu. Rien que pour ça. La raison pour laquelle vous autres, les soi-disant policiers de l'affaire Kalsnes, vous êtes condamnés à la peine de mort, c'est que vous avez souillé la seule personne que j'ai jamais aimée. Vous avez insulté sa dignité humaine. Vous avez déclaré que celui qui avait été assassiné ne valait même pas le travail pour lequel vous êtes payés. Le serment que vous avez fait de servir la collectivité et la justice. Cela veut dire que vous nous trahissez tous, vous profanez le groupe, Mikael, la seule chose qui soit sacrée. Ça et l'amour. En conséquence, il faut vous éliminer. De la même manière que vous avez éliminé la prunelle de mes yeux. Mais bon, assez causé, il faut que je me concentre un peu si on veut faire ça bien. Heureusement pour toi et moi, il y a plein de tutoriels vidéo sur le Net. Qu'est-ce que tu penses de ça ? »

Il plaça une photo sous le nez de Mikael.

« Ça devrait être une opération toute simple, tu ne crois pas ? Mais, chut, Mikael ! Personne ne peut t'entendre. Et si tu continues à hurler comme ça, il va falloir que je te bâillonne également. »

Harry se laissa tomber dans le fauteuil d'Arnold Folkestad. Il émit un long sifflement hydraulique et se tassa sous son poids. Harry alluma l'ordinateur et l'écran brilla dans le noir. Le PC se mit en route avec cette sorte de crépitement, il activa ses programmes et se prépara à tourner. Pendant ce temps, Harry relut le SMS que lui avait envoyé Katrine.

Pas de résultat sur les statistiques.

Arnold lui avait dit que le FBI avait établi une statistique montrant que dans quatre-vingt-quatorze pour cent des cas où un témoin de l'accusation dans une affaire grave venait à mourir, cette mort était suspecte. C'était cette statistique qui avait poussé Harry à enquêter de plus près sur la mort d'Assaïev. Or cette statistique n'existait pas. C'était exactement comme cette blague de Katrine. Il ne savait pas pourquoi elle lui était revenue à l'esprit :

« Dans soixante-dix pour cent des cas où les gens s'appuient sur des statistiques, c'est quelque chose qu'ils ont inventé pour l'occasion. »

Harry avait dû y penser depuis un bon moment. Il avait dû avoir un soupçon. Il avait dû envisager qu'Arnold l'avait inventée de toutes pièces.

Pourquoi ?

La réponse était simple. Pour convaincre Harry de se pencher sur la mort d'Assaïev. Parce qu'Arnold savait quelque chose. Or, il ne pouvait pas révéler cette information, ni indiquer comment il l'avait obtenue sans se dévoiler lui-même. Mais, en tant que policier pointilleux qui tenait maladivement à l'élucidation de tous les meurtres, il avait été prêt à prendre le risque en mettant indirectement Harry sur la piste.

Parce qu'Arnold Folkestad savait que la piste pouvait conduire Harry au fait que Rudolf Assaïev avait été assassiné, et à son meurtrier éventuel.

Elle pouvait également le mener à lui-même, Arnold Folkestad, et à un autre meurtre. La seule personne qui pouvait être au courant et qui aurait peut-être eu besoin de raconter ce qui s'était réellement passé à l'hôpital, c'était Anton Mittet. Le policier de garde drogué et honteux. Et une seule raison aurait pu expliquer pourquoi Arnold Folkestad et Anton Mittet, deux personnes totalement étrangères l'une à l'autre, auraient pu soudain être en contact.

Harry frissonna.

Un meurtre.

L'ordinateur était prêt pour une recherche.

Chapitre 48

Harry contempla l'écran du PC. Il rappela le numéro de Katrine. Il allait interrompre l'appel quand il entendit sa voix.

« Oui ? »

Elle était essoufflée, comme si elle avait couru. Mais l'acoustique indiquait qu'elle était à l'intérieur. Il aurait dû s'en rendre compte la fois où il avait appelé Arnold Folkestad en pleine nuit. L'acoustique. Il était dehors. Pas chez lui.

« Tu es dans une salle de sports ou quoi ?

— Une salle de sports ? » Elle lui posa la question comme si le concept même lui était inconnu.

« Je pensais que c'était peut-être pour ça que tu ne répondais pas.

— Non, je suis à la maison. Qu'est-ce qu'il y a ?

— OK, relax. Je suis à l'École de Police. Je viens de regarder l'historique d'un ordinateur, et je sais ce que la personne a cherché sur le Net. Et je ne suis pas plus avancé.

— Comment ça ?

— Arnold Folkestad a consulté des pages de fournisseurs d'équipements médicaux. Je veux savoir pourquoi.

— Arnold Folkestad ? Qu'est-ce qu'il a fait ?

— Je crois que c'est notre homme.

— Arnold Folkestad est le tueur des policiers ? »

Derrière l'exclamation de Katrine, Harry entendit un bruit qu'il reconnut immédiatement comme la toux de fumeur de Bjørn Holm. Et un autre bruit qui pouvait être le grincement d'un matelas.

« Est-ce que vous êtes à la Chaufferie, toi et Bjørn ?

— Non, je t'ai dit que j'étais… Nous… Oui, nous sommes à la Chaufferie. »

Harry réfléchit. Au cours de toutes ses années dans la police, il n'avait jamais entendu un mensonge aussi mauvais.

« Si tu as accès à un ordi là où tu es, tu vérifies si Folkestad s'est procuré ces équipements. Et tu vérifies avec les dates et les meurtres. Et tu me rappelles. Maintenant, passe-moi Bjørn. »

Il entendit Katrine mettre la main sur le combiné et dire quelques mots. Puis la voix pâteuse de Bjørn :

« Oui ?

— Enfile tes frusques et fonce à la Chaufferie. Mets la main sur un juge qui va te donner l'autorisation de demander à l'opérateur de téléphone de repérer le portable d'Arnold Folkestad. Et tu vas vérifier quels numéros ont appelé Truls Berntsen ce soir. OK ? Entre-temps, je vais demander à Bellman l'autorisation de faire appel au groupe Delta. D'accord ?

— Oui. Je… Nous… Enfin… Tu vois…

— Est-ce que c'est important, Bjørn ?

— Non.

— OK. »

Harry coupa la communication. Au même instant, Karsten Kaspersen apparut à la porte.

« J'ai de la teinture d'iode et du coton. Et des pincettes. On va te retirer ces éclats et ces échardes.

— Merci Kaspersen. Mais ces éclats, c'est à peu près tout ce qui me fait encore tenir le coup. Alors tu vas laisser ces trucs sur le bureau.

— Mais enfin, tu… »

Harry chassa Kaspersen qui protestait, puis composa le numéro de Bellman. Au bout de six sonneries, il tomba sur un répondeur. Jura. Chercha Ulla Bellman sur l'ordi, trouva le numéro d'un fixe à Høyenhall. Et, tout de suite après, il entendit une voix douce et mélodieuse dire son nom.

« Harry Hole à l'appareil. Est-ce que ton mari est là ?

— Non. Il vient de sortir.

— C'est très important. Où est-il ?

— Il ne l'a pas dit.

— Quand...

— Il ne l'a pas dit.

— Si...

— S'il rentre, je lui demanderai de t'appeler. Harry Hole.

— Merci. »

Il coupa la communication.

Il se força à attendre. Il attendit, les coudes sur le bureau, la tête entre les mains, et écouta les gouttes de sang tomber sur les copies à corriger. Il les compta, comme les secondes du tic-tac.

La forêt. La forêt. Il n'y a pas de métro dans la forêt.

Et l'acoustique. On aurait dit qu'il était dehors. Pas chez lui.

Quand Harry avait appelé Arnold Folkestad ce soir-là, Arnold avait déclaré qu'il était à la maison.

Pourtant, Harry avait entendu le métro derrière lui.

Bien entendu, il pouvait y avoir des raisons tout à fait innocentes à ce qu'Arnold Folkestad mente sur l'endroit où il se trouvait. Une relation avec une femme qu'il aurait voulu garder privée, par exemple. Et cela aurait pu être une coïncidence si le moment où Harry avait appelé correspondait à peu près à celui où la fillette avait été déterrée à Vestre Gravlund. Et le métro passait juste à côté du cimetière. Des coïncidences. Mais d'autres choses étaient remontées à la surface. Les statistiques.

Harry regarda à nouveau sa montre.

Il pensa à Rakel et à Oleg. Ils étaient à la maison.

La maison. Là où il devait être. Là où il *aurait dû* être. Où il ne serait jamais. Pas tout à fait, pas entièrement, pas comme il le souhaitait. C'était vrai, il n'avait pas ça en lui. À la place, il avait autre chose, ce truc qui le dévorait comme une bactérie, qui lui bouffait tout, que même l'alcool ne parvenait pas à contenir totalement. Même au bout de toutes ces années, il ne savait pas vraiment ce que c'était. Sauf que, d'une manière ou d'une autre, cela devait ressembler à ce qui animait Arnold Folkestad. Un impératif tellement fort, tellement dominant qu'il ne pouvait défendre ce qu'il détruisait. Et, enfin, elle l'appela.

« Il a commandé pas mal d'instruments chirurgicaux et une tenue de chirurgien il y a quelques semaines. Tu n'as pas besoin d'autorisation.

— Autre chose ?

— Non. On dirait qu'il n'est pas beaucoup allé sur le Net. On dirait presque qu'il s'est montré très prudent.

— Autre chose ?

— J'ai fait une recherche en croisant son nom et les coups et blessures, pour voir s'il y avait quelque chose le concernant. Et ce qui est apparu, c'est un dossier médical à l'hôpital, il y a pas mal d'années. Ce dossier, c'était le sien.

— Ah bon ?

— Oui. Il a été hospitalisé avec ce que le médecin décrit comme des coups et blessures, mais le patient dit qu'il est tombé dans l'escalier. Le médecin refuse d'y croire vu l'étendue des blessures sur tout le corps, mais il écrit que le patient est policier, et que c'est à lui de déterminer s'il faut ou non porter plainte. Il écrit également que le genou ne guérira jamais totalement.

— Alors il a été passé à tabac lui-même. Et en ce qui concerne les lieux des meurtres des policiers ?

— Je n'ai trouvé aucun lien. Il ne semble pas davantage avoir enquêté sur les premiers meurtres quand il était à la Kripos. En revanche, j'ai trouvé un lien avec une des victimes.

550

— Ah ?

— René Kalsnes. Quand il est apparu, j'ai effectué des recherches en combinant les deux noms. Ces deux-là se sont beaucoup fréquentés. Billets d'avion pour l'étranger, et Folkestad a payé pour eux deux, des chambres doubles et des suites dans plusieurs grandes villes européennes. Des bijoux que Folkestad n'a sûrement pas portés, mais qu'il a achetés à Barcelone et à Rome. Bref, on dirait que ces deux-là...

— ... étaient en couple, compléta Harry.

— Je dirais plutôt des amants cachés, dit Katrine. En secret. Quand ils prenaient l'avion, ils avaient des sièges séparés, ils prenaient même parfois des vols différents. Et quand ils étaient à l'hôtel en Norvège, ils avaient toujours chacun une chambre simple.

— Arnold était policier, dit Harry. Il pensait que c'était plus prudent de rester dans le placard.

— Mais il n'était pas le seul à entretenir ce René et à lui faire des cadeaux.

— Sûrement. Tout comme il est sûr que les enquêteurs auraient dû voir ça plus tôt.

— Tu es injuste, Harry. Ils n'ont pas mes moteurs de recherche. »

Harry se passa doucement la main sur le visage.

« Tu as peut-être raison. Je suis certainement injuste quand je pense que le meurtre d'un prostitué homo ne fait pas vraiment se bouger les enquêteurs en question.

— Oui, tu es injuste.

— Bon. Autre chose ?

— Pas pour le moment.

— OK. »

Il remit le téléphone dans sa poche. Regarda sa montre.

Une phrase d'Arnold Folkestad lui traversa l'esprit.

Tous ceux qui ne défendent pas la justice devraient avoir mauvaise conscience.

Était-ce ce que Folkestad faisait avec ces meurtres motivés par la vengeance ? Défendre la justice ?

Et puis, il y avait ce qu'il avait dit quand ils avaient parlé de Silje Gravseng et de ses TOC potentiels, de ces troubles de la personnalité chez les gens qui ne reculent ni devant les moyens, ni devant les conséquences. « J'ai une certaine expérience des TOC. »

Le type était en face de Harry et il avait parlé de lui-même sans détour.

Bjørn le rappela au bout de sept minutes.

« Ils ont vérifié le journal des appels de Truls Berntsen. Personne ne l'a appelé ce soir.

— Mm. Folkestad est donc venu directement chez lui et l'a enlevé. Et le téléphone de Folkestad ?

— D'après les signaux relevés par les relais, il est allumé et il se trouve dans la zone Slemdalsveien, Château Neuf et...

— Merde, dit Harry. Raccroche et appelle son numéro. »

Harry attendit quelques secondes. Puis il entendit une sonnerie étouffée non loin. Elle venait des tiroirs sous le bureau. Il les tira. Fermés à clef. À l'exception de celui du bas. Il vit un écran allumé. Harry prit le téléphone et appuya sur la touche Appel.

« Trouvé, dit-il.

— Allô ?

— C'est Harry, Bjørn. Folkestad est malin. Il a laissé ici le téléphone qui est à son nom. Je parie qu'il était là au moment de chaque meurtre.

— Pour que l'opérateur ne puisse pas reconstituer ses déplacements.

— Et comme indice qu'il était bien là à travailler comme d'habitude, si jamais il avait eu besoin d'un alibi. Et comme il n'est même pas enfermé à clef, je parie que nous ne trouverons rien sur lui avec ce téléphone.

— Tu penses qu'il en a un autre ?

— Un téléphone à carte qu'il aura acheté cash, éventuellement sous un autre nom. C'est comme ça qu'il a appelé ses victimes.

— Et comme le téléphone est là ce soir...

— Oui, il a frappé.

— Mais s'il veut utiliser le téléphone comme alibi, c'est bizarre qu'il ne l'ait pas pris. Il aurait dû l'emporter chez lui. Si les signaux de l'opérateur montrent que le téléphone était à l'École de Police toute la nuit...

— Cela ne fera pas un alibi plausible. Mais il y a une autre possibilité.

— Quoi donc ?

— Il n'a pas encore terminé pour ce soir.

— Oh, bordel. Tu crois que...

— Je ne crois rien du tout. Je n'arrive pas à joindre Bellman. Tu peux appeler Hagen et lui expliquer la situation ? Et lui demander s'il peut autoriser l'intervention du groupe Delta ? Vous faites une descente au domicile de Folkestad.

— Tu crois qu'il est chez lui ?

— Non. Mais on...

— ... commence par chercher là où il y a de la lumière », compléta Bjørn.

Harry raccrocha. Ferma les yeux. Le sifflement dans les oreilles avait presque disparu. Un autre bruit l'avait remplacé. Un tic-tac. Le compte à rebours des secondes. Merde, merde ! Il appuya sur ses yeux avec les index repliés.

Quelqu'un d'autre avait-il reçu un appel anonyme aujourd'hui ? Qui ? Et d'où ? D'un portable à carte prépayée. D'une cabine. Ou d'un central où le numéro du correspondant n'apparaissait pas.

Harry resta sans bouger pendant quelques secondes.

Puis il baissa les mains.

Il contempla le gros téléphone fixe noir sur le bureau. Il hésita. Il décrocha le combiné. Il entendit la tonalité du standard. Appuya sur la touche Bis, des petits bips nerveux. Le téléphone composait le dernier numéro appelé. Il l'entendit sonner. On décrocha.

La même voix douce et mélodieuse.

« Bellman.

— Pardon, j'ai fait un faux numéro », dit Harry. Il raccrocha. Ferma les yeux. Merde, merde !

Chapitre 49

Pas le pourquoi ni le comment.

Le cerveau de Harry essayait d'éliminer l'inutile. De se concentrer sur la seule question importante en cet instant. Où.

Où diable Arnold Folkestad pouvait-il être ?

Sur une scène de crime.

Avec un équipement de chirurgien.

Lorsque Harry comprit, il fut tout d'abord stupéfié par une chose : de n'avoir pas saisi plus tôt. C'était tellement évident que même un élève de première année de l'École de Police avec une imagination limitée aurait été capable de traiter l'information et de suivre le raisonnement du tueur. Une scène de crime. Une scène de crime où un homme vêtu comme un chirurgien passerait inaperçu.

Il fallait deux minutes en voiture pour aller de l'École au Rikshospitalet.

Il arriverait à temps. Pas le groupe Delta.

Il mit vingt-cinq secondes pour sortir du bâtiment.

Trente pour monter dans la voiture, la faire démarrer et filer dans Slemdalsveien qui le conduirait presque directement où il voulait.

Une minute et quarante-cinq secondes plus tard, il s'arrêtait devant l'entrée de l'hôpital.

Dix secondes plus tard, il avait franchi la porte à tambour et passé l'accueil. Il entendit un « Hé ! Attends ! », mais il continua. Ses pas résonnaient dans le couloir. Tout en courant, il passa la main dans son dos, saisit l'Odessa qu'il avait coincé dans sa ceinture. Il sentit son pouls ralentir de plus en plus.

Il passa à côté de la machine à café. Modéra l'allure pour ne pas faire de bruit. S'arrêta près du siège devant la porte qui donnait sur la scène de crime. De nombreuses personnes savaient qu'un baron de la drogue russe était mort là, mais seules quelques-unes étaient au courant qu'il avait été assassiné et que la chambre était le lieu d'un meurtre qui n'avait pas été élucidé. Parmi elles, Arnold Folkestad.

Harry se plaça contre la porte. Tendit l'oreille.

Vérifia que la sécurité de l'arme était ôtée.

Son pouls était parfaitement lent.

Quelque part, à l'autre bout du couloir, il entendit des pas de course. On venait le stopper. Et avant d'ouvrir la porte sans bruit et d'entrer, Harry Hole se dit ceci : c'était un putain de cauchemar où tout se répétait, reprise après reprise, et il fallait que ça s'arrête maintenant. Il fallait qu'il se réveille. Cligner des yeux et découvrir un matin radieux, drapé dans une couette fraîche et blanche, serré dans les bras de Rakel. Elle refusait de le lâcher, refusait qu'il soit ailleurs qu'avec elle.

Harry referma prudemment la porte derrière lui. Scruta le dos de l'homme en vert penché sur un lit où gisait une personne qu'il connaissait. Mikael Bellman.

Harry leva le pistolet. Appuya sur la queue de détente. Il imaginait déjà la rafale qui allait déchirer l'étoffe, sectionner les nerfs, écraser la moelle, le dos allait s'arc-bouter avant de tomber en avant. Mais Harry ne le voulait pas. Il ne voulait pas tuer cet homme en lui tirant dans le dos. Il voulait l'abattre en lui tirant dans la figure.

« Arnold, dit Harry d'une voix pâteuse, tourne-toi par ici. »

Il y eut un tintement métallique quand l'homme en vert déposa un objet luisant sur la table. Un bistouri. Il se retourna lentement. Abaissa son masque vert. Dévisagea Harry.

Harry le dévisagea à son tour. Son doigt se tendit sur la queue de détente.

Dehors, les pas approchaient. Ils étaient plusieurs. Il lui fallait se presser s'il voulait faire ça sans témoins. Il sentit la résistance disparaître dans la détente, il en était au point où tout est calme dans le tir. Le calme avant l'explosion. Maintenant. Pas encore. Il avait reculé le doigt. Juste un poil. Ce n'était pas lui. Ce n'était pas Arnold Folkestad. S'était-il trompé ? S'était-il trompé encore une fois ? Le visage en face de lui était rasé de frais, la bouche ouverte et les yeux noirs étaient ceux d'un inconnu. Était-ce lui, le tueur des policiers ? Il avait l'air... tellement interloqué. L'homme en vert fit un pas sur le côté et Harry découvrit alors la personne que le premier avait cachée, une femme, également habillée en vert.

Au même instant, la porte s'ouvrit derrière lui. Deux autres personnes en tenue de chirurgien le poussèrent.

« Quelle est la situation ? demanda le nouveau venu d'une voix forte et ferme.

— Inconscient, répondit la femme. Pouls faible.

— Il a perdu du sang ?

— Il n'y a pas beaucoup de sang par terre, mais il a pu couler dans l'estomac.

— Détermine le groupe sanguin et commande trois poches de sang. »

Harry baissa son pistolet.

« Je suis de la police. Que s'est-il passé ?

— Sors d'ici, on essaie de sauver des vies, dit l'homme à la voix assurée.

— Moi aussi », dit Harry en levant le pistolet. L'homme le regarda fixement. « J'essaie de stopper un meurtrier, docteur. Et nous ne savons pas s'il a terminé sa journée de travail. OK ? »

Le médecin responsable se détourna de Harry.

« S'il n'y a que cette blessure, il n'a pas perdu beaucoup de sang, et il n'y en a pas dans les organes internes. Est-il en état de choc ? Karen, aide le policier. »

La femme parla à travers son masque sans quitter le lit.

« Une employée à l'accueil a vu un homme en tenue de chirurgien ensanglantée, avec un masque, qui venait de l'aile inutilisée et qui est sorti directement de l'hôpital. C'était assez inhabituel, alors elle a envoyé quelqu'un pour vérifier. Le patient était en train de mourir d'hémorragie quand on l'a trouvé.

— Quelqu'un sait où cet homme est parti ? demanda Harry.

— Ils disent qu'il a juste filé.

— Quand le patient va-t-il reprendre conscience ?

— On ne sait même pas s'il va survivre. D'ailleurs, on dirait que tu as besoin de soins toi aussi.

— Pas grand-chose à faire, si ce n'est mettre une protection », dit le responsable.

Il n'y avait plus d'informations à récupérer. Pourtant, Harry resta dans la chambre. Il avança de deux pas. S'arrêta. Regarda le visage livide de Mikael Bellman. Était-il conscient ? Difficile à dire.

Un œil le regardait fixement.

L'autre n'était plus là.

Il n'y avait qu'un trou noir avec des bouts de nerfs ensanglantés et des filaments blancs qui pendouillaient.

Harry se retourna et sortit. Il prit son portable alors qu'il arpentait le couloir à la recherche d'air frais.

« Oui ?

— Ståle ?

— Tu as l'air secoué, Harry.

— Le tueur des policiers a eu Bellman.

— Il l'a eu ?

— Il l'a opéré.

— Comment ça ?

— Il lui a enlevé un œil et l'a laissé comme ça pour qu'il se vide

558

de son sang. Et c'est le tueur des policiers qui est le responsable de l'explosion dont tu as certainement entendu parler ce soir aux infos. Il a tenté de tuer deux policiers, dont moi. J'ai besoin de savoir ce qu'il pense. Moi, je n'ai plus la moindre idée. »

Silence. Harry attendit. Il entendit le souffle lourd de Ståle Aune. Et, enfin, sa voix :

« Je ne sais vraiment pas...

— Ce n'est pas ce que j'ai besoin d'entendre, Ståle. *Fais comme si* tu savais, d'accord ?

— OK, OK. Ce que je peux dire, c'est qu'il est incontrôlable. La tension émotionnelle a grimpé, il est en train de bouillir. Il a cessé de suivre des schémas prévisibles. Il peut inventer n'importe quoi.

— Ce que tu es en train de me dire, c'est que tu ne sais pas quel va être son prochain coup ? »

Nouveau silence.

« Merci », dit Harry. Et il raccrocha. Le téléphone sonna au même instant. B, pour Bjørn.

« Oui ?

— Les Delta sont en route, ils vont chez Folkestad.

— Bien ! Dis-leur qu'il est possible qu'il soit en train de rentrer chez lui également. Et dis-leur aussi que nous leur laissons une heure avant de lancer un avis de recherche général, pour qu'il ne puisse pas être prévenu s'il écoute la radio de la police. Appelle Katrine et dis-lui de venir à la Chaufferie. J'arrive. »

Harry déboula à l'accueil. Les gens le regardaient fixement et s'écartaient. Une femme se mit à crier, une autre plongea derrière un comptoir. Harry se découvrit dans le miroir derrière le comptoir.

Un type de près de deux mètres, rescapé d'une bombe, avec à la main le pistolet automatique le plus hideux de la planète.

« Sorry, folk », marmonna Harry. Et il passa la porte à tambour.

« Qu'est-ce qui se passe ? demanda Bjørn.

— Trois fois rien », dit Harry, et il leva la tête vers la pluie qui, l'espace d'un instant, rafraîchit l'incendie sur sa figure. « Dis, je suis à cinq minutes de la maison, alors j'y vais, je prends une douche, je me mets des sparadraps et des fringues intactes. »

Ils coupèrent la communication. Harry découvrit le contractuel à côté de sa voiture, en train de s'activer avec son carnet à souches.

« Tu as l'intention de me mettre une amende ? demanda Harry.

— Qu'est-ce que tu crois ? Tu bloques l'entrée d'un hôpital, répondit le contractuel sans lever les yeux.

— Vaudrait mieux que tu te bouges, pour que l'on bouge aussi cette bagnole, dit Harry.

— Je crois pas que tu devrais me parler comme… » commença le contractuel. Il leva les yeux et découvrit Harry et l'Odessa. Il était encore scotché au goudron quand Harry monta dans sa voiture, ficha le pistolet dans son dos, démarra, embraya et dévala la rue.

Harry tourna dans Slemdalsveien, accéléra et croisa un métro. Il pria pour qu'Arnold Folkestad soit en train de rentrer chez lui, exactement comme lui en cet instant.

Il prit Holmenkollveien. Il espéra que Rakel n'allait pas paniquer en le voyant. Il espéra qu'Oleg…

Seigneur, comme il se réjouissait de le revoir. Même maintenant. Même comme ça. Surtout maintenant.

Il ralentit pour tourner dans l'allée qui menait à la maison.

Et il pila net.

Recula lentement.

Il observa les voitures qu'il venait de passer, les voitures garées le long du trottoir. Il s'arrêta. Inspira par le nez.

En fait, Arnold Folkestad était bien rentré chez lui. Exactement comme lui.

Là, entre deux voitures caractéristiques de Holmenkollen, une Audi et une Mercedes, il y avait une Fiat d'une année indéterminée.

Chapitre 50

Harry resta quelques secondes sous les sapins à étudier la maison.

De sa position, il ne voyait aucun signe d'effraction, ni à la porte avec ses trois serrures, ni aux fenêtres.

Bien sûr, il n'était pas certain qu'il s'agisse de la Fiat de Folkestad. Beaucoup de gens avaient des voitures de cette marque. Harry avait posé la main sur le capot. Il était encore chaud. Harry avait laissé sa voiture au milieu de la rue.

Harry courut encore sous les sapins et arriva derrière la maison.

Il attendit, écouta. Rien.

S'approcha de la maison sur la pointe des pieds. Se pencha, jeta un coup d'œil par la fenêtre. Mais ne vit rien. Juste des pièces plongées dans le noir.

Il contourna la maison jusqu'à arriver aux fenêtres éclairées de la cuisine et du salon. Il se hissa sur la pointe des pieds et regarda rapidement. Se baissa. Il colla le dos contre les bardeaux et se concentra sur sa respiration. Il fallait qu'il respire bien. Il fallait qu'il veille à ce que son cerveau reçoive de l'oxygène, pour qu'il puisse penser rapidement.

Une forteresse. Et à quoi cela avait-il servi ?

Il les avait.

Ils étaient là.

Arnold Folkestad. Rakel. Et Oleg.

Harry se concentra sur ce qu'il venait de voir.

Ils étaient dans le vestibule, juste derrière la porte de la maison.

Oleg était assis sur une chaise rustique placée au milieu de la pièce, avec Rakel juste derrière lui. Il avait un bâillon blanc dans la bouche et Rakel était en train de le ligoter au dossier de la chaise.

Quelques mètres derrière eux, plongé dans un fauteuil, Arnold Folkestad avec un pistolet à la main, donnant des ordres à Rakel.

Les détails. Le pistolet de Folkestad était un Heckler & Koch. L'arme standard de la police. Fiable. Elle n'allait pas s'enrayer. Le téléphone portable de Rakel était posé sur la table du salon. Ils n'avaient pas l'air blessés. Pour le moment.

Pourquoi…

Harry n'alla pas plus loin. Pas de place pour les pourquoi, pas le temps pour les pourquoi. Une seule chose comptait : comment il allait arrêter Folkestad.

Harry avait déjà vu que l'angle lui interdisait de tirer sur Arnold Folkestad sans risquer de toucher Oleg et Rakel.

Harry leva la tête à la fenêtre et replongea aussitôt.

Rakel avait presque terminé.

Folkestad allait bientôt s'y mettre.

Il avait vu la matraque, elle était appuyée contre la bibliothèque à côté du fauteuil. Folkestad allait bientôt démolir le visage d'Oleg comme celui des autres victimes. Un jeune garçon qui n'était même pas policier. Folkestad devait supposer que Harry était mort, si bien que la vengeance était inutile. Pourquoi… Stop !

Il devait appeler Bjørn. Faire rappliquer le groupe Delta par ici. Mais ils étaient dans la forêt, de l'autre côté de la ville. Ça leur prendrait au moins trois quarts d'heure. Merde, merde ! Il allait devoir se débrouiller seul.

Harry se dit qu'il avait du temps.

Qu'il disposait de plein de secondes, peut-être une minute.

Mais il ne pouvait pas compter sur l'élément de surprise s'il tentait de débouler à l'intérieur. Pas avec trois serrures à ouvrir d'abord. Folkestad l'entendrait et serait prêt bien avant qu'il ne pénètre dans la maison. Avec le pistolet braqué sur la tête d'Oleg ou de Rakel.

Vite, vite ! Trouve quelque chose, Harry.

Il sortit son portable. Il voulut envoyer un SMS à Bjørn, mais ses doigts n'obéirent pas. Ils étaient raides, ils ne sentaient plus rien, comme si la circulation sanguine était coupée.

Pas maintenant, Harry, ne te bloque pas. C'est une intervention normale, ce n'est pas eux, ce sont des… victimes. Des victimes anonymes. C'est… Elle, tu dois l'épouser, et lui, il t'appelait Papa quand il était petit, et il en a eu tellement assez qu'il s'est laissé aller. Lui, tu ne voulais pas le décevoir, mais tu oubliais son anniversaire, et ça te faisait grincer des dents, tu étais furieux et tu devais tricher. Il fallait toujours que tu triches.

Harry cligna des yeux.

Un sale tricheur.

Le portable était sur la table du salon. Devait-il appeler le téléphone de Rakel ? Cela ferait peut-être bouger Folkestad, peut-être viendrait-il se placer dans la ligne de tir qui passait entre Rakel et Oleg. Et il pourrait l'abattre quand il décrocherait.

Et s'il ne bougeait pas ?

Harry jeta encore un coup d'œil et replongea. Il espéra que Folkestad n'avait pas perçu le mouvement. Folkestad venait de se lever, il avait la matraque à la main, il écarta Rakel. Mais elle le gênait encore. Et puis, même s'il avait une ligne de tir dégagée, la probabilité était faible qu'il ait la chance de placer une balle qui arrêterait Folkestad instantanément, à dix mètres. Il aurait besoin d'une arme bien plus précise que son Odessa rouillé et d'un calibre aussi grossier que le Makarov 9×18 mm. Il fallait qu'il s'approche. De préférence à moins de deux mètres.

Il entendit la voix de Rakel à travers la vitre.

« Prends-moi ! S'il te plaît. »

Harry appuya l'arrière de la tête contre le mur, ferma les yeux à nouveau. Agir, il fallait agir. Mais quoi faire ? Bon sang, quoi faire ? Seigneur, donne un tuyau à cet enfoiré de tricheur, et il te le rendra avec… Avec ce que tu veux. Harry inspira, murmura une promesse.

Rakel regarda fixement l'homme à la barbe rousse, derrière la chaise où se trouvait Oleg. Il posa le bout de la matraque sur son épaule. Dans l'autre main, il tenait le pistolet braqué sur elle.

« Je suis vraiment désolé, Rakel, mais je ne peux pas épargner le gamin. C'est lui la cible, tu comprends.

— Mais pourquoi ? » Rakel ne se sentait pas pleurer, il y avait juste des larmes qui coulaient sur ses joues, une réaction physique dissociée de ce qu'elle éprouvait. Ou de ce qu'elle ne ressentait pas. La paralysie. « Pourquoi fais-tu ça, Arnold ? C'est… C'est tout simplement…

— Fou ? » Arnold Folkestad eut une sorte de sourire d'excuse. « C'est ce que vous aimeriez croire. Tout le monde est prêt à se gargariser avec des grands fantasmes de vengeance, mais personne n'est prêt à les réaliser.

— Mais pourquoi ?

— Parce que, moi, si je suis en mesure d'aimer, je suis en mesure de haïr. C'est-à-dire que je ne peux plus aimer. Alors, j'ai remplacé ça par… » Il leva la matraque. « Ça. J'honore mon amoureux. René était bien plus qu'un amant de passage. Il était… »

Il posa la matraque par terre, appuyée contre le pied de la chaise, il prit quelque chose dans sa poche, sans baisser le pistolet d'un millimètre.

« … la prunelle de mes yeux. Et on me l'a pris. Sans que personne ne bouge. »

Rakel regarda fixement ce qu'il tenait. Elle savait qu'elle aurait dû être horrifiée, paralysée, terrifiée. Mais elle ne sentait rien. Son cœur était gelé depuis longtemps.

« Il avait de si beaux yeux, Mikael Bellman. Alors je lui ai pris ce qu'il m'a pris. Ce qu'il avait de mieux.

— La prunelle de ses yeux. Mais pourquoi Oleg ?

— Tu n'as vraiment pas compris, Rakel ? C'est une graine. Harry m'a dit qu'il veut être policier. Et il a déjà trahi son devoir. Il est comme eux.

— Devoir ? Quel genre de devoir ?

— Le devoir de capturer des meurtriers et de les juger. Il sait qui a tué Gusto Hanssen. Tu as l'air surprise. Je me suis penché sur l'affaire. Il est évident que, si Oleg ne l'a pas tué lui-même, il sait qui est le coupable. D'un point de vue purement logique, le contraire est impossible. Harry ne te l'a pas dit ? Oleg était là, sur place, quand Gusto a été liquidé, Rakel. Et tu sais ce que j'ai pensé quand j'ai vu Gusto sur les photos des TIC ? Qu'il était beau. Lui et René, ils étaient beaux, et ils avaient toute la vie devant eux.

— Et mon garçon aussi ! S'il te plaît, Arnold, tu n'as pas besoin de faire ça. »

Alors qu'elle faisait un pas vers lui, il leva le pistolet. Non pas sur elle, mais sur Oleg.

« Ne sois pas triste, Rakel. Tu vas mourir, toi aussi. Tu n'es pas une cible, mais un témoin dont je suis obligé de me débarrasser.

— Harry va te démasquer. Et il te tuera.

— Je suis désolé de te faire autant de peine, Rakel, je t'aime bien, vraiment. Mais je crois qu'il est juste que tu le saches. Tu vois, Harry ne démasquera personne. Parce qu'il est déjà mort, je le crains. »

Rakel le dévisagea d'un air incrédule. Il était *vraiment* désolé. Le téléphone sur la table s'alluma soudain et émit un sifflement. Un seul. Elle l'observa.

« On dirait que tu te trompes », dit-elle.

Arnold Folkestad fronça le front. « Donne-moi ce téléphone. »

Rakel le prit et le lui tendit. Il appuya le pistolet sur la nuque d'Oleg et prit brusquement l'appareil. Lut rapidement le message. Il fixa Rakel du regard.

« Qu'est-ce que ça veut dire ? »

Ne laisse pas Oleg voir le cadeau.

Rakel haussa les épaules.

« En tout cas, ça veut dire qu'il est vivant.

— Impossible. À la radio, ils ont dit que ma bombe avait explosé.

— Arnold, va-t'en, s'il te plaît. Avant qu'il ne soit trop tard. »

Folkestad cligna des yeux d'un air pensif tout en observant Rakel. Comme si son regard la traversait.

« J'ai compris. Quelqu'un a précédé Harry. Quelqu'un est entré dans l'appartement. Et *boum*. Évidemment. » Il poussa un petit rire. « Harry est sur le chemin du retour, c'est ça ? Il ne se doute de rien. Je peux vous abattre pour commencer, et attendre qu'il ouvre la porte. »

Il donna l'impression de vérifier son raisonnement une fois de plus, il hocha la tête comme s'il parvenait à la même conclusion. Il braqua le pistolet sur Rakel.

Oleg commença à se tortiller sur sa chaise, il essaya de sauter, il gémit désespérément avec le bâillon dans la bouche. Rakel regarda droit dans le canon de l'arme. Elle sentit que son cœur s'était arrêté. Comme si le cerveau avait déjà accepté l'inévitable et commençait à s'éteindre. Elle n'avait plus peur. Elle voulait mourir. Mourir avant Oleg. Peut-être que Harry arriverait avant... Peut-être parviendrait-il à sauver Oleg. Parce qu'elle le savait maintenant. Elle ferma les yeux. Elle attendit quelque chose dont elle ignorait tout. Un coup, une piqûre, la douleur. Le noir. Elle n'avait aucun dieu à prier.

Il y eut un bruit de clef dans une serrure.

Elle ouvrit les yeux.

Arnold avait baissé son pistolet et regardait la porte.

Une petite pause. Puis un nouveau bruit de clef.

Arnold recula d'un pas, retira le plaid du fauteuil et le jeta sur Oleg, pour couvrir à la fois le garçon et la chaise.

« Fais comme si de rien n'était, murmura-t-il. Si tu dis un mot, je mets une balle dans la nuque de ton fils. »

Bruit de clef pour la troisième fois. Rakel vit Arnold se positionner derrière la chaise camouflée, avec Oleg, de sorte que le pistolet ne se voyait pas de l'entrée.

La porte s'ouvrit.

Et il entra. Grand comme une tour, un large sourire aux lèvres, veste ouverte. Et le visage démoli.

« Arnold ! s'écria-t-il, rayonnant de joie. Quel plaisir ! »

Arnold lui rendit son sourire.

« Tu en fais une tête ! Qu'est-ce qui t'est arrivé ?

— Le tueur des policiers. Une bombe.

— Vraiment ?

— Rien de grave. Quel bon vent t'amène ?

— Je passais dans le coin. Et je me suis rappelé qu'il y avait deux ou trois trucs dont on devait discuter à propos de l'emploi du temps. Viens voir ça par ici, s'il te plaît.

— Laisse-moi d'abord l'embrasser, dit-il en ouvrant les bras vers Rakel qui fonça se jeter à son cou. Le vol s'est bien passé, mon amour ? »

Arnold s'éclaircit la gorge.

« Tu veux bien le lâcher, Rakel. J'ai d'autres choses à faire ce soir.

— T'es dur, quand même, Arnold », dit Harry en riant. Il lâcha Rakel, l'écarta et ôta son manteau.

« Viens par ici, dit Arnold.

— Il y a plus de lumière ici, Arnold.

— Mon genou me fait mal. Viens par ici. »

Harry se baissa et tira sur ses lacets.

« J'ai été pris dans une explosion épouvantable, alors tu m'excuseras si je commence par enlever mes chaussures. Tu vas bien être obligé de te servir de ton genou pour sortir, alors apporte-moi cet emploi du temps si ça urge autant que ça. »

Harry baissa les yeux sur ses chaussures. La distance entre l'endroit où il était et Arnold et la chaise recouverte du plaid était de six ou sept mètres. Bien trop pour quelqu'un qui lui avait dit que ses problèmes de vue et ses tremblements faisaient qu'il ratait la cible si elle était à plus de cinquante centimètres. En outre, la cible venait soudain de se recroqueviller, de réduire en taille en baissant la tête, en penchant le buste en avant, si bien qu'elle était protégée par les épaules.

Il tira sur les lacets, fit comme s'ils résistaient.

Attirer Arnold. Il fallait réussir à l'attirer par ici.

Car il n'y avait qu'un moyen. Et c'était peut-être ce qui le rendait si calme et détendu. *All in.* C'était déjà joué. Le reste, cela dépendait du destin.

Et Arnold sentit peut-être ce calme.

« Comme tu veux, Harry. »

Harry entendit Arnold approcher. Il continua de s'acharner sur ses lacets. Il savait qu'Arnold avait laissé Oleg sur sa chaise. Oleg ne bougeait pas d'un poil, comme s'il savait ce qui se passait.

Arnold passa à côté de Rakel.

Le moment était arrivé.

Harry leva la tête. Regarda droit dans le canon du pistolet, dans cet œil noir qui le dévisageait, à vingt ou trente centimètres.

Il avait su que, à partir de l'instant où il serait entré, au moindre mouvement brusque, Arnold se mettrait à tirer. Il commencerait par celui qui était le plus proche de lui : Oleg. Arnold avait-il compris que Harry était armé ? Avait-il compris que Harry prendrait un pistolet pour le faux rendez-vous avec Truls Berntsen ?

Peut-être. Peut-être pas.

Cela n'avait plus aucune importance. Harry ne parviendrait jamais à sortir une arme, même si elle était aisément accessible.

« Arnold, pourquoi…

— Adieu, l'ami. »

Harry vit le doigt d'Arnold Folkestad se plier sur la queue de détente.

Et il sut qu'elle ne viendrait pas, l'explication que nous pensons obtenir à la fin du voyage. Ni la grande explication, pourquoi nous sommes nés, pourquoi nous devons mourir et le sens de ce qui se passe entre ces deux moments. Ni les petits éclaircissements, comme comprendre ce qui fait qu'une personne comme Folkestad est prête à sacrifier sa vie pour en détruire d'autres. À la place, il y aurait cette syncope, cette exécution brutale, ce point banal mais logique au milieu d'un mot. Pour-quoi.

La poudre brûla, littéralement, à la vitesse d'une explosion, la pression créée propulsa le projectile hors de la douille en cuivre à une vitesse d'environ trois cent soixante mètres par seconde. Le plomb s'adapta aux rayures du canon qui font tourner la balle sur elle-même, et lui assurent une meilleure stabilité dans l'air. Mais, dans ce cas précis, ce n'était pas nécessaire. Car à peine après quelques centimètres dans l'air, le morceau de plomb pénétra la peau de la tête et freina à la rencontre du crâne. Lorsque la balle atteignit le cerveau, la vitesse était tombée à trois cents kilomètres à l'heure. Le projectile traversa d'abord l'écorce et détruisit toutes les fonctions du mouvement, puis elle traversa le lobe temporal, détruisit les fonctions dans le lobe droit et le lobe frontal, sectionna le nerf optique et percuta l'intérieur du crâne du côté opposé. En raison de l'angle d'attaque et de la vitesse moindre, la balle ricocha au lieu de ressortir, elle toucha d'autres parties de l'intérieur du crâne et finit par s'arrêter. À ce moment, elle avait causé tellement de dégâts que le cœur avait cessé de battre.

Chapitre 51

Katrine frissonna et se glissa sous le bras de Bjørn. Il faisait froid dans la nef de l'église. Il faisait froid à l'intérieur, il faisait froid dehors. Elle aurait dû se couvrir davantage.

Ils attendaient. Tout le monde attendait dans l'église d'Oppsal. Comment se faisait-il que les gens se mettaient toujours à tousser quand ils entraient dans une église ? Y avait-il quelque chose dans l'endroit lui-même qui leur serrait la gorge, qui les forçait à s'éclaircir la voix ? Et ce, même dans une église moderne de béton et de verre comme celle-ci ? Était-ce la crainte de faire du bruit, des bruits qui allaient être amplifiés par l'acoustique, qui conduisait à ce comportement quasi impulsif ? Ou bien était-ce simplement une manière d'exprimer des sentiments emmagasinés, de les recracher au lieu de s'effondrer en larmes, ou d'éclater de rire ?

Katrine tourna la tête. Il n'y avait pas grand monde, juste les proches. La plupart étaient désignés par une seule lettre dans la liste des contacts de Harry. Elle vit Ståle Aune. Pour une fois, il portait une cravate. Sa femme. Gunnar Hagen, lui aussi accompagné de sa femme.

Elle soupira. Elle aurait dû mieux se couvrir. Même si Bjørn ne semblait pas avoir froid. Costume sombre. Elle n'aurait pas deviné qu'il avait si fière allure en costume. Elle épousseta le col de sa veste.

Même s'il n'y avait rien à nettoyer, c'était un geste, comme ça. Un petit geste d'amour, un geste intime. Les singes qui s'épouillent mutuellement.

L'affaire était élucidée.

Pendant un moment, ils avaient craint de l'avoir perdu. Ils avaient eu peur qu'Arnold Folkestad, celui que l'on avait baptisé le Boucher des Policiers, ait réussi à s'échapper, à quitter la Norvège, ou qu'il ait trouvé à se cacher dans un trou en Norvège. Cela aurait dû être un trou très profond et très obscur, car au cours des vingt-quatre heures qui avaient suivi la diffusion de l'avis de recherche, le signalement et les informations personnelles avaient été repris si fréquemment par tous les médias que n'importe qui en Norvège savait qui était Arnold Folkestad et à quoi il ressemblait. À ce moment-là, Katrine s'était dit qu'ils avaient été à deux doigts de réussir plus tôt, quand Harry lui avait demandé de faire des recherches sur les liens entre René Kalsnes et les policiers. Si seulement elle avait élargi ses recherches aux *ex*-policiers, elle aurait découvert la relation d'Arnold Folkestad avec le jeune homme.

Elle cessa d'épousseter le col de la veste de Bjørn, et il lui sourit avec un air de gratitude. Un sourire bref, un peu crispé. Un petit tremblement du menton. Il allait pleurer. Elle le voyait venir, pour la première fois, elle allait voir Bjørn Holm pleurer. Elle toussota.

Mikael Bellman était assis tout au bout de la rangée. Il regarda sa montre.

Il avait une nouvelle interview dans trois quarts d'heure. *Stern*. Un million de lecteurs. Encore un journaliste étranger qui voulait entendre l'histoire du jeune directeur de la police qui avait œuvré imperturbablement, semaine après semaine, mois après mois, pour venir à bout de ce meurtrier, et qui avait fini par être presque lui-même victime du Boucher des Policiers. Et, une fois encore, Mikael allait marquer cette petite pause avant de déclarer que l'œil qu'il avait sacrifié était un prix bien faible en regard de ce qu'il avait obtenu : empêcher que le meurtrier fou ôte la vie d'un autre de ses hommes.

Mikael Bellman ramena la manche de chemise sur sa montre. Ils auraient déjà dû avoir commencé, qu'est-ce qu'ils attendaient ? Il avait hésité pour son costume aujourd'hui. Noir, ce qui aurait collé à la situation, et ce qui était assorti à son bandeau sur l'œil ? Le bandeau était un coup de bol, il résumait toute son histoire de manière à la fois tellement dramatique et efficace que, d'après *Aftenposten*, il était le Norvégien le plus photographié dans la presse internationale cette année. Ou bien devait-il porter une couleur sombre, plus neutre, qui était également acceptable pour l'occasion, et pas trop frappante — ce qui conviendrait pour l'interview à suivre ? En outre, après celle-ci, il avait cette réunion avec le directeur du conseil municipal. Ulla avait donc opté pour le costume sombre, et neutre.

Bon sang, si ça ne commençait pas bientôt, il allait être en retard.

Il réfléchit. Ressentait-il quelque chose ? Non. Que pourrait-il ressentir, en fait ? Après tout, il s'agissait seulement de Harry Hole, pas exactement un ami proche, et pas un de ses hommes de la police d'Oslo. Mais il y avait une certaine possibilité que des journalistes attendent dehors, et dans ce cas c'était une bonne opération de relations publiques de se montrer à l'église. On ne pouvait pas nier que Harry Hole avait été le premier à désigner Folkestad et, avec la dimension prise par cette affaire, cela liait Mikael et Harry. Et les relations publiques allaient être plus essentielles que jamais. Il savait déjà sur quoi allait porter la réunion avec le directeur du conseil. Le parti avait perdu un profil important avec Isabelle Skøyen et ils en cherchaient un nouveau. Une personne populaire et respectée qu'ils aimeraient intégrer à l'équipe, pour être à leurs côtés pour diriger la ville. Lorsqu'il avait appelé, le directeur avait commencé par faire l'éloge de l'impression sympathique et posée que Bellman avait donnée dans le portrait publié par *Magasinet*. Et il lui avait demandé si le programme politique de leur parti s'harmonisait plus ou moins avec les positions politiques de Mikael Bellman.

S'harmonisait.

Diriger la ville.

La ville de Mikael Bellman.

Mais qu'est-ce qu'il attendait, l'organiste ?

Bjørn Holm sentit Katrine trembler sous son bras. Il sentit les sueurs froides sous le pantalon de son costume et se dit que la journée allait être longue. Elle allait être longue avant que lui et Katrine ne puissent ôter leurs vêtements et se mettre au pieu. Ensemble. Et que la vie continue. Car la vie continuait pour toutes les personnes présentes, qu'elles le veuillent ou non. En observant les bancs autour de lui, il songea à tous ceux qui *n'étaient pas* là. Beate Lønn. Erlend Vennesla. Anton Mittet. La fille de Roar Midtstuen. À Rakel et Oleg Fauke qui n'étaient pas là non plus. Qui avaient payé le prix fort d'être liés à celui qui était placé devant eux aujourd'hui, à côté de l'autel. Harry Hole.

D'une façon étonnante, c'était comme s'il continuait d'être ce qu'il avait toujours été, un trou noir qui dévorait tout ce qu'il y avait de bien autour de lui, qui engloutissait tout l'amour qui lui était donné, et aussi celui qui ne lui était pas donné.

Katrine l'avait dit quand ils s'étaient couchés hier, elle avait été amoureuse de Harry, elle aussi. Non pas parce qu'il le méritait, mais parce qu'il était impossible de ne pas l'aimer. Tout comme il était impossible de l'attraper, de le garder, de vivre avec lui. Alors oui, bien sûr, elle l'avait aimé. Cet amour était passé, le désir s'était un peu refroidi, elle avait essayé, en tout cas. Mais cette petite cicatrice laissée par le bref chagrin d'amour qu'elle partageait avec d'autres femmes demeurerait à jamais. Il leur avait été prêté pendant un moment. Et maintenant, c'était terminé. Bjørn lui avait demandé d'arrêter ça.

L'orgue retentit. Bjørn avait toujours eu un faible pour cet instrument. L'orgue de sa mère dans le salon, à Skreia, le B3 de Gregg Allman, l'harmonium qui exhalait un vieux cantique, c'était la même chose, c'était comme d'être dans une baignoire de sons chauds, en espérant que les larmes n'allaient pas prendre le dessus.

Ils n'avaient jamais capturé Arnold Folkestad. Il s'était capturé lui-même.

Folkestad avait constaté que sa mission était terminée. Et avec ça, sa propre vie. Et il avait fait la seule chose logique. Il s'était passé trois jours avant qu'ils ne le retrouvent. Trois jours de recherches intenses, Bjørn avait le sentiment que le pays entier avait été mobilisé. Et c'était peut-être pour ça que c'était un peu retombé comme un soufflé quand on avait appris la nouvelle qu'il avait été retrouvé dans la forêt, à Maridalen, à une centaine de mètres de l'endroit où l'on avait trouvé Erlend Vennesla. Avec un petit trou dans la tête, un trou presque discret, et un pistolet à la main. C'était sa voiture qui les avait mis sur la piste. On l'avait observée sur un parking au début des sentiers de promenade, une vieille Fiat qui était également recherchée.

Bjørn avait pris la tête du groupe technique sur place. Arnold Folkestad avait l'air tellement innocent, ainsi allongé sur le dos dans la bruyère, comme un bonhomme de Noël avec sa barbe rousse. Il était là sur un petit bout de terrain, à la belle étoile, pas même protégé par les arbres alentour. Dans ses poches, on avait trouvé des clefs, celles de la Fiat et de la serrure de la porte explosée du 92 Hausmanns gate, un Glock 17 en plus de l'arme qu'il tenait à la main, un portefeuille qui contenait entre autres une photo froissée d'un garçon que Bjørn avait immédiatement reconnu. René Kalsnes.

Dans la mesure où il avait plu sans discontinuer pendant au moins une journée, et où le corps était resté en plein air pendant trois jours, on n'avait pas eu beaucoup de traces à examiner. Mais ce n'était pas grave, ils avaient eu ce dont ils avaient besoin. La peau autour du trou de la tempe droite présentait des traces de brûlures du coup de feu et de la poudre s'y était incrustée. L'examen balistique avait montré que la balle dans sa tête avait été tirée par le pistolet qu'il avait dans la main.

Ce n'était donc pas ici qu'ils avaient concentré l'enquête. Non, elle avait commencé quand ils avaient perquisitionné sa maison. Ils y avaient trouvé presque tout ce dont ils avaient besoin pour élucider la totalité des meurtres des policiers. Des matraques avec des traces de sang et des cheveux des personnes tuées, une scie sauteuse avec l'ADN de Beate Lønn, une pelle avec des restes de terre et de glaise qui correspondaient au sol de Vestre Gravlund, des menottes en plastique, des tresses de la police du même modèle que celui utilisé à Drammen, des bottes dont les semelles correspondaient aux empreintes de pieds relevées à Tryvann. Ils avaient tout. Il ne restait plus qu'à rédiger le rapport. Ils avaient terminé. Ensuite, il arriva ce dont Harry avait si souvent parlé et dont Bjørn Holm n'avait jamais fait l'expérience : le vide.

Parce que, soudain, plus rien ne continuait.

Ce n'était pas comme franchir la ligne d'arrivée, accoster dans un port ou descendre sur le quai d'une gare.

C'était comme si les rails, la route ou le pont disparaissaient soudain sous vos pieds.

Terminé. Il détestait ce mot.

Presque en désespoir de cause, il s'était plongé encore plus dans l'enquête sur les premiers meurtres. Et il avait trouvé ce qu'il cherchait, un lien entre le meurtre de la fillette à Tryvann, Judas Johansen et Valentin Gjertsen. Le quart d'une empreinte digitale ne donnait aucun résultat. Mais trente pour cent de probabilité n'était pas à dédaigner. Non, ce n'était pas terminé. Ce n'était jamais terminé.

« Ça commence. »

C'était Katrine. Ses lèvres effleurèrent presque son oreille. Les sons rauques de l'orgue s'étaient mués en musique, une musique qu'il connaissait. Bjørn déglutit avec peine.

Gunnar Hagen ferma les yeux un instant et se contenta d'écouter la musique. Il ne voulait pas réfléchir. Mais des choses lui vinrent à l'esprit. L'affaire était close. Tout était terminé. Désormais, ils avaient enterré ce qui devait l'être. Cependant, il y avait une chose, une seule chose qu'il n'avait pas enterrée. Et il ne le ferait jamais. Il n'en avait parlé à personne. Il ne l'avait pas fait parce que cela ne servait plus à rien. Les mots qu'Assaïev avait prononcés d'une voix rauque lors de ces secondes passées avec lui, ce jour-là, à l'hôpital : « Qu'est-ce que tu peux m'offrir si je te propose de témoigner contre Isabelle Skøyen ? » Et puis : « Je ne sais pas qui c'est, mais je sais qu'elle a également travaillé avec quelqu'un de haut placé dans la police. »

Ces paroles étaient des échos morts d'un homme mort. Des affirmations invérifiables qui pouvaient causer plus de tort que de bien s'ils se mettaient à poursuivre Isabelle Skøyen alors qu'elle était désormais hors jeu.

Alors il avait gardé ça pour lui.

Il continuerait à garder cela pour lui.

Comme Anton Mittet et cette satanée matraque.

Sa décision était prise, mais elle continuait à l'empêcher de dormir.

« Je sais qu'elle a également travaillé avec quelqu'un de haut placé dans la police. »

Gunnar Hagen rouvrit les yeux.

Il étudia lentement l'assemblée.

Truls Berntsen était dans sa Suzuki Vitara, vitre baissée, si bien qu'il pouvait entendre l'orgue de la petite église. Le soleil brillait dans un ciel sans nuages. Chaud et infect. Il n'avait jamais aimé Oppsal. Rien que des racailles. Beaucoup de coups donnés. Beaucoup de coups reçus. Pas autant que dans Hausmanns gate, naturellement. Heureusement ça avait eu l'air plus moche que ça ne l'était réellement. Et, à l'hosto, Mikael avait dit que ce n'était pas trop grave d'avoir la tête démolie pour quelqu'un qui était aussi laid que lui, et puis, une commotion cérébrale, ce n'était pas très sérieux pour un type qui n'avait pas de cerveau.

Bien sûr, c'était censé être rigolo, et Truls avait essayé de ricaner pour montrer qu'il appréciait la plaisanterie, mais la mâchoire cassée et le nez brisé lui avaient fait trop mal.

Il prenait encore des antalgiques très puissants, il avait des gros bandages sur la tête et, bien entendu, il n'avait pas le droit de conduire, mais qu'est-ce qu'il allait faire ? Il n'allait tout de même pas rester cloîtré chez lui à attendre que les vertiges cessent et que les blessures disparaissent. Même Megan Fox commençait à le faire chier, et puis, le docteur lui interdisait aussi de regarder la télé. Alors, il pouvait tout aussi bien être dans sa bagnole devant une église pour... Hein, pour quoi, au fait ? Pour saluer de loin un homme qu'il n'avait jamais respecté ? Un geste vide de sens à l'égard d'un crétin qui ne défendait même pas ses intérêts, et qui avait sauvé la peau du seul type qu'il aurait eu tout à gagner à voir mort, crevé, clamsé. Truls Berntsen ne pigeait rien. Il savait seulement qu'il retournerait au boulot dès qu'il serait à peu près remis sur pieds. Et cette ville redeviendrait la sienne.

Rakel inspira, expira. Ses doigts étaient moites autour du bouquet de fleurs. Elle regarda fixement la porte. Elle pensa aux gens qui attendaient. Les amis, la famille, les proches. Le pasteur. Ils n'étaient pas nombreux, mais ils attendaient. Ils ne pouvaient pas commencer sans elle.

« Tu promets de ne pas pleurer ? demanda Oleg.

— Non », dit-elle avec un petit sourire, et elle lui caressa la joue. Il avait tellement grandi. Il était si beau. Il la toisait. Elle avait dû lui acheter un costume sombre et c'était seulement quand on avait pris ses mesures dans le magasin qu'elle avait compris que son fils était en train de s'approcher du mètre quatre-vingt-treize de Harry. Elle soupira.

« On y va », dit-elle en passant le bras sous celui d'Oleg.

Le jeune homme ouvrit la porte, le bedeau à l'intérieur lui adressa un petit signe de tête, et ils commencèrent à remonter l'allée centrale. En voyant tous les visages tournés vers elle, Rakel sentit sa nervosité s'envoler. Ce n'était pas son idée, elle avait d'abord été contre, mais Oleg avait fini par la convaincre. Il disait que c'était bien, il fallait que ça se finisse comme ça. C'était exactement l'expression qu'il avait employée : que ça se finisse comme ça. Or n'était-ce pas avant tout un commencement ? Le début d'un nouveau chapitre dans leur vie ? C'était l'impression que ça lui faisait. Et soudain, ça lui parut bien d'être là, en cet instant.

Elle sentit le sourire s'étendre sur son visage. Elle souriait à tous les visages souriants. Et, l'espace d'un instant, elle se dit que si elle ou les autres continuaient à sourire encore plus, cela risquait de mal se terminer. Et penser à cela, au bruit de visages fendus en deux, au lieu de la faire frissonner, cela lui donna des picotements dans le ventre. Surtout, ne pas éclater de rire, songea-t-elle. Pas maintenant. Elle sentit qu'Oleg, qui s'efforçait avant tout de marcher au rythme de l'orgue, percevait les vibrations qui émanaient d'elle, et elle tourna la tête vers lui. Elle croisa son regard stupéfait, qui cherchait à l'avertir. Puis il dut détourner les yeux. Il l'avait vu. Il avait vu que sa mère était sur le point de se mettre à rire. Ici. Maintenant. Et il trouva cela tellement déplacé qu'il faillit se mettre à rire lui aussi.

Afin de penser à autre chose, à ce qui allait arriver, au sérieux du moment, elle posa les yeux sur celui qui attendait près de l'autel. Harry. En noir.

Il était tourné vers eux avec ce sourire niais collé sur son beau visage si vilain. Droit et fier comme un coq. Lorsque Oleg et lui s'étaient retrouvés dos à dos chez Gunnar Øye, le vendeur avait pris leurs mesures et déclaré qu'il n'y avait que trois centimètres en faveur de Harry. Et ces deux grands garçons s'étaient tapé dans les mains comme si c'était un concours dont le résultat leur plaisait à tous les deux.

En cet instant, Harry avait l'air très adulte, très sérieux. Les rayons du soleil de juin tombaient à travers les vitraux et le baignaient dans une sorte de lumière céleste. Il avait l'air plus grand que jamais. Et aussi détendu que d'habitude. Au début, elle n'avait pas compris qu'il puisse être aussi calme après tout ce qui était arrivé. Mais, peu à peu, ce calme avait été contagieux, cette foi inébranlable dans le fait que tout s'était arrangé. Dans les premières semaines après le drame avec Arnold Folkestad, elle n'avait pas pu dormir, même si Harry se tassait contre elle et lui murmurait à l'oreille que tout était fini. Que tout s'était bien terminé. Qu'ils étaient hors de danger. Il avait répété les mêmes mots soir après soir, comme un mantra apaisant qui, cependant, ne suffisait pas. Et puis, peu à peu, elle avait commencé à y croire. Au bout de plusieurs semaines, elle avait su que *c'était* arrangé. Et elle avait recommencé à dormir. Un sommeil profond, avec des rêves dont elle ne se souvenait pas, puis elle était réveillée quand il se faufilait hors du lit au petit matin. Il croyait qu'elle ne le remarquait pas, et elle faisait comme si, car elle savait à quel point il était fier et content quand il revenait, persuadé qu'elle se réveillait parce qu'il apportait le plateau du petit déjeuner, en toussotant légèrement.

Oleg avait cessé de vouloir avancer au rythme de la *Marche* de Mendelssohn. Quant à Rakel, c'était pareil, de toute façon, elle devait faire deux pas pour un de son fils. Ils avaient décidé qu'Oleg assurerait une double fonction. Cela avait semblé tout à fait naturel quand elle y avait pensé. Oleg devait la conduire à l'autel, la confier à Harry, et il devait également être son témoin.

Harry, lui, n'avait pas de témoin. C'est-à-dire qu'il avait celle à qui il avait songé en premier lieu. Le siège du témoin à côté de l'autel était vide. Il y avait juste une photo de Beate Lønn.

Ils étaient arrivés. Harry ne l'avait pas quittée des yeux pendant un instant.

Elle n'avait jamais compris comment un homme avec un pouls aussi bas, qui pouvait passer des jours dans son monde à lui presque sans parler, sans avoir besoin qu'il se passe quoi que ce soit, était capable d'appuyer sur un bouton et de tout mettre en marche, d'avoir tout, pendant chaque seconde, pendant chaque fraction de seconde, chaque dixième, chaque centième. Un homme qui, avec sa voix calme et rauque, avec quelques mots, était capable d'exprimer plus d'émotions, d'informations, d'étonnement, de folie et de sagesse que tous les causeurs et bavards qu'elle avait entendus au cours d'un dîner avec sept plats.

Rakel Fauke allait épouser l'homme qu'elle aimait.

Harry l'observa. Elle avait l'air si ravissante qu'il en eut les larmes aux yeux. Il ne s'y attendait vraiment pas, qu'elle soit aussi belle. Il était évident que Rakel Fauke serait bluffante en robe de mariée blanche, mais pas qu'il réagisse ainsi. Il avait surtout espéré que cela ne durerait pas trop longtemps et que le pasteur ne se montrerait pas trop religieux ou inspiré. Il avait espéré que, comme toujours dans le cas des occasions qui libéraient les grands sentiments, il serait immunisé ou paralysé, un observateur froid et un peu déçu du flot de sentiments des autres, et de la sécheresse des siens. Toutefois, il avait décidé de jouer son rôle du mieux possible. Après tout, c'était lui qui avait insisté pour un mariage à l'église. Et, en cet instant, il avait de grosses *larmes* au coin des yeux, des vraies larmes au goût de sel. Harry cligna des yeux et Rakel le dévisagea. Elle croisa son regard. Un regard qui disait : je te regarde, et tous les invités voient que je te regarde et que j'essaie de paraître heureuse.

C'était le regard d'un coéquipier.

Celui de quelqu'un qui dit : on va arranger ça, toi et moi. *Let's put on a show.*

Elle sourit. Et Harry découvrit qu'il souriait également, sans savoir qui avait commencé. Elle tremblait légèrement. Elle riait intérieurement, son rire montait et ce n'était qu'une question de temps avant qu'il ne se mette à jaillir. Le sérieux et la gravité avaient cet effet sur elle. Et sur lui. Afin de ne pas rire, il regarda Oleg, mais cela ne servit à rien car le garçon semblait sur le point d'exploser de rire lui aussi. Il sauva la situation en baissant la tête et en fermant les yeux.

Quelle équipe, se dit Harry avec fierté. Il tourna les yeux vers le pasteur.

L'équipe qui avait eu le Boucher des Policiers.

Rakel avait compris le SMS. *Ne laisse pas Oleg voir le cadeau.* Suffisamment crédible pour qu'Arnold Folkestad ne nourrisse pas de soupçons. Suffisamment clair pour que Rakel comprenne ce qu'il voulait. La vieille astuce du cadeau d'anniversaire.

Ainsi, quand il était entré, elle l'avait pris dans ses bras, elle avait attrapé ce qu'il avait placé dans son dos, dans sa ceinture, elle avait reculé en gardant les mains devant elle, de sorte que l'homme qui était derrière elle ne voyait pas qu'elle tenait quelque chose. Un Odessa chargé et prêt à tirer.

Le plus inquiétant, c'était qu'Oleg lui-même avait compris. Il s'était immobilisé, avait su qu'il ne devait pas gêner ce qui se tramait. Ce qui pouvait signifier qu'il n'avait jamais marché dans cette combine d'anniversaire, mais sans jamais rien dire. Quelle équipe.

Une équipe qui était parvenue à ce qu'Arnold Folkestad s'avance jusqu'à Harry. Ainsi, Rakel s'était retrouvée derrière lui, elle n'avait eu qu'à faire un pas, tirer à bout portant dans la tempe de Folkestad au moment où il allait exécuter Harry.

Oui, une sacrée équipe. Imbattable.

Harry renifla et se demanda si ces satanées larmes auraient la bonne idée de rester à leur place dans le coin de ses yeux, ou s'il devait les sécher avant qu'elles ne dégringolent sur ses joues.

Il opta pour la dernière solution.

Rakel lui avait demandé pourquoi il avait insisté pour qu'ils se marient à l'église. D'après ce qu'elle en savait, il était aussi chrétien qu'une formule chimique. Il en allait de même pour elle, malgré son éducation catholique. Mais Harry avait répondu que c'était une promesse qu'il avait faite à un dieu fictif, devant leur maison. Si jamais tout s'arrangeait, en échange, il s'adonnerait à ce rituel idiot : consacrer son union sous le regard de ce soi-disant dieu. Rakel avait alors éclaté de rire et déclaré que ce n'était pas de la foi mais un grigri et de la filouterie de gamin caractérisée. Et qu'elle l'aimait. Naturellement qu'ils allaient se marier à l'église.

Ils avaient détaché Oleg, ils s'étaient étreints, en rond, comme le font les sportifs. Une longue minute silencieuse où ils étaient restés plantés là, serrés les uns contre les autres, comme pour s'assurer que les autres étaient vraiment entiers. C'était comme si le bruit et l'odeur du coup de feu flottaient encore dans l'air, comme s'ils devaient attendre qu'ils disparaissent avant de pouvoir faire quelque chose. Ensuite, Harry leur avait demandé de s'asseoir à la table de la cuisine. Il avait servi du café de la cafetière qui était encore allumée. Et il s'était dit que, si Arnold Folkestad avait réussi à les tuer tous, il l'aurait peut-être éteinte avant de partir.

Il s'était assis, avait bu une gorgée de sa tasse, il avait jeté un coup d'œil au cadavre qui gisait dans le vestibule à quelques mètres d'eux, et quand il s'était retourné vers eux, il avait lu cette question dans le regard de Rakel. Pourquoi n'avait-il pas déjà appelé la police ?

Harry avait pris une autre gorgée de sa tasse, il avait fait un signe de tête vers l'Odessa posé sur la table et avait dévisagé Rakel. Elle était intelligente. Il suffisait de lui laisser un peu de temps. Elle réfléchirait et parviendrait à la même conclusion. S'il avait passé un coup de fil, il aurait envoyé Oleg en prison.

Et Rakel avait acquiescé lentement. Elle comprenait. Quand les techniciens examineraient l'Odessa pour vérifier que l'arme collait bien avec la balle que les médecins légistes avaient retirée du crâne de Folkestad, ils ne tarderaient pas à établir le lien avec le meurtre de Gusto Hanssen, pour lequel l'arme du crime n'avait jamais été retrouvée. Car ce n'était pas tous les jours — ni même tous les ans — que quelqu'un était tué avec une balle de calibre Makarov

9 × 18 mm. Et quand ils trouveraient qu'elle correspondait à une arme qu'ils pouvaient relier à Oleg, ce dernier serait arrêté à nouveau. Et, cette fois-ci, il serait inculpé et condamné sur la base de ce qui apparaîtrait comme une preuve indiscutable aux yeux de tout le monde dans le tribunal.

« Faites ce que vous avez à faire », dit Oleg. Il avait compris depuis longtemps quelle était la situation.

Harry avait acquiescé, sans quitter Rakel des yeux. Il fallait l'unanimité. Il fallait que cette décision soit prise en commun. Comme maintenant.

Le pasteur avait fini la lecture des Écritures, les personnes présentes s'assirent et le pasteur s'éclaircit la gorge. Harry lui avait demandé de faire un prêche court. Il vit les lèvres du pasteur qui remuaient, il vit la paix sur son visage et il se souvint d'avoir vu le même calme chez Rakel ce soir-là. Elle avait fermé les yeux très fort, puis les avait rouverts. Comme si elle voulait s'assurer que ce n'était pas un cauchemar dont il était possible de se réveiller. Puis elle avait soupiré.

« Que pouvons-nous faire ? avait-elle demandé.

— Brûler, dit Harry.

— Brûler ? »

Harry avait fait oui de la tête. Brûler. Maquiller. Ce que faisait Truls Berntsen. La différence, c'était que les brûleurs comme Berntsen faisaient cela pour l'argent. C'était tout. Il n'y avait pas d'autre différence.

Et ils s'étaient mis au travail.

Il avait fait ce qu'il fallait faire. Ils avaient fait ce qu'il fallait faire. Oleg avait conduit la voiture de Harry dans le garage. Rakel avait emballé le cadavre dans des sacs-poubelles. Harry avait fabriqué un brancard provisoire avec une bâche, des cordes et deux tuyaux en alu. Après avoir mis le corps dans le coffre, Harry avait pris les clefs de la Fiat garée dans la rue. Puis Harry et Oleg avaient pris le volant d'une voiture chacun jusqu'à Maridalen, tandis que Rakel s'affairait à laver et à effacer les traces.

Comme prévu, Grefsenkollen était désert sous la pluie et en pleine nuit. Cependant, ils avaient emprunté un petit sentier pour être sûrs de ne croiser personne.

La pluie avait rendu le chemin glissant et porter le cadavre avait été harassant. D'un autre côté, Harry savait que cela effacerait les traces derrière eux. Et, très probablement, cela ferait disparaître les traces sur le corps, les marques qui auraient pu indiquer que celui-ci avait été transporté jusqu'ici.

Il leur avait fallu plus d'une heure pour trouver un endroit idoine, où les gens ne tomberaient pas tout de suite sur le cadavre, mais où leurs chiens le flaireraient d'ici peu. À ce moment-là, il se serait écoulé suffisamment de temps pour que les éléments techniques soient inutilisables ou peu fiables. Mais pas trop de temps non plus pour que la société gaspille trop de moyens dans cette chasse à l'homme. Harry s'était presque moqué de lui-même quand il avait saisi que ce dernier élément était un facteur dont il avait tenu compte. Malgré tout, il était un produit de son éducation, un fichu mouton du troupeau social-démocrate qui était malade quand la lumière restait allumée la nuit ou quand il voyait du plastique jeté par terre en pleine nature.

Le pasteur avait terminé son prêche et une jeune fille, une amie d'Oleg, chantait de la galerie. *Boots of Spanish Leather*, de Dylan. Le choix de Harry, avec la bénédiction de Rakel. Le prêche du pasteur avait surtout porté sur l'importance du travail en commun dans le mariage et assez peu sur la présence de Dieu. Harry songea à la manière dont ils avaient ôté les sacs-poubelles et placé Arnold Folkestad dans une position en apparence logique pour un homme qui était venu dans la forêt pour se tirer une balle dans la tempe. Harry savait aussi qu'il ne demanderait jamais à Rakel pourquoi elle avait placé le canon du pistolet contre la tempe droite d'Arnold

Folkestad au lieu de faire comme l'auraient fait neuf personnes sur dix, à savoir se dépêcher de lui tirer dans la nuque ou dans le dos.

Bien sûr, c'était peut-être parce qu'elle craignait que la balle ne traverse Folkestad et ne touche Harry qui était encore accroupi.

Mais c'était peut-être aussi parce que le cerveau vif comme l'éclair de cette femme au côté pratique presque terrifiant avait réussi à penser à ce qui allait se passer ensuite. Pour les sauver tous, il faudrait camoufler. Il faudrait réécrire la vérité. Et faire passer cela pour un suicide. Il était *possible* que la femme à côté de Harry ait pensé qu'un suicidé ne se tire pas une balle dans la nuque à cinquante centimètres de distance. Mais, comme Arnold Folkestad était droitier, dans la tempe droite.

Quelle femme. Tout ce qu'il savait sur elle. Tout ce qu'il ne savait pas sur elle. Car c'était une question qu'il était obligé de se poser même après l'avoir vue en action. Après avoir passé des mois aux côtés d'Arnold Folkestad. Et plus de quarante ans avec lui-même. *Dans quelle mesure* connaît-on une autre personne ?

La chanson était terminée et le pasteur avait commencé la lecture des engagements « veux-tu l'aimer et la respecter... », mais lui et Rakel avaient laissé tomber le rituel et ils se faisaient encore face. Et Harry sut qu'il ne lâcherait jamais Rakel, même s'il devait tricher, même s'il était impossible de promettre que l'on aimera une personne jusqu'à l'heure de sa mort. Il espéra que le pasteur allait bientôt la fermer pour qu'il puisse prononcer le oui qui exultait dans sa poitrine.

Ståle Aune prit le mouchoir dans sa poche de poitrine et le tendit à son épouse.

Harry venait juste de dire oui et l'écho de sa voix résonnait encore dans la nef.

« Comment ? murmura Ingrid.

— Tu pleures, ma chérie, chuchota-t-il.

— Non, c'est *toi* qui pleures.

« — Moi ? »

Ståle Aune le sentit. Bien sûr qu'il pleurait. Pas beaucoup, mais assez pour voir les taches humides sur le mouchoir. Aurora disait toujours qu'il ne pleurait pas des vraies larmes. C'étaient de minces gouttes invisibles qui pouvaient se mettre à couler sans crier gare le long du nez, sans que personne autour de lui ne perçoive la situation, le film ou la conversation comme particulièrement émouvants. C'était comme si un joint lâchait soudain à l'intérieur, et l'eau apparaissait alors. Il aurait aimé qu'Aurora soit là aujourd'hui, mais elle participait à un tournoi de deux jours à Nadderudhallen et venait juste de lui envoyer un SMS pour dire qu'elles avaient remporté le premier match.

Ingrid ajusta la cravate de Ståle et posa la main sur son épaule. Il posa une main sur celle d'Ingrid, il savait qu'elle pensait à la même chose que lui. Au jour de leur mariage.

L'affaire était close et il avait rédigé un rapport psychologique. Il avait émis des hypothèses sur le fait que l'arme avec laquelle Arnold Folkestad s'était suicidé était la même qui avait été utilisée pour le meurtre de Gusto Hanssen. Il y avait des ressemblances entre Gusto Hanssen et René Kalsnes, ils étaient jeunes tous les deux, des gravures de mode qui n'avaient aucun scrupule à proposer des services sexuels aux hommes de tous âges. On pouvait penser que Folkestad avait une tendance à tomber amoureux de ce type de garçons. Et il n'était pas invraisemblable que Folkestad, avec ses traits de schizophrénie paranoïde, ait tué Gusto par jalousie, ou pour une tout autre série de raisons basées sur des fantasmes causés par une grave psychose — mais que son entourage n'avait pas nécessairement perçue. Ici, Ståle avait joint les notes de l'époque où Arnold Folkestad travaillait à la Kripos, et où il était venu le voir en se plaignant d'entendre des voix dans sa tête. Même si les psychologues s'accordaient à penser qu'entendre des voix n'était pas uniquement synonyme de schizophrénie, Aune avait penché pour cet avis dans le cas de Folkestad. Il avait alors commencé à préparer un rapport avec un diagnostic qui aurait arrêté la carrière de Folkestad en tant qu'enquêteur sur des affaires d'homicides, mais ne l'avait jamais envoyé puisque Folkestad lui-même avait décidé de donner sa démission après avoir raconté à Aune qu'il avait fait des avances à un collègue dont il avait tu le nom. Il avait également cessé son traitement, et disparu du radar d'Aune. Mais, manifestement, des incidents s'étaient produits qui avaient pu déclencher l'aggravation de son état. D'abord, les blessures à la tête qui lui avaient été infligées et qui avaient entraîné un long séjour à l'hôpital. D'importantes recherches montraient que même des coups légers portés à la tête pouvaient entraîner des modifications de comportement qui augmentaient l'agressivité et réduisaient le contrôle des impulsions. D'ailleurs, ces blessures ressemblaient à celles qu'il allait infliger à ses victimes. Ensuite, il y avait la perte de René Kalsnes. Des témoignages laissaient penser qu'il en avait été follement épris, presque maladivement. Il n'était pas surprenant que Folkestad termine par un suicide ce qu'il considérait comme sa mission. La seule chose étrange, c'était qu'il n'avait pas laissé de message écrit ou oral pour justifier ce qu'il avait fait. Car il était habituel que la mégalomanie soit accompagnée d'un besoin d'être compris, déclaré génial, admiré et de se voir attribuer une place méritée dans l'Histoire.

Le rapport psychologique avait été bien accueilli. Mikael Bellman avait déclaré que c'était le dernier élément dont on avait besoin pour mettre un point final à l'affaire.

Mais Ståle Aune soupçonnait que c'était l'autre aspect qui était le plus important pour eux. Avec ce diagnostic, il mettait un terme à ce qui aurait pu devenir une discussion pénible et problématique : comment se faisait-il qu'un membre de la police soit l'auteur de ce massacre ? Certes, Folkestad n'était qu'un ex-policier, mais qu'est-ce que cela disait sur la police en tant que profession, et sur la culture de la police ?

Désormais, ils pouvaient abandonner le débat parce qu'un psychologue avait conclu qu'Arnold Folkestad était fou. La folie n'a pas de motif. La folie existe, c'est tout. C'est une sorte de catastrophe naturelle qui vient de nulle part. Une chose qui arrive. Ensuite, il n'y a qu'à continuer — car que peut-on y faire ?

Mikael Bellman et les autres pensaient ainsi.

Ce n'était pas l'opinion de Ståle Aune.

Mais on en resterait là pour le moment. Ståle était à nouveau au cabinet à temps plein, mais Gunnar Hagen avait dit qu'il aimerait bien disposer de la bande de la Chaufferie comme d'un groupe mobilisable en urgence, un peu comme les Delta. On avait déjà proposé à Katrine un poste permanent d'enquêteur à la Brigade criminelle et elle avait annoncé qu'elle avait l'intention d'accepter. Elle déclarait qu'elle avait plusieurs bonnes raisons de quitter son beau Bergen adoré pour cette satanée capitale.

L'organiste s'affaira à nouveau, Ståle entendit même le grincement du pédalier, et les notes surgirent. Les fiancés s'avancèrent. Désormais mariés. Ils n'avaient pas besoin de saluer à droite et à gauche, ils pouvaient balayer toutes les personnes présentes d'un seul regard.

La fête se passerait chez Schrøder. Le troquet favori de Harry n'était pas un endroit que l'on associait habituellement à un repas de noces. Mais, d'après Harry, c'était le choix de Rakel, pas le sien.

L'assistance se tourna sur le passage de Rakel et Harry qui longèrent les bancs vides à l'arrière de l'église et se dirigèrent vers la porte. Vers le soleil de juin, songea Ståle. Vers la lumière. Vers l'avenir. Tous les trois, Oleg, Rakel et Harry.

« Ståle, enfin... » fit Ingrid. Elle prit le mouchoir dans la poche de sa veste et le lui tendit.

Aurora était sur le banc et elle entendit aux cris autour d'elle que l'équipe de ses amies avait marqué une nouvelle fois.

C'était le deuxième match de la journée qu'elles gagnaient, et elle se rappela qu'elle devait envoyer un SMS à son papa. Elle, qu'elles gagnent ou qu'elles perdent, cela ne l'inquiétait pas trop, et sa maman s'en moquait totalement. En revanche, son papa réagissait comme si elle était la nouvelle championne du monde chaque fois qu'elle annonçait une victoire en district benjamines de douze ans.

Comme Emilie et Aurora avaient joué presque tout le premier match, elles avaient été mises au repos la majeure partie du deuxième. Aurora avait commencé à compter les spectateurs dans la tribune de l'autre côté du terrain, et il ne lui restait que deux rangées. La plupart étaient des parents et des joueuses des équipes qui participaient au tournoi, mais il lui semblait avoir vu un visage connu là-haut.

Emilie lui donna une tape amicale. « Ben alors, tu suis pas le match ?

— Si, si. C'est seulement que... Tu vois le type là-haut, au troisième rang ? Celui qui est un peu à l'écart. Tu l'as pas déjà vu ?

— Je sais pas. Il est trop loin. Tu préférerais être au mariage ?

— Non, c'est trop un truc de grands. Il faut que j'aille faire pipi. Tu viens avec moi ?

— Au milieu du match ? Et s'il y a des remplacements ? Et s'il nous demande d'entrer en cours de jeu ?

— C'est le tour de Charlotte ou de Katinka. Tu viens ? »

Emilie la dévisagea. Aurora savait ce qu'elle pensait. Elle se disait qu'Aurora n'était pas du genre à demander qu'on l'accompagne aux toilettes. Elle ne demandait jamais qu'on lui tienne compagnie.

Emilie hésita. Se tourna vers le terrain. Jeta un coup d'œil à l'entraîneur qui était là, bras croisés, sur la ligne de touche. Secoua la tête.

Aurora se demanda si elle pouvait attendre la fin du match, quand les autres filles fileraient aux vestiaires et aux toilettes.

« Je reviens tout de suite », chuchota-t-elle. Elle se leva et trotta à la porte et à l'escalier. Sur le seuil, elle se retourna vers la tribune. Elle chercha le visage qu'elle avait cru reconnaître, mais ne le trouva pas. Puis elle descendit les marches quatre à quatre.

Mona Gamlem était seule dans le cimetière de l'église de Bragernes. Elle était venue en voiture d'Oslo à Drammen, elle avait mis du temps à trouver l'église. Et elle avait dû se renseigner pour trouver la tombe. Le soleil faisait étinceler les cristaux de la pierre autour de son nom. Anton Mittet. Elle se dit qu'il brillait plus maintenant que de son vivant. Mais il l'avait aimée. Oui, elle en était certaine. Et elle l'avait aimé pour ça. Elle prit un chewing-gum à la menthe. Elle songea à ce qu'il lui avait dit quand il l'avait raccompagnée chez elle la première fois, après son tour de garde au Rikshospitalet. Ils s'étaient embrassés, et il avait dit qu'il avait le goût de menthe sur sa langue. Et la troisième fois, quand ils étaient garés devant sa maison à elle, elle s'était penchée vers lui, elle avait ouvert sa braguette et, avant de commencer, elle avait discrètement enlevé le chewing-gum de sa bouche pour le coller sous le siège d'Anton Mittet. Ensuite, elle avait repris un chewing-gum avant de l'embrasser. Il fallait qu'elle ait ce goût de menthe, il aimait ça. Il lui manquait. Officiellement, elle n'avait pas le droit, et cela ne faisait qu'empirer les choses. Mona Gamlem entendit des pas derrière elle dans l'allée de gravier. C'était peut-être elle. L'autre femme. Laura. Mona Gamlem partit en regardant droit devant elle, elle essaya de chasser les larmes en clignant des yeux, et de rester bien au milieu de l'allée.

La porte de l'église s'ouvrit, mais Truls ne vit encore sortir personne.

Il jeta un coup d'œil à la revue posée sur le siège passager. *Magasinet*. L'interview. Le portrait de Mikael. Le père de famille heureux, avec sa femme et ses trois enfants. Le directeur de la police, intelligent et modeste, qui explique que l'affaire du Boucher des Policiers n'aurait pas pu être résolue sans l'appui de son épouse Ulla à la maison. Sans tous ses excellents collaborateurs à l'hôtel de police. L'élucidation de l'affaire Folkestad avait permis l'élucidation d'un autre dossier. Le rapport de la balistique avait montré que le pistolet

Odessa avec lequel Folkestad s'était suicidé avait également servi à tuer Gusto Hanssen.

Truls avait ricané en y pensant. Ça, putain, c'était pas possible. Harry Hole avait certainement mis son nez là-dedans, et il avait trafiqué quelque chose. Truls ne savait pas comment ni pourquoi, mais cela signifiait que, désormais, Oleg Fauke était à l'abri de tout soupçon et qu'il n'aurait plus à se méfier. Et Hole ne manquerait pas non plus de faire entrer le gamin à l'École de Police.

Très bien. Truls ne ferait pas d'histoire. Il avait du respect pour un tel job de brûleur. De toute façon, ce n'était pas pour Harry, Oleg ou Mikael qu'il avait conservé le magazine.

C'était pour la photo où l'on voyait Ulla.

Juste une petite rechute temporaire. Il se débarrasserait de la revue. Et il se débarrasserait d'elle.

Il pensa à la femme qu'il avait rencontrée la veille au café. Un site de rencontre. Bien entendu, elle ne tenait pas exactement la comparaison avec Ulla ou Megan Fox. Un peu trop vieille, le cul un peu trop gros et elle parlait un peu trop. Mis à part ça, elle lui avait plu. Bien entendu, il s'était demandé si ça pouvait marcher avec une femme qui avait une note éliminatoire en ce qui concernait l'âge, la tronche, le cul *et* la capacité de la fermer.

Il ne savait pas tout à fait, mais savait qu'elle lui avait plu.

Plus exactement, il avait apprécié le fait qu'il semblait lui plaire, *lui*.

C'était peut-être son visage démoli, elle avait eu pitié de lui. Ou peut-être que Mikael avait raison, sa tête était déjà tellement peu séduisante au départ qu'il n'avait rien eu à perdre avec un peu de ravalement.

Ou bien, il y avait quelque chose de changé en lui, d'une manière ou d'une autre. Il ne savait pas quoi, ni pourquoi. Mais, certains jours, il se réveillait en ayant le sentiment d'être un homme neuf. Il pensait différemment. Il pouvait même discuter avec les gens autour de lui d'une façon différente. Et c'était comme s'ils le sentaient.

Comme s'ils le traitaient d'une manière nouvelle. Mieux. Et cela l'avait encouragé à faire un petit pas de plus dans cette direction nouvelle, même s'il ignorait où cela allait le mener. Attention, il n'avait pas été sauvé, ou un truc dans ce genre, hein. La différence était mince. Et, certains jours, il ne se sentait pas du tout un homme neuf.

Cependant, il avait l'intention de la rappeler.

Un crépitement dans la radio de la police. Il entendit à la voix, avant même la fin de la phrase, que c'était du sérieux. Autre chose que des bouchons chiants, des cambriolages de caves, des disputes conjugales et des poivrots enragés. Un cadavre.

« Est-ce que ça a l'air d'un meurtre ? demanda le responsable des opérations.

— Je suppose. »

La réponse était servie avec ce ton froid et laconique que la jeune garde s'efforçait d'utiliser, c'est du moins ce que Truls avait noté. Bien sûr, les jeunes trouvaient certains modèles dans la vieille garde. Même s'il ne travaillait plus parmi eux, Harry Hole et ses expressions étaient souvent copiés.

« Sa langue… Je crois que c'est sa langue. Elle a été coupée et mise dans… »

Le jeune policier ne tint pas la distance, sa voix le trahit.

Truls sentit l'allégresse qui pointait. Le cœur qui battait un peu plus vite. Les battements revigorants.

À les entendre, ça avait l'air moche. Juin. Elle avait de jolis yeux. Et il supposait qu'elle avait d'assez gros nibards sous toutes ses fringues. Ouais, cela pouvait faire un bel été.

« Tu as une adresse ?

— Alexander Kiellands plass, 22. Putain, y a des requins partout ici.

— Des requins ?

— Oui, sur ces petites planches de surf. Le salon en est plein. »

Truls embraya. Il rajusta ses lunettes de soleil, appuya sur l'accélérateur de sa Suzuki. Une nouvelle journée pour certains. Pas pour d'autres.

Les toilettes des filles se trouvaient au fond du couloir. Lorsque la porte claqua derrière Aurora, elle fut frappée par le silence. Les bruits de tous les gens s'arrêtaient net, il n'y avait plus qu'elle.

Elle se dépêcha de s'enfermer dans les toilettes, elle baissa son short et sa culotte et s'assit sur le siège en plastique froid.

Elle pensa au mariage. En fait, elle aurait voulu y aller. Elle n'avait jamais vu quelqu'un se marier. Pas en vrai. Elle se demanda si elle se marierait un jour elle aussi. Elle essaya de s'imaginer devant une église, riante, en train de se baisser pour éviter les grains de riz, en robe blanche. Puis une maison, et un travail qu'elle apprécierait. Un garçon avec qui elle aurait des enfants. Elle essaya de visualiser le garçon.

On poussa la porte des toilettes, quelqu'un entra.

Aurora était assise sur une balançoire dans un jardin, elle avait le soleil dans la figure et ne voyait pas le garçon. Elle espérait qu'il était super. Un garçon qui comprenait une fille comme elle. Un peu comme son papa, mais pas aussi étourdi. Si, d'ailleurs, *exactement* aussi étourdi.

Les pas étaient lourds pour une femme.

Aurora tendit la main vers le rouleau de papier mais s'arrêta net. Elle avait voulu respirer, mais il n'y avait plus d'air. Elle sentit sa gorge se serrer.

Trop lourds pour être ceux d'une femme.

Ils s'étaient arrêtés.

Elle baissa les yeux. Elle aperçut une ombre dans l'interstice entre le sol et la porte. Et deux bouts de chaussures pointus. Comme des bottes de cow-boy.

Aurora ne savait pas si c'étaient les cloches du mariage ou son cœur qui cognait dans sa tête.

Harry sortit sur le perron. Il plissa les yeux face à la lumière crue du soleil de juin. Il resta ainsi un instant, les yeux fermés, en écoutant les cloches qui résonnaient dans Oppsal. Il sentit que tout n'était qu'ordre, équilibre et harmonie. Il sut que tout aurait dû s'arrêter ici.

Remerciements

Merci à Erlend O. Nødtvedt et Siv Helen Andersen.

DU MÊME AUTEUR

Aux Éditions Gaïa

RUE SANS SOUCI, 2005 (Folio Policier n° 480)

ROUGE-GORGE, 2004 (Folio Policier n° 450)

LES CAFARDS, 2003 (Folio Policier n° 418)

L'HOMME CHAUVE-SOURIS, 2003 (Folio Policier n° 366)

Aux Éditions Gallimard

FANTÔME, Série Noire, 2013

LE LÉOPARD, Série Noire, 2011 (Folio Policier n° 659)

CHASSEURS DE TÊTES, Série Noire, 2009 (Folio Policier n° 608)

LE BONHOMME DE NEIGE, Série Noire, 2008 (Folio Policier n° 575)

LE SAUVEUR, Série Noire, 2007 (Folio Policier n° 552)

L'ÉTOILE DU DIABLE, Série Noire, 2006 (Folio Policier n° 527)

Aux Éditions Bayard Jeunesse

LA POUDRE À PROUT DU PROFESSEUR SÉRAPHIN, vol. 1, 2009

Déjà parus dans la même collection

Thomas Sanchez, *King Bongo*
Norman Green, *Dr Jack*
Patrick Pécherot, *Boulevard des Branques*
Ken Bruen, *Toxic Blues*
Larry Beinhart, *Le bibliothécaire*
Batya Gour, *Meurtre en direct*
Arkadi et Gueorgui Vaïner, *La corde et la pierre*
Jan Costin Wagner, *Lune de glace*
Thomas H. Cook, *La preuve de sang*
Jo Nesbø, *L'étoile du diable*
Newton Thornburg, *Mourir en Californie*
Victor Gischler, *Poésie à bout portant*
Matti Yrjänä Joensuu, *Harjunpää et le prêtre du mal*
Äsa Larsson, *Horreur boréale*
Ken Bruen, *R & B — Les Mac Cabées*
Christopher Moore, *Le secret du chant des baleines*
Jamie Harrison, *Sous la neige*
Rob Roberge, *Panne sèche*
James Sallis, *Bois mort*
Franz Bartelt, *Chaos de famille*
Ken Bruen, *Le martyre des Magdalènes*
Jonathan Trigell, *Jeux d'enfants*
George Harrar, *L'homme-toupie*
Domenic Stansberry, *Les vestiges de North Beach*
Kjell Ola Dahl, *L'homme dans la vitrine*
Shannon Burke, *Manhattan Grand-Angle*
Thomas H. Cook, *Les ombres du passé*
DOA, *Citoyens clandestins*
Adrian McKinty, *Le Fleuve Caché*
Charlie Williams, *Les allongés*
David Ellis, *La comédie des menteurs*

Dashiell Hammett, *Moisson rouge*

Marek Krajewski, *La peste à Breslau*

Adrian McKinty, *Retour de flammes*

Ken Bruen, *Chemins de croix*

Bernard Mathieu, *Du fond des temps*

Thomas H. Cook, *Les liens du sang*

Ingrid Astier, *Quai des enfers*

Dominique Manotti, *Bien connu des services de police*

Stefán Máni, *Noir Océan*

Marin Ledun, *La guerre des vanités*

Larry Beinhart, *L'évangile du billet vert*

Antoine Chainas, *Une histoire d'amour radioactive*

James Sallis, *Salt River*

Elsa Marpeau, *Les yeux des morts*

Declan Hughes, *Coup de sang*

Kjetil Try, *Noël sanglant*

Ken Bruen, *En ce sanctuaire*

Alessandro Perissinotto, *La dernière nuit blanche*

Marcus Malte, *Les harmoniques*

Attica Locke, *Marée noire*

Jo Nesbø, *Le léopard*

Élmer Mendoza, *Balles d'argent*

Dominique Manotti — DOA, *L'honorable société*

Nick Stone, *Voodoo Land*

Thierry Di Rollo, *Préparer l'enfer*

Marek Krajewski, *Fin du monde à Breslau*

Ken Bruen, *R & B — Calibre*

Gene Kerrigan, *L'impasse*

Jérôme Leroy, *Le Bloc*

Karim Madani, *Le jour du fléau*

Kjell Ola Dahl, *Faux-semblants*

Elsa Marpeau, *Black Blocs*

Matthew Stokoe, *La belle vie*

Paul Harper, *L'intrus*

Composition : APS-Chromostyle
Achevé d'imprimer
sur Roto-Page
par l'Imprimerie Floch
à Mayenne, le 5 mars 2014.
Dépôt légal : mars 2014.
Numéro d'imprimeur : 86485.

ISBN 978-2-07-014144-9 / Imprimé en France.